伊藤漱平著作集

第一巻
紅樓夢編　上

汲古書院

巻頭言

一　『伊藤漱平著作集』は全五巻より成る。

二　第一期の「紅樓夢編」は三卷に分かつ。内容により大別し、第一巻（上册）には「版本論」、第二卷（中册）には「作家論・作品論」、第三卷（下册）には「讀者論・比較文學比較文化論」を収載する。

三　第二期の第四巻は「中國近世文學編」、第五巻は「中國近現代文學・日本文學編」に充てる。なお第五巻末には「著者自訂年譜」「著譯論文目錄」を附載する。

凡例

一　ここに全五巻の著作集として集成した、長短無慮百篇に上る文章は、出來榮はともあれ、五十年來書き綴った著者刻苦の所産に他ならぬ。いま鶏肋捨てがたしとて、それらを主題に卽して分類排列し、便宜部を建て巻を分かって、かくは形を整えた。

二　收載したこれらの文章は、明らかな誤記・誤植・誤脱などを訂したほかは、原則としてすべて敢えて初出のままとした。そのデータはそれぞれ篇末に註記してある。

三　もとより取捨選別を經た上でのこと、全集と稱するは當たらず、原來書き下しにあらざれば、百衲ならぬ繼ぎはぎの痕を留めたれど、そこを禁欲して手を加えぬこととした。公刊を境に筆者の手を離れたと心得るがゆえである。結果として、螺旋を描きつつ遲々たる牛歩を休めぬ著者の一人の學究としての有り樣を示し得たと言えようか。

何分にも執筆が長期に亙ったため、その內容に前後矛盾撞着を來たした記述も見られる上に、現在の著者の見解と齟齬抵觸する場合も生じた。それらの問題點と新情報缺落の不備は、補註補記によって解決する方法を講じ、また解題において努めて補正の措置を取った。無論、「後出轉精（あとの方がずっと良い）」とは限らぬし、その保證もないのであるが。

なお初出の補註補記に就いては、追加のものとの紛れを避けるため、出來る限り原有の註記中に吸收させるよう工夫を加えた。

四　長期間の執筆は、一方でまた自ずと各種の形式上の不統一をもたらした。うち表記に就いては、基準を設けてその限りでの統一を圖ることとした。卽ち、漢字は正體字を用い、假名遣は通行する現代假名遣に從う。但し、訓讀讀み下しのみは、歷史的假名遣によるとしたのである。

また年號の表示は西曆紀元に統一し、必要に應じて元號を併記するを旨とした。

以　上

目次

卷頭言 i
凡例 i
自序——序の舞に代えて—— v

伊藤漱平著作集　第一巻　紅樓夢編（上）

『紅樓夢』——版本論（書誌學・文獻學）的研究—— 3
第一部　寫本研究——脂硯齋・畸笏叟と脂硯齋本『石頭記』と—— 5
紅樓夢首回、冒頭部分の筆者についての疑問——覺書—— 7
紅樓夢首回、冒頭部分の筆者についての疑問（續）——覺書—— 18
「紅樓夢首回、冒頭部分の筆者についての疑問（續）——覺書——」訂補 36
脂硯齋と脂硯齋評本に關する覺書 57
第二部　刊本研究——程偉元・高鶚と程偉元本『紅樓夢』と—— 189
程偉元刊『新鐫全部繡像紅樓夢』小考
——程本に見られる「配本」の問題を主とした覺書—— 191

「程偉元刊『新鐫全部繡像紅樓夢』小考」補説……227
「程偉元刊『新鐫全部繡像紅樓夢』小考」餘説――高鶚と程偉元に關する覺書――……249
「程偉元刊『新鐫全部繡像紅樓夢』小考」餘説・補記……342

第三部　版本論文叢……345
『紅樓夢八十回校本』について……347
『紅樓夢書錄』瞥見……353
近年發見の『紅樓夢』研究新資料　揚州靖氏藏舊鈔本その他について……358
レニングラード本『石頭記』の影印本を手にして……370

附　錄……379
曹霑と高鶚に關する試論……381

解説・解題……435
解　説――『紅樓夢』序説――……437
自撰解題……491

自　跋――處女論文から著作集まで――……511
追い書き……527

自　序――序の舞に代えて――

一、序の序

いつの日にか、このような書物を仕上げて世に問いたい、と久しく夢想してきた。にも拘らず、捗々《はかばか》しくは實現に向かわなかった。それには相應のわけがあり、障碍があったのである。

一つには、世に問おうという志向、謂わば野心と相矛盾する怯懦の心情が働いていた。これまで諸方に書き散らした雜文を集成し著作集に拵えて世に送ることになにほどの意義ありや――このように自問自答を始めると、怯《ひる》む氣持の先立つのが常であった。

その一方では、著作集という枠、フォルムを與えわが手より離してしまうことは、離れ業染みて映り、それを躊躇逡巡させる心情、〝逃げたい心〟が働いていたことも否めまい。

さらにまた、抜きがたいわが懶惰の性《さが》、これと殆んど裏腹の持病――自覺は乏しいが、生得のものと思しい――の雙極性鬱病、所謂「躁鬱病」が陰に陽に障碍となって、折角のお膳立が出來ているのに、著作集の爲事《しごと》の進行を阻げ遲らせていた。鬱のトンネルに入ったが最後、なにせ頑張りというものが利かぬのであるから、順風が吹いてくれるのを待つほか施す術がない。

實はこの難病のほかに、いまから四年近く前、胃癌の爲、胃の腑をそっくり抜くという大疾患に罹り、後遺症と相俟ってこれが一段と進行を狂わせた。眼病の白内障も進行中で厄介だ。家中ルーペだらけである。辯解染みるけれども、これらのことは避けて通れぬ故、白書として別に改めて書くとする。

というような次第で、心理的なものも含めて、多くの障碍を乗り越え困難を克服しながらの大爲事となったこの著作集が、關係者各位の辛抱强い支援のお蔭で十年振りに第一巻が陽の目を見る運びとなったことは、紆餘曲折の末であるだけに、私に取って一入感慨が深い。出來榮えについて欲を言えばキリなし、なにはともあれ、學者冥利に盡きること、その嬉しさたるや、筆舌に盡くしがたいものがあると、先ずはここに特筆大書して置きたい。

二、畫餅——空想に終わった序文五篇——

いつの日にか自分の著書を出版できる時が訪れたら、それに序文をお願いする先生方はどなたとどなた、とそんなことを空想した人はいないであろうか。私は時に空想した。

ところが十年前、現實に全五巻の著作集を公刊する計畫が具體化したところから、私はふとその夫々に、若しもご健在であられたらという苦い假定の上に立って、意中の先生方——實はみな鬼籍に入られた方ばかりであるが——を五名考え出し、恐れ多い空想を一層逞しくしたりした。その五名とは、順不同に倉石武四郎・吉川幸次郎・增田涉・松枝茂夫・目加田誠の諸先生である。

そのうち、倉石・增田・松枝の三先生は、戰後まもなく東京大學文學部の學生だったとき講筵に侍った、恩師に當たる師匠筋である。吉川・目加田兩先生には、直接の師承關係こそないものの、緣あって折々に誘掖に預り、また全集・著作集から深く學恩を蒙っている。
私は自分の思いつきに打興じて、全五巻の内容に合わせ、お願いする先生を配當してみた。すると、どのようなことを書いて頂けそうかということも、おおよその見當がつくではないか。そこで事の序に、その空想裡の序文について漫然と書いてみる。

第一巻「紅樓夢編」上　倉石武四郎教授

先生は、知る人ぞ知る、昭和三年の北京留學中に『紅樓夢』研究に志されたという（『中國語五十年』）。その爲特に隆福寺の文奎堂に探させて、程偉元による『紅樓夢』の再印本、所謂「程乙本」を入手、本邦に將來された。その珍本を、版本研究中の弟子に惜しみなく貸し出して下さったのであった。空想の序文では、よくぞ活用して下さったと、恩借の經緯に當然言及されたことであろう。

第二巻「紅樓夢編」中　吉川幸次郎教授

先生は倉石先生と同時期に北京に留學され、倉石先生と一緒に旗人の奚待園を連日出稽古に招聘され、『紅樓夢』を半年がかりで讀み上げられた經驗がおありであった。そのテキストとして程氏初印本、所謂「程甲本」を琉璃廠の來薫閣に探させて、本邦に購致された。戰後手放されたその手澤本は、奇縁で寒齋兩紅軒の架藏に歸した。件の由を知られた先生からは、本が所を得て良かった、との嬉しい書簡を頂戴したような因縁もある。因みに、兩紅軒の齋號は、明萬曆刊の孤本『嬌紅記』とこの『紅樓夢』の二紅の藏書によって命じたものである。

第三巻「紅樓夢編」下　松枝茂夫教授

先生は本邦で初めて百二十回の『紅樓夢』を完譯された先達である（岩波文庫）。先年平凡社から中國古典文學全集が刊行されようとしたとき、その譯業がそっくり收められる豫定であったのに、版元の同意が得られず、その穴塡めの爲、松枝先生を始め編集委員諸先生の指名を受けた若輩の私が新譯を試みることとなった。先生の名譯をたよりに何とかこの大役を果たしたことであった。そのような私の譯業を先生がどのように評價しておられたか、伺ってみたいところである。

第四巻「近世文學編」目加田誠教授

先生は古典から現代まで廣く通じた「鴻儒」であられた。近世文學についても一家言の持主で「李笠翁の戲曲」のような芝居の見巧者の論文もある。先生は、私の李漁（笠翁）の生平著述についての研究を如何ご覧になるか。先生はまた詩餘（詞）に就いても造詣が深かった。三十數闋もの詞を插入して作品の展開に活用した宋遠（梅洞）の『嬌紅記』の研究に先鞭を著けた私の爲事を如何評價されたか、伺ってみたいところである。

第五巻「近現代文學編」增田涉教授

先生は、私が『魯迅增田涉師弟答問集』の跋文の中で魯迅をあげつらったのを如何ご覧になるか、また近現代の作家に言及したのを如何ご覧になるか、なろうことなら伺ってみたいところである。先生はライフワークとされた魯迅の『中國小說史略』の改譯途上で無念にも急逝された。その補成の爲事は實は私が行きがかりで請け負ったのであるが、諸般の事情によって未だ果たせておらず、慚愧に勝えぬ。泉下の先生はそのことについて「至囑、至囑」と仰せられるやも知れぬが……。

というような次第で、全五巻に先生方の序文が頂けるとすれば、なんとも豪華な著作集となるところであった。

それがそうはゆかずに空想に終始してしまったために、こうして自序を書いている始末である。嗚呼！なにはともあれ、著作集は第一巻を出す運びとなった。これまでの紆餘曲折の經緯を思えば、これほど嬉しいことはなく、その喜びは筆舌に盡くしがたい。

欣喜雀躍、ここは一さし舞ってみせたいところである。かの上村松園畫伯が描いた名作「序の舞」の凜たる京娘に倣って舞うて出たいのはやまやまなれど、生憎その心得がない。よってこのような書かでものこと書き陳ねて蕪文を草し、ご座興の序の舞に代える次第である。

——甲申歲晚、傘壽老人伊藤漱平、武南の兩紅軒に於て識す——

伊藤漱平著作集　第一巻

紅樓夢編　（上）

『紅樓夢』

——版本論（書誌學・文獻學）的研究

第一部　寫本研究——脂硯齋・畸笏叟と脂硯齋本『石頭記』と——

紅樓夢首回、冒頭部分の筆者に就いての疑問——覺書——

『紅樓夢』稿本成立史を考える上で、脂硯齋の名を逸することはできまいが、この所謂「脂硯齋本」[1]を鈔寫して、八十回の未完に終った不運な作品をば後世に傳えるに與って力のあった一人物と原作者の曹霑（一七一五?—一六三?）との關係、殊にこの作品に初めて評註を施し、評過すること數次に及んだ評家としての脂硯と作者との作品を通してのつながりは、どのようなものであったろうか。この小論では、そうした事を考える一つの手がかりとして、最初の刊本たる程偉元本[2]（一七九一年刊）が世に行われて以來、曖昧のまま放置され來ったこの作品の第一回冒頭部分の筆者についての疑問を提出し、さらにそれから考えうる本文と脂評[3]、作者と評者との關係についても、いささか觸れておきたいと思う。

さて、通行本の祖本たる程本は、その第一回の冒頭に、「此開卷第一回也」で始まり「乗寓提醒閲者之意」に終わる三百二十數字の文章を置き、そのあと、「看官、你道此書從何而起」で始まるこの作品の緣起を述べた、いわば引首に當る部分へと接する。（紙幅の關係で全文を引かないが、この前後は兩種の程本、脂硯齋本の諸本とも、それぞれかなりの異文が認められる。[4]）ところで、さきの三百餘字の長段は、程本が流布するようになって以來、本文と密接不離な文字、いや本文そのものとして扱われてきたといってもよいであろう。例えばこの長段の開端を指して「起句劈空落筆、便爲他小說所無[5]」というのは、本文と見ての評言である。こうした語り出しもさることながら、この長段中で注意を惹くのは「作者自云」「自己又云」といった文字の見える點であろうが、實のところ、これが作者の自作について語った言葉として、額面通り受け取られてきたかは疑わしく、例えば王夢阮は、このうちの一句「作者自云」に「索隱」を附して、「此四字尤須重看、是自承爲自敍、非代石頭立言也。……皆是作書人口氣、……全書自家説話、故標明作者自云四字、……」[6]と言っておきながら、別にこの小説は清の世祖と董小宛とをモデルにした作だとの説を出しており、この作品をめぐる「紅學」[7]の歴史に眼をやると、むしろ索隱派の人々からは無視されていたともいえるほどである。

尤も、この箇所を問題にした記述も見受けられ、裕瑞はその『棗窗閒筆』のなかで、「其原書、開卷有云『作者自經歷一番』等語、反爲狡獪托言、非實跡也」[8]といっているが、彼の場合は、作中人物の寶玉は作者がその叔父をモデルにしたもので、わが事を直敍したものでないと述べた後、右の引用の箇所へ續けているのであるから、やや特異な觀點からの立言というべきであろう。もっと尋常な立場からこれに疑いを挾んでいるのは幸田露伴で、彼は平岡龍城との共譯本の該箇所の譯註に、まず「露伴曰、列位（程本ナシ）看官云々までは評の文と看做して可也。流布本一連に刻し去る。蓋し非也」[9]と記し、さらにその筆者についても疑念を表明して、「作者自云とはあれども、そは評者が作者を忖度しての言なりと思ふべし。列位看官からが作者の文と見るべし。第二回の初を參照せば自から分明也」とその根據を擧げている。ここで彼のいう第二回の初めとは、彼らが底本とした戚蓼生序本の同回回首に存する三百八十數字、「此回亦非正文本旨」で始まり七絶題詩に至る文章[10]を指したもので、二つの内容體例からすれば、これらは評の文であり、本文と見るは當らぬとするのである。

ところがこれと前後して發表された胡適の『紅樓夢考證』（一九二一年）は、同じこの第一回の長段を引きながら、作者の手になる本文ととらせるような引き方で、その自傳説の根據に用いている。[11]當時の見解の例をなお一二擧げれば、兪平伯は『紅樓夢辨』（一九二三年刊）のなかで、「他自己的話」としてこの長段から數節を引いており、[12] 魯迅はまたその『中國小説史略』（一九二四年刊）中に、「仍錄彼語、以結此篇」としてこの長段の大部を引用しているが、[13] ここにいう「彼」とは無論曹霑を承けての語である。

しかし、胡適は後に新獲の甲戌本殘本を世に紹介するに當り[14]（一九二八年）、露伴とは別な根據に立ってこれを評の文と見るようになる。卽ち、その報告によると、現存最古のこの鈔本（過錄本ではあるが）の第一回には、後出の脂硯齋本のいずれもが缺くところの「凡例」（「紅樓夢旨義」トモ）が卷頭に置かれ、次にはこれと緊接して、例の通行本第一回の始まりとされる「此書開卷第一回也（書ノ字、他本ニナシ）」の長段が續き、さらにこれまた他本が闕くところの「詩曰」で始まる七律一首が附せられているが（この題詩を存するテキストの出現は、形式面からだけ言えば、これを缺く戚本第一回に較べ、露伴說の根據をより整えるものといえよう）、これらはいずれも二字格低く鈔寫されており、第一回本文は、實に「列位看官」から始まるというのである。よって胡適は、問題の長段を目して、「在脂本裏、明是第一回之前的引子、雖可說是第一回的總評、其實是全書的『旨義』、故緊接『凡例』之後、同樣低格鈔寫[15]」と述べ評の文と見る譯だが、ただし、その筆者に關しては、依然作者の手になるものと考えているようで、この後で「作者明明說」として繰返しこれを援引し、その自傳説を展開している。また同じ論文の別の箇所で「原本不但有評註、還有許多回有總評、寫在每回正文之前、與這第一回的序例相像、大概也是作者自己作的[16]」と記すのも、例の長段を作者のものと見ての立言である。

だがこのことは、胡氏にとって長く矛盾たりえなかったのであって、やがて庚辰本の發現に伴い、彼は脂硯齋とは實は作者その人の韜晦の姿なりと考えるようになった[17]。從って、作者の自作自註という風に、本文と脂評との關係を見れば事足りた譯である。

ところがこの同一人物と見る「大膽な假說」は、その後、胡適の根據として仰いだ脂本の評註に檢討が加えられるにつれ、有力な反證も擧げられて、さらには脂硯を作中人物の史湘雲に比定さるべき「女性」であろうとする周汝昌の說[18]が提唱され、續いてまた作者の叔父にあたる曹頫と見る王利器の說[19]や、さらにはこの兩說またにわかに信じがたしとする王佩璋の說[20]やらが出て、脂硯を作者その人の假託の姿と推す胡適の主張は、著しく根據を薄くするに至った。

そこで例の長段だが、これを評の文として本文からはずし、また脂硯齋を作者とは別人と見れば、その筆者は實は脂硯（少なくとも作者以外の人物）ではないかとの疑問が當然生ずる筈だが、なぜかその點を正面きって疑う人に乏しい。恐らく程本刊刻以來、本文の一部として扱われ來った惰性に支配されての事かも知れぬが、所謂「紅樓夢論爭」を通じて、胡適らの、また「科學的研究」と自ら稱する周汝昌らの自傳說（ついでながら周氏は、問題の長段を自傳說の據りどころとしては引いていないようだ[21]）そのものが修正され、「自傳的な性格の作品」という受け取り方がされるようになって以後も、自傳說の根據の一つであった例の長段を、評の文と見るか、漠然と本文と見るかの差はあっても、今だに作者のものとして引用する例が後を斷たない。例えば兪平伯が、その批判の對象にされた『紅樓夢簡論[22]』（一九五四年）のなかで、三十年前と同じく、「作者自己的話」としてこの長段の一節を引いているのは、當時まだ自傳說的な觀方に傾いていた彼の事とて異とするに足らぬが、その後も何其芳が『論紅樓夢』（一九五七年）のなかで、胡適竝びにその說の信奉者のごとくに、「舊紅學[23]」を否定しようとする餘り、この作品をば作者の「自敍傳」と見、作中に記された事をすべて事實と見る段になると、「那就連作者開卷第一回明明說過的『眞事』已經『隱去』、這不過是『用假語村言敷演出』的故事、亦卽虛構的故事、都直接違反了[24]」とて作者の言葉として引いているのが見える。（なお彼は、第二回の開始總評については、批語が正文に混入したものだが、作者の手に出る可能性が強いといっている[25]。）

そこで改めてこの長段の内容につき考えてみると、要するにこれは、首回回目の解題を通じ、第一回の「提綱正義（甲戌本ノミ）」、やがて全書を通じての作者の態度を説こうとしたものに他ならぬ。卽ち、「甄士隱夢幻識通靈、賈雨村風塵懷閨秀」の兩句のそれぞれについて、前者は「作者がある夢幻にも似た人生經驗を嘗めた揚句、その眞事を隱し、荒唐な通靈玉の譚に假託して、この『石頭記』を著わしたのだ」と解き、後者に觸れてはまた「作者のかつて識るを得た優れた女性たちの俤を、假語村言を用いて傳えようと志したものだ」と説く。こうした内容だけからしても、本來評の文と見るべき性質のものだが、甲戌本に於て「凡例」と同格に二字分低く寫されていたものが、後には庚辰本のごとく本文と同格に混寫され、さらに程本排印に當りこれを襲うに至って、また内容が作者の態度に觸れた自述を思わす文字であるところから、本文なみに扱われて通行するようになったものであろう。

そこでこれが評の文だとして、いったいこれは作者自ら評者に假託して記したものか、それとも作者以外の者の手になるものかという事になるが、私は文中に散見する例の「作者自云」「自又云」「雖我未學」「作者本意（甲戌本ノミ）」といった文句も、『紅樓夢』の語初出の箇所（第五回）の雙行夾註「點題、蓋作者自云、所歷不過紅樓一夢」と照應するものとして、「評者」が「作者」になり代り「閲者」に繪解きをしたものと取りたい。つまり、この評は、作者ならぬ評者、恐らくは脂硯の手になると考える。というわけは、さきに掲げた首回回目のうち、前者について「甄士隱」なる人名は「眞事隱」に假りたものだと指摘するのは適切であろうが（本文中にあっても、士隱初登場の箇所には、「託言將眞事隱去也」とする雙行夾註があって、これに呼應する）、後者の「賈雨村」なる人名をとって「假語村言」[26]の意を寓したものと解くのには、いささか不審があるからだ。（賈雨村についても、本文初出の際に「雨村者村言粗言粗語也、言以粗村之言演出一段假話」と雙行夾註は應じている。以上三例を含めて、本文中の雙行夾批は、まず脂硯のものと見て差支えないものである。[27]）これは「眞事隱」に對して「假語存」と解くべきではなかろうか。

原來、作者は作中人物の命名に當って、「隨事生名」（第十六回脂評）、ことばの遊戯を樂しんでいるかのようだが、その最もしばしば現われる例は、多く類型的な人物の銘々に、音通を利用して意を寓したそれで、脂評のこれを指摘するもの、數十條に上ろう。ところでこうして音を通わせる際には、まず發音の四聲まで同じい事を原則とする。が、實際のところは、かなり寛かであって、脂評の指摘が作者の原意を得たものとすれば、例えば賈府の四春たる元・迎・探・惜の四女は、それぞれ「原應嘆息」の四字を寓したこととなるが、うちの「迎」と「應」とは陽平と陰平の差があり、こうした例は稀でない。いま少しく例を擧げれば、賈政幕下の清客、單聘仁（善騙人）、詹光（沾光）（以上第八回に見える）、卜固修（不顧羞）（第十六回）の諸人は、それぞれ括弧内の意を託したものという（初めの二つは脂評の、次の一つは護花主人[28]の註するところ）。このうち、「卜」と「不」とは四聲を異にし[29]、また「聘」と「騙」とは韻母を異にする[30]。

從って「賈雨村」の「村」を「存」に通わせた場合、陰平と陽平との違いが生ずるが、さきの「應」—「迎」の例に徵しても、ありえない事ではない。殊にもこの「存」と同じく陽平に屬する字は、『國音常用字彙』（一九三三年版）に就いて檢するに、「蹲」（しかも讀音）の一字に限られ、「村」を措いては各聲とも一字宛、「皴」（陰平）、「忖」（上）、「寸」（去）の貧しさであって、村の字を採ったことも無理からぬといえよう。なによりもまず、開卷第一回という比重の重い回の回目の對仕立ての一方が「眞事隱」を寓したとすれば、當然いま一方は「假語存」を託したと考えるべきでなかろうか。即ち、この作品の作者とその家の歴史について今日まで知られた事實を考慮に入れれば、この兩句は例の「假作眞時眞亦假、無爲有處有還無」（第一回）なる太虛幻境の牌坊に見える聯などと共に、この作品に於ける素材と表現、眞實とフィクションとの關係を示したものに他なるまい。その際「粗村ノ言ヲ以テ一段ノ假話ヲ演ジ出ダス（前出）」と解くのは少しく的はずれであり、より積極的な意味で、「假語」—「小說」を書こうと志す、作者の意氣込みがこの「存」の語に籠められていると見るべきではなかろうか。（「眞事」―彼の體驗が「隱」されて、作品の支えとなっていることは、いうまでもない。）かく「賈雨村」なる人物の命名の裏に、そうした作者の用意が認められるとすれば、彼がことさら「假語村言」などと廻りくどい、舌足らずでもある自解自註を施したと考えるよりは、やはりこの開始總評の全體が脂硯（恐らくは）の手になるもので、この片手落ちの評註は、脂硯の作者の態度に對する理解の不徹底さのさせた仕業だと解した方が、より自然かと思われる。

ところでこの點について、從來疑った記述に接しないのは（管見に入った限りの話であるが）、なんといってもこの「假語村言」という一應の意味附けを行った脂評の解說が、漠然とながらも作者の言葉として受け取られ、動かせぬものとして、先入見として働いてきたからであろうか。例えば、蔡元培が、「甄士隱卽眞事隱、賈雨村卽假語村、盡人皆知[31]」という口吻は、いかにも周知の事實とみてのそれで、索隱派の彼は、これを前提として我が田に水を引くのである。それにしても、いったいこの作者と評者との閒の齟齬はどうして發生したものであろう。直接には「甄士隱」の三字中、「隱」の字の生きているところから、「賈雨村」の三字をあてんとして、それに相當する「村」の字を活かし「村言」と解したとも想像されるが、結局は兩者を隔つる作者と評者との差に考え到らぬわけにはゆかぬ。

原來、「作者」の曹霑が自作を意識的に『水滸』（おそらくは百回本の）に對置して創作の業に從ったかと思われるのに對し、脂硯齋なる「評者」は、自分の評を『水滸』（多分七十回本の）に於ける金聖嘆のそれに擬していたろうと推測される。こうした兩者の關係について廣く考察するのは別の機會に讓るとして、「假語存」の「誤解」に絡んで、兩者の作品をめぐっての顯著な差異を取り上げるならば、一方の脂硯は、この作品を作者の自傳的な性格を濃厚に帶びたものとして觀、かつその面を評註のうちでも大きく打ち出そうとする。問題の長段にもそれは反映していよう。作者と親しい關係にあったとおぼしい彼が、「作者自云」とばかり、作者になり代ってこの作品成立の由來を述べているのは、それはそれで、その自傳的な性格を保證してくれたものとして見た場合、意味がある。ただその證言の言葉が、とかくこの作品の眞實性の保證をまで、その自傳的な性格に求めようとしがちなのは如何なものであろうか。こうしたいわば素朴な立場からする批語が少なくないのである。のみならず、自分と作者とが特殊な關係にあることを強調し、「耳聞目睹」（第二十五回）を稱するだけでなく、しばしば「鳳姐點戲、脂硯執筆」[32]（第二十二回）のごとく、自分を作品の世界との交渉の面で示そうとする。あるいはまた、自分にだけは解るかのごとき思わせぶりな批語によって、その批評を權威づけようとさえする。

こうした點では、作者の態度はむしろ嚴しいまでに逆だと思われる。彼はこの作品を頑石の人閒見聞錄の體裁に仕立て上げ、自身はその增删に與った者として、目立たない地位に韜晦してしまう。[33]作者の姿をできるだけ消そうと努めているかのごとくである。この作品の自傳的性格についても、露骨に觸れようとせず、飽くまでも頑石の經歷譚の形で貫こうとしている。つまり、藝術家として當然のことながら、作品自體の眞實性―藝術性に賴り、それを磨き上げるに勉めていたのだといえよう。

いずれにしてもこの兩者は、それぞれ作家と評家として異なった立場に立ち、この作品に對していたはずであり、脂硯も作品の細部について一々作者から繪解きを受けることなく、むしろ自家の見解の透徹せるを誇りつつ、評の筆執るを樂しんだかと思われる。「脂齋之批、亦有脂齋取樂處」（甲戌本第二回眉評）はその意か。隨って誤解もしくは足らざる見解の閒々生ずるのも當然であり、すでに兪平伯[34]や李希凡・藍翎[35]らが脂批の限界を說くが如くである。とすれば、「假語存」についても、誤ったとして怪しむに足りないわけだが、ただその置かれた首回という場所柄といい、また兩者のかいなでではないと推される關係を考え合わせるにつけ、疑念の伴うのも禁じ得ない。脂硯が作者に讀まれることを意識してその評註の筆を執ったであろうことは想像に難くないところだが、遂にこれを作者に示すことがなかったのであろうか。もし作者が眼を通してその點に注意を與えていたとすれば、あれだけ長期に亙り脂評は記されているのであるからして、當然訂正の評があって然るべきであろう。現に前の批の誤りを匡した評の例は見られるのであるから。全書完結の曉にでも見せることを期しているうち、作者の早逝に遭ったものか。その邊の事情は、稿本成立史と併せて、脂評の累加されてゆく過程をいま少し明瞭に跡づけ、兩者の交渉を明らめうるまでは疑問とする他ない。なお甲戌本の七律題詩の筆者問題その他、これと併せ論ずべき點は多いが、今は右の疑問を提出し、いささかの推測を附加するに止める。

註

（1）テキストに就いては孫楷第『中國通俗小説書目』（一九五七年改訂版）一一八頁以下參照。
（2）同前の程偉元刊本の條參照。
（3）兪平伯輯『脂硯齋紅樓夢輯評』の「引言」に概説あり。以下引くところの脂評は、右に逸するものを除き、これに就き見られたい。
（4）この箇所、甲戌本に於て異文が著しい。胡適「考證紅樓夢的新材料」（遠東圖書公司版『胡適文存』第三集卷五、三八四頁以下に全文を引く）。
（5）商務印書館鉛印本『增評補圖石頭記』卷一眉評。
（6）王夢阮『紅樓夢索隱』卷一、一頁。
（7）胡適「紅樓夢考證（改定稿）」（遠東版『文存』第一集卷三所收）第一章は「紅學」を説く。
（8）周汝昌『紅樓夢新證』（一九五三年九月、棠棣出版社）所引に據る（五七八頁）。
（9）國譯漢文大成本『紅樓夢』（上）三頁。
（10）兪氏の『輯評』はなぜかこの文章を錄しない。第一回の長段と共に本文と見たものか。甲戌本・庚辰本・戚本に存し、程本は缺く。

（11）前掲註7遠東版『文存』五九八頁以下參照。

（12）兪平伯「作者底態度」（『紅樓夢辨』中卷六頁に見える。『紅樓夢研究』では一〇六頁）。

（13）魯迅『中國小說史略』（北新書局版）二七五頁。

（14）註4所引胡適論文はその紹介である。

（15）同前論文『文存』第三集卷五、三八四頁。

（16）前論文三九一頁。

（17）胡適「跋乾隆庚辰本脂硯齋重評石頭記鈔本」（遠東版『文存』第四集卷三、四〇〇頁以下）。

（18）周汝昌「脂硯齋」（『紅樓夢新證』所收）。

（19）王利器「重新考慮曹雪芹的生平」（『光明日報』一九五五年七月三日「文學遺產」第六十一期）。

（20）王佩璋「曹雪芹的生卒年及其他」（『文學研究集刊』第五冊　一九五七年　人民文學出版社　二二七頁以下）。

（21）ただ周氏は第二回の開始總評を引き、「此皆作者自道、或批者深得文心甘苦之處、云云」と述べており、これは間接に首回總評の筆者に對する氏の見方を示すものといえよう（『紅樓夢新證』一七頁）。

（22）「紅樓夢簡論」（『新建設』一九五四年三月號所載）。

（23）註7に見える「紅學」を指していう。それに對し胡適らのそれを「新紅學」という。

（24）何其芳「論『紅樓夢』」（『文學研究集刊』第五冊三五頁）。

（25）同前論文九四頁。

（26）戚本は「假」を「俚」に作り原意を失す。

（27）この劄註の體裁の評語は脂硯を署するか無署名かの何れかで、また甲戌本で夾批・眉批のものが己卯本以後は多く雙行夾註の形で本文下に取り込まれている。脂評中成立の古いものに屬しよう。なお拙論「曹霑と高鶚に關する試論」（「北海道大學外國語外國文學研究」第二號所收第一章一二九頁、本書三七一頁）と註20に引いた王佩璋の論文二三〇頁以下を併せて參照されたい。

（28）註5に引く『石頭記』第十六回眉評。

(29) 他にも「卜世仁」－「不是人」の例あり（第二十四回）。

(30) この場合、聘はpingでなくpinであろう。尤も「余信」を「愚性」ととらすような、窄音と寛音を通じて使った例も見え（第七回）、作者－批者の南方の血を引いた事を想わせる。

(31) 蔡元培『石頭記索隱』（商務印書館　一九三五年）四頁。

(32) この批語は胡適の脂硯同一人説の主要根據でもあるが、また「鳳姐點戲」の本文は脂硯が執筆したとか、別の機會に鳳姐のモデルとされた人物に代り「點戲」したのだとか取る王佩璋の説あり。註20に引く王氏の論文二三六頁參照。

(33) 註27に擧げた拙論「曹霑と高鶚に關する試論」の序章、竝びに第二章で少しく觸れた。

(34) 註3に引いた兪氏『輯評』の「引言」四。

(35) 李希凡・藍翎「正確估價紅樓夢中『脂硯齋評』的意義」（『紅樓夢評論集』所收）參照。

（東京支那學會『東京支那學報』第四號　一九五八年六月）

紅樓夢首回、冒頭部分の筆者に就いての疑問（續）——覺書——

まえがき

この小論は、かつて『東京支那學報』第四號（一九五八年六月）に寄せた同題名のもの（本書五頁）の續稿である。筆者はさきの稿に於て、『紅樓夢』第一回の冒頭部分——從來、讀者の多くからは原作者の自ら記した本文として受け取られてきた三百數十字の文章——の筆者についての通説に對する疑問を記し、一根據を擧げて右の文章は實は評者の手に出でた同回の回首總評と考えるべきではないかとの私見を述べるとともに、その筆者を脂硯齋に擬定した。この續稿では、前稿で說き殘した點、また前稿發表後、補正を要すると考えた諸點につき述べるとともに、管見に入った限りでのその後に現れた首題に關係ある新説について一わたり檢討を加えてみたいと思う。

はじめに前稿の補正を行っておきたい。

その一。前稿にも記したごとく、『紅樓夢』首回の回首總評が作者の手になる本文として讀者の多くに受け取られてきた理由の一つに、この小說の知られうる最も古い刊本であり、後世百二十回刊本の祖本ともなった所謂程偉元本（乾隆五十六年—一七九一年初版刊行）がこの評の部分をも本文なみに扱って排印している事實を擧げうるが、同時に、この程本の末回、卽ち第百二十回回末の本文に「賈雨村言」・「假語村言」の句が見えていることをも、その理由の一つとして擧げるべきであった。

現存する脂硯齋本のうち、甲戌本のみ首回總評を本文と區別して二字格下げて鈔寫しているが、その他の諸脂本は、己卯本・庚辰本等にその例が見られるように、この回首總評を同回回目のあとに本文と同格で記している。後四十回の續作者が前八十回の底本として採った鈔本も、脂本の一種ではあったろうが、すでに回首總評を本文なみに混寫したそれであったに違いない。また評文の「作者自云」とある文句にも牽かれて、續作者はこれを作者の筆になる本文と考え、後四十回を結ぶに當っては、はるかに首回「本文」に應ずるものとして、「假語村言」の語を襲用したものであろう。（尤も、趙岡氏の新說[1]によれば、この後四十回の續作者は脂硯齋その人であり、彼は曹霑の八十回以後の殘稿も見てはいたが、それとは別個にこの續作の稿を起したのであるとされる。それのみか、脂硯はその續作たることを第百二十回の回末に明示しているというのである。[2] もしこの說が正しく、また首回總評の筆者も脂硯であるとした場合、彼は自ら執筆した末回の「本文」を、同じく自らの筆になる首回「總評」と遙かに照應せしめたことになるが、續作者を脂硯に擬定する見解自體、にわかに信じがたいふしがあり、この說については別の機會に檢證するとして、いまは採らぬ。）

このように末回にも「假語村言」の句の見える事實が、程本またはその系統に屬する後出の諸刊本によって『紅樓夢』に親しんだ讀者に對しては、逆に首回總評をば本文として（少なくとも作者の手になる評の文として）印象づけるに一役買っていたであろうこと疑いを容れぬ。後四十回の續作たることを覺らずしてこの書に接していた讀者の方が、壓倒的に多かったろうと考えられるからである。

その二。次にはこのことと關聯して、筆者の迂濶から、前稿に於て說き誤った點を訂しておかねばならぬ。

筆者は前稿で、「賈雨村」なる作中人物の名に寓せられた意味を說く蔡元培の解釋を引いた。それは次のごときものである。「甄士隱卽眞事隱、賈雨村卽假語村、盡人皆知」。これは前稿註31に記したとおり、蔡氏の『石頭記索隱』（商務印書館刊）四頁に見えるものを引用したのであって、當時筆者の據ったのは架藏の國難（一九三二年の上海事變を指す）後改版本の第二版（民國二十四年—一九三五年刊）であった。しかるに舊版（民國六年初版）の第八版六頁に據れば、圏點を施した三字「假語村」を「假語存」に作る。蔡氏はもと「假語存」と解いていたのである。所謂「國難後改版」が刊行された時期には、蔡氏はいまだ存命中であった。しかしこの改字は蔡氏本人の意思で行われたと考えるよりは、改版の際校訂の任に當った者の手でうかと行われてしまったと見た方が當っていようか。改版の奥付けには「本書校對者」として樓觀澤・鄭光昭二氏の名が掲げられている。（ついでながら、この書物は民國六年に初版を出してのち、民國十一年の第六版以後、「對于胡適之先生紅樓夢考證之商榷」と題する蔡氏の自序を巻首に加えたほかは、そのままの形で民國十九年まで十版を重ねたようであるが、國難後改版本では文字通りの組換えを行っており、この「校改」もその際に施されたものであろう。なお一粟氏の『紅樓夢書錄』ではその二〇四頁にこの書を著錄解題しているが、國難後改版本刊行の事實には觸れていない。また一九二二年第六版とあるべきを一九一二年に誤排している。）

筆者はかつて舊稿「紅樓夢覺書」のなかで、首回冒頭部分は評文と見なすべきではないか、また「假語存」と解くべき「賈雨村」の名を「假語村言」と解き誤っている點からも、この回首總評は作者でなく評者脂硯齋の手に出でたものと考えるべきではないかとの卑見を述べたことがあったが、それを説いた該論文の該箇所[3]を檢してみるに、頭註として、「蔡元培もこれと同樣に解している。『石頭記索隱』六頁」と記している。當時、倉石武四郎博士御所藏の同書を借閲使用したのであったが、これが實はその舊版の何版かであったのである。筆者は前稿執筆の際、『索隱』をふたたび引用しながら、架藏の新版に改字の事實があろうとは思い至らなかった。近頃、たまたま大阪市立大學附屬圖書館藏本中の舊版八版（民國十四年七月）を漫閲しているうち、その事實を識ったので、ここに前稿の引用文を訂正するとともに、「賈雨村」即ち「假語存」なることを指摘したのは、管見に入った限りでは、蔡氏をもって始めとすることを記しておきたい。

なおまた、前稿發表後に心づいたものを擧げれば、魚返善雄編『舊中國小説集』（一九四九年四月、目黒書店）所收『紅樓夢』第一回註一にも「賈雨村」は「假語存」、「そらごとを掲げた」の意をにおわせたものだとある。ただし、氏の所説が蔡氏の『索隱』の説に據るものか否かは、これを審らかにしない。いま一つ、吳世昌 "*On The Red Chamber Dream*" 1961, Oxford University Press（『紅樓夢探源』英文本、以下『探源』と略稱する）の一章に、筆者と同樣、問題の回首冒頭部分を評の文と見るべきだと論じた研究があり（ただし、その筆者を脂硯齋でなく曹霑の弟棠村に比定しているが、この新説については、後章で改めて檢討を加える）、その箇所に、「賈雨村」という人名に寓された意味を「假語村言」と解くのはあまり適切でない、「假語存」と解くべきであろうと註している。[4] 尤も、吳氏はこの事實を總評の筆者問題を論ずる根據としているわけではない。またその解も獨自のものかどうかわからないが、『探源』卷末の援引書目中には蔡氏の『索隱』の名も見えているから、[5] 同書舊版の説を襲ったものかもしれない。なお吳氏は總評筆者問題に觸れて、「だれ一人そのこと（評文と本文との混寫の事實を指す）の奇妙さに注意を拂わなかった[6]」と記しているけれども、前稿にも記したように、『國譯漢文大成本紅樓夢』の譯註で幸田露伴が評文と見るべきだと指摘しているし、また金子二郎氏の「紅樓夢考㈠」にも同樣の見解が記されている。[7]（後者の論攷は、拙稿發表後、増田涉氏から貸與されて見ることを得、その後著者からも抽印本の惠送に預った。ここに附記しておく次第である。）

さて、蔡氏が「假語存。」の解を終生持して渝らなかったとして、もしも氏の記すがごとくに、「假語存」と解くのが「盡人皆知」、大方の讀者の常識であったとすれば、「假語村言」という解き誤り、少なくも不適切ではある解き方が作品の回首でなぜなされたか、さらにはまたその筆者がだれであったかということも問題にされてよさそうに思われる。しかしながら眼に觸れた限りの諸書の記述は、蔡氏を例外としておおむね「假語村言」の解に從うもののごとくであり、僅かに景梅九の『石頭記眞諦』中に別の解き方が見出されるが、これとても「假語村言」をさらに言い換えて「假予忖焉」と解くものに過ぎぬ。[8] また闞鐸の『紅樓夢抉微』では「假於村言」と解くが、これも牽强の嫌いがある。[9]

いったい脂評の重點が、この作品の「眞事を隱した」面の强調に置かれ、「假語を存した」面になかったことは前稿で述べたとおりであるが、故意に出でたものであるにせよ、不注意に出でたものであるにせよ、もし「假語村言」と解くのが誤り、乃至は不適切な解き方であったとすると、脂硯のその評の句が作者の曹霑の手で訂されることなく今に傳ったことは、兩者の特殊な關係を考え合わせたとき、不思議の感を抱かせずにはおかぬ。脂硯の手で記されたこの囘首總評が作者の眼に觸れずには終らなかったとしたなら、作者は蔡氏が「盡人皆知」と記したごとくに、「眞事隱」の對語として「假語存」の解が當然讀者の念頭に浮ぶであろうことを豫想した上で、「假語村言」の解をも一解として寬容に認め殘させたのである、そうとでも考えるほかはなさそうである。

さて、吳世昌氏によって提出された首題に關係のある新説についての檢討に入りたい。

吳氏の新説とは、さきに少しく觸れたように、第一回の囘首に附された總評をも含め、脂本の各囘囘首に殘存する總評をば曹霑の弟棠村の手になるそれと見るものである。（さらにまた氏は、囘首總評に緊接して置かれた題詩をも、同じく棠村の作であると說くが、この問題は姑く措く。）

周知のごとく、『紅樓夢』第一回には、『石頭記』の緣起を述べたくだり、脂硯齋の所謂「楔子」[10]（以下、この稱を借りる）の末に近く、「東魯孔梅溪題曰『風月寶鑑』」の句があるが、甲戌本にはこの箇所の眉評として、朱筆で次のように記されている。「雪芹舊有風月寶鑑之書、乃其弟棠村序也。今棠村已逝、余覩新懷舊、故仍因之」。（この評は甲辰本にも墨筆ではあるが、錄入されている。）　ほかにも脂本（甲戌・庚辰兩本）の第十三回には「梅溪」を署する朱筆眉評が一條見えるところから、胡適は新獲の甲戌本を初めて世に紹介した文章[11]のなかで、次のように說いた。――曹雪芹には『紅樓夢』の舊稿として『風月寶鑑』と題したものがあり、これには弟の棠村（梅溪とも號した）のものした序文が附せられていた。甲戌本が成立したときには、棠村はすでに世になく、雪芹は「新ヲ覩テ舊ヲ懷フ、故ニ仍ホ之ニ因レリ」、卽ち『風月寶鑑』の舊名を『石頭記』の異稱の一つとして保存しておいたのである、と。（胡氏は近作「跋乾隆甲戌脂硯齋重評石頭記影印本[12]」のなかでも同旨の見解を重ねて記しているけれども、評文中に「雪芹」の語が見えるところからも「余」の語はおそらくは脂硯の自稱であって、保存してやった主體は脂硯のはずであり、それを直ちに雪芹の上に移して說いている點には飛躍がある。）　胡氏の梅溪卽ち棠村なりと見る說、及び「故仍因之」の句に與えた以上の說明は、おおむねその後の研究者からは承認されてきたもののようである。

これに對し吳世昌氏は、胡氏の所說の後者を目して、「新」「舊」兩語の指すところを把えそこなったばかりか、脂硯がなにを *still kept*（「仍因之」）したのかについての解釋も正鵠を射ていないと說く。吳氏によれば、脂硯が「仍ホ之ニ因レリ」とする「之」とは、棠村がかつて『風月寶鑑』に寄せた「序」そのものを指すのでなければならず、しかもその「序」とは、從來考えられてきたような全書に對する序文の意ではなく、『書經』『詩經』などに例の見られる「大序」に對する每篇の「小序」、卽ち小說の場合でいえば各回に附せられた「小序」の意でなければならぬという[13]。かくて回首總評こそは、吳氏によれば、「棠村の筆になる『序』そのものであり、本來は『舊』稿――それは棠村によって『風月寶鑑』と題された――のために書かれたものであった。そうして脂硯は、それらを自ら評を施し、かつ舊名に復せしめた『石頭記』のなかに、感傷的な理由から殘してやったのである[14]」とされる。

吳氏は、棠村が夭折する以前に記した「序」として、第一回・第二回の回首總評のほか、胡適の論文に引用されたもの[15]により、甲戌殘本の第六・十三・十四・十五・十六の各囘に見える總評を擧げ（實は影印本によれば、第六囘には囘末にも總評が附せられているが）、さらに第二十五・二十六兩囘の囘末總評、また第二十七・二十八兩囘の囘首總評（と吳氏はするが、實は囘末總評である）をもそれだという。

次に庚辰本については、吳氏はさきのものと共通する總評以外に、第十二・二十三・二十五囘囘末の朱筆の批語を擧げ、また第二分册の目錄紙の裏面に朱筆で記された本來は第十三囘に附されるべき囘首總評をもこれに含め、いずれも他本から轉鈔されたものながら、棠村の「序」であるという。同じく庚辰本の第十七、二十四囘、第二十七――三十二囘、第三十六――三十八囘、第四十一・四十二・四十六・四十九・五十四の各囘囘前別葉に墨筆で記された總評もまたそれだという。裝訂の際、第二十囘末に誤って置かれた第二十一囘總評や、第四十七囘末に見られる總評も、本來は囘前にあったもので、これまた棠村の作だという。以上を併せるならば、庚辰本では都合二十五の囘に「序」が附せられていることになるが、これを甲戌本竝びに戚本に見えるものと比較すると、たがいに出入があり、かつそれらの多くは部分的にしか庚辰本には採錄されておらぬという。

かように現存の諸脂本にあっては、棠村の『風月寶鑑』に與えた「序」はすべての囘に附せられているわけではない。しかし、それは一に鈔者の手で省き去られたがためであって、その理由は極めて單純、つまりそれらの大部分がもはや改稿された『石頭記』においては、當該の囘の內容に適わしくなくなっていたからであるという。

以上が吳氏の所說のあらましである。

しかしながら、私見によれば、吳氏の擧げる囘首總評は確かに脂本成立過程では比較的早期に施されたものには違いないけれども、『風月寶鑑』稿の時期に棠村によって附された「序」ではなく、（そのうちの特に庚辰本に見えるかなりの部分は）その後『金陵十二釵』という形で一應定稿化されつつあった時期に、脂硯齋の手で施されたもの、卽ち脂硯の初評であり、餘の部分は、その後の數次に亙る評閲の過程で附け加えられていったものであろうと思われる。

そもそも章回小説の各回に附された總評を、『詩』『書』に見える例になぞらえて「序」と稱したためしがあるかどうか、筆者は寡聞にして知るところがないが、この脂批に見えた「序」ということばに對する新解こそは、呉氏の新説の出發點であるから姑く措き、以下では評文の形式・内容に亙って具體的に檢討を加えてみることにする。

まず呉氏が棠村の作として擧げる第一回回首總評のなかに、その執筆時期を推定する手がかりを探ってみよう。「一事無成、半生潦倒」の句がそれである。「半生」を碌々として送った作者が廣く天下にその罪を懺悔せんとて筆執って成ったものがこの小説であるむね、執筆の動機を評者が作者になり代って説明した箇所に見えるものであるが、いまこの「半生」を三十歳ととるならば、そこに一つの推測の可能性が生れる。いったい霑の出生の歳については諸説區々としていまだ定論がないが、康熙五十四年（一七一五）から雍正二年（一七二四）の閒に生れたとされる。(16) なおまた甲戌本第一回題詩竝びに「楔子」末尾に記された記事を信ずれば、雪芹は十年の辛苦を嘗め五たび稿を更めた、またその閒に『石頭記』『情僧錄』『紅樓夢』『風月寶鑑』『金陵十二釵』と題名も改められたわけである。そこでまず霑の生年康熙五十四年説をとるならば、およそ三十歳にして著筆し、披閲すること十載、齡四十にして『金陵十二釵』の稿を成し得たその時期は乾隆十七年頃ということになり、乾隆甲戌十九年（甲戌原本寫定の年）を遡ること一二年、脂硯齋が初評を施したと想像される時期ともほぼ一致する。下限の雍正二年出生説をとればどうなるか、この説に據る周汝昌氏は、前説に比しおよそ九年の開きの生ずる點を説明するために、この「半生」の語は恐らく脂硯甲戌鈔閲再評の折の霑の年齒を指していったものではなかろうかとする。(17) もとより「半生」と稱し「十年」と言うのは泛辭であろうから確たる根據とはなしがたいし、『風月寶鑑』『十二釵』兩稿の成立時期の差をも明らかにはしがたいものの、この總評が棠村によって『風月寶鑑』稿に施されたとする説は、殊にも雍正二年雪芹出生説が將來別の資料で裏づけられたような場合には、脂硯執筆と見る説に比し、やや説明に困難なものがあろう。

さて、第二回總評には雪芹の「文法」を説明して言う、「……若是先敍出榮府、然後一一敍及外戚、又一一至朋友、至奴僕、其死板拮据之筆、豈作十二釵人手中之物也（耶）？」云々と。脂硯齋本の批語では作者を指してしばしば「作書人」と稱するが、圈點の句もまさしく『金陵十二釵』なる小説を創作した者の意であろう。從ってこの句の見えることは、この總評の書かれた時期が雪芹自身によって『金陵十二釵』と命名された時期であったことを示すものではあるまいか。また甲戌本卷一卷首に置かれた四則の「凡例」も、その第一則で數種の異名の説明を行うに當り、まず『紅樓夢』『風月寶鑑』『石頭記』（『情僧錄』については觸れていないところを見ると、この題名はほとんど行われなかったものかも知れぬ）の順序で簡單に記し、そのあとを承けて『金陵十二釵』には格別多くの文字を費して解題を施している。しかも胡適藏甲戌本の影印本(18)に就いて見るに、まず首行に「脂硯齋重評石頭記」と題されたあと、この「凡例」の正文が二字格下げて置かれ、さらにこれと緊接して同格に問題の第一回總評が書き繼がれているのである。（ただこのあとに附された七律の題詩のみは曹霑の作であろうと考えるが、後に論ずる。）とすれば、「凡例」・總評のいずれも棠村が『風月寶鑑』に與えたものではなく、脂硯齋の手で『金陵十二釵』稿成立時に書かれたものと見るのが妥當ではなかろうか。いかに「感傷的な理由」に發する行爲であったにせよ、まさか脂硯が、別の箇所に施した「……今棠村已逝、余覩新懷舊、故仍因之」という數句の斷り書だけで、「脂硯齋重評」と銘打った文字のすぐあとに、餘人（棠村）の手になる評文を混入させて憚るところがなかったとは考えにくいことである。（甲戌殘本が原底本の體裁を傳えているとしての話ではあるが。）

次には、吳氏の擧げた總評がどのような形で現存脂本に置かれているかを見てみよう。まず甲戌殘本であるが、第一分册（第一回－第四回）のうち、第一回の體例はすでに上に述べたとおりである。第二回では、首葉の首行には「脂硯齋重評石頭記」の文字を記さず[19]、ただちに「第二回」と題したあと、二句の回目が記され、さらに本文より一字格低く總評が三則、次に七絶題詩が置かれている。第二分冊（第五回－第八回）では第六回がこれとほぼ同形式で總評二則、五絶題詩がある。（これらの標題詩も第一回と同じく雪の作であろう。）ただこの回は回末にも總批二則が附せられ、回末韻語の備っていることといい、形式的には最も整っているといえよう。第三分冊（第十三回－第十六回）の各回では、いずれも回首總評のあとに「詩云」の二字が記されていながら、空格のままで肝腎の標題詩は缺けており（第十三回の題詩に相當するものが庚辰本第十一回回前、目次の裏に殘っているほかは、未成に終ったものとおぼしい）、そのあと回目があって本文に續く。ところで、第十四回に見える總評のうち一則は、庚辰本の同回朱筆眉評の「壬午春」を記すものとほとんど同旨であり、第十六回の總評の一則に至っては、庚本朱筆眉評に「畸笏」を署するものとまったく同文である。（甲戌本では第一回に「壬午」「丁亥」「甲午」の紀年數例が認められるだけで、あとは删られており、署名も除かれている[20]。）吳世昌氏もその論攷中で認めているごとく、畸笏とは脂硯齋が壬午の歲より使用し始めた別號であるからして、以上の二則は卽ち脂硯の批語ということになる。第四分冊（第二十五回－二十八回）について言えば、これに收められた四回は、いずれも回首總評を缺く代りに、回末に「總評」「總批」を存する。うち第二十五回に見えるものには、庚辰本に存する「壬午孟夏雨窗」と記す朱筆眉評を改變したとおぼしいものが含まれている。第二十六回では、すべて八則のうち、一則は「壬午孟夏」、一則は「丁亥夏」の紀年のある庚辰本朱筆眉評と同文である。また第二十七回には、「己卯冬夜」「丁亥夏」を記す庚辰本脂評と同文のものが各一則見られる。最後の第二十八回にも、「己卯冬夜」「丁亥夏」の記年のある庚辰本總評と共通のものが認められる。

胡適藏甲戌殘本は前記のごとく四卷（一回を一卷と數えるから四回）ずつ分裝されたものの四分冊のみが第二十八回まで飛び飛びに殘っており、一方、庚辰本では、記年署名のある朱批が第十二回から第二十八回までしかないので、甲戌本前八回については對照確認ができないけれども、特に第六回回末總批のごときは比較的あと（壬午以後）になって記されたものかとも思われる。以上の大雜把な觀察を通じてでも、甲戌殘本中特に後の二分册には、己卯の年から丁亥の年に亙る脂硯（畸笏）總評の存在することが確認できよう。

次は庚辰本の場合を影印本[21]に就いて見てみよう。この鈔本では、回前總評は回の前に插入された別葉に記されており、第二十七回を例にとるならば、まず甲戌本と同じく「脂硯齋重評石頭記」と首行に題したあと、總評二則が置かれている。吳氏によれば、これらの總評も棠村の作とされるのであるが、實はこの二則は甲戌本回末總批六則のうちの第一則・第六則と同文であって、その中間に、實は上に引いた「己卯冬夜」脂硯の評、「丁亥夏」畸笏の評、卽ちともに脂硯の手になる二則の總評が挾まれているのである。この場合も、棠村の「序」がこういう形で混入されたとは考えにくく、ともに脂硯手筆だと見た方が妥當であろう。庚辰本にはこうした形の回前總評がおよそ二十回に亙って見られるが、そのうち第二十二回の回前別葉は、ただ「脂硯齋重評石頭記」と題されただけで、空白になっている。現存庚辰本は比較的忠實にその據った原底本のおもかげを傳えていると思われるが[22]、この場合も、脂硯の加批を待つ空白の場所までが鈔者によって忠實に（むしろ機械的に）寫し取られた例と見た方がよさそうである。

また第二十回回末の總評四則は、兪平伯氏の指摘するごとく[23]、本來は第二十一回回首に在るべきものが裝訂の際の手拔かりから誤ってその位置に置かれたものとおぼしいが、吳氏によればこれまた棠村の筆に出づるという。ところでこの總評の第一則に當る「有客題紅樓夢一律云々」で始まる文章[24]には、兪氏の所謂「怪詩」七律一首が含まれている。その第三・四句には「茜紗公子情無限、脂硯先生恨幾多」とあり、さらに第七・八句には「情機轉得情天破、情不情兮奈何我」とある。「茜紗公子」とは作中人物賈寶玉を指し、これに配された「脂硯先生」はいうまでもなく脂硯齋その人を指す。「情機轉ジ得テ情天破レシ」その時こそは、茜紗公子寶玉が僧・道士の兩人に伴われて太虛幻境へ還るときであり、同時にまた通靈寶玉の幻相を現じて日夜寶玉に隨っていた頑石が、僧・道兩人との契約によって、大荒山は靑埂峯下に還らねばならぬときでもある。詩中の「我」とはこの頑石の自稱であり、「怪詩」の作者たる「客」の自稱でもあるが、卽ちまた曹霑が自らを一箇の石頭になぞらえての謂いであろう。（この「客」は第二十七回回末と第二十八回回首の脂硯の朱批中にも登場する。[25]）「楔子」にも見えるように、ことさらに『石頭記』の增删者の地位に退いた曹霑の意の在るところを汲んで、脂硯は「客」の名を伏せたものと見える。この題詩は頑石が一役勤める第二十五回をも含んだ庚本での第三分册の題詩としてだけでなく、全書の題詩としての內容をも持ち得ているが、脂硯への挨拶の詩でもあるので、姑く總評のうちに記しおくに止どめたのであろう。棠村とはどうやら關りがなさそうである。

いま一つ別の性格の例を擧げよう。同じく庚本第四十二回、回前別葉總評に「……今書至三十八回時、已過三分之一有餘、……請看黛玉逝後、寶釵之文字、便知余言不謬矣」の句が見えることをもって、吳氏はこの總評の棠村「序」たる一證左とされるのであるが、[26]私見によれば、ここに言う「書」とは吳說のように『風月寶鑑』稿を指したものではなく、やはり『金陵十二釵』稿を指したものである。卽ち、『十二釵』稿における第三十八回は甲戌の歲以後寫定された『脂硯齋重評石頭記』にあっては、分回の基準に變動が生じ、內容にも增減があったため、第四十二回になった。こうして分回のズレが生じたにも拘らず、第二十二回の場合と同樣、もとの位置にそのまま寫し取られたのがこの總評であろう。勿論、『風月寶鑑』稿から『金陵十二釵』稿への改稿の時期にも增删の手は休められなかったわけであるが、八十回が現存脂本に見られる分回の仕方に固まったのは恐らく甲戌以後のことであり、例えば『十二釵』稿の秦可卿天香樓にて縊死するのことを描く「史筆」によった部分は、初評の際の脂硯の忠告が納れられ、彼が甲戌の歲に鈔閱再評した折には、ほぼ現在の第十三回に見られる形にまで修正定着されていたかと思われる。

なお脂硯はさきの總評を加える以前に『金陵十二釵』の全稿恐らく百回を閲過していたとおぼしい。現存八十回以後の情節に當る「黛玉逝後」のことに言及しているのはその一證であり、ここに見られる表現には、これから定稿化される未完成の作品を前にしての立言とは異なるものあるを覚える。甲戌の歳以後の改稿によって、全書は百八回乃至百十回程度に增回されて完結するはずであったと想像されるが、丙子の歳（乾隆二十一年―一七五六年）を境とし、改稿の事業は八十回のあたりで一旦杜絶した。その後少なくも第一回より第二十八回までを含む甲戌鈔本（そのなかには『金陵十二釵』の舊稿も一部現狀に近い形のままで取り込まれているが）を底本として、少なくも己卯・壬午・乙酉・丁亥の各年に脂硯の朱批が加えられた。これが庚辰原本の第十二回より第二十八回に亙って轉鈔されている朱批の原底本であり、またこれと別に、丁亥・甲午の閒に、さきの甲戌鈔本に據りながら、朱批の署名・紀年をほとんど刪り去り、批文にも手を加えて脂硯の手で「定本」化されたのが胡適藏甲戌殘本のそのまた原底本であろうか。脂本の成立過程については論ずべき問題は多いが、姑く措く。

以上、影印本に就いて原本を想見できる甲戌・庚辰兩本の回首總評を取り上げ、その筆者問題の檢討を試みたのであるが、このほかに、有正本（戚蓼生序本）には他の脂本に見られない回前回末の總評が存在する。（他の脂本と共通するものの數は庚辰本に較べるとかなり少なく、吳世昌氏の說くように[27]、有正本の原底本は庚本の原底本よりも早くに成立したものかも知れない。）趙岡氏によれば、これらの批語は戚蓼生やまた有正本の刊行者狄楚靑の筆になるものではなく、やはり脂硯の手で、恐らくは乙酉の歳（一七六五年）に記されたものであろうという[28]。しかしながら、戚蓼生がこの鈔本を入手した時期を乾隆三十四年（一七六九年）に置く趙氏の根據（周汝昌氏の提唱に係る說）には問題がある[29]。一方、吳世昌氏は、戚本に存する總評のうち、さきに棠村のものとして氏の擧げたもの以外は、それらに共通する文體・語法的特徴や思想傾向から見て、「棠村」の手に出でたものとは考えられぬという[30]。趙岡氏がその所論の根據として引いた數條の總評には、或いは脂硯の筆ではないかと疑わせるものがあるが、その餘はおおむね脂硯以外の後人——戚氏であるか、餘人であるかは判らぬ——の手になるものと思われるので、單に言及するに留める。

さて、吳氏の新說が成立しうるかどうかを檢討するとともに、その過程で前稿に於て充分說き及ぶを得なかった第一回以外の回首總評の筆者の問題に關する私見を少しく述べた。ここでさらに前稿にあっては說き及ぶを得なかった第一回の標題詩の作者の問題をも取り上げるべきであろうが、與えられた紙幅も殘り少ないいま、簡單に私見を記して置く。

甲戌本首回に見える七律標題詩をも含め、現存諸脂本に殘存する標題詩は都合八首、第一回・第二回・第五回・第六回・第七回・第八回・第十三回、及び第十七・八合回の各回に附せられており、その餘の回の分は未成に終ったもののようであるが、いずれも曹霑の作であると考える。甲戌・己卯・庚辰・有正各本に見える第二回七絕標題詩には、甲戌本のみ朱筆の旁批があり、「只此一詩便妙極、此等才情自是雪芹平生所長、余自謂、評書非關評詩也」[31]とあるはその一證。「余」とは脂硯の自稱であろう。

また甲戌・有正兩本に見える第六回の五絕題詩には、起句に「朝叩富兒門」とあるが、これは周汝昌氏の指摘するように[32]、曹霑の友人敦誠が丁丑（一七五七年）の秋、はるか喜峯口より北京なる霑に贈った「寄懷曹雪芹」[33]詩中の句「勸君莫彈食客鋏、勸君莫叩富兒門」と一部同文であり、敦誠はさらに續けて、「殘盃冷炙有德色、不如著書黃葉村」と結んでいる。卽ち敦誠は、當時貧窮の狀態にあった霑に對し、食客となろうなどと思うな、富家の門を叩こうという氣を起すな、それよりは君が本領たる著述のことに勵め、『紅樓夢』を完成せよと懇ろに勸めているのである。これは詩句の暗合ではなく、霑の第六回題詩を踏まえての詩であろう。丁丑の前年頃、『脂硯齋重評石頭記』定稿化の事業がほぼ八十回を以て頓挫を來したと想像されることはさきにも述べたとおりであって、この敦誠の詩は題詩の成立した時期とその作者とについて一つの裏書をなす資料といえようか(34)。

呉世昌氏は、回首總評だけでなく第一回標題詩をもまた棠村の作であろうと說き(35)、その根據として、第一回の「楔子」の末に見える雪芹の五絶に「此是第一首標題詩」との批語が附せられている事實を擧げているが、この五絶は「楔子」にいうように『金陵十二釵』の稿を成したときに詠まれたものであり、批語もまた脂硯初評の際に附せられたものに違いない。「浮生着甚苦奔忙」に始まる七律一首は、その後、甲戌の頃、これとは別に霑の手で全書の題詩としてかつまた「楔子」に對する題詩として詠み加えられたものだと考えてはいかがであろう。

以上、題詩の作者についての結論と一二の旁證だけを併せ書き留めた。餘は目下執筆連載中の別稿(36)に讓り、ひとまず本稿の筆を擱くこととしたい。

註

（1）趙岡「論紅樓夢後四十回的著者」（『文學雜誌』第七卷第四期、一九五九年十二月）竝びに同氏「脂硯齋與紅樓夢（下）」（『大陸雜誌』第二十卷四期、一九六〇年二月）。
（2）趙岡「脂硯齋與紅樓夢（下）」二八頁。
（3）拙論「紅樓夢覺書」（一九四八年十二月二十七日、卒業論文として東京大學文學部へ提出）六三頁。
（4）呉世昌『紅樓夢探源』六五頁。
（5）同前書三六六頁（第九五）。
（6）同前書六四頁。
（7）金子二郎「紅樓夢考（一）」（『大阪外國語大學學報』第六號所收。一九五八年三月）七頁。
（8）景梅九『石頭記眞諦』（一九三四年九月、西京出版社）卷上葉一、十一、二十二に見える。『詩經』（小雅）「巧言」の「他

人有心、予付度之」の句に發想を仰いだ解である。

（9）闞鐸『紅樓夢抉微』（一九二五年四月、天津大公報館）葉一、「賈雨村言應注意重村字」の條に見える。「村」とは「撒村」の「村」で、「村言」とは淫穢鄙瑣なる『金瓶梅』を指したもの。これに反し、『紅樓』は一種富貴秀麗の氣を帶びた作であって、「假於村言」とは『金瓶』に比しいよいよ「假」なりの意だという。その「假」の意が判然としないが、『金瓶』を糞レアリズムの作として貶しめ、『紅樓』を虚構の美しさを狙った作だとして稱揚しようというのであろうか。

（10）脂硯齋の評では、第一回（甲戌本眉評）竝びに第五十四回（庚辰本回前別葉總評）の兩回に見えるものにこの語が用いられており、第一回の「列位看官」から始まって「滿紙荒唐言」の五絶に至る長段を指す。勿論、金聖嘆の删改した『水滸』の「楔子」になぞらえて言ったもの。

（11）胡適「考證紅樓夢的新材料」（一九二八年、『胡適文存』第三集卷五、五七一頁）。

（12）『乾隆甲戌本脂硯齋重評石頭記』（一九六一年五月、臺灣商務印書館刊。二分册）。卽ち胡氏所藏甲戌殘本の影印本に自ら附した跋文である。

（13）吳世昌『探源』六三頁。

（14）同前書六七頁。

（15）註11參照。胡適の引用はもとより批語の一部に限られているが、近時刊行された影印本と對照してみると、兪平伯輯『脂硯齋紅樓夢輯評』（新版）も、直接原本を參照していないため、甲戌本關係の箇所にはかなりの不備が見られる。

（16）友人敦誠の「輓曹雪芹」詩（胡適藏稿本『四松堂集』卷上、葉廿四）の首句「四十年華付杳冥」と、同じく友人張宜泉の「傷芹溪居士」詩（『春柳堂詩稿』葉四十七、一九五五年十一月文學古籍刊行社影印本）の題下註に「年未五旬而卒」とあるのが、推定出生年の上限と下限をほぼ規定している。これに沒年についての二説、乾隆壬午の除夕（一七六三年）説、癸未の除夕説のいずれを取るかの問題が絡み、なかなかに複雜である。

（17）周汝昌『紅樓夢新證』（一九五三年九月、棠棣出版社）四二六頁。

（18）註12參照。

（19）當初から四回ずつの分裝が豫定されていたらしく、各册とも首回の首行にのみ「脂硯齋重評石頭記」の文字が記されている。

(20) 呉世昌『探源』五一頁參照。

(21) 『脂硯齋重評石頭記』（一九五五年九月、文學古籍刊行社）。二分册。

(22) 兪平伯「前八十回紅樓夢原稿殘缺的情形」（『紅樓夢研究』一九五二年九月、棠棣出版社所收）參照。

(23) 兪平伯「後三十回的紅樓夢」（『紅樓夢研究』所收。同書二〇六頁）。

(24) 全文の引用省略。庚辰本影印本（註21參照）第一分册二二七頁、または兪平伯輯『脂硯齋紅樓夢輯評』（一九六〇年、中華書局新版）二八七頁を參看。

(25) 兪平伯輯『脂硯齋紅樓夢輯評』三八八頁黛玉「葬花詩」に附せられた評（第二十七回）及び三八九頁開始總評（第二十八回）のうちの「不言鍊句云々」の一則。庚辰本のみでなく甲戌本にも見えるが、改寫されたとおぼしく異文がある。「客」の問題についてはなお稿を改めて論じたい。

(26) 呉世昌『探源』六九頁。

(27) 同前書七一頁。

(28) 趙岡「論紅樓夢後四十回的著者」一四頁竝びに一七頁。

(29) 周汝昌「戚蓼生考」（『紅樓夢新證』所收、同書六一八頁）。戚氏は乾隆三十四年に上京應試、進士に中ったが、以後四十七年まで刑部の官として京師に在勤したという。とすれば『石頭記』鈔本を入手したのは、前後十四年に亙るあいだの出來事であって、ただちに三十四年の歳をそれとして比定するわけにはゆくまい。

(30) 呉世昌『探源』七〇頁。

(31) この朱批は兪氏の『輯評』では採錄漏れになっているが、周汝昌『紅樓夢新證』五六九頁に引かれている。

(32) 周汝昌『紅樓夢新證』四二九頁。

(33) 敦誠『四松堂集』巻一葉二（一九五五年九月、文學古籍刊行社刊影印本）。

(34) 杜甫の「奉贈韋左丞丈二十二韻」詩中に「朝扣富兒門、暮隨肥馬塵、殘杯與冷炙、到處潛悲辛」の句が見え、呉世昌氏も指摘するごとく（『探源』一二五頁）、敦誠の「寄懷曹雪芹」詩の末四句は、これを踏まえて逆境に在る霑を杜甫に比したのである。ところで、第六回題詩首句と杜律中の一句とが暗合でないとすれば、まず霑が杜甫の句をそっくり題詩の首に据えて劉姥姥の上に轉じ用いたのを、さらにこれを讀過した敦誠が自作のなかでは杜詩の原意によってふたたび霑の境涯に復し用いたのであり、その逆の順序ではないと見た方が自然のように思われる。

（35）吳世昌『探源』六六頁。

（36）拙稿「脂硯齋と脂硯齋評本に關する覺書」。その㈠は『人文研究』第一二卷第九號（一九六一年十月、大阪市立大學文學會）に發表。本書五七頁。

（東京支那學會『東京支那學報』第八號　一九六二年六月）

「紅樓夢首囘、冒頭部分の筆者に就いての疑問（續）――覺書――」訂補

――併せて呉世昌氏の反論に答える――

まえがき

私はかつて『東京支那學報』第四號（一九五八年六月）に「紅樓夢首囘、冒頭部分の筆者に就いての疑問――覺書――」と題する一文を發表、さらに第八號（一九六二年六月）に同題名の續稿を發表した（以下、前者を（正）篇、後者を（續）篇と略稱する）。（正）篇執筆當時、私はたまたま『紅樓夢』の譯業に從っていたが、第一囘冒頭の、從來本文として扱われてきた長段を、恐らくは評者脂硯齋の手になる總評であろうと考えて卷末解說中に移し、一方「甲戌」本にのみ存する七律題詩は雪芹の作と考えて囘首に殘すこととし、そのむねを同囘譯註一に略記した。（正）篇は右の措置の根據を示さんがために執筆したものなのである。ただそこでは紙數の制限から題詩の作者問題に言及し得なかったため、（續）篇に於いてその後の數年閒に心づいた諸點を補正するとともに、この問題を主として論ずるつもりでいた。しかるに、呉世昌氏の『紅樓夢探源』英文本（以下『探源』と略稱）、胡適藏「甲戌」殘本影印本が相ついで刊行を見たので、呉氏の「棠村序」新說の紹介、竝びに（正）篇に記した私見の立場からこれに疑問を呈することとに大部分の紙幅を費やす結果となった。從って題詩問題に關しては結論と二、三の傍證とを記すに止め、餘は前年から連載中の別稿「脂硯齋と脂硯齋評本に關する覺書」（『人文硏究』－大阪市立大學文學會發行－第一二卷第九號、第一三卷第八號、第一四卷第七號にそれぞれ㈠、㈡、㈢まで連載、本稿執筆當時未完。以下「覺書」㈠㈡㈢と略稱）に讓ることとしたのである。

しかるところ、舊臘末、學報編輯委員會から拙文（續）篇に對し寄せられた呉世昌氏の「反論」を示され、一讀駭然たるを禁じ得なかった。同氏の新說に疑問を呈しながら、不注意にもその所說の一部分を誤って要約していたことは、硏究者として汗顏の至りであり、同氏竝びに讀者各位に深くお詫びしなければならぬ。ただ呉氏が「反論」中でそのことを故意に出づるものとさ

れるのは誤解である。それ以外にも、「反論」には後文で指摘するように、誤解や的外れの議論がしばしば見受けられる。多分それは同氏の日本語讀解力が不充分なためか、或いは氏が正確を缺く翻譯ないし要約または部分譯に依って（續）篇を讀まれたためであろう。また一つには（正）篇その他關係の拙作論文を讀まずに「反論」を草されたためでもあろうか。それだけならまだしも、誤解ないし偏見に基づく個人的誹謗の文字すら見えるのである。吳氏の憤慨は無理からぬとは言え、かような文章がそのまま活字になることは、却って同氏の人格を傷つける結果を招きはしないかと危惧し、私は長文の書簡をしたためた。まず（續）篇中訂正すべきだと考える別記の諸點については、當然のことながら率直に陳謝し指摘を感謝するとともに、誤解に屬すると考える諸點については例示してこれを釋くことに努め、個人的誹謗に亙った文字についてはこれに抗議した。同時に、別送した（續）篇始め前記拙作諸篇の抽印本を正確な全文譯について再讀の上、改めて批判されんことを要望したのである。しかしながら、一月二十一日附航空書留便を以て郵寄した小簡に對する吳氏の回答には接しないまま、學報刊行期日の關係上、「反論」はそのまま付印されることとなった。もとより學術上の討論は私も歡迎するところであり、「反論」に答える用意もある。また吳氏の新説に納得がゆけば、わたしの舊説は撤回するに吝かでない。ただ、多くの誤解を含んだ同氏の「反論」と、またその誤解を釋かんがための文章がかなりの分量を占める拙文とを以て、學報の貴重な紙面をふさぐことは私として本意でなく、かつまた匆匆の間に草した拙文が同氏の「反論」の眞意を誤り解していることを惧れるが、編輯委員會の決定に從って紙上から重ねて同氏に答え、かたがた讀者に要らざる誤解を招かぬよう釋明することとした次第である。なおここに發表するのは逐一吳氏に答えた初稿を、紙數の關係上約五分の三に縮めたものであって、意を悉さない憾みがあり、（正）（續）篇その他の拙文を併讀していただければさいわいである。

一、（續）篇に關する訂補

（イ）（續）篇（本書二一頁九行）「蔡氏の『索隱』云々」。『探源』第五頁脚註1によれば、吳氏の據った『索隱』は晩出の一九三五年版であり、同氏の解は舊版の説とは關係ないようである。再閲して氣づいたので記して置く。

（ロ）（續）篇（本書二四頁八行）「裝訂の際、第二十回末に誤って置かれた第二十一回總評や」の圈點を附した三句を刪り、次のように訂す。「第二十回末に置かれた總評や」。

（ハ）同（本書二八頁一四行）「吳氏によればこれまた棠村の筆に出づるという。ところで」以上全句を削除する。

（ニ）同（本書二九頁七行）「棠村とはどうやら關りがなさそうである」。この句を刪り、以下の文を以て代える。

吳世昌氏も『探源』六九頁脚注1には「回前別葉の記事がすべて棠村の〈序〉であるというわけではない。例えば第二十一回回前の長文（文學古籍刊行社版影印『脂硯齋重評石頭記』四五九－四六〇頁）は疑いもなく脂硯の批語であり、その文體はほかの序のそれとは著しく異なっている。云々」と記し、また『探源』後章（九三－九四頁）に於てこの「怪詩」を取り上げ、その作者を脂硯であろうと推定している。詩の作者の問題は姑く措くとして、首行に「脂硯齋重評石頭記」と題し、次行以下に緊接して置かれたこの回前別葉總評が、吳氏自身も認めるように脂硯の手になるものだとすれば、これと鈔式を同じくする「庚辰」本の他回の回前別葉總評も脂硯の作だと考えるのがまずは自然な見方ではあるまいか。殊に『探源』（六九頁）によれば、「庚辰」本第十二回－第四十回の原底本の鈔者は〈序〉と脂評とが區別して扱わるべきことを心得ていたとされる。それならなおさらのこと、轉鈔の際、第二十一回に限って脂評が〈序〉の位置に混入する可能性も少ないとしなければなるまい。

（ホ）同（本書二七頁一五・一六行）「丁亥夏」。この三字を刪る。

これらのうち（ハ）、（ホ）が「反論」中で指摘されたもの、（ロ）については吳氏は氣づいていないようだが、後述のように要約の過程で私が粗忽から冒した誤りであり、（ハ）も實はそれを襲ったものである。なお（ニ）は論旨を明らかにするため念のため補正した。

以上、謹んで訂補するとともに、吳氏竝びに讀者各位にお詫びする次第である。

二、呉世昌氏の「反論」に答えて

(一)「反論」中の「前言」及び「四」に就いて

元來、私が(正)(續)兩篇で取り上げようとしたのは、題名の示すように、首回卽ち第一回の冒頭部分の筆者問題であり、(續)篇では呉氏の「棠村序」說をも紹介批評したため、自然他回の回前總評筆者問題にも言及することとなった。こうした私の執筆趣旨を呉氏が誤解していることは、拙論題名を「論紅樓夢回首冒頭作者」と誤譯している點にも窺われる。「回首」でなく「首回」と訂さるべきであり、また(正)篇を前提とする拙稿であるからには「(續)」字も補わるべきである。呉氏は近作の註[1]にも、拙論を引いて「紅樓夢回前冒頭的作者」と譯しているから誤植ではない。題名からして誤解した呉氏は、私が氏の所謂「回前短文」を脂硯總評だとするのは以前の中國の「紅學家」——例えば胡適——の舊說であって、創見ではないと言う。「脂硯齋重評石頭記」と題された鈔本に見える總評の筆者を脂硯だと考えるのは餘りにも自然なことであり、それを私が創見として誇るわけもなく、事實そんなことは言っていない。また引き合いに出された胡適は(正)篇(本書七頁)にも引いたように「原本不但有評註、還有許多回有總評、寫在每回正文之前、與這第一回的序例相像、大概也是作者自己作的」[2]としているのに、呉氏のように拙文を目して「此文似專爲胡適辯護而駁斥拙著者、故卽以紅樓夢探源的英文本爲攻擊對象」と判斷されたのでは迷惑この上ない。尤も、胡氏がその後一たびは雪芹・脂硯同一人說を提唱したことは(正)篇(本書七頁)でも紹介したとおりであるが、脂批に對する諸家の研究によってその「假設」が破綻を呈してのちは、舊說に復したことが影印甲戌本の跋文を通じて窺われる。(3) 呉氏の言う胡適説が後者を指すものだとしても、私は同一人説に據らないのであるから、同氏が私を目して「他一方面竝沒有承認此爲胡適舊說」とするのは當らぬ。しかも私は（正）篇ではこれに關聯のある諸家の説を胡適説をも含め管見の及ぶ限り紹介した上で論を進めているのであるから、二重の意味で事實に反する。従ってその前提に立っての非難は謂われなきものだと言わなければならぬ。

次に呉氏は、『探源』中に明記しておいた同氏の所説を、私が枉げて傳えようとしたと解し、私の犯した（八）の誤りを擧げて故意に同氏を攻撃せんがために揑造したものだとする。もとより私が他家の説を批判しながらその一部を誤り傳えて氣づかなかったことは慚愧にたえぬが、故意に出づるものだと解されることは私の心事に顧みて思いもよらぬ誤解というほかなく、事實にも反する。

訂正（ロ）の箇所が、「棠村序」を存するとされる囘についての記述を『探源』六七頁から七〇頁にかけて順次拾ってゆき要約した部分に屬することは、原書の敍述と對照して見れば明らかであろう。卽ち原書六九頁一四行の 'The *Preface* to chapter 20 was at first omitted but later added to the chapter at its end'「第二十回の〈序〉は最初除かれたが、後にこの囘の末尾に加えられた」とでも譯すべき箇所、及びこれに續く第四十七回・第四十八回中開附葉に記された〈序〉についての記述を、私は手許の初稿では併せ要約して「第二十回末・第四十七回末のそれ〈序〉を指す）も本來は囘前にあったもので棠村のものだという」としている。（『探源』では前記二つの〈序〉についての記述の中開に、なお第四十二囘のそれについての記述が插まれているが、この方は上文で「另有十六回……」として列擧された諸囘――「讀者を誤らせぬために附した」とされる呉氏の脚註はこの一節に應ずるものである――のうちに含まれているので當然のことながら省いてある。）ところで、「庚辰」本第二十回の回末には、本文に緊接して置かれた批文（呉氏の所謂〈序〉）のほかに、いま一つ、本來は第二十一回回前に在るべきを裝釘の際誤って第二十回末に置かれた別葉總評がある。私は定稿化の過程で「第二十回末のそれ」をば後者を指すものと錯覺し、讀者に對する親切のつもりで、要らざる例の圈點を附した三句をうかと補ってしまったのである。このように私が（ロ）の箇所で誤記した事實を吳氏は看過し、これを承けて同じ誤りを繰り返した訂正（ハ）の箇所のみ發見したため、「憑空造出我所沒有說過的話」と誤解したものであろう。

私は『探源』後章の「怪詩」に觸れた箇所をも一讀したはずであるが、迂濶にもこの誤りを犯しながら氣づかずに過ぎた。しかし、それが強く腦裏に在ったとすれば訂正（ニ）で補ったように說くのが私の論旨であるから、あたかも（續）篇（本書二五頁）で記したと同樣、「吳世昌氏もその論攷中で認めているごとく」として文を行ったに違いない。吳氏が脂硯の作だと認めていれば論證の手數が省けるわけである。問題はその先に在るのであるから。

實を言えば、訂正（ハ）を含む一節は、もと『探源』入手以前に草した題詩問題に關する手持ちの舊稿中の一節を、（續）篇定稿化の段階で插入使用したものであって、このたびもこの問題に充分觸れ得なかったため、題詩・回前總評の兩問題に關聯のある第二十一回のそれを取り敢えずこの場所で取り上げることにしたのであった。ここでは、私は、評文は當然脂硯の作と見る立場を取っているが、「怪詩」の作者については雪芹であるとの見解を記している。しかるに吳氏は私を指して「他大做文章、說此評及其中所附之『怪詩』、皆脂硯所作」とする。さらに詩中に見える「茜紗公子」「脂硯先生」兩句の解釋も吳氏のそれを「鈔（襲）」して自家の「創見」としたものだとするが、これまた事實に反する。『探源』にもしばしば引かれている周汝昌氏の『紅樓夢新證』（五六三頁）には「怪詩」に觸れて「這首詩無疑亦出於脂硯之手、『茜紗公子』卽寶玉、亦卽雪芹、而與脂硯對擧焉、足見脂硯之爲何人」とあり、寶玉卽雪芹と見る點（及び別に脂硯を史湘雲に擬定する點）で吳說とは異なるが、他は同樣である。私も前記草稿中にはこの一節を引いているが、（續）篇で特に註記に及ばなかったのは、「茜紗公子」が寶玉を指すことは第七十九回本文に照らして言を俟たぬところ、「脂硯先生」に至っては自明のことであるからに過ぎず、それを吳氏が『探源』からの剽竊だとされるのは納得できぬ。さらにまた吳氏は、私が「創見」を發表したとして「他爲詩中第二聯和末聯乃脂硯自稱」と記すが、私はそのいずれをも脂硯の自稱とは見なしていない。これも讀み誤りであって、私は末聯に見える「我」を「石頭」の自稱と考え、評文中の「客」とは「石頭」に自らを擬した雪芹その人、從ってこの詩の作者は雪芹だと推しているのである。詳しくは「覺書」㈣（本書一一八頁、五、脂硯齋と曹霑（中））に讓るが、當否はともかくとして、これは多分私の「創見」であろう。少なくも吳氏の說を竊んで逆用し、故意に攻擊の材料にしようとしたものではない。

吳氏はここで、脂評に基づく私の考え方を評して胡適の「牙慧を拾う」ものだとし、胡氏の「自傳說」に言及している。胡氏の所說及びかつて周汝昌氏がこれを一段と發展させようとした試みとその破綻については（正）篇（本書八頁）ですでに紹介濟みであり、吳氏の指敎を俟つまでもない。のみならず、私は「覺書」㈡（本書七五頁、三、脂硯齋について）において、吳氏竝びに趙岡氏の「合傳說」を紹介し、基本的には同意するとまで記しているのである。ただし、これには若干註釋が必要であり、また吳氏自身の說も近來論調に變化を來しているようであるから、いまは觸れるのを省くこととする。

㈡ 「反論」二―三に就いて

前節のように「反論」の誤解に逐一答えてゆくことは（正）（續）篇を全文讀まれた日本の讀者にとって餘り意味があるまいし、紙幅の關係もあるので、若干の例を擧げるに止め、次節の「內證」檢討のための紙數をできるだけ殘すこととしたい。

呉氏は私が『十二釵』稿を設定したのは、總評と本文内容との「參差の現象」の説明に苦しんだあげく、同氏の考え方を襲ったものであるとする。「現象」そのものに對する現在の私の解釋は次節で述べるが、諸本の成立の問題を考えつめれば『十二釵』稿の存在に考え至るのは當然である。「甲戌」本の「楔子」の「至脂硯齋甲戌抄閲再評仍用『石頭記』」の句によれば、甲戌の年、脂硯が『石頭記』の故名に復せしめる以前、彼が初評の際用いた稿本の題名が『石頭記』でなかったことは明らかであり、右の句に先立つ「後因曹雪芹……」の句によれば、雪芹が十年の苦心の末、一應定稿化し得たものに命じた題名が『金陵十二釵』である。依って脂硯初評稿本を私は『金陵十二釵』稿と名づけたのである。（諸本の成立について論ずべき點は多いが、「覺書」(四)（本書一一八頁以下）に譲る。）なおまた呉氏は私が「棠村序」説を「脂硯總評」にすり換えて説を立てたとするが、私が首回回前總評を脂硯作と考えたのは(正)篇においてであり、それは勿論呉氏の『探源』刊行以前のことに屬する。

また呉氏が「伊藤文中最無理者、……這是什麼邏輯？」とする點であるが、拙文では「胡適藏甲戌本の影印本に就いて見るに、まず首行に『脂硯齋重評石頭記』と題されたあと、この『凡例』の正文が二字格下げて置かれ……」としている。二字格下げてあるから脂硯評であり、棠村序ではあり得ぬなどとは書いていない。肝腎の傍點の箇所を抜かして議論をされては「邏輯」以前であるばかりか、讀者を誤りかねぬであろう。

「反論」三のはじめでは、呉氏は特に註記して「甲戌本」「庚辰本」の名稱を用いることは「時代錯誤」であると説く。呉氏は『探源』英文本ではV_1, V_2……（VはVersion の略）を用い、近作では「脂甲本」「脂乙本」……を用いているが、新資料出現の場合を考えると、これらの稱をにわかに採用しがたいとする兪平伯氏の考えにも[4]一理あり、一般に新稱がまだ用いられていないように見受けるのも、多分同様の理由によるものであろう。私は主として便宜上の理由から通行の名稱によっているが、假に新稱を用いるとしても、現存脂本の素姓がいま少し究明されてからでも遲くないと思う。

さて、吳氏は私が（續）篇（本書二五―二六頁）で擧げた六例を引き、これは同氏が「庚辰」本の眉批を「棠村序」と見なしているとの印象を讀者に與えんがためにしたことだと言う。私がそこで行った作業は、「甲戌」本の回前（回末）總評（總批）中には、「庚辰」本中の紀年・署名（もしくはその兩方）のある畸笏（脂硯）評と同文、またはそれの改寫されたものが混在している事實を指摘することであり、次頁では念のため同じことを逆の角度から述べている。卽ち「庚辰」本第二十七回を例に取り、吳氏が「棠村序」だとする二則が「甲戌」本の回末總批中に脂硯（畸笏）評とともに混在している事實を重ねて述べているのであるから、全文を讀む讀者なら、多分そのような「印象」を受けるはずはないであろう。

次に私が「甲戌本」總評として擧げた例のなかには己卯・丁亥の年の脂硯總評が入っており、その事實を私自身認めているのはおかしいとのことだが、私は現に（續）篇（本書二八頁）で所謂「甲戌本」の素姓につき大體の見當を記している。（別に「覺書」㈠（本書五五頁、一、まえがき　二、現在の脂本について）同㈡（本書七五頁、三、脂硯齋について）でも關聯ある吳氏の說を紹介している。）吳氏がその部分だけでも見ていたら「難道可以說、明刊本中竟會已經有了清人的評語嗎?」ということばの記されようはずがない。それで思い出したが、『探源』（一三五頁）には脂批に引かれた曹霑の斷句というのが列擧されている。その㈨「一鳥不鳴山更幽」の句は實は王安石「鍾山卽事」詩の結句であって、李璧や王世貞が王籍の「鳥鳴山更幽」句と對比して論じている比較的有名な詩句である。これをしも「宋刊王荊文公詩中已經有了清人的詩句」と言うのであろうか。

「庚辰本」の「眉批」が「脂硯齋の總評」を兼ね得るかとの質問に就いても、私がそこで擧げたものは畸笏卽ち脂硯の評であり、もと眉端に記されたものが丁亥以後脂硯の手で改寫整理され、一部が回前總評・回末總批として錄入されたのだと考えるから、別段問題はない。

さらに吳氏は、それらの擧例と說明にはなはだ誤りが多いとして、一々指正の勞を執られた。うち第二十八回の分はすでに訂正（ホ）で訂したとおりであり、二則の眉批のうち「丁亥夏」の一則は「甲戌」本總批の一則と內容的に近いけれども、實は「庚辰」本の回前總評（吳氏の所謂「棠村序」）そのものと同文なりとすべく、吳氏の指摘を感謝する。ただしその他の例に就いて見るに、同氏は私の作業の目的を誤解ないし早合點している。私がそこで擧げたのは、「庚辰」本眉批中、「甲戌」本總評（總批）と同文またはそれに近いものではあるが、款識を缺くものまで網羅する意圖はなく、署名・紀年、またはそのいずれかで筆者の確認できるものに限定している。從って折角の指摘も、さきの一條を除いては「無的放矢」の嫌いがある。なお第二十五回末「總評」は壬午、丁亥の紀年のある兩批を「合併刪改」したものだとの指教であるが、後者の紀年のみ刪った全文がそのまま朱筆眉批として「甲戌」本に存在するからには、少なくも私には吳說はうべないがたい。

また「庚辰」本第二十七回回前總評を二則としたのは私の認定によるものであり[5]、ここでは自分のことばで吳說を要約しているので「庚辰」本の通行の名稱に翻譯したわけである。「甲戌」本回末總批を以て「第一則」に比附したとされる點に至っては、これを他の脂評本眉批から轉鈔されたものだとする吳氏の註二の根據を私は知らぬ。

㈢「反論」五の「內證」に就いて

〔內證一〕　第四十二回回前別葉總評に就いては、かつて胡適は評文中の「今」「是回」の文字がともに現存「庚辰」本の第四十二回、舊本における第三十八回を指すものと解し、全書一百回が豫定されていたと推した。[6]兪平伯氏はこれに從いながらも新本の全回數は舊本との比例から推して百十回に膨れ上るはずであったとした。[7]七年前、私はこの總評に就いてやや詳しく論じたことがあるが、(8) そのときもまた（續）篇（本書二七頁）に於いても、この點に關しては胡・兪兩氏の見解を襲った。これに對し、呉世昌氏は「今」を舊本（『風月寶鑑』）の第三十八回に關わるとする點は同じだが、「是回」は舊本第三十九回を指すとするもののようである。現在の私は「三十八回」を以て文字通り現存「庚辰」本の第三十八回を指したものと解する。（ということは、この評が脂硯初評であるとした場合、少なくも第三十八回と第四十二回とが『十二釵』稿時の分回及び内容をほぼそのままに傳えていることを想像させ、さらに全書豫定回數百回説に一根據を加えることにもなるが、姑く措く。）

まず本文に就いて見よう。第三十七回では探春の發起により海棠詩社が結成され、一同白海棠を詠じて詩才を競うが、李紈の判定で蘅蕪君（薛寶釵）が首位、瀟湘妃子（林黛玉）は二位を占める。續く第三十八回では菊を詠じて黛玉が首位に推され逆轉した。回目は「林瀟湘魁奪菊花詩、薛蘅蕪諷和螃蟹詠」に作る。ところが第四十回の酒令の席上、黛玉が『西廂記』の一句を口走ったのを聞き咎めた寶釵は、第四十二回で黛玉に親身の忠告を與え、これまでなにかにつけ張り合ってきた二人の仲に和合のきざしが見え初める。回目は「蘅蕪君蘭言解疑癖、瀟湘子雅謔補餘香」である。さらに第四十五回に至ると、回目「金蘭契互剖金蘭語」の示すように、釵・黛は心から打解けて實の姉妹のように「金蘭の契り」を結ぶようになる。……つまり、問題の總評は、作者が全書の回數（恐らくは百回）と睨み合わせ、釵・黛の關係の轉折點をこの回に置いたことを指摘したものなのである。

ここで改めて評文の内容に就き考えてみよう。まず「釵・玉名雖二個、人却一身、此幻筆也」。回前總評はおおむね當回の回目を繪解きする例が多いが、この「釵・玉」（また後文の「黛玉」「寶釵」）は回目中の「蘅蕪君」「瀟湘子」に照應する。さてこの句は「寶釵・黛玉は作品中では二人の個性の持主として現われるけれども、實はモデルは一人なのであって、これまで二人が互いにライバルと目されるよう文を運んできたのは讀者に氣を持たせんがための『幻筆』虚構ないし韜晦の手法による文章なのである」と解されよう。さらに「今書至三十八回時……」の句は「いまや、物語も第三十八回に至って全書の三分の一を優に過ぎたゆえ、この回に於て二人を意氣投合せしめる。黛玉逝去後の寶釵の哀悼の状を記した〔後回の〕文章を御覽願えれば、私が出まかせを言うのでないことはお判り頂けよう」の意に解される。（「今……使二人合而爲一」の句に對しては、「庚辰」本第七十八回、「有黄巾・赤眉一干流賊餘黨、復又烏合、搶掠山左一帶」の本文に脂硯の施した雙行夾評「妙、赤眉・黄巾兩時之賊、今合而爲一」の句も參考になろう。また「甲戌」本第七回で寶玉と秦鍾の意氣投合の状を「眼見得二人一身一體矣」と脂硯が評するのも參考になろうか。）

ここで呉氏は私の中國語の讀解力の乏しいことを案じて小學校の算術を持ち出された。恐縮である。ならば借問す、第五回の正十二釵簿册はなぜ十一圖しかないのか、雪芹もその程度の算術すら解しなかったというのであろうか。ついでに記せば、呉氏は『探源』（一五六頁）に於て、「庚辰」本第十七・八合回回前總評中に見える「寶玉係諸艷之貫」の句を引き、兪氏の『輯評』が有正本によって「貫」を「冠」に校改しているのを非として 'Pao-yü was the main cord running through all the Beauties' と英譯しているが、この解は苦しいように思う。「甲戌」本第三回朱筆眉批には「甄英蓮乃付十二釵之首、……今黛玉爲正十二釵之貫、……」とあり、「副」字を「付」に、「冠」字を「貫」に誤り作るが、兪氏『輯評』の校改のように、二例とも「貫」は轉鈔の際の誤寫（または筆者の書き癖）と見て「冠」と解するのが自然であろう。尤も、この兩批をともに脂硯のものだとすると一見矛盾するかのようであるが、實は黛玉は「正十二釵」に屬する女人たちの「冠」であり、寶玉はさらにそれら「諸艷之冠」として、男子の身ながら末回「警幻情榜」中の首に「情不情」の考語を附して据えられたものであろう。それ故、寶玉の見た正簿册には「玄機」を洩らさぬよう十一面の圖と贊しかないのであって、このあたり、作者の苦心の存するところだとしなければなるまい。これに關聯して所謂「釵黛合一説」に觸れるべきであるが、前記拙稿中で私見は述べたので省略する。結論だけ言えば、第四十二回總評を根據として現世で右の「合一」のことがあったと考えるのは飛躍であろう。しかし、太虛幻境に遷ってのちに寶玉が、釵・黛兼美の女人と結ばれることはあった。少なくもあったろうと想像することは、第五回その他に徵して許されるであろう。

いったい吳氏によれば、第四十二回の「棠村序」は「庚辰秋月定本」に屬する同回の內容と全く合致しないが、それは脂硯が逝ける者を記念して保存してやったためだという。これは私には奇妙な記念の方法だとしか思われぬ。しかも『探源』（三七頁）によれば、脂硯はこの小說の一種の“publisher”としての役割をも果し、雪芹の家計の不如意を援助したとされる。とすれば、このような性格の「小序」が附せられていることは、大枚を投じて購める讀者にとって迷惑千萬なことではなかろうか。また『探源』（七一頁）によれば、「甲戌」本や「庚辰」本にあってはすべての回に「棠村序」が保存されているわけではなく、それは原底本から轉鈔の際、改稿後の『石頭記』の內容にそぐわなくなったものが鈔者の手で省かれた結果だという。それなら第四十二回のそれに限ってなぜ「保存」されているのであるか、不思議である。

吳氏は「伊藤氏既要考證『總評』的執筆人、至少也該看看『評文』的內容」と說く。私は「評文の內容」はもとより、これに照應する「本文の內容」をも併せ見なければならぬと考えるが、さきのように解すれば、表現・內容ともこの總評が第四十二回に置かれていても、不自然なことはなく、「雪芹の思想」とも他の脂評とも矛盾はすまい。從ってその存在を以て「棠村序」たる「鐵證」とは到底見なしがたいのである。

〔內證二〕　第六回回末總批の第二則に就いては、（續）篇（本書二五頁）にも記したように、私は脂硯の作、それも恐らくは壬午以後の「畸笏」時代の朱筆眉批が、整理の際、內容によってこの回末に墨筆大字で錄入されたものであろうと考える。文末の「嘆々」の語は脂本中、雙行夾評のなかにも見られるが、特に壬午以後の「畸笏」評に頻用される表現である。いったい脂本の回末朱筆批語には、當回のみならず、前後の回の內容に亙っている例は少なくなく、三回に亙る內容を總括しているからと言って「棠村序」だとする「邏輯《ロジック》」は私には判りかねる。さらに言えば、「送宮花」はこの批文に緊接した次回第七回の回目の冒頭三字であるが、この句は第一回の回目「劉姥姥一進榮國府」とはどう見ても對になりそうにもない。しかも後者の句は第六回の回前總評第二則にも、また回末總批の第一則にも引かれており、これらがいずれも「棠村序」だとした場合、「送宮花」が舊稿の回目中の句だと考えることはなおさら無理に見える。「金玉初聚」に就いても、現存脂本の回目中、四字句二句で構成された例は極めて乏しく、多分この四字も舊回目の一部ではなくて、單に寶釵と寶玉の「初聚」という第八回の內容を要約しただけのものであろう。

〔內證三〕　第二十八回回前總評中の一則の問題である。吳氏によれば、第二十三回から第二十八回までの六回中に「藥方」を寫《しる》すのは第二十八回一回に限られるという。しかし、第二十三回では王夫人が寶玉に服用させている丸藥のことを訊す。第二十六回では、佳蕙と紅玉が黛玉の服用している藥のことを話題に上せる。第二十七回では、紅玉の口上に「延年神驗萬全丹」の話が見える。「藥方」とはいっても、「白描」の語に照らしてみると、すべて黛玉のそれ、しかも嚴密な意味でのそれを指したものではなかろうから、以上の程度に點綴されていれば、「回回」とあっても滿更おかしくはないであろう。(「甲戌」本第八回脂硯の朱筆雙行夾評には「自首回至此、回回說有通靈玉一物、余亦未曾細細賞鑑、今亦欲一見」とある。通靈玉のことの見えるのは第八回を除けば首回、第二、三回に限られるのに、「回回」の語が用いられているのは參考になろう。)また非常におかしければ、この一則も「鈔者」の手で删られたはずである。

〔內證四〕　第四十八回回前附葉總評に就いては、兪氏の『輯評』新版(四五二頁)は二則を第四十八回の「開始總批」として扱っている。この回前附葉は頁の右半分が空白になっており、他回の例から推して「脂硯齋重評石頭記」

の首行の句、及び數行分の評文が原底本に於て缺落していたのではないかと想像されるが、（現存）第一則の冒頭「題曰……」の前にも「前回」の文字があったと考えるか、もともとなかったとしても、これを意味上から補って考えれば、下句の「今却不寫、反細寫阿獃兄之游藝」と呼應して充分理解できる。卽ち、兩回に亙った讀者の意表を衝く行文の法の指摘なのであるから、第四十八回回前總評としてなんらおかしくはない。ただこの評文は前回の回目「冷郎君懼禍走他鄉」を「柳湘蓮走他鄉」の形で引いてはいるが、それほど嚴密なつもりはなかったろうし、前回のことであって見れば、讀者にはこれで通じすぎるほど通じるのである。

第二則の「至情小妹回申（中）、方寫湘蓮文字、眞神化之筆」の句に就いても、第一則で湘蓮のことに言及したついでに、彼が「情小妹」の回（第六十六回）に至って再登場することを豫告したものであるから、二則併せて一文と見てよいほどの内容である。つまり、前回の回目には「走他鄉」としながら、本文では湘蓮に就いて、薛蟠をさんざいためつけて現場を離れたところまでしか記していない。そこで評者は作者の行文の法を指摘するのと併せて、湘蓮のその後に就いても輕く觸れたわけなのである。從ってこの二則、ともに第四十八回回前總評として脂硯の「定本」中に置かれていても、格別不都合ではなかろう。

さて、ここで吳氏は二例を擧げ、脂硯が前批の說いて充分ならざりし點を後批で訂したことを說く。しかし、以上檢討した「内證」の場合は、どうでも訂正を俟つというほどの例ではないようである。二つの訂正例そのものも壬午・丁亥の年の朱批に係り、これを缺く「庚辰秋定本」の部分に就いては同日に論じがたいが、己れの批語の内容に責任を持とうとした脂硯の態度そのものに就いては、吳氏の見方に私も贊成する。それだけに、假に「棠村序」を保存したとしたら、讀者の混亂を招かぬための用意がいま少しく見られたろうと思うのである。問題の第一回朱筆眉批にしても、「序」字が通俗章回小說の各回回前總評を充分に指しうるか、なぜ脂硯は「評」「批」の語を用いなかったのか、また人の美を掠めるつもりのない彼がなぜこのような比較的目立たぬ、しかも轉鈔の際脱落しやすい朱筆眉批の形式で大事な斷り書をしたのか、納得がゆかぬ。從って、脂硯は「棠村序」を保存するとは言っているけれども、『十二釵』稿に與えた自分の總評を保存するとは言っていないとの吳氏の反問に對しても、例の眉批の解釋を同氏と異にする私が强いて言うとすれば、脂硯は『十二釵』稿時の總評を保存しないとはどこにも記していない、と答えるほかはなかろう。

〔內證五〕棠村の題詩の存否の問題は次節に讓るとして、吳氏の擧げた「甲戌」本第十三―十六回に見える、回首の「詩云」以下の二行分の空白に就いては、私は雪芹の補入を待つため採られた措置の痕跡であろうと解する。(9) 標題詩や回末韻語は、この作品の場合、分回の確定した全書の最初の部分から作られていったものであろうから、『十二釵』稿成立以後、逐次その作業が行われた。ただし、現存諸脂本にあっては、それらは始めの部分に集中してしかも飛び飛びにしか殘っていない。作者が回を逐って詠ずることをせず、出來たものから錄入されたためとも考えられるが、一つにはそれらの回に於ても部分的な改稿が行われた影響によるものかも知れぬ。

〔內證六〕「庚辰」本第二冊、十回分（第十一―二十回）の回目を列記する目錄紙の裏頁に朱筆で轉鈔された總評二則、竝びに五絕題詩は、內容からして本來第十三回回前に在るべきであるが、それらが第十一回回前に當る現在の位置に錄入されているのは、吳氏によれば、もと『風月寶鑑』第十一回回前に置かれていた棠村作であるため、脂硯がその體例を襲い、さらに庚辰本過錄の際にも踏襲されたのであると言う。假に脂硯によって採られた措置だとしたら、これまた讀者にとって迷惑な話である。では、「庚辰」本の朱筆鈔者が吳氏の言う「第十三回回前に存する一頁分の餘白」を使用しないでさきの位置に錄入したのはなぜか。實はその餘白とは第十二回回末の裏頁を指すものであり、表頁の本文餘白には朱筆を以て「此回……」で始まる評文が末行まで四行分ぎっしり書きこまれている。「庚辰」本朱批は第十二囘から始まるが、まずここまで轉鈔した朱筆鈔者が次の第十三囘の分に移ろうとしたところ、この囘には囘前別葉が附されていない。さりとて問題の評（同じく「此囘……」で始まる）と詩とを原底本から前囘囘末の餘白裏頁に錄入したとすると、表頁のそれに續くこととなり紛らわしい。それならいっそと遡って目錄紙の裏を利用することにしたものであろう。（兩囘ともに同じ鈔者の筆蹟である。）なお「庚辰」本第十三囘の題詩が「甲戌」本の同囘に錄入されていないのは、甲午の年の前後、脂硯が來者に遺さんがための「定本」を作成するに當り、それこそ改修された同囘の內容にそぐわないので刪ったものであろう。

以上のように見てくると、吳氏が堅强なりとする「內證」そのものが、少なくも私には一向に堅强とは映らぬ。根本資料としての第一囘朱筆眉批と「楔子」本文も、棠村が『風月寶鑑』稿に與えた全書の序は新稿の內容にそぐわなくなったので除かれ、その舊題名のみが記念のため「楔子」竝びに「凡例」中に殘されたと解すれば充分通ずるし、その限りでは殘念ながら、所謂「棠村小序」の存在をいまだ信ずるわけにはゆかぬのである。

㈣　「反論」の「餘論」に就いて

最後に、「甲戌」本第一囘の七律題詩の作者問題に觸れておきたい。かつて吳氏は『探源』（六七頁）に於て、この七律の場合同樣、第二囘總評のあとの七絕をも棠村の作だとした。今囘の「反論」では、（續）篇（本書二九頁）で指摘した脂批を前にして、少なくも後者だけは雪芹作たることを認めたもののようである。この第二囘の例から推せば、第一囘の總評のあとの七律題詩の作者をも雪芹だと考えることがまずは自然であろう。

そこで、吳氏の擧げられた反證「此是第一首標題詩」の朱批が「楔子」の末の「滿紙荒唐言云〻」の五絕の下に附されている事實をどう解釋するかが問題となるが、實はこれに對する一つの囘答はすでに（續）篇（本書三〇頁）に書き留めておいた。五絶は「楔子」縁起の說くように『十二釵』稿成立の際詠まれたものであり、批語も脂硯初評の際附せられたもの、七律はその後甲戌の頃までに詠み加えられたと見る考え方がそれである。

いま一つの解釋として、問題の朱批は脂硯再評以後の時期——「甲戌」本第一册巻首に見られる鈔式が祖本または原底本で採用された時期に施されたと見る考え方を擧げることができよう。卽ち「凡例」に續け、本來は第一囘囘首に置かるべき總評（「此書」で始まる書出しからすれば「凡例」の他の數則と同様だが）、及び七律を引上げて鈔寫し、ついで葉を改めてその首行に「第一囘」の三字を、次行に囘目を置き、第三行から本文が始まる鈔式である。その點、第二囘以下とは體例を異にするけれども、恐らくこれはこの總評及び題詩の、全書に對する特殊な性格を考慮しての取り扱いなのであろう。特に詩の場合は、當時行われた金聖嘆批改本『水滸』の「楔子」の詞や、毛宗崗批本『三國演義』百囘の詞の扱いに近い。從って「第一囘」という文字のあと、始めて見える標題詩（通例この語は囘目のあとに置かれた、當囘の內容を集約して詠じた詩を指すから、この場合のように「楔子」のあとに置かれた詩を指すのは異例のようだが）というほどの意味で、朱批は「第一首」の三字を冠したものではなかろうか。

いったいこの七律に就いては、甲戌殘本を紹介した胡適の文章も雪芹作とするもののようであり[10]、その後の兪平伯氏の論文もこれに從うようであるが[11]、その成立時期等に關しては充分な言及がなされなかった。兪氏は近時この問題に觸れ、七律が甲戌本にのみ存しその後の脂本に見えないのは、この詩を囘首に置くことによって、せっかく韜晦の目的で本文（楔子）中に佈置した「作者群」の疑陣を破られる惧れありと作者が判斷し、刪り去ったのであろう、とする[12]。雪芹の意思により七律が刪られたとして、脂本の殘る五絶に例の朱批が附され、それがさらにのちの「甲戌」本の原底本にそのまま轉鈔されたということも考えられぬことではなかろう。

問題の詩や朱批の成立時期をどこに置くかは、諸本の成立の問題とも關係するのでなお検討を要するが、この朱批を以てただちに五絶以前の詩が作者の手になる標題詩ではなく別人の題詠であることを示すものだとする見解には、私はにわかに賛成しがたいのである。

ところで私が七律題詩を雪芹作としたのは、呉氏の言うように影印「甲戌」本の扉に「曹雪芹自題詩」と記すのを見てこれを「鈔襲」したのではない。すでにその考えは拙譯書第一回譯注一に記している。尤も、それ以前から胡・兪兩氏に前記の見解のあることは承知していたし、例の題詩問題を論じた舊作中にもそのことを註記しているが、(續)篇では紙幅の關係上この問題の詳論は連載中の別稿に譲ることとしたので、註記を省いたまでである。

さきに呉氏は「反論」冒頭で拙文を目して胡適を辯護せんがために自著を駁斥せんとするものだとの、謂われなき非難の矢を放ったが、「餘論」末尾のこの一節の表現を見るに、七律詩の作者問題に假りて、胡適が「善于替自己作廣告」自己宣傳に長けた人物であることを言い、さらに私もまた「與胡適博士思想相通之處」のある「自吹自擂」ほら吹きの人閒であることを言おうとするもののようである。胡適に對するこの點の呉氏の評言が中っているかどうか、私は知らぬ。確かなことはいかに罵聲を浴せられようとも、地下の胡氏にはいまや答えるすべのないことである。いったいこの詩を自誇自贊の詩と解するか、または成書の感慨を流露させた詩と解するかは、人それぞれの解釋に係る。しかしながら、呉氏がそこからさらに導き出したさきの結論はもはや「學術討論」の範圍を逸脱した個人に對する誹謗の文字ではないか。このような問題に關しこのような形で討論の相手を「胡適思想」の持主として極めつけることが、どのような實りを學問の發展の上にもたらすであろうか。學說上の同說という問題を他の問題にすり換える結果を招く危險性はないであろうか、疑いなきを得ぬ。私は不注意から呉氏の所說の一部を誤り傳えはしたが、その(續)篇執筆の趣旨は繰り返し述べたとおりであって、同氏の言わざることを故意に捏造して自家の宣傳に資せんとするがごとき意圖は毛頭持たなかった。のみならず、それに類した誹謗の文字をどこに記したであろうか、呉氏に抗議する所以である。

註

（1）呉世昌「曹雪芹與『紅樓夢』的創作」註③『散論紅樓夢』（一九六三年十月、香港建文書局刊）六一頁。

（2）胡適「紅樓夢考證的新材料」（『胡適文存』亞東版 第三集卷五、五九〇頁）。

（3）胡適「跋乾隆甲戌脂硯齋重評石頭記影印本」、影印本葉貳。註2に引いた舊作（五八七頁）中で提出した結論の文字に少し手を入れ、「紅樓夢的最初底本就是有評註的。那些評註至少有一部分是曹雪芹自己要說的話；其餘可能是他的親信朋友如脂硯齋之流要說的話」として掲げる。

（4）兪平伯「影印《脂硯齋重評石頭記》十六回後記」（『中華文史論叢』第一輯 一九六二年八月、中華書局刊）三〇〇頁。

（5）前後の鈔式を見るに、行三十字、評文は二字格下げであるから、第一行の二十六字を一則、「餞花曰……」の句を改行された別の一則と見たのであり、内容的には關聯があるものの、二則と稱してもおかしくはない。ちなみに呉氏が註で援引した兪氏の『輯評』では、新舊兩版とも二句の間を二字格空けてあり、純然たる一文とは見ていないようである。第二十六回回末總批の取り扱いも「甲戌」本で三則とするものを續けて一括鈔寫しているが、同様に前後二字格空けてある。

（6）胡適「跋乾隆庚辰本脂硯齋重評石頭記鈔本」（『胡適論學近著』一九三五年十二月、商務印書館刊 第一集（下）四一三頁）。

（7）兪平伯「後三十回的紅樓夢」（『紅樓夢研究』二〇七頁）。

（8）拙稿「李漁と曹霑、その作品に表われたる一面（下）」、『島根大學論集（人文科學）』第七號（一九五七年三月）八六頁以下。本著作集第二卷 紅樓夢編 中 所收豫定。

（9）兪平伯「前八十回紅樓夢原稿殘缺的情形」、『紅樓夢研究』一九七頁以下參照。

（10）胡適「紅樓夢考證的新材料」、前掲註2五九〇頁。

（11）兪平伯「紅樓夢八十回校本序言」註〔一八〕、『校本』三〇頁。また前掲註9所引論文一九七頁。

（12）兪平伯（前掲註4所引）論文三〇九頁。

（東京支那學會『東京支那學報』第十號　一九六四年六月）

脂硯齋と脂硯齋評本に關する覺書

一、まえがき

『紅樓夢』は原作者曹霑が未完のまま世を去ったため、定稿としてはほぼ八十回をもって杜絶した。のちに觸れるがごとく、全書百回ないし百十回を豫定されていたと考えられるその續稿の少なくも數回は書き繼がれていた事實が知られているが、殘稿はいま佚して存せぬ。また遺された八十回についても、曹氏手定の稿本はもとより、それからの直接の過錄本すら傳わらぬ今日、作者の原稿本にもっとも近い姿を示すと考えられる版本《テキスト》は、小論に於て取り上げようとする「脂硯齋評本」を措いて他にない。

所謂「脂硯齋評本」(以下「脂本」と略稱)とは、その名の示すがごとく、脂硯齋主人、卽ち脂硯齋なる齋號を有する一人物――作者の親屬に當り、これと長年月に亙ってかなり深い交渉を持ったと信ぜられる、後述――の手で年を逐って次第に「定本」[1]化された一群の寫本を指していう。のみならず脂硯齋(以下「脂硯」と簡稱)によって數次にわたり施された批註、所謂「脂批」[2]を持つを一特徴とし、元來は『脂硯齋重評石頭記』(『石頭記』は『紅樓夢』の舊名)と題せられていたのであるが、現存の脂本の系統に屬する諸鈔本のうち晩出のものには、脂批をば悉く删り去ったものもある。從って以下で「脂本」と稱する場合はこれらをも含めていい、ことさら「脂硯齋評本」と稱する場合にはこれらを除いた帶批本のみを指すこととする。

ところで、『紅樓夢』の版本が論ぜられる際、夥しい數にのぼるそれらを分類する一方法として、八十回本と百二十回本との二系統を立てる試みが行われてきた。

この分類に從えば、脂本は申すまでもなく前者の系統に入る。尤も、現存脂本は大部分が八十回に滿たない殘鈔本であって、八十回本と稱するのは必ずしも當らない。また作者の生前、その最晩年に成立したとされる脂本にあっても、なお本文に缺けた部分や未成に終ったと考えられる部分の存在が認められ、八十回を存する脂本は實は作者の沒後になにびとかの手で整えられた晩出のそれだと推されることからも、この分類はいささか便宜的なものである。(民國初年、所謂「新紅學」が興った際、胡適氏によって版本の一系統として取り上げられた後述の有正書局本が八十回本であったことからこの稱が生まれたのであるが。)

實のところ、八十回本に對しての百二十回本というのも、その前八十回の本文は脂本の系統に屬し[3]、續く四十回、卽ち脂本にあっての未完の部分は、高鶚によって補われた、少なくとも彼の手で纂修されたと考えられる。(この續作者の問題は、『紅樓夢』研究の上での問題點の一つであって異說がある。[4])

さて、この百二十回本は『新鐫全部繡像紅樓夢』と題され、淸の乾隆辛亥五十六年(一七九一)、程偉元の手で蘇州[5]の萃文書屋から始めて木活字による排印本が出された。翌乾隆壬子五十七年、三月足らずの閒を置き追いかけるようにして改訂版が刊行された。(刊行者の名にちなみ、通常兩本を併せて「程偉元本」、略して「程本」と稱し、さらに前者を「程甲本」、後者を「程乙本」と稱する。別に刊行年を取って「辛亥本」・「壬子本」の簡稱も用いられているが、以下ではさきの呼稱に依る。)

一方、當初、曹雪の友人知己等、ごく狹い範圍內で讀まれていたと考えられる原稿本は、恐らくは脂硯の手を經て脂硯齋評本という形で提供されることにより一部の文人・好事家にまで讀者層を擴大し、遂には緣日の書攤(露店の本屋）でその鈔本は重價をもってひさがれるまでになったが、やがて百二十回本（これも成立當初は寫本の形で傳鈔されていたとおぼしい[6]）の刊行を見るに及んで、讀書界における地位をこれに取って代られるに至った。

程甲本が脂本を驅逐した原因は、一つには脂本が八十回の未完のままであったのに對し、その出來榮えのほどはともかくとして程甲本が四十回の續作を加え、「全部」全回の備った完結した作品として登場したからであろう。（程乙本は後四十回を改訂しただけでなく、晩出の脂本を底本としたその前八十回にもこれに應じた修正を施しているが、刊行部數もさほど多くなかったのであろうか、また程甲本の方がいちはやく江南の地に流布したせいによるものか、その後流傳まれな狀態に置かれ、程甲本及びこれを祖本とする百二十回本がもっぱら行われたことは、高鶚らにとっては皮肉なことであったといわねばならない。）いま一つの原因としては、脂本は傳鈔を重ねるにつれて寫本につきものの誤寫が累增し、判讀に苦しむほどになっていったと察せられるに反し、活字本たる程甲本の讀み易さが考えられる。さらにまた脂硯齋評本に附せられた金聖嘆ばりの批註がかならずしも批評として成功しておらず、小説本についても帶批のそれを喜んだ當時の風習に副い、この小説に箔をつけかたがた沽《う》れやすくしてやろうとの評者のせっかくの配慮[7]があだとなり、却って敬遠される原因をまったく作らなかったとは言えまい[8]。このことは鈔胥、筆耕にたずさわる者が煩を厭うたのと相俟って、現存脂本にもその例が見られるように、脂批の一部または全部を刪った鈔本を產み出させるに至ったのであるが、いずれにせよ、巻首には木刻の口繪《くちえ》まで添えた百二十回の繡像本は、壓倒的に大方の歡迎するところとなったのである。いまから五十年前、脂硯齋評本の一種が有正書局から石印刊行されるまで、その存在がほとんど世人の注意を惹くことのなかったのもけだし當然であった。（有正本を版本の一系統として取り上げた胡適氏ですら、當初はそれほどの評價をこれに與えていない[9]。）

もしも過去において最も多くの讀者を有した『紅樓夢』の版本はと問われたならば、以上の理由から程甲本、殊にその系統に屬する王希廉の評を附した刊本（一八三二年初版）を擧げなければなるまい。またその意味では程本竝びにその續作者の果した役割・功績は高く買われてよい。しかしながら『原紅樓夢』を問題にして論じようという場合、あるいは小說家としての曹霑を取り上げて論じようという際、——舊小說の傳統に抗いつつ一つの長篇が作り上げられてゆく過程の追跡が私の興味をつなぎ、また近代文學以前の地盤のなかから一人の作家が形成されてゆく過程の追求が私の關心を惹くのだが——それが充分可能かどうかは別として、ともかくも現存の脂本をその手がかりとする他ないわけである。とすれば、まずその手前の段階の作業として、根本資料としての脂硯齋評本の成立の過程を、またその間にあって脂硯の擔った役割をも明めることが當然必要とされる。これらの問題については、從來、研究がまったくなかったわけでなく、胡適・兪平伯・周汝昌をはじめ諸家の論考があり、近くは一九六一年春公刊された在英京の吳世昌氏の勞作 *"On the Red Chamber Dream"*（『紅樓夢探源』英文本。オクスフォード大學出版部刊。以下小論では『探源』と略稱）にも、卓れた見解が示されている。ただ吳氏をも含め、これまで研究者の多くが資料としては胡適氏の引用その他を通じごく部分的にしか利用するを得なかった脂本中でも重要な古鈔本、所謂「甲戌本」が一九六一年夏影印刊行されたことは、少なからぬ興奮を私に與え、諸家の研究の跡をたどり再檢討することを促した。もとより考えの熟さぬ點も多いが、小論はその貧しい探索の結果を取り敢えず覺書として書き留めようとするものである。

註

（1）脂本の一種「庚辰本」の第五冊から第八冊に至る四冊には各冊首葉に「脂硯齋凡四閱評過、庚辰秋定本」と題されている。いまこの「定本」の語を假り用いたが、その意味するところについてはのちに改めて論ずる。

（2）「脂批」の語は脂本の一種「甲戌本」の舊藏者劉銓福がすでにその跋文（一八六三年）中で用いている。

(3) 百二十回本の最初の刊本「程偉元本」の第三十八回に見える賈芸の賈寶玉に宛てた書簡の末尾に「一笑」なる批語が混入していることは兪平伯氏の指摘するところである。(「高本戚本大體的比較」、『紅樓夢研究』所收。) なお次章の(八)『紅樓夢稿』の解題參照。

(4) 後四十回を後人の續作と見、高鶚を續作者に擬する說はすでに清代からあったが、民國以後、特に胡適氏がこの說を提唱して以來(「紅樓夢考證」)、多くの研究者からおおむね承認されてきたといえる。近年、程偉元本の刊行以前に百二十回本が寫本の形で行われていたことを示す資料(註6參照)があらわれ、その當否が再檢討されている。新資料を踏まえて高鶚續作說を否定する論者、例えば王佩璋女士は、相繼いで刊行された二種の程本のうち、補訂版と稱する乙本に理解しがたい改惡された箇所が多く見られるとして、高鶚は到底續作者でありえないとする。(「《紅樓夢》後四十回的作者問題」、『紅樓夢研究論文集』 一九五九年　人民文學出版社　所收。) また林語堂氏は、後四十回はその內容からして、前八十回の作者と才學・經驗・見識において匹敵する人でなければ書けぬとし、曹霑の殘稿が大部分殘っていたのを利用して高鶚が補修したのであろうと見る。(「平心論高鶚」、『歷史語言研究所集刊』第二十九本下册　一九五八年　所收。) また趙岡氏は高鶚以前になにびとかの手で後四十回が續作されていたとし、その筆者を脂硯齋ではないかと疑っている。(「論紅樓夢後四十回的著者」、『文學雜誌』第七卷第四期、一九五九年、竝びに「脂硯齋與紅樓夢(下)」、『大陸雜誌』第二十卷第四期　一九六〇年。) さらにまたB・カールグレン氏は文體の面から前八十回と後四十回とが同一人の手で、または同一方言で書かれていることを論證しようと試みた。(吳世昌氏の『紅樓夢探源』英文本に引くところによる。原文‘New Excursion in Chinese Grammar,’ は“Bulletin of the Museum of Far Eastern Antiquities”, No. 24, Stockholm に見えるという。吳氏によればこの試みは方法的に失敗のようである。その後、橋本萬太郎氏の御好意により一讀することができた。この論文は吳氏の評介の文章から想像したのと少しく異り、『紅樓夢』の文體——著者の問題だけを取り扱ったものではなかったが、少なくもその點に限っていえば、やはり吳氏の評言が中っているようである。いずれ後四十回の問題を取り上げる際に再論したいと思うが。) 以上の例は新說の一端を示したまでであるが、王利器氏のごとく、高鶚續作成書の時期を彼が鄕試に合格する以前に引上げ、刊本が出るまでの一時期、この續作は百二十回本として寫本で行われたとして續作說に依る論者もあり(「關于高鶚的一些材料」、『文學研究』創刊號　一九五七年)、この問題は「紅學」の一課題として殘されている。なお拙譯『紅樓夢』

（一九六〇年、「中國古典文學全集」平凡社）下巻解説參照。

（5）程偉元本の刊行場所については兩説がある。周春の『閲紅樓夢隨筆』に百二十回本の刊行のことに觸れて「壬子冬、知吳門坊間已開雕矣。茲苕估以新刻本來、方閲其全」と見えるところから、王佩璋女士は吳門卽ち蘇州で刊行されたのであろうとする。（「《紅樓夢》後四十回的作者問題」。なお苕估は苕溪、卽ち蘇州とは同省の浙江吳興の賈人であろう。）玉言氏も壬子の歲、吳門で刊行されたのは壬子本（程乙本）であろうと説く（「簡介一部紅樓夢新鈔本」、『文匯報』一九六一年六月十七日）。一方、林語堂氏は北京刊行説をとり（「平心論高鶚」三四三頁、その根據については次章註11參照）、また胡適氏も北京で刊行され蘇州で覆刻されたと見ている。（「跋乾隆甲戌脂硯齋重評石頭記影印本」一）刊行者程偉元の閲歷が不明であるので、萃文書屋の所在も判らないし、周春のもとへ苕賈のもたらした「新刻本」が程甲本・程乙本のいずれであったか、また北京版・蘇州版ないし蘇州での覆刻本のいずれであったかは確言できないが、少なくも壬子の年以前に出た刻本としてはいま二種の程本しか知られていない。尤も順天の鄕試に合格して進士登第を狙っていた高鶚のいた場所は北京である可能性が強いようにも思われるが、姑く蘇州説を採ることとし、後考に俟ちたい。

（6）己酉本に與えた舒元煒の序（乾隆五十四年の記年あり）には、この八十回の鈔本は「秦關（百二をいう。この事、小川環樹教授から御指摘いただくまで迂闊にも心づかずに過ぎた。引用箇所の原文は「數尙缺乎秦關」であって、「秦關」の語が「百二」の數を示すものとして用いられている。もと『史記』（高祖本紀）には「秦得百二焉」の句が見え、これには古來二解があり、韓信を幕下に加えた上に、要害險固の秦地に據るからには、高祖は外敵の百分の二（諸侯百萬の軍勢に對して二萬）の兵力で充分防禦が可能だとの意に解するものと、「百二」は百の二倍、諸侯百萬の軍勢に對して二百萬をいうのだと解するものとがある。しかし、唐代駱賓王の「帝京篇」の句「秦塞重關一百二」や杜甫の「諸將」（五首ノ三）の句「休道秦關百二重」になると、これは秦時の關塞の數を百二と踏んでいるようである。（ちなみに駱賓王の句は「漢家離宮三十六」と對になっている。）舒元煒の指すところももちろんこの意で、しかも「一百二」を「一百二十」の意に、さらにまた全書百二十回の意に轉じ用いたものである。（吳世昌『紅樓夢探源』一七四頁注1參照。）」の數に足らず、全書百二十回に滿たないのが殘念だと記しており、また註5に引いた周春の『隨筆』の前の部分には、乾隆五十五年の秋に楊畹耕から聞いたこととして、雁隅が百二十回の『紅樓夢』、八十回の『石頭記』それぞれの鈔本を藏していたことを記し、さらに雁隅はこれを愛讀するあまり、福建での省試の試驗官として赴くときも、試驗場に携えて入ったとの話柄を傳えている。趙岡氏によれば、乾隆五十五年以前同省で行われた省試のもっとも晩いのは乾隆五十三年のそれであると言う（「脂硯齋與紅樓夢」㊦）。これらの事實を總合すると、程甲本刊行（乾隆五十六年）以前、遲くも乾隆五十三年以前にすでに百二十回の鈔本が世上で行われていたことになる。なお撰者不詳の『樗散軒叢談』も乾隆の代のこととしてかつて百二十回の鈔本のあったことを傳えているという。（次章註12參照。）

（7）吳世昌『紅樓夢探源』英文本第五章三八頁竝びに玉言「簡介一部紅樓夢新鈔本」參照。なお程本の「引言」中にも「……但創始刷印、卷帙較多、工力浩繁、故未加評點」と見える。高鶚らも評點本を出すことを考えてはいたと見える。

（8）甲辰本の第十九回前面に「原本評註過多、……反擾正文。删去以俟觀者凝思入妙、愈顯作者之靈機耳」として、脂批を删ることについての斷り書が見えるのは、後人の脂批に對する評價を示した一例である。

（9）「紅樓夢考證」、『紅樓夢』（亞東圖書館本新版）五四頁參照。

二、現存の脂本について

まず敍述の便宜上、現存の脂本について一わたり觸れておく。

書誌學的な記述としては、孫楷第編『中國通俗小說書目』（一九五七年、北京作家出版社新版）竝びに一粟編『紅樓夢書錄』（一九五八年、上海古典文學出版社刊）の兩書をも併看されたい。殊に後者『書錄』（と以下簡稱）は新出の專書だけあって有益であり、かつて私はこれが簡單な書評紹介を試みたことがある。[1] また參考までにそれぞれの脂本を取り上げ紹介した主な論文名をも該當する項の末に掲げることとするが、雜誌に發表されその後單行本に收錄されたものについては、おおむね後者のみ擧げるに止める。（以下の解題はこれらの書目や論文に負うところが多い。）なお以下に掲げる脂本のそれぞれの題名のもとには、通常行われている略稱を記すが、數種あるものについては小論では最初に掲げたものによることとする。また例えば乾隆甲戌の年に對しては一七五四年というふうに陽暦による換算年を括弧内に插入したが、これは便宜上のもので、いうまでもなく陰暦のそれとはずれがある。さらにまた、過錄本については略稱に「過錄」の二字を冠するを省略し、その原本を指す場合には、例えば「甲戌原本」のごとくに簡稱するが、その原本の成立年代については問題があり、干支の示す年が必ずしも成立の年を意味するとは限らぬ。例えば吳世昌氏によれば、甲戌原本は甲戌の年よりはるかに下って乾隆甲午（一七七四年）から同治癸亥（一八六三年）の閒に成立したとされる。(2) これらの問題については後の章で改めて檢討を加えることとして、いまは姑く從來の例により排列しておく。

(一) 過錄淸乾隆甲戌（一七五四年）脂硯齋重評石頭記殘本　　略稱「甲戌本」

十六回。もと四回（四卷）ずつ分裝したもののうち、第一册（第一―四回）、第二册（第五―八回）、第四册（第十三―十六回）、第七册（第二十五―二十八回）にあたる四册を存す。總目なし。書口には每葉「石頭記」、當回の卷數（一回を一卷に數える）、「脂硯齋」と記すが、各册首葉には「脂硯齋重評石頭記」と題して回數を、殘る三回には回數のみ記す。第一回の回前には他本に見えぬ「凡例（紅樓夢旨義）」と總評（脂硯のものとおぼしい）、また作者の作と思われる七律題詩を存す。(3) 本文每半葉十二行、每行十八字、楷書。本文に接して墨筆の回首總批・回末總評、またはそのいずれかがおおむねあり、また朱筆の夾批、雙行夾註、眉批がある。楷書。

成書の緣起を述べた第一回の本文の末に「至脂硯齋甲戌抄閱仍用石頭記」の句が見え、これから甲戌本と呼ばれる。この鈔本は過錄本であるが、一九二八年、胡適氏は新獲のこの書を世に紹介したとき、それについては明言しなかった（參考の一）。のち一九三一年、これを見るを得た兪平伯氏は、胡氏から乞われて跋文を作り、その所見として三證を擧げ、この鈔本が脂硯齋評原本でないことを述べている(參考の二)。

劉銓福(子重)の舊藏本、のち胡適氏の藏に歸す。[4] 劉氏の前の所藏者についてはあるいは崇實だったのではないかとの說もある。(周汝昌『紅樓夢新證』六三二頁。崇實は『鴻雪因緣圖記』の著者たる完顏麟慶の子に當る。『圖記』には大観園のモデルだといわれる袁枚の別墅隨園を訪うくだりがあり、また麟慶の母惲珠には「戲和大観園菊社詩」四首の作があり、彼女の家集『紅香館詩草』にはこれはまた高鶚が序を寄せているという風に、『紅樓夢』とは因緣淺からぬ一家であるが。)一九六一年五月、臺灣商務印書館より朱墨影印本(上下二册分裝)刊行。

《參考》一、胡適「考證紅樓夢的新材料」(民國十七年—一九二八年、『胡適文存』第三集等所收。)

二、兪平伯「脂硯齋評石頭記殘本跋」(一九三一年、『燕郊集』所收。『紅樓夢書錄』にも全文を引く。)

三、胡適「影印乾隆甲戌脂硯齋重評石頭記的緣起」、同上「跋」。(それぞれ影印本の首尾に掲げる。後者には原藏者劉銓福竝びに甲戌本に墨批を加えた孫桐生の略傳を收める。劉氏については別に周汝昌「劉銓福考」《『紅樓夢新證』附錄》もある。)

(二) 過錄乾隆己卯(一七五九年)脂硯齋重評石頭記殘本　略稱「**己卯本**」

四十回、第一—二十回、第三十一—四十回、第六十一—七十回を存す。うち第六十四・六十七回は鈔配。本文毎半葉十行または十一行、每行三十字または二十五字。回首回末總批、雙行夾註、眉批あり、第六・八・十回のみ夾批數條を存す。いずれも墨筆。

己卯冬月に脂硯齋の四閱評過した底本からの過錄本だというが、この鈔本についてはいまだ詳しい書誌學的な記述に接しない。補配に係る二回が(三)の「庚辰本」影印本の缺回を補うのに使用されているほか、原文の諸本との異同は後述兪平伯校訂『八十回校本』第三冊の校字記について一部を知りうるのみ。
もと董康（授經）の舊藏本。のち陶洙（心如）氏に歸し、現在は中華人民共和國文化部に藏せらる。

㈢ 過錄乾隆庚辰（一七六〇年）脂硯齋重評石頭記殘本　略稱「**庚辰本**」

七十八回。第一回より第八十回までの間、第六十四・六十七の兩回原缺。分裝八冊、第七冊を除き毎冊十回。毎冊首葉に各冊の目錄を掲げ「脂硯齋凡四閲評過」と記し、第五冊以後はさらに「庚辰秋（月）定本」の文字を加う。毎回回首には「脂硯齋重評石頭記卷之□」と題し、卷數を塡めずに空けてある。本文毎半葉十行、毎行三十字。第十九回・第二十八回・第七十五回、また第二十二回回末に缺文あり。第十七・八回は合回のまま、第十九回・第八十回は回目を缺く。若干の回では回前別葉に「脂硯齋重評石頭記」と題して總評數條を錄す。また雙行夾註や回末の總評もある。墨筆楷書。別に第十二回より第二十八回までには朱筆（まれに墨筆）の眉批、夾批、回末の總批が多數見られる。行書または楷書。

兪平伯氏は、缺文の狀から察してこの鈔本は「薄い紙を用いて原稿を引き寫したものであろう」（參考二）と推定している。ただし一粟氏は「本文は毎面十行、毎行三十字であるが、その據った底本は毎行三十五字であったとおぼしい」[5]と說く。また兪氏は、この鈔本の第十回までは別の原本から鈔寫されたものであり[6]、朱批も別本から轉鈔されたものだと說き[7]、吳世昌氏はこの說を進めて、この鈔本の本文を三部に分ち、それぞれ別の原本から鈔寫されたものとし、また朱批の方もすでに裝訂された鈔本の上にさらに別の原本から轉鈔されたものだと說く[8]。

端方（匋齋）の舊藏本だともいい、かつて徐禎祥[9]（星曙。徐郙の子）氏の藏するところであったが、のち燕京大學圖書館に歸し、轉じて現在では北京大學圖書館に收藏されている。一九五五年、文學古籍刊行社から朱墨二色刷りの影印本（二分册）刊行、一九五九年、臺北文淵出版社より翻影印本が刊行された。四分册の平装本を入手したが、一九五九年一月の奥付けによれば、上下二分册の精装本もあるという。『古本紅樓夢』と題してはいるものの、實は文學古籍刊行社影印の庚辰本を縮印したものに過ぎない。朱墨套印により脂批をも含め比較的忠實に原鈔本のおもかげを傳えていると察せられる古籍刊行社本に對して、この文淵出版社本は朱批の大部分を墨で印刷したり、また十回ごとの目錄の頁を删ったりしている。ただ新たに斷句がなされている點と、巻頭に改琦筆『紅樓夢圖詠』を一部省いて四十九圖掲げている點が前者と異なる。

《參考》一、胡適「跋庚辰本脂硯齋重評石頭記鈔本」（『胡適論學近著』第一集等所收）

二、兪平伯「前八十回紅樓夢原稿殘缺的情形」（『紅樓夢研究』所收）

㈣ 過錄乾隆甲辰（一七八四年）〔脂硯齋重評〕石頭記　略稱「**甲辰本**」（「晉本」ともいう）

八十回存す。巻首に乾隆甲辰の歳の菊月に記された夢覺主人の序あり。行款不明。本文は庚辰本に比すれば整う。第十九回に回首總批があるほか、若干の回には雙行夾註あり。ただし第三十八回以後は、第六十四回を除き、批註を存しない。さらにこれらの批註には、作者の佚稿の内容に觸れた脂批がまったく見られず、程本の前八十回の底本はこれであろうとも言う（參考論文）。

近年山西省（晉本の名はこれにちなむ）にて發見せられ、いま山西省文物局藏。

《參考》王佩璋「曹雪芹的生卒年及其他」中の「紅樓夢甲辰本瑣談」（『文學研究集刊』第五册　一九五七年　人民文學出版社所收）。

㈤　國初鈔本原本紅樓夢　略稱「有正本」（また「戚蓼生本」・「戚本」とも）

（イ）　大字本　民國元年（一九一二）上海有正書局石印。八巻八十回。分裝二十册。題籤に「國初鈔本原本紅樓夢」と題し、扉には「原本紅樓夢」と題するが、その原底本は「（脂硯齋重評）石頭記」と題されていたものであろう。書口は「石頭記」と題す。巻首に戚蓼生の「石頭記序」、ついで「石頭記目錄」あり。本文毎半葉九行、毎行二十字。回前別葉の總批（脂批を含む）、回末總批、また雙行夾註あり。（「脂硯齋」の署名を删り[10]、第四十一回以後は第六十四回を除いて批註なし）　前四十回には近人の手になる眉批を存する。

（ロ）　小字本　民國九年（一九二〇）上海有正書局石印。八巻八十回。分裝十二册。巻首の體裁は大字本に同じ。書口に「原本石頭記」と題す。本文毎半葉十五行、毎行三十字。脂批の狀況は大字本にほぼ同じ。近人の眉批は謄錄し直されており、さらに大字本にあっては缺けていた第四十一回以後の分も補われている。『書錄』では、小字本は「大字本に據り改めて據錄上石した」ものとされるが、實は小字本の本文は新しい行款字數に合わせて大字本を剪り貼りし、縮印したものとおぼしい。（曹聚仁著『新紅學發微』も、陶心如（己卯本の舊藏者）のことばを引いて「小字本卽由大字本剪貼縮印、竝無差異」としている。同書一三頁。）ただしその際、一部に加筆が行われたらしく、第六十七回初めの王熙鳳のことばのような顯著な例のほか、なかには第一回「按那石上書云」の句の夾註に「以下係石上所記之文」とあるのを、小字本では逆に「係」を「孫」に誤り作っているような例も見られる。體例の面でいえば、行款の變更のほか、書口に「原本」の字を加えたり、また各回回末別葉の總評を本文末に接して置くような變改も行われている。民國十六年再版。

これらの底本となったものは兪明震（恪士）の舊藏本で、のち有正書局の老板狄葆賢（楚生）に歸して石印刊行されたが、一九二一年燒失し、いま原本を存しない。なお序の筆者の傳記については周汝昌「戚蓼生考」（『紅樓夢新證』附錄）がある。

㈥　乾隆舊鈔紅樓夢

百二十回。分裝三十二册、四函。うち前八十回は「（脂硯齋重評）石頭記」の一種。すべて八巻八十回。書口に「石頭記」と刷った朱罫引き粉紙を用う。回首に總目八十回あり。第十八・十九册に當る第五十七回より第六十二回までの六回は程本により鈔配。本文行款不詳。雙行夾註竝びに行開夾批を存す。批語のうち八十回以後の佚稿の情節に觸れたものあり。この八十回は有正原本成立と前後して鈔成されたものらしい。ちなみに後四十回は前八十回とは料紙・筆墨・行款を異にし、紙も白紙を用いており（前八十回中の鈔配の部分は紙質・墨色ともこれと同じ）、本文は程甲本の系統だという。なおこの百二十回本は巻首に程偉元の序を置き、八十回の目録に接して四十回の目録を置くが、これは二者を拼配した際に行われた作業らしい。最近發見され、北京圖書館の藏に歸した。

《參考》玉言（周汝昌）「簡介一部紅樓夢新鈔本」（『文滙報』一九六一年六月十七日）。

㈦　乾隆己酉（一七八九年）鈔石頭記殘本　　略稱「**己酉本**」

四十回（第一回より第四十回まで）。巻首に乾隆己酉五十四年舒元煒の序、さらに舒元炳の題詞（「沁園春」）、總目あり。本文毎半葉八行、毎行二十四字。脂批なし。

舒序によれば、筠圃主人（本名不詳）藏するところの殘本五十三回に校讐を加え、さらに隣家より借りた二十七回を併せ、鈔胥に鈔成させたものという。いまその前半部を存し、呉曉鈴氏の藏本である。

(八)　紅樓夢稿

百二十回。分裝十二册、毎册十回。表紙題籤に「紅樓夢稿本」と題し、扉には「紅樓夢稿」と題す。前八十回は脂本の一種で、すでに第六十四・六十七の兩回が補われているが、有正本のそれとも少しく異同がある。第七十八回末には朱筆で「蘭墅閲過」の四字を記す。（「蘭墅」は高鶚の字《あざな》である。）また本文（「庚辰本」に近いという）には高鶚の筆蹟とおぼしい墨筆による修改が多く施され、これは程乙本のそれとほぼ一致するという。ちなみに後四十回の本文は程本とは大異があり、これに加えられた高氏？の修改の文字はやはり程乙本とほぼ同じだという。

　この抄本は道光・咸豐閒の著名な藏書家楊繼振の舊藏に係り（扉に「咸豐乙卯」の紀年があるが、これは楊氏によって附せられたもののようである）、一九五九年春、北京の古書肆で發見され、中國科學院文學研究所の藏本となった。同年六月『光明日報』「文學遺產」（第二六六期）に寧（范寧）氏による紹介記事が載り、高鶚手定の稿本に擬せられるこの鈔本は、後四十回の續作者問題を解く一つの鍵を提供するものとして注目を浴びた。中華書局で影印刊行を準備中とも傳えられる。

　《參考》范寧「談『高鶚手定《紅樓夢》稿本』」（『新觀察』第十四期、一九五九年七月）。

(九)　石頭記殘本

二回（第二十三回、二十四回）。合裝一册。「石頭記第二十三回、第二十四回」と題するが、書口には「紅樓夢」と題する。本文毎半葉八行、毎行二十四字または二十五字。（これから見ると、己酉本に類似している。また本文も「八十回校本」の校字記によれば、庚辰本に近いようでもあるが、兪平伯氏によれば、異同がかなり多いという。）

　故鄭振鐸舊藏本。

《參考》兪平伯「讀紅樓夢隨筆」三十九－四十一（上海『新民晩報』一九五四年六月十日－十三日）[11]。

以上のうち、はじめの六種七本は帶批本、のちの三種は無批本である。本來ならば程偉元本、少なくも程甲本は、上に『紅樓夢稿』の前八十回を脂本の一種として揭げたのと同樣の意味で、ここに列ねるべきであろうが、まえがきですでに觸れたことでもあるので、詳しくは『書錄』の記述に讓り、姑く省略に從う。

なおこのほかに、淸代以後の隨筆筆記類には、他家の藏書中に脂本を觀たとの記述や自家に收藏したことを記す文章が散見する。例えば李慈銘が『越縵堂日記補』（庚集下）の中で、咸豐十年（一八六〇）八月十三日に自身『紅樓夢』を閱過したことを記した條の眉批として、涇縣の朱蘭坡が都で三百金を投じて購った鈔本は六十回以後の情節が刊本とははなはだ異っていたこと、また壬戌の歲（一八六二年）、朱肯夫が琉璃廠の書肆で購った六十回の鈔本は『石頭記』と題してあったことの二條を書き留めているのはそれである。（一粟編『紅樓夢書錄』二一七頁所引のものに據る。）また解弢の「小說話[12]」に、自分は北京で『石頭記』殘鈔本三冊を入手したが、辛亥（一九一一年）の秋、會館中に置いたままで匆々歸鄉したところ、ついにわが手に戾らなかった云々と記すのもそれである。淸代にあっては、脂本は高價ではあっても今日ほど得がたくはなかったものであろう。

これとは別に、八十回本にも刊本のあったことを記す記事がある。卽ち鄒弢の『三借廬筆談』（卷十一）には次のごとく記す。

『樗散軒叢談』にこういう說が見える――「『紅樓夢』はまことに才子の書である。ある人の申すに、これは康熙年間に京師のさるお屋敷の家塾の師をしていた孝廉なにがしの作であるという。大家のなかにはそれゆえこれを藏する家がままあった。しかしいずれも鈔本である。乾隆年間のこと、蘇大司寇の家ではこの書物が鼠害をこうむったため、ついに琉璃廠の書肆に装訂がえに出した。ところがさすがは商賣人、抜け目なく副本をこしらえておいて上梓した。そこで世上に始めて刊本が生れたのである」と。ただこれは八十回どまりであって、臨桂の倪鴻大令はかつてこれが實物を見たと記している云々。

尤も引き合いに出された倪鴻自身がその著『桐陰清話』（巻七）に記すのはこうである。（同じく『叢談』に見えるとして引くが、某孝廉を常州出身と記すほかはその始めの部分は改装に出すくだりまでほぼ同文につき略す。）

……書肆の者が抜け目なく副本をこしらえておいて上板印刷し、ボロ儲けした。この本は百二十回であった。ただ原本というのは八十回どまりであって、これは余の目撃したところである。後の四十回はいったいなにびとの續作に係るものであろう云々[13]。

ここまでが引用であって、以下には倪氏自身の按語がある。卽ち鄒文の原據と推定される倪氏の記述に就いてみると、一粟氏の指摘するごとく[14]、倪氏の目睹したのは實は八十回の鈔本、脂本の一種だったのであり、八十回の刊本があったというのは鄒氏の誤解ということになろう。ちなみに林語堂氏はこの倪氏の文を引いて程本刊行以前に百二十回の鈔本があった一證とし、この刊本を出して一儲けたくらんだのは程偉元その人であろうという[15]、それはともかく、孫楷第氏の記すところによれば、書林の杜世勳が十年前にかつて八十回の刊本を見たことがあると語ったよしである[16]から、一概にその存在の可能性を否定し去るわけにはゆかぬが、いずれにしても八十回本の舊刊本の今日に傳わらぬことは、解弢の舊藏鈔本三册が佚して傳わらぬのと同様である。

從って、燒失した有正本の原本を除けば、さきに擧げたのが帶批本・無批本併せて今日その所在を知られている脂本のすべてであり、うち甲戌本と庚辰本は影印本の形で、有正本の據った原本は石印本の形を通してではあるが、われわれも利用しうること、すでに述べたごとくである。ここでさらに二點の書物を追加して擧げるならば、その一つとして兪平伯氏が王佩璋女士らの協力を得て校訂した『紅樓夢八十回校本』（一九五八年、人民文學出版社刊）全四冊があり、いま一つにこれを補うものとして右の校訂作業と平行して編輯された『脂硯齋紅樓夢輯評』（一九五四年、上海文藝聯合出版社刊。一九六〇年、中華書局修訂版）がある。前者についてはかつて私は評介を試みたことがある。[17] 第一・二冊には、兪氏の校訂になる八十回本文を分載し、第三冊は校字記に充てている。また第四冊には程甲本によったとおぼしい後四十回を収めて附錄とする。（これは讀者に對する配慮からであろう。） 本文の底本としては、後人の補ったものと思われる第六十七回と妄改の明かな有正本の第六十八回の一部分とを除いて有正大字本八十回を採用し、これが祖本と目せられる庚辰本七十八回、己卯殘本四十回とを主要校本に、さらに甲辰本・鄭振鐸藏殘本・程甲乙本等を補助校本として用いている。（甲戌本は原書不在のため、一部分のみ用いられたに止まり、また己酉本は兪氏は見てはいるようだが、[18] 補助校本としては用いていない。なお程甲本は參考までに引用され、特に程乙本は當然のことながらまれに引用するに止められている。） 燒失して原本に當るすべのない石印の有正本（上石の際、本文の妄改が行われたと考えられる）を底本にしたことには問題があるが、さりとて缺文や未成の部分をかなり有し、ことに後半部のごとき、誤字百出、判讀に苦しむ庚辰本を底本に採ることは技術的にも困難であったろう。實際には己卯・庚辰兩本の本文が「存眞」の原則に從って大幅に採用されていることは校字記に就いて見ても明かなところで、むしろ庚辰本が有正本によって校訂されたと言って言えないことはない。校訂者自身も認めているように、曹雪晩年の原作の本來の面目にできるだけ近づけんとの意圖と、文字や表現をできるだけ整った讀むに堪えるものとして廣範圍な讀者層に提供せんとの意圖とを一本のうちに實現しようとすることはもともと無理な話であり、時に抵觸しかねぬこの二方向への努力の兼ね合いの上に成立したのがこの新『校本』であってみれば、これに純學術的なものを期待するのは過ぎたりと言うべきであろう。かつて亞東圖書館本の新版が程乙本に據って以來、後出の『紅樓夢』の刊本のほとんどがこれを襲っていることを思えば、有正本ですら必ずしも入手しやすくない今日、八十回本の存在を比較的信頼すべく近づき易い形で世人に示したその一點だけからでも評價されてよいと思う。

さて、後者『輯評』は諸本に存する脂批を彙輯して對照の便を圖ったものである。初版本は『校本』の公刊に先立って刊行されたため、引用の原文(脂批の施された)も有正本本文に據っているが、修訂版では『校本』のそれに改められ、參照頁數が附された上に、若干の補訂も施された。また各脂本における批註の状況は、巻首に附載された「紅樓夢舊鈔本各本所存批註略表」によって概觀の便が與えられている。脂批原文についていえば、正文に比し誤字多く判讀困難な批語の文字を活字に移し、かつ句讀を施した點といい、諸本のそれを一括對照して異同をも示した點といい、至極便利であるが、補訂版においてもなお議すべき點なしとしない。殊に甲戌本の批語については、原書が利用できないところから、かつて陶洙氏が己卯本の上に轉鈔しておいた不完全なものに據ったため、誤記や採錄洩れがまま見受けられる。また同一脂批でありながら諸本それぞれその置かれている場所の異る場合があり、それが脂本成立時期推定の一根據ともなるわけであるが、甲戌本の場合、特に行閒夾批と雙行夾註との區別の表示が缺けており、止むをえない事情によるものとはいえ、これらはいずれ補正されなければなるまい。

ともかくも兪氏が三十年來腦裏に描いてきたいわば一種の「原紅樓夢」ともいうべきものを結晶させた各鈔本の彙校本としての『校本』竝びに校字記、それと各鈔本の脂批を彙輯した『輯評』とは、二書相俟って一つの立體的な脂硯齋評本を構成して見せてくれるわけであるが、當面の問題の資料という意味に限っていっても、第一に前者によっては、只今のところ、容易に原本に接する便宜のない己卯本や甲辰本等の本文が校字記を通じてかなり知られる點、有益である。(欲をいえば、すでに完成を見ているという一百萬字以上に上る全體の校勘記——校合に用いた諸本全部の異同を記した——の公刊が望ましいし、資料としてはより有用であろうこと言うまでもない。)『輯評』についても事情はほぼ同様である。筆者も小論の筆を進める過程で、以後もかさねてこれらから益を受けるであろう。

さて、上に見てきたように、現存する脂本、殊に重要な帯批本がいずれも過錄本であるということは、脂硯齋手定の「定本」原本そのものでないことを意味する。從って、脂硯齋評本成立の過程を明らめるに當っては、それらの過錄本を通じてそれぞれの原本の姿を想像し、さらにそれら想像される諸原本のあいだの關係を考えるのが事の順序ということになろう。曹霑の原稿本の形については、今となってはこれらの脂本を手がかりとして想像する以外にないが、それはまた一段あとの作業に屬すること、すでにまえがきにおいて述べたとおりである。

註

（1）「『紅樓夢書錄』瞥見」（『書報』第一卷第九號　一九五八年十二月　極東書店、本書三七六頁～三八〇頁）。

（2）『紅樓夢探源』英文本第四章參照。

（3）吳世昌氏はこの總評と七律題詩を曹霑の弟棠村の手になるものと見る。（『探源』第六章四）私はかつてこの總評の筆者を脂硯に擬した。（「紅樓夢首回、冒頭部分の筆者に就いての疑問―覺書―」、本書五頁～一五頁。）

（4）胡氏收藏の經緯についての『書錄』の記述「……後歸上海新月書店、已發出出版廣告、爲胡適收買、致未印行」の旁點の部分は、胡氏が影印甲戌本跋文に記すところによれば、誤っているようである。卽ちこの鈔本の舊藏者がこれを胡氏に讓り渡す際、胡氏ら文學者仲間が新月書店を開いたとのニュースや廣告を見て、現物を書店氣づけで胡氏に屆けたのが事の眞相だといい、『書錄』の編者は胡氏の論文「考證紅樓夢的新材料」中の「新月書店的廣告出來了」の句意を誤解したのだという。ちなみにこの論文は雜誌『新月』の創刊號に載った。

（5）『書錄』六頁。

（6）「後三十回的紅樓夢」（『紅樓夢研究』所收。同上書二〇六頁）。

（7）『脂硯齋紅樓夢輯評』新版一七六頁按語。庚辰本第十四回の「兆年不易之朝」とある本文に「兆年不易之朝、永治太平之國、奇甚妙甚。」の朱筆眉批が見えながら、本文に「永治太平之國」の六字を存しないのは、別本から過録したためではないかという。ただし第十三回には「永建太平之國」の句が見えており、彼此相應じて妙だというのが脂批の意のあるところかも知れない。

（8）呉氏は過錄庚辰本本文を第一回－第十一回、第十二回－第四十回、第四十一回－第八十回の三部分に分って、それぞれに別な原本を想定している。また影印本の朱筆眉批の文字の上部がしばしば切れているところから推して、朱批は改裝された鈔本の上に他の帯批本より轉鈔されたものであり、その際、襯紙にまで批語がはみだしたが、撮影の折には全書をばらし襯紙をはずしたため、その部分のみ撮影漏れになったのであろうと說く（『探源』第四章三）。これらの推定についての檢討は後の章を參照されたい。

（9）呉世昌「論脂硯齋重評石頭記（七十八回本）的構成、年代和評語」（『中華文史論叢』第六輯、一九六五年八月　中華書局）註8參照。

（10）趙岡氏によれば、これは有正本石印の際の書賈のさかしらに出でたものではなく、その原底本においてすでにそうだったのだという。卽ち戚蓼生の叔父に當る戚朝桂は、その父麟祥に雍正帝から下賜された寶硯一面を傳え藏するにちなみ「硯齋」と號した（周汝昌「戚蓼生考」參照）。のち脂本の一種を入手した蓼生は「脂硯齋」の三字が叔父の諱を犯すを憚り、かつまた他人が原有の批語を叔父の加えたものと誤解するのを惧れて〔轉鈔の際〕全書に亙りこの三字を删るかまたは他の虛字に換えるかしたものであろうという（「脂硯齋與紅樓夢」（中））。原本に就いて確かめることはいまや不可能であるが、あるいはそうかも知れない。

（11）未見。『書錄』（三五頁）の記述による。もと香港『大公報』に載ったよし。

（12）この文章は蔣瑞藻編『小說枝談』の『石頭記』の條には缺名筆記として引くが、孔另境編『中國小說史料』（新版）には解弢のものとして引く（『書錄』も同じ）。いまこれに據った。なお三冊の殘鈔本は解氏が通行本と異るとして記すその情節によれば（かりに十回ずつ分裝してあったとして）第七・八冊を含んだ三冊であろう。

（13）『三借廬筆談』と『桐陰清話』に見えるこれら二つの文章は『書錄』（三〇頁）に引く。いま引用を略す。

（14）同前參照。

(15)「平心論高鶚」三四三頁。
(16)『中國通俗小説書目』一二〇頁、戚本（有正本）の條に附された孫氏の按語に見える。
(17)「『紅樓夢八十回校本』について」（本書三四九頁〜三五四頁）。
(18)「『紅樓夢八十回校本』序言」、一四頁。

追記 ㈥の參考論文は切り拔きを筆者周汝昌氏よりはるばる御恵投いただいた。また㈧のそれは竹内實氏所藏の揭載誌から副本をとらせていただいた。その際、松井博光・宮脇宏慈兩氏の御配慮を得た。併せ記して感謝の意を表する次第である。

三、脂硯齋について

この章では、主として脂硯齋に關する問題を取り上げたいと思う。

前章で略述した現存する數種の脂硯齋評本中の批語には、その署名あるものに就いてみると、脂硯齋自身の加えたもの（脂硯・脂研、また脂齋とも記す）のほかに、別人とおぼしい複數の人物の手になる批語が竝び存する。甲戌・庚辰兩殘本にのみ見える朱筆の批語の場合で言えば、脂硯と竝んで量的にはそれ以上にしばしば現われるのは畸笏（畸笏老人・畸笏叟とも署する）の名であり、ほかに第十三回の眉評中に梅溪・松齋を署するものが各一條見える。（松齋の場合は、第十三回に「松齋云……」の形で他人の手になるとおぼしい批語のなかにさらに一度その名が見えるが。）

墨筆の批語となると、脂硯・畸笏のほか、癡道人（甲戌殘本に三十數條見える。孫桐生の筆名である[1]）、玉藍坡（庚辰殘本第十九回回末に一條見える）、綺園・鑑堂（ともに庚本に數條見える）、立松軒（有正本第四十一回回末に附された七絶にこれを署する）等の名が諸本に散見するが、最後の立松軒に若干問題があるのを除けば、いずれもその筆者はさきの朱筆批語に見えた四者に比し、はるかに後人に屬すると考えられる。

以上の朱・墨兩樣の批語（無署名のものをも含め）の諸本における分布狀況は、前章で擧げた兪平伯輯『脂硯齋紅樓夢輯評』に詳しいのでいま細敍を避けるとして、當面の脂硯齋の問題を考察する上で觸れておかねばならぬのは、梅溪・松齋・畸笏の三名である。

まず梅溪であるが、この人物に就いては、曹霑の弟であろうと推定する顧頡剛・胡適兩氏の說がある。[2] 卽ち、梅溪は作品の第一回緣起に「東魯孔梅溪則題曰、風月寶鑑」と見えるその人であり、別にその箇所に見える朱筆眉評（甲戌本・甲辰本。ともに無署名）に「雪芹舊有風月寶鑑之書、乃其弟棠村序也」とあるのを併せ考えると、「孔」姓は東魯の人に假託したがための僞姓であり、實は霑の弟に當る曹梅溪、棠村とも號した人物であろうと言う。（これについては後文で再論する。）

松齋に就いては、かつて胡適はこれを脂硯の表字であろうと說いた。[3] 兪平伯氏もこの說を襲い、松齋は松脂の聯想からして脂齋（脂硯齋）と同一人かも知れぬとし、これに關聯して、「立松軒」を署する人物もあるいはそれかと說く。[4] 別に林語堂氏には、松齋を晩年の曹霑の執友であった敦誠の友人であろうと推す說があり、[5] 吳世昌氏には、それを一步進めて白筠に比定する說がある。[6] 松齋の批語は、甲戌・庚辰兩殘本の第十三回、秦可卿が王熙鳳の夢枕に立ち、賈家沒落の日に備えての計りごとを授け、忠言を呈するくだりの眉批として見えるものであるが、「語語見道、字字傷心。讀此一段、幾不知此身爲何物矣。松齋」の句は、沒落貴族の裔、さきの相國白潢の孫に當る筠の洩らした感慨の語として適わしいと言うのである。

松齋の名は、吳氏の指摘するように、敦誠の「潞河遊紀」[7]（乾隆甲午三十九年、一七七四年）に見え、この春、敦誠はその兄敦敏や叔父の墨香（額爾赫宜）らとともに、潞河に遊び白筠の家園を訪れている。右の遊記によれば、白筠は、いまは廢園となり果てたその祖白潢以來の「白園」に數十株の松樹を存したことから松齋と號したもののようであるが、別に敦誠も、庭の四株の松にちなみ、齋號を四松堂と稱し、松堂・松軒・四松居士とも號している。敦誠の家集『四堂松集』には松溪と號する人物も見え、さきの立松軒といい、松にちなんだ號はありふれたものであるから、脂本に見える松齋が果して白筠と同一人物であるかどうかはにわかに斷定しがたい。尤も、敦誠の家には『石頭記』の鈔本を藏していたと推され、[8] 墨香もまた別に一本を傳えていたようであるから、[9] それに白筠が批語を加える可能性は當然あり得る。ただ松齋署名の批語と竝んで同じ囘に見える梅溪が、棠村と同一人物であるとすれば、この比較的早く世を去ったと考えられる人物の場合と同樣、松齋も比較的早期に、生前の曹霑や脂硯齋と交渉を持った人物であるかもしれない。白筠が敦誠や墨香らと交遊關係を持つに至った時期が、もしも甲午の歳をさほど遡りえないものとすると、吳說の當否もにわかに斷定しがたいわけである。

なお曹寅の「虎丘雪霽追和芷園看菊韻、寄松齋大兄・筠石二弟」詩にも松齋の名が見えるが、[10] 寅が大兄と稱ぶ人物では、白筠の場合と逆に、霑との年齡差が開き過ぎる。よって姑く白筠說に從っておくこととする。

殘るは畸笏であるが、實はこの人物、脂硯と同一人とおぼしい。卽ち、脂硯は乾隆壬午（一七六二年）の春以後、畸笏の別名によって批語を加えたと考えられるふしがある。（ただし、後に述べるように、書名の『脂硯齋重評石頭記』はそのまま殘され、さらに丁亥の夏頃を境として、畸笏の名は抹殺され、脂硯に復したもののようであるが。）

そこでまずこれら二つの筆號の由來から考えてゆきたい。脂硯齋なる室名は、胡適氏によれば「愛吃胭脂的頑石」の意に採ったものだと言う。[11] 作中人物の賈寶玉が好んで女兒の口邊の胭脂を喫するという插話は第二十四囘に見えるとおりであるが、大荒山は靑埂峯下に在った頑石の現じなしたる相は通靈玉であり、一方賈寶玉は人閒に投胎した神瑛侍者の幻相であって、兩者はただちに同一とは言えぬ。また頑石と硯とをただちに結びつけることも少しくせっかちに過ぎよう。また周汝昌氏は、脂硯齋を女性と見る立場（後述）から、胭脂を研った汁で批語を記すの意により脂硯齋と號したと說く。[12]（のち、さらに林語堂氏はこれを修正して、「硯上常見脂痕也」とした。[13]）別に趙岡氏によれば、脂硯は傳家の寶硯を記念してかく稱したのだと言う。[14]趙氏のそれは、後に述べるように脂硯を曹寅の嫡孫と見ての立說であって、たまたま高似孫の『硯箋』（曹寅輯『楝亭十二種』所收）中にも「紅絲硯」の名が見えるところから、[15]こうした類の硯にちなんだものであろうと說き、さらにまたこの硯は朱墨を用いるに適せりと『硯箋』に見える點も、元來の脂批が朱筆で記されていたのではないかとの想像を裏書すると說く。しかし、嫡孫說そのものに問題があり、また順治あるいは康熙帝からそのような「寶硯」が下賜されたとする趙氏の推定を裏づける直接の資料は、前章に引いた戚蓼生の場合とちがって、[16]目下のところないようである。ただ寅に寄せた張雲章の詩に「祖硯傳看入座賓」とあるのを引いてそれかと趙氏は推定しているが[17]。

一方、畸笏の由來に就いては、周汝昌氏に次のような說がある。卽ち、この號は「畸零」（妙玉尼が自ら「畸人」と稱するを釋いて、「畸零之人」なりと邢岫烟が寶玉に語る一節。第六十三回に見える）なる「笏」の意であり、「笏」は名門の意を表わす「簪笏」（官吏の帽をとめるかざしとしゃくを指す）の笏だと言うのである。[18]さらに周氏は令兄緝堂氏（祜昌）の說を援用して、甲戌本第八回に見える七絕標題詩の轉句に「莫言綺縠無風韵」とある「綺縠」（綾ある薄絹）は「畸笏」に通ずるとも言う。この周說は、後に述べるように、脂硯・畸笏を作中人物の史湘雲、卽ち女性に比定することから出發しており、その點で檢討を要するが、性別の問題を別とすれば、世と合わぬ沒落貴族の末裔の意と採る方向そのものは當っていよう。第十七・八合回には、賈元春のことと關聯して、「……俺先姊先（仙）逝太早。不然、余何得爲廢人耶？」の批語が見えるが、世捨人の意の「廢人」も「畸」の字の原意に通ずるものであろう。この朱筆夾批（庚辰本）は署名を缺くが、筆者は（畸笏時代の）脂硯とおぼしい。（なお、趙岡氏は畸笏の號の場合も「笏硯」「笏頭硯」（同じく『硯箋』に見える）にその來由を求めようとするが、これはいかがであろうか。）

さてここで、脂硯と畸笏とが果して同一人であるか否かの問題の檢討に入りたいと思う。

この兩者の同一性を證明しようとの試みは周汝昌氏によって始めてなされた。[19]その主たる方法は、同一の本文に對して異った時期に加えられたと思われる二つの批語を比較對照し、ともに同一人の手に出づることを結論づけようとするものである。具體的に例を擧げよう。

姦邪婢豈是怡紅應答（容）者（?）故卽逐之。前良兒・後篆兒、便是却（確）證。作者又不得可（已）也。己卯冬夜。

此係未見抄後（沒）、獄神廟諸事。故有是批。丁亥夏、畸笏。

以上の二つの批語は、第二十七回（庚本のみ）に見える朱筆眉評である。この例では、前者は紀年のみで署名がないが、庚本の他の例から推して、己卯冬夜の批語はすべて脂硯の手になるものとおぼしく、後者はその款識の示すように、八年後の丁亥の夏、畸笏によって記されている。それではさらに批語の內容に就いて見てみよう。（引用文の圓弧內の文字は意を以て誤寫を訂したもの、方弧內のそれは意を以て脫字を補ったもの。以下、これによる。）ここに言う「姦邪婢」とは小紅（林紅玉）を指す。この侍女は第二十四回から第二十九回にかけて登場するが、恐らく『金陵十二釵』稿、あるいはその後の改稿の際に附け加えられた人物であって、書き續がれた八十回後の殘稿の部分で働きを見せたらしい。しかし、脂硯は己卯の冬にこの批語を下したとき、まだその稿を眼にしていなかった。そこで良兒（舊稿の第八回から第二十回あたりにかけて登場したらしい。舊稿の態を多く保存した第五十二回では平兒の口を通じて語られる）や篆兒（第五十二回、第五十七回、第六十二回と登場。ただし盜みを働くのは墜兒となっている）と等しなみに扱って貶しめたのであるが、丁亥の夏に及び、前批の評して至らざりし點を訂したものであろう。

いま一つ、周氏の擧げる例を引こう。

鳳姐點戲、脂硯執筆事、今知者聊聊（寥寥）矣。〔寧〕不怨（悲）夫！

前批書（知）者聊聊（寥寥）。今丁亥夏、只剩朽物一枚。寧不痛乎！

これは庚辰本第二十二回、薛寶釵の誕生祝いの條に附された朱筆眉評である。前者は款識を缺くが、己卯の冬、脂硯自らの筆になったものであろう。後者は丁亥の夏とだけ記すが、他の例から推して、また「朽物」と自稱する點から見ても、畸笏老人のものであろう。周氏はほかにも同様な例を二つ擧げているが、いずれも「己卯－脂硯」、「丁亥（または壬午）－畸笏」の二つの批語の組み合わせであって、前年の批語を同じ筆者が訂正し補足する底の内容であり、從って畸笏は脂硯と同一人物であろうというのがその推論の方法である。

これに對し王佩璋女士は、筆者の判然とせぬ二つずつの無署名の批語の組み合わせにより、語氣・文意だけに頼って、批者の同一性を判定しようとするのは愼重を缺くゆき方だと批判的である。[20] 事實、周氏の擧げた四つの組み合わせのうち、丁亥（壬午）の分こそ四條のうち三條まで畸笏の署名があるようなものの、己卯の分には四條とも署名がない。しかも王女士によれば、そのうち三條は眉評であって脂硯のものかどうか疑わしく、第十八回雙行夾批の一條だけが脂硯のものであろうと言う。このような王女士の否定的な見解にも拘らず、私は周說を是とする。それを實證するためには脂本の評註の成立の過程を明らめることが必要だが、それは次章に讓り、ここではさきに引いた第二十二回の批語に若干の檢討を加えるだけに止どめたい。

さて、その「前批書（知）者……」の批語の「書」の字は、括弧内に示しておいたように、「知」字の草體が誤って轉鈔されたものだと通常解されているが、[21] 私見によれば、「書」と「者」とのあいだに、さらに一字「知」の字が脱しているようである。いったい庚辰本の批語、殊に朱筆のそれには、過録の際の誤寫脱字がかなり見受けられるが、單にそれだけの根據では妄りに改めるわけにはゆかぬこと勿論である。ただこの場合に就いて言えば、鈔者によって脱鈔されるだけの心理的な理由は充分存在すると考えられる。そこで「前批書知者寥寥」が元來の文であったとすれば、當然、次のような文意になろう。――「さきの批に『知れる者寥寥たり』と書いたことであったが、今年丁亥の夏ともなれば、寥寥どころか、この世に取り殘されたのは、筆者たるこの老いぼれめ一人という有様だ」。かように同一人が時空を異にして感慨を洩らしているのである。

ところで、甲戌殘本第一回の雪芹題詩「滿紙荒唐言」七絶の朱筆眉評にはこうある。

能解者〔知作者〕有辛酸之涙、哭成此書。壬午除夕、書未成、芹爲涙盡而逝。余嘗哭芹、涙亦待盡。每意覓青埂峯再問石兄、余（奈）不遇獺（癩）頭和尚何？悵悵！

今而後惟愿造化主再出一芹一脂、是書何本（幸）、余二人亦大快遂心於九泉矣。甲午八月涙筆。

この長段の批語は、從來同じ筆者の手で同じ時期に書かれたものとして受け取られてきたようであるが、仔細に考えると内容的には二節から成っており、むしろ趙岡氏の説くように[22]、前後異った時期に記されたと解した方が妥當のように思われる。その執筆時期としては、前批は丁亥春ないし夏が考えられ、後批はいうまでもなく甲午秋八月である。そこでこんどは筆者の問題であるが、後批に見える「余二人」の句が「一芹一脂」、卽ち雪芹と脂硯とを指すことは明らかであろう。しかるに前批によれば、雪芹（霑）は壬午の歳の除夕にこの作品を未完成のままで世を去ったことが知られる。（ただし、この沒年については翌年の癸未除夕說もあり、問題がある。後章再述。）とすれば、この批語の筆者、少なくも後批の筆者は脂硯齋以外の人ではあり得ぬことになる。（上で述べた、丁亥の夏を境として畸笏が脂硯の號に復したとの事實はこれを指すものである。）

さて、ここでさきに取り上げた「鳳姐點戯」云々の朱批に戻ろう。前批に記すところによれば、己卯の冬には「脂硯執筆」のこと（後述）を知っている人が、その數寥々たりとはいえ、存命であった。雪芹はもちろんその數に入るし、彼の弟棠村にも、少なくもその可能性はある。しかるに、そのわずかな人々が丁亥の歳までには沒くなっているのである。（雪芹は壬午または癸未の除夕に、棠村は恐らくそれ以前に世を去った。）とすると、丁亥の夏に「ただ老いぼれ一匹を剩すのみ」と後批を記した人物は、これらの批語の組み合わせから同じく趙岡氏の説くように[23]甲午の歳になお存命していた脂硯以外には考えられまい。

いま一つだけ、以上の推定を補うべき傍證を擧げておこう。胡藏甲戌殘本に存する批語は、その大部分が無署名かつ無紀年であるが、これを庚辰本に就いて檢すると、ほとんど同文同旨の批語でありながら、後者に見えるそれには署名あり紀年あることがしばしばである。（甲戌殘本の批語で署名あるものは、さきに擧げた第十三回の梅溪・松齋をそれぞれ署するもの都合二條に過ぎぬ。また紀年あるものは、これもすでに引いた第一回の甲午八月の朱批の一條と、いま一つ同じく第一回朱筆行間夾評に「丁亥春」と識すものが一條、例外的に見えるだけである。）恐らくこれは、後に述べるように、丁亥の夏以後、脂硯の手で行われた作業であって、彼はその際、丁亥夏及びそれ以前の批語に手を加えたばかりか、脂硯・畸笏の署名をともに刪っている。かくて出來上ったのが甲戌殘本の原本であろう。（その本文各回の成立時期については後述する。）これには『脂硯齋重評石頭記』の書名が題されているので、ことさら留められた松齋・梅溪を署する二則以外の批語はすべて脂硯の手に出づることが讀者には判る仕組みになっている。（甲戌殘本の鈔者が、脂硯と畸笏を同一人なりと判斷してこのように大鉈を振ったとは考えにくい。それは松齋・梅溪の批語の扱いぶりや批文の刪改の痕にも窺えることであって、勿論、機械的に署名を刪ったというだけのことではない。）

以上の事實は、すでに吳世昌氏によっても若干の例が擧げられ指摘されているところであるが[24]、ただし、氏の所論の甲戌殘本に關する部分は、兪平伯輯『輯評』に見える不完全な記述を基としているので、これをさき頃刊行された胡藏甲戌本影印本に就いて檢してみると、一層明瞭に再編輯の事實が確認される。例えば第十六回の場合である。庚辰本（影印本三三五頁）朱筆眉評に見える次のごとき句、

大觀園用省親事出題、是大關鍵事、方見大手筆行文之立意。畸笏。

これは甲戌殘本（影印本、葉一六一裏）の同回回首に置かれた墨筆總批すべて七則中の第四則にも見え、「大關鍵事」を「大關健處」に誤り作るほかは同文であるが、畸笏の署名は他の五則同樣删り去られている。さらに庚辰本（影印本三三四頁）同回に見える墨筆雙行夾評、「一段趙嫗討情閒文、却引出道部脉絡」に始まる長段は、甲戌殘本（葉一六一表）ではさきの回首總批七則中の第三則として置かれ、「道部」を「通部」と訂しているほかは、一字異文があるのみで、同文である。庚辰本に存する雙行夾評は、さきに見たように愼重派の王佩璋女士すら脂硯の手筆と見てよかろうとするが、特にこの第十六回は前後の雙行夾評の多くが脂研（脂硯）の署名を有する。恐らく脂硯齋初評ないし再評時期に記され、やがて己卯・庚辰原本のこの部分が鈔成された時、本文中に雙行夾評の形で錄入されたものと推される。とすれば、甲戌殘本中では、脂硯の批語に混って畸笏の批語も無署名のまま回首總批中にまとめられているということになる。（ついでながら兪氏の『輯評』では、この二つの批語のうち、前者は採錄洩れになっており、甲戌本の「開始總批」としては「借省親事寫南巡、出脫心中多少憶惜（昔）感今」の一句のみを掲げる。また後者についても、庚辰本の原文を掲げたあと、「甲戌・己卯同。」云々と註しているのみで、これが甲戌本にあっては「開始總批」の位置に置かれていることには言及していない。前章でも述べたように、修訂版の再修訂版刊行が必要とされる所以である。）

以上、脂硯と畸笏とが同一人物だと考えられる根據についてほぼ述べ終った。もしこれが事實だとすれば、問題の焦點は、脂硯齋とはいかなる素姓の人物であるかの一點にしぼられてくる。しかし、これに關しては只今のところ諸說さまざまであって、いまだ定論なしと言って差支えない。

胡適氏は脂硯齋評本の一種としての甲戌殘本を入手し、その存在を初めて世に紹介したとき、批語の內容から推して、評者は作者の親屬、恐らく嫡堂兄弟または從堂兄弟であって、顯あるいは頫の子供かも知れぬと考えたが[25]、のちさらに別種の脂硯齋評本たる庚辰本を見るに及んで、次のような「大膽な假說」を提示した。卽ち、脂硯齋とは『石頭記』の作者曹霑その人が評家に假りて自解自註した際用いた筆名であるというのである[26]。そうした着想を彼に促したものこそは、實にさきに引いた「鳳姐點戲、脂硯執筆事……」の批語であった。第二十二回の本文そのものには、薛寶釵の誕生祝いの席で、王熙鳳が史太君に命ぜられ、好みの芝居の幕の所望をしたこと、その戲目の選定に當っては、熙鳳は太君の意を迎え「劉二當衣」の一幕に指定の點をかけたことを略述しているに過ぎない。しかし、文字を多くは識らぬ王熙鳳になり代り、所謂「點戲」を行った者としては、閨閣出入自在の特權を與えられた賈寶玉のほかは考えられぬとし、かくて、作中人物寶玉を作者の青春自畫像と見る「紅樓夢自傳說」に立脚して、脂硯卽曹霑と見る胡氏の說が導き出された次第であった。

これに對する反論は、庚辰本を仔細に檢討した諸家の手によって、生まれるべくして生まれた。結果から言って、胡氏は立說を急ぐのあまり、肝腎の資料そのものに充分なる檢討を加えることを怠ったと言い得る。

また「脂硯執筆」の「執筆」の語にしても、熙鳳點戲の一節は脂硯齋の手になる文章だと特に斷ったの意に取れないこともない。王佩璋女士の提出した一解はそれである[27]。そう解くことはいささか强辯じみて響こうが、しかし、現に同じ回の前々葉に見える朱筆眉評にこの書の讀法を說いて、

將薛・林作甄玉・賈玉看書、則不失執筆人本旨矣。丁亥夏、畸笏叟。

と記すのを見ると、滿更考えられないことでもない。いったい脂批では、自らを「批者」「批書人」「批書者」と稱するのに對し、作者のことを「作者」「作書人」「作書者」などと稱している。（別にまた「石兄」、時として「玉兄」で稱ぶ場合もある。この使い分けについては後述。）「執筆人」と稱した例はほかにないようであるが、ここの「執筆」が「作書」を意味していることは言うまでもあるまい。ただ王説に從って熙鳳點戯の一段の本文筆者を脂硯だとすると、彼は同じこの一段の雙行夾評のなかで、次のような自贊の句を書き留めておいたことになる。

寫得週到、想得奇趣、實是必眞有之。

かつて金聖嘆が『水滸傳』を删改加批した際、古人の批に假託して實はおのれの筆を加えた箇所を絶贊した先蹤はあるというものの、脂硯が果してその顰みに倣ったりしたかどうか、いささか疑問である。（脂硯の『紅樓夢』本文との關わり合いに就いては、後章で改めて論じたい。）

さて、脂硯を雪芹その人なりと見る胡適説に代って現われたものに、これを作中人物史湘雲のモデルとなった女性であろうと推す周汝昌氏の説がある。[28]（かつて胡適は、霑の沒後に殘された「新婦」を作中人物の薛寶釵に當る女か、はたまた史湘雲に當る女であろうかと疑ったが、[29]これと發想の根本に共通するものがある。）庚辰本の脂批を檢討した結果、これらの批語は女性の手に出づるものと見なくては解しがたいとの結論を歸納し、その條件に適う女性を作中人物に求めたこの湘雲説に對しては、その後、駁論が現われて、女性の筆とは見なしがたい批語の存在が指摘され、周氏自身も、再稿の註ではそれらの例を掲げ、矛盾した説明しがたいふしのあることを認めているが、それらのうちには曹霑自身の筆になるものが混入していると考えることで切り拔けようとしている。[30]

林語堂氏はこの周説を襲い、胡氏の舊説をも折衷して、「脂硯」の號は、作者曹霑竝びに史湘雲のモデルで後に霑と結ばれた女性、この二人によって共用されたものであろうと説くが[31]、脂硯を史湘雲に比定しようとする兩氏の說は、にわかに肯定しがたいふしがある。

かくて、振り出しに戻り、乏しい資料に頼って作者の親屬のなかにそれらしき人物を見出そうとする學者の探索が繰り返された。そのうち具體的に實在の人物に比定しようとしたものには、大別して二つの方向が認められる。一つは作者の叔父だと見る說であり、いま一つは作者の從兄なりと見る說である。

まず前說について見よう。これに據る論者は數家を數えるが、その濫觴は淸代に遡る。愛親覺羅裕瑞撰『棗窗閒筆』中には、脂硯齋に就いて次のように記されている。「……曾見抄本卷額、本々有其叔脂研齋之批語、引其當年事甚確[32]」「其叔」の「其」は雪芹を指し、裕瑞は脂硯齋を雪芹の叔父と見ているのである。彼が『閒筆』中で雪芹について記す記事の信憑性は、聞書という性質上幾分は割引きされるとしても、霑と親交のあった前輩姻戚の者から聞いたと稱する點に僞りはあるまい。裕瑞の傳記に就いては、周汝昌・吳恩裕氏らの調査があるが[33]、富察明琳は彼の母方の叔父に當るらしい。庚辰の歲、敦敏がたまたま明琳の養石軒を通りかかったとき、中庭越しに高談の聲を耳にした。もしや霑ではないかと、すぐさま訪れたところ、果して一年振りに顏を見る霑がいた。このことを敦敏はその時詠じた詩の詞書に書きつけているが、その「高談之聲云々」の記述と、裕瑞の『閒筆』中に霑のことを「其人、……善談吐、風雅游戲、觸境生春、聞其奇談娓娓然、令人終日不倦。是以其書絕妙盡致」と記すのとを較べ合わせると、彼の聞書の語り手は案外明琳あたりであったのかも知れぬ。また「題紅樓夢」詩二十首の作者である富察明義も同じく裕瑞の母方の叔父に當る。明義は霑の友人敦敏兄弟や墨香らと親しかった。(ただし彼に生前の霑と交わりがあったかどうかは、よく判らぬ。吳氏によれば、さきの二十首は雪芹生前に成ったものだろうと言う[34]。また趙岡氏は、明義が直接霑の家で『石頭記』鈔本を見たものと推定してはいるが[35]。) 裕瑞の霑に關する記述中の曖昧な點、例えば霑の屬した旗籍を漢軍とし、何旗に屬せりやを知らずと記すがごときも聞書という性格に由來するものかも知れぬ。いずれにせよ、脂硯を霑の叔父と見る說の來源を解して、彼は脂本の評注を閲過する閒にそうした推論に導かれたのだとすべきか、それともまたなんらかの根據あっての記述と見るべきか斷言を憚るが、同じく脂本を目睹しながら、「脂硯與雪芹同時人、目擊種々事。故批筆不從臆度……」とのみ記す甲戌殘本の舊藏者劉銓福の跋語の一節と引き較べるならば、むしろ後者の判斷の方が當っているのではなかろうか。近時の脂硯齋を霑の叔父とみる說は、いずれもこの裕瑞の記述を援用するのを例としている。

さて、この說に據る論者のうち、王利器氏のそれは、脂硯齋を曹頫に比定しようとするものである。(36)王說は、すでに上文で部分的に引用した庚辰本の第十七・八合囘の朱筆夾批を一根據とする。

批書人領至（到）此教。故批至此、竟放聲大哭。俺先姊先（仙）逝太早。不然、余何得爲廢人耶?

批中に言う「先姊」こそは平郡王の妃となった通政使曹寅の娘であり、批者はこの曹寅の娘と姉弟の關係にあるはず、さらにまた乾隆己卯の歲以前の三十年閒に「廢人」となったとの條件をも滿たしうる者としては、雍正六年に免官抄沒された曹頫がまず考えられよう。——これがその論旨である。別に王氏は同じ論文のなかで、曹霑は從來考えられてきたように曹頫の子ではなく、曹顒の遺腹子であろうと說く。（曹頫說を早くに提唱したのは胡適であった。彼が「紅樓夢考證」を著した頃は、曹家の家世に關する資料にも乏しく、曹寅の子に二子ありとして、長子を顒、次子を頫とし、霑は後者の子なりとした。また遺腹子說も夙に李玄伯によって提唱されているが。(37)）顒はたしかに曹寅の嫡子であって、寅の沒した後を承け、江寧織造の職を繼いだのであったが、男の子に惠まれずに二十一歲で早逝したため、康熙帝の特旨によって、寅には甥、顒にとっては從弟に當る頫が養子に迎えられ、織造職に就いたのである。顒の沒したとき、妻の馬氏は懷妊七ヵ月の身であった。のちに產み落されたのが男子であったとして、これがまた霑であったとすれば、頫と霑との關係は叔父甥のそれになる。卽ち脂硯齋は作者の叔父に當ると言うのである。

この說に別な角度から證據を加えたのは吳恩裕氏であって、氏によれば、曹頫直筆の奏摺の小楷は庚辰本に見える脂硯齋の批語の若干條と筆蹟が酷似しているという。(38) 尤も、現存の庚辰殘本は前章でも述べたように過錄本であり、本文は勿論、朱・墨批とも他本からそれぞれ轉鈔されている。從ってこれに見える批語の鈔者が脂硯齋である可能性は少ないのではなかろうか。


兪平伯氏の所說は王氏のそれとも少しく異る。兪氏によれば、脂硯・畸笏同一人說はにわかに首肯しがたく、脂硯の素性のほども明らめがたいが、少なくとも畸笏は霑の叔父に當る人であろうと言う。(39)（ついでながら兪氏は霑を曹顒の遺腹の子と見る點では、さきの王說と共通する。）さて叔父と見る兪說の根據は、第二十四回、賈芸が叔父のト世仁に商賣物の香料の無心を申入れてはねつけられるくだりに、「余二人亦不曾有是氣」の朱筆夾評が附せられている點に在る。「余二人亦……」の言い方は、まさしくさきに引いた甲午八月の批に見えたそれであり、この場合も「一芹一脂」を指すものであろう。この箇所におけるト世仁と賈芸との關係を脂硯と雪芹とに當てはめれば、叔姪の關係になる。さらに言えば、世仁は芸にとって母方の叔父であるから、これをそのまま移せば、脂硯は雪芹の母方の叔父ということになる。從って兪氏は、これまたすでに上文で引いた「俺先姉仙逝太早……」の批に見える「先姉」を恐らくは作者雪芹の母に當る人であろうと說くのである。（ただし、兪氏はその後かさねてこの問題に觸れて、斷定もしかねると述べているが。(40)）

吳世昌氏の新說は、同じく脂硯叔父說を採りながら、それに比定さるべき人物を別の面に求めようとする。

結論からさきに紹介しよう。脂硯齋は本名を「碩」と言い、字《あざな》を「竹磵」と稱した。曹宣の四男であって、霑にとってはその父頫の弟、つまり叔父に當る。(41) ――これが吳氏の探索の結論である。

以下に呉氏の推論の順序を示せば、氏はまず曹寅の詩に見える「竹礀姪」に着眼した。寅のこの甥は實名が知られていないが、その兄たちは頎・頫の名の示すように「頁」字の輩行に屬する。これを一つの手がかりとし、さらにいま一つの手がかりを字に求める。通常、字は名と關わりのある字眼が選ばれ、しかも經書にその典據を仰ぐことが多い。それを利用して、字の竹礀から實名を逆推しようというのである。そこで呉氏は『詩經』（衛風、考槃）に「考槃在澗、碩人之寛」とある句を引き、竹礀の名は「碩」であろうとした。（澗、礀は通用の文字である。）

かくて「發掘」された曹碩を、脂硯齋の備うるべき諸種の條件（さきの諸家の擧げたものとおおむね共通する）と照らし合わせた上で、充分比定さるべき資格ありと呉氏は判定する。

呉氏の『紅樓夢探源』（英文本）に收められた脂硯齋に關する研究は、先頃、その要旨が新聞紙上に發表されたが、[42]早くも朱南銑氏の反論が現われた。[43]朱氏によれば、確かに呉氏の説くように、名・字・號のあいだの關聯は曹家の場合にも認められ、曹寅の字の「子清」は『書經』に、寅の弟宣の字「子猷」も『詩經』に典據を持つ。また寅の子の名顒は『詩經』に、宣の三子の名頎も『詩經』に出典がある。しかし、これだけの事實を根據にして、この曹家の二代は名や字をつけるに當り、すべて『詩』『書』に典據を仰いだとは確言できまい。上の輩行では表字と『詩』『書』との關聯が認められるとしても、殊に肝腎の頁字輩の場合、顒・頎の字が判っていないのでは、竹澗から碩を導き出す方法は確たる根據となりえない。また同じ頁字輩でありながら、曹頫の「頫」の字が六經に見えない事實をどう説明するか——これが朱氏の反論の一點である。さらに朱氏は、呉説の推論の要《かなめ》をなす事實に誤認があると指摘する。卽ち、「竹礀」を字とする人物は、同姓の曹なにがしの子で寅から甥扱いをされてはいるが、旗籍にない漢人であって、曹家の頁字輩には屬しない人物であろうというのである。

また曹宣の第四子を碩とし、碩と硯との篆文の字形上の類似やともに「石」に從う點から、これを脂硯齋に比附しているが、曹宣は奏摺に見える例によっても、曹荃と同一人物であって、周汝昌氏の唱える別人説(44)は當っておらず、寅の「四姪」とは曹頫を指すものに他ならぬ。しかるに呉氏が周説を襲いながらも頫を長子とし、四姪の地位を「曹碩」のために殘してやったのは、奏摺に見える稱謂によって知られる頎・顒・頫の排行順とも矛盾するものである。――このように朱氏は論駁する。（ちなみに、呉恩裕氏も同じく奏摺を資料として、曹宣の父は爾正であり、寅の父は璽であることを指摘し、周汝昌氏の「曹氏世系表」の誤りは正さるべきだとする(45)。）

朱南銑氏の反論は呉説の問題點を衝いているかに思われるが、それはともかく、呉世昌氏の勞作『探源』は、英京倫敦において執筆されたものであり、手許に集め得た限りの既公刊資料、先人の研究を活用してその所論が構築されているが、さきの松齋の例といい、この曹碩の例といい、從來看過されていた點を取り上げてはいるものの、その新說の當否については、かなり檢討の餘地があると言えよう。

以上の諸家の說は、父方・母方のおじという相違はあっても、ともに作者霑より一代上の輩行に實在の脂硯を求めようとしたものであった。これとは別の、脂硯を霑と同輩の從兄であろうと見る說（上に述べたようにすでに胡適氏にその說があるが）についても、ここでさらに一應檢討を加えておこう。

趙岡氏によれば、脂硯は曹寅の嫡孫であって曹顒の遺腹の子に當り、玉峯と號したと言う(46)。（趙彥濱を署する同旨の論文があるが(47)、恐らく同一人の作、彥濱は字號であろう。）卽ち『紅樓夢』首回緣起に見える「吳玉峯」の「吳」姓は假姓であって、同じ箇所に見える「孔梅溪」の「梅溪」が實は霑の弟に當る棠村の號であると考えられるのと同例だとし、この作品に『紅樓夢』の題名を命じたのも脂硯その人だと言うのである。

そこで、霑の出生の問題がからんでくる。

霑が寅の孫であったことは、諸書の記述に徵してほぼ確實であろうが、その父が顒・頫のいずれであったかについては、これまたいまだ定論がない。

すでに上で觸れた李玄伯・王利器兩氏の説は、霑を顒の遺腹の子と見るものであるが、兪平伯氏もまたこれに據り、次のごとく主張する。康熙五十四年（一七一五）二月、頫が織造の任に就いたときは、彼はいまだ弱年の身であって、それゆえ頫は康熙五十四年の奏摺中で自らのことを「黄口無知」と稱し、康熙帝もまた五十七年の朱批諭旨のなかで頫のことを「你小孩無知」と稱したわけであった。

從って、霑が甲午八月の脂批に見えるごとく、乾隆壬午の除夕（一七六三年二月十二日）に沒したとし、その友人敦誠の輓詩に見えるように四十年の生涯を閉じたものとすると、(48)生れたのは雍正元年ということになり、康熙五十七年を隔たること三年にしか過ぎず、頫の子である可能性も少ない。まして霑の別の友人張宜泉の傳えるように五旬に滿たずして世を去ったとすると、(49)その可能性は一層減少する。よって霑は顒の遺腹の子であると考えた方が妥當であろう。——これが兪平伯氏の見解である。(50)

このように霑を顒の遺腹の子とみる見解に從えば、霑は康熙五十四年六月頃に生れ落ちたことになる。（この年の三月初七日附けの頫の奏摺には、嫂《顒の妻》馬氏が懷妊すでに七ケ月に及んでいるむね記している。『紅樓夢』第六十二回には賈寶玉の誕生日のことを記すが、これによれば四、五月頃らしい。壽芝の『紅樓夢譜』葉五十二、生辰の部ではこれを四月に配當している。遺腹子説を採れば、それにやや近いが、自傳説を徹底させるならば、八月子ということになろうか。尤も、後述するごとく、胡適氏特に周汝昌氏の說いた完全自傳説には問題があり、逆推は危險であろう。）

しかし、この遺腹子說には次のような趙岡氏の反論がなされている。脂批によると、霑には棠村と號する弟があったはずである。もしも霑が顒の遺腹の子であるとすれば、その彼に胞弟はありえない。從って霑は頫の子であり、顒の遺腹の子こそは脂硯であろう。——これが趙氏の所説である。[51]尤も、従弟をも「弟」と稱したとすれば、頫の子を指して言ったとしても、顒の子に「弟」はあり得たわけである。殊に頫は寅の未亡人李氏の養子として迎えられたのであるから、顒の子と頫の子との關係はかいなでの従兄弟のそれとは異なるものがあったろう。ただし「其弟棠村序也」の「其弟」という表現にこだわるならば、この批語の筆者は、霑の胞兄でなく、趙氏の主張するように、従兄の關係にあった者だということも考えられるであろう。

　ところで、趙氏は例の「俺先姊仙逝云々」の脂批を引いているが、脂硯を顒の子とみる立説の出發點からして、顒の娘を設定せざるを得ず、朝雲章の七律「聞曹荔軒銀臺得孫御寄兼造入都」詩に見える曹寅の孫誕生の事實をこれにからませて次のように説明する。——朝雲章は顒が娘を儲けたのを誤って男子出生と聞き傳え、寅に對して孫誕生の祝賀の詩を寄せたのであり、實はこの娘が成人して「弟」の脂硯に讀書の手引きをしたのであろうと。しかし、これはやや苦しい説明であって、この寅の孫、顒の子は夭折したのではなかろうか。さらにこの「姉」が出嫁することなく早逝した場合と、寅の娘が平郡王の妃となって「仙逝」した場合（これは脂硯を霑の叔父と見る論者の論據であるが）とを考えてみると、脂硯を「廢人」たらしめた條件としての重さにおいて格別の差がありはせぬかと考えられる。

　いま一つ趙説の成立をさまたげる難點を擧げるならば、その説によると、顒の遺腹の子たる「脂硯」は、乾隆壬午の歳には齢四十八を數えたはずである。しかるにこの年の批語には「畸笏老人」と署している。（第二十回、庚辰本朱筆眉評、「壬午孟夏」の紀年あり。）さらに五年後の丁亥の紀年ある批語にあっても、「畸笏叟」と署している。五十を越した丁亥の歳でならともかく、壬午の歳に「老人」と自ら稱するのは、戯れにしたと解すれば別だが、少しく無理であろう。（趙氏は、「脂硯」は霑より排行が上であるから、「叟」と稱したのであると説明してはいるけれども。）ついでに言えば、第十三回に見える「芹溪に命じて『秦可卿淫喪天香樓』の一節を刪らせた」との脂批も、その語氣からして同じ輩行に屬する者のことばとは受け取りにくい。
尤も、兩者に相當の年齢差があったとすれば話は別である。そこで、ふたたび霑の生年の問題に戻ろう。霑を顒の遺腹の子と見る李玄伯以來の說のあること、また頫の子と見る胡適氏以來の說のあることは上に述べたとおりだが、後者に據る吳世昌氏は、その生年の推定根據を次の點に求める。「霑」字をもって命名したのは、父の頫が康熙帝の特旨によって織造職を襲ったことにちなむ。卽ちかたじけなき天恩に霑《うるお》うの義に取ったのであると。これによればその生年は襲職の年である康熙五十四年ということになる。またその翌年ということも考えられることであって、頫は三月職に就いた。その年に夫人は懷胎、翌五十五年に霑が生れたものかもしれぬ。(頫の年歳は推定困難だが、吳恩裕氏は織造に任じたときは十五、六歳を出なかったろうと推定している。(52))もしこうした推測が許されるならば、顒の子との年齢差はせいぜい一歳であるが、これとて顒の子が無事に落地成人したと假定しての話であって、その性別のほどもいまや確かめるすべがない。(ただし、もし賈珠とその忘れがたみ賈蘭との關係が顒とその遺腹子との關係を投影したものであるとすれば、その可能性は考えられるが、これまた作品から逆推するの危險を冒すことになってしまう。)

以上、脂硯齋及びその素姓をめぐる諸問題についての諸家の說のあらましを述べ、兼ねて曹霑の身世をめぐる若干の問題の檢討に及んだ。うち前者について言えば、脂硯の素性を說く諸家の說のいずれが果してその眞を得ているか、少なくも今日見られる資料では斷定が困難であろう。愼重を期すれば、脂硯は曹霑の親屬であって、輩行(少なくも排行)が上であったとその程度に推測は止どめるほかない。ただ筆者は上文で述べたような理由で、脂硯・畸笏同一人說を採る。また脂硯を史湘雲や顒の遺腹の子に比定する說も少しく成立困難と見る。そして、殘る脂硯叔父說にかなりの眞實が藏されていることを感ずる。

ここでその説に副った私見を少しく書き留めておくこととしたい。脂硯齋を曹宣の第三子頎であると考え、曹霑を宣の四子頫の長子と見て、頫が織造となった翌年に生まれたと考えることはできまいか。

呉世昌氏は竹磵を字と見て、碩の實名を逆推して見せたわけであるが（號のようにも思われるが）、その方法を假り、試みに呉氏が典據として引いた「考槃在澗、碩人之寬」の句に、同じ『詩經』（衞風）「碩人」の句「碩人其頎」を組み合わせ、竹磵の本名を頎と逆推する。卽ち宣の第三子頎に竹磵の字（または號）を歸してしまうのである。（實のところ、ここまでの手續きは添え物であって、竹澗と曹頎をどうしても結びつけなくてはならぬ必要はない。さきの朱説のように、この人物は寅の實の甥ではなく、寅は同姓のよしみで甥扱いしていたというだけのことかも知れない。）

さて、寅にとっては三姪に當るこの人物は、梅を描くに長じていたといい、父の宣（子猷）ゆずりの畫才を持っていた。脂硯齋の『石頭記』評のなかに見られる畫法に對する造詣の深さは、頎をその人として比定する一根據にはなりえよう。（補註一）頎の次弟は頫で、曹寅の詩に「四姪」と見えるのがこれであろう。「驥兒」が恐らくその小字ではなかろうか。頫は兄の頎が畫才に富んでいたのに對し、詩才に惠まれ、共に曹寅からその才を愛されていた。寅の詩に言う「多才在四三」はこれである。霑は伯父の頎から（更に遡れば實の祖父宣から）畫才を受け繼ぎ、父からは詩才を享けた。脂硯が詩に關しては、（甥の）雪芹に一目置いていたこと、脂批によっても看取されるところである。

以上の假説は次章でさらに檢討するとして、近時現われた脂硯に關する諸説のうち、呉世昌氏と趙岡氏のそれは、それぞれ脂硯を叔父の「碩」・顒の遺腹の子に擬定する點で方向を異にしながらも、『紅樓夢』の主人公賈寶玉を素材的には脂硯と雪芹との合傳と見る點で共通するものがある。(53) これは胡適氏によって提唱され、久しく支配的であった

『紅樓夢』自傳説——周汝昌氏によってその方向はいよいよ徹底させられたが——の抱く矛盾を解決に導くための一つの考え方であって、同時に脂硯のこの小説に寄せた執心（それはある意味で雪芹以上とも言えるほどだが）の來由をもより適切に説明するものであり、私も基本的に同意する。（勿論、この作品に作者の自己告白的な要素が内藏され、作者の恐らくは悲戀に終ったであろう戀愛體験が強いモチーフとして働いている事實は否定さるべくもないが。）こうした「一芹一脂」のいわば共同作業によって形を整えてきたこの作品の成立過程、またその際、芹・脂の擔い合った役割等の検討については、これまた次章に譲ることとしたい。

註

（1）胡適「跋乾隆甲戌脂硯齋重評石頭記影印本」葉玖參照。
（2）胡適「考證紅樓夢的新材料」二（亞東版『胡適文存』第三集巻五、五七一頁）。
（3）同前五七三頁。
（4）兪平伯輯『脂硯齋紅樓夢輯評』引言七頁。
（5）林語堂「平心論高鶚」（『歴史語言研究所集刊』第二九本下册、三四三頁）。
（6）吳世昌『紅樓夢探源』（英文本）六一頁。
（7）敦誠『四松堂集』巻四、葉六（文學古籍刊行社刊影印本に據る）。文中「松齋」の名のもとに「白筠」と細字雙行夾註がある。
（8）吳恩裕『有關曹雪芹八種』三二頁また六〇頁參照。
（9）同前六〇頁。
（10）周汝昌『紅樓夢新證』四三頁參照。
（11）胡適「跋乾隆庚辰本脂硯齋重評石頭記鈔本」（『國學季刊』第三巻四期、七二六頁）。

(12) 周汝昌『紅樓夢新證』五六三頁。
(13) 林語堂「平心論高鶚」三三五頁。
(14) 趙岡「脂硯齋與紅樓夢（中）」（『大陸雜誌』第二〇巻第三期、一九六〇年　九二頁）。
(15) 高似孫『硯箋』巻三。紅絲石硯條第四則。「唐彥猷獻以紅絲石爲天下第一石。有脂脈助墨光」とある。
(16) 前章註10參照。
(17) 趙岡「脂硯齋與紅樓夢（中）」九一頁。
(18) 周汝昌『紅樓夢新證』五六三頁。
(19) 同前書五四四頁以下。
(20) 王佩璋「曹雪芹的生卒年及其他」（『文學研究集刊』第五册　一九五七年　人民文學出版社　二四三頁）。
(21) 胡適「跋乾隆庚辰本脂硯齋重評石頭記鈔本」七二八頁。以後この批語を引用する者はおおむねこれによる。例えば周汝昌氏『紅樓夢新證』五四六頁參照。ただし兪平伯氏の『輯評』舊版（三六六頁）では「書」を「知」に改めているが、新版では「書」に復し原文のままを掲げる（三〇八頁）。
(22) 趙岡「有關曹雪芹的兩件事」（『大陸雜誌』第一九巻第六期、一九五九年　一六七頁）。
(23) 趙岡「脂硯齋與紅樓夢（上）」（『大陸雜誌』第二〇巻第二期、一九六〇年　八頁）。
(24) 吳世昌『紅樓夢探源』（英文本）三四頁以下。
(25) 胡適「考證紅樓夢的新材料」二（亞東版『文存』第三集巻五、五七二頁）。
(26) 胡適「跋乾隆庚辰本重評石頭記鈔本」七二八頁。
(27) 王佩璋「曹雪芹的生卒年及其他」（『文學研究集刊』第五册、二三六頁）。
(28) 周汝昌『紅樓夢新證』第八章「脂硯齋」第二節參照。
(29) 胡適「紅樓夢考證」（亞東本『紅樓夢』巻首八五頁）。
(30) 周汝昌『紅輯夢新證』五六四頁。
(31) 林語堂「平心論高鶚」（『歷史語言研究所集刊』第二九本下册、三三三五頁）。

(32) 裕瑞『棗窗閒筆』葉六（文學古籍刊行社刊影印本）。

(33) 周汝昌『紅樓夢新證』一一三頁。また呉恩裕『有關曹雪芹八種』一一八頁併看。

(34) 呉恩裕『有關曹雪芹八種』七〇頁。

(35) 趙岡「論紅樓夢後四十回的著者」（『文學雜誌』第七巻第四期、一九五九年　一五頁）。

(36) 王利器「重新考慮曹雪芹的生平」（『文學遺産選集』二集、一九五七年　二四三頁）。

(37) 李玄伯「曹雪芹家世新考」（『故宮周刊』第八十四期）。

(38) 呉恩裕『有關曹雪芹八種』一〇〇頁。

(39) 兪平伯『紅樓夢研究』二三〇頁。

(40) 兪平伯『脂硯齋紅樓夢輯評』引言、九頁。

(41) 呉世昌『紅樓夢探源』（英文本）九七頁。

(42) 呉世昌「脂硯齋是誰」（『光明日報』一九六二年四月十四日）。

(43) 朱南銑「關于脂硯齋的眞姓名」（『光明日報』一九六二年五月十日）。

(44) 周汝昌『紅樓夢新證』（人物考）四三頁竝びに四五頁。また五七頁以降に見える。

(45) 呉恩裕『有關曹雪芹八種』一一四頁。

(46) 趙岡「脂硯齋與紅樓夢」（上・中・下）（『大陸雜誌』第二〇巻第三・四・五期）及び「論紅樓夢後四十回的著者」（『文學雜誌』第七巻第四期）にその說が見える。

(47) 趙彦濱「論紅樓夢故事的地點時間與人物」（『幼獅學報』第二巻第二期、一九六〇年　三頁）。

(48) 敦誠『四松堂集』稿本巻上、葉二十四に收める「挽曹雪芹」七律の首句には「四十年華付杳冥」と見え、また近時發見されたこの挽詩の舊稿では同じ句を「四十蕭然太瘦生」に作っている（呉恩裕『有關曹雪芹八種』三〇頁參照）。

(49) 張宜泉『春柳堂詩稿』（葉四十七）に收める「傷芹溪居士」詩には題下に「年未五旬而卒」と注している。（文學古籍刊行社刊影印本に據る。）

(50) 兪平伯「『紅樓夢八十回校本』序言」二九頁、註六。

(51) 註46所引趙岡氏論文に見える。

(52) 呉恩裕『有關曹雪芹八種』一一五頁。ただし、これは脂硯を曹頫に比定し、本書八七頁所引脂批の施された「三・四歳時、已得賈妃手引口傳云々」の本文を手がかりとして、作中人物賈元春のモデルとされた納爾蘇との年齢關係から推定したものである。

(53) 呉世昌『紅樓夢探源』(英文本)八九頁以下。趙岡「論紅樓夢後四十回的著者」(『文學雜誌』第七卷第四期、一一頁以下。)
また趙彥濱「論紅樓夢故事的地點時間與人物」第三節。(『幼獅學報』第二卷第二期、七頁以下。)

(補註一) その後紹介された檔案(公文書)資料によって、曹頫は雍正年間に死亡していることが判明した。よってこれを脂硯齋に比擬する見方は撤回する。

四、脂硯齋と曹霑(上)

前章では脂硯齋の素性をめぐる諸説につきいささか檢討を試み、一つの推測として脂硯齋は曹霑の伯父に當る頫その人の齋號ではなかろうかとの卑見を述べた。無論、これは推測の域を出ない假說であって、その根據として擧げうることもほぼ前章に記した程度に止まる。

さて頫という人物の閱歷についてはほとんど知られていないが、周汝昌氏の調査[1]に據れば、『八旗滿洲氏族通譜』には曹世選(また錫遠にも作る)の玄孫として「曹頫、原任二等侍衞兼佐領」と見えるという。周氏の據った『通譜』は乾隆九年十二月初三日序刊本で、その編纂開始は乾隆元年だというが、「原任」の文字からすれば、遲くも九年以前に官を罷めていたことになる。

もと内務府に屬する三旗人（滿・漢・蒙）は、「管領（滿洲發祥の初からの家臣）」と「佐領（後に歸附した者）」との二系統に分れており、曹家は「佐領」の系統に屬したらしい。佐領は三百人を管理する組頭的な性格を持ち、官階は四品である。從って頫の場合、二等侍衞と佐領を兼ねたが、ともに正四品であった。[2] その後の頫にふたたび官途に就いたことがあったかどうかは不明である。

彼の畫才については、伯父の寅に「喜三姪頫能畫長幹、爲題四絕句」との詞書のある七絕四首の作があり、楊鍾羲『雪橋詩話』もこれに基づき「(寅) 姪頫善畫梅、能爲長幹」として子淸（寅の子）の四絕句を引いている。[3] 頫の父の宣も『楝亭集』詩注に「子猷（宣の字）畫梅、家藏無一幅」とあるように畫技、ことに梅を描くに長じ、その意味では頫は「世々其の業を能くした」[4] のである。『紅樓夢』首回緣起に「東魯孔梅溪則題曰、『風月寶鑑』」と見える孔梅溪も、「孔」は無論假姓であろうが、梅溪はあるいは頫の別號であるかもしれない。（前章で觸れたように、從來孔梅溪は霑の弟棠村であろうと考える說が行われているが、右の箇所の朱筆眉批に記すごとく、『風月寶鑑』稿に序文を與えたのは棠村であるとしても、『風月寶鑑』なる題名を命じたのはこれと別人の孔梅溪、卽ち脂硯であって、現存脂硯齋評本の第十三回に見える朱筆眉評に「梅溪」を署する一條はこの際の舊批語だとも考えられる。後章で述べるように、この回は『風月寶鑑』稿の舊態をかなり留めているようである。首回緣起の吳玉峯については前章で觸れた趙岡氏の說のごとく實は脂硯であるとの說を採り、續くこの孔梅溪もそうだとすれば、緣起の部分における脂硯と霑との分擔した役割もかなりすっきりした形で理解されようかと思われる。）またこの梅と朱批との關係が、「脂硯」の號と關わりを持っていることも、それから推して滿更考えられないことではない。

ところで、この曹頫という人物と霑との年齡差はどのくらいであったろうか。

前章でも觸れた曹頫の康熙五十一年九月初四日附け奏摺(5)には「……九日初三日奴才堂兄曹頎來南、……」と見え、これによれば（曹寅の嫡子）顒と（寅の弟宣の子）頎との從兄弟同士の長幼の順は、頎の方が年齢において長じていたことが知られる。また頎の弟である頫は、前章に述べたように、顒の夭逝後、敕命により寅の家に養子として入ったのであるが、奏摺のなかでしばしば顒のことを指して「奴才之兄」(6)「奴才哥哥」(7)と稱しているところから見て顒より年下ではなかったかと想像される。（尤も、入繼という特殊な關係であるから、年は上でもそう呼んだという考え方もありうるが。(8)）

さて、顒の年齢についてはこれを確定する資料がないが、さきに引いた康熙五十一年九月の奏摺中で、顒は自らのことを「奴才年當弱冠……」と言っており、また五十二年十二月二十五日の奏摺でも「……奴才年幼」(9)と言っている。（ここでの「弱冠」は二十歳を指したものでなく、その前後ということであろう。）周汝昌氏はその「史料編年」康熙三十四年の條に「本年或已生曹顒」と記し、その根據として曹顒が乙酉の年（四十四年）、すでに皇帝に會い下問に對えている事實を擧げ、當時十歳以上にはなっていたはず、故に逆推して本年にはすでに生まれていたろうとしている。(10)事は宋和の「陳鵬年傳」(11)に見え、乙酉の年、康熙帝が第五次の南方巡狩に出た際、當時江寧知府であった陳鵬年が兩江總督阿山と合わずして讒言され、皇帝竝びに行幸に隨っていた太子胤礽の怒りを買って殺されそうになった。たまたま曹寅の織造署が行宮に充てられていて、ある日、織造の幼子（顒を指す）が遊びながら庭を通りかかったので、帝が「江寧府に立派な役人がいるか」と下問したところ、「陳鵬年あり」と答えたとの逸話である。周氏はまた康熙四十八年二月八日の曹寅の奏摺(12)に「……臣有一子、今年卽令上京當差、……」とあるを引き、この年、始めて上京して公務に就くようになったのであるから、年齢のほどもこの頃十五、六歳の見當であったろうと推す。さらに「史料編年」五十一年の條には「連生十八歳」と記している。「連生」とは顒の乳名であり、はじめ公文書ではこれによっていたが、五十二年正月三日の奏摺から敕旨によって學名の「顒」を用いるようになったものらしい。五十四年の條には「曹顒病故、年二十一歳」とも記している。この推定が當らずといえども遠からぬとすれば、頫の年齢は從ってこれより上だということになるが、どのくらい上かという點については考える直接の資料がない。ただこの年、頫の次弟（だと考えられる）頫が織造の職を襲ったときの年齢は前章で述べたように十五、六歳であったろうとの吳恩裕氏の推定がある。これがほぼ當っているとすれば、頫の年齢も頫とそれほど隔たっておらず、四、五歳の差といったところであろうか。假にこの年、頫が二十二歳だったとして、霑がこの年に頫の子として生まれたとすれば（前章參照）、この兩者の年齢差は二十一歳ということになる。

そこで次に頫は霑の沒年には何歳であったかといえば、乾隆壬午二十七年（一七六二）には七十歳を數えたはずである。（霑が翌癸未の年に沒したとすれば、七十一歳となるが、沒年の問題については後に述べる。）壬午の歳から、脂硯が「畸笏叟」と署するようになったのも、古希のこととあるいは關係があるのかもしれない。なおまた「畸」字が「畸零」を意味するとすれば、同じ輩行に屬する者がわが身一人になったとの意を寓したものであろうが、それは前章に引いた「今、丁亥夏、只朽物一枚を剩すのみ、寧んぞ痛まざらんや！」との、五年後の脂批の感慨に通ずるものであろう。さらに七年後の脂批には言う、「今よりして後はひたすらに願わん、造物主のふたたび一人の雪芹、一人の脂硯を產みたまわんことを。これこの書（『石頭記』）の幸いとするところ、余ら二人もまた大《はなは》だ快とし、九泉にありて意を遂げんものぞ、甲午八月淚ながらにしるす」。さきの假定を推してゆけば、この歳、脂硯は八十二歳になっていた。これはことに當時にあっては長命に屬すると言わねばなるまいが、八十の賀を多數の門人知友に圍まれて祝った袁枚のためしもある。それにしても、大觀園の故址と傳える隨園に在って袁氏の享けた晚年の福報に引きかえ、八十路を越した脂硯の前に殘されたものが、未完の『脂硯齋重評石頭記』と九泉への道のみであったとは！

さて、脂硯の素姓をめぐる問題は姑く措き、ここで曹霑の沒年の問題に觸れておきたいと思う。

前章では、霑の生年の問題に説き及び、諸説紛々たるなかから康熙五十四年（一七一五）であろうとする呉世昌氏の説にひとまず從った。それでは霑はいったい何年に亡くなったのであろうか。この沒年の問題は生年のそれが異説の多いのに比して簡單であり、兩説しかない。卽ち乾隆壬午二十七年（一七六二）説と、翌癸未二十八年説とであり、ともに（舊暦の）除夕、卽ち大晦日に沒したとする。前説によれば、享年四十七、西暦に直せば本年二月十二日が逝世二百年目の命日に當り、後説によれば享年四十八、明年二月一日が二百年目の命日に當る。

こうした卒年問題に具體的な資料をもって最初の裏づけを與えたのは胡適であった。民國十年（一九二一）三月二十七日の日附けを持つ「紅樓夢考證」（同年十一月十二日改訂稿）に於て、胡氏は『紅樓夢』の著者曹霑の家世とその境遇に關し、從來知られなかった具體的な資料をいくつか提示したが、卒年については友人敦誠らの年齢から乾隆三十年（一七六五）前後と推定している。[13] 翌十一年、胡氏は新獲の敦誠の家集『四松堂集』の、しかも刻本の底本となった鈔本のうちに曹霑に關する未刻の七律二首を發見した。そのうちの一首は「輓曹雪芹」と題し「甲申」と紀年を註する以下のごときものである。

四十年華付杳冥、　哀旌一片阿誰銘?
孤兒渺漠魂應逐（註、前數月、伊子殤、因感傷成疾）、　新婦飄零目豈瞑?
牛鬼遺文悲李賀、　鹿車荷鍤葬劉伶。
故人惟有青山淚、　絮酒生芻上舊坰。

これをもとに胡氏は、霑の卒年について、かつて自分は「考證」中で乾隆三十年前後だと推定したが、乾隆二十九

年甲申（一七六四）とすべきだと述べている。(14)

さらに民國十七年（一九二八）に及んで胡氏は「考證紅樓夢的新材料」を發表し、新たに入手した「甲戌本」鈔本第一回に見える朱筆眉評（前章に引いた）「壬午除夕、書未成、芹爲涙盡而逝」の句により、前説を訂して沒年は乾隆二十七年（一七六二）壬午の除夕であるとした。(15)

かくて曹霑の生卒年の問題のうち、卒年については確定したかに見えたが、民國三十六年（一九四七）に至って、周汝昌氏が「紅樓夢作者曹雪芹生卒年之新推定」(16)を發表し、乾隆二十八年癸未の除夕をその卒年に推定した。胡氏もこれに對して「致周汝昌函」(17)なる書簡形式の一文を發表し、一たびは周氏の説を承認したようである。二家の文章は未見であるが、周氏のこの新説の主たる根據は、のちに單刊された『紅樓夢新證』の「史料編年」の癸未の條に見える。卽ち氏は同年秋、敦敏の『懋齋詩鈔』鈔本を燕京大學圖書館藏本（現在北京大學圖書館藏）中に探しあて、集中に曹霑に關する詩六首を發見したが、そのうちの一首に次の五律があった。

小詩代簡寄曹雪芹

東風吹杏雨、　又早落花辰。
好枉故人駕、　來看小院春。
詩才憶曹植、　酒盞媿陳遵。
上巳前三日、　相勞醉碧茵。

この詩には紀年が見られないが、三首前の詩の題下に「癸未」と註してあること、また同年十月二十日の一詩に「先慈自丁丑見棄、迄今七載」とあることから、この年の作たること疑いなしとし、もし胡説のごとく壬午除夕に霑が沒したとすれば、翌癸未の春に敦敏がこれを賞春の宴に招くがごときことはありえない、またさきの敦誠の挽詩と、新發見の『懋齋詩鈔』中に見られる敦敏の「河干集飲題壁兼弔雪芹」詩とがともに越えて甲申の年の作と考えられるところから、「壬午除夕」は脂硯齋が干支を誤記したものであり、正しくは「癸未除夕」であろう。その誤記の原因としては、この朱批が甲午八月卽ち十二年後に記されたためであろうと說く。

　この新說は、胡氏のみならず大方の研究者から受け入れられたかに見えたが、一九五四年三月に至って、たまたま作家出版社から刊行された『紅樓夢』上冊開首の「關于本書的作者」なる解說文中に作者の沒年を癸未說に依り西曆換算を誤り記した點をとらえ、兪平伯氏が「曹雪芹的卒年[18]」と題する一文を同月に發表、壬午說をふたたび主張した。その反論の主たる根據は、『懋齋詩鈔』が正確に年次を逐って編まれているかどうか疑わしいこと、從って「小詩代簡寄曹雪芹」詩も果して癸未の作かどうか疑わしいこと、また敦敏の挽詩も酒家の壁に題したもので何年の作とも定めがたいこと、さらに脂硯の「壬午除夕」の記述のうち「壬午」のみを誤記として「除夕」をそのまま信じるのはおかしいこと、また敦誠の挽詩の末句「絮酒生芻上舊坰」に「舊坰」とあるが、これは『禮記』に「朋友之墓有宿草而不哭焉」とあるを踏まえた舊墳を指す表現であり新墳の意ではなく、甲申の歲に葬られたものなら、同年の挽詩中に「舊坰」の語を用いるわけがないこと、また「靑山涙云々」は墓參の詩であることなどを擧げ、あくまでも脂批に見える壬午說を信ずべきだとした。

　この兪氏の說に對して翌月曾次亮氏の反論「曹雪芹卒年問題的商討[19]」が現われた。氏は兪說のはじめの論點については壬午・癸未兩說の水掛け論に終わる惧れがあると深くは論及を避け、「舊坰」の意義に檢討を加える。卽ち、「坰」字にはもと「郊野」の意しかなく、「墳墓」の義はない、從って特定單獨の墓を指すことはありえないが[20]、墓地の意に借り用いられることはありうるとして「舊坰」は「舊墳地」、具體的には北京郊外の曹家祖塋の所在地を指すと解し、曹霑の舅祖に當る李煦の奏摺を引いてそのことを實證しようとした。

さらに曾氏は敦誠の挽詩から二つの癸未説に「有利な旁證」を引き出す。その一、「挽」するということは通常一回限り、しかも一種の儀式の形式を踏んで表示されるものであるゆえ、敦誠の場合も弔祭竝びに送葬に加わったところから、この詩を作って霑を「挽」したのであろう、その觀點に立ってこれを讀むと、詩中の「哀旌一片」「鹿車荷鍤」「絮酒生芻」の句、竝びに詩註の「前數月、伊子殤」等の句は、その時の情景、語氣にぴったりするが、霑が壬午に歿したのであれば適わしからぬものがある。その二、敦敏の詩の内容から制作年を推定すると、「上巳前三日」によれば、敦敏が霑を招いたのは陰暦三月三日の三日前、卽ち二月末の某日ということであり、この詩の作られたのはそれよりさらに數日を遡ることとなろう。しかるに詩中の風景描寫より見るならば、時期的にはあたかも「落花時節近清明」の頃、少なくも杏花の盛りの頃に當る。そこで壬午・癸未兩年の氣候を當年の暦によって檢すると、後者は前者に比して交節が十八日早い。敦敏の詩が二月二十五日に作られたと假定すれば、壬午、癸未それぞれは陽暦の三月二十日、四月八日となるが、北京の氣候に照らせば、前者は春寒料峭の候で詩中の風景とも合致せず、とても「賞春」どころではない。従って作詩の年は癸未であり壬午にあらざることが證明されよう。——これが曾氏の推論である。

以上、やや詳しく俞・曾兩氏の説を紹介したのも、このなかにほとんどその後の論爭の問題點が含まれているからであるが、一九六二年に至って後述のごとき「卒年論爭」がなされる以前にも、それぞれ壬午・癸未兩説に據る諸家の見解が折々發表されている。その主たるものを以下に拾えば、まず一九五七年五月に王佩璋女士の「曹雪芹的生卒年及其他」[21]がある。これは壬午説に立ち、一九五五年刊行の文學古籍刊行社影印本『懋齋詩鈔』が原書の忠實な覆印でないことを説き、改めて原本について檢した結果、この集は原來が殘本である上、のちさらに後人の手で剪貼、挖改が施されたため、顚倒紊亂の箇所が多く、周汝昌氏の「詩是按年編的、有條不紊」と説くのは當らないとしてこれを實證し兪氏の主張を裏づけようと試みた。さらに曾氏の「旁證」の第一點については、例の敦敏の詩は表現からみて葬時の作と解せられるものの、壬午除夕に沒したのを甲申になってから葬ることはままあることだから、これをもってしては卒年のいずれであるかを證明することはできぬとした。またこの詩は壬午の作でないことは確かのようだが、それだけでは癸未の作と斷定できず、己卯あるいはそれ以前の作である可能性があるとした。

一九五八年一月には吳恩裕氏の『有關曹雪芹八種』[22]が刊行され、卒年問題に若干の新しい資料を提供した。卽ち張次溪氏藏『鷦鷯庵雜誌』鈔本に收められた敦誠の挽曹詩初稿七律二首である。


四十蕭然太瘦生、　曉風昨日拂銘旌。

腸廻故壠孤兒泣（原註云、「前數月、伊子殤、雪芹因感傷成疾」）、　淚迸荒天寡婦聲。

牛鬼遺文悲李賀、　鹿車荷鍤葬劉伶。

故人欲有生芻弔、　何處招魂賦楚蘅。（其ノ一）

開篋猶存冰雪文、　故交零落散如雲。

三年下第曾憐我、　一病無醫竟負君。

鄴下才人應有恨、　山陽殘笛不堪聞。

他時瘦馬西州路、　宿草寒烟對落曛。（其ノ二）

吳氏は始めの一首の「曉風昨日拂銘旌」の句により、この挽詩は雪芹が癸未除夕に沒したのち、翌甲申の送葬の際の、しかも雪芹の死期に極めて近い時の作だとする。なお吳氏が目睹しえた『四松堂詩鈔』（科學院文學研究所藏）もさきに引いた胡適藏『四松堂集』と同様「輓曹雪芹」詩の改定稿を收め、同じく「甲申」と註するのみか、同年の詩の第一番目に置いていると述べ、これに接した一首には「遙憐新土生春草」等の句が見えるところから、挽曹詩は甲申早春に作られたものであろうと推している。

翌五九年九月には、臺灣の趙岡氏に「有關曹雪芹的兩件事」[23]があり、その二として卒年問題を取り上げている。趙氏は壬午説に據り、王佩璋説を祖述して『懋齋詩鈔』の作品排列が年代順によらぬ亂れたものであることを説くにとどまらず、沒年時における霑を脂硯との關聯において把えており、前章ですでに觸れたように、從來同時の文章と考えられてきた「壬午除夕」の句を含む脂批を「甲戌本」の鈔寫形式の實際に卽して前後二段に分かち、前段は甲午八月でなく、丁亥夏以前のものであろうと考え、癸未除夕説による場合、三年三月以内の開隔をおいたくらいで沒年の干支を誤記する可能性は極めて小さかろうと論ずる。また壬午の年は霑が作品改作に從っていた年であり、これに協力していた脂硯にとっても重要な年である、假りに誤記したとしても、脂批のなかには壬午の紀年のあるものが隨處に見られるのであるから、訂正の機會は充分あったはずだと説く。

六一年に英京で刊行された吳世昌氏の『紅樓夢探源』(英文本、すでに觸れた)もまたその第三部第九章において霑の生卒の問題を取り上げた。吳氏は癸未説に據るが、後述のように挽曹詩の解釋の點で從來觸れられなかった點を問題にしている。同じく六一年五月、臺灣で刊行された胡適藏「甲戌本」影印本の跋文中では、胡氏は霑の沒年を壬午除夕とする舊説に復し、かつて周汝昌氏の修正を受け入れたけれども、近年刊行の『懋齋詩鈔』影印本に就いて見るに年月による嚴格な編次はなされていないようであり、「代簡」詩が作られたときは、まだ敦敏兄弟が雪芹の死んだ事實を知らずにいた可能性が強く、やはり脂批によって「壬午除夕」説を主張すると説いている。[24]

ほぼ以上のような經過を經て一九六二年に至ると、卒年をめぐる論文が多數現われ、論爭の形を取るに至った。次にそれらのうち管見に入った主要なものを列擧する。(以下引用の場合、〔論一〕、〔論二〕と略示する。)

一、周紹良「關于曹雪芹的卒年問題」(補註一)、『文匯報』三月十四日。
二、吳恩裕「曹雪芹的卒年問題」、『光明日報』三月十日(「東風」欄)。
三、陳毓羆「有關曹雪芹卒年問題的商榷」、『光明日報』四月八日(「文學遺產」第四〇九期)。
四、吳世昌「曹雪芹的生卒年」、『光明日報』四月二十一日。
五、周汝昌「曹雪芹卒年辯——駁〈壬午說〉十論點」(上)(下)、『文匯報』五月四・五日。
六、吳恩裕「曹雪芹卒於壬午說質疑——答陳毓羆和鄧允建同志」、『光明日報』五月六日(「文學遺產」第四一三期)。
七、吳小如「讀《脂批石頭記》隨札二則」、『光明日報』六月五日。
八、陳毓羆「曹雪芹卒年問題再商榷——答周汝昌・吳恩裕兩先生」、『光明日報』六月十日(「文學遺產」第四一八期)。
九、鄧允建「再談曹雪芹的卒年問題」(25)、『光明日報』六月十日(「文學遺產」第四一八期)。
一〇、吳世昌「敦誠挽曹雪芹詩箋釋」、『光明日報』六月十七日(「文學遺產」第四一九期)。
一一、吳恩裕「《讀脂批石頭記隨札》讀後」、『光明日報』六月二十三日。
一二、吳恩裕「考證曹雪芹卒年我見」、『光明日報』七月八日(「文學遺產」第四二二期)。
一三、周汝昌「再商曹雪芹卒年」、『光明日報』七月八日(「文學遺產」第四二二期)。

以上の諸家のうち、周汝昌、吳恩裕、吳世昌の三氏はすでに述べたように癸未説に據るものであって、壬午説に據る周紹良、陳毓羆、鄧允建の三氏の反論に應えている。この時期には格別新しい資料の提示は見られず、おおむね從來の兩說の論點を旁證によって固めようとするものであったと言ってよいが、その應酬の一々について紙幅を割くことはできないので、以下にはそれぞれの問題點ごとに兩説の主張のあらましを整理して示し、若干の私見を附することとしたい。

㈠　脂批の信憑性の問題

壬午説の根據が例の「壬午除夕云々」の脂批に在ることはすでにしばしば觸れたが、脂硯と曹霑との關係がかいなでのそれでないことは大方の研究者の認めるところであり、癸未説の論者も、「壬午」こそ「癸未」の誤記だとするものの、「除夕」の方はそのまま認めようとする。兪平伯氏のように、この事實を把えて、壬午を認めない以上除夕のみ認めるのは便宜に過ぎるという人もあるが(26)、干支の誤記と除夕のごとき特殊な日柄の誤記とは事の性質上同日に論ずるわけにはゆくまい。從って「除夕」については兩説とも同じ立場に立って差支えないとすると、問題は癸未を壬午と誤記する可能性いかんの檢討にしぼられる。癸未説は、問題の脂批が十二年後の甲午の年に書かれたとの點に記憶違いの理由を求め、また、この年、脂硯は八十歳を越えていたろうと推し、年齢的な記憶力の衰えをもその理由に數える。(これは曹碩という人物の實在を想定し、これを脂硯に擬定する呉世昌氏の立場であり〔論四〕、呉恩裕氏も七十八、九歳にはなっていたろうと推測するが〔論六〕、甲午の年に脂硯が八十歳を越えていたろうとの推定に限っていえば、この章の始めに述べた曹頫の年齢についての卑見ともほぼ一致する。)

これに對して壬午論者は反論する。——干支の誤記は、干支を用いる習慣が日常生活のなかで普通に行われた當時にあっては、今日とちがってその可能性も比較的小さいはずだと。(これを駁して周汝昌氏は二度に亙り〔論五、論一三〕、干支の誤記の實例を擧げている。確かに事が十數年後ともなれば、記憶力に個人差はあるにしても、甲午の歳に脂硯は少なくも六十歳は越えていたろうから、誤記の可能性は充分に考えられよう。)　また呉小如氏は、「壬午除夕」を含む脂批と甲午八月の紀年のある脂批とは別の時期に書かれたと考える（論七）。卽ち前者は甲午以前に書かれたと見るわけだが、これがすでに趙岡氏によって唱えられていることは前章に述べたとおりである。これによって假りに二つの時期を想定するならば、前批の書かれた時期は、第二十二回回末に「此回未成而芹逝矣、嘆々！丁亥夏、畸笏叟」とあるのと表現が酷似する點から見て、丁亥の春から夏にかけて書かれたものと考えられよう。これが當っているとすれば、癸未除夕からは三年數ケ月後のことであり、誤記の可能性は十數年後の場合より減少するはずである。さらに、脂硯齋にとって壬午の歳は極めて印象深い年であったという事實がある。趙岡氏の指摘するように[27]、この年の春、脂硯が第十二回から第十九回までを批閲し、夏から秋にかけ第二十回から第二十八回までを二度まで繰り返し評閲していることは「庚辰本」該回の批語の紀年に徴して知られるところである。しかもこの歳の脂硯の批閲の作業は『石頭記』の定本作成を狙いとしたものであり、それは作者の霑と連絡を保ちつつ行われていたと考えられる。その上その際の朱批には「壬午」の紀年のあるものが多數あり、丁亥の夏またはそれ以後胡藏「甲戌本」の原底本が作られたとき、それらは當然脂硯の眼に觸れたはずであって、假りに誤記したとしても、訂正を施す機會には充分恵まれたと考えねばなるまい。

以上二點の趙岡氏の主張はさきの論爭の過程ではほとんど取り上げられず、前者と同樣の考えが吳小如氏（論七）、また鄧氏（論九）によって吳恩裕氏の所論に對する質問の一つとして提示されはしたけれども、吳恩裕氏は別の質問に答えただけで、これには答えていない。別の質問とは第二十一回の朱筆眉評「壬午九月因索書甚迫云々」に言う「書」の解釋の問題であり、小如氏は趙香梗の『秋樹根偶譚』を指すものとし、貸主が脂硯に催促したのだと取っているが（陳毓羆氏も同意見（論八））、これは吳恩裕氏の說くように（（論一一）、すでに吳世昌氏にもその說があるが[28]）、曹霑が脂硯に『石頭記』稿本を索めたと解すべきであろう。この問題については後章で改めて觸れるが、壬午九月に、脂硯の批語を附した稿本（第二十一回を含む若干回の）は一旦霑の手許に移ったらしく、脂硯がふたたび評閲の筆を執るのは、批語の紀年による限り、霑の沒後の乙酉の冬の歳のことである。

このように見てくると、「壬午除夕」の「壬午」は十數年後の誤記なりとして一概に否定し去ることはできまいと思われる。そこで、次には癸未説の積極的な根據とするところを見てみよう。

(二) 敦敏の「小詩代簡」詩をめぐる問題

すでに引いたこの敦敏の詩は『懋齋詩鈔』中に収めるが、さきの曾次亮氏の設問のように、この詩の制作年は壬午・癸未のいずれかと言えば、もとより癸未と答えざるを得まい。そこで壬午説に立つ論者はその制作の年を庚辰以前に遡らせようと試みた。そのためにはこの『詩鈔』が周汝昌氏の説くようには年次によって編まれていないことを立證する必要がある。王佩璋女士の論考はその最初の試みであったが、四季の判別に解釋を誤ったとおぼしき點があり、これを更正した周汝昌氏の年次表〔論五〕によれば『詩鈔』そのものは戊寅から甲申の年までの詩をほぼ年を逐って排列したものと見てよいようである。（尤も、それに對しても陳氏らの異論があり〔論三〕、さらに周氏が反論を試みているが〔論一三〕。）ただし、くだんの詩には紀年があるわけでなく、その三首前の詩に「癸未」と註していること、また前後の作がほぼ年月順であることにより癸未の作であろうと推測するのであるから、この現存の『詩鈔』稿本がかなり粘補の手の加わった殘本である點に問題が殘る。

いったいこの稿本については王女士の調査のほか、呉恩裕氏の「懋齋詩鈔稿本考」[29]もあって、影印本では窺われない原書の狀況が知られるが、呉氏によれば、筆蹟から見て稿本本文は作者敦敏の手筆、卽ち手稿本であり、眉批は弟の敦誠の手になるという。（別に周汝昌氏も筆蹟から同様の推論をしている〔論五〕。）とすればその成立は、少なくも眉評を存する部分の成立は敦誠の沒年乾隆五十六年（一七九一）以前である。ところで現存の稿本には燕野頑民なる人物の題識が首葉にあり、「壬戌仲春二十九日」の紀年がある。この壬戌には三つの可能性が考えられるが、多分嘉慶七年（一八〇二）または同治元年（一八六二）のいずれかであろう。なおまた頑民の題識には、この詩集は乾隆二十九年戊寅から三十一年庚辰までの作、二百四十首を収めると記す。（實は戊寅は二十三年であり、庚辰は二十五年、明らかに頑民の誤記であるが。）これを『詩鈔』の巻首に載せる『東皐集』小序に照らしてみると、これには「戊寅夏」（ただし、王女士によれば、影印本では「自山海歸」の前にこの三字を脱している）から「癸未夏」までの「數年」の詩を集めたと記している。しかも、さらに原本に就いてみると「癸未」は「庚辰」を粘改したものであり、「數」字もまた「兩」字を粘改したものであるという。また現存の詩篇はすべて二百三十二首を數え二百四十の概數に近い。從って壬戌の年に頑民は粘改される以前のこの小序の記述によって題識を記したものと考えるのが常識であろう。しかるに粘改された小序の「癸未」は、問題の「小詩代簡」詩の三首前の「癸未」の紀年とは同じ筆者の手で同時に改正されたものとおぼしい。故にその作業は壬戌以後になされたと考うべきだ——以上の推定を前提とする壬午論者は、壬戌の年以前の嘉慶元年に敦敏が沒していることから、この「癸未」の訂正は敦敏兄弟以外の「後人」の妄改になるもので據るに足らないと結論する。これに對し周汝昌氏は、「癸未」の文字は筆蹟から見て敦敏自身のものであろう、しかも彼は嘉慶元年、弟の『四松堂集』刊行に當り「敬亭小傳」を書いて寄せてはいるが、この年に沒したとする說に根據はない。敦敏が七年後の壬戌以後も存命で、ふたたびこの稿本の文字に粘改の手を加えた可能性は充分考えられるとしている〔論五〕。尤も、この生存說も確證を缺く點で說得力の弱い嫌いがあり、別に、頑民自身もいささか「粘改」を施したと題識のなかで記しているから、現存本の排列は敦敏、頑民、または後人のいずれの手になるかわからず、その點で完全には壬午說者を沈默させることはできないものの、『詩鈔』自體はほぼ年を逐って排列されているようであり、問題の詩が癸未の作である可能性はかなりあると考えてよいであろう。

㈢　敦誠の挽曹詩をめぐる問題

この詩が甲申の第一首であることは、胡適藏の『四松堂集』稿本にも、また近頃世に出た『四松堂詩鈔』にも紀年のあることから見て、ほぼ確かであろう。（尤も、出所が一つであれば誤りも當然共通するわけだが。）これによって癸未論者は、霑が癸未除夕に沒したのち、翌年早春に葬られたとするのである。またこの挽詩の初稿が近年發見されたこともすでに述べたが、これらをもとに吳世昌氏は「箋釋」〔論一〇〕のなかで次のように說く。「四十蕭然」の詩は「八庚」韻によるが、第三聯（頸聯）のみは「九靑」韻であるため、のち「九靑」韻によって「四十年華」の新稿に改作した。しかし、新舊とも頸聯に改字のないのは、特に自らを酒徒劉伶（雪芹）の僕人に比擬した作者が「鹿車荷鍤葬劉伶」の句に執したからであって、敦誠が雪芹のために葬事を營んだ事實がその背後にあるのだという。また、「絮酒生芻上舊坰」の「絮酒」「生芻」はともに漢の徐穉が友人の母を弔った故事を踏まえたもので、舊稿にも「生芻弔」の文字が見えるのは、霑の沒後すぐ葬事が營まれた證據だとし、「曉風昨日拂銘旌」句もこれを證するという。また原註に「前《さき》だつこと數月、伊《かれ》が子殤せり云々」と見えるのも、その語氣からして挽詩の成立に先立つこと數月と解すべきだという。また新稿に見える「新婦」の語も、一年以前に沒した者の妻であればそうは言えまいと說く。また舊稿の第二首について、頷聯に「一病無醫竟負君」とあるは、舊臘に友を喪った者の强い感慨——力になってやれなかったとの——と解すべきだと言う。また「他時瘦馬西州路」についても『晉書』「謝安傳」の羊曇の故事を踏まえ、新稿の「絮酒生芻上舊坰」と同樣、他日のことに說き及んだものであることを指摘する。（吳恩裕氏もかつてこれを指摘した。[30]）

このように見てくると、これらの新舊の挽詩は葬事の直後に作られたもののように思われる。ただし、この詩だけを根據にしたのでは、霑の沒したのはあくまで壬午除夕であり葬られたのが一年後だとする見解を完全には否定し去れまい。そこで周汝昌氏は『大清會典』の「喪禮四・五」を引き「期年而葬」るを得るは親王に限られたから、霑のごとき身分の者にはそのことはありえぬとする〔論五〕。（霑の場合は、子孫も絶え後に殘ったのは寡婦一人のようであるから、旗人の葬禮にそのまま從うことは必ずしも要請されなかったというのがその實際ではなかったろうか。）さてまた吳恩裕氏は壬午說に對して別の角度から次のように質問を呈する〔論六〕。一年ものあいだ葬らずにおいたとすれば、柩は相當に上等のものが用意されたはず、また寄櫝の費用も見なければならぬ、貧窮のうちに死んだ霑の遺族にとって、親戚、友人たちの援助があったにしてもそれが叶ったであろうか。また、甲申の正月に葬ったとすると、北京のこの頃の氣候から言って、大地は凍りついている、癸未除夕に沒したのでなければ、なにを好んで一年ものあいだを置き正月のこの時期に葬ったりしようか、という。いずれももっともな問いである。

そこで、以上見てきた種々の見解を參考にしながら霑の沒時から葬送の時までの經過について一つの推論を試みよう。壬午の九月、曹霑は城内に入って敦敏の別墅を訪い、ここで敦誠にめぐり會って最後の交歡を遂げ長歌の應酬をした。（霑の詩は傳わらぬが、敦誠の「佩刀質酒歌」はこのときの作。）この直後に霑の子が病氣にかかった。彼は藥餌の費用を捻出するため、脂硯の手許から『石頭記』稿本を回收した。しかしその甲斐なく子供は夭逝した。(31) 已れの不甲斐なさを嘆ずるあまり霑は自らも病を得、その除夕に急逝した。うち續く不幸に「新婦」は死に觸れをするどころでなかったかもしれぬ。しかし、脂硯にはいちはやくその報せが屆いたろうし、柩の金なども脂硯が工面したものであろう。一方、親しい友人の敦敏、敦誠らには二月も末近くまで知らさずにおかれ、「小詩代簡」詩を携えた使者の歸っての報告によって彼らは初めて霑の死を知ったのではなかろうか。（この詩が庚辰以前の作だとすれば、この問題は解消するが。）　脂硯には霑の意思を汲んで逆縁ながらその靈柩を江南へ携え歸ってやろうとの氣持があったかもしれない。（老境に入った彼自身も江南の地を踏んでみたいとの氣持が同時に働いていたろう。）　しかし、旅費の調達の問題や、彼自身の健康上の問題もあって荏苒時を過ごし、その年の秋も果て冬に入った頃、ついに江南行は斷念し、霑の子も眠る北京西郊（香山の健鋭營附近だとも、南辛莊の杏石口あたりだともいう）[32]に葬ることにしたのではなかろうか。（北京東郊の通州にはかつて曹寅や曹顒の靈柩が假埋葬された曹家の祖塋もあったようだが、この方ではないらしい。）　そのとき、脂硯は病氣等の事情で葬送に加われず、『後漢書』に見える任末が洛陽で死んだ友人董奉德のなきがらを鹿車に載せて墓所に運んだ例のごとく、敦誠が葬事を宰領したのかもしれない。敦誠の挽詩舊稿二首はこの直後の作とおぼしい。甲申の正月に至って彼は舊稿第一首の頸聯をそのまま活かし、「九靑」韻によって別に新稿を作った。これが『四松堂集』稿本、また『四松堂詩鈔』に収めるものである。……

「論爭」はいずれに軍配が上ったとも言いかねるが、姑く霑の沒年については「壬午除夕」の脂批に據ることとし、遺骸は癸未の冬もしくは甲申の早春に葬られたとした場合、それなりになんらかの事情がその閒に伏在したものと考えなければなるまい。以上に記したのはその一つの想像の試みに過ぎぬ。いったい、現存の資料による限り、生前の霑と脂硯齋、また『脂硯齋重評石頭記』とのつながりは、壬午の年の九月をもって切れてしまっている。その意味では霑の沒年の詮索も本稿の目的に照らして滿更道草を喰ったことにはなるまいが、次章ではふたたび本題にもどることとしよう。

註

（1）　周汝昌『紅樓夢新證』四六頁。

（2）周汝昌「曹雪芹家世生平叢話（五）」、『光明日報』一九六二年六月二日。
（3）楊鍾羲『雪橋詩話』三集巻四葉十九、また周氏『新證』四六頁にも引く。
（4）前掲註1周氏『新證』四六頁參照。
（5）『文獻叢編』（故宮博物院編刊）第十一集、「清康熙硃批諭旨」葉二十七。前掲註1周氏『新證』三八九頁にも引く。
（6）『文獻叢編』第十一集、葉二十九。康熙五十四年三月初七日附け。また周氏『新證』四〇五頁所引。
（7）『文獻叢編』第十一集、葉三十一。康熙五十四年七月十六日附け。また周氏『新證』四〇六頁所引。
（8）吳世昌「再論脂硯齋與曹氏家世」（六、「荃有四子」說及其他）、『光明日報』一九六二年八月十一日。
（9）『文獻叢編』第十一集、葉二十九。また周氏『新證』四〇一頁所引。
（10）周氏『紅樓夢新證』三〇五頁。
（11）『國朝耆獻類徵』巻一百六十四、葉十八。また周氏『新證』三三五頁所引。
（12）『文獻叢編』第十集、「清康熙硃批諭旨」葉十九。また周氏『新證』三六九頁所引。
（13）胡適「紅樓夢考證」（『紅樓夢』上海亞東圖書館新版第一巻巻首附載三七頁）。
（14）胡適「『跋紅樓夢考證』」（前掲註13巻首附載八四頁）。
（15）胡適「考證紅樓夢的新材料」二、（亞東版『胡適文存』第三集巻五、五六九頁以下）。
（16）周汝昌「紅樓夢作者曹雪芹生卒年之新推定」（『民國日報』副刊第七十一期、一九四七年十二月五日）。
（17）胡適「致周汝昌函」（『民國日報』副刊第八十二期、一九四八年二月二十日）。以上二項、一粟編『紅樓夢書錄』二三三頁に據る。
（18）兪平伯「曹雪芹的卒年」（『光明日報』一九五四年三月一日、「文學遺產」第一期）のち『紅樓夢研究論文集』（一九五九年、人民文學出版社）所收。
（19）曾次亮「曹雪芹卒年問題的商討」（『光明日報』一九五四年四月二十六日、「文學遺產」第五期）のち『紅樓夢研究論文集』所收。
（20）これにつき、周汝昌氏は溫庭筠「過孔北海墓二十韵」詩の句「蘭蕙荒遺址、榛蕪蔽舊坰」を引いて「舊塚」の意に用いられることもあると説き、敦誠の場合、平聲韵脚を用いる必要上、「塚」字の代りに「坰」字を用いたのだとする。ただし、現在の狀況を言ったものでなく他日のことを想像しての表現と解する點が兪氏と異なる(「曹雪芹卒年辯」(上)、『文匯報』一九六二年五月四日)。

(21) 王佩璋「曹雪芹的生卒年及其他」(『文學研究集刊』第五册所收)。

(22) 吳恩裕『有關曹雪芹八種』、一九五八年一月 古典文學出版社。挽曹詩初稿については「四松堂集外詩輯」(同書一七頁)及び「跋」(同書三〇頁)參照。

(23) 趙岡「有關曹雪芹的兩件事」(『大陸雜誌』第十九卷第六期)。

(24) 胡適「跋乾隆甲戌脂硯齋重評石頭記影印本」(同上影印本下卷末葉參照)。

(25) 鄧氏「曹雪芹卒年問題商兌」(『文匯報』一九六二年四月十七日號)。

(26) 兪平伯「曹雪芹的卒年」(註18參照)。その後も「影印《脂硯齋評石頭記》十六回後記」(『中華文史論叢』第一輯 一九六三年八月所收)で同樣の意見を述べている。

(27) 趙岡「有關曹雪芹的兩件事」(『大陸雜誌』第十九卷第六期一六八頁)。

(28) 吳世昌『紅樓夢探源』(英文本)八二頁。

(29) 吳恩裕「懋齋詩鈔稿本考」(『有關曹雪芹八種』四七頁以下)。

(30) 吳恩裕『有關曹雪芹八種』三三頁。

(31) 癸未の歲の夏から秋にかけ北京では痘疹が流行を極めたから、霑の子の死因もそれではないかと推す曾次亮氏の說もあるが、確かでない。(吳恩裕〔論一二〕に引く。)

(32) 健銳營說は吳恩裕『有關曹雪芹八種』三三頁等に見えるが、當時そのあたりは警備も嚴重な大軍營であったはず、友人らの詩に窺われる雪芹晩年の寓居として適わしからぬとて、別に故老の傳承をたよりに香山の麓、南辛莊のあたりに比定しようとする新說も近時現われた(周維羣「曹雪芹的故居和墳地在哪裏?」(上)・(下)、香港版『文匯報』一九六二年五月九・十日)。

(補註一)『文匯報』は近年(一九六二年當時)わが國に來ていないので、この論文も未見。周汝昌氏から惠送に預った〔論五〕

の剪報にその要旨を引く。

五、脂硯齋と曹霑（中）

この章では、初期の作品成立をめぐっての、脂硯齋と曹霑との交渉の問題を主に檢討してみることとしたい。

それに先立ち、近時紹介された曹霑に關する傳說について觸れておこう。管見に入った關係の文章は次の三篇である。

㈠、吳恩裕「曹雪芹生平爲人新探」、『散論紅樓夢』（一九六三年十月、香港建文書局）所收。

㈡、波風「曹雪芹故居探訪記」、同上書所收。

㈢、吳恩裕「記關於曹雪芹的傳說」、『有關曹雪芹十種』（一九六三年十月、中華書局）所收。

右のうち、はじめの二種は報刊の類に掲載されたものを再錄したものかと思われるが、その原載誌についてはいまだこれを審かにしない。最初この二篇に接した私は、いずれにもその採集方法についての具體的な言及の見られない點にやや不安を抱いたが、〔論三〕の第一篇「傳說的來源」にはそのことが簡單ながら述べられている。それに依れば、まず黃波拉氏が傳說をいまに傳える張永海氏（後述）の存在を知り、一九六三年三月初めにそれを訪問して張氏所傳の傳說（以下「傳說」と略稱する）を採集した。（〔論二〕の筆者波風とは黃氏の筆名であろう。）續いて、そのことを聞いた吳恩裕氏が、他の『紅樓夢』研究の專家である吳世昌・周汝昌・陳邇冬氏らを語らって同月十七日に張氏を訪ない、三時間に亙って重ねて「傳說」を聽取し、同行した靜藍氏がこれを筆錄した。吳恩裕氏はその後、〔論二〕

を執筆、他の文獻資料と對照しつつ、「傳說」のあらましを示し、さらに張氏の談話内容を順序立て整理して〔論三〕にまとめ上げたというのが事の次第であるらしい。

さてこの「傳說」は、清初以來北京市西郊の香山に住まってきた蒙古正黃旗に屬する旗人の末裔で、六十歲（一九六三年現在）になる張永海老人の傳えるものである。張老人の父は『紅樓夢』の愛讀者であって、全書百二十回をかつて蓮花落に編み、自らも舞臺に立って演じた經歷の持主だという。それだけに、原作者の傳記にも興味を抱いたが、當時八旗の駐屯する軍營であった健銳營に代々住まってきた關係上、先人の所傳や土地の故老の傳える口碑傳說の類を聞く便宜に惠まれた。永海老人は幼少時にそれらの探索の結果を父から口移しに聞き覺えたということである。

晚年の霑が北京西郊に佗び住まい、そこを終焉の地としたことは、忘年の友である敦敏敦誠兄弟やまた張宜泉の詩によっても知られるところであり、それを裏づける傳說が健銳營・鑲黃旗營あたりに傳承されているとの消息も、かねて一部の人々には知られていたことであって、[1]雪芹逝世二百周年を機會にそれが世に出たのは、決して唐突ではない。のみならず、このたび紹介された「傳說」は、これまでに發見紹介された斷片的な傳記資料に比し、內容的には意外に豐富であり、かつ興味深いものがある。

もとより傳說であるから、その内容のすべてが眞實を傳えているとは限らないが、さりとてそれを據るべからずとして一概に否定することも正しくない。それにしても、その信憑性を考える場合、前記三篇の報告による限り、若干の問題があるように感ぜられる。

例えば、傳承のされ方である。「傳說」が霑の沒年を乾隆二十八年だとする點に見られるように、そこに含まれる事蹟のうちには、はっきり年號を擧げて述べられているものもあるが、それらはもっぱら傳承者の記憶にのみ賴って傳わったものなのか、それとも記憶を補うに足るなんらかの形の記錄もあってのことなのか、確かめたい點の一つである。また〔論三〕の一〇八頁によれば、張老人は、霑晩年の居住地を北辛莊・杏石口とする近人の説につき、その子息の張嘉鼎氏から聞くところがあったようであるが、それ以外の諸問題についても、「紅學」「新紅學」、ないし晩近の『紅樓夢』研究の成果から、直接ではないまでも間接的になんらかの影響を自身の傳える「傳說」に受けている事實はないか、これも念のため確かめたいところである。

さらにまた、採集記錄の方法上の問題がある。黃・吳兩氏の報告を比較してみると、さほど隔たらぬ時期に同一人から採集されたものでありながら、後に例示するように、記述內容の細部に若干の出入が認められる。これは話者の側、それとも記錄整理者の側の、いずれに主として起因する現象なのであろうか。なおまたこの「傳說」は採集者からの質問の積み重ねで引き出されたものなのか、それとも話者の自由談話を整理することによって形を成したものなのか、その邊のところも詳しく確かめたい點の一つである。

いずれにしても、「傳說」のなかには、來源を異にするものが混在していることであろうから、その一々につき眞僞を甄別しなければならぬ。それには當然他の文獻資料による裏づけ、それが備わらないまでも、できるだけ理に適ったものを選別することが要求されよう。(〔論三〕の吳文第四節にもその試みが見られるが。)

「傳說」の內容の詳細については前記の諸篇に讓り、必要に應じて後文で言及することとするが、取り敢えずここでは前章までに取り上げた問題に關連のある諸點に觸れておこう。

吳氏の報告によると、「傳說」では、

曹雪芹是雍正年間囘北京的、確實哪年、記不清了。南方的家抄了以後、又住了些時候纔囘北京。被抄家的是他叔叔。他父親早死、名字記不起了;曹寅是他的親爺爺。……(2)

とする。卽ち、霑は曹寅の嫡孫であり、父は早くに沒し、叔父のときに〔江寧織造の任を解かれ〕抄沒の目に遭ったというのである。黄氏の報告には、曹寅が霑の實の祖父であるとの記述は見えないが、他はおおむね同様の內容を持つ。これらに據れば、前章に引いた、霑を以て曹顒の忘れ形見であるとする李玄伯以來の遺腹子說――兪平伯・吳恩裕氏らによって承け繼がれた――は、傳說とは言え、一證を加えたことになろう。(「傳說」のこの部分は、顒や頫の名を擧げず、年代をも明示していないだけに、却って眞實を傳えているようにも思われる。殊に霑は「傳說」によると、宮廷侍衞や右翼宗學の教師を勤めたことがあるけれども、いずれも同僚から排斥されて職を辭したという。彼自身の傲岸な性格もこのことと關係があろうが、一つには抄沒の目に遭った家の子弟だという事實が一生彼について廻り、周圍の岐視を招いたものであろうか。城內を出て西郊に居を移してのちも、その點で彼は周圍から白眼視されたというから、土地の者にとって曹家抄沒のことは格別注意を惹いたに違いない。從ってその點をめぐる口碑は眞實を反映している可能性が濃いと見てよいであろう。)

右の遺腹子說を採れば、霑の生年は從って康熙五十四年の夏――五・六月頃ということになる。これを前提とすれば、王利器・吳恩裕氏らの唱える脂硯卽曹頫說も、第三章で述べた他のいくつかの條件を滿たすという點で、有力さを增すといえようか。

これと關連のある吳世昌氏の所說のうち、霑を曹頫の子と見て、頫が顒の後を承け康熙帝の恩命により織造職を襲った點に霑の命名の由來を求めんとする說は、霑が顒の遺腹子であるとした場合も、なお意味を失わないであろう。しかし、脂硯を曹碩だとする說の方は、碩が名字からの類推による假想の人物で、實在性の裏づけに乏しい點に難がある。その點でさきに私が一つの可能性として考えた脂硯卽曹頎說にしても、『氏族通譜』に見える「原任」の文字や、甲午の歲の時點に於ける年齡に問題があり、また霑が顒・頫いずれの子であるにせよ、頎はその伯父に當るわけで、裕瑞の聞書(信憑性に問題があるにしても)が「叔父」だと傳えるのと抵觸する點にやはり難點があり、目下のところ、私は遺腹子說及び脂硯卽曹頫說に傾く。
尤も、これにも問題がなくはない。前章にも記したように、雪芹には棠村なる弟があったとする「甲戌」本（「甲辰」本）第一回朱筆眉批と遺腹子說との矛盾である。しかし、これとて、從弟を「弟」と稱することはありうることであり、ことにも頫が寅の未亡人のもとに入繼したという特殊な間柄を考慮に入れれば、「弟」字の指すところを頫の子供と解して通じないことはない。ただし、その場合、頫卽脂硯であるとしたら、脂批に見える「其弟」という表現がわが子を指すこととなり、いささかよそよそしい感じを伴わないでもないが、これも「批者」としての姿勢に由來するものと解すれば說明はできよう。同樣にまた、「庚辰」本第十七・八合回の朱筆夾批「俺先姉先（仙）逝太早。……」の句の解釋に當っても、曹寅とは格別深い緣のあったらしい四姪の頫が、納爾蘇の妃となった寅の娘との關係について述懷したものと見た方が、頫に適用した場合よりは通じ易いと言えようか。（第三章、本書八七頁參照。）

霑の沒年については、すでに例に引いたように、「傳說」は乾隆癸未二十八年の除夕だとし、彼の一子は、白喉症、卽ちジフテリヤを患って、同年仲秋節の日に父に先立ったと傳える。八月節と除夕という組み合わせは印象的で記憶に殘り易いし、脂批の傳える「壬午除夕」沒年說に照らしても恐らく事實であろう。ただし沒年を壬午に置かずして癸未の年に置き、乾隆二十八年なりと明言する點に至っては、いまだ少しく疑問が殘ることも否めない。

ところで、この「傳說」の傳える晚年の霑の生活には、脂硯またはそれらしき人物は登場しない代り、鄂比という鑲白旗旗人が登場する。しかもこの人物と霑との交涉は「傳說」中でかなりの比重を占めており、恐らく「傳說」の來源を探れば、鄂比の關係から出たものがその一つの核を成していたかと想像される。彼は脂硯とは沒交涉の、いわば別世界の住人だったのであろうか。敦敏ら兄弟にしても、「傳說」中に登場しはするものの、現存の彼らの詩文集に鄂比の名は見えない。この人物は霑の沒後、生前、霑から聞かされていた腹稿をもとに未完の部分の續作を試みて成らず、のちその養子となった高鶚が志を繼いで後四十回を續成したと「傳説」は傳えるが、このあたりになると、これをそのまま受け取るには検討の餘地があり過ぎるようにも思われる。高鶚は鑲黄旗に屬する旗人であって、鄂比と旗籍を異にする點、不審であり、來源の異なる傳説が附會された疑いもあるが、續作の問題については別に改めて考えることとしたい。

さて、本題に還るとして、始めに記したようにこの章では『金陵十二釵』稿が成立するまでの時期、卽ち『脂硯齋評石頭記』が「定本」化される以前の段階の諸情況を中心に検討を進めることとする。

「甲戌」殘本第一回の始め、脂硯齋の所謂「楔子」は、成書の緣起をあらまし次のように述べる。

そのかみ、女媧煉石補天の際に、ただ一箇、用いられることなく大荒山は靑埂峯下に打棄てられていた頑石が、茫茫大士・渺渺眞人なる僧侶・道士兩人の助力を得て、紅塵の世に降る。そこで目睹した一切をのちに山下に歸った頑石は己れの上に刻み書き留めておいた。……やがて、空空道人と稱する人物が靑埂峯下を通りがかり、これを眼にした。彼は頑石の希いを納れ、見聞記を鈔寫して還り、奇談として世間に披露した。……

作品の成立過程を考える上で重要な手がかりとなるこの「緣起」（以後、この略稱による）の部分の原文を以下に節錄して引こう。

……後來不知又過了幾世幾劫、因有個空空道人訪道求仙、忽從這大荒山無稽崖靑埂峯下經過、忽見一大石上、字跡分明、編述歷歷、空空道人乃從頭一看……將這『石頭記』再檢討一遍……因毫不干涉時世、方從頭至尾鈔錄回來、問世傳奇。因空見色、由色生情、傳情入色、自色悟空、遂易名爲情僧、改『石頭記』爲『情僧錄』。至吳玉峯題曰『紅樓夢』。東魯孔梅溪則題曰『風月寶鑑』。後因曹雪芹于悼紅軒中披閱十載、增刪五次、纂成目錄、分出章回、則題曰『金陵十二釵』。竝題一絶云、滿紙荒唐言、一把辛酸涙。
都云作者癡、誰解其中味。
至脂硯齋甲戌抄閲再評、仍用『石頭記』。……（「甲戌」殘本に據る）

「緣起」の記すところに據れば、この作品にはすべて五つの題名があったわけである。最初の名は『石頭記』であった。それを、空空道人が「情僧」と改名したのにちなんだ『情僧録』と改題した。やがて吳玉峯がこれに『紅樓夢』の題名を與え、東魯の孔梅溪はまた『風月寶鑑』の題名を與えた。後さらに曹雪芹がこれに手を入れて『金陵十二釵』の名を命じた。やがて甲戌の年、脂硯齋が鈔閲再評するに及んで、『石頭記』の本名に復せしめた、というのである。

このようにこの作品が多くの異名を持つ事實は、魯迅の語を假りれば「多立異名、搖曳見態」(3)、匆體をつける意味があったかも知れない。また兪平伯氏の指摘するように(4)、『圓覺經』や『首楞嚴經』がそれぞれ五つの異名を持つ事實に暗示を得たものかも知れない。いずれにしても、それらの異名群の存在は、製作に長年月を要したこの長篇の成立の過程を物語っているように思われる。そこでまずこの問題から檢討を始めよう。

「甲戌」殘本卷首には、諸本に見えない「凡例」（一名「紅樓夢旨義」）があるが、その第一則はあたかも各回回前總評がしばしば當回の回目の說明に渉るのと同樣に、「緣起」の記述に照應してこの作品の異名の解題を行っている。恐らく脂硯の筆になるものであろうが、以下にそれを引く。

是書題名極□□□□□（多。題曰『紅樓）夢』、是總其全部之名也。又曰『風月寶□□（鑑』、是）戒妄動風月之情。又曰『石頭記』、是自譬石頭所記之事也。此三名、皆書中曾已點睛（睛　以下これに訂す）矣。如寶玉作夢、夢中有曲、名曰「紅樓夢」十二支。此則『紅樓夢』之點睛。又如賈瑞病、跛道人持一鏡來、上面卽鏨「風月寶鑑」四字。此則『風月寶鑑』之點睛。又如道人親眼見石上大書一篇故事、則係石頭所記之往來。此則『石頭記』

之點睛處。然此書又名曰『金陵十二釵』、審其名、則必係金陵十二女子也。然通部細搜檢去、上・中・下女子、豈止十二人哉? 若云其中自有十二個、則又未嘗指明白係某某。極(及)至「紅樓夢」一囘中、亦曾翻出「金陵十二釵」之簿籍、又有十二支曲可考。

右に據れば、『紅樓夢』がこの書の「總名」であり、『風月寶鑑』、『石頭記』及び『金陵十二釵』は「又の名」だということになる。(注意すべき點は、「緣起」に見える『情僧錄』の題名になんら言及していないこと、また『十二釵』の由來に就いて比較的多くの文字を費していることであるが、後に觸れる。) これを承けて本文各囘中に施された脂批には、次のように見える。卽ち第五囘の「紅樓夢」の三字には、「點題、蓋作者自云所歷不過紅樓一夢耳」とある(「甲戌」殘本等)。第十二囘の本文「鏡把上面鏨着『風月寶鑑』四字」には「明點」の雙行夾註が見える。また第一囘の初出「石頭記」の語には「本名」の雙行夾註がある。(有正本。ただし「甲戌」殘本では朱筆旁批。) さらにまた第五囘では「金陵十二釵正册」の句に「正文、點題」と雙行夾註が施されている。(有正本、殘本では朱筆旁批。)

以上に見たように、「凡例」及び脂批によって、『情僧錄』を除くそれぞれの題名の由來はほぼ說明を與えられているわけであるが、次にはそれらを踏まえ、異名の一々に就いてなお檢討を加えてみたいと思う。(兪平伯「紅樓夢正名」[5]及び「影印《脂硯齋重評石頭記》十六囘後記」[6]第四節を併せ參照されたい。)

(イ) 『石頭記』について

すでに引いたように、「緣起」に在っては、『石頭記』なる題名は「此書」を以て稱されたあと、それを承けた「將這『石頭記』再檢閱一遍」――この『石頭記』を改めて念入りに讀み返してみた、と記すくだりに突然現われる。

その意味するところは、「石頭」――頑石が自らの上に刻みつけ記錄しおいた物語ということであり、その內容をなすものは「石頭記すところの往來」頑石の下界行顚末記であるが、これは「凡例」の說くように、作者が「石頭記すところの事に譬えた」ものであろう。敦敏の詩に、霑の畫いた石の圖に與えた「題芹圃畫石」七絕がある。[7]（霑の沒年に近い乾隆庚辰二十五年の作と推定される。[8]）霑が『石頭記』の作者であることにちなみ所望されて石を畫いたということは當然考えられるが、米顚のごとき愛石の趣味を若い時から持っていて好んで石を畫材としたのかも知れぬ。そうであったとすれば、そのことは彼の不遇の境涯と相俟って自らを頑石に擬らえる『石頭記』の發想を促したに違いない。

これに關連して問題が一つある。「甲戌」本の本文によれば、太虛幻境の神瑛侍者が凡心を熾やしたあげく、賈寶玉として人間に投胎し、一方、靑埂峯下の頑石は僧茫茫大士の幻術の助けを得て寶石に縮めてもらい、寶玉落草の時、口中に銜えられて下界に降る、という風に賈寶玉と通靈寶玉の前身はそれぞれ區別されている。「甲戌」本を引こう。

此石……一日正當嗟悼之際、俄見一僧一道遠遠而來、生得骨格不凡、丰神迥別、說說笑笑來至峰下、坐于石邊、高談快論、……（中略）……那僧便念咒書符、大展幻術、將一塊大石登時變成一塊鮮明瑩潔的美玉、且又縮成扇墜大小的、可佩可拿。……

これによれば、僧が法力で以て卽座に大石を透明な美玉に變え、しかもその大きさを扇の根付けほどに縮めてやったわけである。ところが「庚辰」本では同じ箇所を次のように作り、中略の部分、四百字以上を缺く。

此石……一日正當嗟悼之際、俄見一僧一道遠遠而來、生得骨格不凡、丰神迥異、來至石下、席地而坐、長談、見一䰟（塊）鮮明瑩（瑩）潔的美玉、且又縮成扇墜大小的、可佩可拿。……

これによれば「此石」であった主語がいつのまにやら僧・道兩名に變り、しかも石は自力で美玉に變じ、さらに扇の根付けほどの大きさに縮むということになっている。兩文を比較してみると、「且又」の二字が痕跡として殘っているところからしても、明らかに「甲戌」本のそれが原型であり、「庚辰」本のそれは改作であることが知られよう。もしもこの「改作」に作者が關與しているとしたら、それは『石頭記』の性格上の重大な變化を意味する。石が自在に大小を變じうる能力を持ち合わせているということになれば、神瑛侍者は頑石の化身ではないかとの聯想を讀者に抱かせかねない。（「程本」は事實そのように補筆改作しているが。[9]）そしてまた石頭卽ち賈寶玉であるとすれば、そのことはやがて『石頭記』という題名に、「賈寶玉の記した物語」、ないしは「賈寶玉に就いての物語」の意味をも帶びさせることになろう。

そこで「改作」の主はだれかという問題になるが、後に述べるような、この作品に對して曹霑の取った纂修者としての姿勢を考え合わせるとき、彼が自らなしたこととは考えにくい。

一方、『石頭記』の「本名」を愛でてこれに戻した脂硯は寶玉と頑石の關係をどのように扱っているか。脂批に在っては、寶玉のことを「玉兄」と呼び、頑石のことを空空道人に倣って「石兄」と呼び、一應の區別はしているものの、時にその區別をしない例も見られる。例えば「甲戌」本第八回回目の後の句は「賈寶玉大醉絳芸軒」であるが、同回の朱筆眉批には、「……今加『大醉』二字于石兄……石兄眞大醉也」とあり、ここでは寶玉卽頑石として扱っている。作者―石頭―寶玉の關係の消息をはからずも脂硯は洩らしたものかも知れない。こう見てくると、問題の「改作」は脂硯の仕業のようにも思われるが、あるいはまた鈔者の仕業であって、それも「庚辰」本等の原底本のこの部分には一葉分約四百字の缺葉があったため、轉鈔の際、このような無造作かつ不器用な前後のつなぎ方をしたものかも知れない。

右に述べた問題と關連していま一つ注意を惹くのは、「甲戌」本をはじめ現存諸脂本を通じて見るに、第二十回までに集中して『石頭記』的な痕跡の殘っている事實である。卽ち、第一回、第四回、第六回、第八回、第十五回、第十八回の各回では、石頭の口吻を假りて語ったり、または記錄者としての石頭を引き合いに出して語ったりする。（ほかにも、第七十八回に見える「芙蓉女兒誄」の前には「寶玉……將那誄文卽挂子（于）芙蓉枝上、乃泣涕念曰」の句があり、これに緊接して「諸君閲至此、只當一笑話看去、便可醒倦」とある。これも石頭の語ではないかと疑わせるが、[10] 例えば第十八回雙行夾註に「閲至此、又笑。別部小說中云々」とあるのを見ると、やはり脂批だとする方がよさそうである。）これらの例が「甲戌」「庚辰」兩本の共通して朱批を存する第二十八回まで、殊に壬午春に脂硯が再評した第十九回までに集中的に見られる事實は、甲戌の年及びそれ以後のこの作品の「定本」化の問題と關係があろうが姑く措く。

ところで、吳世昌氏の近說によると、

『石頭記』前二十多回中有些回可能原出於脂硯的初稿、其中還有些夾文夾白的寫法、未經雪芹删淨。[11]

だとされる。第三章（本書九六頁及び同註53）でも紹介したように、吳氏はかつて賈寶玉のモデル問題に關し、脂硯・雪芹合傳說を提唱したが、近來は雪芹自傳說を排する立場に立ち脂硯モデル說に傾いているように見受けられる。[12] この說ではそれを一歩進めて、『石頭記』中の最初の二十數回のなかには、脂硯の初稿に基づくものが痕を留めている可能性ありと推測する。霑が作品の素材の一部を脂硯に仰いでいることは充分考えられることであるし（勿論、霑はこれ以外にも創作に當っては、讀書の際得たものや、多くの見聞、さては當時の話柄をも自家藥籠中のものとして自作のうちに取り入れていることであろうが）、部分的には「脂硯執筆」のことも考えられないではない。ただ吳氏が「甲戌」本第十六回回前總評「借『省親』事寫『南巡』、出脫心中多少憶惜（昔）感今」の句をその根據として引くのはいかがであろうか。この評文を吳氏は霑の弟の棠村の小序（後述）だとするが、第三章（本書八二頁）で指摘したように、第十六回回前總評中には、脂硯のものだと考えられる「庚辰」本雙行夾評や畸笏の署名のある眉批が署名を删られて含まれているところから見ても、脂硯のものである可能性が高い。もと本文中の甄家の「接駕四次」を述べたくだりに附された眉評ではあるまいか。「接駕四次」のことは康熙帝南巡の際の曹家の歴史的事實を踏まえており、脂硯のみならず、その眼で見るを得なかった曹霑にとっても、「今」の境涯に引き較べ、わが家のよき時代、「昔」を憶うよすがの一つであったろう。

壬午の年以後、脂硯が改號して用いたと推される「畸笏」の號は、思うに「斜笏」の意であり、『石頭記』の評者として、米芾に倣うの意に取って自ら命じたものであろう。（「畸」は『廣雅』（釋詁二）に「衺也」と釋く。卽ち「斜」の意がある。）文天祥の七律「周蒼厓入吾山作圖詩贈之」詩に[13]「三生石上結因緣、袍笏横斜學米顚」の句がある。「三生石畔」は『石頭記』第一回本文にも見え、「妙、所謂三生石上舊精魂也」と朱筆旁批があり、また同回の本文「紅塵中一二等富貴風流之地」には「妙極、是石頭口氣、惜米顚不遇此石」の朱筆旁批がある。しかも、雪芹に先立たれた脂硯は、前章で引いた第一回朱筆眉批のごとく「……余嘗哭芹、涙亦待盡。毎意覓青埂峯再問石兄、余《ママ》（奈）不遇癩頭和尚何！悵々」と記さねばならぬ。いまは青埂峯下の石頭の相に還ったであろう雪芹を訪ねたいと思うが、先導をしてくれる癩頭和尚にめぐり逢わぬをなんとしよう、というのであろう。唐の世、圓澤と李源は十三年後の仲秋月夜に三生石畔での再會の約を果したという（『西湖佳話』「三生石迹」參照[14]）。『石頭記』中の頑石は十三年後に癩頭和尚と再會した。（第二十五回）甲午仲秋八月、壬午の年から十三年目に當りながら、脂硯はそのことが叶わぬ。「今而後」の「今」字にはその嘆きの意が籠められているようである。このように見てくると、石頭は霑が自ら擬したそのものであり、畸笏卽ち脂硯は自らを米顚に擬したものとして兩者の關係を見るべきではないか。（米芾が怪石を「石兄」と呼んだとの逸話も考え合わされる。[15]）とすれば吳氏のように、石頭卽賈寶玉であり、寶玉のモデルは脂硯であるという論法から、ただちに脂硯初稿の痕跡を前二十數回中に見出そうとする試みにはいささか検討の餘地があるように思われる。

さて『石頭記』なる題名は、石上に記された物語ないしは石にまつわる物語の意のほかに、次のように解されぬこともない。卽ち、『水滸傳』が水の滸り《ほと》、梁山泊に集った好漢たちの物語であるのに對し、『石頭記』は石の頭り《ほと》に生起した佳人たちの物語なのである。この題名がこのような意味をも孕んでいることは、當初命名の際には意識に上らなかったかも知れぬ。しかし、この作品が「五次」の改稿の結果『水滸』の「天罡星」三十六人に當る「十二釵」正・副・又副三十六人の備った『十二釵』稿として成立したとき、作者である霑がおそらく『水滸』を意識していたであろうと同様に、この作品は金聖嘆ばりの批評を加えようとする脂硯にとって、そのような題名として意識されなかったはずはなかろう。(禁書の『水滸』に對置さるべきものだとまでは、さすがに「凡例」のなかでは言っていないけれども。)『石頭記』の「本名」が再び採用された理由の一つもそこに在るのではなかろうか。

『石頭記』の意味するところは右に述べたことに盡きぬ。「石頭城」が六朝のその昔、金陵卽ち今の南京を指して言われたことばであってみれば、作品中の重要な人物「金陵十二釵」――金陵に籍貫を有する女性たち――と關わりなしとは言えまい。脂硯齋の評を除けば、最も早い時期に現われたこの書の評論の一種、周春の『閱紅樓夢隨筆』に、

　開卷云說此『石頭記』一書者、蓋金陵城吳名石頭城、兩字雙關。[16]……

と指摘するのはこれを言ったものである。尤も、物語の舞臺が小說家の常套に從って長安ということになっているのは、第一回の「那昌明隆盛之邦」に附された「伏長安大都」の朱筆旁批に依っても知られ、「凡例」第二則もまた「書中凡寫長安、在文人筆墨之閒、則從古之稱……」と記すとおりである。一方、金陵は賈家の出身の地であって、ここには賈家の留守宅がある。「甲戌」本第二回、賈雨村が「……那日、進了石頭城、從他老宅門前經過」と語るのはこれである。(「石頭城」の三字には「點睛、神妙」の朱批が附されている。)またこの地には甄家を始めとして賈

家の姻戚もあまた住まっている。實際には、物語の素材とされた一連の事件の石頭城内を舞臺として起こったこと、卽ちこの作品中には曹家の歴史が伏せられていることを、この『石頭記』の題名は暗に寓したものかも知れない。

(ロ)『情僧錄』について

『情僧錄』の題名は「緣起」に見えるだけで、「凡例」はもとより、他の脂批中にもまったくその名を見ない。附け足しの意味しかなさそうであるし、また實際にこの題名は使用された形跡も認められない。

ところで「緣起」がその命名者だとする空空道人については、吳恩裕氏の藏幅中に「空空道人」を署したものがあり[17]、舊藏者魏氏の言に依れば、これは雪芹の墨跡だと傳えるよしである。なおまたこの書幅を見た張伯駒氏は、その書風について、氏がかつて目睹したことのある「海客琴樽圖」の雪芹題字に似通うと述べたよしである。これが露の眞跡だとすれば、空空道人の正體も自ずと判明しようというわけであるが、それはまた脂硯であっても差支えない。いずれにせよ、「空空道人」は作者が韜晦の目的で設けた疑陣中の一人と見てよいであろう。

(ハ)『紅樓夢』及び『風月寶鑑』について

『紅樓夢』と『風月寶鑑』の二つの題名は、「緣起」に見える、

至吳玉峯題曰『紅樓夢』、東魯孔梅溪則題曰『風月寶鑑』。

の兩句の表現だけに卽して言えば、同一の作品『情僧錄』に對して吳・孔兩名がそれぞれ與えたもののように讀まれる。尤も、「至……」という言い方を見れば、空空道人の人閒にもたらした『石頭記』が『情僧錄』と改題された時期からさらに若干の閒隔を置いてそのことがあったということになろうが、いずれにせよ、額面通り受け取るならば、

その間にさしたる内容上の變改は見られなかったと考えてよいであろう。

一方、「凡例」はこの二つの題名の由來するところがそれぞれ現存脂本での第五回、第十二回に在ることを說くけれども、この場合も同一作品の「異名」としての扱いを出ていない。

しかるにまた、「緣起」の後の部分によると、吳玉峯が『紅樓夢』と題し、孔梅溪が『風月寶鑑』と題してのち、さらに曹雪芹が十年のあいだに五度これを改稿して『金陵十二釵』と題したという。とすれば、同じ題名こそ使われていても、「緣起」と「凡例」とでは、その指すところの實態は必ずしも同じくないはずである。にも拘らず、「凡例」の筆者がさきのような題名の由來の說明の仕方をして自ら怪しまないのは、『石頭記』の纂修者としての假面を被ってはいるが、この『十二釵』稿の實際の作者が雪芹であることを知っており、初稿の『石頭記』稿から『十二釵』稿に至る異稿群を一つの作品の發展の相として認識していたのに由るものであろう。そのことは、「甲戌」本の「緣起」、脂硯の所謂「楔子」末尾の眉端に記された次の朱批によっても知られるところである。

若云「雪芹披閱增刪」、然後（則）開卷至此、這一篇「楔子」又係誰撰？ 足見作者之筆狡猾之甚。……

同時にまた、少なくも現存脂本の第五回、第十二回（第一回をも含めてもよい）の情節にほぼ相當するものが「十年前」の舊稿中にもすでに含まれており、その事實が「凡例」筆者の立言の前提となっていたに相違ない。「命名者」たちもまたそれらにちなんで題名を與えたものであろう。

尤も、裕瑞は『棗窗閒筆』のうちに次のように記している。

……諸家所藏鈔本八十回書、及八十回書後之目錄、率大同小異者、蓋因雪芹改『風月寶鑑』數次始成此書。[18]……

また別に次のようにも記している。

聞舊有『風月寶鑑』一書、又名『石頭記』、不知爲何人之筆。曹雪芹得之、以是書所傳述者、與其家之事跡略同、因借題發揮、將此部刪改至五次、愈出愈奇、乃以近時之人情諺語夾寫而潤色之、借以抒其寄托。曾見鈔本卷額、本々有其叔脂硯齋之批語。引其當年事甚確、易其名曰『紅樓夢』[19]。……

この聞書によれば、『風月寶鑑』という作者不明の一書を雪芹が手に入れたが、たまたまその家の事跡と似通うところがあったので「借題發揮」して五たび刪改し、脂硯がこれを『紅樓夢』と改題したのだという。

しかしながら、その『風月寶鑑』については、「甲戌」本第一回「緣起」の朱筆眉評に、

雪芹舊有『風月寶鑑』之書、乃其弟棠村序也。今棠村已逝、余覩新懷舊、故仍因之。

と見える。これに依れば、雪芹には『風月寶鑑』と題する舊稿があり、その弟の棠村が序を與えていた、というのである。そして、「今」(この脂批の記された時期は多分甲戌の年であろう)や弟の棠村はすでにこの世の人でなく、私は「新」書(『金陵十二釵』を指すものであろう)を見て、「舊」稿(『風月寶鑑』を指す)を懐うが故に、「仍ホ之ニ因レルナリ」と、批者は書き留めておいたのである。

實はこの「仍因之」の句については問題がある。周汝昌氏はかつてこの批文について、

這是脂硯說明所以保留風月寶鑑一名的原故。這個弟弟(棠村を指す)、爲雪芹的書作序、題名、很有意思;……(中略)……棠村卽「東魯孔梅溪」、硃批裏也直署作梅溪——近人有此一說、然亦揣想之詞、未必卽是。[20]

と說いた。ここに言う「近人」とは胡適を指し、胡氏は「紅樓夢考證的新材料」[21]のなかで、同じ批文を材料として梅溪卽棠村說を說いているが、「仍因之」の句については特に觸れていない。しかし、のちにこの批文について、

這句話好像是說、「風月寶鑑」是曹雪芹寫的一本短篇舊稿、有他弟弟棠村作序;那本舊稿可能是一種小型的紅樓夢;其中可能有「正照風月寶鑑」一類的戒淫勸善的故事、故可以說是一本幼稚的石頭記。雪芹在甲戌年寫成十六回的小說初稿的時候、他「覩新懷舊」、就把「風月寶鑑」的舊名保留作石頭記許多名字的一個。[22]……

と記しているところを見ると、前稿執筆當時も「仍因之」の句についてはそのように考えていたものであろうか。（あるいは上に引いた周氏の解を襲ったものかも知れぬが。）

近時、兪平伯氏はまた問題の眉批と「東魯孔梅溪……」の句との關係について「是雪芹本想刪去『風月寶鑑』之題名、而批者主張保存[23]」と說いている。

以上の諸家の說は、『風月寶鑑』の題名を殘したと見る點で解釋の方向を同じくする。別に趙岡氏は次のように說く。卽ち、脂硯齋は初評時の鈔本には『紅樓夢』の名を用い、甲戌再評の際、『石頭記』に復した。その後、おそらくは雪芹逝世以前の時期に「凡例」以下の數百字を刪った。また「吳玉峯題曰……」の句も刪ったが、

〔他〕決定把『東魯孔梅溪』那一句保留、他的理由是『棠村已逝……故仍因之[24]』。

これは句を殘したと見るなかなか穿った解釋であるが、ただ「甲辰」本には適用できても、「甲戌」殘本に對しては「吳玉峯」の句の殘っている點の說明が充分なされないように思われる。

別にまた吳世昌氏は「仍因之」の「之」の指すところを前文中の「序」字だと解し、しかもその「序」は全書に與えた序の意ではなく、棠村が「舊」稿『風月寶鑑』の各回に與えた「小序」の意であるとして、その「小序」を脂硯が記念の意味で「新」稿中に保存してやったのだ、と說く[25]。（この新說の當否については、かつて私は據りがたいとして別文[26]で疑問を呈した。またその後、氏から寄せられた「反論[27]」にも重ねて答えている[28]ので、詳しくはそれらに讓る。）

思うに、問題の脂批は言わんとするところは次のようなことであろうか。卽ち、「今」の時點にあっては、かつての『風月寶鑑』は、改稿の結果として內容的に大きな變化を遂げているので、棠村の序も活かしようがない、せめて

『寶鑑』の題名なりと、わが手鈔本のなかに、異名の一つとして殘してやることにする、こう斷っているのであろう。この朱批の筆者が雪芹・棠村のいずれでもないことは文意からして明らかであり、「余」とは脂硯の自稱に相違ない。では、題名を殘すに當って、脂硯は雪芹に命じて殘させたのか、それとも自身の手で殘したかということになるが、「新」が『十二釵』稿を指し、これを甲戌の年、脂硯が手鈔したという條件や、また「仍用『石頭記』」の句と「仍因之」の句の表現上の類似を考え合わせると、「東魯孔梅溪……」の句は逝ける棠村を記念し、かつ「增刪五次」に照應させる意味もあって、甲戌の年に彼が自ら補入したものではないかと考えられる。このとき彼は『風月寶鑑』の題名を「緣起」だけでなく「凡例」のなかでも活かしてやり、全書の題名としては『石頭記』の故名を用いることにしたのである。

ところで、二つの題名の命名者の素姓については、諸說がある。吳玉峯については、これを曹霑の假名と見る說[29]、また前章でも引いた、脂硯のそれと見る說がある（第三章本書九〇頁）。孔梅溪についても、周春のごとく、

又將孔梅溪題曰『風月寶鑑』、陪出曹雪芹、乃烏有先生也。其曰「東魯孔梅溪」者、不過言山東孔聖人之後、北省人口語如此[30]。

として、曹雪芹の名を出さんがために設けた烏有先生なりと見る人がおり、すでに度々引いたように、雪芹の弟の棠村と同一人物だと見る說もある。私はかつてこれを脂硯の假名ではないかと疑ったが、現在は上に述べたように、「東魯孔梅溪」の句を脂硯の補入したものと推すので、やはり棠村說を採るべきだと考える。「東魯」の二字を冠し、「孔」姓を用いたのは山東の孔子の末裔ということを强調する目的があったのであろうが、これも實際には『風月寶鑑』に寄せた棠村の序の署名を籍貫もろともそのまま脂硯が用いたものかも知れない。（そのため上句の吳玉峯、下句の曹雪芹が本籍を記さないのとは體例に統一を缺く仕儀に立ち至ったが。）そしてその序は、兪平伯氏[31]の說くよう

に、「凡例」に記された「妄りに風月の情を動かすを戒むる」式の道學者の假面をかむって執筆された戲作であったろうと思われる。

㈡『金陵十二釵』及び『脂硯齋重評石頭記』について

「緣起」によれば、あまたの異名を與えられた『石頭記』を、後に曹雪芹が悼紅軒中に在って、披閱すること十載、增删すること五次に及び、目錄を纂成し（各囘の囘目を作り）、章囘を分かった、卽ち、手を入れて章囘小說としての體裁を整え、『金陵十二釵』なる題名を與えた、という。かくて成立を見た作品は、おそらく全書百囘のそれで[32]、その推定成立時期を假に乾隆甲戌十九年に置こう。（あるいはその前年癸酉の年とも考えられるが[33]。）從ってこれからおよそ十年遡った甲子九年を前後する時期に雪芹の執筆が始められたと見てよいであろう。康熙五十四年出生說を採れば、甲子の年、彼は齡三十歲を數え、所謂「半生」——六十年を「一生」と見てすでにその半ばを閱していたことになる。

初期の稿では、『風月寶鑑』的な、少しく戲作的な傾向がみられたことであろう。「傳說」によれば、霑は乾隆十一～十三年の閒に、排斥せられて宮廷侍衞の職を辭したという。（思うに、霑の堂兄で平郡王を襲っていた福彭の薨じたのが十三年である。この事實が霑の社會的地位にも影響したとすれば、この年のことかも知れない。）その後、右翼宗學の教師時代を送るが、ここでも排斥せられ、すでに作品のかなりの部分を書き上げていたという彼は、述作に專念せんがために、乾隆十六年、宗學を辭し、西郊に移ったと傳える。抄沒せられた家の者だとの烙印を押されて同僚から排斥せられ、侍衞や瑟夫の職を辭して去ったというのが事實であるとすれば、それらの出來事は、霑を創作に打ち込ませる有力な動機となったことであろう。また同じく「傳說」の傳えるところによれば、西郊移轉後二十年頃までのあいだに彼は美しい妻に先立たれる。(彼女は黛玉のモデルと關係があるとの「傳説」の一節は興味深いが、いまは觸れぬ。) 忘れ形見の一子も霑と同年に先立って沒したが、時に年は八、九歳であったという。(呉氏の記述では十二、三歳だったと記し、出入がある。) 假に「傳説」の傳えるように彼らが癸未の秋から除夕にかけて亡くなったとすれば、これから逆算した場合、子供の生年も二十年頃となろうか。あるいは霑の妻は、産難のためか、そうでないまでも産後の肥立ち悪しく、嬰兒と霑を殘して身まかったものかもしれない。この女性は『十二釵』稿の成立になにがしかの寄與をしていることであろうし、その死は彼の述作の業に當然なんらかの影響を與えたはずであるが、殘念ながら「傳説」の傳えるところは漠としている。乙亥二十年の春には、多雨のため、正白旗營の彼の陋屋は倒壞し、鄂比の斡旋で鑲黄旗營の北上坡に移ったが、まもなく幼兒の養育のこともあって、年若い後妻を迎えたという。敦誠の挽詩に見える「寡婦」「新婦」がこれである。

さて、「縁起」によれば、乾隆甲戌十九年、脂硯齋は『十二釵』稿を手ずから「鈔」寫し、「閲」過したばかりでなく、「再評」――この年に二度目の評を加えたとも、この年のうちに二度に亙って評を加えたとも解されるが、いま後者による――した。(その作業は恐らく第四十回までを對象として行われたものであろう。胡適によれば、このときには、「甲戌」殘本に見られる飛び飛びの十六回しか成立を見なかったというが[34]、これはすでに嚴明、兪平伯氏らの反駁するところである[35]。) 同時にこの際の鈔本には、脂硯は『石頭記』の「本名」を用いた。(尤も、この題名は「縁起」に見えてはいても、實際これ以前に行われていたかどうかは判らない。あるいはこの時、脂硯がこの題名を愛でて正式に採用したものかも知れぬが。)

これらの事實を傳える「至脂硯齋甲戌抄閲再評、仍用『石頭記』」の句は、さきの「東魯……」の一句と同様、甲戌の年またはそれ以後になって、脂硯自身の手で本文中に插入された斷り書のように思われる。

ところで脂硯は『石頭記』の題名を採ると同時に、評文中でこの作品を指して言うときは、おおむねこの稱に依るようにした。『紅樓夢』『十二釵』の稱も用いられた例こそあれ、稀である。(『風月寶鑑』や、まして『情僧錄』はついに用いられることがなかった。) 特に『十二釵』について言えば、この題名は雪芹によって命名され、そのことを記す部分も「緣起」中に備わったにも拘らず、『十二釵』稿成立からほど遠からぬ時期に脂硯が『石頭記』の稱を採用したため、通行する機會を失った。いやそれだけではない、「緣起」にそのことが記された時期にあっても、全書の「總名」としては『紅樓夢』の稱が用いられていたのではないかと察せられるふしさえある。

近頃の陳仲笣氏の報告によると、「己卯」本第三十四囘囘末には、

紅樓夢第三十四囘終

の句が見える[36](傍點筆者)。所謂「己卯」本の原本は、己卯の冬に脂硯が作成した「定本」であり、現存の過錄「己卯」本は鈔配の部分を含む殘本ながら、第三十一回から第四十回に至る十回分の目錄紙には「己卯冬月定本」と題してある。このときに第四十回まで成立したものであろう。(これに接するのは庚辰の秋に成立した以後の四十回である。) その際の底本は、恐らく甲戌の年に脂硯が手鈔した四十回であろうから、右に引いた第三十四回の「紅樓夢」の三字が、もしも轉鈔の際に鈔者の手で附加されたものでなく、甲戌鈔本のおもかげをはからずも傳えたものだとすれば、『十二釵』稿時の霑の手稿本が題名としては『紅樓夢』の三字に依っていたことを示す一つの痕跡であるかも知れない。

これを裏書きするものとして、永忠が乾隆三十三年に手寫した「因墨香得觀『紅樓夢』小說弔雪芹」と題する七絶三首がある。[37] 彼は墨香卽ち額爾赫宜(敦敏兄弟の叔父に當る)を通じてこの小說を讀むことを得たのであるが、『紅樓夢』と呼んでいることは注意を惹く。また富察明義(我齋)にも「題紅樓夢」二十首の作がある。[38] この連作の成立は、

呉恩裕氏によれば、霑の死に先立つこと一、二年の頃であろうとされる。[39] 二十首の内容に徴するに、現存の八十回脂本に近い鈔本を閲過して詠じたものかとも思われるが、兪平伯氏や呉世昌氏の指摘するように、[40] 現存脂本とは情節に小異がある。それが明義の誤記ないし詩的改變によるものでないとすれば、脂硯の『重評石頭記』成立以前に原作者の手を離れた『紅樓夢』鈔本を彼は眼にしたものかも知れない。一説に明義は霑と交渉があり、作者から直接この書を示されたとするが、これには疑問があり、敦敏ら兄弟、墨香のごとき霑の友人たちのもとに傳えられたものを見たのではなかろうか。

以上、題名の問題を手がかりとし、主として、『金陵十二釵』稿の成立のあたりまでの諸情況について若干の檢討を試みた。脂硯は『十二釵』稿成立までの時期に、この作品の生成とどのような關わりを持っていたか、少なくも棠村序を附した『風月寶鑑』稿は見ていたようであるが、その點をも含め、ことは多く推測の範圍に屬する。ただし、彼が作者に素材を提供していたであろうことは、『重評石頭記』に見られる脂評を通じても窺える。それらの分析檢討は、現存諸脂本の成立の問題、またその際に於ける脂硯と曹霑との交渉の問題等の究明とともに、章を改めて行うこととしたい。

註

（1）呉恩裕「考稗小記」（『有關曹雪芹八種』一九五八年、古典文學出版社所收）第三十八則、第四十六則參照。
（2）呉恩裕『有關曹雪芹十種』（一九六三年、中華書局刊）一〇七頁。
（3）魯迅『中國小說史略』第二十七篇『兒女英雄傳』の異名の條に見える語（全集第八卷二二八頁）。周祜昌「夢覺主人序本

(4) 《紅樓夢》的特點」(『光明日報』一九六三年三月十七日、「文學遺產」第四五五期) 第一節にも引く。

(5) 兪平伯『紅樓夢研究』(一九五二年、棠棣出版社刊) 二四五頁以下。

(6) 註4參照。

(7) 敦敏『懋齋詩鈔』(一九五五年、文學古籍刊行社刊影印本) 葉十六。

(8) 周汝昌編「史料編年」『紅樓夢新證』(一九五三年、棠棣出版社刊) 四三〇頁。

(9) 「甲戌」本第一回の後文「只因西方靈河岸上、三生石畔、有絳珠草一株、時有赤瑕宮神瑛侍者……」に當る一節を程乙本では「只因當年這個石頭、媧皇未用、自己却也落得逍遙自在、各處去遊玩。一日、來到警幻仙子處、那仙子知他有些來歷、因留他在赤霞宮中、名他爲赤霞宮神瑛侍者。……」のように補筆改稿している。(一九五九年人民文學出版社刊本に據る。)

(10) 王佩璋「曹雪芹的生卒年及其他」(『文學研究集刊』第五册所收) 二四〇頁參照。

(11) 呉世昌「我怎樣寫『紅樓夢探源』」(『散論紅樓夢』一九六三年、建文書局刊) 五六頁。

(12) 同前七九頁。

(13) 『重刻文山先生文集』巻二。尤も、この二句は『佩文韻府』(巻九十五) 上平六月韻「笏」部「袍笏」の條にも引かれているから、眼に留まる機會は一段と多かったであろう。米芾が袍笏を命じて州廨内の奇石を拜し、これを「石丈」と稱した逸話は、宋の葉夢得の『石林燕語』巻十等に見え、また明の林有麟の『素園石譜』巻二にも「石丈」の圖を掲げて引く。

(14) 古呉墨浪子『西湖佳話』巻十三。この「三生石迹」の記述は『石頭記』發想に影響を與えているようである。なおこの傳説の古型を留めた唐の袁郊の『甘澤謠』では、もと圓澤を圓觀に作る。脂批の引く『三生石上舊精魂』の句も圓觀の句と傳える。

(15) 『宋史』「米芾傳」(列傳二〇三)、また宋の費袞の『梁谿漫志』巻六參照。前者では「兄」、後者では「石兄」と怪石を稱している。(『素園石譜』巻二にも『漫志』の文を引く。)

(16) 周春『閱紅樓夢隨筆』(一九五八年、中華書局刊影印本) 葉三。

(17) 呉恩裕「考稗小記」、第二八則(一二九頁)。同上、第五三則(一四三頁)併看。

（18）裕瑞『棗窗閒筆』（一九五七年、文學古籍刊行社影印本）葉一。
（19）同前、葉七。
（20）周汝昌『紅樓夢新證』五一頁以下。
（21）胡適『胡適文存』第三集卷五、五六九頁。
（22）胡適「跋乾隆甲戌脂硯齋重評石頭記影印本」葉柒（一九六一年、臺灣商印書館刊本）。
（23）註4所引論文註〔二二〕、『論叢』三三二頁。
（24）趙岡「論紅樓夢後四十回的著者」、『文學雜誌』（第七卷第四期、一九五九年十二月）一三頁。
（25）吳世昌『紅樓夢探源』英文本（一九六一年、オクスフォード大學出版部刊）、六三頁以下。
（26）拙文「紅樓夢首回、冒頭部分の筆者に就いての疑問（續）－覺書－」、『東京支那學報』第八號所收。本書一六頁。
（27）吳世昌「論《石頭記》中的棠村序文」、『東京支那學報』第十號（一九六四年六月）所收。
（28）拙文「『紅樓夢首回、冒頭部分の筆者に就いての疑問（續）－覺書－』訂補」、『東京支那學報』第十號所收。本書三四頁。
（29）註21所引胡適論文、五六九頁。
（30）註16所引書、葉四。
（31）註4所引論文、『論叢』三一五頁。
（32）「庚辰」本第二十五回、壬午孟夏（霑の生前である）の紀年のある朱筆眉批に「通靈玉除邪、全部百回、只此一見……」とある。脂硯が『十二釵』稿に接したとき、全書は一應完成していたか、完成を見ないまでも、目錄だけは出來ていたものであろう。少なくも作者の腹案を聞く機會はあったに違いない。この他にも全書の回數を推定する資料が脂批中にはあるが、後文に讓る。
（33）註4所引論文附錄「年表」、『論叢』三三六頁參照。
（34）註22所引論文、葉肆以下。
（35）嚴明「甲戌本石頭記不止十六回」（『民主評論』第十二卷第十八期、一九六一年九月所收）。又、俞平伯「後記」（註4所引）三〇三頁以下。前者は原載誌を吉川幸次郎教授から御惠投いただき見るを得た。ここにお禮申し上げる。

（36）陳仲竾「談己卯本脂硯齋重評石頭記」（『文物』一九六三年第六期）一二頁。
（37）吳恩裕『有關曹雪芹十種』三三頁參照。
（38）富察明義『綠烟瑣窗集』（一九五五年、文學古籍刊行社影印本）葉五一。
（39）吳恩裕「明義及其綠烟瑣窗集詩選」（『有關曹雪芹十種』四二頁以下）。
（40）兪平伯「紅樓夢八十回校本序言」註（二三）、『紅樓夢八十回校本』（一九五八年、人民文學出版社）三〇頁。また吳世昌「曹雪芹與『紅樓夢』的創作」（前出『散論紅樓夢』所收）註⑤參照。

六、脂硯齋と曹霑（下）

まえがき

昨年はよんどころない事情のため休載したので、二年ぶりということになる。その二年間に、新たに關係資料が何點か發見された。重要な舊鈔本が二種まで世に出たばかりか、作者とその周圍の人々に關する傳記資料もいくつか出現した。そしてそれらに關する論文や報告も、次々と發表されている。そのうち、管見に入った主要なものについては、拙文「近十五年中國刊行『紅樓夢』版本研究書略解（上）（中）（下）」（『書報』雙月刊一九六四年六號、六五年一・二號連載、極東書店）のなかで紹介しておいたし、また近刊の拙文の「近年發見の『紅樓夢』研究新資料――南京靖氏所藏舊鈔本その他について――」（『大安』一九六六年五月號、大安書店　本書三五五頁）では、その後の新資料に重點を置いて簡介を試みた。だが、まだまだこれからも埋沒していたものが出てきそうな氣がする。その意味では、資料の面に限っていっても、『紅樓夢』の研究には、氷山の一角をはるかに眺めやりながら、海面下にひそむ部分についてあれこれ推測を廻らしているような趣きがないでもない。筆者の覺書は、その全貌を見透そうという大それた目的で始めたおぼつかない模索の作業記録であるが、すでに四回にも亙って連載してきた本稿の内容には、前後矛盾するふしが少なくないばかりか、新資料の出現によって、またその後の筆者の見解の變化に伴って書き直しを必要とする點も生じている。そこで、いま續稿を書き繼ぐに當り、まず舊稿中の補正すべき點のいくつかについて述べることから始め、ついで本論に戻るようにしたいと思う。なお前記の紹介文とは若干重複する點も生じようが、敍述の都合上止むをえぬこととして讀者のお宥しを乞いたい。

㈠　脂硯・畸笏異人説

前稿㈡で脂硯齋と畸笏の問題を取り上げたときは、この兩者を同一人の別號であると見なして論を進めた。それには相應の理由がないでもなかった。しかし、いまにして思えば、結局は關係資料の讀みが淺く、複雜な事態を割り切ろうとし過ぎたのである。昨年南京で發見された靖應鵾氏藏鈔本（以下「靖本」と略稱する）によると、前説を取消し二者は別人であるとしなければならぬように思う。（靖本に關しては、周汝昌氏に詳しい報告[1]があり、筆者の以下の引用はすべてこれに基づく。ただし、誤字・衍字・脱字の補訂は多く筆者に依る。）

この別人説をほとんど決定的なものとした根據は、すでに前稿㈡で引いたことのある第二十二回脂批の、靖本にのみ見られる次のような異文である。

鳳姐點戲、脂硯執筆事、今知者聊聊（寥寥）矣！〔寧〕不怨（悲）夫！（朱筆眉批、本書八二頁三行所引「寧不悲乎」參照）前批〔書〕「知者聊聊（寥寥）」。不數年、芹溪・脂硯・杏齋諸子、皆相繼別去。今丁亥夏只剩朽物一枚、寧不痛殺！（前批の稍後、墨筆。旁點は筆者、以下同じ）

右の後批の旁點を施した部分は靖本獨特の異文であり、庚辰本がこれを存しないのは、いかなる理由によるものか判らないが、轉鈔の際、省き去られたのであろうか。後批は署名こそなけれ、すでに說いたように畸笏のものたることは疑いない。前批の筆者についてはかつては脂硯だと考えていたが、これはやはり脂硯以外の第三者のことばとして見る方がより適切であろう。なお言えば、恐らくは畸笏のもので、その執筆時期は壬午の年の秋のように思われる。

「鳳姐點戲、脂硯執筆事」に關し兩解のあることはすでに紹介濟みであるが、現在の筆者の見方はそれらとも異なる。卽ち、この批語は、現本第十一回、寧府の家宴に招かれた王熙鳳の席上點戲するくだりが、實は脂硯の補筆（恐らく己卯定本作製時の）に係るという、『石頭記』稿本成立上の「祕事」につき述べたもののごとくである。（右の部分だけでなく、第十回・第十一回の全部もしくは大部分も脂硯の補作の疑いがあるが、この問題については後に述べる。）

後批はさらに、その「祕事」を知る數少ない關係者たちのうち、前批を書き留め「數年（壬午秋から丁亥夏までのことだとすれば五年經っている）を算えぬうちに、芹溪・脂硯・杏齋の三名が相繼いで別れ去ったことを言う。「別去」が單なる別離でなくて死別を意味していることは、「寧不痛殺!」で結ぶ悲痛な口吻からしても疑いを容れまい。それも老少不定、殘された畸笏が四名中の一番高齢者であったればこそ、ひとしお感慨も深げに響くのではないか。少なくも、筆頭に擧げられた曹霑——曹雪芹（「芹溪」の別號で呼ばれている。第十三回にもその例がある）が壬午（一說に癸未）の除夕に沒したことは確かである。もしも連名の順序が死亡の順序をそのままに示しているとすれば（多分そうであろうが）、雪芹・脂硯・杏齋の順であとを追ったということになる。

杏齋は靖本に始めて見えた號であるが、枩齋（卽ち松齋）の誤寫である可能性が強いと思う。その松齋については、第三章（七六頁）で素姓を考えた際、白筠に比定する說（呉世昌氏によって唱えられ、別に呉恩裕氏[2]にもこの說がある）にひとまず從ったけれども、靖本のこの批語に「杏齋」と記すのと同一人物だとすれば、當然白筠說は成立し得ぬ。敦誠らが乾隆三十九年に白氏の家園を訪れたとき、同人が存命中であったとすれば、丁亥以前に沒したいま一人の松齋とは別人だとしなければならぬからである。ただし脂批に見える松齋がいかなる人物であるかは、依然として手がかりがない。第三章にも引いたように、曹寅の詩の詞書中に「松齋大兄」という人物が「筠石二弟（寅の弟曹宣）」と竝んで見えているが、そうした事實にはもはや疎くなっている世代、寅からは二世代、畸笏叟からは一世代離れた、雪芹と同じ世代に屬する人物ではあるまいかという氣はする（なお一四八頁一〇行以下參照）。

ところで注意を惹くのは、さきの連名のなかに、雪芹の弟棠村の名も、またその別號と推される梅溪の名も、ともに見えないことである。しかるに、靖本の第十三回、秦可卿急死の報せが榮國府に屆いたときの本文「彼時闔家皆知、無不納罕、都有些疑心」の句下に小字で、

　九個字寫盡天香樓事、是不寫之寫。常村。

の批が見え、さらに同じ箇所の眉上には、

　可從此批。通回將可卿如何死故隱去。是余大發慈悲也。嘆嘆！　壬午季春、畸笏叟。

とあるという。前者は「甲戌」本にもあるが、署名が删られている。後者は庚辰本にもあるが、「可從此批」の四字のみこの箇所の朱筆眉批としてあり、あとの部分は回末に移されたばかりか「余」字と「畸笏叟」の署名を缺く。「甲戌」本、庚辰本の第十三回には、松齋及び梅溪の署名のある短い批語が各一條あるが、もし從來考えられてきたように梅溪が棠村の別號であるとすれば、くだんの梅溪の批語の署名は、靖本ではどうなっているのであろうか。同じ回のことではあり、確かめたいところである。いずれにしても、さきの松齋の場合と同樣、常村は「棠村」の誤鈔らしい。（曹寅の楝亭にはその父手植えの楝があり、人はこれを召伯の棠樹に擬したという。これにちなんで號したものか。）そしてこの人物は、畸笏がさきの壬午季春の批語を下すはるか以前、多分脂硯の甲戌再評以前に世を去ったものであろう。

(二) 曹霑沒年に關係ある新發見の脂批異文

靖本に見出された新資料のなかには、かねて疑案とされてきた雪芹沒年問題を別な角度から考え直させるに足る材料が含まれている。

それは一枚の紙片殘葉で、始めに「夕葵書屋『石頭記』巻一」と題したあと、改行して次のように記してある。

此是第一首標題詩。能解者方（知作者）有辛酸之涙、哭成此書。壬午除夕、書未成、芹爲涙盡而逝。余常哭芹涙亦待盡。每覓靑埂峯再問石兄、奈不遇獺（癩）頭和尙何? 悵悵! 今而後、願造化主再出一脂一芹是書何本（得十全）[3]、余二人亦大快遂心於九原矣。甲申八月涙筆。

實は第三章でも、「甲戌」本によってこの批文を引いたのであるが、比較すると若干異る點がある。

まず鈔寫位置の點から見るならば、最初の「此是第一首標題詩」という句は、「甲戌」本では雪芹の「滿紙荒唐言」五絶題詩の結句の下方餘白に朱筆で書き込まれている。（實はこの八字の書かれた時期の問題は「甲戌」本巻首の七律の作者問題と絡んで檢討を要するが、姑く措く。） これを假りに第一段、「能解者……悵悵」までを第二段、「今而後」以下を第三段と呼ぶならば、第二段は五絶題詩の記されている第八葉裏の上欄左隅から次葉にまたがって書かれ、第三段はさらにそのあとに一行分ほど餘白を空けた上で書かれている。恐らく原本から轉鈔の際、本來の位置からずれたものであろう。靖本の紙片はかつて揚州に住んだ所藏者靖氏の先祖が、夕葵書屋の主たる吳鼒からその珍藏する『石頭記』鈔本を借りて寫し取ったものの斷片であるらしい。その吳本（いま傳わらない）ではこれらの三段の批語がどのような形で記されていたか知るよしもないが、「甲戌」本の位置に近い形（位置のズレは修正する必要があるが）を考えたらその實際に近いのではなかろうか。

異文としては旁點を附しておいたように、「嘗」を「常」に作り、「一芹一脂」を逆にして「一脂一芹」に作り、また「九泉」を「九原」に作るが、殊に著しいのは「甲午八月」を「甲申八月」に作る點であろう。

雪芹の沒年を壬午とする說の主たる根據がこの一連の批語（特に第二段）に在ることは、すでに何度か觸れたとおりである。これに對し、癸未論者は、この批語は沒後十數年の甲午の年に書かれたため、批者の老齡という條件と相俟って干支の誤記を招いたもので、據りがたいとする。しかし、これが「甲申八月」に書かれたとすれば、壬午除夕から一年八ヶ月ほどしか經っていないのであるから、誤記の可能性はよほど薄らいだといってよい。

尤も、「甲申八月」には問題がなおいくつか殘っている。まずその筆者の問題である。第三段の「余二人」は上文の「一脂一芹」を受けたもので、その筆者たる「余」は卽ち脂硯である、とこれまで考えられてきたわけであるが、畸笏・脂硯が別人だとなれば、改めて檢討を要する。「甲申」が正しい場合、雪芹は壬午・癸未いずれの沒年說によってもすでにこの年には世にないのに反し、脂硯の方はまだ存命中の可能性はある。從って批者が脂硯であることも全く考えられないではない。その場合には、脂硯はやがて自分が鬼籍に入ったあかつきのことを想定し、造物主が別に脂硯と雪芹とを創って未完に終った『石頭記』に十全の美を與えたまうよう祈念する——こういう意味で書きつけたことになろうか。しかし、批者が甲申八月という時點で「今而後云々」と書くことを迫られた理由の見當らぬ憾みがある。また第三段に「一脂一芹」という形でしかもやや唐突に脂硯が登場している點も併せ考えねばなるまい。思うに、第二段は本文の「後因曹雪芹……題一絕云」及び「滿紙荒唐言」五絕に對して附せられた批語であり、第三段はそれに續く本文「至脂硯齋甲戌抄閱再評仍用『石頭記』」に對して下された批語なのであろう。（甲戌から數えると、甲申は十年、甲午なら二十年後に當る。） その「至脂硯齋云々」の句は所謂「甲戌」本にのみ存するが、己卯定本作成の際に脂硯自身の手で插入されたものとおぼしい。（ただし、現存己卯殘本中の第一〜二十回は己卯定本以前のものと推されるが。） その間の事情に通じている別人が後年に及んでさきの批語を附したと見るべきではなかろうか。ではこれを別人としては可能性の最も強い畸笏のものであるとした場合、第三段はどういう意味を帯びるか。甲申の八月頃、脂硯が沒した。（と假定する。相棒に近い關係にあった雪芹を喪った打擊が死に驅り立てる原因の一つとして働いたかもしれない。）『脂硯齋重評石頭記』の作者と評者がともに世を去ったいまとなっては、造化主、天がいつの日にかこの二人を再生させ、本書に有終の美を與えてくれるよう念願するばかりである――こう言っているのではなかろうか。右の意に解した場合、「余二人」のうち「余」は勿論畸笏だとしても他の一人はだれかという問題がこれに伴って發生する。考えられるのは松齋であろう。さきの順序に従えば、彼は畸笏とともにまだ健在であったかもしれない。いずれにせよ、他日再生した雪芹・脂硯によって本書が完成を見たならば、『石頭記』とは因緣淺からぬわれら二人も、その頃は草葉の蔭に在って快哉を叫ぶことであろうよ――こんな意味になろうか。

それにつけて思い合わされるのは、第三章で引いた庚辰本第二十四回に見える朱筆夾批である。

余二人亦不曾有是氣。

この批語は畸笏のものらしいが、賈芸とその母方の叔父卜世仁との間柄に「余二人」の間柄を擬して言ったものであるから、假りに松齋をあてはめるならば、畸笏は松齋の母方の叔父だということになる。尤も、二例の「余二人」の指すところが同じであることを前提としての想像の域を出ないが。

右のように「甲申」を採れば、雪芹沒年壬午説に立つ筆者にとって、これは有力な新資料である。しかし、第三章にも記したように、「甲午」は「甲申」の誤寫である可能性を持つ反面、その逆の場合も多分にあり得るわけである。従って、「甲午八月」に書かれたと見る立場からの檢討がいま一度必要とされよう。

「甲午」に依った場合、その筆者としては畸笏以外の人物はまず考えられない。雪芹・脂硯はもとより、松齋もすでに他界したあとだからである。「今而後」と書いたのは、老境に入った畸笏が餘すところいくばくもない自己の壽命を自覺したことの表現であるとともに、自らを頑石に擬した雪芹が不歸の客となってより「十三年目」に當るという事實が念頭に在ってのことではないか。

第三章では、李源が十三年後の仲秋、牧童に生まれかわった圓觀と約によって三生石のほとりで再會した說話（『西湖佳話』）、なおまた『石頭記』中の頑石が靑埂峯で一別以來、十三年後に癩頭僧と再會する情節（第二十五回）を擧げ、第一回には「三生石」の語も見えることを指摘した。そしてさらに、甲午の仲秋八月は壬午の年から算えて十三年目に當るのに、脂硯には逝ける雪芹との再會は叶わぬと記した。（上の「脂硯」は「畸笏」と訂正しなければならない。）それらに加え、いま一つ補足しておきたいのは張良と黃石公[4]の故事である。張子房は下邳の橋畔で一老人に出會い、見込まれて太公望呂尙の兵書を授かる。十年後、彼は陳渉の擧兵に應じ、沛公に歸した。下邳のことあって後十三年、彼は穀城山（山東）の麓で黃石を發見し、これを手厚く祀ったという。ところで「甲戌」本第一回（第六葉裏。さきの批語に先立つこと三葉）には、次の朱筆眉批がある。

昔子房後謁黃石公、惟見一石。子房當時恨不〔能〕隨此石而去。余今見此石、惟恨不能隨此石而去也。聊供閱者一笑。

この批語の筆者は不明であるが（畸笏のようにも思われるが）、問題の批語の第二・三段は、この張良の故事をも踏まえて下されているのではなかろうか。

「甲申」をにわかに採りかねる理由はまだ他にもある。もしも丁亥の年を以て畸笏署名の批語がまったく跡を斷つならば、壬午・乙酉・丁亥の閒隙を塡めるものとして、甲申の年の批語を考えてもよい。いやむしろその方が連續的で、畸笏と『石頭記』との關係を說明する上では便利ですらある。ところが靖本第四十二回には、甲午を遡ること遠からぬ「辛卯冬日」（二年八月の差しかない）の紀年を持つ次のような批語が存在するのである。

應了這話固好、批書人焉能不心傷！　獄廟相逢之日、始知「遇難成祥、逢凶化吉」實伏線於千里。哀哉傷哉！

此後文字、不忍卒讀！　辛卯冬日。

この一條は、同回の劉姥姥が大姐を巧姐と改名する知慧を熈鳳に授ける箇所で「或一時有不遂心的事、然必遇難成祥・逢凶化吉、都從這『巧』字兒來」と言うのに應じたものである。署名こそないが、殘稿第八十一回以後に在ったことの知られている「獄神廟」事件の情節に言及している點からしても、全く無關係の後人の批語ではなく、雪芹の斷稿に眼を通していた畸笏の筆になるものに違いない。そうだとすれば、丁亥・辛卯を延長した線上に甲午の年の在ることも、なお考慮に價しようかと思われるが、いかがであろうか。

(三)「脂批」の筆者辨別——脂硯・畸笏批語の一面

脂硯・畸笏同一人説が靖本の出現によってほとんど成立し得なくなったことは、上に述べた。かつてその同一人説の根據ともされ、學者を誤ったのは、從來利用し得た限りの脂本の脂批（廣義の）では、脂硯署名のものは己卯冬夜を以て下限とし、壬午春以後のものはすべて畸笏と署している事實である。（このほかにも、前記「甲午八月」の紀年のある批語には「一芹一脂」の語が見えるが、この批語の筆者についての私見はすでに記したとおりである。）つまり、この事實を基に「畸笏（叟）」の號は脂硯齋が壬午の春以後、用いた別署であると考えた次第であった。

ところが、靖本には壬午以前の紀年を有ししかも畸笏を署名した批語もまた存することが發見されたのである。即ち第四十一回、櫳翠庵で妙玉尼が寶玉らに茶の接待をするくだりには、次の眉批が記されてあるという。

尚記丁巳春日謝園送茶乎？　展眼二十年矣！　丁丑仲春、畸笏。

丁巳は乾隆二年（一七三七）、丁丑は同二十二年に當るが、これには干支の誤寫ということはまずあり得まい。相去ること二十年、往時を追憶した記事である。文中「謝園」というのは、園亭の名なのか、それとも何人かの室名であるのか、知りがたい。いずれにしても、壬午の年から遡ること五年、甲戌の年（脂硯齋が『石頭記』を再評した時）を隔たること三年後の丁丑の年には、すでに畸笏は『石頭記』を評過していたのである。上で見たように、雪芹の生前、この小說に對し批筆を執った者としては、脂硯・棠村（梅溪）・松齋に畸笏を加え四名を數えるが、なかでも畸笏は、丁丑から甲午（恐らくは）までの十八年に亙る最も長い期間、これと折に觸れ親しんだことになる。

ところで、周汝昌氏も指摘するように、丁丑畸笏批に思い合わされる批語がある。庚辰本第三十八回、史湘雲が大觀園でお客をする一節に見えるもので、燒酒を所望した林黛玉の需めに應じ、賈寶玉が合歡花を浸した酒を取り寄せて出してやるくだりに雙行夾註の形で插入された次の批語である。

傷哉！　作者猶記矮𩵖舫前以合歡花釀酒乎？　屈指二十年矣。

文中の「矮𩵖舫」については、周汝昌氏らに說[5]があり、吳門・金陵あたりの畫舫の形を模した建物の名であるらしいが、その所在については南北のいずれともしかとしたことは知られておらぬ。

さて、批語には署名がないけれども、これとこれから遠からぬ回に見えるさきの丁丑の批とは「二十年」の語が共通するだけでなく、なにやら似通った語氣を感じさせる。實は他にもこれらと相似たものが二、三見出される。「甲戌」本第八回、史太君が秦鐘に引出物として黃金造りの魁星の佩げ物を取らせるくだりの眉批として、

作者今尚記金魁星之事乎？　撫今思昔、腸斷心摧！

と見えるのがそれである。また庚辰本第二十回、賈環が鶯兒らを相手に賭けで「趕圍棋（廻り雙六式の遊戯）」をして負けこむ。その金額を王熙鳳に訊ねられ「一二百」と對えるくだりに、行間朱筆夾批として、

几（作）者當（尙）記「一大（二）百」[6]乎？　唉唉（嘆嘆）！

と見えるのも擧げてよかろう。これらは作者雪芹が、既往の瑣事を小説中に素材として取り入れ點出していることを物語るものであるが、同時にそれらの瑣事が批語の筆者の記憶のうちにも共通して在ることを示すもののようである。

それでは、後の三則の筆者はだれか。周汝昌氏や王佩璋氏[7]は、いずれもかつて、脂本に見える批語のうち、雙行夾註の形を取ったものは、比較的早期に脂硯の手で書かれたものであろうと推定した。しかし、これは少しく割り切り過ぎた結論――周氏自身もいまや檢討を要するとする結論――であったとしなければなるまい。卽ち、雙行夾註のなかに間々「脂硯」もしくは「脂硯齋」を以て署するものが見られる事實は、むしろこれらの雙行夾註の全部が脂硯の一手に出づるものでないことを示すものと解すべきであったのである。そして第三十八回のそれをも含めたこれら三則は、みな畸笏の批語であろうと筆者は思う。「甲戌」本・己卯本・庚辰本・甲辰本・有正本のいずれにも見られるこの雙行夾註の形の批語は、己卯までに最初夾批（行間批）・眉批の形式で書かれたが、己卯から、庚辰にかけて第八十回までが「定本」化されさらにこれを底本とする過錄本が需要に應えて作られる過程で、今日のように本文中に插入されるに至ったものであろう。そしてその際、脂硯は自ら鈔寫の勞を執ることなく、鈔胥にその作業の大體を委ねた。そのことが署名のない畸笏の批語をも雙行夾註のなかに割り込ませて混在させる結果を招いたのであろうと思われる。

では、始めに引いた靖本第四十一回にのみ見える畸笏批に限って、なにゆえ署名があるのであろうか。思うに、この丁丑の年の仲春から、彼は第四十一回～八十回の評閲作業に取り掛った。そこで最初の回に當るこの批語に、心覺えの年次を記すとともに署名したのであろう。さきに引いた第四十二回、辛卯冬日の批語に署名を闕くのも、年份こそ異なれ、同じく畸笏のものであるので、署名を省略したものかと思われる。また畸笏が第四十回以前を評閲した時期が丁丑の仲春からさほど遠からぬ以前の時期に在ったことを想像させられるのは、第三十八回の合歡花で酒を釀したことを回想した批語を畸笏のものと見た場合、「二十年」の語が第四十一回と共通して見られるのに依る。

その前年に當る丙子の年の仲夏には、『脂硯齋重評石頭記』の評定作業は、少なくも第七十五回には達していた。庚辰本の同回回前別葉に回目案の斷片とともに次の數語が書き留められているのはこれを證する。

乾隆二十一年五月初七日對淸。缺中秋詩、俟雪芹。

遲くもこの年の秋までには、第八十回までの功を竣えていたであろう。畸笏はその新たに鈔成された『石頭記』をその後まもなくの時期から翌春にかけて閲過したのである。また畸笏は曹霑のことを芹溪、略して「芹」と稱する例が多いように見受ける。とすれば、右の「對淸」の句を記し中秋詩の補作を「雪芹に俟つ」と記したのは何人であろう。餘人ならぬ脂硯ではなかろうか。彼は甲戌の年に「鈔閲再評」している。假りにこの年の後半期にその作業に掛ったとして、翌乙亥の年を經、翌々丙子の秋頃までの少なくも二年間は八十回の鈔寫を終えるのに費していると見るべきであろう。

さて、さきには「二十年」の語の見える批語二則について檢討し、第三十八回のものもまた畸笏のそれであろうと推測した。これと相似たものに「三十年」を記す批語が若干ある。以下、回を逐って拾い上げ、その筆者の問題についてさらに檢討を加えてみよう。

○余亦受過此騙。今閲至此赧然一笑。此時三十年前向余作此語之人、在側觀其形已皓首駝腰矣。乃使彼亦細聽此數語、彼則潸然泣下。余亦爲之敗興。（「甲戌」本第八回朱筆眉批）

○「樹倒猢猻散」之語、全（今）猶在耳。曲（屈）指三十五年矣。〔哀哉〕傷哉！寧不慟殺！（「甲戌」本・庚辰本第十三回朱筆眉批）

○舊族後輩受此五病者頗多、余家更甚。三十年前事、見書於三十年後。……（同前）

○讀五件事未完、余不禁失聲大哭。三十年前作書人在何處耶?（同前）

○按近之俗語云、「能養千軍、不養一戲」蓋甚言優伶之不可養之意也。……（中略）……今閲『石頭記』至「原非本角之戲」「執意不作」二語、便見其恃能壓衆、喬酸姣妒、淋漓滿紙矣。復至「情悟梨香院」一回、更將和盤托出。與余三十年前目睹身親之人、現形於紙上、使言『石頭記』之爲書、情之至極、言之至恰（確）、然非領略過乃事、迷陷過乃情、卽觀此茫然嚼蠟、亦不知其神妙也。（己卯・庚辰本第十七・八合回雙行夾註、有正本は少しく異文あり。）

○「醉金剛」一回文字、伏芸哥仗義探菴。余卅年來得遇金剛之樣人不少。不及金剛者亦復不少。惜不便一一注明耳。壬午孟夏。（靖本第二十四回回首批。庚辰本では朱筆眉批。異文があるが、殊に旁點を施した部分は八十回以後の内容に觸れていて注目される。）

さきの「二十年」は丸二十年（またはそれに近い）を意味したが、以上の長短取り交ぜて六條の批文に見える「三十年」の場合はどうであろうか。なかで一條だけ「三十五年」が見えるが、この批語に引く「樹倒猢猻散」の常言は、本文の可卿の豫言忠告中に見えるのを踏まえたもので、賈家の抄沒、一家離散——實は賈家のそれを指していること疑いない。（施瑮の「病中雜賦」詩自註に「曹楝亭公時拈佛語對坐客云、『樹倒猢猻散』」とあるのに依れば、この語はもと佛家の語で、曹寅の好んで口にしたことばらしい。(8)）曹頫が織造職を逐われ籍沒の目に遭ったのは、雍正戊申六年（一七二八）のことである。これから下って三十五年というと、あたかも乾隆壬午二十七年（一七六二）に當る。この年の紀年のある批語で署名の見えるのは畸笏に限られ、文體からいっても畸笏のものと見てまず閒違いないであろう。

また「『醉金剛』一回文字……」には「壬子孟夏」の紀年があるから、これも前條と同年の畸笏の作であろう。曹家が抄沒されて後、「炎涼世態」の實相をつぶさに彼は體驗したはずであり、その感慨をこの批語は洩らした。「三十年」は勿論概數である。

その他の四條については、やはり壬午の年の畸笏の作で、「三十年」は概數であろうと從來は考えてきた。しかし、三十年遡ったのでは、曹家抄沒以後のことになってしまい、批語によっては——特に第一則と第五則とには——問題が殘る。その點、靖本に丁丑仲春の畸笏批語が發見されたことは再考の材料と方向を與えてくれたものといえよう。卽ちこれらを、畸笏によって丁丑の前後、假りに前年の丙子の年に書かれたものと見て三十年を逆算すると、雍正四年（一七二六）になり、これは曹家籍沒の前々年に當る。概算ではあるが、それでも曹家にとって古き良き時代が終りを告げようとする時期、脂批の所謂「末世」（第二回）にかかるのである。

往時を回顧して詠嘆悲傷する氣分に滿ちたそれら一連の批語は、この作品に「史筆」を用いた部分がかなりあることを裏づける一つの證言として見ることができる。そして雪芹よりは輩行が一世代上に屬すると思われる畸笏は、素材として利用された「史實」の提供者の一人であったと考えてよかろう。

尤も、現實の作品に接しては、畸笏も時に注文を出したようである。

「秦可卿淫喪天香樓」、作者用史筆也。老朽因有（幽）魂托鳳姐賈家後事二件、豈是安富尊榮坐享人能想得到者？其言其意、令人悲切感服、姑赦之、因命芹溪刪去「遺簪」「更衣」諸文。是以此回只十頁。刪去「天香樓」一節、少却四五頁也。（靖本第十三回回前批。「甲戌」本ではほぼ同文のものが回末に朱筆批語としてあるが、旁點の部分を缺き、「此回」以後の部分は眉批として切り離され別に置かれている。なお「豈是」は周氏の引用に從ったが、「嫡（的）是……〔不〕能……」かも知れない。）

ここに「老朽」と自ら稱しているのは、丁亥夏の「朽物一枚」と照應するもので、署名こそないが筆者は畸笏に相違ない。彼は作者が「史筆」を用いた黠を憚りありとし、芹溪卽ち雪芹に命じて、秦可卿が舅賈珍との密會を侍女に見咎められ羞じて天香樓に自ら縊死するの一節を删らせた。そのため、この回は、四、五葉を減じてただの十葉となった。畸笏がこの批語を記したのは、後年の壬午・丁亥の閒であろうが、本文を實際に删らせたのは、たぶん丙子・丁丑の閒、またはそれ以後己卯冬までのあいだのことであろう。この削除の結果、讀者に唐突の感を與えぬために、可卿病死という現本に見られる趣向が考え出された。そして第十三回以前に可卿病氣のことが置かれるその代りに、茜雪が暇を出される一節を含んだ部分が删られたようである。これらの修正と補筆（現本の第十・十一回の全部、またはかなりの部分にわたる）は己卯定本作成の際に、脂硯の手でなされたとおぼしい。雪芹はその頃、江南に赴いて留守だったようである。（周汝昌・吳世昌兩氏に雪芹南行說がある。[9]また近時發見された陸厚信繪「雪芹先生小象」[10]は、その眞僞についてはなお檢討の餘地が殘されているが、陸氏の自贊に依れば、雪芹が通家の誼みによって當時の兩江總督尹繼善に幕客として招かれ南京に往ったとき「其の風流儒雅の致を繪《えが》き、以て雪鴻の迹を志《しる》さんとした」肖像畫がこれだという。） この措置は、あるいは事後承諾の形で雪芹に承け入れられたものかもしれぬ。いずれにしても、「鳳姐點戲、脂硯執筆事」という批語がその閒の消息を祕かに傳えたものだとすれば、雪芹その人も「知る者寥寥たり」とされる數少ない事情通のうちの一人として畸笏によって數えられていたであろうこと、すでに上文に於て見たとおりである。

畸笏と脂硯が別人だとなると、從來一手に出たと考えて濟ませていた多數の批語の一々について、その筆者を辨別してかからねばならぬ。內容や文體からある程度筆者が推察できる場合もないではないけれども、にわかに決しかねる場合もまた少なくない。すでに若干の例については一應の辨別を試みたわけであるが、ここでさらに別の例を擧げるとしよう。そしてそれに關連して脂批のなかで「先生」という呼稱で呼ばれている人物の素姓の問題を考えてみたい。

まず第二回、冷子興が賈府の南京に於ける「老宅」――留守宅のことを語ることばのなかに「後一帶花園子裏」という句が見え、その右旁に、

「後」字何不直用「西」字？　恐先生墮淚、故不敢用「西」字。

かような二則の朱批が夾批の形で續けて書かれている（「甲戌」本）。この問答體の兩批は、どうやら前後筆者を異にするようである。前批は「後一帶」という本文の漠とした表現にあきたらず、ズバリ「西」字を用うべきだと說く。それに對して後批は別人が「西」字を用いざる理由を「先生」卽ち前批の筆者に代って釋いているのである。趙岡氏は前批の筆者を脂硯、後批の筆者を作者雪芹であろうとする。(11)

他にこれと類似の例を擧げるならば、「甲戌」本第一回の朱筆眉批として、

開卷一篇立意、眞打破歷來小說窠臼。閱其筆則是『莊子』『離騷』之亞。

とある。どうやら脂硯の筆らしいが、これに竝べて、

斯亦太過！

と見える。「これもまたはなはだ過ぎたり」、過褒は及ばざるがごとし、と言っているのであろう。周汝昌氏や兪平伯氏はこれを以て別人が前批に加えたものであろうとする(12)が、これまた雪芹の自謙の語であるかもしれない。雪芹は庚辰の秋頃北歸したあと、辛巳の後半年、ないし壬午の春から秋にかけて、『石頭記』續成の仕事に從事していた形跡がある。その際、畸笏の手許から己卯定本の初めの部分の一部を借り出し、參照しかたがたこれらの批語を書きつけ

て應えたのでもあろうか。少なくもその可能性は考えられよう。

なお、批者が別人になり代って答える體裁を取った批語も若干條見られる（第一回、第八回、第十七・八合回、第二十五回、第二十六回）。その中から一例を擧げよう。

　試問石兄此一托、比在青埂峯下猿啼虎嘯之聲何如？　余代答曰、「遂心如意」。（第八回）

これは前批の作中人物（ここでは石頭）に發せられた設問に對し、後批の筆者（同一人の筆者かもしれぬ）が代って答える體裁のものであるが、「代」字を省いて單に「答曰」とした別の例もある。ただし、これらは上で取り上げた問答體の場合とは、內容からいっても同日に論ずることはできない。

さて、上に見たのは、批者と作者との問答・應酬である可能性を持つやや特殊な例であった。ある一つの事柄をめぐって、複數の批者の相對立する意見が竝記されている例はこれだけに止どまらない。次には批者が三人だと思われる例を擧げよう。庚辰本第十四回、王熙鳳が手許で召使っている彩明という小童に帳簿を作るように命じるくだりの眉上に附されたもので、三條が列記されている。

　寧府如此大家、阿鳳如此身分、豈有便（使）貼身丫頭與家裏男人答話交事之理呢？　此作者忽略之處。（朱筆）

　彩明係未冠小童、阿鳳便于出入使令者。老兄竝未前後看明是男是女亂加批駁、可笑。（墨筆）

　且明寫阿鳳不識字之故。壬午春。（朱筆）

「甲戌」本では、同じ箇所の眉批として朱筆で第一條と同文のものが記され、また第二・三條を混合改寫したとおぼしい次のような批語が、回前總評の第一條として置かれている。

　鳳姐用彩明因自識字不多。且彩明係未冠之童。

さて、さきに引いた庚辰本の三條であるが、第二條は第一條の批語の內容に批判を加えている。卽ち、寧國府のごとき大家において、熙鳳ほどの身分の者が、そば近く召使っている侍女に男の召使と直接應答連絡に當らせるようなことのあろうわけがない。これは作者の手抜かりだ、とその疏忽ぶりを咎め立てしている第一條に對し、別の批者が、問題の彩明というのは、〔字面からすると女のようだが〕實は元服前の小童で、熙鳳が手許で奥と表の連絡走り使いに用いる者である。それを老兄が、男か女か前後をよく見て性別を確めることもせずに、やたら高飛車に馱目呼ばわりするのは心得ぬ、片腹いたい、とこう反論しているのである。（彩明は第七回、本回、第二十四回、第四十二回、第四十五回に登場するが、熙鳳及びその腹心の平兒、周瑞の妻女などの命を受け、帳附け代書や内外の連絡の任に當っている。）

第三條は第二條を承けてさらにこれを補足し、第一、熙鳳が彩明を用いるのも、彼女が文字を識らないので代筆させるためだということは明記してあるのに、と他の理由を擧げて反駁し、止どめを刺す。

それでは、それぞれの筆者については、どう考えたらよいであろうか。まず第三條の批語は「壬午春」の紀年があるところから、畸笏のものだと見て閒違いなかろう。第一條の筆者としては、松齋あたりが考えられようか。（この前の第十三回には彼の署名入の朱批がある。彼はその他の批者——梅溪・脂硯・畸笏に比して作品との接觸の度合いは少ないようで、この種の誤解を招きやすい立場に在ったろう。）第二條については、作者雪芹が反論したと見ることも可能であるが、むしろ脂硯齋が作者に代って駁論したと見た方がよいような氣がする。書かれた時期は己卯の頃か。第一條は假りに松齋のものだとして、己卯かそれ以前、もしかしたら『十二釵』稿の頃にまで遡るかも知れない。（なお「老兄」という呼び方は、二人の批者が同輩の關係に在ることを示すもののごとくである。）

ついでながら、右の一連の批語に關連して、吳世昌氏に次のような說がある。[13] 卽ち、かつて第十四回の情節中には、熙鳳の「貼身丫頭」である平兒もしくは豐兒が彩明と「答話交事」した敍述が見られた。ところが雪芹は、この第一段の批語を重視し、他の讀者の誤解を避けんがために、その後その一節を删ったので、今本の本文はこれらの眉批の指すところの本文とは異ったものになっているという。しかしながら、平兒と彩明の取り合わせだとすると、第二條の「老兄竝未前後看明是男是女亂加批駁」ということばが意味をなさぬことになりはせぬであろうか。

思うに、第一條の直接指して言っているのは、同じく彩明に關わりがあるが、もう少し先の、「鳳姐聽了便收了帖子、命彩明登記待王興交過牌……」とある箇所ではなかろうか。この「王興」はさきの批語を載せている「甲戌」本・庚辰本ともに「王興」に作るものの、實はその前に登場する王興家的（王興媳婦）を指すのに違いない（兪氏の『校本』も「家的」の二字を補っている）。ところがこの部分を率爾に讀過した第一條の批者は疑問を抱いて、それをこの回での彩明の最初の登場場面の眉上に書きつけたのが事の眞相ではないかと思われる。

ところで、さきに述べた「問答體」のように一見見えて、實はそうでないと思われる場合もある。例えば、庚辰本第二十六回、賈芸が怡紅院に寶玉を訪れると、寶玉は寢臺によりかかってなにやら書見をしている風であるという一節には、

這是等芸哥看故作款式。若果眞看書、在隔紗窗子説話時已放下了。玉兒若見此批、必云、老貨、他處處不放鬆、可恨可恨。回思將余比作釵顰等乃一知己、余何幸也![14]　一笑!（朱筆夾批）

右のような批語が附されている。兪氏の『輯評』では、新舊兩版とも玉兒（寶兒）の言葉に當る部分を括弧に入れて示すことはしていないので、編者の見方のほどは判らない。ところが周汝昌氏になると、「老貨」以下「可恨可恨」までを括弧でくくり、さらにこの批語は筆者脂硯齋が女性であること、のみならず寶釵・黛玉と同程度に重要な人物であることを物語るものだと説く。そしてすでに紹介したような、脂硯齋は史湘雲のモデルに當る女性であるという例の説の一根據とする。しかし、前段と後段との文意のつながりをどう解するか、説明が充分なされていない憾みが

ある。これに對し趙岡氏は、「回思」以下は別人——雪芹が脂硯の下した前批に對して應酬したものとして見るべきだと說く。つまり、さきに見た問答體の一例として見ようというのである。私見では、この場合、その見方は當らないと思う。正しくは「老貨」以下「余何幸也！」までが括弧に入れられ、玉兄のことばとして扱われるべきではないか（「甲戌」本では「不放鬆」の後に「我」字が餘計に附いている。衍字であろう。またそう考えないと、下文の二つの「余」字と矛盾する。）卽ち、

玉兄がもしもこの批語を眼にしたならば、必ずやこのような感想を洩らすであろう。「老いぼれめ！　きゃつはいたるところ〔暴露を事としおって〕大目に見ようとせぬ。にっくい限り！　だが、考えてみると、このわたしを寶釵さんや黛さんたちと等しなみに扱ってくれているわけで、その點では〔きゃつは〕一知己といってよい。わたしはなんたる果報者であることか！　笑うべし！」

と、こういう意味の批語であろうと思う。またこう取らないことには「一笑」という最後のことばが浮き上る嫌いがある。以上のような考えから、寶玉になり代ってのことばは見えるけれども、その筆者は一人であり、口吻から推して多分「老貨」畸笏の手になるものであろうというのが私の見方である。（なお、庚辰本第十八回には「……黛卿自何處學得、一笑。丁亥春」の畸笏批が見える。）

ところで、「先生」の問題に歸る前にさきのいくつかの批語に見えた「西」字にはどのような意味があるのか考えておこう。その材料の一つであるが、靖本では第十三回に見える天香樓を「西帆樓」に作り、次のような眉批が附せられているという。

何必定用「西」字？　讀之令人酸鼻！

ちょうどさきの例とは逆のことを言っている。この天香樓には「删却」删り去れとの批語が附せられ、さらにその

下に「是未删之筆」とあるから删り残されたものであることが判る。他にもこの樓名は第七十五回に見えるが、庚辰本のこの回は丙子の夏に鈔成された際の未完成部分の痕跡を一部に留めている。なおまた現存諸脂本の第十三回の回目はもと「秦可卿淫喪天香樓」の下五字を「死封龍禁尉」と改めたもので、靖本のみ「西帆樓」に作るのは、畸笏の勸獎に從い雪芹がこの回を改删したとき、ことの序に改めたものであろうか。雪芹は「西」字を用いることに寓するところがあったかも知れない。しかし、このたびは却って反對を受けているのである。（前稿㈠で觸れたように、「甲戌」・庚辰兩本の第十四回の朱筆眉批に「『兆年不易之朝、永治太平之國』、奇甚、妙甚！」とありながら、これに照應する本文としては「永治太平之國」のみあって「兆年不易之朝」の句は見えぬ。もしも靖本本文にこの句を存するとしたら、「西帆樓」及びその眉批の例とともに轉鈔された批語の原本の系統を探る一つの手がかりともなろう。）

「西」字に關する批語は、上の二例のみに止まらない。庚辰本第二十八回、薛蟠が「我先喝一大海」と言うくだりの朱筆眉批には、

大海飲酒、西堂產九臺靈芝日也。批書至此、寧不悲乎！　壬午重陽日。

とあり、「甲戌」本の同回には、酒令の令官の言いつけに遵わない者は「連罰十大海、逐出席外、與人斟酒」の罰を受けるという箇所に、

誰曾經過？　嘆嘆！　西堂故事（也）。

右のような朱筆夾批が附されている。

「西」字は、批者らにとっては特殊な意味合いを持つ語として映ったらしい。これらの批語のうち、「壬午重陽日」の紀年のある一條は畸笏のものと見てよく、同回の「誰曾經過？……」の一條も多分同じ筆者の手に出づるものであろう。第十三回の例もまた同樣であろう。第二回（六三頁）の前批は「西」字に對する反應を畸笏批とは異にする點

でも脂硯先生のもののような氣がする。假りに畸笏が曹頫であるとした場合、彼は江寧織造の職に在った期間中、曹寅以來の西堂の主であったわけであるから「西」字に對する特別な反應ぶりを示すのもうなずける。また例えば畸笏が曹頫であると想定した場合も事情はほぼ同樣である。しかし、いまはこの問題は姑く疑案のままとして措く。

ここでふたたび「先生」の問題に返ろう。擧げなければならぬのは次の例である。庚辰本第十六回、宮中からの火急の召しによって參內した賈政の首尾やいかにと、案じながら史太君が大堂の廊下で竚立してその歸りを待ちわびているくだりに、

慈母愛子寫盡。囘廊下竚立與「日暮倚廬仍悵望」對景。余掩巻而泣。（朱筆夾批）

とあって、これと照應する朱筆眉批に、

「日暮倚廬仍悵望」、南漢先生句也。

と見える。七字句は、母の喪に在る孝子が倚廬のうちで暮れ方を迎え、なおも悲嘆にくれてあらぬ方をながめやっている情景を詠んだものであろう。そしてそれが囘廊で立ちつくす慈母の姿と對景になることを、前批の筆者は指摘する。（尤も、呉世昌氏は、さきの詩句を 'At evening leaning on the house 〔she〕 was stil anxiously looking forward.' と英譯している。[15] しかし「倚門之望」の狀況に解したのでは、「倚廬」「悵望」の語に副ぐわないのではなかろうか。） ただし、詩の作者が實際に自分の母を喪ったときに詠んだものか、それとも八十回以後に在ったはずの史太君逝後の賈政を描いた囘に對する題詩の類のなかの句なのか判りかねる。ともかく、眉批の方は引用した「日暮」の句の作者が「南漢先生」であることを補足的に註しているが、その眉批の筆者が夾批の筆者と同一人かどうか、これまた知りがたい。いずれにしても、限られた數の批者のグループのなかでは「南漢先生」がだれを指すかは自明のことであったろう。ではその人の素姓はという疑問に對して、呉世昌氏は「南漢」は雪芹の父（と呉氏の見なす）曹

頫の字であろうと推定する。[16] それは賈政・寶玉父子と曹頫・曹霑父子の名字の關係をもとに類推されたものであるが、それだけの根據では、當否についてはなんとも言えない。ただ、批者のグループのうちに曹頫が含まれている可能性については、すでに第三章でも紹介したように今人の説がある。その意味ではこの批語も批者の素姓を探る上での一つの手がかりにはなろうか。

さらに、別の「先生」の問題に移ろう。第二十七・八兩回に見える黛玉の「葬花詞」に關連したものである。

余讀「葬花吟」至再至三四、其悽楚感慨令人身世兩忘、擧筆再四不能下批。有客曰、「先生身非寶玉、[17] 何能下筆？ 卽字字雙圈、批詞通仙、料難遂顰兒之意。俟看玉兄之後文再批！」噫唏！ 阻余者想亦石頭記（化）來的。[18] 故停筆以待。（「甲戌」本第二十七回回末朱批）

不言鍊句鍊字・詞藻工拙、只想景・想情・想事・想理・反復追求・悲傷感慨、乃玉兄一生天性。眞顰兒不（之）知己、則實無再有者。昨阻余批「葬花吟」之客、嫡（的）是玉兄（石兄）之化身無疑。余幾點金成鐵之人。笨甚、笨甚！（同前第二十八回冒頭朱筆眉批。前後批とも庚辰本にはかなり異文がある）

「葬花吟」に批語を下さんとして下しなやんでいる批者の前に「客」が現われてこれを阻み、次回の寶玉の反應を見た上で批評をしたがよいと勸める。そのときは、この「客」のことをもしや石頭の化身ではないかと疑ったものであるが、翌日次回に讀み進むに及んで、あれはやはり通靈寶玉（卽ち石頭）の化身であったわいと思い當った――こうこの批者は語っているのであろう。この批語の內容は、これより先の第二十一回回前總評（有正本。庚辰本では第二十回回末別葉に置かれている）中の次の一則と併せ検討することにより、一層よく判るように思われる。

有客題『紅樓夢』一律、失其姓氏。惟見其詩意駭警、故錄於斯。

自執金矛又執戈、　自相戕戮自張羅。

茜紗公子情無限、脂硯先生恨幾多。
是幻是眞空歴遍、閑風閑月枉吟哦。
情機轉得情天破、情不情兮奈我何?

凡是書題者不可〔不以〕此爲絶調。詩句警拔、且深知擬書底裏、惜乎失石〔名〕矣!

ここにも正體不明の「客」が登場する。この兪平伯氏の所謂「怪詩」[19]頷聯には「脂硯先生」が見えているから、批語の筆者は脂硯だと見て誤りないであろう。卽ち七律は評者脂硯に對する「客」の挨拶の詩に他なるまい。ところで、脂硯は甲戌の年に鈔閲再評した際、書名を『石頭記』の舊名に還した。從ってこの詩がもしも甲戌以後の作であるならば「題『石頭記』」という詩題が選ばれたろう。とすれば、この批語は甲戌以前、脂硯が『十二釵』稿を初めて評過した際のものではなかろうか。(『金陵十二釵』稿が『紅樓夢』をその總名としていたかも知れぬという推定は第五章にも記しておいた。この「題『紅樓夢』」詩の存在は、そのように考える根據の一つになる。)また「茜紗公子」は言うまでもなく寶玉を指すが、ことは現本第七十八回「芙蓉女兒誄」及び第七十九回冒頭部分に基づく。晴雯を祭るこの誄の趣向は比較的早期に成った著想であるらしい。ことにも注意を惹くのは、末句に「情不情」の語がはめこまれている點である。これは賈寶玉に對して與えられた「警幻情榜」の評語である。この「情榜」のことは庚辰本の雙行夾註のうちにも見え、また己卯冬夜の(脂硯の)批語のうちにも見える。ただし、寶玉以外の者については、黛玉の評語「情情」のみが言及されているに過ぎない。恐らく脂硯は『十二釵』稿に接し、腹案くらいは雪芹から聞き知っていたものであろう。のち壬午の年、またはこれに近い時期になって六十名に及ぶ「情榜」の全部が備ったらしい。第十八回の畸笏による壬午季春の朱筆眉批「至末回警幻情榜、方知正・副・再副及三・四副芳諱」はそのことを語っているようである。

それでは、さきの「怪詩」の作者はだれか。この詩を脂硯その人の作だと見、彼自身その事實を韜晦しているのだと見る說もあるけれども、私は雪芹の作ではないかと思う。つまり、この第二十一回總評に登場する「客」と「脂硯先生」とは、上に引いた第二十七・八兩回の「客」「先生」の語とそれぞれ相應ずるように思われるのである。（それ故に「阻余者想亦」と「亦」字を用いたのであろう。）とすれば、「客」は「石頭」であり、それはやがて自らを「石頭」に擬し「頑石」の下界見聞記の體裁でこの小說を書いた雪芹その人を意味する。

これを別の面から見よう。作中主人公の賈寶玉は「茜紗公子」として、評家の脂硯は「脂硯先生」として七律中に對に置かれているのに反して、『紅樓夢』の作者はどこにも顔を出していないように一見思われる。しかし、考えてみると、「奈我何」の「我」はそれを指しているのではないか。――「情癡」情の權化とも目されていた寶玉の上に、機緣熟して一大轉機が訪れる。いまや「情」の本質を悟了した彼の前には、「情天（この語、第五回に見える）」は破綻し、「情」の世界は幻のごとく滅し去った。彼は「懸崖に手を撒《はな》す」底の勇猛心を奮い起こし、寶釵を棄てて出家する。「情不情」の賈寶玉の前には、太虛幻境に還りゆく日が近いが、そのときこそは通靈寶玉も、僧道兩名とのかねての約束に從い、ものさびしき青埂峯下に還って幻相を解かれ、故の頑石の姿に戻らねばならぬのである。『情不情』の茜紗公子どのよ、このわたくしの始末をどうつけてくださるおつもりか?」というのが結句の意味するところであろうか。

石頭が觀察者としての雪芹の分身だとすれば、茜紗公子賈寶玉は行動者としての雪芹の分身だといってよい。小說のなかでは、この兩者は、宿緣盡きてのち別れ去ることを運命づけられている。北京西郊の陋屋にあって『石頭記』述作に打ち込んでいる雪芹は、まさしく青埂峯下に還った頑石にたぐうべく、その雪芹にとって、良き時代の歸らぬ夢の象徵としての意味を持ったのが茜紗公子であったろう。そこにはおのずから彼の青春像も投影しているに相違ない。そしてこの小說に繰り返し厭かず批評の筆を執る脂硯齋にしても、雪芹の創り出した茜紗公子のなかに、おのれの青春像を見ていたのかもしれない。彼にとっても、批筆を執ることは、徒らに悔恨をのみつのらせる作業であったろう。いずれにせよ『十二釵』稿から『脂硯齋重評石頭記』へと定本化されてゆく過程で、この兩者——雪芹と脂硯は、作者對評者という一種緊張した關係を維持しながら、忍耐強くその作業を進めていったとおぼしい。上に見た「客」の登場は、その閒の事情の一面を暗に物語っているかと思われる。

㈣　批者の素姓問題再検討

脂硯と畸笏が別人だとなると、當然その見地から彼らの素姓問題も改めて考え直されねばなるまい。

特に新出現の靖本の批語のなかからは、從來知られていた脂批の他に、批者の素姓を探る手がかりとなるものが發見されている。第五十三回の回前批の中に、

「祭宗祠」「開夜宴」一番鋪敍、隱後回無限文字。

浩蕩宏恩、亙古所無。母孀、兄死、無依。變故屢遭、生不逢辰。回首令人腸斷心摧!

と見えるのがそれである。このうち前段は當面の問題とさほど關係がないので措くとして、いま「浩蕩」以下の後段について検討してみよう。「浩蕩宏恩、亙古所無」の句に照應するものを強いて本文中に求めれば、賈珍が春祭の費用として年年下賜される「恩賞」——祭祀料のことを語って、「眞正皇恩浩大云々」と述べるくだりが擧げられる。批語もまた皇恩の浩大なるを賛える殊勝なことばのように思われるが、小說中の情節が曹家の歴史を反映したものだとすると、實際に批語の指すところは、かつて曹家と深い關係（例えば曹寅の母は康熙帝の保母であった）にあり、曹家に對し數々の恩寵を與えた康熙帝のことなのかも知れない。そして、曹家は雍正帝の世になると裏目が出て、世職と

稱して差支えないほど代々受け繼いできた江寧織造の地位を逐われ、抄沒されているのである。

さて續く一節「母孀、兄死、無依、變故屢遭、生不逢辰」になると、周汝昌氏も説くように[1]、必ずしもこの回の情節とは直接關係がないようである。卽ち、この回に登場する主要な人物のなかには、「母は寡婦となり、兄には先立たれた」境遇の者はいないといってよいであろう。とすれば、この部分は批者がためしのない「皇恩」の宏大さを憶うことから、ふと蹉跌多かりし己れの身世を回顧し、不遇の境涯を嘆じて書きつけた文字であると見なしても、あながち不當ではあるまい。句中にいう「變故」のなかには當然曹家籍沒の鉅變も含まれているに違いない。そこで、曹霑の身邊にこのような經歷の持主の有無を探ってみると、該當者が二人考えられる。

一人は曹頫である。彼の伯父に當る曹寅は康熙五十一年（一七一二）七月、五十五歲で卒した。寅の一子顒が同年織造の任を嗣いだが、五十四年正月（または前年末）、病を獲て沒した。二月、頫は康熙帝の恩命に順い養子として寅の未亡人李氏のもとに入繼し、同時に織造職を襲った。從って、養子という關係だとはいえ、ある時點では「母孀、兄死」と稱する資格を持つ。その後雍正六年（一七二八）、彼は織造職を免ぜられ、抄沒に遭って不遇の境涯に陷った。その點にかけても「變故屢遭云々」と記す資格はありそうである。彼が康熙帝宛ての奏摺のうちで、「……不幸父兄相繼去世、又蒙萬歲曠典奇恩、亙古未有。奴才母子、雖粉身碎骨、莫能仰報高厚於萬一也。[20]……」と記している事實も、考える材料になろう。文中にいう「父兄」は曹寅、曹顒を併せて指し、「母子」は寅未亡人李氏、曹頫自らを指す。

いま一人、有資格者として考えられるのは、曹顒の遺腹子である。上に引いた康熙五十四年三月の曹頫の同じ奏摺は、嫂卽ち顒の妻馬氏が懷妊すでに七月に及んでいることを報じている。ただし馬氏が無事出産したか否かに就いては、文獻の徵すべきものがない。そこで周汝昌氏はかつてこの遺腹子に就き、もしもこれが無事出生していたら、曹頫はその後康熙帝に上った奏摺中でその間の消息に當然觸れたろうとした[21]。もともと康熙帝は、ゆかりの深い曹家の家事に關しては、事大小となく、巨細洩らさず報じるよう曹頫に命じているのであるから、周氏の疑問は一應もっともだとしなければなるまい。しかし、逆にいえば、無事落胎の場合は勿論のこと、死産の場合にも、生後まもなく沒した場合にも、また女兒出産の場合にもそのことを報告していてしかるべきであろう。とすれば、それに關する奏摺そのものが傳わっていないということも考えられる。現に曹頫の奏摺が二點まで近年新たに發見せられている事實は、その想像を助けようか[22]。

なおまた近年世に出た『五慶堂重修曹氏宗譜（一名「遼東曹氏宗譜」）』によれば、明開國の元勳曹良臣を鼻祖とする遼東の曹氏の第十四世に曹天佑の名が見え、「顒子、官州同」とある。そして第十三世の顒の條には、末に「生子天佑」と記す。乾隆元年から同九年にかけて編まれた『八旗滿洲氏族通譜』では、曹錫遠の「元（玄）孫」として顒・頫・頎と列擧したあと、「曹天佑、現任州同」の文字を加えている[23]。『曹氏宗譜』の記載が正しいとすれば、「六孫」の二字を脱しているわけであろうし、顒の沒後の乾隆初年、なお州同の職に在った天佑はその遺腹子ということになろう。ついでに指摘しておけば、『紅樓夢』第二回によると賈璉は「同知」の株を買っている（「這位璉爺身上、現捐的是個同知」）。天佑の州同は州の「同知」であるが、これも虛銜であろう。一方、天佑の叔父に當る曹頫も『宗譜』によれば「內務府員外郎」、『氏族通譜』によれば「原任員外郎」であり、『紅樓夢』の同じ第二回にはまた賈璉の叔父賈政が現在すでに員外郎にまで昇進したことを記すが、その原文「皇上……遂額外賜了這政老爹一個主事之銜、令其入部習學、如今現已陞了員外郎了」の一段には、「一個主事」の旁に「嫡（的）眞實事、非妄擁（擬）也」の句を（曹頫の康熙帝に上った奏摺にはいずれも「江寧織造主事」と記されている）、また「陞了員外郎」の旁には「總是稱功頌德」の句をそれぞれ朱筆で記している。この二組の叔姪の間に見られる類似した關係は單なる偶然ではないように思われる。

かつて慧先氏は、李玄伯氏とは別に、『文獻叢編』所收の曹頫の奏摺を基にして顒の遺腹子のことを考え、これは作中の賈璉に相當するものであろうとした。しかし同時に、曹顒は早くに世を去ったにも拘らず、彼に相當する作中の賈赦が賈璉と共に登場する事實を併せ指摘し、これは「賈雨（假語）村」の「言」卽ち虛構に屬するものであろうと說いた。[24] 作品のなかに綯いまぜられた虛と實を辨別する作業は實の裏づけが充分できないため至難のわざであるが、ここに取り上げた問題に關聯していえば、顒と遺腹子との關係は、作中では賈政の長男賈珠が李紈との閒に遺腹子の蘭を殘して早逝した方に移されているらしく、慧先氏の指摘した賈赦の設定とともに、辨別を一層困難にしている。

ところで、この『宗譜』の記述そのものの信憑性についても、疑問がないわけではない。その序は第十一世の子孫曹士琦の撰に係り、順治十八年（一六六一）春の紀年がある。（「順治十八年歳次辛丑仲春穀旦、十一世孫士琦頓首謹撰」と署す。）從って、「遼東四房」に屬する第十二世寅・荃（宣）・宣以後の部分は、明らかに後年補修されたものである。（顒の字を顒に作るのは仁宗の諱名顒琰を避けて闕筆したものであるから、嘉慶以後――晩清の重修に成ると見られる。）いかなる人がいかなる目的でその作業に從ったか、またその際なにに資料を仰いだかはともに審かにしないが、曹錫遠以後の採錄人物についてみると、『氏族通譜』とは出入がないけれども、記載はやや詳しい。例えば、かつて周汝昌氏は、『氏族通譜』によって曹宜を曹璽の三子としたが、[25] 近年發見の雍正十三年九月三日の曹宜の誥命により彼は爾正の子であることが知られた。[26]『宗譜』は正しくそのように記す。また顒・頫・頎のそれぞれの條下に「誥授中憲大夫」「誥授朝議大夫」「誥授武義都尉」と誥封を記すのは『通譜』に見えないところである。その事實を知るに足る誥命のたぐいが重修の資料として用いられたのかもしれない。しかし、その記載には明らかな誤りも認められる。例えば、寅の條下に「生二子、長顒、次頫」と記し、顒・頫の條下にそれぞれ「寅長子」「寅次子」

と記すのがそれであるが、頫が實は宣（荃）の四子で「過房」したもの[27]たることは赫奕らの奏摺の示すとおりである[28]。その點、重修部分の記載を全面的に信用してよいかどうか若干問題があり、曹天佑が果して頫の遺腹子であるかどうかもにわかに斷定はできない。

ただ天佑という名前には、第三章で曹霑の「霑」字の命名の由來につき考察したように、特殊な意味合いを持つことが考えられる。いったい天佑は字《あざな》であろうが（これが宗譜ならばともかく、官書の『氏族通譜』までが字で載せたとするとおかしいようだが、例えば曹顒なども、織造職に就いた當初「連生」の小字を奏摺中で用いている。また諱であるとすれば、彼は霑と同輩に當るから、別房の人物がここに誤って配されたのでない限り、雨冠りか三水またはその兩方を偏旁に持つ文字が選ばれていてしかるべきであろう）、これが當然ちなんだはずの名もまた、たがいに意味上の關聯を持っているに違いない。（例えば、霈・沐・澤のたぐい。古典に典據のある文字で適切なものがいま思い浮かばないが。） いずれにしても、顒の沒後まもなく頫が入繼して織造職を襲うに至った事實が皇恩のかたじけなさとして受け取られ、遺腹子の命名にも反映したと見ることができる。その意味でなら、天佑が顒の忘れ形見である可能性はないとはいえまい。

そこで、假りに顒の遺腹子が男子であって無事成人していたとすれば、彼も例の批語の筆者に擬せられる資格を有する。この場合、「母孀」の母が馬氏であることはいうまでもない。一方「兄死」の兄の消息については、かつて引いた朝雲章「聞曹荔軒銀臺得孫卻寄兼造入都」七律によって曹寅が孫を儲けた事實が知られ、この詩が康熙五十年の作であることから、遺腹子にとっての兄もこの年誕生したと推される。そしてまた上に引いた曹頫の同五十四年三月の奏摺には「將來倘幸而生男、則奴才之兄嗣有在矣」と記されているのであるから、この兄はこれ以前に夭折していたことになろう。

以上見たように、第五十三回回前批語の筆者と考えうる人物としては、現存資料による限り、曹頫竝びに曹顒の遺腹子の二人が一應擧げられよう。では、そのいずれである可能性がより大きいであろうか?

「母孀、兄死、無依」の「無依」の句から見ると、遺腹子とした場合、母のことはともかくとして、自分の生まれる以前に數歳にして殤した兄のことから、實感としてこういう表現が選ばれるかどうか、いささか疑問なきを得ない。これに反し、曹頫とした場合、彼は慈んでくれた父(實は伯父)を康熙五十一年に喪い、續いて五十三、四年の交には年齢もさほどちがわぬ兄(實は従兄)を失ったのであり、その結果、思いがけなくも弱年の彼が織造職という重任に就く廻り合わせになったのであってみれば、「無依」の文字のあることは異とするに足りない。のみならず、「變故屢遭」の表現にしても、曹頫抄沒免官の一事に限っていえば、當時十三歳に達していたはずの遺腹子にとり、一家にふりかかった鉅變が非常な衝擊であったろうことはいうまでもないけれども、免官になった當人の打擊とは到底比較になるまい。とすれば、曹頫である可能性の方が大いと見るべきではなかろうか。

そこで、一歩を進めてこれを曹頫であると假定し、始めに取り上げた脂硯・畸笏という二人の主要な批者の問題に當てはめてみると、兩名のなかでは年かさでもあり、そして多分輩行も一代上であるかと思われる畸笏が、實は曹頫その人ではないかという氣がするのである。勿論、問題の批語は無署名かつ無紀年であるから、さきの二人以外の手筆たる可能性もなくはない。例えば、批語の位置だけからいえば、吳世昌氏の提唱した「棠村序」である可能性の有無をも一應は檢討してみるべきであろうが、棠村が「兄死、無依」と書くことはまず考えられないから、これは考慮の外に置くほかはない。殘る松齋については、そうでないと否定もできない代り、彼がある時點で「母孀、兄死」という條件の持主であったことを積極的に證明する材料もない。とすれば、姑く曹頫を以てその筆者に擬するのが穩當ではないかと思われるが、いかがであろうか。

ここでさらに、批者の素姓を探るに足る內容を持った批語をいま一則擧げるとしよう。「甲戌」本第三回、賈寶玉が初めて登場するくだりの、彼の容姿を形容した所謂「開相」の句中に「面若中秋之月、色若春曉之花」が見え、眉上に附せられた朱筆の批語に次のようなものがある。

「少年色嫩不堅勞（牢）」以及「非夭卽貧」之語、余猶在心。今閲至此、放聲一哭！

有正本では、「面若中秋之月」の句下に二行の割註の形で「此非套滿月。蓋人生有面扁而靑白色者、則皆可謂之秋月也。用滿月者不知此意」の數句が插入せられ、「少年色嫩云々」の數句は「色若春曉之花」の句下に同樣割註の形で插入せられている。これが本來の位置であり、「甲戌」本の朱批はこういう體裁の原本から轉鈔されたものであろう。

さて、ここに引かれた成句のうち、「少年色嫩不堅牢」は、吳恩裕氏がすでに指摘しているように(29)『金瓶梅詞話』第九十六回、葉頭陀が陳經濟の人相を觀て斷じる言葉のなかに見える「老年色嫩招辛苦、少年色嫩不堅牢」の下句に基づく。いま一つの「非夭卽貧」の句については、吳氏は氣づいていないようであるが、實はこれも同じ『詞話』の第二十九回、吳守眞が西門慶をはじめ月娘らその妻妾の觀相を順次してやるところの、李嬌兒のくだりに見える。（ついでながら、この一節では都合九人の人相を觀て、それぞれに七絕の判詞を與えるのであるが、これは『紅樓夢』第五回の「十二釵」正・副・又副册に彼女らの將來を暗示豫言して判詞を附した趣向に影響を與えているかもしれない。）ともに『金瓶梅』中の觀相に關した情節中に見える成語に基づく點が特徵であるが、それらは寶玉の容貌についての描寫、特に「色」の語からおのずと「少年云々」の句が、ついで「非夭卽貧」の句が想い合わされたものであろう。

批者の素姓についての手がかりは、この兩句の出所『金瓶梅詞語』の本文中に見出される。まず第二十九回の「非夭卽貧」であるが、李嬌兒の人相について、吳神仙はこう述べる(30)。

「此位娘子、額尖鼻小、非側室、必三嫁其夫。肉重身肥、廣有衣食而榮華安享。肩聳聲泣、不賤則孤。鼻梁若（「若」字、通行本「微」に作る）低、非貧卽夭……」。

額がせまく鼻の小造りな女人は、鼻柱が低いという條件がこれにさらに加った場合、一生貧乏で終るか、さもなければ若死にするのがさだめというのである。

次は第九十六回の「少年色嫩不堅牢」の句であるが、葉頭陀はこの句を結句とする「色」を詠じた七絶一首を口誦んだあと、陳經濟に向かってこういう[31]。

……只吃了你面嫩的虧、一生多得陰人寵愛。「八歳・十八・二十八、下至山根上至髮。有無活計兩頭消、三十印堂莫帶煞」。「眼光帶秀心中巧、不讀詩書也可人、做作百般人可愛、縱然弄假不成眞」。休怪我說、一生心伶機巧、常得陰人發跡。

そして經濟の年齢を訊ねるので、とって二十四歳だと答えると、頭陀はさらに、

虧你前年怎麽打過來、吃了你印堂大窄、子喪妻亡、懸壁昏暗、人亡家破。脣不蓋齒、一生惹是招非。鼻若竈門、家私傾喪、那一年遭官司口舌、傾家喪業、見過不曾?

と訊ねる。經濟がいちいち圖星だと答えると、頭陀はさらに經濟の山根（卽ち鼻梁。觀相家の術語）が斷れているのをよくないとして、祖業飄零《おとろえ》て必ず家を破るの相だと教えるのである。

一方は女人の相、一方は男子の相ではあるが、共に鼻柱の低い者の持つさだめに關している。そしてこれからおのずと連想されるのは祖業を守り得ず二十數歳にして家を破るに至った曹頫のことである。彼が鼻梁の低い男であったかどうか、これを裏づけるに足る文獻は存しないけれども、彼がさきの批語の筆者としての條件を多分に備えていることは確かである。有正本に於ける鈔寫の位置が原底本の批語のそれを示すものだとすれば、その筆者は脂硯・畸笏

のいずれかであると考えてよかろうが、年齢からいって、ここでも畸笏をその筆者に擬定し、彼が曹頫その人ではないかという想像を廻らしてみるのも、まったく根據のないことではない。

ところで、ここで第三章でも引いた庚辰本第十七・八合回に見える次の朱筆夾批を改めて檢討し直してみる必要を感ずる。

批書人領至（到）此教。故批至此、竟放聲大哭。俺先姉先（仙）逝太早。不然、余何得爲廢人耶?

上引の批語と較べて、口吻に酷似したものが感じられないであろうか（第八九頁九行・第一七五頁三行圏點部分）。批中の「先姉」は平郡王の妃となった曹寅の娘であり、「廢人」と自ら稱する批者は曹頫ではないか——と推定する説が王利器氏にあることは、すでに前稿で引いた。これはあたかも例の第三回の批語を曹頫の作ではないかとする私の推論を支えてくれるものである。尤も、王氏が脂硯卽曹頫説に立つ點は、新資料による脂硯・畸笏別人説の立場から畸笏卽曹頫として修正されることがより妥當のようであるが、なおまた第三章・第四章で取り上げた曹頎は、いま上述の諸條件を勘案してみると、畸笏に擬定される資格は曹頫に比して乏しいようである。

畸笏の素姓については、以上見たように幾分の見當はつけ得たように思うが、脂硯齋については却ってしかとした手がかりがない。次節では改めて後者の問題を別な角度から考えてみるとしよう。

(五) 脂硯齋硯の發見と脂硯齋女人説の再檢討

『紅樓夢』では『金陵十二釵』の別名の示すように、女人の世界——殊にも才色すぐれた少女たちの世界が大きく扱われている。従って、曹霑のほかにこの小説の制作に關係した協力者があったとしたら、それは女性ではなかったかという考えが浮かぶのもけだし當然であろう。そしてまた女性といえば、雪芹の妻のことにまず考えがゆくのも自然であろう。その意味では、かつて周汝昌氏が脂硯齋を目して作中人物の史湘雲に當る女性であろうと推測し、彼女は寶釵に當る先妻が寶玉卽ち雪芹に先立ったのち、彼の後妻となったのであろうとした推論も、現わるべくして現われた假説であったといえよう。しかし、この脂硯女人説の發想の根本には、『紅樓夢』を雪芹の自傳そのものとして受け取ろうとする極端な態度がみとめられ、その點で批判を招いたこともすでに第三章で觸れたとおりである。

ところで、この説が初めて發表されたとき[32]、これに對する反論[33]が現われたが、それは所謂「脂批」のなかに女性の筆になるとは到底思われない内容のものが見られる點を指摘して、周説と矛盾することを衝いたものであった。その例として擧げられている批語四則のなかには、第四章で引いた「余亦受過此騙云々」、「按近之俗語云、『能養千軍、不養一戲』云々」の二則が含まれている。これらが上に推定したように畸笏のものだとすると、話は別になる。もともと周説は、脂硯・畸笏同一人説に立脚して組み立てられていたため、脂硯の號はよいとして、女性のはずの人物が「畸笏叟」「畸笏老人」と署するのはうなずけないとの批評もあったのであるが、いまや靖本の出現によって同一人説のほとんど成立し得ないことが明らかとなったからには、乾隆壬午の頃、すでに叟と自稱するにふさわしい年輩に達していた男性である畸笏の評を脂硯のものと區別し切り離して扱うようにさえすれば、前述したような脂硯齋女人説成立上の難點とされるかなりの部分は問題が解消するわけである。そこで改めてこの問題を再検討してみることにしたい。

はじめに、靖本出現に先立ち、一九六三年春に發見紹介された脂硯齋硯――女人説にとっては旁證ともなるべき――のことに觸れておく必要があるように思う。それは脂硯齋の用いたと傳える一面の硯（端硯だとも歙硯だともいう）で、かつて清末には端方（匋齋）の藏品であり、のち四川に流出し、近時張伯駒氏の藏に歸し、現在は吉林博物館に藏されている模様である。

一九六三年春、周汝昌氏がこの硯に關し一文を發表して以後、管見に入ったものだけでも次のような關係の文章が發表されている。（なお先年の日本『紅樓夢』展覽會には實物がはるばる出陳されたので、われわれも親しくこれを睹ることができた。同展目錄二七頁參照。）

○周汝昌「脂硯齋的脂硯」（香港版『文匯報』一九六三年三月九日、原載紙未詳）

○周汝昌「脂硯小記」（香港版『大公報』一九六三年六月九日「藝林」欄、原載紙未詳）

○吳恩裕「考稗小記」第九七則（『有關曹雪芹十種』、中華書局、一九六三年十月）

○趙岡「從脂硯齋的『硯』談起」（『祖國』週刊第四十三卷第九期、九龍祖國週刊社、一九六三年九月）

さて、問題の硯は縱約二寸半、横二寸强、厚み約三分の小硯であって、背面には行草で「調研浮清影、咀毫玉露滋。芳心在一點、餘潤拂蘭芝」の題詩を刻み、「素卿脂硯、王穉登題」と署している。下端側面に隷書で一行「脂硯齋所珍之硯其永保」の銘が刻まれている。朱漆塗りの硯盒の蓋の表には文字がない代り、裏には半身の仕女の圖が描かれ、篆書で「紅顏素心」と題し、「江陵內史」の小印がある。背には楷書で十字「萬曆癸酉姑蘇吳萬有造」と記す。萬曆癸酉は明の神宗の元年、一五七三年に當り、雪芹の卒年を遡ること約百九十年である。姑蘇は蘇州、吳萬有は製作者の名である。これらを總合してみると、かつてこの硯は明末の名妓として知られた薛素（字は素素、一字素卿、蘇州の人）の持ち物であったことが知られる。題詩を與えた王穉登（一五三五―一六一二）は靖曆間の名士で當時蘇州に住んでいた。「餘潤拂蘭芝」の句は、周汝昌氏の說くように、彼女の小字（潤娘）竝びに「能く蘭竹を畫く」(34)と稱せられた彼女の畫技を踏まえたものであろう。彼女は「十能」の譽れを得た才女で『南遊草』の著もあり、これにも王氏は序を與えている。

ところで、周汝昌氏がかつて脂硯齋の號の由來を脂硯に求め、その持主を女流と想定する立場から、胭脂を研った汁で批語を記すの意にちなむと説いたことは第三章で紹介したとおりであるが、これに對して脂硯とは「胭脂挎」のごとき淡紅色の端硯をいうものだとか、「端硯の細膩なること肉の脂のごときにて、猶、玉の脂玉と稱するがごとし」[35]とか説く論者も見られた。新出現の脂硯が後年脂硯齋の有に歸したそのものであるとすれば、才女が朱墨を研るのに用いたこの小硯が脂硯と呼ばれたのも石質によるものではなく、周氏の説いた意に近いとしなければならない。

では、薛素素の脂硯がどのような經路を辿って百數十年後に脂硯齋の手に入ったのであろうか。周氏とは別に、脂硯齋の命號の由來を皇帝下賜の曹家傳來の寶硯に求め、これを傳え持つ脂硯齋は曹顒の遺腹子だと說く趙岡氏は、この脂硯發見の報により、これこそは右の寶硯であろうとする。曹寅は江南の名士であったから、彼が珍玩名器を入手しうる便宜に富んでいたことは疑いない。また王穉登の題銘を有する薛素素ゆかりの品を入手したとしたら、珍重したに相違ないが、いくら風流人士だったにせよ、このような品を寶硯として子孫に傳えたかどうか、いささか疑わしく思われる。

傳來の經路はともかくとして、銘によれば、この硯が一時脂硯齋なる人物の持物であったことは確かであろう。ただし十字の銘の解に關しては、吳恩裕氏は以下の三解の可能性を考えている。㈠脂硯齋が自ら鐫った。㈡脂硯齋の存命中、他人が代って鐫った。㈢脂硯齋の沒後、他人が鐫った。この三解のうち、吳氏は語氣からいって㈠の解は成立の可能性乏しく㈡の解を採るとするのに對し、周汝昌氏は㈢の解を持するという[36]。筆者も㈢の解に贊成したい。では、假りにこれが脂硯齋愛用の硯であったとして、端方（一八六一―一九一一）の手に渡るまでには百年以上を經ているわけであるが、その閒の流傳の跡はこれまた知るよしもない。端方は新舊の學術に關心と理解を持った清末の政治家で、その寶華盦は金石書畫の收藏に富むことを以て知られていた[37]。庚辰本（現北京大學所藏）も徐星署の藏に歸する以前、彼の藏書であったと傳えられる[38]。もしもこれが事實だとすれば、庚辰本にこの脂硯がついて傳わったということも滿更考えられないことではない。勿論、現存の所謂「庚辰本」は、何種かの底本をもとに作られた混合過錄本であって[39]、脂硯齋自身の手鈔本ではなさそうである。しかし、この鈔本の批語の一部は曹頫の筆跡に酷似しているというから[40]、上文で見たように、頫卽ち畸笏という假說を發展させてゆくならば、脂硯齋の沒後、畸笏の手を經て、硯は一旦は庚辰本とともに世上に流傳したが、やがて揃って端方の手許に納まったということもありえようかと思う。尤も、端方が素素舊藏の小硯を入手し、すでに收藏していた庚辰本にちなんで、さきの銘を入れてやろうという洒落氣を起こしたのだという想像もされないではないが……。

さてここで、脂硯にちなみ脂硯齋と號した人物の素姓につき改めて考えてみよう。新資料の脂硯がかつて薛素素という名妓の持ち物であり、彼女が朱墨を磨るのに用いた小硯であったとなると、その後の所藏者であり、これにちなんで齋號を命じた脂硯齋ももしやこれにふさわしい女性ではなかったかという疑問が起こるのは當然であろう。周汝昌氏はその點で、脂硯齋は女性である可能性が大きく、女性でないまでも野暮な人物ならぬ風流の士であろう――と推測する。男性である可能性を認め幾分の餘地は殘しているものの、やはり女性說に傾いているようである。卽ち、雪芹の妻ではないかと見る說の旁證としてこれを考えているもののようである。

いったい雪芹の妻に關しては、雪芹その人の場合と同樣、われわれはほとんど知るところがないが、傳說なら一、二ある。すでに見たように張永海氏の傳えるところでは、その美しい前妻は彼が『紅樓夢』中に描いた黛玉と關係ありとされる。(吳恩裕氏の記錄による。波風氏のものにはそのことは見えない[41]。また張氏の子息張嘉鼎氏の整理した聞書[41]でも言及されていないが。なお「甲戌」本第三回、黛玉登場のくだりの朱筆眉批に「……黛玉丰姿可知。宜作史筆看」とあるのを見ると、彼女にはモデルのあったことが想像される。) また雪芹の死後に寡婦として殘された後妻は、張氏の所傳によれば若年の教養の低い女であったという。一方、張次溪氏の記す[42]「傳說」では、それは雪芹の李姓の表妹で、夫の死後雪芹に再嫁したのだという。ここにいう李姓とは曹寅の妻の兄で蘇州織造を長く勤めた李煦の一族を指すものであろう。後の傳説の來源については知るところがないが、『紅樓夢』中の史姓は實は前記李姓を指すとする說やまた『續閱微草堂筆記』に記す寶玉・史湘雲再婚の說とを敷衍したものではないかと思われる。

さて、この雪芹の妻が湘雲のモデルに當る女性であり、脂硯齋その人でもあるとする周汝昌氏の舊說[43]とは別に、雪芹の創作を側面から援助した女性の存在を想定することが可能であろう。これは一種の「集體創作」說に屬するが、他の小說の場合とやや趣きが異なるのは、作品の世界に似つかわしい女性を協力者として考えようとする點であろう。これとて創作との關わり合いをどの程度に考えるかに依って種々の見方に分かれうる。例えば、作品の『十二釵』的な性格の部分には雪芹の妻の補筆に係るものがかなりあるのではないかということも一應は考えられよう。また近時、太田辰夫教授によって發表された新見のように、雪芹の妻は薛寶釵のモデルとなった女性だとし、第一回「楔子」に見える吳玉峯は彼女の假名であり、第五回の「紅樓夢曲」も彼女の作であると推す見解もある。[44]これらについては別に吟味を試みるつもりだが、雪芹の前妻が雪芹に示唆を與え、作品の生成になにがしかの寄與をしている可能性は充分ありうるにもせよ、作品中の詩詞をも含めた本文中に彼女の作品がじかに取り入れられている事實はないのではないか——これが現在の私のつけた見當である。雪芹はあたかも宮體の詩を詠ずる詩人のように、作中人物のそれぞれになり切って詩作しようとし、そのことに彼の詩囊を傾けた。「甲戌」本第一回、賈雨村の五律に附せられた朱批にいう——「這是第一首詩。後文香奩閨情皆不落空。余謂雪芹撰此書、中亦爲（有）傳詩之意」とは雪芹のその態度を言ったものであろう。[45]尤も、作中人物になり代って作った詩詞よりも、「紅樓夢曲」の方に雪芹の詩才はよりよく表われているとは何其芳氏の評言[46]であるが。

ところで、脂硯齋が乾隆庚辰の秋まで生存していたことは「庚辰秋定本」の存在によってほぼ確かであるとしても、それ以後のことについてはわからない。しかし、上文で見たように「靖本」第二十二回朱筆眉評二則によれば、脂硯の沒年は次の二つのいずれかである可能性が大きいであろう。——脂硯は庚辰の秋を境として、定本作成の業を終えざるに雪芹に先立ち他界したと見るのがその一。雪芹が壬午（または癸未）除夕に沒した後、丁亥の夏以前に脂硯・松齋（杏齋）の順にあとを追ったと見るのがその二である。筆者はすでに述べたように、後者である可能性が濃いと考える。この推論が正しいとすれば、脂硯齋を雪芹の妻であるとした場合、彼女は雪芹生前からその死後まで、終始『紅樓夢』（實は『石頭記』）とつき合ったことになる。しかるに、雪芹が壬午以前のそれほど遡らぬ時期に再婚していることは、敦誠の「挽曹雪芹」詩の「新婦飄零」の句によっても知られるところである。（張永海氏所傳の傳說でも、前妻は乾隆二十年頃までに香山の正白旗營の住居で沒したとされる。）とすれば、脂硯齋は雪芹の妻にあらずと見るべきではなかろうか。

最後に、一つ觸れ殘した點に言及しておきたい。かつて周汝昌氏が脂硯齋を顒の遺腹子と見る說は信じがたいとし女人說を唱える理由の一つとして擧げた事實であるが[47]、脂硯齋が長期に亙って雪芹とも『石頭記』とも深い關係を保ったにも拘らず、ほぼ同じ時期に雪芹と親しい交わりのあったと信ぜられる敦敏・敦誠兄弟らの詩文のなかに、それらしき人物との應酬の詩はおろか、その號すら見えない點の不審さである。（これはもっともな疑問で、第五章において張永海氏所傳雪芹傳說を紹介した際、鄂比という新人物に對して筆者の抱いた疑問とも似通う。）この現象について周氏は、脂硯が女性でしかも雪芹の妻という立場に在ったため起こったものであろうと推した。（親友といえども妻に會わせぬのが當時の例。）脂硯齋が敦敏らの交游圈内にいなかったことは確からしいが、その點畸笏も同樣であったらしい。雪芹が敦敏らと忘年の交りを結んでいたにも拘らず、畸笏にしても脂硯にしても、彼らの交游圈のなかに入ってゆけなかった。畸笏が曹頫であったとすれば、輩行の相異や年齢上の條件以外にもこの「廢人」には人嫌いになる原因がありえた。が、こと脂硯齋となると、曹顒の遺腹子であったのか、または餘人であったのか、推論の決め手がないだけに、その原因のほども漠としていまは察知しがたいのである。

註

（1）周汝昌「紅樓夢版本的新發現」（香港版『大公報』一九六五年七月二十五日）。原載紙未詳。

（2）呉世昌『紅樓夢探源』英文本（一九六一年、オクスフォード大學出版部）六二・七二頁、また呉恩裕「松齋考」（『文匯報』一九六二年三月二十八日、『有關曹雪芹十種』―一九六三年、中華書局―再錄）。

（3）「甲戌」本、靖本ともに「何本」に作る。解しがたいので、「何幸」の誤寫だとする兪平伯氏の説や「同本」の誤寫だとする周汝昌氏の說、「可本」の誤鈔であろうと推測する趙岡氏の說もある。いま「得十全」の誤寫ではないかと考えてみた。なお註14參照。

（4）『史記』巻五十五、『漢書』巻四十（張良列傳）。

（5）周汝昌『紅樓夢新證』（一九五三年、棠棣出版社）一四七頁。また五五〇頁。前出註2呉氏『十種』一三六頁にも關連記事が見える。

（6）「大白」は酒杯。恐らく「一二百」の誤寫であろう。なお一行前に「……批至此、不禁一大白又一大白矣」の朱批がある。

（7）周汝昌『紅樓夢新證』三〇五頁、また王佩璋「曹雪芹的生卒年及其他」（『文學研究集刊』第五册―一九五七年、人民文學出版社―所收）二三〇～二三一頁。

（8）周汝昌『紅樓夢新證』三九三頁所引。なお呉恩裕「考稗小記」第八二則（『十種』一五八頁）參照。

（9）周汝昌「曹雪芹和江蘇」（『雨花』月刊、一九六二年第八期、江蘇文藝出版社）、また呉世昌『紅樓夢探源』英文本一二八頁。

（10）拙文「近年發見の『紅樓夢』研究新資料―南京靖氏所藏舊鈔本その他について―」（『大安』一九六六年五月號、大安書店本書三五五頁）參照。周汝昌氏らはこれを曹霑の肖像であろうと見るのに對し、一粟氏は別人の兪瀚（楚江）のそれであろうと說き否定的である。

（11）趙岡「脂硯齋與紅樓夢㊤」（『大陸雜誌』第三〇巻第二期、一九六〇年一月）四二頁。

（12）周汝昌『紅樓夢新證』五三七頁。また兪平伯輯『脂硯齋紅樓夢輯評』（中華書局、一九六〇年二月改訂版）六頁。

（13）吳世昌「殘本脂評《石頭記》的底本及其年代」（『文學研究集刊』新第一期、一九六四年七月、科學院文學研究所）二四九－二五〇頁。

（14）上文で引いた甲午八月批に見える「何本」は、「本」と「幸」の草體がやや似通うところから「何幸」の誤寫だとする說がある。

（15）前出吳世昌『紅樓夢探源』英文本七四頁。

（16）同上書七五頁。

（17）この寶玉は「通靈寶玉」の意であろう。賈寶玉の方は「玉兒」と稱してこれと區別しているように思われる。これからすると、後の批に見える二番目の「玉兄」は「石兄」に作るべきであろう。

（18）「甲戌」本は「石頭記來的」に作り、庚辰本は「石頭記化來之人」に作るが、これらの兩批は『十二釵』稿（實際は『紅樓夢』を以て總名としていたであろうが）に對する脂硯の初評であると考えるので、私意を以て「石頭化來的」と改め解した。

（19）兪平伯『紅樓夢研究』（棠棣出版社、一九五二年九月）二〇六頁。

（20）『文獻叢編』（故宮博物院編刊）第十一集、葉二十九－三十。康熙五十四年三月七日附け。周汝昌『紅樓夢新證』四〇五頁にも引く。

（21）周汝昌「脂硯小記」（香港版『大公報』一九六三年六月九日）。

（22）前出吳恩裕「考稗小記」第三〇則（『有關曹雪芹十種』一三〇頁）また第一〇〇則（一七一頁）參照。

（23）いま奉寬「〝蘭墅文存〟與〝石頭記〟」（『北大學生』第一卷第四期、一九三一年三月）注十所引に據る（九二頁）。

（24）慧先「曹雪芹家世點滴」（『學術』第一輯　上海學術社、一九四〇年二月　所收）四四－四五頁。

（25）周汝昌『紅樓夢新證』「人物考」四五頁。

（26）吳恩裕「考稗小記」第五二則（一四一頁）に引く。なお同年月日附けの別の誥命は周氏『新證』四二二～三頁に引かれている。

（27）同宗間の養子であるが、伯叔の後を繼ぐ場合は、「生父の名の下にも、伯叔父の名の下にもその旨を記載する」のが例だとされる。多賀秋五郎『宗譜の研究（資料篇）』（東洋文庫、一九六〇年）四頁。
(28) 王利器「重新考慮曹雪芹的生平」（『文學遺產選集』二輯、作家出版社、一九五七年四月）二四四頁。
(29) 吳恩裕「考稗小記」第六六則（一五一頁）。
(30)『金瓶梅詞話』第二十九回七葉裏（大安書店刊影印本に據る）。
(31) 同前第九十六回第十一葉表。
(32) 周汝昌「眞本石頭記之脂硯齋評」（『燕京學報』第三十七期、一九四九年十二月）二、脂硯齋（一三二―一四四頁）。
(33) 周汝昌『紅樓夢新證』五六四頁以下に反論の要旨が揭げられている。
(34) 錢謙益『列朝詩集小傳』（閏集香奩下）。
(35) 思泊「曹雪芹故居與脂硯齋脂硯」（『春游瑣談』第一集第十四葉以下）。原本未見であるが、筆者の請いに應えこの筆記一則を周汝昌氏は鈔寫の勞を執って惠投せられた。感謝に堪えない。
(36) 前出吳恩裕「考稗小記」第九七則（一六八頁）。
(37) 橋川時雄『滿洲文學興廢攷』（文字同盟社、一九三二年）第四十七葉以下參照。
(38) 一粟『紅樓夢書錄』（古典文學出版社、一九五八年）七頁七―八行。
(39) 吳世昌『紅樓夢探源』英文本二二五―二三三頁參照。
(40) 吳恩裕「考稗小記」第三〇則（一三〇頁）。
(41) 張永海「曹雪芹在香山的傳說」（『北京日報』一九六三年四月十八日）。
(42) 張次溪「香山訪曹雪芹遺蹟」（香港版『大公報』一九六三年六月十六日）。
(43) 周汝昌『紅樓夢新證』一〇〇頁參照。
(44) 太田辰夫「紅樓夢新探―言語・作者・成立について―（Ⅰ）（Ⅱ）」（『神戸外大論叢』第十六卷第三・四號（神戸市外國語大學研究所刊、一九六五年八月・十月、汲古選書11『中國語文論集　文學篇』一九九五年五月　所收）。
(45) 吳恩裕「考稗小記」第六四則（一五〇頁）參照。
(46) 何其芳「論『紅樓夢』」（『文學研究所集刊』第五冊　人民文學出版社、一九五七年五月）九〇頁以下。

（47）　前出周汝昌「脂硯小記」。

（附記）　本章を草するに當っては、周汝昌・吳世昌・卞民岩・尾上兼英・小池洋一・西野貞治・宮脇宏慈・藤波節子その他の諸家やまた公私の圖書館から資料に關して種々便宜と配慮に預った。ここに併せて厚くお禮申し上げる。

（一・二　大阪市立大學文學會『人文研究』第一二卷第九號一九六一年十月）
（三　『人文研究』第一三卷第八號一九六二年九月）
（四　『人文研究』第一四卷第七號一九六三年八月）
（五　『人文研究』第一五卷第六號一九六四年七月）
（六　『人文研究』第一七卷第四號一九六六年五月）

第二部　刊本研究——程偉元・高鶚と程偉元本『紅樓夢』と——

程偉元刊『新鐫全部繡像紅樓夢』小考
——程本に見られる「配本」の問題を主とした覺書——

まえがき

小文は鳥居久靖教授がめでたく華甲に値われたのを祝わんとして草するものである。

まず取り上げるのは、影印された胡天獵氏所藏本『紅樓夢』の素姓の問題——それが果して胡氏のいうがごとき所謂「程乙本」の足本であるかどうかの問題である。その檢討を端緒として趙岡教授の胡天獵本に關する新説にいささか觸れ、できればさらに程本の排印過程など程本に關する他のいくつかの問題の解明にも及びたい。

それにつけても思うのは、かつて鳥居教授が「呂・高・王氏文法書引例小考——『紅樓夢』からの引例について」を自印されたことである。これは呂叔湘・高名凱・王力三家の文法書にしばしば見える『紅樓夢』からの引例に就き、それぞれの據った版本を吟味された勞作である。語法上の用例として引くからには、筋のよい版本を選ぶことは履むべき當然の手順であるのに、『紅樓夢』版本研究の時代差という事情を考慮に入れたとしても、三家とも資料の取扱いに於いて無頓着の嫌いなしとせぬ。鳥居教授はこれに例を取って後學を警められたのであろう。その同じ教授はまた『西遊記』『金瓶梅』等の通俗小説に關する精密な版本研究の成果を續々發表してこられた。それらはいずれも精力的な訪書行に裏づけられて成ったものばかりであり、とかく勞多くして功少なき業に從うを避けようとする後學に對しての無言の勵まし、無聲の戒めであると言ってよい。

もとよりこの二例は鳥居教授の本領とされるところの一面でしかなく、ここに筆者がさきの諸問題を自らに課そうとするのも、幾分なりと教授にあやかりたいと希うからに他ならない。

一　胡天獵藏「程乙本」に見られる「配本」の情況

「遼北布衣」と自稱する胡天獵氏（在臺北）がその珍藏する程偉元刊『新鐫全部繡像紅樓夢』百二十回全書を影印公刊されたのは去る一九六二年のことであり、奧付けに依ると、發行は中華民國五十一年五月十五日、發行所は青石山莊出版社、發行名儀人は韓鏡塘、となっている。胡氏の名が「主編人」として見えているのは、この影印本が「青石山莊（臺北縣に在る胡氏の廬名）影印古本小說叢書之七」に充てられているのに由る。（この叢書は胡氏の祕藏本を主とした明・淸の小說十種の影印を企圖するもののようであり、その廣告は第十一册等の見返しに見える。尤も、『紅樓夢』以外は筆者は未見であるが。）

全書は序・引言・圖贊・目錄及び本文第三回までを收めた首册を除き五乃至八回ずつ計二十册に線裝分訂、五册ずつ四函に分裝されており、帙の背竝びに各册の表紙には「影乾隆壬子年木活字本百廿回紅樓夢」と題されている。首册以下第十册までの見返しには「靑石山莊影印古本小說叢書之七程乙本紅樓夢」と題する胡天獵氏の題記があり、第十六・十七册には見出しに「敍言」の二字を加えたほぼ同文のものを掲げてある。これに依ると、影印に用いた底本はかねて「板本之嗜」ある胡氏が三十年來蒐集に努めた收穫の一種に係り、一九四八年に臺灣へ携えきたったものであって、程乙本をかつて藏していた胡適の鑑定を仰ぎ乙本たるを保證されたゆえ百部を限って影印することにしたものであるという。

これを承けて巻首には、「胡適之先生序」と題し當時存命中の胡適が寄せた序文（「民國五十年二月十二日」の紀年あり）をペン書きの肉筆のまま影印して掲げてある。

胡適はその序中に於て、胡天獵氏の影印したこの版本は確かに「程乙本」に相違ないと太鼓判を押し、多々ある證據のうちから一點だけを擧げるとして、「程甲本」第二回では「(王夫人) 第二胎生了一位小姐、生在大年初一、就奇了。不想次年又生了一位公子……」に作るこの「次年」を胡天獵本が「隔了十幾年」に改めている事實を指摘した。さらに程甲本巻首には「引言」を缺くのに、この版にはこれを存する事實をも擧げて補證とした。

民國十六年（一九二七）、上海の亞東圖書館が程甲本系統の壬辰本（王希廉本）を底本として有正書局本等で校訂した新式標點本『紅樓夢』の舊版紙型を破棄し、當時胡適の收藏していた程乙本に據って重排したことはよく知られている。（尤も、程乙本をそのまま覆印したのではなく、校訂者の汪原放は同館舊版を底本として程乙本で校訂するというささか安易な方法を採ったのであるが。）その後、胡適は一九四八年末飛行機で急遽北京を離れるとき、亡父の遺稿と所謂「甲戌本紅樓夢」とだけを携えたと自ら記している[1]から、程乙本は北京に置き去りにされたわけである。しかし、座右に原書はないにせよその舊藏者であり、かつ亞東本新版に「重印乾隆壬子本紅樓夢序」を與えて改訂版としての程乙本の價値を力說鼓吹した當の胡適の極めつきであってみれば、胡天獵氏が信じて疑わなかったとしても無理からぬ。表紙等に「影乾隆壬子年木活字本」を謳ったのもけだし當然であろう。

それにしてもこの影印本、遡ってその底本は果して全書すべて程乙本なのであろうか。

結論から先に記すならば、その問いに對しては否と答えざるを得ない。ではどのような性格の版本であるか。筆者の調査檢討した結果に依れば、實は計六十五回の程乙本と計五十五回の程甲本とから成る混合本なのであった。それらの内譯をも含め、以下に所見の概要を記そう。

(一) 元來の「封面(表紙)」「扉頁(見返し)」ともに缺。

もと「封面」には「繡像紅樓夢」と題し、また「扉頁」には「重鐫全部繡像紅樓夢、萃文書屋」のごとき刊記があったかと思われるが、(2)胡天獵氏所藏底本のそれもまた破失したものとおぼしい。第百二十回同末第十五葉第十行(末行)には「萃文書屋藏板」と題する。

(二) 程偉元(字《あざな》小泉)「序」二葉、高鶚(字蘭墅)「敍」二葉、小泉・蘭墅連署「紅樓夢引言」二葉。

程・高序とも整版(程序も高氏の代筆とおぼしい)、甲・乙兩程本ともに同版を用いている。「引言」は聚珍版(木活字印刷、乙本のみ)。

程序第一葉全葉鈔補(首句「紅樓夢是此書原名」はもと「石頭記是此書原名」に作るを妄改したもの)。第二葉前半葉《オモテ》第五行末「迨不可收」及び第六行末「釐揭截長」鈔補(「迨」「揭」はもとそれぞれ「殆」「剔」に作る)。第二葉後半葉《ウラ》第一行末「復爲鐫板以公」、第二行末「始至是告」及び雙邊の一部鈔補。これらは第一葉及び第二葉中央下部が破失した結果補筆したものであるが、影印の際になされたか、またはそれ以前になされたかは不明。

(三) 圖贊二十四葉、前圖後贊。

整版(贊の筆蹟も高氏のそれに似ている)。

第三・五・六・十・十二・十三・十八・二十・二十一圖の一部に破失が認められる。第六圖「賈元春」畫像には左下部の宦官の下半身部分に破失が認められる他、中央及び左側の本來無地の柱に細紋が加筆されており、右側部の鳳凰文の上下の空白にも同様に細紋が加筆されている。(いずれも描線が輪郭の外へはみ出しているところを見ると、たまたま墨でもはねて汚れたのを隠そうとてなされたものか。)第十九圖「李紋、李綺、邢岫烟」中央の欄杆二條とも原板の描線が破損していたと見えて消えている。

(四)「紅樓夢目錄」十三葉。整版。一部に挖改（補刻）あり。(3) 最後の第十三葉のみは木活字印刷とおぼしい。

(五)正文毎半葉十行、行二十四字。白口。左右單邊。第六十一回以後は第七十一～七十五回の五回を除き左右雙邊。有界。

ちなみに程甲本は左右雙邊（四周雙邊）、程乙本は第百十一回以後の十回が左右雙邊であるのを除き左右單邊のようである。尤も、左半葉雙邊の内側の罫線は消えている例が多い。

(六)底本匡郭高一七センチ、濶一二センチ。影印本匡郭高一六センチ、濶一一センチ（胡天獵「敍言」に記すのに據る）。第十四冊以後は原寸大に變更改善（第十三冊「通告」）。

右に胡氏の「濶」というのは左右單邊の内ノリを量ったものである。筆者が若干の回に就き測定したところに依れば、程甲本匡高一六・六センチ、寬一〇・九センチ、程乙本匡高一六・六センチ（甲本と同じ）、寬一一センチ（甲本が左右雙邊なのに對し乙本は單邊なので、内ノリを計れば前者は内側の罫線分だけ狹くなる。ただし第百十一回以後は甲本同様左右雙邊になって一〇・九センチ）。なお目錄の匡郭は匡高一六・四センチ、寬一〇・八センチで本文のそれとは小差がある。

(七)配本あり。第一回より第六十回までは程乙本。第六十一回より第百二十回までは程甲本、ただしそのうち第七十一～七十五回の五回は程乙本が補配されている（(五)(六)參照）。

(八)第七回の第四葉のみは程甲本・程乙本とも異なる異植字版。前半葉第二行、程乙本が「倒反爲歎息」に作るを

「反倒歎息了」に作り、「携花至」を「拿着花兒到」に改め作る。

（九）第三回終葉第十五葉は全葉鈔補。

（一〇）第四十七回第十二葉を脱す。(4)

（一一）第六十二回第二葉下部鈔補。

（一二）第六十三回第十三葉前半葉の大部分鈔補。

（一三）第六十五回第十三葉大部分鈔補。

（一四）第九十一回第一葉前半葉左下部鈔補。

（一五）第九十八回第十一葉版心の回數を「第九十九回」と誤って補寫している。

（一六）藏印二種あり。

程序の右下、首回首葉の右下及び第百四回首葉右下に「胡天獵隱藏書」の朱文長方印が、また第六十一回及び以後の五回目ごとの回首に「擘巻樓」の朱文長方印が捺してある（印の色は影印本では黒）。後者に第七十六回の分の下部が破失したまま影印されているところから見ても、胡氏以外の舊藏者の一人のものであろうが、なんびとの齋號なるや不詳。なお第七十一回にのみこの印が見えない事實は、（五）の匡郭の變化とともに以後の五回が程乙本による配本であることを裏づける。同時にまた原裝では五回ずつ分訂されていたことをも物語っている。

（一七）分訂二十册、分裝四函。

底本も二十册に分訂してあるというが（「敍言」）、原裝では五回ずつ（ただし第一分册は第三回まで、第三分册は第十五回まで）すべて二十四册に分訂されていたものであろう。

それにしても、胡適がすでに程乙本に相違ないと「鑑定」を下した胡天獵影印本を指して、實は程乙本と程甲本とから成る混合本だと斷定するのは、はなはだ大膽な仕業のようでもあるが、思うに當時の多忙な胡適には全面的な檢討を加える暇がなかったに違いない。なるほど亞東本新版は前記のごとく忠實な程乙本の覆排本でないとは言え、姑くこれを以て對校したならば、その異文の頻出度からしても、「配本」の有無に自ずと氣づかざるを得なかったであろう。「重印序」には友人馬幼漁、卽ち當時の北京大學教授馬廉の藏本（馬氏の沒後、北京大學の藏に歸したと聞く）に程甲本一部があったと記しているから、兩本を對校したことはないまでも、胡適は程甲本を實際に見る機會には恵まれたはずである。しかしながら、たまたま兩本ともに足本であったことも手傳ってか、このたびの「鑑定」に當り、「配本」というようなことには思い及ばず、そのため要點のみ押えただけで程乙本なりと判斷したものであろう。

近頃、趙岡教授が胡天獵本の影印本を檢討して提唱された新說[5]は、右の胡適の「鑑定」を非なりとするものではあった。卽ち胡適がかつて程偉元の辛亥初印本を「程甲本」、壬子再印本を「程乙本」と簡稱したのに對し、趙教授は胡天獵本を壬子再印本と見なして「程乙本」と簡稱し、胡適舊藏の版本をばそれ以後に刊行された第三次印本の地位にまで引き下げて「程丙本」と簡稱し直された。それぞれの刊行地に就いても、從來、北京說・蘇州說と二說あったのを、初印本は北京、再印・三印本は蘇州なりとするいわば折衷說を立てられたのである。

なるほど趙教授は、胡適の「鑑定」法を一歩進めて異文の檢討をなお試みてはおられるものの、胡適同樣に「配本」があろうとは想到されなかったと見え、「配本」の結果生じた「異文」の現象を胡天獵本が「甲」から「丙」に至る過渡的な性格の異版であるがためのものと解された。かような事實誤認の上に立って推論を重ねるうち、さきの三印說に到達されたものとおぼしい。またこれは「影印本」（それも胡本は珂羅版でなく凸版である）に就いて版本を論ずる場合、特に警戒を要する點であるが、推論の主たる根據の一とされた程序・元春像の「改刻」も補筆と見るのが妥當であろう。いま詳しく論評する暇がないけれども、その他、根據として擧げられた一々を本節に記した所見と對照されるならば、その據りがたいことは瞭然、なおまた北京・蘇州兩地刊行説に就いても、次節以下及びその註を參照されれば、蘇州說の成立しがたい所以は自ずと明らかとなろう。

二　程本に於ける「配本」「配葉」の問題
――倉石本・伊藤本の場合――

程本に見られる「配本」の現象に就いては、實は夙に我が國の太田辰夫教授に依って注意が喚起されている。言及は二度に及んでいるが、まずその最初のものを左に引こう。

……ただ甲本乙本の內容には相當の差があるが版式が同じであるので、甲本乙本が入り亂れているものが多いらしい。このことは重要であるにも拘らず注意する者が少い。たとえば⑵の乾隆己卯本では、かけている六十四回、六十七回の二回を他本によって鈔寫し補ってある。ところがその六十四回のほうは甲本に近く、六十七回のほうは乙本に近いという。このことは鈔配に用いた底本が甲乙混合のものであるか、あるいは校合に用いた甲本なるものおよび乙本なるもののその部分がそれぞれ逆になっているかであることを示す（ただし可能性としては前者のほうがはるかに大きい）。このようなわけであるから程甲本程乙本をいうばあいは、巻首及び巻尾だけで速斷することなく、中間に配本がないかどうか全部にわたりよく檢討しなければならない。あるいは甲本中に一葉だけ乙本がはいっていることも無きにしもあらずであるが、そうなれば甲本乙本という區別そのものが無意味となる。[6]

胡適は太田教授の所謂「速斷」の誤りを犯したことになろう。右に例示された己卯本第六十四・六十七兩回は五回ずつ分訂された場合の第十三册、第十四册にそれぞれ收められていたはずであり、鈔配に用いた底本のこの兩册があるいは甲・乙の混合本であったものか。

太田教授はその後さらに、人民文學出版社新刊の『紅樓夢』を評介した文章のなかで、程乙本に據ったと稱する亞東新版と倉石武四郎教授所藏の程乙本（以下「倉石本」と呼ぶ）とを以前對校したときの經驗を披露された。ある囘に於て異同が極めて多いので念のため程甲本の系統に屬する壬辰本（王希廉本）と對校してみたところ、異同が極めて少ない。そこで、

このことは何を意味するかといえば、倉石先生所藏の程乙本には、程甲本が混入しているということである。もし逆にいって、倉石藏程乙本が「配本」のない完全な程乙本であるとするならば、亞東で使用した程乙本（胡適藏本）のその囘だけが程甲本であり、また同時に、王希廉が據った程甲本の系統のもののその囘だけが程乙本であったということになる（ただし前者である可能性のほうがはるかに多いことはいうまでもない）[7]。


とかように推定された。さきの己卯本の鈔配部分の例と言い、右の倉石本の例と言い、程甲・程乙兩本に混合本の存在する事實の指摘は、單に二例のみに止まるまいとの豫想を抱かせるが、すでに上に記したように、胡天獵本とてもその例に洩れなかったのである。

その後、筆者は問題の倉石本と架藏の「程甲殘本」（以下「伊藤本」と呼ぶ）とを對校させていただく機會に惠まれた。その結果、太田教授が壬辰本との對校により推定されたことのうち、可能性大なりとされた方が當っているのを知り得た。卽ち倉石本には胡天獵本と相似た比率で乙本の「配本」のある事實が確認されたのである。のみならず、伊藤本にも逆にわずかながら乙本の「配本」のある事實が判明した。いまそれらの概況をも含め、兩本に關する書誌學的な記述を試みるならば、次のとおりである。
（イ）**倉石本**　百二十囘足本　五囘ずつ二十四册に分訂、三十囘ずつ四函に分裝　甲本計六十囘、乙本計六十囘。

内譯　一～二〇…乙、二一～三〇…甲、三一～三五…乙、三六～五〇…甲、五一～六〇…乙、六一～九〇…甲、九一～一〇〇…乙、一〇一～一〇五…甲、一〇六～一二〇…乙。

ただし封面・扉頁とも缺。程序鈔補、高序・「引言」存す。圖贊一「石頭」匡郭左右中央損ず。十六「史湘雲」湘雲裙子補筆あり。十九「李紋等」中央欄杆二條とも損ず（胡天獵本に同じ）。二十二「晴雯」左下部破失。第一回第十三葉鈔補。第三回末第十三・十四葉のみ甲本（甲本のこの回は第九葉が丁附けを重複しているため、實際は各第十四・十五葉に當る）。第九回第一葉のみ甲本。第三十一回第一葉のみ甲本。第三十七回第五葉缺葉。第四十回第十七葉鈔補。第四十七回第十二・十三葉を各十一・十二と丁附けを誤る。第六十二回第十二葉を第六十一回第九葉の後に錯訂。第百十九回第五葉のみ甲本。

（ロ）**伊藤本**　百十回殘本（第十九～二十三回、第九十一～九十五回缺）第六十回までは首册を除き四～七回ずつ第六十一回以後は五回ずつ二十四册（缺二册）に分訂、三函に分裝　甲本計百回、乙本計十回。

内譯　一～九〇…甲、九六～一〇〇…乙、一〇一～一一〇…甲、一一一～一一五…乙、一一六～一二〇…甲。

ただし、封面・扉頁とも缺。程序第一葉前半葉下部鈔補（「游戲三昧」の關防印下半破失）、「引言」缺。圖贊一左下部鈔補。二同上。四下部中央匡郭破失。五左下部破失。十一左下部匡郭破失。十三同上。十四同上。十五左下部破失。二十一左下部匡郭破失。十九「李紋等」中央欄杆二條とも損ず（胡本に同じ）。第三回第十～十五葉の丁附けを誤って各第九～十四葉とす。第四回第一葉前半葉一部鈔補。第九回第一葉のみ乙本（倉石本と逆の現象）。第三十回第十葉を第二十六回第三葉の後に錯訂。第三十回第十一葉缺葉。第三十一回第一葉缺葉（倉石本のこの回、この丁のみ甲本）。第四十七回第十二・十三葉の丁附けを誤って各第十一・十二葉とす（倉石本に同じ）。第九十回第十一葉後半葉一部鈔補、同第十二葉前半葉一部鈔補、後半葉缺葉。第百十六回第一・二葉鈔補、第三葉一部鈔補。第百二十回第十五葉後半葉缺葉。

右のうち、伊藤本は缺回が十回に及ぶが、幸いその分は科學院文學研究所所藏程甲本のフィルムを利用させていただき補うを得た。この折の調査の經驗を新出の影印本の場合にも活かし、三本を對校した結果が前節に記した胡天獵本に關する所見である。その際利用した、程甲・程乙兩本に就いてこれまでに發表された書誌學的な記述の主なもの(甲)及び諸書に散見する兩本の書影(乙)の管見に入ったものを、參考までに以下に發表順に列擧しておく。

資料(甲)　書誌學的記述

(イ)汪原放「校讀後記」(亞東本新版『紅樓夢』卷首)「(二)『程乙本』的說明及校讀」、「(三)新本與舊本的比較」。

(ロ)王佩璋「『紅樓夢』後四十回的作者問題」(『光明日報』一九五七年二月三日「文學遺產」第一四二期)「(二)高鶚不懂後四十回」脚注(一)三

(ハ)孫楷第編『中國通俗小說書目』(北京・作家出版社、一九五七年)卷四「明淸小說部乙」中の『紅樓夢』の項。

(ニ)一粟編『紅樓夢書錄』(上海・古典文學出版社、一九五八年)「版本」部の程甲本・程乙本の各項。

(ホ)北京圖書館編『中國版刻圖錄』(北京・文物出版社、一九六〇年)「目錄」及び「圖版」六三八(程甲本第二十七回第一葉書影)・六三九(程乙本同回同葉書影)・六四〇(「引言」第一葉書影)。

(ヘ)王樹偉「記最近所見幾部珍本戲曲小說」(『文物』一九六一年第三期)程甲本の項。(8)

資料(乙)　書影

(イ)　程甲本

① 高鶚序第一葉後半及び第二葉前半……『散論紅樓夢』（香港・建文書局、一九六三年）卷頭圖版
② 第一回第一葉……一粟編『紅樓夢卷』（北京・中華書局、一九六三年）第一册口繪
③ 第二回第六葉（北京大學圖書館藏本）……『中國畫報』（一九六三年十月號）一六頁
④ 第二十七回第一葉……『中國版刻圖錄』（前出）「圖版」六二八

(ロ) 程乙本

① 「引言」第一葉……『中國版刻圖錄』（前出）「圖版」六四〇
② 高鶚序全葉(9)……『高蘭墅集』（北京・文學古籍刊行社、一九五五年）一三～一六頁
③ 圖贊「石頭」他十八圖選印……阿英編『紅樓夢版畫集』（上海出版公司、一九五五年）一～一八頁
④ 第二十七回第一葉……『中國版刻圖錄』（前出）「圖版」六二九

(ハ) 甲・乙いずれとも不明なるもの

圖贊「石頭」圖……文學研究所編『文學研究集刊』第五册（北京・人民文學出版社、一九五七年五月）三三五頁後

右の資料前半(甲)に引いた諸家の記述は精粗とりどりながら、(ロ)の王氏の文にやや關連のある指摘が見られるのを除くと、どうしたわけか「配本」の現象に言及したものがない。ところがさきの三本に就いて調査を進めるうち、甲・乙兩本の版式が部分的に同一であったり、または酷似していたりするために例の一種の「可逆」の可能性ありと考えられる場合にしばしば遭遇した。その甲・乙を分かつのになにを基準とするかという問題がついて廻り、必ずしもそれは單純な作業ではなかった。その閒、主として參照した架藏の版本に二種ある。まず程甲本系統の刻本としては、乾隆五十七年冬に刊刻されたと推測される「東觀閣本」(10)、及びやや遲れて乾隆末年乃至嘉慶初年に刊刻された「新鐫

繡像紅樓夢全傳[11]」（以後「全傳本」と略稱）と題する刻本（一粟編『書錄』に未著錄のもの）の二本が擧げられ、壬辰本（書名は「新評繡像紅樓夢全傳」と言って全傳本と似通うが、實は東觀閣本に據って校刻したもののようである）も閒々參照した。特に全傳本は行格字數から分訂の仕方まで程甲本をほとんどそのままに縮印しているので對校にも便利であり、これが重要な役割を果した。また程乙本系統の刊本としては、人民文學出版社本（一九六四年新版。「人民本」と略稱する）を主とし、亞東本新版を副として利用參照した。前者は阿英氏所藏の程乙本を底本にしたもののようであるが[12]、その「校記」はかなり參考になった。（傳本がないとも思われる全傳本はともかく、同年に刊行されたはずの東觀閣本を校勘に利用していない點は如何かと思われたが。）また異文を内容的に見た場合、汪原放が「校讀後記」(三)で例示したような「文言」から「白話」へ向かう修改の傾向が甲・乙を分かつ上で判斷を助けたことは言うまでもない。

三　程甲程乙兩本の版本上の諸特徵

前節に擧げた資料(甲)(乙)を參考にしながら對校を進める過程で、甲本・乙本という二種の異本の存在が次第に確かなものとして感得され出した。とは言え、倉石本・伊藤本に胡天獵本の影印本を合わせても、なおかつ乙本のすべては含まれていない。ために筆者はこの眼で甲・乙兩本の全葉を對照確認し得ていないことを遺憾とする。そこでその不備を補うべく資料(甲)(口)の王佩璋女士の文章を次に援引しなければならない。

都是蘇州萃文書屋印的、甲乙本每頁之行款・字數・版口等全同。且甲乙本每頁之文字儘管不同（據我統計、甲本全書一千五百七十一葉、到〝乙本〟裡文字上未改動的僅五十六葉——〝乙本〟因增字故、多四葉）、而到葉終則又總是取齊成一個字、故甲乙本每葉起訖之字絕大多數相同（據我統計、一千五百七十一葉中甲乙本起或訖之字不同者不過六十九葉）、因之甲乙本分辨極難；甚至一百十九、一百二十回〝程乙本〟之活字就是〝程甲本〟之活字、第一百十九回第五葉甲乙本之文字・活字・版口全同、簡直就是一個版、……。

王氏は程甲本から程乙本への後四十回の修改ぶりに見られる校訂者としての高鶚の原文に對する無理解を衝き、他の論據とともに、高鶚その人を續作者と見なす說の成立しがたい證左となす論者の一人であり[13]、右に引いた文章は、姑く讓って乙本が程・高による修訂本と見せかけ利を貪ろうとした別人の手になる可能性はないかと檢討する過程で、その可能性の大ならざる所以の三として記されたものである。かつて殊に胡適が提倡して以來、ほとんど定說と化した觀のあった高鶚續作說を根據を以て否定するためには、實にこれだけの手順を履まなければならなかったのである。（別の觀點からする高鶚續作否定說は橋川時雄教授にもある。高鶚の序や文集の殘巻に就いて見るに、「その文には旗籍作家にみられる撲實なところがあっても豔情を說く才藻は見られなかった」として續作說に根據なしとされるが、これだけでは逆の立場からする反論と水掛論に終わりかねまい[14]。）

王氏は當時北京大學文學研究所に在って兪平伯氏の助手として『八十回校本』校訂作業に従っており（のち一九五八年に人民文學出版社から刊行された『校本』には「王惜時校」として字《あざな》で見えているが）、五四年三月十五日には『光明日報』紙上に「新版紅樓夢校評」を發表、前年十二月作家出版社から新たに刊行された『紅樓夢』は程乙本に據ったと稱するものの、その實亞東本新版を襲ったものであって、ざっと對校しただけでも、程乙本と異なる箇所は六百二十四に上ると指摘したという[15]。この校評も程乙原本に據って對校した結果に成ったものである。その末尾に記すのに依れば、上に引いた文章も實は五四年初頭に執筆し溫めていたものらしい。尤も、利用した甲・乙兩本の所藏者に就いては特に言及がない。翻ってこの對校は『校本』校訂作業の一環とも言い得る面を持つところから（『校本』は後四十回を別册附錄としているが、その底本は乙本に據らずしてことさらに甲本を採っている）、兪氏の「校本序言[16]」に就いてみると、程甲本に關しては、その末尾に傅惜華舊藏の程甲本（現在文學研究所に藏せられている一本は氏の沒後、兪氏の緣で同研究所の藏に歸したものかも知れない）及び朱南銑・周紹良二家所藏の程甲殘本を利用し得たと記してある。にも拘らず、程乙本に關しては、『校本』卷頭の「紅樓夢校勘記所用本子及其簡稱的說明」中にも「程氏甲本只作參考、乙本間或引用」と記しながら、利用した乙本の所藏者を明記していないため、王氏の利用したであろうそれに就いてもただちに知ることを得ない。ただ「序言」には別にまた鄭振鐸から珍しい資料を多數借り得たことに對する謝辭が見える。その鄭氏が一九五八年航空機事故で沒したのち北京圖書館の藏に歸した厖大な舊藏書中には、次のように程本三部が含まれていたことが『西諦書目』中の左のごとき記載に依って知られる。(17)

紅樓夢　存八十回　清曹霑撰　清乾隆五十六年萃文書屋活字印本　十六册　存前八十回　有圖

紅樓夢　存六十回　清曹霑撰　高鶚補　清乾隆五十六年萃文書屋活字印本　十二册　存第三十一至六十、九十一至一百二十回

紅樓夢　一百二十回　清曹霑撰　高鶚補　清乾隆五十七年萃文書屋活字印本　二十四册　有圖

前二本は程甲殘本（この二部を合わせてもなお第八十一回から第九十回までが缺けているところからすると、王樹偉氏が㈠に記した程甲足本はその缺を補うべく同氏勤務の北京圖書館に購收されたものかも知れぬ）であり、最後の一本は程乙足本である。兪氏は舊鈔殘本第二十三・四回(18)などと共にこの程乙本をも鄭氏から借用したものであろう。とすれば、王氏は主に傅惜華所藏程甲本・鄭振鐸所藏程乙本の二足本を對校し、さきの調査結果を出したと推定してほぼ間違いあるまい。

さて、王氏の報告は本稿の課題に對してもいくつかの有益な材料を與えてくれるが、まずその指摘の一點——程甲・程乙兩本の版式が同じで每葉の起訖の文字がまたほとんど同じである事實——に關して言えば、王氏に先立ち、我が

國でも大原信一教授が次のように指摘されている。

程甲本改訂の結果として、程乙本では著しく字數がふえている。汪原放氏は亞東新本の校讀後記において、新本と舊本を比較して二一、五〇六字がふえたと云つている。この數字は、主として道光本（王希廉本）によつた亞東舊本との比較の結果であるが、王本は主としてだいたい程甲本の系統にぞくすから、この數字は甲乙本異動の概數を示すものとして受けとつてよい。二萬字の増加が行われた反面、删除もまた遠慮なく行われている。原則的には何字かを増加すれば、その字數だけ删除される。さきほどの長的這麼大了∨這麼大了のような場合は、全くかかる偶然の結果である（甲本と乙本の一回あたりの丁數はほとんど同じであるから、このような方法で調節できない場合は行間の文字をつめることによって増加した字數を處理している[19]）。

甲・乙兩本に見られる異文が、實は程本の印刷上の特殊事情に由來する「偶然」に支配された結果である場合もあり得るとの視點を大原教授が示されたことは重要である。これは後に金子二郎教授が次のように述べられた程乙本に對する評價視點にもつながるものであろう。

これらの改訂（乙本のそれを指す―伊藤註）は、果して胡適の認めるほど――この改訂があるが故に壬子本は辛亥本よりも優れているといえるほど、重大な意味をもつものであるかどうか疑いなきをえない。この改訂は、極めて短時間の間に、十分な研討を加えることなくして、むしろ氣の赴くまま、主觀的に行われたもので、必ずしもある一定の方針をもっていたとは思えず、場所によっては、木活字の制限を受けて、一字を削ったがために、その近くで一字を増さねばならぬというような、無理からぬ無理をした形跡すら指摘される。……（中略）……改訂のあとを調べて、わたしはむしろ改惡・行きすぎではなかろうかと思う[20]。

ところで、大原教授がさきの文中で「ふえた」とされたのは誤解を招く惧れなしとしない。汪氏の「後記」には

「總算起來、修改的字數竟有兩萬一千五百〇六字之多（這還是指添進去的和改的字、移動的字還不在內）[21]」と記しており、つまり插入したためふえた字數と別の表現に改めた分の字數との合計が上の數字であって、前後に移動しただけの分の字數は含まれていないということである。汪氏はなおその内譯をも十回ずつ小計を出して示しているので以下に引いておく。[22]

⑴ 第一回至第十回……………………改去三一一四字
⑵ 第十一回至第二十回………………改去二二七四字
⑶ 第二十一回至第三十回……………改去二六四七字
⑷ 第三十一回至第四十回……………改去二四八三字
⑸ 第四十一回至第五十回……………改去一五〇六字
⑹ 第五十一回至第六十回……………改去一一一〇字
⑺ 第六十一回至第七十回……………改去一〇五一字
⑻ 第七十一回至第八十回……………改去一三五二字
⑼ 第八十一回至第九十回………………改去七三三字
⑽ 第九十一回至第一百回……………改去一三八五字
⑾ 第一百〇一回至第一百十回………改去二七二九字
⑿ 第一百十一回至第一百二十回……改去一一二二字

前八十回と後四十回との修改總字數の集計も別に次のように示された。[23]前者に修改の著しいことが知られるが、これは文言的な表現を白話的に改めた例が前八十回に多い事實と無關係ではなかろう。

曹雪芹的前八十回……………………改去一五五三七字

高鶚續作的後四十回………………改去五九六七字

これら異文の字數に就いては、汪氏自身も嚴密なものではなくて八、九分通りの見當を示すものだと斷っている。とは言え、さきの王氏の調査報告が、甲本の全書は一千五百七十一葉、乙本は字數增加のためこれより四葉ふえただけであるのに、甲・乙閒に異文の見られぬ丁は五十六葉に過ぎないとするのを補うものである。しかも王氏の言う五十六葉も、後文で觸れる第百十九回の第四葉を例外として、すべて組みの違う異植字版なのであるから、配本のない完全な甲本・乙本の存在を考えたとしても大過あるまい。

念のため記せば、さきの大原教授の指摘の末尾に「行閒の文字をつめる」とあるのは誤解を與えかねぬが、無論當今の活版印刷のように込物で調節して行數、延いては字數の增減を圖るがごとき操作はなされておらず、正に「何字かを增加すれば、その字數だけ刪除される」という原則——紙型を象嵌訂正するときの要領に類する——に從って、まず半丁の枠のなかで處理し、それが無理な場合は一丁全體の枠のなかで處理し、それすら無理な場合、始めて次の丁に亙って處理する。その稀な場合が、王氏に依れば、六十九例なのであり、裏返して言えば、九十六パーセントまでは甲・乙兩本とも各丁の始めと終わりの文字が同じだということなのである。

ここで大原教授の指摘に關連して、いま一つ檢討しておきたいことがある。同教授はさきの指摘の少し前のところで、「紅樓夢の程氏初刊本（程甲本）と程氏重刻本（程乙本）を比較すると」云々と記しておられる。[24] これは恐らく橋川時雄教授が大原教授に先立って同じ紀要のなかで「乾隆五十七年（一七九二）には、程偉元・高鶚によって『紅樓夢』百二十回の完本が活字版で刊行された。その翌年には矢つぎばやにふたたびその重校刻本が刊行された」と述べられ、甲本を「程初印本」、乙本を「程重刊本」と略稱しておられる[25]のを妥當とされてのことであろう。橋川教授は別の文章でもこの見解をやや詳しく述べておられるので、それを以下に引く。

……初印本にあつては木活字を用い、當時としてはもつともそまつな版式でその經費を節減し、かつ速成をはかつている。初印本についてみるに、その木活字は當時の邸報、今の官報に用いられたそれにはなはだよく似ている。またその重刻においてもよほどその坊間における需要をみこして、速成を考えて初印〔本〕に多少の校正をくわえて版上にはりつけて仿刻されたようである。一見して活字版のように見られるが活字版ではない。そして重刻本においても、程・高二氏の序と目錄圖贊は初印本に用いられた原板をそのままにとり入れて、あらたに「引言」七則を補刻したにすぎない。(26)

右のなかで、甲本によって所謂「かぶせ彫り」をした木版本が乙本だとされたのは、如何なものであろうか。甲・乙兩本を對照してみれば、同種とは言え活字の相違は字々歷然としており、乙本もまた木活字印本に他ならない。「引言」も活字で印刷されている。版木を用いたのは、程・高二序各二葉と目錄十三葉・圖贊二十四葉及び第八回の通靈寶王・金鎖の圖とに限られ、これらには同版が甲・乙共通に使用されている。ただ目錄は乙本では誤刻の訂正以外にも文字が改められており、その箇所のみ入木《いれぎ》をして「挖改」したものとおぼしく、この事實が或いは「初印〔本〕に多少の校正をくわえて」云々とされる仿刻説に導いたのではあるまいか。從って以上の版木を用いたものを除く甲・乙兩本の本文はやはり「異植字版」だということになる。

四　程本の異植字版の諸相

一口に異植字版とは言うものの、それにも考うべき幾つかの問題がある。

一つは甲・乙以外の第三の異版の存在である。その著しい例として第七回の第四葉を擧げなければならない。伊藤本・倉石本・胡天獵本三本ともまったく組み換えられているからである。伊藤本（甲本）第一行の「那處人」が倉石本・胡本とも「那裡的人」と白話的に改められているばかりか、第二行「携花至」が倉石本では同文なのに、胡本ではこれも「拿着花兒到」と白話的に改められている。程乙本に據ったという人民文學出版社本も亞東新版もこの箇所は「携花至」に作っているし、胡本の前後の丁は倉石本とまったく同版であるしするから、恐らく倉石本が乙本なのであろう。して見ると胡本は、これが僞版でないならば、乙本のその丁を一旦解版したあとで組み直して印刷されたものに違いない。この第四葉を含む分册がいざ合訂される段になって、紙數の數え違いその他の手違いによるこの丁の不足はかなりの數に上ることが氣づかれた。そこで急遽組み直して補うこととなり、その際さきの小修正が施された——こうした事情に由るものではあるまいか。長澤規矩也教授に依ると、「活字印本では、別種の活字を使ったものが異版で、同種活字を使って組換えて印刷したものを異植字版というが、一部一册の全部に通じて異植字でなく、序文だけとか、一二葉だけ異植字のこともある」という。[27] これは正しく後者の例であろう。また別に同教授が活字印本に就いて、「同時の組版は多からざるべく、同時印刷部數も一百部内外か。殊に多數印刷する時は字面に高低生じ、組換を必要としたるものの如く、是に於て、時に異植字版を生ずるなり」[28] とされるのは、異植字版のたまたま生まれる所以を述べられたものであるが、右の第七回の場合はまた別の原因に出ずる事態のように思われる。

これと類似のものとしては、『書錄』の記す乙本とも異植字の殘本が擧げられよう。しかし、例として引かれた第六十九回の一條は「行」一字の倒排であって、活字印刷の場合、往々にして見られる現象である（乙本第九十七回第一葉に「紫鵑」の「鵑」字が倒さに印刷されてあるのはその例）。いま一つ例として引かれたのは同じ回の回末最終行に「唤」一字增えている點である。人民本の「校記」も、「『唤』字原無。按自上文『放了七日』句至此句一段、諸本皆無、唯

第七十回首接敍此事有『賈母喚了他去』字樣、今暫酌補『喚』字」と記し、意をもって補ったことを斷っている。この一本[29]の少なくもこの回は、校正を終えたばかりの初刷紙を多く含んでいるのではあるまいか。倒排はすぐ氣づかれて直された。「賈母忽然來喚」の「喚」字は、この丁の印刷中ムラ取りをする必要が生じ、そのときうかと脱したものか、または校正者を含む印刷關係者の賢しらで餘計な文字として削られてしまったものであろう。王佩璋女士が乙本改惡と見なしている箇所のなかにも、あるいはこれらに類した場合があろうかと思われる。

さて、いま一つの問題はこれとは逆の甲・乙同版の特異な現象である。これに就いて王氏はすでに引いたように、第百十九・百二十兩回の活字は甲・乙兩本とも同じだと指摘した。しかし、筆者が對校してみた限りでは、それは第百二十回の第三葉以下最終丁の第十五葉に至る十三葉分に就いてのみ言えることのようである。

ただし、第百十九回に在っては、倉石本の場合も第五葉が王氏の言うとおりに甲本と同版である。これはさきの第七回第四葉の場合とは逆に、甲本印刷の際刷り過ぎた分を乙本に轉用したものとおぼしい。二例だけではすべての乙本がそうなのかどうか斷定しがたいとしても、人民本のこの丁に相當する部分四百八十字と對校してみたところでは異文はなく、従ってその底本もまた同版である可能性がある。すべての乙本がそうだとすれば、全書刷了を目前に控えて功を急いだため、所要の枚數だけすでに刷ったのに、うかとまた同じ版で次の丁を刷るべき用紙に刷ってしまい、たまたま甲・乙兩本とも同部數（恐らく百部か[30]）刷ったので、それが全葉活かされる運びとなった――臆測を逞しくするならばこういうことではなかろうか。

倉石本に見られるこれ以外の丁の甲本からの「配紙」ともなると話は別であり、人民本と對校した結果でも異文が認められるから、手違いで若干餘計に刷ったのを活用したものか、それとも流傳の過程で、扱った書店が複數の殘本を混合した際に補配したものか、そのいずれかであろうが、混合本であるという點、また同じく混合本である胡天獵本の乙本部分に「配紙」がない點を考えれば、おそらく後者であろう。殊に「配紙」がたまたま第一分册の最終の回である第三回回末の二丁、及び第三分册の最初の回の第一丁であることが、破失の疑いを一層強める。第七分册最初の第三十一回第一丁の場合も同様である。尤も、乙本の足本にも同じ例が發見されれば、前者である可能性が大きくなるが……。なおまた伊藤本第九回第一丁の「配紙」の場合も、半分以上破れた殘紙に裏打をして補鈔している事實から見て、乙本殘本から都合十回分を補配した際、ついでになされたものであろう。

實は第百十九回には、問題のある丁がなお一丁見られる。卽ち第十二葉がそれであって、一部に同字數での差換えによる異文（誤植訂正を含む）こそあれ、活字も同じ同版である。甲本から乙本（倉石本）への修改ぶりを示せば、左のとおり。

前半葉第五行「這樣的事」→「這樣事留」

第十行「喜歎」→「喜歡」

後半葉第七～八行「況天下那有迷失了的擧人」→「不過再過兩天必然找的着」

第十行「怎見得呢」→「怎麼見得」

一旦刷り上ったあと、當時うだつの上らぬ擧人であった高鶚は、續作者の記したかような文句を殘しておくのが氣恥ずかしくなり、刷り直させた。ところが結局改訂版を出すことが本決まりになったので、この訂正分も第五葉と同様そちらに使用することとした――この現象に就いてはこう考えてみては如何であろうか。

ところで、乙本第百二十回の第三葉以下の十三葉というのも、實は右の第十二葉の場合と同じく、甲本の誤植などを各丁あたり數箇所程度活字の差換えで訂正したものに過ぎない。ただこれらが十三葉もの連續しかつまとまった丁數を成している事實、のみならず最終回の最後尾に當る事實を考え合わせるならば、前回の二葉の場合とは自ずと別様の説明が與えられなければなるまいと思う。私見では、この十三丁という丁數は、程甲本排印の際、同時に組まれた版數——長澤教授が「同時の組版は多からざるべく」とされた——のおよそ二回分(それが同時に工程の二日分でもあったろう)を示すものであり[31]、つまりこれだけの版が程乙本排印開始までのある期間、その時に備えて組み置きにされていたものであろうと考える。

おそらく重印の計畫自體は、前評判も悪くなかったに違いないから、初印本發賣以前より程・高ら關係者の閒で話し合われていたことと思われ、本文の印刷が最後の工程に入ってこの第百二十回の組版にかかった追い込みの時期には、もはや判斷はほぼ下されていたと見てよい。さればこそこの最終の十三丁は、初印本の分を刷り上げたのちも、解版することなく組み置きとされたのであろう。かくて所謂前附け(序・圖賛・目錄)をも含めた百二十回の全書が刷り上ったのは、高序の「辛亥冬至後五日(舊暦十二月八日)」の日附けから推してこの年も末に近く、装訂が濟み次第新書は發賣された筈で、遲くとも翌壬子正月匆々にはその運びとなったことであろう。そうしてそのうちの一部はいちはやく蘇州につながりのある書店の手でかの地にも運ばれ[32]、東觀閣が先鞭を着けてその刊刻に着手したわけである。

ともあれ重印の議は一月中に本決まりとなった。印刷作業が再開されたとき、組み置きのままの十三丁が手始めに印刷されたのは事の成り行き上當然だとして、次には第百十九回の刷り溜めの二丁分を除いた他の丁だけでなく、遡って第百十回から以後の都合十回分がまず印刷され、装訂に廻されたようである。

その際、高鶚はこの十回分の初印本のための原稿(それは程本の行格字數通りに作られた專用罫紙に淨書されたものであったか)または完成したばかりの新書(或いはその校正刷「校樣」)に就いて、なるべく各丁ごとの枠のなかで增删を行うという原則を樹て、修改に當った。この方法が取られたのは、まず第百二十回の十三丁分の活字差換えによる改訂の場合、極めて自然なことであったし、第百十九回の場合でも、例の二丁を活用するためには、前後の丁と文字が相接する必要があり、これまた當然の仕儀であった。（こうした經緯を想定すれば、上に引いた一文中で王佩璋女士がこの兩回の活字が同じだと指摘された事實もうなずける。實際には「同じ」ではないけれども、似通っていて格別不思議はないであろう。）それをさらに十回全部にまで擴大適用したのは、ほとんど自然の勢いだったと言ってよく、この程乙本の最後の十回となるべき分が、匡郭の點でも組み置きの十三丁に倣い、程甲本と同樣に四周雙邊の版のまま印刷されたとしても少しも不思議ではなかった。

もしも右の推定のように順序を顚倒して變則的な印刷方法が採られたとしたならば、それは一つには次のような判斷が働いてのことではなかったか。卽ち、重印に當り、初印の際に難澁した經驗に鑑みて前八十回の校合用に異本を集めることが高鶚から要請されたものの、その手配、入手についでの重訂稿の蓄積——少なくも印刷工程に追い拔かれない程度の手持ち分を確保するには若干の日子が必要である。さりとてあまり長い開印刷設備（「手民」をも含めた）を遊ばせておくわけにはゆかず、現に組み置きのままの十三丁のことやその前回の刷り溜めの二丁分のこともある。そこで諸條件を勘案した上、時を稼ぐためにも、いっそ異本がなくて比較的問題の少ない後四十回の一部なりとさきに、こういう判斷になったのではあるまいか。

さて、いよいよ重印の體勢が整い、本格的な作業に入る段階で、程・高連名による「引言」が起草された。これは新たに木活字で組まれたが、このとき版式が左右單邊に改められ、それは本文の第一回から第百十回まで套襲されたようである。前附けの部分には一部補刻をした上で手持ちの板木が再使用されたことは言うまでもない。また本文の排印に當っては、修改を各丁の枠内で處理するというさきの原則は全書に適用されることとなった。初印本を上廻って全體の丁數が無闇と增加するのを抑制する狙いもあったかも知れないが、それにもまして印刷工程を迅速に進行させる上で便利なことが認められたからであろう。その他なお初印本の排印全工程を通じて生じたであろう刷り餘しの丁を無駄にせず重印本に活用する狙いがあったとも一應は考えられる。ただこの方は上述のような倉石本・伊藤本の「配紙」の情況から推して、可能性は小さいようである。いずれにしても、この同一丁内處理の原則の全面的採用が結果的には重印本のほとんどの丁に亙って例の「起訖同一文字」という特異な現象を呈せしめたのであり、一面、本文の恣意的な修改をももたらしたのである。

さきの「引言」には「壬子花朝後一日（二月十三日）」の紀年があり、そのことから、從來程乙本は程甲本刊行後七十日ほどの間隔しか置かずに刊行された（少なくも修改作業はその頃終った）と受け取られてきたようである。その立場に立って兪平伯氏は、次のように言う。

因甲・乙兩本、從辛亥冬至到壬子花朝、不過兩個多月、而改動文字據說全部百二十回有二萬一千五百餘字之多、卽後四十回較少、也有五九六七字。這在《紅樓夢》版本史上是一個謎[33]。……

兪氏はその「謎」を解き明さんがために、程甲・程乙兩本というのは程偉元・高鶚の「懸空的創作」ではなく、それぞれ異なった底本に據って「整理加工」した結果に過ぎまいとする説明を與えている。それには一理あり、程・高兩序「引言」の述べるところともほぼ一致するが、校訂作業ならともかく、印刷作業の方は想像される當時の印刷事情・作業能率からしてそのような短日月に完成したとは考えにくい。「壬子花朝後一日」は程乙本の刷了の時期を示すものではなく、本格的な印刷作業の始まりを示すものではあるまいか。そのように考えれば、「謎」は謎でなくなるはずであり、重印本全書の修改作業の「竣工」、それに續く印刷作業の完成の時期は、相當に功を急いだとしても、初印本の例から推して、この年の秋から冬にかけてのことであったとしなければなるまい。そうだとすれば、程乙本と東觀閣本とは、前後して恐らく沒交渉裡に南北で發兌を見たことになる。

東觀閣が「一版二百部」と刻書の場合に通常言われる程度の部數を刷ったとして、無論それはこれ一回きりのことではなかった。後に嘉慶二十三年、版式を變え、高氏らの果さなかった批點を加えて重刻するまでのざっと二十數年間、板木がものの用に立たなくなるまで、增刷を重ねたのである。（『紅樓夢全傳』本を恐らく唯一の例外として、後出の版本は等しく東觀閣本またはその系統のものを翻刻したわけであるから、その影響は小さくなかった。）それに引き換え、東觀閣本のそのまた底本であった程偉元本の方は、再印に際して初印時なみに百部ほど刷ったとしても、それはこれを限りのことであった。一旦解版してしまえば跡かたもない。未だ二百年をも閲さぬ辛亥・壬子の昨今、すでに甲・乙「兩本ともに流傳が稀になった」としても、無理からぬことではある。(34)

註

（1）胡適「影印乾隆甲戌脂硯齋重評石頭記的緣起」（『（影印本）乾隆甲戌脂硯齋重評石頭記』臺北・臺灣商務印書館　一九六一年　巻首）。

（2）一粟編『紅樓夢書錄』（上海・古典文學出版社　一九五八年）一五頁。これに據れば、程甲本の「封面」には「繡像紅樓夢」、また「扉頁」には「新鐫全部繡像紅樓夢、萃文書屋」と題してあるという。後者は乙本でも特に「重鐫」と改刻することなく、同じ板木をそのまま使用した可能性もあるが。

（3）全葉木活字印刷のようにも見えるが、文字が本文のそれより稍大きく、刷りムラも少ない。毎行の罫線も天地の內側の罫に接しており、匡郭の寸法も本文部分とは小差がある（（六）參照）。版心の「紅樓夢目錄」の字形が毎葉異なるから、罫版だけ先に刷って套印したもの（所謂「套格式」）とも見えぬ。また例えば第七回回目では程甲本が「寧國府」に作るを、前句と對にするため「晏寧府」と改めている。上二字のみ改めるのであれば、木活字印刷の場合、特にムラ取りの目的でもない限り、「寧」字は活かして送るのが普通であるのに、明らかに別字になっている。（第三十九回、第六十回等にもその例あり。）ただ第六十九回の「覺大限吞生金自逝」の中二字を「生吞」と改めているのは意味を成さず、理解しがたい。甲本と較べて「限」字の下部、「金」字の上部が缺けているところから推測するに、あるいは胡天獵本のこの箇所は、右の二字分が破失しており、これを補うため、裏打ちをした上から仿製した木活字で打印しようとして、順序を誤ったものであろうか。それとも修改文字についてはすべて版木のその部分を削って印刷し、缺字のみさらに木活字で捺印した痕跡であろうか。

（4）この回、程甲本では丁附けを誤った結果、第十一葉が二葉生じている。影印本では北海道大學藏本・架藏本とも本來第十二葉に相當するものを缺くが、影印の際に脱したのか、底本自體缺葉なのかは不明。程乙本に據ったという人民文學出版社本は缺葉分に當る四百八十字を本文に存し、「校記」にもなんら言及を見ないから、程乙本そのものが缺葉ということではあるまい。

（5）趙岡教授の所説は、三度版を改めている。『明報月刊』第四卷第七期（香港・明報有限公司　一九六九年七月）掲載の「程高排印本紅樓夢的版本問題」と題する一文が最初のものである。（これに據れば、『皇冠雜誌』一九六八年十二月號に登載された張愛玲「紅樓夢未完」に見える、影印胡天獵本は程乙本とはそっくり同じではないとする異文調査の結果に示唆されたようである。尤も、張女士はさきの文中で、胡天獵本こそが眞の程氏再印本であり、胡適のそのかみの百二十回排印本は右の刊行後に別人が「滲（摻？）合擅改」したものであろうとの見解を示しているという。）二度目のは『大陸雜誌』第三十八卷第八期（臺北・大陸雜誌社　一九七〇年四月）掲載の「程高刻本紅樓夢之刊行及流傳情形」と題するものであり、改寫されてはいても、立論の根本に變りはない。（これはその後「大陸雜誌語文叢書」大陸雜誌社　一九七〇年　第二輯第六册に縮印再錄されている。）三度目のは近刊の趙岡・陳鍾毅共著『紅樓夢新探』下篇（香港・文藝書屋　一九七〇年、「文星叢刊」二八〇―二）第四章「刻本紅樓夢後四十回」第二節に充てられた同題同文のもので、共著の形を取ってはいるものの、趙岡氏の作、しかも定稿だと見てよかろう。

なおこの新説に關する、管見に入った評介としては、最初の作に對する潘重規教授の次のごとき言及がある（「今日紅學」――『紅樓夢研究專刊』第七輯　香港・中文大學新亞書院中文系　一九七〇年五月）。

……趙岡先生曾在明報第四十三期、發表「程高排印本紅樓夢的版本問題」、他假定如果胡天獵叟影本不是僞本（胡天獵叟底本之封面已脱落、高鶚序文第一葉也是他抄補的。不過、第一百二十回末有「萃文書屋藏板」字樣、應該不是僞本。）則有三種程高排印本：（一）程甲本、（二）程乙本、刊於乾隆壬子、胡天獵叟藏、（三）程丙本、刊於乾隆壬子或以後、胡適原載《ママ》（藏？）。我知道伊藤漱平先生曾將所藏三個本子對校、影印本有七十五回同於程乙、有四十五回同於程甲、恐怕是一個混合本。大概程刻每次印刷不多、或隨刻隨改、倘再有程本發現、仍舊會文字不同、又將變成程丁程戊本也未可知。

右に「高鶚序文」とされたのは「程偉元序文」の誤記であろうし、補鈔が第一葉のみでなく第二葉の一部にも見られることは、小文で述べたとおりであるが、それらを目して「抄補」だとされたのは妥當であろう。(尤も、胡氏の手になると指摘された根據は審かにしない。) ところで筆者が引き合いに出されているが、これは以前潘教授にお傳えした胡本の初步的檢討の結果をたまたま引かれたものであり、その後の研究により、現在では本文に記したように、六十五回が程乙本、五十五回が程乙本と見るべきだと考えているので、この機會に訂正させていただくこととしたい。なお潘教授が結論とされた點に就いて言えば、無論將來別の異本が出現しないとは斷言できないけれども、少なくとも趙教授の根據とされた諸點からは程本が三度時空を異にして刊行されたとは到底考えられないのである(註10、註32參照)。

(6) 太田辰夫『紅樓夢』のテキストについて」(『中國歷代口語文』江南書院　一九五七年　五〇頁)。

(7) 太田辰夫「新版紅樓夢について」(『大安』第四卷第三號　一九五八年三月　二頁)。

(8) これは短文でもあるので、左に轉載して置く。

《紅樓夢》　一百二十回。清曹霑撰、清高鶚續、清乾隆五十六年(辛亥、一七九一年)程偉元萃文書屋活字本。半頁十行行二十四字。有圖贊二十四頁。此是程氏第一次排印本、俗稱〝程甲本〟、是一百二十回本最早版本。程氏在次年(乾隆五十七年壬子)第二次重排活字本稱〝程乙本〟。兩本傳流都很少。此本卷端第一回的〝回〟字作〝囬〟(程乙本作〝回〟);目次第七回作〝寧國府寶玉會秦鐘〟(程乙本作〝晏寧府寶玉會秦鐘〟);正文第十四回作〝林如海捐館揚州城〟(程乙本作〝林如海靈返蘇州郡〟)。

右に「回」「囬」の甲・乙による別が説かれているが、これは第一回だけの話であり、實際の使用例に就いて見るに、無原則であって使い分けられているとは思われない。(「來」「来」の場合も同樣である。)

(9) この高鶚序の第二行「人口」の「口」字のみは伊藤本・胡影本のそれと較べて文字が大きく、第一劃を除いた他は破失したのを補筆したものとおぼしい。

(10) 一粟編『紅樓夢書錄』(註2前出)三七頁に著錄する東觀閣本『新鐫全部繡像紅樓夢』の項に解題されており、詳しくはそれに讓る。ただこの版本は刊記に刊年を記していないので、その點に就いてだけ簡單に觸れておく。東觀閣からは版式を變えた重刻本『新增批評繡像紅樓夢』が嘉慶二十三年に出ているから初刻がそれ以前であることは確かである。しかも版本が磨滅して使用に耐えなくなるという條件を考えれば、刻成の時期は當然かなり遡ろう。さらに扉頁の「東觀主人識」と署する「題記」に「……近因程氏搜輯刊印、始成全璧。但原刻係用活字擺成、勘對較難、書中顚倒錯落、幾不成文、且所印不多、則所行不廣云々」とあって、「近」と記すところを見れば、高序の紀年辛亥とそれほど隔たらぬ時期に刊刻されたことが知られる。また他の多くの刻本――本衙藏版本等が或いはこの「題記」の署名を删ったり改めたり、或いは文字を一部修改したりして襲用している點、二十四圖の繡像が他本の多くは十五圖に減じている點からしても、また刊年を記す他本との比較の點からしても、なおまた開板を急いだと見えて版下が一手に出でず、文字の大小も不揃いでいかにも粗末な版である點からしても、この東觀閣本が程本（甲本）を覆刻した最初のものであることはほぼ確かであろう。

その刊行年を乾隆五十七年と推測するのは、乾隆の進士周春の「紅樓夢記」（『閱紅樓夢隨筆』）に「乾隆庚戌（五十五年）秋、……時始聞『紅樓夢』之名、而未得見也。壬子（五十七年）冬、知吳門坊閒已開雕矣。茲苕估以新刻本來、方閱其全」と記すのに由る。右に見える壬子の冬、吳門（江蘇省蘇州）で開板したものが卽ち東觀閣本に相違なく、この新刻本を「苕估」――蘇州からはほど遠からぬ吳興（浙江省）の書賈が仕入れてもたらしたというのであろう。周春の右の一文は「乾隆甲寅（五十九年）中元日」に記されているから、まず信用してよい。王佩璋女士は、從來北京とされてきた程本の刊行地に異を樹てて蘇州說を提唱されたが（資料(甲)(口)）、明示されてはいないものの、その根據とするところは周春の記事に在ろう。近頃また趙岡教授はこれらを折衷して甲本は北京、乙本以下は蘇州との例の新說を出された（註5所引「程高刻本紅樓夢之刊行及流傳情形」）。ともに周春の所謂「開雕」「新刻本」なる表現を「排印本」たる程本に當てはめる無理を犯している。

なるほど刊記に五十七年の刊年を明記した刻本は傳っていないし、中國にはこの時期に「刻本」の刊行されたことを證するに足る他の資料もないが、その旁證は却って日本に在った。卽ち、わが寶曆以後明治中期にかけて長崎にて唐貿易に從事していた村上家の私文書、所謂「村上文書」中の「差出帳」にそれを裏づける記載がある。寬政五年癸丑十一月二十三日乍浦（浙江）を出帆し、十二月九日長崎に入港した「寅貳番船（南京、船主王開泰）」が將來した書籍六十七種の目錄が右の「差出帳」に含まれ、その第六十一番目に「紅樓夢　九部十八套」と見える。程甲本排印後約二年後、程乙本やこれと前後して開板された蘇州の「新刻本」刊行後約一年後のことである。一版百部程度と推測される（註30參照）程甲本・程乙本が刊行後一年乃至二年以上たってから、しかも刊行地の北京からは遠く離れた江南から南京船によって九部も同時に積出された可能性は極めて小さい上に、我が國に現存する程本がともに民國以後北京から購致されたもので江戸期からの傳本の知られていないことも、間接的にその推測を強めさせる。また「各二套」とある點からしても小型本に屬し、もと四套に分裝した程本ではなくて、蘇州東觀閣刊の袖珍本に相違ない。わが享和三年（嘉慶八年に當る）に亥七番船によってもたらされた「繡像紅樓夢袖珍　二部同二套」と舶載書目に記すものもまたこれであろうが、「新渡」の註記がないことは「差出帳」の記載を裏書する。詳しくは大庭脩『江戸時代における唐船持渡書の研究』（關西大學東西學術研究所、一九六七年）二〇六頁、同前五七七頁及び拙文「日本における『紅樓夢』の流行」(上)（『大安』一九六五年一月）六頁以下、同前(下)（『大安』一九六五年五月）四六頁參照。なお大庭氏『研究』二〇六頁に私見を引かれた箇所のうち「嘉慶初年刊本」とされた點は、現在では前記のように「乾隆五十七年初刻本再刷本」と考えを改めたし、また『大安』掲載拙文(下)の中で「嘉慶初年刊本―東觀閣原刊本または本衙藏板本であろう」とした點も「乾隆五十七年初刻の東觀閣本であろう」とすべきだと考えている。また本衙藏板本の方は嘉慶・道光間の刊本とする見解もあり（人民本「校記」）、刊年を引き下げるべきかも知れない。

以上を總合して見るに、程本は二度とも北京で刊行されたものであり、蘇州で刊行されたのが實は東觀閣本であると考えるべきであろう。

（11）この版本は一粟氏の『書錄』に未著錄であるから、姑くその體例に倣って解題を試みれば次のようなことになろう。

繡像紅樓夢全傳

刊年刊行者不記、一百二十回。扉頁題〝繡像紅樓夢全傳〟、回首及中縫均題〝紅樓夢〟。首高鶚序、程偉元序、次目錄、次繡像二十四頁、前圖後贊。正文每面十行、行二十四字。回目同程甲。

二十四冊に分訂（第一冊―第三回まで、第二冊―第八回まで、第三冊―第十五回まで以下各冊五回ずつ）、六冊ずつ四帙に分裝。

巾箱本、匡郭匡高一三・二センチ、寛八・九センチ、左右雙邊。卷首・版心には「卷」の字を用い、「回」の字によらない。高序（「月小山房」等の印は程本に同じ）と程序（「游戲三昧」等の印は程本に同じ）、目錄と圖贊（程本に比し圖はやや簡略）の順序が程本とは入れ替っている。包角裝（「清代の殿版および江蘇の刊本に多く包角を用いる」――長澤規矩也『書誌學序說』六三頁――とされるから、これが原裝のままであるとすれば、蘇州・南京あたりの刊本である一證左ともなろう。恐らくは後者か）。東觀閣本に比して刻字も精であり、時間をかけている點からして、乾隆五十八、九年あるいは嘉慶初年の刊行と推察される。これを裏づける事實として、享和三年（嘉慶八年、註10參照）亥拾番船の將來した書籍中に「繡像江《ママ》樓夢全傳二部各四套」と見えることが擧げられる。これにも「新渡」の註記がないから、それ以前すでに舶載されていたことが察せられ、從って刊行年も前記のように遡るものと思われる。我が國には架藏本のほか、故古城貞吉の舊藏書中にも一部ある。これらはあるいはともに享和間に舶載されたものかも知れない。（なお後者は現在細川家より慶應義塾大學圖書館に寄託されていると聞く。杉村勇造氏の『乾隆皇帝』二玄社、一九六一年―卷頭圖版中にその程・高序、目錄及び圖贊の一部書影を揭げている。39～43。）

(12) 人民本（一九六四年版）卷頭の「出版說明」六に「阿英同志、朱南銑同志曾允許借用有關資料、對本書裝幀和校勘有所裨益、幷此申謝」と見える。（五九年版では冒頭の九字を「阿英先生、朱南銑先生等」に作り、五七年版では單に阿英から口繪用に改琦筆『紅樓夢圖詠』原刻本を借りたことのみ明記している。）兪平伯氏の「『八十回校本』序言」（註16參照）の末尾に記すところによれば、兩者のうちの朱氏から程甲殘本を借用したという。一方また阿英氏は『紅樓夢版畫集』を編むに當り、原刻本『圖詠』他十一種の版畫（集）から選んだが、うち三種に就いては所藏者を記しているのに、程乙本圖贊から選印したという十八圖に就いてはなんら記していない。通俗小說・戲曲の藏書の富贍を以て知られる阿英氏が自身の藏本に據ったと見てよいであろう。これらを併せ考えるならば、おそらく人民本の底本とされたのは阿英氏藏の程乙本であり、朱氏の程甲殘本が校勘に利用されたものであろう。（人民本「校記」の程甲本の異文に關する言及に若干不備が見られるのは殘本を用いたせいかも知れない。）

(13) 兪平伯「紅樓夢八十回校本序言」（『新建設』一九五六年五月號）三二頁及び註③、また兪平伯「談新刊《乾隆抄本百廿回紅樓夢稿》」（『中華文史論叢』第五輯　中華書局　一九六二年）四三八頁及び註14にも同樣な見解が見える。

(14) 橋川時雄「『紅樓夢研究のはいりかた《ママ》』二篇（續）」（『東山論叢』2　京都女子大學　一九五〇年七月）二七頁。これには「私はかつて滿洲八旗の著述をあつめていたおり、彼の文集の殘卷をもとめえた」とも見える。橋川教授の舊著『滿洲文學興廢攷』（著者自印、一九三二年）には高鶚に關する文字は省かれているが、彼の文集というのが奉寬「〝蘭墅文存〟與〝石頭記〟」（『北大學生』第一卷第四期　北京大學北大學生月刊委員會編　一九三一年三月）によって紹介された『蘭墅文存』『蘭墅十藝』であろうことは、教授が別の文章中にて奉寬との知交のあったことを述べておられることからも察せられる（「太平花」『中國栞』第二號　書籍文物流通會　一九六一年二月　二頁)。この高氏制藝文二十七篇を集めた稿本は奉寛からのち北京大學の藏に歸し、うちの三篇は『高蘭墅集』(北京・文學古籍刊行社　一九五五年)中に收められて影刊された。奉寛文の註七には高鶚の撰に係るものとしてなお『吏治輯要』「操縵堂詩稿跋」「紅香館詩草序」「石頭記序(卽ち程本序)」を擧げているから(後の三序跋はやはり『高蘭墅集』に再錄された)、橋川教授の所謂「序」とはこれらを指し、これらに眼を通された上でさきの判斷を下されたものに相違ない。

「解放」後、以上の他に手稿本『唐陸魯望詩稿選鈔』二卷、『蘭墅硯香詞』が發見され、後者は『高蘭墅集』に影印收載された。(王利器「關于高鶚的一些材料」『文學研究』一九五七年一期　參照。)近年さらに門人增齡兄弟の編んだ詩集『月小山房遺稿』が發見されたので、八股文や序跋のみでなく詩詞の作も見られるようになったわけである。それに就いて吳世昌氏は「作爲文學作品而論、《硯香詞》之淺薄無聊、與《蘭墅十藝》中的八股文眞堪伯仲」とこき下しており(吳世昌「從高鶚生平論其作品思想」《文史》第四輯　中華書局　一九六五年六月、一三〇頁)、その點では橋川教授をも遙かに凌ぐほどであるのに、同じその吳氏が『紅樓夢』後四十回を高鶚の續作(ただし擧人合格以前の作)とする說を持して讓らないのであるから(同上文一四一頁以下。また吳氏『《紅樓夢稿》的成分及其年代』、《圖書館》季刊一九六三年第四期五〇頁以下)、この例をもってしても、こうした觀點からのみ續作說に結論を與えることは無理であると言わざるを得ない。

(15)　いま原載紙が手許にないため、姑く趙聰『兪平伯與《紅樓夢》事件』(香港友聯出版社　一九五五年)一五～一八頁の記述に據る。

(16)　兪平伯「紅樓夢八十回校本序言」は最初『新建設』一九五六年五月號に掲載され、のち僅かに字句を修改したものが『紅樓夢八十回校本』(北京・人民文學出版社　一九五八年初版、六三年改訂版)卷頭に揭げられた。朱・周兩氏から程甲殘本を借用したことに對する謝辭は、どうしたわけか後者にのみ見える。

(17)　趙萬里編『西諦書目』(北京圖書館　一九六三年)卷四「集部中小說類」。

(18)　「校本序言」には特に斷られていないが、『校本』卷首の「紅樓夢校勘記所用本子及其簡稱的說明」及び兪平伯「記鄭西諦藏舊抄紅樓夢殘本兩回」(「讀紅樓夢隨筆」十九、原載香港『大公報』、いま『紅樓夢硏究專刊』第三輯に再錄されている)に據れば、鄭氏から借用したものの一種であることが推察される。

(19) 大原信一「結果表現について──紅樓夢文法ノート」(『東山論叢』3　京都女子大學　一九五一年一〇月) 六～七頁。
(20) 金子二郎「紅樓夢考㈠」(『大阪外國語大學學報』第六號　一九五八年四月) 九頁。
(21) 汪原放「校讀後記」(『紅樓夢』　上海・亞東圖書館　一九二七年　巻首) 六頁。
(22) 同前五～六頁。
(23) 同前七頁。
(24) 註19前出論文五頁。
(25) 橋川時雄「『紅樓夢』研究のはいりかた二篇」(『東山論叢』1　京都女子大學　一九四九年一〇月) 一〇九頁。
(26) この説は橋川教授が戰後まもなく油印された自家版五～六頁に見える。筆者の手許にあるのは表紙も刊記も缺けたものを底本にしたコピーであり、かつて書名・刊年に就いて著者にお尋ねしたことがあるが、お手許にないよしで正確なところを知り得なかった。
(27) 長澤規矩也『書誌學序說』(吉川弘文館　一九六〇年) 一四四頁。
(28) 長澤規矩也『和漢書の印刷とその歷史』(吉川弘文館　一九五二年) 一八一～一八二頁。
(29) 程甲本を始め諸本は、人民本の參照していない東觀閣本をも含め、「校記」の記すように末尾の一段を缺いており、また戚本は程乙本とも別文である。ところが亞東本は新・舊兩版とも「賈母忽然來喚」に作っている。舊版の據った壬辰本、下河邊本(金港堂本と同版)及び戚本がこれと異なる點は不審であるが、舊版「校讀後記」(一〇～一一頁)には「前半部雖有一些地方是承胡思永君用適之先生的程排本來校改的云々」と見えるから、前半部を少しくはみ出すにしても、この箇所が胡適本に據って校改した部分であるとすれば、『紅樓夢書錄』の言う「一本」とはあるいは胡適舊藏本を指すのかも知れない。尤も、『書錄』が主として據った別本も元の序を缺き、その點では胡適本の特徵とも合致するが(汪原放『校讀後記』新版三頁)、胡適本が十三頁とする圖賛に就いて『書錄』は記述を省いているようなので確認できない。
(30) さきに本文で引いたように長澤教授は「一百部內外」とされた。四庫全書副總裁金簡撰『武英殿聚珍版程式』(乾隆四十一年武英殿刊、金子和正氏の邦譯が『ビブリア』第二十三號─一九六二年一〇月─に收められている。)によると、武英殿刊の木活字本は連四紙本五部、竹紙本十五部を內部用に刷り、一般頒布用に竹紙本三百部を印刷したようである(同書十葉)。また光緒二十年蘇州毛翼庭より刊行された木活字本『墨子閒詁』は三百部を刷ったとされる（倉石武四郎「韓非子と墨子」―平凡社「中國古典文學大系月報」七、一九六八年四月）。さらにまた乾隆五十八年、蘇州易安書屋で刊行された木活字印本『甫里逸詩』には「印一百部、五十分送四方、五十待售、紋銀貳錢」の一行が刊記に見えるという。前二者の例からすれば、三百部は刷れるわけであるが、多分途中でムラ取りをしてのことであろう。程本の場合は、刊行形態から見ても、易安書屋本の百部というのが近いのではなかろうか。整版の場合でも俗に「一版二百」というが、多くてせいぜいその程度であったかと思われる。

（31）『武英殿聚珍版程式』（前註參照）によると、武英殿聚珍版處では十二名の供事に文選を擔當させ、各自一日に一版（大字の場合は二版）分の活字を拾うのが標準作業量だとされている。この「擺書」から始めて逐次一日ずつずらし「平墊（ムラ取り）」「校對（校正）」「校完發刷（校了下版）」の順序で進行する排印工程がいかにも能率的に管理されていたことは、同書巻本に附載された「逐日輪轉辦法」によって知られる。刊行を急いだはずの程氏はこれに類した「突貫作業」を續けさせたことであろう。『程式』は福建・廣東・浙江・江西・江蘇の各地で翻刻が出たほどでもあり（毛春翔『古書版本常談』北京・中華書局　一九六二年　六九～七〇頁）、その刊布と程甲本の刊行とは十數年しか隔っていないから、程氏がこれから示唆を受けたということは充分考えられる。尤も、文選工は武英殿では供事を以てこれに充てていたが、民間では多數の人材を得がたかったかも知れない。程氏の場合、木活字一式を商賈道具にして渡り歩く家譜印刷専門の譜師につながりでもあってこの方式の印刷が明代以來盛んな華中――殊に江蘇・浙江・安徽の三省に多いと言われる――から采配を振るべき人を招いたということも考えられる（多賀秋五郎『宗譜の研究（資料篇）』東洋文庫　一九六〇年　第一部第五節「體裁と印刷」參照）。また本文中に引いた橋川時雄教授の文中には、北京で發行されていた當時の官報「邸報」の活字と程本のそれとの字體の類似が指摘されていたが、その方の關係者ともつながりがあった可能性もある（戈公振『中國報學史』北京・三聯書店新版　一九五五年　第二章第十節以下參照。その第十一節によると、雜誌式の官報に當る「邸報」とは別に、民間の報房から發行した「京報」があり、「以活體木字排印、常漶漫不可讀云々」と記している。またこれらには、陶活字で印刷したものも、速成用の泥版で印刷したものもあったようであるが）。

右のような文選工の確保の問題だけでなく、常備活字の多寡、従って同時の組版能力の點でも、小資本でこの事業に携わったであろう程氏らの太刀打ちできようわけがなかった。武英殿では、創業時すでに大小木活字十五萬個を備え、四十八版は組み置きにして操業し得る能力があったから、およそ規模が異なる（金簡の乾隆三十八年五月十二日奏摺――『程式』第七葉以下）。その邊の條件を考慮に入れて程氏の使用した「手民」の組版能力を姑く試算してみよう。假に六、七名の文選工を常雇いにして一日に平均六、七版、二日でほぼ一回分を組み上げる程度の速度で進行したとする。程甲本文一千五百八十一葉、そのうち一回の丁數の最長のものは第七十四回の二十丁、最短のものは第十二回の八丁であって、平均するならば十三丁強となる。これだけの全書を組み上げ刷り終えて本にするまでには、まず七、八ヶ月は要したと見なければなるまい。時代は少し降るが、清末光緒年間に木活字印刷による說部書の刊行に努めた北京の聚珍堂、上海の申報館のそれぞれの逐年刊行書目や刊年を見ると、設備に無論差はあるにせよ、ある程度この推測を裏づけるものがある。

（32）李文藻（南澗）は乾隆己丑（三十四年）五月入京した當時の琉璃廠の書肆のありさまを書き留めているが（「琉璃廠書肆記」、葉德輝『書林清話』卷九「都門書肆之今昔」にも引く）、文粹堂金氏と五柳居陶氏の二店を擧げて、前者は番頭が謝姓で蘇州生まれ、また後者は蘇州に本店があって近頃支店を出したばかり（『書林清話』卷九「吳門書房之盛衰」中にも見える）、共に毎年蘇州から書籍を仕入れて船で運んでくると記している（中國書店版「書肆記」葉一～二）。大庭脩『江戸時代における唐船持渡書の研究』（前出）第六章參照）。なお近時、趙岡教授は「程高刻本紅樓夢之刊行及流傳情形」（前出）中で、文義互通の故を以て李文に見える文粹堂は程氏の萃文書屋の正式の屋號であるとされ、程甲本が北京の文粹堂から刊行されたあと、程乙本（及び趙氏の所謂「程丙本」）は蘇州のその支店で刊行されたとの新說（折衷說）の一根據とされた（註5、註10參照）。しかしながら、李氏の記するところでは、番頭が蘇州人であるというだけのことで店主は金姓であり、これらから程氏と文粹堂との關係を言うのはなお說得力に乏しい。

（33）註13所引の俞平伯「談新刊《乾隆抄本百廿回紅樓夢稿》」四三七頁。なお同氏の「八十回校本序言」（前出）註28にも同旨の見解が見える。

（34）註8所引王樹偉文に見える句。尤も、程甲・程乙兩本とも小文の各處で觸れたように中國及びわが國に數部の傳本がある。またソヴィエートにも程本が數部傳存しているようである。（Л. Н. МЕНЬШИКОВ, Б. Л. РИФТИН 'НЕИЗВЕСТНЫЙ СПИСОК РОМАНА《СОН В КРАСНОМ ТЕРЕМЕ》'—"НАРОДЫ АЗИИ И АФРИКИ《亞非人民》"1964 Но. 5,

MOCKBA－pp. 121～22°）右の翻譯である小野和子譯「『紅樓夢』の知られざる一寫本」（『明清文學言語研究會會報』第七號）によると、レニングラード大學東洋學部圖書館のV・P・ワシリエフ舊藏書中に「一七九一年または一七九二年刊のもの四部」、モスクワ國立公衆歴史圖書館のA・V・ルダコフ舊藏書中に「一七九二年の活字第二版本かあるいはその正確なコピー〔寫本〕」が一部、さらにアジア諸民族研究所レニングラード支部にも「一七九一年または一七九二年の出版のもの（二部）」が藏せられていると言う。右の記述では程甲・程乙の區別が判然としない憾みがある。ただレニングラードの藏本に就いては、先年同研究所を訪問、その藏書を一覽された小川環樹教授がさきのメンシコフ・リフチン論文の抄譯紹介の形ではあるが、「ここには乾隆五六年および五七年刊行の活字版本が二部ある」としておられるから、程甲・程乙兩本が藏せられているのであろう（小野理子・小川環樹「レニングラードで發見された紅樓夢の寫本」―『大安』一九六五年六月號）。ワシリエフ舊藏書中の程本四部の方は、四帙一部の誤りか、或いは後出の版本も辛亥の記年のある高序を載せているところから認定を誤られたのかとも思う。殊に程乙本の「コピー」というのはどういうことであろうか。程乙本に翻刻本あるを知らないので、かつて小野譯の編集に當った際、譯者と御相談の上〔寫本〕の二字を補いはしたものの、〔寫し〕とでもしておいた方がまだしも穩當であったか。かねて原著者にお尋ねしたいと考えながら果せないでいる。

（附記） 程本に關しては、二十年來、斷片的ながら何度か言及したことがあり、その閒に少しずつ考えが變って、この札記に記したようなところに固まりつつある。それにしても、「續書」「續作者」の問題を始め併せ論ずべき多くの問題を紙幅の關係もあって說き殘したことは殘念であるが、いまは他日を期するほかない。

小論を草するに當り、倉石武四郎教授、潘重規教授を始め多くの師友から資料その他に就いて御厚意に預った。また先年中國語學者代表團が中國側の厚意で持ち歸られたフィルム資料の一部を利用させていただいた。かつて藤波節子氏が程本の對校を援助されたことも忘れがたい。ここに併せて厚くお禮申し上げる次第である。

（鳥居先生華甲記念會『〈鳥居久靖先生華甲記念論集〉中國の言語と文學』一九七三年十二月）

「程偉元刊『新鐫全部繡像紅樓夢』小考」補説

清の乾隆末年、程偉元に由って出版された『紅樓夢』の最も初期の刊本二種――通常その初印本を「程甲本」、再印本を「程乙本」と稱して區別する――に就いて、筆者は先年少しく調査を行い、考察を加えた。『(鳥居久靖先生華甲記念論集)中國の言語と文學』(鳥居先生華甲記念會、一九七三年)に寄せた「程偉元刊『新鐫全部繡像紅樓夢』小考」と題する一文(本書一九一頁)は、右の結果を纏めたものである。しかるにその後數年を閲する閒に次々と關聯史料が出現し、さらにまたこの程偉元刊本(以下「程本」と簡稱する)をめぐって注目すべき新見解も發表された。筆者自身、それらの檢討を通じて舊說の一部に修正を逼られるに至った點なしとせぬが、一方また新たに心づいたこと、發見したこともいささかはある。よってここに前稿(と以下簡稱する)の補正を試みる次第である。

一　程本三印說の反響とその當否

趙岡教授が『紅樓夢新探』(以下『新探』と略稱する)その他に於て重ねて提唱した程本三印說[1]――張愛玲女士の「紅樓夢未完」と題する一文に示唆され[2]、程偉元は三次に亙って『紅樓夢』を排印したと主張する――に對し、筆者は前稿に於ていささか批判を加えて置いた。趙氏の據った胡天獵影印本の原本が實は程甲・程乙兩本の混合本に他ならぬことを版本の實際に卽して指摘し、新說の成立し難い所以を述べたのであるが、その後も三印說をめぐり、首肯できぬとする潘重規教授と固執する趙岡教授との閒に論爭が繰り返されたばかりか、後述するように大陸に於ても意外な反響を呼んでいる。よって本節では、それらの紹介かたがた筆者の立場からする批判と補説を述べたいと思う。

まず三印說論爭から見てゆくこととする。

論爭は潘教授が『新探』の書評「讀『紅樓夢新探』」[3]に於て三印說を批判したのに始まる。（實際にはすでにそれ以前、同氏の「今日紅學」[4]と題する文章中に、筆者の調查結果をも援引しつつ三印說を疑問視する見解が述べられているが。）それは、近年影印された『乾隆抄本百廿回紅樓夢稿』を以て程本付印前の高鶚手稿本の一種と見なす同教授の所說を、趙岡教授が三印說の立場に立って批判したことに對する反批判の形を取っている。その主要な論點の一として、程本は「每次印刷不多、可能隨印隨改」（旁點引用者、以下同じ）と見、甲・乙兩本とも十部程度印刷され、その都度本文も改訂されたものと推し、三印說は「假想」に過ぎぬと斷する。（姑く他の論點には言及を省く。）そこで圖らずも筆者が次のように引合いに出されるに至る。「我在日本曾見到伊藤漱平教授所藏程甲本、他從倉石武四郎教授借得程乙本、又購得胡天獵叟影印的程乙本、他將三個本子對校、影印本有七十五回同於程乙、有四十五回同於程甲（伊藤漱平教授與潘重規書）、恐怕是一個混合本。」

この書評の發表を承けて、趙教授は右の論點をも含め一々に反駁する書簡を評者に送っている。それは「趙岡致潘重規先生書」[5]と題され、潘教授の再反論と共に『明報月刊』誌に掲載された。趙氏は三印說に關わる反論の箇所に於て、潘文に所謂「隨印隨改」とは自分の言う「再版」に他ならぬとし、また潘說に依れば胡天獵本（以下「胡本」と簡稱する）は程甲・程乙兩本閒の「混合本」なりとされるけれども、自分はこれをば兩本閒の「過渡版本」と見るのであるから、兩者の「假想」の閒になんら本質的な差異は存しないはずである、こう極めつけている。

ここで若干註釋を挾むならば、「混合本」――これは筆者の用語を潘教授が襲用したものであるが――とは本文の異文に關して言ったものではない。甲・乙兩本がたまたま同種の木活字によって印刷され、行款・字數・版口とも同じなら、各葉（丁）の起訖の文字までほとんど同じという極めて特種な條件を有するのを利用して、なんびとかがある時期に二部以上の異なった殘本を混合、見かけ上百二十回の足本に仕立てた事實を指して言ったものなのである。「混合」は結果的に兩本のいずれかが他本に對して「配本」となる關係をもたらしており、おおむね五回分、一冊單位のこの「配本」が現象上の異文にのみ着目する張女士や趙教授を過渡的な版本の存在という誤った假定へと導いた主たる原因をなす。なおまた回首・回末に起こりがちな破失分を補うための一・二葉の「配葉」の現象が附隨的に見られることも前稿に指摘したとおりである。

　さて、趙書に對する潘教授の再反論は「『讀紅樓夢新探』餘論」[6]と題する。このなかで潘氏は、程本卷首に置かれた程偉元序の首行「石頭記是此書原名」の句を胡本が「紅樓夢是此書原名」に作る事實を以て三印說の主たる根據とされるが、この箇所實は胡天獵氏の補鈔に係ると指摘し（この點もすでに筆者が前稿で他の補筆箇所と併せ指摘したところであるが）、異版の根據とはなし得ぬと攻める。そこでまた筆者が再度引合いに出され、しかもかつて潘教授に呈した拙簡及び筆者の手になる表までが「程乙影印本甲／乙對照表」と題されて影印に付され、旁證に充てられる仕儀となった。

　實はこの對照表なるものは、胡本の「混合」狀態の初步的な調査の結果を表にして潘教授宛ての私信に同封したものが筆者に斷りなく掲載引用されたものであって、同表に記すところ及びこれに基づいて記されたさきの「影印本有七十五回同於程乙、有四十五回同於程甲」との記述は正確さを缺く。その後の精査と檢討の結果は前稿に記したとおりであり、右は「第一回より第六十回までは程乙本。第六十一回より第百二十回までは程甲本、但しそのうち第七十一〜七十五回分は程乙本」と訂されねばならぬ。（筆者は前稿の抽印本を潘教授宛て送附したが、その後上引の二點を含む既發表の論文を輯めて刊行された『紅樓夢新辨』[7]（以下『新辨』と簡稱）の序中に、「日本伊藤漱平先生的『關於程甲・程乙本』」として前稿が擧げられているにも拘らず、本文中に再錄された二論文のどこにも訂正の註記が見られぬ。よって讀者を誤ることなきよう特記しておく次第である。）

ところで趙教授は、潘文に對し再び「紅樓夢稿諸問題」[8]と題する一文を草して應酬した。その第四節「程高三個刻本及甲丙兩本版口相同之說」に於て重ねて三印說の護持が圖られているが、この段階ではさすがに潘氏の指摘した程序補鈔の事實は認めている。のみならず、このことは自分も『新探』執筆時に不安に感じた點であったと告白し、原本に就いて確かめようと胡氏を訪ねた折の插話を次のように記している。

「一九七〇年夏、我到臺北、親自找上門去。沒想到胡天獵竟是我自己的親戚韓鏡塘老先生。我從來不知道他又名胡天獵、更不知道他藏有這樣一部紅樓夢、結果竟繞了這樣一個大圈子云々。」

前稿に於て筆者は胡本を提要した際、奧附けに從ってこの影印本の「發行名儀人は韓鏡塘」だと記したが、右に依れば胡天獵とは實は韓氏の別名なることが知られる。さらに趙教授の續けるところに據ると、當の韓氏が中風で倒れた直後に行き合わせ、人事不省とあって影印原本に關し訊ねることは叶わず、その上家人の話では肝腎の原本は米國の某圖書館に賣却されたあとであったと言う。（趙氏は、その後手を盡して調査したが、行方は未だに知れぬ、とも記している。）　趙氏がその趣きを潘氏に報じたところ、同氏からはかつて韓氏本人に照會して程序補寫の事實を確認した旨の返書があった。しかし同じ潘氏に依れば、原本の程序首葉は影印時なお存したものの、印刷の結果が不鮮明であったため、新たに一葉分を補鈔して影印に附したとされるから、「紅樓夢是此書原名」の句は當然原有のはずであり、況して賈元春の繡像にも版を換えた痕跡が認められる以上、「我們總不能說程乙本的元春繡像也是胡天獵補繪的吧」と、趙氏は自說を堅持して讓らない。

いったい趙著『新探』では、問題の首句は版を改めるに隨い次のように三變したとされる。「程甲本做『紅樓夢小説本名石頭記』。胡天獵藏本作『紅樓夢是此書原名』。程乙本作『石頭記是此書原名』」。うち程甲本に關しては趙氏の記述は正しく架藏本の首句と一致するが、程乙本のそれが問題である。まず胡適舊藏の程乙本は如何かと言えば、所謂「亞東本」新版の汪原放の「校讀後記[9]」に據るに「卷首爲高鶚的序、次爲紅樓夢引言」とされ、程序は存しないことが知られる。舊版の紙型を廢棄して胡適藏本を翻印した亞東新版は、程序を「原序」として殘しているものの、實は舊版のそれに基づき標點に多少手を加えたものに過ぎない。一粟編『紅樓夢書錄[10]』（以下『書錄』と簡稱）の程乙本の項も「首高鶚序、次程偉元・高鶚引言」と記しており、倉石本また程序は補鈔に係る。（高序・「引言」も同樣であるが。）さらにモスクワの歷史圖書館所藏程乙本殘本（首回より第廿五回まで）首册も程序を存せず、高序に始まり引言がこれに續くと言う。（B・リフチン教授の教示に據る。）『書錄』は別の乙本をも參照した旨附記しているから、都合五本（一粟氏の睹た二本のうちに胡適舊藏本が含まれていた場合は殘る四本）が等しく程序を存しないことになる。卷首は破失し易いとは言え、この事實から察するに、程乙本は新たに程・高連名の引言を加えた代りに程序を省き、異版たることを瞭然たらしめんとしたのではあるまいか。もしそうだとすれば、胡本の程序なるものは、甲・乙混合本が作られた際に恐らくは書賈の手で甲本から乙本卷首に移し置かれたと考えるほかなかろう。假にこれが原有のもので、首句もまた補鈔影印されたのが原序そのままだとすると、僅か百部か二百部（潘教授が十部前後とされたのはいささか少な過ぎよう）の部數を刷った位で版木損傷のため改版を餘儀なくされたことになり、不自然であると言わざるを得ぬ。その上影印本の刊行者たる胡天獵氏の證言にはなにやら曖昧なものが感ぜられ、氏の補筆に係る部分の問題の句の原文が「紅樓夢是此書原名」に作っているとはにわかに信じがたいのである。思うに、胡本程序の首行は「紅樓夢」の三字を殘して他の大部分と共に破失していたのではなかろうか。（ちなみに架藏甲本も程序首葉の下部が破失しており、襯紙を添えて補鈔してある。）ために補鈔に當り、程乙本を謳う亞東新版に據って安易にも以下の「是此書原名」の五字を補ったのであろうが、豈料らんやその新版の序は前記のように舊版のそれを襲ったものなのであった。してその舊版は「校讀後記」[11]に據ると、三種の版本を底本としている。うち有正本は程序を存しない。道光壬辰刻本（所謂「王希廉本」）は例の箇所を程甲本と同樣に作っている。殘る鉛印本[12]（下河邊半五郎刊）こそが「石頭記是此書原名」に作った祖本なのであった。――事の眞相はこういうことなのであろう。またいま一つの論據とされる賈元春の繡像の一見異版とも見えかねぬ箇所も、胡氏の入手前か入手後かは別として、なんびとかの加筆に係るものであり（これまた前稿に於て詳しく指摘しておいた）、改版したものだとは到底思われぬ。從ってこの二點のみを基に三印說を主張するのは無理であろう。

ところでこの論文では、趙岡教授も「混合本」なる概念は潘氏の具體的な說明を得てその意味を理解したとする。但しこの「構想」假說を用いて問題を解釋しようとする時はいやが上にも細心でなければならぬとして、またも筆者が次のように引合いに出される。

伊藤的說法就合理了。他先確定、或假設、他所藏的是純甲本、倉石教授所藏的是純丙本、然後才能『發現』程乙本是混合本。當然、動物的純種是後設的標準、而版本的純版是有先天的標準、也就是程甲・程丙當年印好後未被混雜的狀況、理論上講、可能一本純版也未曾流傳下來、而流傳下來的都是混合本。

折角ながら筆者に關する發言はさきに觸れた「對照表」に基づく卽斷に過ぎず、當らぬ。筆者は前稿に於て、倉石本の全書が甲本計六十回、乙本計六十回から成る錯雜した混合本であることを述べ、架藏本に就いても、甲本計百回、乙本計十回より成る混合殘本であることを述べており（詳しい內譯は前稿參照）、前者を趙氏の所謂「純丙本」（程乙本に當る）、後者を純甲本と見なしているわけでは毛頭ない。尤も、甲・乙のいわば腑分け作業を進めようとすれば、趙岡教授も指摘するように「純版的標準」が自ずと必要となる。筆者の考えでは、同種とは言い條、活字の相違、用紙の質や燒け具合の差異、藏書印等々を手がかりに或る程度まで辨別が可能であるものの、「標準」はやはり版本に求められるべきであり、この場合、程甲本刊行後まもなく南北で翻刻された二種の版本がその役割を果すと見るが、その點に關しては次節で再説するとして姑く措く。

さて、潘教授は趙氏の反論に對し、「答趙岡先生紅樓夢稿諸問題[13]」の一文を以て應えた。例に依って三印說に關わる箇所のみ取上げれば、潘氏はこの第四節に於て、程序の胡氏に依る補鈔の事實を改めて指摘すると共に、件の元春繡像の異版とも見える部分は「後人隨意塗畫上去的」と推し、よしんばこの圖が殘缺した板木を取り換えたものだとしても、その事實のみでは改印された別版本とは言えぬ、と主張する。尤もなことながら、趙氏が新たに提起した「標準」の問題にまともに答えていない憾みが遺り、この論爭、未だ結着がついたとは言えないようである。

以上三印說に絞って不充分ながらも論爭のあらましを紹介したのであるが、この趙岡教授の新說は、海外のみならず大陸に於ても若干の反響を呼んだ。周汝昌氏の近著『紅樓夢新證』改訂版（以下『新證』新版と簡稱）に見えるのが管見に入ったそれである。周氏は書中程甲本に言及して、「據藏書家說、現存程甲本都是殘本配頁、還不曾有一部是完整的」と述べている[14]。大陸に傳存する程甲本が果して悉く完整ならざる殘本ばかりなのかどうかは詳かにしないが、それはともかく、周氏は同じ『新證』新版の他の箇所[15]に於ては、胡適の命名した「程乙本」なる呼稱を問題にして次のように註記している。

此仍照舊日通行稱呼法。據最近的證據、此所謂「程乙本」實當係「程丙本」。因另有一個眞「程乙本」、內容與程甲本分別較小。程甲本刊於乾隆辛亥、程乙本刊於次年壬子。而程丙本實刊於壬子以後某年。

周氏は據るところを明示していないけれども、それが趙氏の三印說に基づくことは、要約された內容から、また趙著『新探』が『新證』新版中に引かれてその所説の一部に批判の加えられている事實からも、[16]疑いを容れぬ。尤も、周氏とて一概に新説に信を措いているわけではなさそうであり、右に續けて、「另據周紹良先生的意見、認爲程乙本仍舊應稱『程乙』、在它之前的兩次印本、則當稱『程甲A本』『程甲B本』、AB之閒所差甚微」としている。この周紹良氏は程甲殘本の所藏者の一人であり、かつて朱南銑氏と共に一粟の筆名に依り、『紅樓夢書錄』を編んだその人であると傳えられるだけに、程甲A・B説には聽くべきものがある。とは言え、取り立てて「兩次」とした點に問題が殘る。

そこで思い合わされるのは、かつて長澤規矩也教授が我が國に於ける近世末期の木活字版に就いて、藤森弘庵の『航湖紀勝』を始め多くの實例を擧げ、異版・異植字版の存在に注意を喚起されたことである。[17]翻って程本の課題に戻れば、程甲・程乙兩本とも同種の木活字を使用してはいるものの、乙本が大幅に本文を修改しほとんど全く組直している點から、兩本は異版であると言うべきであろう。しかも仔細に見ると、大小さまざまな問題が把えられる。例えば活字印刷の常として、倒排を殘した版とそれを正した版とが竝び傳わっている。また第百十九・百二十兩囘の一部には、甲・乙とも同一の活字を使用し、乙本に多少の差換えが見られるのみの葉(丁)もある。さらに著しい例としては、第七囘の第四葉が擧げられよう。この葉では、架藏本が程甲本であるのに對し、本文の修改ぶりから見て倉石本が程乙本、胡本が程乙別本とも言うべく、後者は影印本に據る限り、全く組換えられている(圖版B書影參照)。活字印刷に伴うこれら諸現象に就いては、前稿に於てやや詳しく觸れ、併せてそれぞれの發生した原因に關する所見も記しておいたからこれ以上述べないが、部分的にこうした樣々な現象が認められるからと言って、程本が三次に亙り時空を異にして印刷されたと稱することは當を得まい。(刊行地の問題はなお次節で論ずる。)影印本の觀察に基づく推論であるとは言え、要らざる誤解を與えかねぬ三印説は、このあたりで取り下げに願いたいものである。

（圖版A）

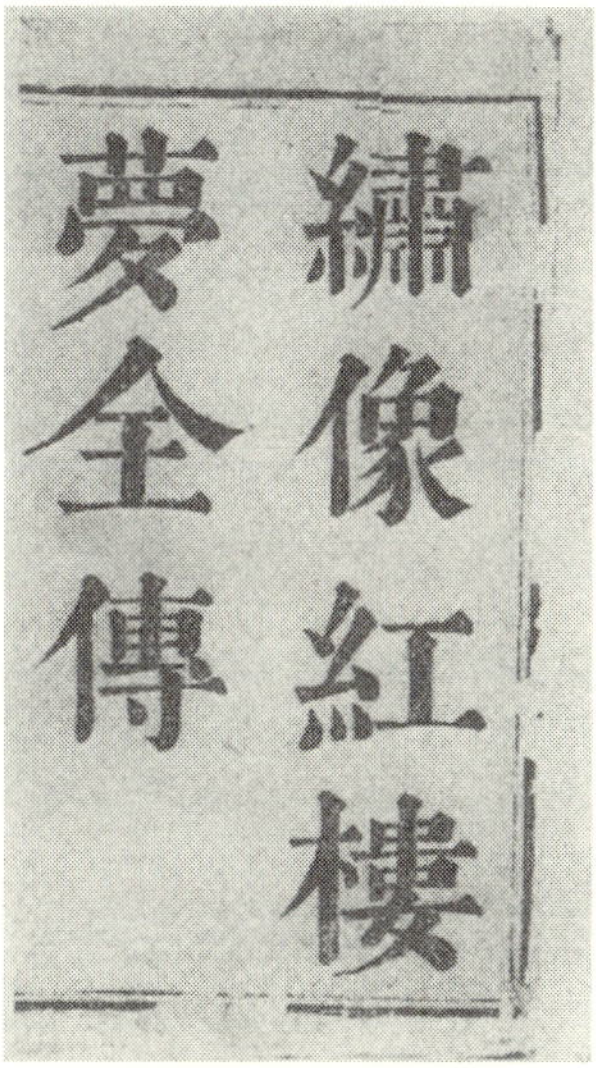

『繡像紅樓夢全傳』扉頁

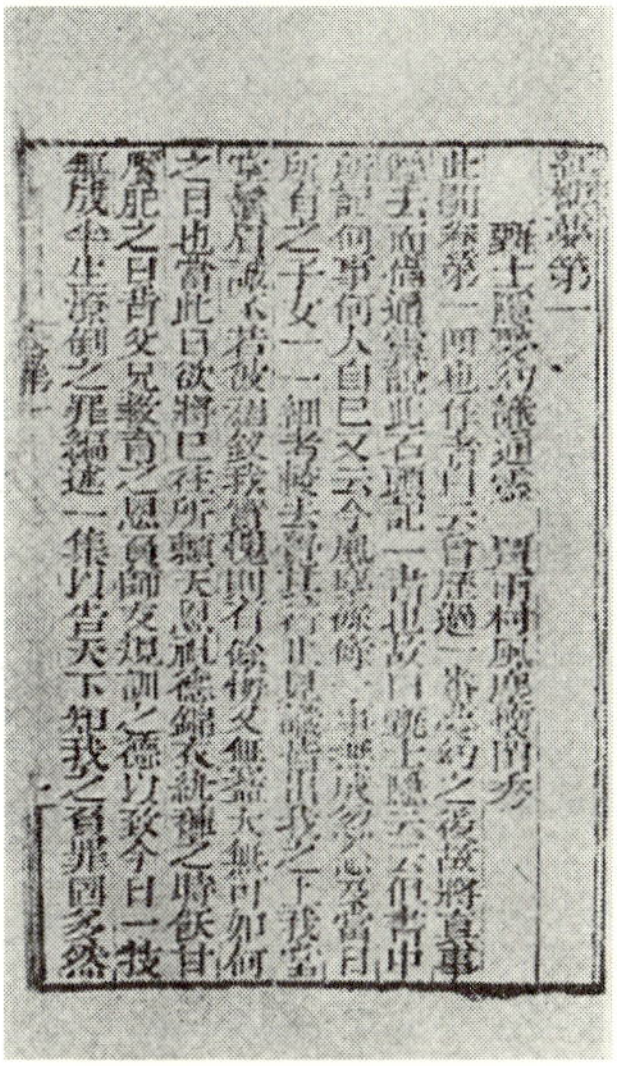
『繡像紅樓夢全傳』卷頭

二　乾隆末年、南北に於ける程本の翻刻本

前章で述べたように、筆者は混合された程甲・程乙兩本を辨別する版本上の標準として、程甲本刊行後いちはやく上木發兌された二種の翻刻本を採用した。程氏排印本と書名を同じくする東観閣刊『新鐫全部繡像紅樓夢』(18)（以下「東觀閣本」と簡稱）及び刊行者不詳の『繡像紅樓夢全傳』(19)（以下「全傳本」と略稱する。圖版A書影參照）がそれである。

前者は行款も毎葉十行、行二十二字で、行二十四字の程甲本とは版式を異にするばかりか、東観主人の題記（識語）に「爰細加釐定、訂訛正舛、壽諸梨棗(補註一)、庶幾公諸海內、且無魯魚亥豕之誤、亦閲者之快事也」と記すのは額面通り受け取れぬとしても、原本の誤植の訂正、本文の校訂はかなり行われている。一方後者は、原本を行款字數までそのままに相當忠實に翻刻したものであり、本文の異動は極めて少ない。従って程乙本の異文の反映は認められない點は同様ながら、甲・乙の判定に全傳本の方が役立ったこと申す

（圖版B）程偉元刊『新鐫全部繡像紅樓夢』異植字版三種書影（第七回第三葉裏・第四葉表）

（一）程甲本（伊藤本）

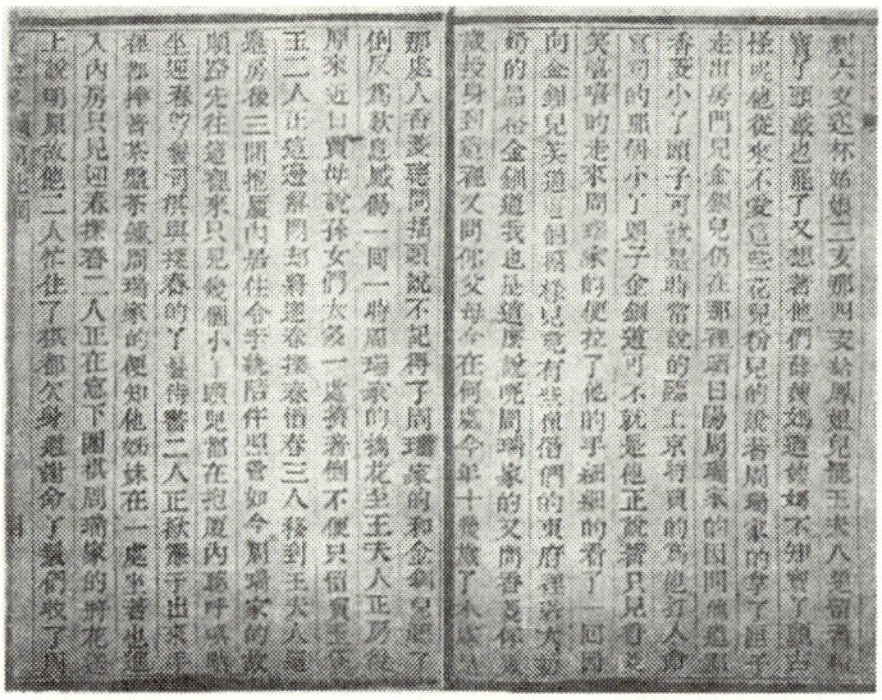

（二）程乙本（倉石本、東京大學東洋文化研究所藏）

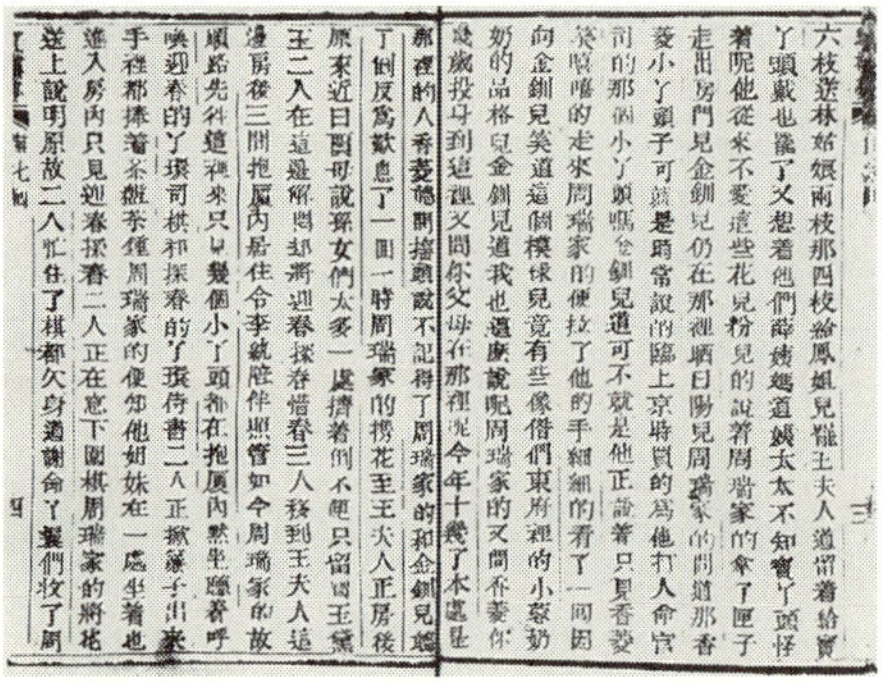

（胡天獵本）

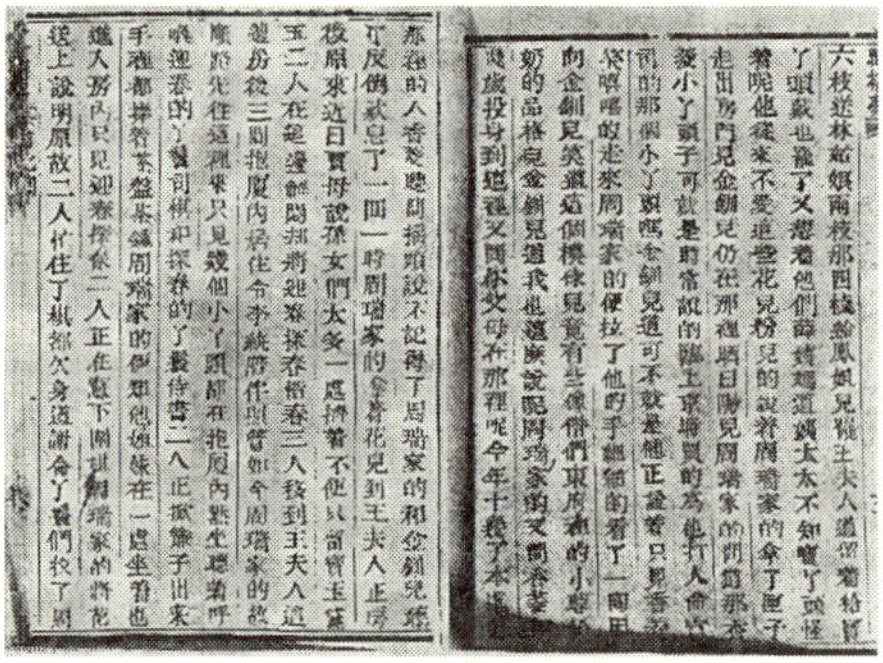

までもない。

この二本に關しては、前稿にそれぞれ詳しい提要を掲げておいた。但しその刊年・刊行地の推定に誤りを犯している。

まず東観閣本。これは乾隆五十七年壬子の冬に蘇州で刊行されたものと推測したが、刊行地は北京とするのが正しい。（刊年の問題は改めて後述する。）

東觀閣なる書肆に就いては、北京の琉璃廠あたりのそれかと考え、かねて關係の文獻を漁っていたのであるが、乾隆閒の李文藻「琉璃廠書肆記[20]」、これに續けた清末・民初の繆荃孫「琉璃廠書肆後記[21]」を始め、解放後の孫殿起輯『琉璃廠小志[22]』、王冶秋『琉璃廠史話[23]』に至るまで、その消息を傳える記述は見當らなかった。また諸家の研究に在北京を匂わせるものはあっても、確たる根據を擧げて論及した文章は管見に入らなかった。よって乾隆末の進士周春の「紅樓夢記[24]」に「壬子冬、知吳門坊閒已開雕矣。茲苕估以新刻本來、方閱其全。」と記す「新刻本」を姑くこれに擬したのであった。（周春の記事に基づきながら、王佩璋女士は從來北京とされてきた程本の刊行地を蘇州に比定し[25]、趙岡教授は折衷して甲本は北京、乙・丙本は蘇州としたが[26]、程本は排印本であり、「開雕」という表現もまたそぐわない。）

ところがたまたま法式善の未刊稿『梧門詩話[27]』が近年影印されたのを機會にこれを閱讀するうち、次の一則に氣づかされた。

琉璃廠東觀閣書肆中、偶見架上五言詩一册。未著姓氏。詢之賈人、對曰、「鄙人素好吟咏。聞先生工五言、錄稿庋此特求正耳」。『詠琴』云、「桐月一輪滿、秋濤萬壑深」。十字殊可愛。因憶李實君日華『贈書賈』云、「行藏半是銜書鶴、生計甘爲食字魚」。斯蓋過之。其人姓王、名德化、字珠峰、江西人。（同書卷二）

これで見ると、東觀閣は正しく琉璃廠の書肆であり、主人は江西出身の王德化[28]、書賈とは言え文雅の嗜みもあった人だと知られる。

『詩話』の著者法式善[29]は、字は開文、時帆また梧門と號した。蒙古正白旗に隸屬する旗人で乾隆四十五年の進士、詩名があった。嘉慶十八年に六十一歲で卒している。この稿本の成った時期は未詳ながら、書中の記年から推して乾隆末年より嘉慶初年へかけての記事か。さきに擧げた李文藻の「書肆記」は乾隆三十四年の作であるが、當時東觀閣は未だ開業していなかったものであろう。王氏が上京して創めたと思われるこの書肆は、後嘉慶二十三年に至り、舊版を廢して『新增批評繡像紅樓夢』[30]と題する重刻本を世に送っている。かつて程・高兩氏が「創始刷印、卷帙較多、工力浩繁、故未加評點」（「引言」）として果さなかった批評（圈點と行間評とに限られるが）を加えての新版である。これには四年後の道光二年の重鐫本[31]があるものの、その他には刊行書ありと聞かないから、この書肆は恐らく乾隆末年に開業し、道光初年までの一時期、『紅樓夢』普及版の版元として成功しながら、一代限りで店を閉じたのではなかろうか。刊年未詳の善因樓刊『批評新大奇書紅樓夢』[32]には、その一部の柱刻に「東觀閣」の三字を存すると言う。廢業後に版木が賣り渡された名殘であろう。

さて、東觀閣本が北京で刊行されたとなれば、壬子冬の蘇州「新刻本」に擬せられるべき版本は自ずと絞られてくる。乾嘉の交に刊行されたものとしては、東觀閣本を除くと、全傳本しか殘らぬからである。

全傳本の刊年の下限を示す史料としては、嘉慶八年（我が享和三年に當る）亥拾番船が長崎に將來した唐本の一種に「繡像江《ママ》樓夢全傳　一部各四套」が含まれていたことを當年の舶載書目[33]に記す事實が擧げられる。「新渡」の註記が見られない點から、初めて持渡られた時期はそれ以前に在ると考えられる。

また旁證としては、『紅樓夢書錄』に鈔寫時期、地域とも不明ながら『紅樓夢全傳』と題する程甲本系統の鈔本[34]が著錄されており、全傳本の鈔本かと疑わせるものがある他、別にまた道光十二年に王希廉がその雙淸仙館にて上梓した評本も『新評繡像紅樓夢全傳』[35]と題している事實が擧げられよう。この王氏は吳縣卽ち蘇州の人であり、全傳本が江南に流布していたところから、自然これを底本として校訂加批の上刊刻したものではなかろうか。

實は前稿でも全傳本の刊行地に就いては、蘇州・南京あたりかと推定したのであるが、理由の一つはたまたま架藏本が江蘇刊本に多いとされる包角裝であったことに依る。しかし、その後いま一本我が國に傳存する、古城貞吉舊藏の全傳本（前稿註11參看）を寄託先の斯道文庫に赴いて檢したところ、原裝のままの尋常の線裝本であった。これと架藏本とが同時に船載されたかどうかは知りがたいが、もし同時であったとすれば、後者は舊藏者がその好みで包角裝に改裝させ、帙をも作らせて愛藏していたものかも知れない。

ところで、乾隆五十八年（寛政五年に當る）癸丑十一月二十三日に乍浦（浙江省）を出帆し、十二月九日長崎に入港した寅貳番船（南京、船主王開泰）[36]、この江南起帆の唐船がもたらした書籍のなかにも九部十八套の『紅樓夢』の含まれていた事實が今日知られている。（所謂「村上文書」中の「差出帳」書目に據る。詳しくは前稿註10參照。）程甲本刊行後、二年足らずの時期のことである。

書名は單に『紅樓夢』とのみ記錄されているので、或いは程本のいずれかではないか、との疑いも挾めよう。しかし、北京で刊行された程本が遠く離れた江南から南京船に依って積み出されたとは、また少部數刊行され頒價も廉からぬこの排印本が九部も同時に船載されたとは、まず考えられない。現に我が國に存する程本が二部とも民國以後、北京から購致されたものであること[37]、また江戸期以來の傳本の存在が知られていないことも、程本ではあるまいとする推定を裏づけるものと言えよう。

それでは東觀閣本の場合はどうか。時期的にはこれである可能性もあり、また嘉慶八年渡來分が四套とするに對し、この分は二套とする點からも問題がなくはない。しかし起帆地と集荷との關係から言って、蘇州刊本と推測される全傳本と見た方が遙かに自然であろう。そうだとすれば、全傳本の刊年は少なくもさきの嘉慶八年からこの時期まで引き上げることが出來る。そして他には壬子冬の蘇州刻本としての資格を備えた版本の存在が知られていない以上、全傳本を以てこれに擬する他はあるまい。

さて、以上に見たように、木活字排印本たる程甲本が乾隆辛亥の晩冬に北京で刊行されると、お膝元では東觀閣が、また江南では蘇州の某書肆が早速雕版に着手し、共に壬子の冬までには發賣されるに至る。以後當分はこの兩本がそれぞれ北と南と地を分けてもて囃されたとおぼしい。北京の五柳居等の書肆は主人の出身地たる蘇州で仕入れを行ったとされるが[38]、東觀閣本の流行する北京へ全傳本のもたらされる餘地はほとんどなかったはずである。北京で編まれた『書錄』に全傳本が著錄洩れとなった原因も、或いはその邊に求められようか。

増刷に増刷を重ねれば、遂には版木の壽命の盡きる時が訪れる。東觀閣では、嘉慶二十三年、前記のように帶批本の形で『紅樓夢』を重刻した。これは道光以後の、王希廉評本を始め諸家の批本が續々誕生する時代に遠く魁けるものであった。それ以前に刊行された版本で刊記等に依り刊年の知られるもののみ今擧げるとすれば、嘉慶十一年寶興堂刊本[39]、架藏の同十九年某氏刊行本[40]の兩書に限られる。他には東觀閣本をさらに翻刻した本衙藏板本もこの時期の内に含ませることができようが、それにしても少なきに過ぎる感がしないでもない。

北方北京に於ける東觀閣重刻本の出現と前後して、江南の南京では滿洲旗人額勒布の籐花榭から一本[42]が刊行され、これからさらにそれぞれまた翻刻本が產まれる。他にも『書錄』版本の部が網羅的に示しているように實に夥しい異本が清末・民初にかけて簇生するが、上記の寶興堂本等の數本をも含め、以後の刻本では新舊いずれかの東觀閣本を祖本と仰ぐ翻刻本が多きに居った。東觀閣本は刻本の時代に魁け、さらにまた帶批本の時代にも魁けたのである。

三　程本及びその初期翻刻本の刊年

書肆東觀閣の所在地はすでに判明したが、それでは東觀閣の初刻はいつと見るべきか。

この刊年に關して趙岡教授は嘉慶初年初版であろうと推すが[43]、格別根據は示されていない。別にまた版本の鑑識に長けた孫殿起の記録に係る『販書偶記』[44]（巻十二）『紅樓夢』の條に「乾隆閒巾箱本、嘉慶閒重刊本」と見える前者が東觀閣本であり、後者がその重鐫帯批本であることは『書錄』の提要[45]の指摘する通りであろう。乾隆閒とは言い條、原本たる程甲本の刊行された乾隆辛亥の冬をさらに遡ることはあり得ないから、どのみち乾隆末年の限られた枠内を出ない。一方、全傳本を例の蘇州刊本に擬定するとすれば、その刊年は周春の記述に據り、乾隆壬子の冬ということになる。

ところで、東觀閣は地の利を得ていたから、全傳本の刊行者に比して、新刊の程甲本を入手する機會には遙かに恵まれていたと考えられる。それだけに雕版に着手したのも早かったはずであるが、にも拘らず、兩本の版刻の精粗の差は著しく、東觀閣本の方がかなり劣る。その版下は幾人かで手分けして書いたとおぼしく、字體も不揃いなら謹嚴さにも缺ける。刊行を急いだ痕は歴然としており、發兌の時期は全傳本よりも早かったと見てよろしかろう。

東觀閣本の刊年をこう考えると、そこへ程乙本の刊行時期の問題が微妙に絡んでくる。前稿にも引いたように、兪平伯氏に依れば、僅々二ケ月餘の期閒内に大幅に本文を修改して改訂版を出したことは『紅樓夢』版本史上の謎だとされる[46]。この「謎」をどう解くべきか。

東觀閣本が北京に於て壬子の冬以前に刊行を見るに至るまで、その閒の工程の進捗ぶりは、當然協力者（出資者）のなかにいたであろう書店主などからしばしば程氏らに傳えられ、情報はやがて程氏らの再印本刊行計畫（これは當初から彼らの念頭にあり、程甲本の刷了直前、すでにその體制に入っていたとする推定は前稿に記した）になんらかの影響を及ぼしたに違いない。東觀閣の方では袖珍版の普及本を目指していたし、一旦その版木さえ完成すれば、投下した資本はまず安全に回收できる。だが、そのような版本の出現は、その都度組直す他ない活版印刷に依る程本にとって一大脅威であった。そこで東觀閣本の刊行以前に機先を制して一定數の讀者を確保する必要が生まれる。そのため考案された方途の一つが、特に前八十回本文の校訂濟みを謳う新版發賣であったことも想像に難くない。しかしそれだけではなく、分册發兌の手段にも訴えたのではなかろうか。近くは有正書局が『(國初鈔本)原本紅樓夢』を石印した際、まず宣統三年に前集四十回、翌民國元年に殘る後集四十回各一帙を發賣したためし(47)も思い合わされる。(この所謂「大字本」に對し、同書局は八年後、一帙に納めた縮印小字本を刊行した。)六十回ずつ二回または三十回ずつ四回という方式もあり得るが、刊行が急がれるという事情や第八十回までが原作部分で校訂にも手間取るという條件を考えるならば、四十回ずつ三回の方が可能性としては大きかろう。「引言」の記された壬子花朝の日は、前稿にも記したように、程乙本刷了の時期そのものではないと考えられるが、それから二、三ヶ月後には第一回分が發賣され、これと競り合うようにして東觀閣の翻刻本百二十回も刊行される。さらに程乙本第二次分(同第三次分)が刊行され、殿りを承って壬子の冬に全傳本が蘇州で梓行される――おおよそこのような次序でことは進行したのであろう。かくて程甲本を祖本とする翻刻本が南北に氾濫する一方、程乙本は版本史上、久しく埋もれることとなった。一九二七年、胡適が亞東圖書館に奬めて新獲の程乙本による新版を刊行させるまで、その存在を知る人が稀であったのは、主として程本二種が一見區別のつかぬ異植字版であり、印刷部數も僅少であったという理由に由るが、甲本及びその初期の翻刻本の刊行經過に稍々特殊な事情があり、ために乙本の翻刻本の出現が結果的に阻まれたことも與っていると考えられる。尤も、さきのような推定のみでは、兪氏の所謂「謎」の一半を成す校訂作業にまつわる問題に充分答えたことにはならぬ。また從來小資本の商賈くらいに見られてきた程偉元に就いて、彼が實は詩書を嗜む「小官僚」であった事實を教える新史料(48)が發見され、高鶚の役割のみ過大に評價された嫌いのある續作者・校訂者の問題も再檢討を迫られている。それらの考察は他日に讓るとして、今はただ前稿で取り上げた諸問題の補說を述べるに止どめる。

註

（1）趙岡「程高排印本紅樓夢的版本問題」（『明報月刊』第四巻第七期　明報有限公司　一九六九年七月　所載）が三印説を提倡した最初のもので、次いで改寫されて「程高刻本紅樓夢之刊行及流傳情形」（『大陸雜誌』第三十八巻第八期　大陸雜誌社　一九七〇年四月　所載）、さらに『紅樓夢新探』下篇（文藝書屋　一九七〇年）第四章「刻本紅樓夢後四十回」第二節に同題同文のものが見える。『新探』は趙岡・陳鍾毅夫妻共撰とされるが、少なくもこの三印說は、趙氏の所說として扱ってよかろう。

（2）前稿執筆時この論文は未見であったが、その後潘重規教授から寫しを贈られて一讀するを得た。（『皇冠雜誌』第三十巻第四期　皇冠雜誌社　一九六八年十二月　所載。のち『幼獅月刊』第三十四巻第三期（《紅樓夢研究專號》―幼獅文化事業公司　一九七一年九月―に轉載、さらに『紅樓夢研究集』同上公司、一九七二年に再錄された。）張女士は程本に甲・乙・今乙の三本を考え、乙本卽ち胡天獵影印本こそが眞の程氏再印本であって、內容上も高鶚重訂の唯一の程乙本である、今乙本卽ち胡適舊藏本は乙本刊行後遠からぬ時期（乾隆末年でなければ嘉慶初年）に別人が「滲（摻？）合擅印」したものであろう、とする。

（3）潘重規「讀『紅樓夢新探』」（『明報月刊』第七巻第一期　一九七二年一月）。のち同人著『紅樓夢新辨』（文史哲出版社　一九七四年）に再錄された。

（4）潘重規「今日紅學」（『紅樓夢研究專刊』第七輯　中文大學新亞書院中文系　一九七〇年五月　所載。）のち同人著『紅學六十年』（文史哲出版社　一九七四年）に再錄された。拙文前稿註5參照。

（5）趙岡「趙岡致潘重規先生書」（『明報月刊』第七巻第五期　一九七二年五月）。のち潘著『新辨』に附載された。

（6）潘重規「『讀紅樓夢新探』餘論――答趙岡先生――」（前註所引『明報月刊』第七巻第五期に併載）。のち『新辨』に再錄。

（7）註3にすでに擧げた。參看。

（8）趙岡「紅樓夢稿諸問題」。原載誌未詳。いま潘著『新辨』附載のものに據る。

（9）汪原放「重印乾隆壬子（一七九二）本紅樓夢校讀後記」（『紅樓夢』―亞東圖書館、一九二七年重排初版―巻首）第三頁。

(10) 一粟編『紅樓夢書錄』(古典文學出版社、一九五八年)第二六頁。
(11) 汪原放「校讀後記」(『紅樓夢』—亞東圖書館、一九二一年初版—巻首)第一～三頁。
(12) 卽ち『書錄』第六〇頁に著錄する『繡像全圖增批石頭記』(全四册)。我が國で印刷されたらしく、明治三十八年刊。別に奥付けの日附けが同じで發行者のみ金港堂書籍株式會社とする同版もある(上下二册)。下河邊氏は前年刊行の『飲冰室文集類編』の發行者でもあり、或いは金港堂の關係者か。『書錄』ではこの直前に置かれた同名の版本は石印本だとされるが、その扉頁は金港堂版と同じ。またこれと非常に近い鉛印本の商務印書館版(刊年不記、『書錄』未著錄)もある。金港堂と商務とは當時合資合辨の關係にあったから(張靜廬「商務印書館大事紀要」)、なにかの事情で印刷、さらには發行名儀まで一時的に引き受けたものか。これらの程序は冒頭をともに「石頭記是此書原名」に作るが、書名を『石頭記』とするのに照應させた修正であろう。
(13) 潘重規「答趙岡先生紅樓夢稿諸問題」。原載誌未詳。いま『新辨』所收のものに據る。
(14) 周汝昌『紅樓夢新證』新版(人民文學出版社　一九七六年)第一〇一九頁。
(15) 同前第九九七頁。
(16) 同前第七九九頁。
(17) 長澤規矩也「木活字版の異版」(『書誌學』新第十一號　日本書誌學會　一九六八年三月　所收)。
(18) 『書錄』第三七頁提要參照。
(19) 『書錄』未著錄。よってその體例に倣い前稿註11で加えた提要を以下に引く。
刊年刊行者不記、一百二十囘。扉頁題『繡像紅樓夢全傳』、囘首及中縫均題『紅樓夢』。首高鶚序、程偉元序、次目錄、次繡像二十四頁、前圖後贊。正文毎面十行、行二十四字。囘目同程甲。

程序と高序の順序が程甲本とは逆である。架藏本は改裝されているので、その際入れ替ったものか。古城貞吉舊藏本は訪書の際、首册のみ所在不明のため確認し得なかった。脂硯齋本では「巻」と「囘」は一致せず、程本では「囘」のみ用いるが、全傳本ではもっぱら「巻」による。但し、「第一」「巻第一」「巻三」の例の如く不統一が見られる。王希廉本は囘首を「巻一」、「版心」を「第一囘」と統一している。

(20) 李文藻「琉璃廠書肆記」（李著『南澗文集』卷上所收）。

(21) 『琉璃廠書肆記』（脊初堂校印本）に併收する。なおこれには琉璃廠の通學齋主人孫殿起がさらに續けた「琉璃廠書肆三記」があり、孫輯『琉璃廠小志』（次註參照）に收める。

(22) 孫殿起輯『琉璃廠小志』（北京出版社　一九六二年）。前註參照。

(23) 王冶秋『琉璃廠史話』（生活・讀書・新知三聯書店　一九六三年）。

(24) 周春「紅樓夢記」（同人著『閱紅樓夢隨筆』　中華書局　一九五八年影印　所收）。

(25) 王佩璋「『紅樓夢』後四十回的作者問題」（『光明日報』一九五七年二月三日「文學遺產」第一四二期）。

(26) 趙岡「程高刻本紅樓夢之刊行及流傳情形」。註1參照。

(27) 法式善『梧門詩話』（廣文書局　一九七三年影印）。なお鄭靜若『淸代詩話敍錄』（學生書局　一九七五年）にその解題がある。

(28) 李文藻「書肆記」（註20所引）に當時（乾隆三十年代）琉璃廠の書賈のほとんどが江西金溪出身であったことを記している。

(29) 法式善に關しては、橋川時雄『滿洲文學興廢考』（著者自印『雕龍叢鈔』之二、一九三二年）第三十五葉以下に詳しい。『梧門詩話』に就いても言及されている。

(30) 『書錄』第三八頁提要參照。なお柳存仁『倫敦所見中國小說書錄（英文本）』（龍文書店　一九六七年）卷末所載「書目提要」第一〇四則に大英博物館藏本の提要がある。

(31) 註30に擧げた『書錄提要』の附記による。

(32) 『書錄』第三九頁提要參照。

(33) 「改濟書籍目錄」（太田南畝『百舌の草莖』卷上所收）に見える。南畝（蜀山人）は長崎奉行所勘定役として在任中『書籍元帳』より轉錄した『番船持渡書籍目錄』を崎陽滯在中の隨筆書『百舌の草莖』他に分載している。拙文「日本における『紅樓夢』の流行」(下)（『大安』一九六五年五月號）參照。

(34) 『書錄』第三六頁に提要が見える。

(35) 同前第四五～四六頁提要參照。

（36）この王氏は、近年刊行の大庭脩編『唐船進港回棹録他』（關西大學東西學術研究所　一九七四年）所收『回棹録』、寛政四年壬子三番船、同五年癸丑番外船（七月廿一日入港）の條にもそれぞれ船主・牌主としてその名が見える。また同書所收の『割符留帳』「番外船割符帳」の部にも、寛政壬子拾番船船主として見える。さらにまた松浦章編『長崎來航中國人名索引(1)』（『史泉』第四十號－一九七〇年三月－所載）に據ると、長崎聖堂文庫の「配銅證文」中にも來航唐人として名が見えると言う。王氏が少なくも寛政四五年頃數次來朝したことは以上に據って知られるが、癸丑番外船の信牌地割が厦門となっている點、いささか不審の念を懷かせる。大庭教授にお伺いしたところ、これは番外船ゆえ、たまたま空いている地割名儀の信牌を貰ったものと見るべく、王氏は本來南京船として信牌を受けていたのであろう——こういう趣旨の御教示を得た。

（37）倉石本は故倉石武四郎教授が一九二八年から二年有餘北京に留學された際、隆福寺の文奎堂にて購入將來されたものである。先年、本書に關して、探せば購入價格等を記した當時の手控もあるはずと語られたが、昨冬不歸の客となられ拜見の機を逸した。渡燕後まもなく北京大學の馬裕藻教授から程甲本を見せられ、前年には胡適所藏の程乙本に據る亞東新版が翻印されたこともあって、特に程乙本（實は甲本の配本があるが）を購致されたものらしい。本書卷首部分に關しては、番頭がどこかで程序等を存する本を借りて來て影鈔の上補ったものだ、と語られた。（なお前稿本書二〇〇頁に倉石本の高序・「引言」を存すと記したのは誤りで、これらも影鈔である。）次に架藏本は、もと吉川幸次郎教授が倉石教授とほぼ同時期に北京に留學された折、琉璃廠の來薫閣で購入將來されたものである。手許の『來薫閣書目』第一期（一九二九年）第八十四葉に「紅樓夢一百二十回」として「乾隆活字本　白紙　二十四本　四十元」と見えるのがこれか。（他にも八種の異本が竝んでいるが、價格は王希廉本が十五元で次ぐ。）一九六七年訪中された村松暎教授は來薫閣を訪れた折の插話を次のように記しておられる。「『程乙本はめったに出ないのか?』と番頭にいうと『十五年前にチーチョアンシンツーラン先生が買って行って以來、出ない』と答えた。だれのことだろうと思ったら『吉川幸次郎』であった」（同氏「珍本はもう出ない?」、『朝日新聞』一九六七年六月二十三日。）程乙本ではなく程甲本であり、十五年前ではなくほぼ三十年前のことである。足本であったのが借閲者に失われたよしで、惜しくも計十回を缺く。戰後人に割愛されたが、縁あって近年寒齋に入った。

倉石・吉川兩教授は、『紅樓夢』を六度半讀み返したというのがお得意の狩野直喜教授の門下であられ、北京留學中共に旗人奚待園に就いてこの小説の講讀を受けておられる。その兩教授が二部の程本を前後して我が國へもたらされたのである。

爾來多くの後學がお蔭を被り『紅樓夢』研究上多大の便宜を得て來たこと、申すまでもない。

（38）李文藻「書肆記」（註20）に「又西爲五柳居陶氏、在路北。近來始開。而舊書甚多。與文粹堂皆每年購書于蘇州、載船而來」と見え、「陶・謝皆蘇州人」とも見える。陶は五柳居、謝は文粋堂主人の姓である。

（39）『書錄』第三九頁に提要の見える『繡像紅樓夢』。「節本」である旨註記がある。

（40）『書錄』未著錄につき、その體例に倣って以下に提要を記す。

嘉慶十九年（一八一四年）刊本、刊者名不記。伊藤漱平藏（森槐南舊藏手澤本）。扉頁題…『嘉慶甲戌重鐫繡像紅樓夢』。首程偉先（元）序・高鶚序、次目錄、次繡像二十四頁、前圖後贊。正文每面十行、行二十二字。

（41）『書錄』第三十八頁に提要が見える。刊者・刊行地とも不明の坊間刊本。東觀閣本の題記を襲用し、「東観主人識」の五字のみ删っている。行款字數こそ異なれ、その初期の翻刻本と考えられる。なお所謂「本衙」の實態に就いては、鳥居久靖「金瓶梅版本考」（『天理大學學報』第七卷第一號、一九五五年十月）第三五七頁以下に引く橋川時雄教授の所見に詳しい。

（42）『書錄』第四〇頁に提要が見える。

（43）『新探』第二八八頁。

（44）孫殿起錄『販書偶記』（中華書局、一九五九年）第二九九頁。

（45）『書錄』第三九頁。

（46）前稿第三五〇頁參照。本書二一一頁。

（47）『新證』新版第一一八二頁。

（48）同前第八〇九・一一六三・一一八二頁。

（補註一）「壽諸梨棗」この四字、「コレヲ梨棗ニ壽《きざ》ム」と訓みたい。梨棗《なしなつめ》は版木の良材とされる。「壽」はもといのち長しの意だが、ここは刻む、彫る意。簡易な木活字印刷から恆久的な雕版印刷に切り換えて版本としての壽命を長くさせることを期待すると述べた。

附記　先年前稿を獻じた鳥居久靖教授は、一九七四年六月、記念論集の完成獻呈後まもなくにわかに他界された。さらにまたかつて愛藏の程本を貸與されたほか種々教示を賜った倉石武四郎教授も七五年十一月、道山に歸られた。ここにこの拙稿を捧げ、謹んで兩教授の御冥福をお祈りする次第である。

（東方學會『東方學』第五三輯　一九七七年一月）

「程偉元刊『新鐫全部繡像紅樓夢』小考」餘說
——高鶚と程偉元に關する覺書——

まえがき

いまでは二昔二十年以上も前のことになるが、私は「曹雪と高鶚に關する試論」（『北海道大學外國語外國文學研究』第二輯、北海道大學教養部、一九五四年十月、本書附錄三八三頁）と題する一文を發表した。『紅樓夢』に就いて書いたものではこれが初めて活字になったのであるから、その意味ではいわば處女作に當る。その頃は胡適の提唱に係る『紅樓夢』後四十回高鶚續作說を穿った見方のように思っていたので、當時すでに否定論がないわけでもなかったのに、ほとんど疑うこともせずに高氏を續作者に見立て、原作者曹霑をこれと對比する形で取り上げる手法によって一種の作家論を試みようと企てたのである。實はこれとて曹氏に關する直接資料の絕對的な不足に發した窮餘の一策に他ならず、筆者の意圖がどの程度まで實現し得たかに就いてははなはだ心もとないが、主眼は無論曹霑その人を浮き上らせるに在ったから、よしんば續作者は高鶚でなかったとしても構わぬはずであった。とは言うものの、その假定の問題はいつの頃からか心の底に課題として沈澱し續けるようになった。ただ何分考えを前に進めたくとも材料に乏しいため當分棚上げにする他ないというのが實情であった。

その後、高鶚手定と銘打った『紅樓夢稿』が發見紹介されたのを初めとして、大小さまざまの新資料やそれらに基づく新研究が現われた。私自身としては、ようやく十年ほど前になって、この課題に對する一應の見解——高鶚續作說を疑い否定する方向に傾いたそれを、概略ながらも述べる機會を得た（拙譯『紅樓夢』平凡社、一九六九年一月、上卷「解說」五、續書と續作者）。のち數年、「程偉元刊『新鐫全部繡像紅樓夢』小考」と題する小文を發表している（以下「小考」と簡稱する。本書一九一頁）。これは高鶚の關與した所謂「程偉元本」を對象として調査しかつ檢討した結果を『紅樓夢』書誌の缺を幾分なりと補うためにひとまず纏めてみたものであるが、程偉元のみならず、作業の性質上いきおい高鶚にも言及することとなった。その後さらに逼られて、右の補正を主目的とした『「程偉元刊『新鐫全部繡像紅樓夢』小考」補說』なる一文を書かざるを得なくなり、これをば世に問うた（以下「補說」と簡稱する。本書二一七頁）。

本稿はさきの二篇に對しては、題名の示すように「餘說」に當る。それらに於てついに說き餘した若干の問題のうち、程偉元竝びに高鶚の人とその生涯を知られる限りの資料によって考えてみよう、そしてできれば續作をめぐる難問のいくつかを、解けないまでもほぐしてみたい、というのが本稿の意圖するところである。

一　高鶚、人とその生涯

(一)　高鶚の閱歷、爲人及び文業の概略

『紅樓夢』の最初の刊本たる『新鐫全部繡像紅樓夢』の刊行に與った二人の人物のうち、程偉元に關して最近まで我々がなんら知るところがなかったのに較べれば、高鶚に關してその閱歷の輪廓が知られるに至ったのはまだしも早い。そこでまず高鶚から筆を着けるとしよう。

民國以後、洋風の小說觀に刺戟されて舊小說を對象とした新しい研究が興った際、一時期その中心に位置してこれ

を推進した胡適は、『紅樓夢』に就いて從來閑却されてきたこの小説の版本・著者の兩問題を「考證學的方法」により實證的に研究することに先鞭を着けた。やがてその成果は「紅樓夢考證」と題され、民國十年（一九二一）五月に刊行された上海亞東圖書館刊行の新式標點本『紅樓夢』の巻頭を飾った。

この「考證」のなかで胡適は、通行の百二十回本『紅樓夢』に就いて、その前八十回の原作者を曹雪芹、卽ち曹霑であるとすると共に、殘る後四十回の續作者として他ならぬ高鶚を擬した。それは次のような兪樾の『小浮梅閒話』（不分巻）中の一則に示唆されてのことであった。

『船山詩草』有「贈高蘭墅鶚同年」一首：「艷情人自説紅樓。」注云：「傳奇『紅樓夢』八十回以後俱蘭墅所補」、然則此書非出一手。按鄕會試增五言八韻詩、始乾隆朝。而書中敍科場事已有詩、則其爲高君所補、可證矣。

胡適は曹霑の場合と同樣、高鶚に就いてもその傳記史料の探索・發掘を試みたが、たまたま『郎潛紀聞』（二筆）中に次のような高鶚に關わりのある一則(1)を發見した。

嘉慶辛酉京師大水、科場改九月、詩題「百川赴巨海」、……闈中罕得解。前十本將進呈、韓城王文端公以通場無知出處爲憾。房考高侍讀鶚搜遺卷、得定遠陳黻卷、亟呈薦、遂得南元。

嘉慶六年辛酉の歳、都を襲った水害のため九月に延期實施された順天鄕試にまつわる祕話のなかにこのとき同考官を勤めた高鶚の名を見出した胡適は、これを端緒として當時の科擧關係の史料を洗った。まず協力者の顧頡剛が進士題名碑に就いて、探ねる人が鑲黃旗漢軍に屬し、乾隆六十年乙卯恩科の進士で、殿試に第三甲第一名の成績で及第していることを検出し(2)、これに力を得て自身も淸代の『御史題名錄』(3)の嘉慶十四年の部に次の一則を探し當てた。

高鶚、鑲黃旗漢軍人、乾隆乙卯進士、由內閣侍讀考選江南道御史、刑科給事中。

胡適はまた『八旗文經』（巻二十三）に收められた「乾隆四十七年壬寅小陽月」の紀年のある高鶚の「操縵堂詩稿跋」

を發見し、それらの收穫をば略年譜の形で次のように纏めている。(4)

乾隆四十七（一七八二）、高鶚作「操縵堂詩稿跋」。

乾隆五十三（一七八八）、中擧人。

乾隆五十六―五十七（一七九一―一七九二）、補作『紅樓夢』四十回、竝作序例。『紅樓夢』百廿回全本排印成。

乾隆六十（一七九五）、中進士、殿試三甲一名。

嘉慶六（一八〇一）、高鶚以內閣侍讀爲順天鄕試的同考官、闈中與張問陶相遇、張作詩送他、有「艷情人自說『紅樓』」之句；又有詩注、使後世知『紅樓夢』八十回以後是他補的。

嘉慶十四（一八〇九）、考選江南道御史、刑科給事中。――自乾隆四十七至此、凡二十七年。大概他此時已近六十歲了。

「考證」には「十、三、二七、初稿。十、十一、十二、改定稿。」の日附が末尾に見える。民國十年から翌年にかけての一時期に、さきの顧頡剛といま一人の協力者兪平伯――ともに胡適の北京大學での受業生であり、兪氏にはさきの兪樾の曾孫に當るという因緣もある――とが師の史料探索を援け、新獲の史料の解釋に就いて互いに討論し合って研究を進めた經過と實情とは、後年公刊されたその際の往復書簡集たる『考證紅樓三家書簡』(5)にもよく窺われるところである。兪氏の方は、同十二年、別に『紅樓夢辨』(6)を著わして高鶚續作說を支えたが、その主張は主に後四十回に存する內證を根據とするものであり、格別高鶚その人に關する知識を附け加えることはなかった。

民國二十年（一九三一）に至り、蒙古旗人の奉寬が「『蘭墅文存』與『石頭記』」(7)と題する短文を發表して家藏の『蘭墅文存』『蘭墅十藝』の鈔稿本一册に就いて報告し、胡適の高鶚續作說をさらに補強するところがあった。また高鶚の撰に係る『吏治輯要』「操縵堂詩稿跋」「紅香館詩草序」「石頭記序」（程序本を指す）を閱過したことに就いても併せて言及しているが、これがのちに後人の研究に一つの手がかりを與える。

その後久しい間、高鶚に關する新資料に觸れた文章は現われることがなかった。所謂「解放」後の一九五二年になって、兪平伯氏が舊著『紅樓夢辨』を改訂增補した『紅樓夢研究』[8]を「中國古典文學研究叢刊」の一種として公刊した。卷首に纏められた、高鶚續作説に立って辨僞を試みた部分はほとんど舊作と變らず、高鶚の傳記資料に關する限り、新たに附け加えたものは見當らない。

翌五三年、同じ叢刊の一種として周汝昌氏の『紅樓夢新證』[9]が刊行された。周氏は同書の「史料編年」の末尾、乾隆五十六年の條に「高鶚續『石頭記』畢、乃排印百二十回書行世」と記して二行の按語を附したあと、張問陶の詩註など高鶚續作のことに觸れた四條の關係記事を揭げた。うち李放の『八旗畫錄』から取られた一條は胡適の引かなかったところのものである。さらに同年末に刊行された三版では、震鈞の『天咫偶聞』に見える一條が補われた。(周氏はこれより先、別に發表した論文のなかで、裕瑞の『棗窗閒筆』鈔本——當時孫楷第の藏に係り、のち北京圖書館に歸した——を紹介し、これに見える比較的早期の續作惡札説に觸れて、裕瑞は『紅樓夢』を考證辯誣した最初の人で胡・兪諸公の大先輩だ、としている。[10]なお、七六年に至って周氏は『新證』を大々的に改訂增補して增訂版[11]を世に問うたが、高鶚に關する史料は若干補われているものの、新出のそれというわけではない。)

五五年には、『高蘭墅集』[12]なる高鶚の著述の選輯本が「紅樓夢叄考叢書」の一種として刊行を見た。さきの奉寬文に見えた『蘭墅文存』、『蘭墅十藝』(以上は拔粹)、「紅樓夢序」「紅香館詩草序」「操縵堂詩稿跋」を收めた他、『國朝閨秀正始集』より鈔出した「贈麟慶」詩、また新發見の詩餘の集である『蘭墅硯香詞』(武進の巢章甫所藏の原稿本)を收めている。(「操縵堂詩稿跋」及び「贈麟慶」詩を除いて他は影印に依る。)

五七年に至って、この『高蘭墅集』に加えられた檢討の成果でもある、王利器氏の「關於高鶚的一些材料」[13]が發表された、高鶚の略年譜もまた婚姻關係を主として若干の事跡が增補された。（晃道人、卽ち李放の父に當る李葆洵の『舊學盦筆記』に見える記事など。）　また高鶚手鈔の『唐陸魯望詩稿選鈔』二卷が北京市圖書館に藏せられていること、『蘭墅文存』『蘭墅十藝』の原稿本が奉寬の手から北京大學の藏に歸したことなども併せて報告された。

就中注目されたのは、王氏が後四十回高鶚續作說に立ちながらも、その續作の推定時期を引き上げた點である。卽ち胡適が乾隆五十三年の高鶚中擧後と推したのに對し、王氏はこれを乾隆五十四年又は五十五年以前、實際にはもう少し遡るかも知れないとした。その主たる論據として二種の新史料が擧げられている。一つは乾隆五十四年舒元煒序鈔本『紅樓夢』[14]（吳曉鈴所藏）の舒序に全書の回數に言及した文字「漫云用十而得五、業已有二於三分」、また「核全函於斯部、數尙缺夫秦關」を引く。「秦關」は百二を指すが、ここは百二十の意に用いたと解し、八十回の鈔本は全書百二十回に對しては十に五を得たどころか、すでに三分の二に達していることを言ったとする。いま一つは清の周春の『閱紅樓夢隨筆』[15]に見える「乾隆庚戌秋、楊畹耕語余云：『雁隅以重價購鈔本兩部、一爲『石頭記』八十回、一爲『紅樓夢』一百二十回、微有異同、愛不釋手；監臨省試、必攜帶入闈、閩中傳爲佳話』云々」の記事を引く。乾隆五十五年庚戌の秋、楊畹耕（經歷不詳）が周氏に語ったところによると、雁隅なる人物（後述）が『石頭記』と題する八十回の寫本及び『紅樓夢』と題する百二十回の寫本を大金を投じて入手し、愛讀するあまり監臨（後述）として省試に臨む際にも試驗場內に攜帶したため、閩（福建）では藝林の佳話として語り傳えたというのである。

以上の二史料に基づき、王氏は高本『紅樓夢』は附印以前すでに寫本の形で世に行われていたとし、その續成の時期を前記のように引き上げた。（省試で五十五年に最も近いのは前年の己酉のそれであるから、五十四年以前とされるべきであろうが、このことも後述する。）　右の推定が當っているとすれば、高鶚の中擧以前のことに屬する。高鶚は功利主義的な人生觀の持主で中擧を大變なことと考えていたから、焙茗の口を借りて「一擧成名天下聞」の「大喜」

だと言わせ、賈寶玉を擧人に合格させたのである。さもなくて高鶚自身がすでに擧人になっていたとしたら、程本の高序に窺えるような「閒而憊矣」、閑暇をもてあまし、困憊した狀態で續書を執筆するということは考えられまい——これが王氏の主張である。（高鶚の人生觀と續作との關聯は措くとしても、後の高序の句によって中擧以前に引き上げることには問題が殘るが、後に改めて說く。）

一九五八年には、一粟氏の編んだ『紅樓夢書錄』(16)が刊行され、その「版本・譯本」の部に『新鐫全部繡像紅樓夢』兩種、卽ち乾隆五十六年辛亥萃文書屋活字本、同五十七年壬子再印本のそれぞれに就いて詳しい提要が施された。前者の末尾には高鶚の略歷及び著述が揭げられているが、彼の作の散見するものの一つとして新たに『梓里文存』の書名が擧げられたのが注意を惹いた。これは高鶚の科試「同年」または同僚かとされる那清安(17)の編になる八股文の選本であって、高鶚の乾隆六十年の作が四篇收められているという(18)。

五九年に及んで「高鶚手定『紅樓夢』稿本」なるものが發見された。『光明日報』の「文學遺產」欄にいちはやくこのことを報ずる記事「高鶚手定『紅樓夢稿本』的發現」(19)が載り、ついで范寧氏の「談『高鶚手定《紅樓夢》稿本(20)』」が中間報告として公表された。やがて六三年一月にその原書が「乾隆抄本百廿回紅樓夢稿(21)」と題して影印されたが、これには范氏の「跋」が附せられている。（この鈔本に關しては、その後數多くの論文が發表されたが、高鶚の閱歷とは多くは直接に關わらないので、姑く言及を省く。）この『紅樓夢稿』の一つの特徵は、第七十八回回末に「蘭墅閲過」の四文字(22)が朱筆で記されていることで、前八十回・後四十回を通じて本文に夥し

『紅樓夢稿』第七十八回末識語

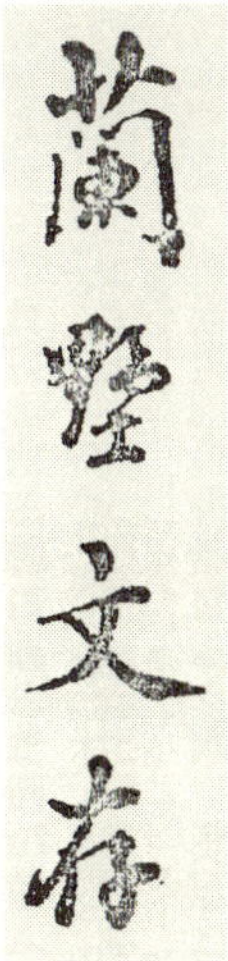

高鶚自筆稿本『蘭墅文存』題簽

い塗改が施されていることと相俟って、高鶚その人が程本校訂の際に參考にした、あるいは自ら塗改を施した底本ではないかと疑われて論議を呼んだ。今日なおこの鈔本の性格は充分に明らかにされたとは言えないのが現状であろう。六三年末に至り、一粟氏によってさきの『書錄』の姉妹篇に當る『紅樓夢卷』(23)が公刊された。その卷一には高鶚の項を設けて「操縵堂詩稿跋」等の作を掲げるほか、奉寛の「蘭墅文存與石頭記」（節錄）に至るまで、關聯史料を鈔出轉錄している。（そのうち麟慶の『鴻雪因緣圖記』からは「鳳閣吟花」「仙橋敷土」の二則のみを採っているが、同書にはこのほかにも後述のごとく關係記事がなお一則見える。）

かねて高鶚の撰著としては『八旗文經』（卷十九）に『高蘭墅集』のあることが記され、『淸史稿』（文苑傳二）にはまた『蘭墅詩鈔』のあることが記されているけれども、兩書ともいまだ發見されるに至らない。ところが六五年になって、これらと別の高鶚の詩集『月小山房遺稿』が世に出たのである。（月小山房は高鶚の室名、蘇東坡の「後赤壁賦」の「山高月小」の句に取り「高」姓を伏せたもの。）門人華齡の編に係り、その兄增齡の序を附す。すべて一百十一題、一百三十首の詩を詩體別に收め、その內譯は五律三十四題四十首、七律十七題二十一首、七絶四十題五十首、試帖詩十九首とされる。（この書物は現在北京圖書館に藏せられると聞く。）

その發見をまず報じたのは、一九六五年五月、「文學遺產」欄に載った小禾氏の「關於高鶚的『月小山房遺稿』(24)」と題する短文であった。氏はそのなかで高鶚の卒年を論じ、『遺稿』序の「嘉慶丙子春三月」及び「紅香館詩草序」の「甲戌之秋八月既望」の紀年から推して十九年甲戌秋八月から二十一年丙子春三月の閒に絞り、嘉慶二十年である可能性が大きいとした。また「重訂『紅樓夢』小說既竣題（『紅樓夢』なる小說を重訂し既に竣《お》えて題す）」と標題した次のような七絶が集中に含まれていることに言及した一節も注目された。

老去風情減昔年、　萬花叢裡日高眠。

昨宵偶抱嫦娥月、悟得光明自在禪。

小禾氏は詩題に見える「重訂」に就いてこれを「整理」の意に取って高鶚續作説を疑うとともに、詩の成った時期に就いては「既竣」の二字が程本高序の「工既竣」の末二字と共通する點から序と同一時期の作であろうと推す。（「重訂」は程乙本の校訂を指すものかと考えるが、ともあれこの詩の出現は「重訂」の語の意味するところを含めて續作問題檢討に新しい材料を加えたと言い得る。）[25]

小禾氏の文にやや遲れ、同年五月に發表せられた吳世昌氏の「從高鶚生平論其作品思想」[26]は、『硯香詞』（乾隆三十九年より同五十三年までの作を自編した）や新出現の『遺稿』（晩年の詩作も收める）をも含め、これまで知られていた資料を踏まえて、高鶚の生卒年の推定（後に觸れる）からその生平、家庭狀況、文業の質にまで說き及んでいる。ただその筆致はなかなかに嚴しく、高鶚の人品に就いてはこれを「惡劣」と斷じ、文業に就いても、自身に『羅音室詩詞存稿』[27]の著のある吳氏は、次のような極端に低い評價しか與えていない。「作爲文學作品而論、『硯香詞』之淺薄無聊、與『蘭墅十藝』中的八股文眞堪伯仲。上文已說到這四十四首詞作於他三十六至五十歲之閒。一個三、四十歲的人竟寫出這樣幼稚、輕佻、惡劣的東西、尤其令人驚異。[28]」その淺薄で退屈な點にかけては詞も八股文も甲乙をつけがたい。三、四十歲にもなりながらかような幼稚、輕佻、劣惡な代物を書いたとは、と呆れはてた口吻である。尤も、その詩作に就いては次のようにまだしもましだと評している。「當時考擧人要做試帖詩、所以高鶚對詩還下過一番工夫、不像『硯香詞』那樣薄劣。卽便是豔體、詩也比詞好得多[29]」。卽ち科擧に試帖詩（五言または七言で六韻または八韻の獨特の詩體）が出題され、いわば必須科目であった關係上、さすがに年季が入っていて、詩の方は詞ほどひどくない。「豔體」の作にしても、詞よりよほどましだ、と言うのである。

これとおよそ對蹠的なのが村松暎教授の高鶚人物評であろう。約二十年前の舊文ではあるが次に引く。「寶玉中擧を、高鶚が利祿を望む心のあらわれだと評するのは當たらない。たしかに高鶚は乾隆乙卯（六〇年—一七九五）の進士で、內閣侍讀、江南道御史、刑科給事中なども歷任した、官吏として立派に出世した人ではあるが、張問陶の『船山詩草』「贈高蘭墅鶚同年」の詩には「豔情人自說紅樓」とあるくらいで、コチコチの道學者とはわけが違う。『紅樓夢』の續作をしたのが若氣のあやまち程度のことではなく、役人になってからも一向はばかるところがなかったのである。頭のいい人で、世渡りの方は如才なくやりながら、その下らなさ加減もちゃんと承知しているといった型の人だと思われる。第八十二回に寶玉に八股文を罵倒させているのは、まんざら曹雪芹の受賣りばかりでもあるまい[30]。」

高鶚の文業の評價についていては、別に橋川時雄教授はかつて『蘭墅文存』を一讀した經驗から、そのあまりにも拙劣な點を衡き、「この力倆をもって『紅樓夢』のような作品が書けるとは考えられぬとて高蘭墅の續作說を疑[31]」い、近年松枝茂夫教授もまた「彼の著書『硯香詞』『蘭墅文存』『蘭墅十藝』あるいは『月小山房遺稿』等に收められている詩文が箸にも棒にもかからぬほど幼稚、淺薄、輕佻、劣悪であるところから」「到底續作者の資格なしと斷ぜるを得ない[32]」とされる。（尤も、呉世昌氏の場合、高鶚續作說の方は肯定しこれを堅持しているのであるが[33]。）

ところで、さきに擧げた呉世昌氏の研究を承けて高鶚の生平等に就きさらに考察を加えたものとして、なお一九六九年に發表された張愛玲女士の「紅樓夢插曲之一——高鶚・襲人與畹君[34]」と題する一文があり、前年の「紅樓夢未完[35]」中にも高氏に關する言及が見られる。（前者の所說に就いては後に觸れる。）

さて、上に列擧したのはいずれも文獻上から高鶚の傳記資料の發掘を試みた成果であった。これとは別の、傳聞または口碑傳說から採られた高鶚資料もないわけではない。

一つはすでに引いた奉寬の一文の註のなかで言及された次のような談話である。「……最近內務府老友張博儒君文厚談、其同事恆泰君姓高氏、内府鑲黄旗籍官護軍參領、寓地安橋東拐棒胡同、家貧、歳底結棚鬻年糕於橋頭、人呼『橋高』、今已物故、嘗自言『紅樓夢』乃其先人所作、蓋高蘭墅後人也[36]」。これによると高鶚の後裔は、辛亥革命以後のことであろうか、暮らしが樂でないところから歳末には地安橋頭に小屋がけして年糕（正月用の中國式の餅）をひさぎ、そのために「橋高」と渾名をつけられていたようだ。小説本を補作した報いが子孫に及んだとまでは言わずとも、鼎革の大變動のあとではありそうなことである。

いま一つは「解放」後に採集された口碑で、蒙古旗人の張永海氏の傳えた曹霑晩年の北京西郊における傳説を六三年三月に呉恩裕氏ら『紅樓夢』研究の專門家數名が聞書を取って整理したものである。これは同年四月十八日附『北京日報』に「張永海『曹雪芹在香山的傳説[37]』」と題した無署名記事として發表され、のち呉恩裕氏がより詳細に整理した上で「記關於曹雪芹的傳説[38]」と題して公表した。このうちの一部にわが高鶚が登場するのである。曹霑晩年の友人に鑲白旗の旗人鄂比なる人物がいて、乾隆二十八年癸未（この傳説では曹霑の沒年は癸未説に據る）除夕に霑が世を去ったあとの翌年正月に他の友人たちと共にこれを葬ったが、野邊の送りを濟ませての歸るさ、沿道に文字の書かれた紙錢の散らばっているのを眼に留め、拾い上げてみれば故人の『紅樓夢』の底稿ではないか。そこで慌てて拾いながら歸ると一包みになるほどあった。以下呉氏の文を引けば、「囘到曹雪芹家一看、原來是『紅樓夢』後四十囘的稿子。可是又在卓屜裏發現包好了的前八十囘的原稿和一百二十囘的目錄。後來鄂比想給補、因爲他極熟悉後四十囘的事兒。可是他的文才不够、好幾年沒續成。又過些年、他的過繼兒子高鶚長大了、纔給續成了後四十囘[39]。」とされる。

ここには程偉元こそ登場しないものの、全書の目錄のくだりに程・高兩序を下敷にした作爲の痕が窺える。雪芹その人に關する部分にも、癸未除夕に沒したとするなど出來過ぎの感を覺える點が少くない。鄂比は鑲白旗、高鶚は鑲黄旗と兩者の旗籍の相違する點に就いては、鐵嶺の高氏一族に鑲白旗から鑲黄旗に改隷された例[40]もあるというから措くとしても、聞き手が無意識裡に誘導するということはなかったであろうか。少なくも語り手の張氏は相當に「紅學」の研鑽を積んだ人であるように思われ、口碑としての性格、延いてはその信憑性に就いても疑問を抱かせられる。

さて、近年（一九七〇年）刊行された趙岡・陳鍾毅合撰『紅樓夢新探』[41]には「高鶚小傳」なる節が設けられている（第四章第一節）。七五年に出たその改訂版たる同人著『紅樓夢研究新編』[42]にあってもこの部分は舊版とさして變るところがなく、これまで列擧した諸資料はほぼ取り込まれているといってよい。（實は刊年だけから言えば七六年刊行の周汝昌氏『紅樓夢新證』增訂本が最も新しいのであるが、舊版に觸れた際に註しておいたように必ずしも高鶚資料を網羅的にその個所に輯めてあるわけでもないので、便宜上趙・鍾二家合撰の書を『新編』版により引く。）

「小傳」では文獻に見える高鶚の略歴史料として、以下のような八種を列擧している。

㈠ 恩華編「八旗藝文編目」：鶚字蘭墅、隸內務府鑲黃旗、乾隆乙卯進士、由內閣侍讀考選江南道御史、刑科給事中。

㈡ 楊鍾羲「八旗文經」：高鶚字蘭墅、隸內務府鑲黃旗漢軍、乾隆乙卯三甲一名進士。

㈢『清史稿』「文苑傳」二：高鶚字蘭墅、亦漢軍旗人、乾隆六十年進士。

㈣「國朝進士題名碑錄」：乾隆乙卯（恩科）賜同進士出身三甲一名高鶚、漢軍鑲黃旗內務府人。

㈤ 法式善「清祕續聞」卷三：內閣中書高鶚、字雲士、漢軍鑲黃旗人、乙卯進士。嘉慶六年高鶚充順天考試同考官。

㈥ 據張問陶「船山詩草」之「贈高蘭墅鶚同年」詩、可知高鶚於乾隆五十三年戊申、中順天鄉試擧人。

㈦ 清代「御史題名錄」：高鶚於嘉慶十四年由內閣侍讀考選江南道御史。

㈧ 王家相「國朝六科給事中題名錄」：高鶚於嘉慶十八年由掌江南道陞刑科給事中。

この他に同種のものとしては胡適が「考證」中に引いた同治八年刊、蘇芳阿編『國朝御史題名』中の記載がある。
ところで右の八條に擧げられた文獻は、㈠㈢のように民國になって刊行されたものも含まれており、順不同の排列というべきであろうが、一粟氏が『紅樓夢卷』で採った方式のようにほぼ原書の刊年順によるとするのが適當であろう。殊に恩華のそれはその時までの諸書の記載を總合集約した内容のものであるから、これが當然殿りの位置を占めるべきである。もし逆に刊年順に排列するとすれば、道光閒の『國朝歷科題名碑錄』（前記では「進士」だか『紅樓夢卷』では「歷科」に作る[43]。また記事のうち「三甲一名」は「第三甲九十名」に作る）が最初期のものに屬し、始めに來ることになる。

また㈤は王利器氏の一文の記述[44]に據ったもののようであるが、これは『紅樓夢卷』に㈧と同一撰者である王家相『清祕述聞續』（光緒十三年刊本）卷十三同考官類一に見えるとする記事[45]とほぼ同文である。ただ後者は字の「雲士」を「蘭墅」に作る。法式善にはさきに『清祕述聞』十六卷があり、順治二年乙酉科から嘉慶三年戊午科までの科試の鄉會試考官・學政・同考官に就いて記す。王家相はこれに續けたものである。高鶚が字を雲士と稱したという記述は他に見えず、疑わしい。（蘭墅を「蘭史」とも稱したことは「紅香館詩草序」に押された朱文の字印によって知られるが。） また㈤によれば、順天鄉試の際、高氏は内閣中書であったことが知られる。（胡適は内閣侍讀としたが。）

さらにこれらの記事の内容としては、旗籍の示し方が問題を孕む。高氏の屬したのが所謂「上三旗」――八旗のなかでは格が上とされた――に算えられる鑲黃旗であったことは閒違いないとして、それが漢軍であったか滿軍であったかに就いては若干問題がある。（同樣の問題は、曹霑の旗籍の示し方にもあり、かつて周汝昌氏がこれを滿軍正白旗としたところから論議を呼んだ[46]。）

これに關して趙岡教授は、高鶚はもと内務府鑲黃旗包衣《ボイ》（滿洲語 booi の音譯で家奴――家つきの奴隸の意）であったが、乾隆年開の慣例に従って「内務府漢軍」と稱したのであるとする。その說に言う、「根據『欽定八旗通志』卷一〇六選擧志、高鶚在考順天鄕試時、是以滿洲人身份報的名、在滿洲科名額內中式、名下註『巴寧阿佐領』。這是不合乾隆年開的新規定、所以在會試時改以八旗漢軍身份參加、在漢軍名額內中式、名下註『延慶佐領』。其佐領還是滿洲人」[47]と。趙岡教授には別に「清朝的包衣與漢軍」[48]と題する專論があり、雍正・乾隆以後、包衣と漢軍とが次第に混淆し、一般の人もこれを特に區別しなくなった經過に觸れているが、そもそもの原因としては旗制の整備に伴い漢軍定員の不足を內務府包衣の人員で補充した事實を擧げ、他にも滿漢官員の定員及び八旗の科擧考試に於ける滿漢合格者定員の配分の均衡の問題が影響したことを擧げている。高鶚の場合は、趙岡教授の指摘するように、實は內務府鑲黃旗包衣でありながら、會試に應じた際、當時の新規定に從い、漢軍の身分を以てその定員枠內で進士に及第したため、それが自ずと以後の官私の文獻の記載に反映した——このように見てよいであろう。

さて、趙岡教授は、近年の王利器・吳世昌二家の硏究を基に、かつての胡適の試みたそれを擴充して次のような略年譜[49]を作成している。(年齡は中國式計算法——數え年によっている。)

乾隆十一年(一七四六)生。

乾隆四十六年(一七八一)年卅六。父亡、妻卒。

乾隆五十年(一七八五)年四十、續娶張筠。

乾隆五十二年(一七八七)年四十二、筠卒。

乾隆五十三年(一七八八)年四十三、中順天鄕試擧人。

乾隆六十年(一七九五)年五十、中進士。

嘉慶六年(一八〇一)年五十六、充順天鄕試同考官。

嘉慶十四年（一八〇九）年六十四、選江南道御史。
嘉慶十八年（一八一三）年六十八、陞刑科給事中。
嘉慶廿年（一八一五）卒、享年七十。

高鶚の生卒年に就いては、彼が刑科給事中に陞った時六十歳に近かったろうと胡適は推定した。[50] これに對して呉世昌氏は『遺稿』の發見を幸い集中の詩を精査し、紀年のあるものと年齢を示す詩中の語とを手がかりとして乾隆三年戊午（一七三八）或いはそれより少し早くに生まれ、嘉慶二十年乙亥（一八一五）に沒したかと推定している。[51] 呉説に從えば享年七十七前後となる。趙岡教授は前引の略年表に於て沒年は呉説に據りながらも、七十七歳で沒したのではいささか「晩發」に過ぎるとして、呉氏が高鶚中擧の年齢を五十歳と假定したのに對し、進士及第の年齢をば五十歳と假定し、生年の方は從って七年繰り下げて乾隆十一年としたのである。

ではこれをどう考えるか。目下のところ極め手はないとしても、私は呉氏の推定を大筋に於て當っていると見たい。ただ一年だけ中擧時の年齢を繰り上げ翌乾隆五十四年己巳に五十歳、卽ち知命の齢に達したのではないかと考える。

その理由を言う前に、趙氏の略年譜には取り上げられていない事實に就いて語る必要がある。それは高鶚のこの時期の受験歴に就いてである。

趙氏は周春の『閲紅樓夢隨筆』に見える「乾隆庚戌秋、楊畹耕語余云云々」の、上に引いた雁隅にまつわる科場祕話に就いて、乾隆五十五年庚戌秋に最も近い福建郷試は二年前の戊申のそれであるとし、さらに曹霑晩年の友人であった敦敏の『懋齋詩鈔』鈔本（燕京大學圖書館舊藏、哈佛燕京圖書館現藏）の舊藏者の一人蔣攸銛が福建戊申郷試の副考官であったところから、右の逸事の主をこれではないかと見ているようである。[52] しかし周春の記事に言う「監臨」とは、郷試の際の「場官」の長——試驗場總監督を指し、答案審査に當る主・副考官及びこれを佐ける同考官とは職分を異にする。のみならずこの監臨には多くその省の巡撫が任命されたが、閩（福建）の場合は福州府に駐在した閩浙總督がこれに充てられるのが例であった。[53]とすれば、雁隅は當時の總督にその人を求めずばなるまい。[54]しかも後述のごとく鄕試はその翌年卽ち乾隆五十四年己酉にも恩科のそれが實施されている。そこで考えられるのは同年總督に在任していた伍拉納[55]のことであり、戚蓼生との關係から言っても、その人たる可能性が大である。

ところで淸代に於ける鄕試の制は商衍鎏の述べるように「鄕試三年爲一科、逢子・午・卯・酉年爲正科、遇萬壽登極各慶典加科者曰恩科」[56]卽ち三年に一度、子・午・卯・酉の年に實施されるのが「正科」正規の科擧であり、皇帝の長壽または新帝の卽位を祝して天子の格別の思召をもって臨時に實施されるのが「恩科」である。商氏はこれに續けて言う、「淸萬壽恩科始於康熙五十二年、登極恩科始於雍正元年、自後沿以爲例。慶典適逢正科之年、則以正科爲恩科。而正科或於先一年預行、其例如乾隆八旬萬壽、以五十三年戊申預行正科鄕試、五十四年己酉預行科會試、而正科之己酉鄕試・庚戌會試、皆改爲恩科鄕・會試者是」と。乾隆帝が「八旬盛典」八十の賀の祝いをしたのは乾隆五十五年庚戌の年のことで、本來この年實施されるはずの正科がこれに合わせて恩科とされたため、先立って實施された特別の分が正科とされたのである。後に述べる張問陶は戊申の順天鄕試で高鶚と同時に擧人となったが、翌春の會試では揃って落第、次の庚戌の恩科で問陶が首尾よく進士となったのに高鶚はまたも落第している。

程偉元本の高鶚の序文には、程偉元が彼に向かい「子閒且憊矣」として『紅樓夢』を「剞劂に付する」作業を援助してくれるよう慫慂したと記されている。そのことばの裏づけとなる當時の高鶚の生活がこれまであまり判らなかったのであるが、「閒」――閑暇に惠まれているといえば聞こえはよいものの子澤山の高鶚に生活を樂にするための副業を勸めることばを飾ったものであろうし、また「憊矣」[57]――疲れているというのは寄る年波に度かさなる會試の失敗から心身ともに疲れ果てたその氣晴らしに、と奬めることばと解すればよく理解できる。

さきに記した推定、高鶚中擧の年齢を四十九歳と考えたのも、こうした彼の受驗歴と關わっている。彼がいつ秀才の資格を獲たかまた何回郷試に應じたかは知られていないが、知命の年齢を迎える前年の戊申仲秋の順天郷試に於て幸先よく合格するを得たとすれば、長い受驗生活を顧みてそこに一種の天の意志を感じたとしても不思議はなかろう。明春必捷の意氣込みに燃えて彼はその年の晩冬、詩餘の舊作を集めて『蘭墅硯香詞』を自ら編んだ。(乾隆三十九年より五十三年に至る作四十四闋を存する。) 以後彼に詩餘の集はない。少なくも傳わらぬ。

この現象に就いて吳世昌氏は次のような説明を與えている。「戊申以後不再有詞、也許高老先生從此要『結束鉛華歸少作、摒擋《ママ》絲竹入中年』了罷、但他此時早已過了中年、而在他的『遺稿』裏、中擧以後的近體詩中仍有不少側豔之篇。所以不如認爲此公的詞實在太不高明、可能是他自己知難而退。[58]」これに引く「結束鉛華」云々の兩句は、黃景仁(仲則)が中年を迎える覺悟を述べた、「綺懷」十六首(『兩當軒集』卷十一)中の第十六首に見える頸聯で、かつて王國維もその『紅樓夢評論』(第四章)中に引いている。黃仲則は乾隆十四年に生まれ同四十八年に沒した、高鶚とほぼ同世代の詩人であり、その『兩當軒集』には乾隆四十年乙末の自序があるが、確かにこのとき高氏はとうに中年を過ぎており、詩餘の舊作を少作《わかがき》として黃仲則を氣取るには似合わぬ。しかしながら吳氏の言うように自ら詞作の能力に限界を感じて退却したのではあるまい。よほどの挫折感でも味わない限り、人はたやすくそうは踏み切れぬものではなかろうか。一方でまた高鶚は自作の八股文を集めて『蘭墅文存』『蘭墅十藝』を自ら編んでいる。これらには乾隆五十二年より嘉慶十二年までの作を收めるが、存したのが中擧の前年から晩年までの作という點がはなはだ暗示的である。ここはむしろ擧業に專念する證しとして詩餘の制作に關して自らに禁欲を課したと見るべきではなかろうか。その捌け口として以後にもたまさかに側豔の詩篇の作があったとしても、むしろ自然であり異とするに足りぬ。

以上のような諸點から、私は高鶚にとって中擧を果した年は實に大きな節目をなす年であると考える。それを知命の年に達する前年、當年でなく前年であると擬定することによって、高鶚のこの時期の行動及び心の動きをよりよく理解できるのではあるまいか。しかしながら、高鶚自身強く恃むところがあり深く期するところがあったにも拘らず、己酉の放榜、合格發表の結果は不運であった。翌春再び挑んだときには、二十歳以上も年下のはずの義兄張問陶に先を越され、自らはまたしても下第した。時文には相當の自信を抱いていたはずである。それだけに重ねて不首尾に終わったことから被った打擊の手ひどさにはけだし一入のものがあったであろう。失意落膽のあまり心身ともに困憊の極に達したとしても怪しむに足りぬし、永くその挫折感から恢復し得なかったとしても不思議はない。

高鶚はすでに記したように晩唐の陸龜蒙（字は魯望）の詩業を古體と今體の二體に分けてこれを自ら選鈔している。（その最初の數葉は彼の娘の筆蹟であるとも言う。）鈔寫の時期ははっきりしないものの、あるいはこの前後のことか。この陸氏は若いときから六經に通じていたのに、推擧されながら進士及第に至らず、刺史の幕友を勤めたりした不遇の士である。その人柄は「高放」であったと言われるが（『新唐書』隱逸傳）、高鶚は自身の非運の歩みをこれと重ね合わせ、陸氏の詩鈔を編むことで自ら慰めるところがあったのではなかろうか。

そのような時期に、これを見かねた、もしくは見込んだというべきか、程偉元の申出があり、これを結局受け入れた高鶚は辛亥から壬子の歲にかけて『紅樓夢』の刊行に關與した。以前彼は未完の鈔本『石頭記』を友人から借閱したことがあり、この小說の世界を一應は理解していたはずである。しかしこれを補成する作業は、畢竟原作者曹霑の紡ぎ續けた見果てぬ夢に別樣の夢を重ねることを意味した。詮ないとは言え、無論そのことに從う明け暮れは高鶚になおかつ少なからぬ慰藉をもたらしたに違いない。

それにしても、彼が立ち直って進士登第の夢を果すにはなお數年の歲月を要した。癸丑の歲不運にもまたもや下第を經驗したのち、二年後の乾隆六十年乙卯の歲に至り、ようやく、實にようやくにして、その夢が叶えられた。高宗在位六十年、萬壽八十五歳の慶典として實施された恩科に於て、第三甲第一名のまずまずの成績を收めて進士——より正確に言えば同進士出身の資格を獲ち得たのである。

　高鶚の懷いた感慨、いかがであったろうか。

(二)　高鶚とその交遊圏内に在った人々との交遊

　高鶚の閲歴の輪廓は以上に記したことに盡きると言ってよいが、なお以下にその爲人を窺うよすがとして彼と交際のあった幾人かの人物を登場させ、交遊の一部分なりと垣間見ることとしたい。

　高鶚と縁の深かった文人としては、まずもって張問陶を擧げなければなるまい。問陶、字は仲冶、船山と號した。四川遂寧の人。乾隆甲申二十九年に生まれ、同五十五年庚戌の歳に進士に及第、翰林院檢討を授けられ、官は萊州知府に至った。嘉慶十九年に卒している。『船山詩草』二十卷（乾隆四十三年戊戌十五歳より嘉慶十八年癸酉五十歳までの作を年次により收める）及び『同補遺』六卷の著がある。我が國でも『張船山詩草』と題する和刻本があり、嘉永元年刊一集（戊戌より己酉まで）、翌己酉序のある二集（庚戌より壬子二十九歳まで）が出た。幕末以後明治にかけて讀まれた詩人の一人で、吉川幸次郎教授の『人閒詩話』にも、船山を取り上げたのが五則見られる[59]。

　問陶は貧乏官吏の張顧鑑の子として生まれ、幼少時貧困に逼られ家を擧げて漢陽（湖北）に流寓したが、炊事の火を擧げることもできない日が何日も續いたという。彼は乾隆四十九年甲辰の歳に應試の目的であろう、漢陽から入京した。翌五十年には、張家は子澤山の口減らしのために彼の四番目の妹、當年十八歳の筠《いん》を後妻に出した。卽ち四十六年に妻を失った高鶚の後添えとして妹は都へ呼び寄せられ、これに嫁がせられたのである。彼自身は時に二十二歳、なにが取り持つ縁で高鶚と義兄弟の仲になったかは判らない。當時の高鶚の家庭狀況は呉世昌氏の考證[60]によってほぼ知られるとおり、老母がなお健在であり、前妻との間に儲けた子女もその數は少なくなかった。ほかに高家には一時期伎女上りとおぼしい女性も妾として同居していたらしい。この女は高鶚との間に子まで生《な》しながら、老母に仕えることを厭うてか佛門に入ったが、その後も久しく高鶚との交渉は續いたようで、高鶚の詩詞中に「畹君」としてその名が散見する。『硯香詞』中の末闋「惜余春慢」詞には「蘭芽忒小、萱草都衰（蘭芽忒《はなは》だ小にして、萱草都《みな》衰ふ）」の句が見え、前の句はこの女の儲けた男子の幼いこと、後の句は鶚の母及びこの女の母が共に老いたることを言うが、この詞には元來詞牌の下に「畹君話舊、作此唁之」と題註が附せられている。(61)「畹君の舊《むかし》を話《かた》るにより、此を作りてこれを唁《とむら》ふ」というのであるから、出家の理由はこの幼子が夭逝したためかとも思われる。ともあれ、この女人が家を出たあと、老母の世話をさせるために若い筠が續絃の妻として迎えられたものであろう。

ところがその筠は僅か二年後の五十二年丁未の歳ににわかに沒した。さらに三年後の五十五年春、前輩の高鶚に先んじて進士登第を果し翰林院庶吉士に選ばれた張問陶は、その冬に至り「冬日　將に假《いとま》を乞ふを謀らんとし、齊化門より出でて四妹筠の墓に哭す」と題する七律詩四首を成しているが、原註に「妹漢軍の高氏に適《とつ》ぎ、丁未京師に卒す」とあるは、その事實を指したものである。以下に原詩を引く。

冬日將謀乞假出齊化門哭四妹筠墓（妹適漢軍高氏、丁未卒於京師）

(一)

似聞垂死尚呑聲、　二十年人了一生。
拝墓無兒天厄汝、　辭家久客鬼憐兄。
再來早慰庭幃望、　一痛難抒骨肉情。

寄語孤魂休夜哭、　登車從我共西征。

(二)

窈窕雲扶月上遲妹江上、對月句　傷心重檢舊烏絲。
閨中玉暎張玄妹、　林下風清道韞詩。
死戀家山難瞑目、　生逢羅刹早低眉。
他年東觀藏書閣、　身後誰修未竟詞。

（頷聯の「張玄」は清刊本では康煕の諱玄燁を避けて「張元」に作る。）

(三)

一曲桃夭涙數行、　殘衫破鏡不成妝。
窮愁嫁女難爲禮、　宛轉從夫亦可傷。
人到自憐天亦悔、　生無多日死偏長。
未知綿惙留何語、　侍婢捫心暗斷腸。

(四)

我正東遊汝北征、　五年前事尚分明。
那知已是千秋別、　猶悵難爲萬里行。
日下重逢惟斷冢、　人間謀面剩來生。
繞墳不忍驅車去、　無數昏鴉亂哭聲。（『船山詩草』卷五）

この時、問陶は母の喪に服するとて賜暇を乞うて遂寧の故山に還ろうと準備していた。それに先立ち、五年前に嫁がせたあと問陶自身が東遊したため、その別離が「那《いずく》んぞ知らん已にこれ千秋の別れ」となった妹筠の靈前に哭せんとして、齊化門より出てその墓に詣でたのである。「死に垂《なんな》んとして尙聲を呑むを聞くがごとし」墓前に立った問陶は、二十年の短い生涯を異鄕で閉じた妹の、いまはの際の忍び音に泣く聲を聞き、「車に登り我に從ひて共に西に征かむ」鄕里へ歸ろうとその靈に語りかけずにはいられぬ。連作の第二首の首句には「窈窕雲扶月上遲」窈窕たる雲に扶けられてしずしずと上る月の出をとらえた故人の「江上對月」詩の纖細淸幽なる句を引いて据えている。心も重く烏絲欄、黒の罫線を施した詩箋の遺稿をかさねて檢しながら問陶は、晉の張玄の妹、また謝道蘊にも比えられる自慢の妹の詩才を憶う（『世說新語』賢媛篇）。頸聯には客死した妹の「死しては家山を戀ひて目を瞑りがたく、生きては羅刹に逢ひて早く眉を低くし」たのを嘆ずる。王利器氏によれば、人を喰う惡鬼たる羅刹に喩えられたのは他ならぬ高鶚その人であるとされ、[62] 吳世昌氏や周汝昌氏もまたこれに同調している。[63]（この解に就いては後に私見を述べる。）第三首にはまた「窮愁　女《むすめ》を嫁がせたれば禮を爲しがたく、宛轉　夫に從ふも亦傷むべし」とも見える。貧乏暮らしのせいで妹を嫁がせるに當っても世間なみの仕度もしてやれず（逆に言えば滿足な嫁入り仕度ができないばかりに後妻に出した）、ために妹が肩身の狹い思いで近眼の白髮秀才の夫に合わせて仕えたのが今となっては痛ましいというのであろう。末句に「侍婢心《むね》を捫《な》でて暗《ひそか》に斷腸」とあるのも、嫁いでのちの筠のつらい明け暮れを偲ばせずにはおかぬ。

詳しい事情は判らないものの新婚匆々の筠は、いまで言えばノイローゼに罹り、これが嵩じて沒したのであろう。兩家は家族が大勢であった點も含め似たり寄ったりの貧乏讀書人の家庭であった。鶚の娘のなかには儀鳳（字は秀芝）のように詩に工みであった者もいたし、[64] 環境の激變の結果ということばかりではなかったに違いない。ただその遺した斷句からも窺われる能詩の才媛であった筠は、それだけに人一倍神經質であったろう。ところが頼る兄は公務のため都を離れた上に、ただ一人、しかも二廻り以上も年齢が上の高鶚にめ合わせられ、恃む夫がもしも「羅刹」のごとき男で自然夫婦仲もどう合わせてみてもしっくりゆかなかったとすれば、そうなる他なかったであろう。あるいは「畹君」の存在もまたその破局と關わりがあったか。

この件に關して嘉慶・道光閒の人震鈞は、その著『天咫偶聞』（巻三）に「張船山有妹嫁漢軍高蘭墅鶚、以抑鬱而卒。見『船山詩集《ママ》』」と記している。「抑鬱云々」は恐らくさきに引いた問陶の悼亡詩によりその閒の事情を察して記したものであろう。また震鈞は「蘭墅能詩、而船山集中絶少唱和、可知其妹飲恨而終也」とも記している。確かに『詩草』に就いてみても、短期閒とは言え義理の仲であったにしては高・張の閒に唱和の作がはなはだ少ない。その原因はそのあたりに在るやも知れぬと推すのも無理からぬ。

一方の當事者である高鶚に言わせれば、謂われなきこと、筠の神經が細すぎたまで、という反論もあり得よう。また張問陶の側に多少の誤解、偏見の介在した可能性もある。ともあれ問陶は、筠の沒後、己れの不明を、不甲斐なさを恥じると共に、高鶚に對して許せぬとする烈しい感情を永く抱き續けたとおぼしい。しかも皮肉なことに、當の高鶚と郷試同年となり、十三年後の嘉慶六年辛酉、この年の順天郷試には、かつて受驗生であった張・高兩人は試驗官として薦卷のことに當る廻り合わせを經驗するに至る。卽ち翰村院檢討（從七品官）の張問陶は前年の恩科から引き續き、また内閣中書（從七品官）の高鶚も同じく同考官（卽ち房考）として試院に入ったのである。歳月の經過が惡感情を洗い流したとは思えない。分別盛りの齢三十八歳を算え文名いや高い問陶は、さりげなく謙遜にこの舊知に對してみせる處世の知慧を身につけていたのであろうか。彼はこのとき高鶚に贈る詩七律一首を殘した。高鶚の唱和の詩こそ傳わらないが、震鈞の説に照らせば唯一の例外として『詩草』に採られている次の詩である。

贈高蘭墅鶚同年傳奇紅樓夢八十囘以後倶蘭墅所補

無花無酒耐深秋、灑掃雲房且唱酬。
俠氣君能空紫塞、豔情人自說紅樓。
透遲把臂如今雨、得失關心此舊遊。
彈指十三年已去、朱衣簾外亦囘頭。（『船山詩草』巻十六）

起聯の「花無く酒無し」は妓女も酒もなき貢院の宿所での生活を指して言ったものであろう。「無花無酒過清明、興味蕭然似野僧（花なく酒なく清明を過ごせば、興味蕭然として野僧に似たり）」。宋の王禹偁の七絶「清明」の句である。「雲房」も元來僧や道士の居室を意味することばであるが、こうした宿所を指すのに借り用いたか。この淨室で詩の應酬なりとしよう、というのである。また頸聯に言う、「透遲　臂を把《と》ること今雨の如し、得失　心に關はる此《ここ》の舊遊」と。十三年振りの貢院に奇しくも同役として再會したが、「透遲」久しく疎遠に過したせいで親しげに臂を把り合うさまも「今雨」同然、だとする。「今雨」は杜詩の小序に基づく套語、「舊雨」が「舊友」と音通で用いられるのに對し、新しい友人を指すこと言うまでもない。「得失」は成功と失敗と、卽ちこのかつて何度か足を運んだ順天の貢院に於て共に重ねて嘗めた上首尾・不首尾を指すのであろう。結句の「指を彈《はじ》くまに十三の年已に去りて、朱衣・簾外　亦《おな》じく頭《こうべ》を囘《めぐ》らす」、「朱衣」は宋の歐陽脩の「朱衣點頭」の故事（『侯鯖錄』）から考官を指し、「簾外」は闈官（試驗場擔當官）を指す。簾門によって內・外を隔てられるのでそれぞれ內簾官・外簾官と稱する。張・高は共に前者であるが、この時たまたま外簾にも同榜の者が任ぜられていて、等しく瞬くまに過ぎた十三年前のあれこれを顧みていることだ、というのであろうか。

さて、詩中の「豔情　人自《おのず》から『紅樓』を說く」の句は、當時豔っぽい話ともなると勢い『紅樓夢』が引き合いに出されたことを言う。この句及び詩題下の自註に「傳奇紅樓夢八十回以後は倶に蘭墅の補ひしところ」と見えたことが、圖らずも張問陶が高鶚と『紅樓夢』との關わりに就いてなした一證言として、後世やかましい論議を惹き起こす結果を生んだ。ここに所謂「補」とはなにを意味するか。胡適以來、遡れば兪樾以來の「補作」と取る見方と、「修補」あるいは「補訂」と取る見方とがあって、いまだ定論を見ない。(65)思うに張氏は高鶚が第八十回以後を補作、續作したと受け取っていたのであろう。さもなければ、「八十回以後」と限定はすまい。程・高序を文字通り受け取れば、そして「補」が補訂の意に用いられたのであれば、程度の差こそあれ、百二十回がその對象であったはずだからだ。

その問題は姑く措き、頷聯の上半句「俠氣　君能く紫塞を空しうす」、蘭墅よ、貴公の俠氣は大したものだ、人の好んでゆかぬ邊疆の地に赴き、胡人の侵入を防ぐために設けられた西北のとりで、そのあたりは土色も紫色を呈するところから紫塞と名づけられたが、その紫塞を無用の存在と化せしむる底の天晴れな働きがあった――具體的な事實は不明であるものの、おそらくこれは武勇の力によるものでなく、辯舌の力によるものであろう。

ところで吳世昌氏によれば、この一句から高鶚に關する一つの事跡を引き出せるとされる。高鶚は一時期幕友として「紫塞」の文字の示す邊疆の地へ赴いたのではないか、と疑う吳氏は、(66)その別な論據として『遺稿』中に收められた七律「無題」二首の一に見える「萬里龍城追夢幻、千張鳳紙記綢繆」の頸聯（編年の體例から推して乾隆五十一年丙午またはこれより早期の作だと言う）を擧げる。「萬里龍城」は龍蛇の如く續く長城を指すようにも思われるが、吳氏の指摘するように王昌齡の「出塞」の「但使龍城飛將在」を踏まえたものであろう。吳氏はこの推定を補強するものとして、五律「寒夜」の句「壯懷漂泊盡、何必定殊方」、また「看放榜歸感書」詩（乾隆五十一年秋、鄉試成績の發表を見ての作）の末聯の句「料應別有鈞天曲、蘇李歸來費揣摩」を擧げ、この乾隆丙午の年に彼は西北から北京へ歸って應試し、またもや不合格に終ったと推す。後者の聯に就いて吳氏は、彼自身今回の不首尾は邊地から戻ったばかりのせいであるとし、當時の京師に流行の八股文の作風竝びに政界の空氣をまだ呑み込んでいなかったためだとして、「蘇・李歸り來なば揣摩を費さむ」、いかな蘇武・李陵も歸朝匆々ではお手上げであろうと託ったこの句があるのだし、それらの合格した答案に對してケチをつける口吻でこれを「鈞天曲」天上の音樂と稱したのだ——およそこのように說明している。(補註一)

尤も、問陶のさきの詩だけに限って言えば、これより早く康熙朝の納蘭成德の詞にも紫塞と紅樓とを對置した例がある。卽ち「鷓鴣天」の一闋に「別緖如絲睡不成、那堪孤枕夢邊城。因聽紫塞三更雨、却憶紅樓半夜燈」と見えるのがそれである（『納蘭詞』巻三）。さらに遡れば、晩唐の詩人蔡京の七律「詠子規」詩（『全唐詩』巻四百七十二）の頸聯「凝成紫塞風前淚、驚破紅樓夢裏心（凝りては紫塞の風前の淚と成り、紅樓の夢裏の心を驚破す）」にもその先例が見える。『紅樓夢』の題名の由來も或いはそれに求められるやも知れぬこの聯を張問陶は踏まえてさきの句を作ったものであろうか。私は蔡京の句を最近教えられて知ったが(67)、それまでは成德の詞に先蹤の見えるところから（彼自身は二度まで邊塞に赴いていて邊塞詞の作も少なくないが(68)）、その故を以て問陶の句をば空想の文字かと疑っていた。『遺稿』中に吳氏が檢出した若干の例は、氏の推測とおり高鶚に邊城に赴いたことのあるのを頷かせるに足る。（その點で『遺稿』が影印されたとの報にいまだ接しないのを遺憾とする。）

この推測が當っているとすれば、これからさき記すのはそれを前提としての私の臆測である。それを導くのは、張問陶はさきの詩に於てまったく宿恨を釋いて高鶚に挨拶したのであろうかという根強い疑問に他ならぬ。思うに高鶚は、義理ある人の招きに應えて新妻の鈎を措いて邊地へ赴いたのではなかろうか。これは問陶から見ればいかにもむごい仕打ちである。そこで彼はその仕打ちをば邊疆の諸人を瞠若たらしめる「俠」という形に裏返して非難したもの、と私には映る。一方また「豔情」と言えば人みなが『紅樓夢』のことを話題に上せる當時の風潮の下で、その八十回以後を「補」い、「紅樓外史」と自稱して憚らない高鶚が實はつれない無情の人であることを、畹君などという女人と浮名を流す「放宕の士」（震鈞が上引の一則の末で高鶚を指した語）であることを、裏から批判しているのだ、と讀みたい。これに關して張愛玲女士は、さきに引いた張問陶の連作の第四首の首句「我れ正に東遊せんとするに汝北征せり」の「北征」を高鶚の邊塞行に伴われてのことと解している。(69) しかし、ここは呉世昌氏の説くように「張筠於乾隆乙巳（一七八五）北上(70)」と見るべきであろう。より精しく言えば、四川からあたかも杜甫の「北征」のごとく東北上したのである。「なほ悵《うら》む　難きは萬里の行たるを」北京への長途の旅行は筠の健康を損う原因となったかも知れぬ。しかも問陶は妹を迎えてまもなく八月には北京から南京へ下る「東南征」の旅に出なければならなかった。

ここでさらに臆測を逞しくするならば、筠がその生前に相逢うた「羅刹」とは「羅刹男」ではなく「羅刹女」であったのではあるまいか。（「羅刹」はもと梵語の音譯「羅刹婆」の略、ここでは詩中の制限から性別を示していない）。世馴れない筠は夫が邊疆へ出向いた留守中、姑たる鶚の老母とその人間關係に決定的な破綻を來たした。(71) しかしそうなった責の大半は、よしんばよんどころない事情に逼られてのことだったにせよ、思いやりを缺いた高鶚の選擇――それは榮達への儚い希望につながるものででもあったか――に歸せらるべきである。おそらく張問陶はこの年經てのちの再會の四方山話のなかで、老獪な高鶚から辯解がましい邊疆での昔語りを聞かされもしたろう。また自慢話を混えての『紅樓夢』刊行の經緯談も聞かされたことであろう。それらを問陶はこれもさりげなく相槌を打って聞き、表面はさきの句のように仕立てて挨拶してみせたのではなかろうか。

問題の詩は實は『詩草』のなかでは同じく貢院での作「辛酉九月闈中作」詩の次に置かれている。（その題下自註に「是科以甚雨之後修葺試院云々」と記すは、この科擧に於ける房考としての高鶚の逸話を書き留めた陳康祺の上引の一文に「嘉慶辛酉、京師大水、科場改九月」とあるのに照應する。）問陶はこの異數の大雨のあとの印象深い典試の經驗を盛った一首さえ殘せば足りたはずであるが、敢えてさきの詩を遙か四妹の悼亡詩と相應じさせて殘し、祕かに記念するところがあったのではなかろうか。思えば敕旨下達から薦卷の責をともかくも果し終えるまでの閒、問陶の內心の起伏・屈折はこうした異常な情況の下ではなはだ劇的な樣相を呈したことであろう。

のち嘉慶十三年戊申に至り、問陶はそれまでに成した四千首に垂んとする詩業の約三分の一を存して『船山詩草』を編んだ。しかし、この辛酉の歲の一詩を境として、以後高鶚に關わる作は、ついに集中に見られぬ。彼は「嘉慶戊申冬日船山記、時年四十有五」と署した自序中に「觀存者之有不必存、知刪者有不應刪矣。愜心之事難哉」とも書いている。ともあれ、この詩を刪ることなく殘した問陶の腦裡には、往年の闈中での數日のことがふたたび苦々しい思い出として蘇っていたのではあるまいか。

ところで張問陶と『紅樓夢』との因緣で言えば、これにはなお後日譚がある。玉壺山人改琦の『紅樓夢圖詠』に多數の名家に混って張問陶もまた題詠を寄せているからである。第一册「題史湘雲」綺羅香詞一闋、第三册「題碧痕」一剪梅詞一闋、第四册「題秦鐘」七絕二首、計三種。このうち初めの詞二闋には紀年が見えぬが、七絕詩には「藥庵退守張問陶」と落款に見える。

この『圖詠』には江南の名士が多く題詠を與えている。張問陶は袁枚の去就にも似て、東萊知州を最後に嘉慶十七年退休し蘇州に餘生を送ったので、地緣から題詠を乞われたものであろう。江南の名士と言えば、吳縣の王希廉（雪香）もまたその第一册中の妙玉・迎春の二幅に題詠を寄せている。後者には「己亥小春」の紀年が見えるから道光十九年の作である。彼が自ら批語を加えてその雙淸仙館より刊行した『新評繡像紅樓夢全傳』の刊年は十二年壬辰、右の題詠はそれに後れること七年である。けだし『紅樓夢』ゆかりの人として乞われたものであろう。

尤も、問陶の題詠、詞はもとよりのこと、七絕二首はその『詩草』中に收められていない。『詩草』の掉尾をなす

「藥庵退守集」上下二卷（『詩草』卷十九・二十）には最晩年の壬申・癸酉兩年の蘇州での作が收められており、さきの詩もこの時期の作に係る。彼は自編の過程でこれを採らなかったのである。問陶は嘉慶十九年甲戌の歳に卒し、翌年に『詩草』二十卷が初めて上梓された。從って問陶の場合、高蘭墅に贈った詩がそれらの題詠を成さしめる機縁を作ったのでもなさそうである。しかし、いずれにせよ五十路に入ろうとする問陶は題詠の約を果すべく『紅樓夢』を再讀したことであろう。そのとき、かつて妹とかりそめの縁を結んだ男のことが、『紅樓夢』の「補成」に關わった男のことが彼の腦裡を掠めたはずである。もしもその男があの典試のとき以來「路傍の人」となり果てていなかったとしたならばの話であるが。

さて、次には麟慶に就いて述べることとする。麟慶は長白を本貫とする滿州人で姓は完顏氏、字は振祥、見亭と號した。鑲黃旗の旗籍に屬する。あたかも程・高らの手で『紅樓夢』が刊行された乾隆五十六年辛亥の歳に生まれ、道光二十五年丙午に卒した。享年五十五。『清史稿』に傳がある（卷一七二）。嘉慶十三年戊申、萬壽恩科で擧人に擧げられ、翌十四年春進士に及第、十八年癸酉、內閣中書を授けられて高鶚の後輩となった。

高鶚はその最晩年の嘉慶十九年（卽ち張問陶の卒した歳でもあるが）仲秋、麟慶に請われてその母惲《うん》珠（字は珍浦。清代の畫家として著名な惲南田の族孫に當る）の詩集『紅香館詞草』のために序を草した。その冒頭には「余與麟見亭爲忘年交」と記している。麟慶の進士登第の年齡は十九歳であったから、高鶚とは五十歳以上の開きがあったであろう。惲珠の別に編んだ『國朝閨秀正始集』（道光十一年刊）は、實際は麟慶が河南按察使であったとき母の命を受けて編刊したもののようであるが、これにはさきにも觸れた高鶚の娘高儀鳳を採錄している（卷二十）。その小傳に附した按語にも、「鶚字蘭墅、別號紅樓外史。乾隆乙卯進士、與大兒麟慶同官中書、爲忘年交」と記したあと、高鶚が麟慶に贈った次のような七絶一首を特に附載している。

贈麟慶

終賈暫教遲侍從、　絲綸原不負文章。

眞靈位業依然在、　愧我頭顱鬢已霜。

漢の終軍・賈誼の二才子に麟慶を比し、鬢に霜を置くわが身の成すなきを愧じてみせた挨拶の詩を母親は有難がって引いているが、終・賈とも若くして非命に死した人物であり、呉世昌氏の説くように(72)「不高明」不出來な詩というよりは、ちと意地の悪い詩というべきか。但しこの詩、『遺稿』に見えぬというから高詩を保存した手柄がないわけでもない。惲珠はさらに續けて「嘉慶甲戌大兒爲余刻『紅香館集』、蘭墅曾製序焉」と記す。惲氏が官位もさして高くない高鶚を選んで序を依賴した動機は、彼女が當代女流の例に洩れず、『紅樓夢』の愛讀者であったことと無關係ではなかろう。『紅香館詞草』中に「戲和大觀園菊社」詩四首、「分和大觀園蘭社」詩四首が収められている事實(73)はそのことを裏づける。「紅樓外史」と號し『紅樓夢』の恩人として自他共に許した晩年の高鶚が長男の前輩であることを誇る氣持も當然働いてのことではなかったか。

さて、麟慶には『凝香室詩文偶存』(未刊)のような著作もあるが、彼の名を我々に牢記せしめているのは『凝香室鴻雪因緣圖記』(74)の著者としてであり、本書の中に實は高鶚に關する記事が散見するのである。

この『鴻雪因緣圖記』は、官僚として終始した麟慶がその生涯に宦遊して詣るを得た名勝山水の數々を、東坡の所謂「雪泥鴻爪」のかりそめの因緣に終らせまいとして二百四十幅の繪に描き、さらにそれらに自述回憶の文字を題して添えた特異な「圖記」である。その繪は半ばは陳鑒の手になるというものの(75)、それにしても麟慶は族曾祖父の血を享けたものか繪心の豊かな人で、道光十四年江南河道總督に補せられてのち編刊した『河工器具圖説』(同十六年刊)

『黄運河口古今圖説』（同二十一年刊）にも書名の示すように多數の插繪が附せられている。同十八年に『圖記』の一、二集が成ったが、「記」のみで圖は印刷されるに至らなかった。麟慶の沒後、沒年に成った三集と併せ、二子の崇實・崇厚が協力して重刻してのちは多くの異版を生み、我が國でも夙に紹介せられている。(76)

『紅樓夢』との關係で言えば、麟慶は一説に大観園のモデルに擬せられる袁枚の隨園を嘉慶年間に訪れており、時こそ移ったとは言え、篁に圍まれた宏壯な園林の圖が往年のたたずまいを偲ばせる「隨園訪勝」圖（初刻本では「訪舊」に作る）も『圖記』に収められている（第一集下）。また麟慶の北京の邸には李漁の造營した半畝園があり、同治四年秋、長子の崇實がここで友人らと所謂甲戌本を披閲したことが同書の跋に見え、その舊藏者かとも疑われる。(77)

ところで『圖記』に含まれる高鶚に觸れた文字はすべて三箇所に見える。

まず第一集（上）に収められた「鳳閣吟花」は麟慶が内閣中書として勤務していた嘉慶十七年壬申のことに係る。その四月に廳前の枯芍藥が俄かに花を着けたところから、先輩の沈春皐（名は淦《かん》）がこれを繪に描き、高蘭墅侍讀即ち高鶚のほか蔣雲簪（名は泰階）・李淯庭（名は乘灝）・桂一山（名は馨）の三舍人及び麟慶を迎えて詩を賦せしめた。このとき麟慶は二律を成し、それを文中に錄している。沈らのこの擧は風流韻事の話柄として都内に傳えられたと言い、高鶚ははしなくもその片棒をかつがされた恰好である。（圖版參照。畫中の六名のうち、髯を生やした中央の人物が麟慶とおぼしく、右端の横向きの人物が高鶚かと思われる。もとより寫生の繪ではないが。また傳記資料發掘の觀點から言って、これに名の見える沈・蔣・李・桂、四家——沈が擧人であるのを除けば他はみな進士である——の詩文が今後見出されるようなことでもあれば、なんらかの關聯史料に行き當る可能性もある。）

また第一集（下）に見える「紅橋探春」（圖版參照）は、麟慶が同じ任にあったとき、蘭墅侍讀から畫扇を贈られた逸事を記す。その圖柄は漁洋山人王士禎が揚州勤務の砌り、諸名士を招いて紅橋に禊を修め、冶春詞を賦した故事を

紅橋探春（『鴻雪因緣圖記』第一集下）

繪にしたものであったという。尤も、この繪は高鶚が手づから描いたものではなさそうであり、彼に繪心があったこと、また彼が揚州に遊んだことを裏づける史料はいまだ發見されていない。（繪事の心得の有無ということに關し、高鶚は清初の著名な旗籍の畫人高其佩と同じく鐵嶺出身、かつ同じく鑲白旗に屬するところから同族ではないかとも言われるが、確かでない。また高鶚は嘉慶十四年に江南道御史に選ばれているから揚州に遊んだ可能性はある。）なおこの一則、『紅樓夢巻』に見えないが、格別の内容もないため採られなかったのであろう。

　第三集（上）に見える「仙橋敷土」（圖版參照）にも高鶚が畫中の一人物として登場する。この仙橋は酒仙橋の略で、北京の東直門外東北十三里の地點に在り、その近傍には麟慶の先祖の墓地があった。江南の任地で十年過ご

（上）鳳閣吟花圖（『鴻雪因緣圖記』第一集上）
（右）鳳閣吟花圖（部分）本文一七一頁參照

（上）仙橋敷土圖（『鴻雪因緣圖記』第三集下）
（左）仙橋敷土圖（部分）本文一七二頁參照

し、道光十三年癸巳に都へ返ってこの地に詣ったとき、彼は往時を追想した。かつてこの仙橋のほとりの酒店で瑞生（培齋）に遇ったところ、「跨鶴酒仙應入座（鶴に跨りし酒仙　應に座に入るべし）」の句に對仗をつけるよう需められた。たまたま蹇驢の背に揺られながらこなたへやって來る人を眼に留め、「騎驢詩客或題橋（驢に騎《の》りたる詩客　或いは橋に題するか）」とやった。近づいてからよく見ればなんと高蘭墅ではないか、共に大笑いしたことである、と記す。しかもその二人は共に世にない、「今均しく宿草離離たり矣」と麟慶はその感慨を述べて結んでいる。

　ところでこの圖には驢馬に打ち跨っていまし仙橋にさしかかった高鶚の姿が小さく横向きに描かれ、橋畔の酒店であろう、その庭さきの一隅に陣取って「詩客」を迎える瑞生・麟慶兩人の像も描き込まれている。但しこの一幅は道光二十三年の作であり、高鶚の沒後二十年以上も經過している。圖も素描に類し、よく高鶚の風丰を傳えたものとは言いがたいにせよ、もし下繪が麟慶の筆になるものであるとすれば（文末に「又記曾遇左翼部落進明駝過此、肉峯峻聳、茸毛鮮潔。因竝圖之」とあって右の駱駝の一隊も圖中に併せて描き込まれているから、あるいはそうかも知れぬ）、幾分はその人を偲ぶよすがとなろう。

　麟慶の例と言い、さきの張問陶の例と言い、高鶚にとってはいずれも正しく「忘年の友」に屬する。彼自身その生涯の大半を齷齪と舉業に費さざるを得なかったのに較べ、この二人の後生は共に難關を次々と經過していった英才ばかりであった。運不運、才菲才を問うまい、また張氏との特殊な關係をも姑く措き、尋常の人間關係としてこれを見たとき、高鶚の側で果して胸襟を開いて彼らと語り合えたであろうか、それは疑わしいとする他あるまい。

　ところで一つだけここに附記しておかねばならぬことがある。橋川時雄教授の記されたところによると、教授はかつて北京在住時代に市内東四牌樓汪家胡同由汪敦の故宅に住まう麟慶の後人によって、その家藏の日記・家譜・服官記錄の一部を鈔寫するを得たが、「さらに驚かれたるは彼が門生、幕友、朋舊、僚佐の名簿であり、當時の名流碩學を殆んど網羅してゐるといふことである[78]」として擧げられた知交中の筆頭に張問陶の名が見える。（『圖記』（第三集下）「煥文寫像」記にも張氏の名は見えるが。）

問陶は嘉慶十九年に卒し、蘭墅もまた一、二年後には卒したとされる。麟慶が進士となったのは嘉慶十四年のこと、内閣中書を授けられたのは同十八年のことである。高鶚と相識ったのが同僚となったときだとすればその交遊は僅か二、三年、進士及第のとき以來としてもたかだか七、八年間に限られ、問陶の場合はさらに一、二年その幅が狹まる。後者はどのようなきっかけで麟慶と交わりを訂するに至ったのか、そこに高鶚が介在したのか、しなかったのか、介在したとすれば張・高の間に和解のことがあったのか、なかったのか、一つの疑問として書き留めておく。

さて、高鶚と交渉のあった文人の三人目として瑞昌を擧げよう。

瑞昌、字は繼齡、別の字は冷村、滿洲人であるとされる。その著に『操縵堂詩稿』があったというが、今傳わらない。高鶚が跋文を與えており、これには既に述べたように乾隆四十七年の紀年がある。（盛昱・楊鍾羲編『八旗文經』巻二十三題跋丙に収められている。）次にその全文を引く。

冷村五古、頗近韓・柳。七言略似『長慶集』中語。五言絶、寒香若無、吹毫欲活。五言律體、秋水爲神、蒼玉作骨。昔人論詩、所謂「木葉盡脫、石氣自清」、冷村五律、其庶幾乎！七言絶、神韻脫續、瓣香應在鳳洲・滄溟七子。七律亦圓潤、不落小婢面孔。讀竟浮白、惜不令南施北宋得見此也。

彼の詩は鐵保輯『熙朝雅頌集』（巻一〇五）に五首（五律三首、七律一首、七絶一首）が選録されており、その小傳には「瑞昌字繼齡、又字冷邨。滿洲人。有『操縵堂詩稾』」と略記している。別に楊鍾羲の『雪橋詩話』（初集巻九）には「冷村布衣瑞昌、愛耽山水、有『操縵堂詩稿』、高蘭墅跋」として、五言の聯を三つ引いている。

呉世昌氏の指摘するところによると、[79]瑞昌は王姓であったらしくもあり、『遺稿』中の七律に「秋日同兆揑波・王冷村登薊門亭」と題する作があると言う。この兆揑波は滿人で、名と字の揑波を連稱したものであり、『硯香詞』中の「荷葉盃」詞の題註「聞揑波談秋雋事、戲書」中にも見える人物であること、呉氏の指摘するとおりである。ただ瑞昌の先の五首中にたまたま「九日同張碧崖・王潞漁遊薊門」と題する五律が見える。同じく重陽の日の「登高」の詩であるが、別の歲の作であろうか。もしや『遺稿』に收める高鶚の詩がもと「王潞漁・瑞冷村」とあったのを鈔者の華齡が三字分だけ書き洩らしたのではなかろうか。もしそうでなければ、瑞昌は王姓であったことになる。恩華の『八旗藝文編目』(集部)でも『詩稿』をば「別集三滿洲門」に著錄し、且つ『雅頌集』のそれを踏襲して「瑞昌、字繼齡、又字冷邨」としている。これをも含めて諸書は旗籍を誤ったことになるが、姑く疑いを存するに止める。

高鶚は果して冷村と(また兆揑波とも)どの程度の交渉があったのか、また年齒の相違がいかほどであったのか、ともに確とは知りがたい。たださきに引いた跋文を通じて、高鶚の讀書の內容、傾向を幾分は窺うことができる。高鶚は冷村の詩に對して詩體別に篇評を加えているが、詩風を言うために引き合いに出されているのは、唐人では韓・柳卽ち韓愈・柳宗元、竝びに『白氏長慶集』の撰者白居易の三名である。また七絕が鳳洲(王世貞)・滄溟(李攀龍)の明の後七子の影響下に在ることも指摘されている。さらに「讀み竟《おわ》りて白《さかずき》を浮かべ、南施北宋をして此を見るを得しめざりしを惜しむなり」と結んだ南施は施閏章、北宋は宋琬を指す。あたかも當時(乾隆末年)南袁(枚)北沈(德潛)と竝稱されていたように、淸初に在って南北を分かった二大詩人の意に用いている。(今日の評價はそれほどでないが。) 高鶚自身、このうちでは白居易の詩を好んで讀んでいたとおぼしいことは『遺稿』中の「重訂紅樓夢小說既竣題」七絕にもその影響の窺われるところであり、このことすでに註のうちで觸れたとおりである。[80]

高鶚の交遊圏内に在り、かつ文獻上の記載によって多少とも事跡の知られる人物は、もとより以上の三名のみに止まらない。そのなかでは高鶚續作説に新材料を提供した薛玉堂の名を逸するわけにはゆかぬ。

高鶚はさきに記したように、本領として自他ともに許した制藝を輯め『蘭墅文存』『蘭墅十藝』を手鈔して遺した。これには友人に題詠を請うたばかりか、文を行《や》る法に就いて自作に自解自註まで加えている。所望に應えて題詠を與えた者は陸湘を始めとして七名に上るが、その一人が薛玉堂である。

玉堂、字は叉州。生卒年不詳。江蘇無錫の人で乾隆乙卯の進士に及第した。卽ち高鶚と「同年」の仲である。中書を授けられ、のち出でて廬州の同知となり、官は慶陽知府に至りながら、病を理由に退休し、以後門を閉じて讀書に明け暮れ、七十九歳で沒した[81]。

玉堂は別に扉頁にも題辭を記しているが、詞書を附した題詠は次のような二首から成る。

(一)

相與十三載、　論文愜素心。
學隨年共老、　識比思逾深。
秋水遠浮櫂、　空山獨鼓琴。
霓裳當日詠、　笙磬愧同音。

(二)

才士粲花舌、　高僧明鏡心。
如何言外意、　偏向此中深。
不數石頭記、　能收焦尾琴謂汪小竹。

攜將皖江去、山水和清音。

嘉慶丁卯臘月、將之廬州司馬任、次徐廣軒同年韻二首、題奉蘭墅年大兄大人笑正。愚弟薛玉堂。

行色匆々、不能篇注數語、殊可恨也。樽酒細論、願以異日。長毋相忘。玉堂又記。

詞書には、嘉慶十二年十二月、玉堂は廬州同知（文中に言う「司馬」）に轉ずることとなり、旅立ちを控えた慌しい時期に題詠を需められたので、制藝の篇ごとに數語なりと批註を加えたいところ叶わず殘念、酒酌み交わしながらの詳論は他日を期する他なく、いまは徐廣軒同年の題詠に次韻した二首を題して責めを塞ぐ旨記されている。

徐廣軒とは徐潤第のこと、山西五臺の人で高・薛とは乙卯科會試で同年の開柄である。玉堂の題詠の次葉に實は以下に引くこの徐氏の五律が書かれている。

磊落高蘭墅、文章有內心。
相期神不隔、一往思何深。
噩噩中聲律、愔愔古調琴。
劇憐此種曲、幾處遇知音。

年愚弟徐潤第拜題。

高鶚の「文章」八股文を聲律に合った古調の琴曲に喩え、これを解する知音はいくたりいるやら、と結んでいる。内輪褒めに近いというべきか。これに和韻した丁玉燾も同巧の五律をこの後に記し、次葉に豐潤の劉燻、さらに次葉には滿人の同輩であろう、崇福の題した五律の次韻詩が記され、臨汾の徐昆の題辭を以て終る。玉堂の題詠はこれらの成ったあと巻首に加えられ、清苑の陸湘の題辭は翌年正月さらに附け加えられたものである。

さて、玉堂の五律第一首首聯には「相與《とも》に十三載、文を論じて素心に愜《かな》ふ」とある。「十三載」はこの丁卯の年が乙卯の進士及第のときから同支十三年目に當るを言う。玉堂が中書となったのが高鶚と同時であったとすれば（新進士のうち上成績で翰林庶吉士に選ばれた者以外は大部分が内閣中書に任用されるのが例であった）、今日の日まで內閣で同僚として過したことを指す。「文」は書名『文存』の「文」であり、引き延ばして言えば「文章」、卽ち八股文を意味する。かくて兩人は制藝の評價に關してかねて意見が一致していたことを言う。尾聯の「霓裳當日《そのかみ》の詠、笙磬と音を同じうせしを愧づ」とは、共に「文」によって帝に選ばれ進士となるを得た身ながら、自分など學識老成した貴公とかつて「同年」であったというのが恥ずかしくてならぬ、と言うのであろう。

第二首の起聯「才士が粲花の舌、高僧が明鏡の心」、この「才士」「高僧」がともに高鶚を指すことは言うまでもない。「粲花」は李白の故事（『開元天寶遺事』）、色鮮かな花にも喩えられる才子の話術、表現力とは、後の『石頭記』とも係わる。一點曇りなき鏡にも比えられる高僧の心とは、その持主が參禪していた事實を踏まえてのことであろう。「如何《いか》に言外の意、偏《ひとえ》に此の中に向《お》いて深し」その蘭墅が切にこの集に籠めた言外の意には誠に深いものがある。『石頭記』を數えじ、能く焦尾琴を收めたれば」、さればこそあっぱれ焦尾の琴を火中より救ったのである。『石頭記』の補成に與ったことなど、手柄として數え上げるに足りぬ——表面の意はまずはこう言っているのであろう。

これに使われた焦尾琴の典故は、後漢の蔡邕が火中より桐の良材を救い出し尾部の焦げた琴を作った故事に在るが、王利器氏の指摘するように(82)、清代に於ては、科試の際一旦はねられた答案が同考官から主考官に推薦されること、或いは推薦されながらもなおかつ復活採用されるに至らぬことに借り用いられた。玉堂の自註に見える汪全德（字は竹海。江蘇儀徵の人。兄の全泰、字は竹素が「大竹」と呼ばれたのに對し「小竹」と呼ばれた）に就いて見ると、王氏の調査によれば、嘉慶五年庚申の恩科順天鄉試に應じて落第し（このとき張問陶が同考官であった）、翌六年辛酉の鄉試に於ても、副榜の資格こそ得たものの第三場、三次試驗で落ちた。たまたま房師であった高鶚が主考官に推薦したが、これを動かすには至らなかった。とは言え高鶚の眼力はさすがに確かで、全徳は次の九年甲子の郷試では合格し、翌春見事進士に及第するを得たと言うから、いかにもこの典故を用いるに適わしい。

實は陳康祺の傳えるところによると、高鶚には同じ科場にまつわるいま一つの逸話がある。それはかつて胡適が一部を省略してではあるが「考證」のうちに引いたところである。この順天郷試に試帖詩の題として「百川赴巨海」の句が出された。これは謝康樂（靈運）の「擬魏太子鄴中集詩」八首の第一首「魏太子」（即ち曹丕）の首句で、陳文によれば、天下仁に歸すの意に取ったもの、しかるに受験生で題意を解し得た者は稀であった。上位十名の答案が奉呈されようとしたが、韓城の王文端公（即ち王杰）はなかに出典を知って書いた者が一人も含まれていないのを遺憾とした。そのとき房考の高鶚が殘りの答案のなかから定遠（安徽）出身の陳黻の答案を捜し出したので、急ぎこれを薦めた結果、陳は南元に選ばれるを得た。（當時、南省出身者が順天郷試に應じた場合、成績が首位であっても、順天籍の者を「解元」首席とする定めであったため、別にこれをば「南元」と稱した。）

右の二つの逸事は及落その結果を異にしたとは言え、房考としての高鶚の能力を示すものに他ならない。ところで玉堂の題詠は、その汪全徳の進士登第から二年餘り後に成ったものであり、さきの事實を踏まえ、蘭墅よ、貴公の「文章」に對する鑑識力は虚心の名僧のそれにも似て確かなものよ、とこの聯で挨拶したものである。續く尾聯に言う、「携え持ちて皖《かん》江に去らば、山水　清音に和せん。」この『文存』をこれより赴く廬洲、皖江のほとりに在る新任地に携えゆくならば、明媚なる山水もひとしくその清音に和することであろう、と結ぶ。

ところで『文存』の題詠とは別に『十藝』にも次のような玉堂の題辭が附せられている。

蘭墅才如渤澥、舌似懸河。衆中遇余、毎相視而笑。然不知其制義之深淳若是。賢者固不可測。吾奇之服之、愛之妬之。蘭墅之傳不在此、而此亦足以傳矣。

嘉慶丁卯十二月初九日、鐙下讀罷率書。　又洲薛玉堂。

紀年に依れば、さきの題詠と同年同月であるが、この方が稍々遅れて記されたものか。冒頭にはさきの詩に呼應するかのように「蘭墅の才は渤澥（海）の如く、舌は懸河に似たり。」とある。「懸河の辯」というから、才氣に富んでいただけでなく、辯舌にも優れていたのであろう。（これと思い合わされるのは、裕瑞の『棗窗閒筆』に曹霑の話術に就いて記した條である。曰く、「善く談吐し、風雅遊戲、境に觸れて春を生ぜしむ。その奇談を聞くに娓娓然として人を終日倦ましめず。ここを以てその書は絶妙　致を盡くせり(83)」と。また霑の晩年の執友であった敦敏の詩の詞書に「院《なかにわ》を隔てて高談の聲を聞く(84)」と見え、別にその弟敦誠の詩句にも「高談雄辯虱手捫(85)（高談雄辯　虱は手もて捫《ひね》る）」と見えるのは、ともに霑の雄辯に關して裕瑞の聞書を裏づける。高鶚もそのあたりは霑に似たのであろうか。）「衆中余に遇へば、毎《つね》に相視て笑ふ」。そのような仲でありながら、「然れども知らざりき、その制義の深淳なることかくのごとしとは。賢者は固より測るべからず」であるとは言え、身の不明を恥じる他ない。よって「吾れこれを奇としてこれに服す。これを愛《め》でこれを妬む」。さはさりながら「蘭墅の傳はるはこれに在らず、而もこれもまた以て傳ふるに足れり」と玉堂は結んでいる。

この結び方はどういうことであろうか。

これに就いて王利器氏は大要次のような説明を與えている。――さきの題詠は、高鶚の、「豔情」と言えば人が決まって話題にする『紅樓夢』の方を貶しめ、反對にその制藝を持ち上げようとしたものであるが、裏から言えば、當時の一般の人が高鶚の文章を評價する場合、やはりまず「『石頭記』を敷へ」ようとした事實を物語る。これを後の題辭の結びの句と絡めてみれば、玉堂の言わんとするところは明らかで、彼はやはり「『石頭記』を敷へ」ようとしたのだ、と説く(86)のである。

無論そう讀めるし、それで通ずるわけであるが、題詠第二首の頸聯はまたこうは讀めないであろうか。高鶚は八十回の『石頭記』を「補」成し、百二十回の『紅樓夢』として刊行する事業に關與した。その『石頭記』なるものは曹霑の遺した未完の作、いわば「缺尾書」に他ならない。その點では、一旦落ちた答案が再評價を提起され、そして汪小竹の場合、結局は落ちることに落ちついたものの、後年見事及第した――こういう事實を背景に持つ「焦尾琴」とは相近いものがある。卽ち高鶚はある情況下からあるものを救おうとし、結局は救いだした、そのあるものに取っての恩人なのである。そのような認識に立っていたからこそ玉堂は、書名を『紅樓夢』とせず、ことさらに『石頭記』としたのであろう。（仄起式のこの五律の場合、いずれによるも平仄には響かぬ。）

そこでこの頸聯の主語として姑く「高鶚」の二字を補い、首聯との關聯で句意を考え直してみることとしよう。粲花の舌を有する才士蘭墅は、その能力を驅使して『石頭記』の「補」成に與った。しかもその成果たる世評の高い業績を自らは格別誇ることなく、却って本領とする制藝の能力により明鏡の心を持った高僧に似た公平無私、眼利きの判定を下し、有爲の士を拾い上げようとした。さすがだ、とこう持ち上げているのであろう。このように解すれば、後の『十藝』の題辭はより素直に讀める。――夫子自身はそんな風であるが、客觀的に見て蘭墅の仕事で後世に殘るのはこの『蘭墅十藝』ではない、『石頭記』を「補」成した『紅樓夢』である。しかしこれも棄てたものではない（お見それ申した、「賢者固不可測」）、また「傳ふるに足る」、とこう玉堂は言ってのけたのである。

その玉堂自身は、退休後は門を閉ざし數千巻の書物に圍まれて讀書に明け暮れたという人物だから、八股文など官途に就くための「敲門磚」、ほんの手段くらいに思っていて、內心では、蘭墅めが、よくもこんな選本を拵えたものだ、と顏をしかめていたのかも知れない。これに關して吳世昌氏は次のように說く、「薛詩又說、『不數《石頭記》、能收焦尾琴（自註謂汪小竹）』。薛氏的評語又說：『蘭墅之傳不在此、而此亦足以傳矣』。『此』指《蘭墅十藝》、『蘭墅

之傳』則明指高鶚所續的《紅樓夢》後四十回。這句評語似揚而實抑、例上文稱贊了一頓他的制藝以後、忽然來這一下『曲終奏雅』、說穿了、是：『你的八股文竝沒有小說價値高』。這對於中擧二十年後還念念不忘八股文的『蘭墅年兄大人』、實在有點難堪。這位薛玉堂不但有骨氣、也有點眼光[87]」。

頸聯の讀み方に就いては王利器氏のそれとほぼ同樣のようであるから措く。この評語は「揚ぐるに似て實は抑ふ」、褒めると見せてけなしたもので、貴公の八股文は小說ほど價値が高くないぞ、こう玉堂ははっきり言ってのけた、と取ることは內容的に理解できる。玉堂が、中擧後二十年たってもなお八股文のことを片時も忘れぬ風の高鶚に對して、いささかやり切れぬ思いを抱いたろう、と推測することにも同感できる。また實際そうであったろうと思う。

それでは高鶚の方で薛玉堂のこのような應酬の辭に對してどのように反應したか。

制藝に關しては彼は彼なりの自恃自負の念を持っていたはずであるから（さもなければ無闇と人に題詠を需めることもすまい）、よしんば玉堂のそれを微言と感じ取ったとしても看過し去ったことであろう。『紅樓夢』に關してはどうか。彼はこの『十藝』の末尾に「紅樓外史」の印を押している。彼がこのように號したことは、惲敬の『閨秀正始集』小傳にも見えるが、それは恐らく晩年のことであろう。この印が押されたのも嘉慶十二年冬以降、卽ち玉堂の題詠、題辭が記されて以降のことではないかと思われる。つまり彼は玉堂のそれの少なくとも『紅樓夢』に關する部分は、これを自ら肯ったのである。八股は表藝だが、こういう藝もあるのだ、という氣持が、彼の人生の四分の三に近い閒營々精進の對象とし、さらにそれ以上の年季を入れた八股文のこの選集の末に、それとはあまりそぐわぬ、むしろ場違いな印を押させたのではあるまいか。

それはともかく、玉堂の題詠に見られる『石頭記』に對する言及は、結局なにを證言したことになるのか。

問題の「不數石頭記」という句の意味するところを先には假に「誇らずに」とぼかして逃げたが、この句、高鶚自身いわば禁欲して、『石頭記』を「補」成した『紅樓夢』（嚴密に言えば後四十回）を自分の著作として數えぬ、そのことを指して言ったものではなかろうか。もっと具體的に言えば、生活者としての高鶚は、その思惑はいま問わないとして、「高序」に見られるように、自らを程氏の依賴に應えて「補成」のことに與った者として限定し、逆に八股を表藝として立ち、子弟にこれを教授するかたわら、たった一度だけのことだとは言え、科試の薦卷に當って人助けの功德も施しているのである。そうした生き方に對して、假に玉堂が慊りないものを感じたとしても、所詮生活上の信條を異にする人閒同士のこと、どうできるというわけのものでもない。

となると殘る問題は、高鶚の『紅樓夢』に對する關與の實情に就いて玉堂がどのように認識していたか、またそれを玉堂の記述からどの程度汲み取れるかという點に絞られよう。思うに、玉堂は張問陶がこれを「補」字で表わした認識とほぼ同樣のものを持っていたのではないか。もしそうだとすれば、張氏の場合と同樣、高鶚の側で高序に記すところを逸脱して受け取らせるだけの言動が多少とも見られたということになる。無論禁欲を破ったからといって咎められるべきではない。禁欲に徹し得ないことも時には却って人閒的ですらある。それに歲月の經過に伴う條件の變化、事柄の性質から言っていまだから話せる、ということも當然あったろう。このように見てくると、張・薛の證言はともに高鶚がかなりな程度まで「補成」に關與したことを裏づけるものと解するのが妥當ではなかろうか。

これまで擧げた人物は、張問陶が義理の仲であったのを除けば、高鶚にとって年齒の差は別としてほぼ同輩に當る人々であった。そこで最後に彼の門生に就いて觸れておかねばならぬ。それは彼の沒後、遺詩を整理して刊行した增齡・華齡の兄弟である。

この兄弟は麟慶と同じく長白を本貫とする宗室の覺羅善廉（字は怡庵、旗人が名と字を連稱する例により善怡庵と呼ばれた）の子で、それぞれ第二子、第六子に當る。父の善怡庵は乾隆二十九年に生まれ、同四十七年に候補中書に擧げられたのち、同六十年內閣中書を授けられ、嘉慶四年さらに侍讀に補せられた。同九年轉出して東北の知府知州を歴任している。最近の文雷氏の研究(88)によると、その東北在勤時に程偉元とも親交があったという。

増齡（字は松崖）、華齡（字は少峰）のほか第六・七・八子も揃って高鶚に業を受けている。『遺稿』の増齡序には「偕少峰諸弟侍座有年」とあるからかなり長期間に亙っていることが知られるが、その時期は嘉慶六・七・八・九年の數年內に絞られよう(89)。高鶚は嘉慶六年以後に侍讀となるが、善廉とは內閣中書の同役としてすでに相識っており、その機會に一層交わりを深めた可能性もある。『遺稿』七截卷に『答善怡庵侍讀』と題する七絕が見えるのはそのことを證する。下限は後者が同九年に東北の錦州府知府に轉出しているから自然この閒に限定される。假に兄弟の入門時期を六年だとすれば、増齡十一歲、華齡五歲であった。高鶚は八股文の妙手として見込まれ、その子弟の敎養を附託されたものであろう。尤も、高鶚の就いていた官職は收入《みいり》も多くなく、多數の家族を抱えていた高鶚にとって生活は樂でなかったろうから、この敎授は彼に有難い副收入をもたらしたことになる。

さて、嘉慶二十年前後に高鶚が沒したあと、まもなく弟の華齡が手ずから師の「遺詩一帙」を鈔寫し、これに兄の華齡が序を草して（「嘉慶丙子春三月」の紀年がある）この『月小山房遺稿』を上梓したのである。卽ち嘉慶二十一年晚春のことである。この書は詩體別に編まれているが、『蘭墅硯香詞』と同樣な高鶚が生前自ら編訂しておいた詩稿があったものかどうか審かにしない。ただ『淸史稿』（文苑傳）には高鶚に『蘭墅詩鈔』の著のあったことを記す。これが『硯香詞』に相當する詩集であったとすれば、この『詩鈔』を基にして高鶚が善廉や華齡に贈った詩（後者には「贈別及門華少峰省侍之楚」のように、嘉慶十八年、父善廉が荊南道に起用されて湖北宜昌に赴いたあと、楚地に歸省する華齡に贈った高鶚の晩年に近い作も含まれている）を補って成したものかとも考えられる。

增齡は嘉慶十五年庚午に擧人に中り、のちに山東臨清州の知州に任ぜられた。著に『蘧吟小築文集』のあったことが知られているが、傳わらない。增齡は序を記したときすでに中擧を遂げており、高鶚の學業に關する教導を徳としていたのであろう。ともあれ、高鶚は增齡兄弟のような奇特な門生を持ったお蔭でその詩集の一部を後世に傳えるを得たのである。恐らく刊行の資は高鶚と因縁淺からぬ父善怡庵に仰いだものであろうが、實はその善廉の交遊圏内に程偉元その人もいたのであった。

二　程偉元、人とその生涯

前章の冒頭に程偉元に關して我々は最近までなんら知るところがなかった、と記した。研究がなされなければ知るところもない道理、それも偏に高鶚ほどには關心を惹かなかったせいであろう。

どうしてそういうことになったのか。

そもそも胡適が「紅樓夢考證」を執筆した際、高鶚に關しては、これを後四十回の續作者に擬定するという「大膽なる假說」を立てたためであろう、その閱歷事跡の調査には胡氏も極めて熱心であった。その反面、程偉元に關しては當初格別の手がかりが得られなかったという事情――高鶚は序中に鐵嶺の本貫を記すのに反して、程序には小泉の字こそ記されていても、本貫の記載がない――も響いてか、無視、と言って悪ければ輕視されたままであった。（當時胡氏が程偉元をどのような素姓の人物、いかなる階層に屬する人物として考えていたかに就いては、「考證」中に明文が見られない。六四年に至って祕藏の所謂「甲戌本」を再論した一文のなかには「程偉元出錢用木活字排印[90]」と見える。刊行費を持った、出資したと言っても、程氏が讀書人中の好事のパトロン的存在であったのか、それとも企業として『紅樓夢』の出版に携わった人物であったのか、色々な場合が考えられるが、その邊の見方に就いてもそれ以上述べられていない。）いずれにせよ、以後こうした高鶚重視の一種の「偏見」が支配的であったため、『紅樓夢』に關する夥しい研究が産まれたにも拘らず、程氏に關してはまともな論及が久しくほとんど見られなかった。

戰後まもなく、わが橋川時雄教授——高鶚續作説を排する立場を採っておられたことは上に述べた——によって兩度の言及がなされた。その一つには、程偉元が高鶚と併せ觸れられており、「程偉元という人物も讀書人というほどのものでなく、小資本をもつ商人にすぎない。『紅樓夢』が寫本で流行しつつあるとき、また後四十回はわけて求めがたいとき、その刊印を企てたに過ぎない[91]」と見える。いま一つは次のようなより詳しい言及である。「程偉元がどういう人物であるかについては、上揭の程・高二氏の序と「引言」七則によって『紅樓夢』百二十回本の初印重刻をなしとげたことが知らるるほかは、これを詳らかにすることができない。その字を小泉というほかは、その鄉里・經歷をつたえておらない。もし私をして臆説することがゆるさるるならば、彼は安徽省徽州新安あたりの出身で、多少の資本をもって京師北京にいで商賈に從事していたものであろう。彼の財は中流どころであって、彼の實業は小資本であつたこと、また彼は出版事業をいとなめるものではないが、文化的事業にいくらかの理解をもち、ことに出版に關心をもつものであつたこと、もし彼に財をなさしめたならば、彼はその餘財を文化的事業に投じ、ことに出版文化に大いなる貢獻をしたであろう。それとも『紅樓夢』出版以前における彼は、かなりの財をなしたが、そのころにはまだ出版に手だしをするだけの餘閒をもたないうちにその財をうしのうにいたつたものかも知れない云々[92]。」

私も後年この二文に接してほぼ橋川説を受け入れたが、或いは琉璃廠あたりの書賈であった可能性もあろうかと、その方面の文獻を漁った。結果は繆荃孫の「琉璃廠書肆後記」中に「越橋（廠橋）而西、路南……又有弘道堂程氏」

とあるのを見出したに止どまり、しかもこの程氏弘道堂も、繆氏の記述が清末時のそれとあっては、程偉元と結びつけるに時代があまりに離れ過ぎているのを嘆ずる他なかった。

橋川説とは別に、また上に引いた胡適の戰後の言及があったのちに、趙岡教授も程偉元の素姓に觸れて、「從序文中看來、程偉元是出版商。……編輯工作雖說是『分任之』恐怕是高鶚獨立承擔[93]」と程氏を出版人と見た。また別の箇所では書賈であるとし、その經歴を知るに足る資料に就いても、「程偉元是一書商。可能沒有任何有關此人之史料流傳下來[94]」と述べているのは、趙氏が史料の出現に對してほとんど期待していないことを暗に示している。假に期待したとしても、海外に在って自らこの方面の資料を發掘することはまず無理というものであろう。

ところが一九七三年に至り、圖らずもその程偉元に關わる史料が出現したのである。周汝昌氏がそれまでの數年間に發見した『紅樓夢』關係の史料を纏めて紹介した一文「『紅樓夢』及曹雪芹有關文物敍錄一束」中にその「附錄」として同氏の藏に歸した程偉元の畫扇一面を寫眞入りで披露した[95]のが、その出現を報じた最初のものである。同氏によれば、これは數年前の正月、廠甸の露店で購めたもので、虎皮宣紙に描かれており、保存完好だという。繪は米南宮卽ち宋の米芾の畫風に倣って房山を描いた水墨畫で、次のような贊が附せられている。

此房山仿南宮、非仿元暉之作。米家父子雖一洗宋人法、就中微有辨：爲於烟雲縹緲中着樓臺、政是元章絕處。

辛酉夏五、臨董華亭寫意。程偉元。

落款の印には二顆の小方印が押され、白文は「臣」、朱文は「元」に作る。董華亭、卽ち明の董華昌の繪を模寫した作であるが、繪のみならず贊の方も、其昌のそれを臨模したか、もしくは原文を套用したものであろうと周氏は推す。またその書は挺朗で間架の法は唐の李北海、卽ち李邕の風があるとされる。確かに其昌風ではないようであるから、あるいは原文のみ襲用したものかも知れない。

この新出現の文物に基づき、周氏は程偉元に就いて次のように述べた。「今據此扇、知他不僅亦能文墨之事、而且還是『功名』之士」。さらに續けて「他的字寫得比高鶚要高明些、但不管字法還是畫法、都沒有什麼創造性特色可言。『臣元』的印記、更說明這不過是乾隆朝代的一個『正統』派小官僚・此如曹雪芹、他是絕不會刻用什麼『臣霑』的印記的。筆者也認爲、曹雪芹作畫、也絕不肯照臨什麼董華亭。這點看似細微、實在重要[96]」とする。卽ち程偉元は「書商」、出版商でないどころか、文墨の嗜みのある「小官僚」であったというわけである。

右の紹介文に接して私はなお半信半疑の狀態に在った。紀年の「辛酉」という干支は嘉慶六年に當るとされ、そうだとすれば程本の刊行された乾隆末年ともさほど隔らないが、或いは干支違いの時期に生きた同名異人ではなかろうか。そう考えたのにも實は理由がなくはなかった。程本卷首に置かれた程偉元及び高鶚の序に就いて橋川教授は、さきに引いた前者の文に續けて次のように記しておられる。「それ（程氏を指す——伊藤）と取りくんでその校刊にたずさわった高鶚であるから、とうてい『紅樓夢』の續補にあたりうる篤學でも豔情のもちぬしでもなかつたことは、その本にかかげた彼の序文をよんでもわかる。程氏の序も彼の代作らしい。小說『紅樓夢』の卷首におくべき序にはおのずから定つた文體もあるのに、程氏の序は平俗でよく見らるる發行書店の主人がつずる《ママ》書序のように商賣氣たつぷりで、その發行の動機もうかがわれる。彼の序もそれと甲乙はない[97]。」

後者の文には二序に對するほぼ同樣の手きびしい評價が加えられたあと、さらに次のように記される。「この二篇は程・高二氏の筆蹟のままに影刻されているが、（……）その筆蹟も相近く、その分の格式も內容も一人の手に成るようである。序のはじめにおかれてある印刻もともに俗味をおびている。私はこの二篇とも高鶚の手に成るものと疑いたい[98]。」

私もまたこの程序の筆者に對しては疑問を抱き、さきに「小考」に於て「程序も高氏の代筆とおぼしい[99]」と所見を記した。そう考えたのには書風の類似のほかに別の理由が一つあった。それは程序の二顆の落款印の順序が顚倒している事實である。朱文の「小泉」についで白文の「程偉元印（廻文）」が押されているが、姓名印、字號印の順に押すのが通例である。どうしてこういう事態が生じたのか。よもや「代筆者」高鶚の粗忽に出づるということはあるまい。代筆はしたとしても程氏の印記は別人が押したのであろうが、それにしても當人が刷り上って本になるまで氣づかぬとは迂濶である。恐らく程氏が書式にあまり心得のない人であったため、高鶚から代序を示されても印記の手抜かりを看過したのであろう――このようにそのときは考えたのである。

（その後の調査によると、程乙本にはこの程序を存しない傳本が少なくない。第二次刊行に際して、右の不都合の處置として補刻もしくは改刻することはせずにこれを省き、代りに程・高連署の「引言」を加えることで塡め合せをつけたのではあるまいか。一つには程序の內容にも問題があった。今日知られているように乾隆五十四己酉の歲にはすでに百二十回の鈔本が一部に行われていた事實はあるとしても、廿餘卷に十餘卷を併せ入手して後四十回の根幹ができたとする經緯があまりにできすぎていると感じられ、改めて「引言」第四則に「書中後四十回、係就歷年所得集腋成裘。」と記し、高序の「數年銖積寸累之苦心」の句に照應させる程度に留めると共に、右の處置がなされたのではないかとも思われる。）

さて、右に記したような不審な點があったので、程偉元の畫扇が紹介されてもにわかにこれを信じがたいとする氣持が强かった。この方は「臣元」の連珠印ではあるが、白文・朱文の順にちゃんと押されているではないか。高序の印記は無論定式通りの順で押されており、白文のそれには同樣に「臣鶚印」とある。なんと程偉元までが「小官僚」であろうとは。もしや同名異人ではあるまいか、という疑念は依然として釋けなかった。

その後一九七六年四月に至り、周汝昌氏の『紅樓夢新證』增訂本が刊行されてみると、案に相違して程偉元に關する新史料が附け加えられていた。さきに引いた「一束」の附録の部分もそのまま本文の「文物雜考」の一部に附載再錄されているが[100]（末尾に畫扇を購めた折の心境を詠じた自作七律詩の一部が附加披露された代り、圖版寫眞は省かれている）、ほかに閱歷に觸れた文字が本文中に一箇所[101]、「重排後記」中に一箇所見える。[102]（なお後者はさらに卷末附記に於て內容の一部が補訂されている。）

まず本文中に見えるものは「史事稽年」の實は高鶚の條に附記された短文で次のように記す。「余於成都故肆、曾見一冊葉、皆舊書札、其一則、言『小泉貧窘』、欲有所干請於汪小竹云々。此可證高鶚・程偉元皆與汪小竹大有關聯。程偉元既亦貧士、安得有刊印『紅樓夢』百二十回大書之力？　則『紅樓夢』之僞續以冒全書、出貲以付擺印、當另有一大有力之人爲之後臺、其事甚明」。

周氏が成都の故肆――骨董店であろうか――に於いて古い尺牘を冊子に仕立てたものを寓目した。そのなかに「小泉は貧乏していて」汪小竹に合力を乞おうとしている云々とあったという。汪小竹とは卽ちさきの薛玉堂の題詠の註にも見えた汪全德のことで、彼は高鶚のみでなく張問陶とも兄の汪大竹ぐるみで交游のあったことが知られている。[103]この書簡の書き手は不明だが、僞造でないとすれば、これはある時期の程偉元の暮らしぶりを證言しているばかりか、程偉元もまたこの汪小竹とかいなでならぬ交遊關係に在ったことを證言していることになる。尤も、經濟的な援助を仰ぐとなれば、相手の汪氏の進士登第後、早くとも高鶚が房考を勤めた順天鄕試以後のことであろう。となると嘉慶六年以後のことで、程・高が『紅樓夢』を排印したときから十年ほどのずれがある。從って周氏の附した結論の前提はただちになり得ないと思われるが、少なくとも程氏が刊行事業によって財を成したこととの可能性はよほど減じよう。

別の一條は「重排後記」の註に見えるもので[104]ある。それには、周紹良氏の考證によるとして、程偉元は杭州の出とおぼしく、ある人の彼に贈った詩が『兩浙輶軒續錄』に見え、またかつて劉大觀の引きにより東北のさるところで

「知廳」の小官をしたことがある、と記す。

巻末の追記に於て周汝昌氏は、自身は二、三の手がかりを提供したに過ぎぬがと斷った上で、その後文雷氏によって熱心な探索がなされ、多くの收穫が擧げられた、と述べ、それら資料の語るところによると、「程是江・浙文士、『書香』門弟、能詩會畫、當時似小有『才名』、嘉慶初曾給宗室官僚做幕」としている。またさきに『兩浙輶軒續錄』としたのは『國朝杭郡詩續輯』の誤記だと訂正された。後者は正・續・三集まであって『西諦書目』にも見え、また傅惜華編『明代雜劇全目』にも引かれている書物であるが、我が國では見ることの難いものであり、かくては豫告された文雷氏の研究の公刊を待つほかない。

さて、その文雷氏の論文「程偉元與『紅樓夢』[105]」は同じ年の十月に『文物』誌に登載された。豫想を遙かに越えた極めて詳細な研究であり、久渴を醫すものがあった。さきの周汝昌氏の要約はほぼその概要を悉していると言ってよい。以下に四節に分かれたその大要を私見を混えながら紹介する。

まず緒言に當る部分に於いて、近年陸續として發掘された程偉元に關する新史料の主なもの五種が列擧されているが、これに就いては後に個々に觸れることとしたい。

第一節では從來全く知られるところのなかった程偉元の生卒・籍貫、竝びに家世に就いて概述される。當然のことながら、程氏が調査の對象とされるのはなによりも『紅樓夢』との關聯に於てであるから、文雷氏は最初に乾隆末年に於ける程氏のことを「不得志的閒散文人」であったと端的に規定する。これまでの通説のような『紅樓夢』の出版商でもなければ、ましてや文粹堂の「闊老闆」裕福な親爺でもなく、不遇で暇をもてあましていた文人であったというのである。(文粹堂書店の店主云々というのは、趙岡教授が程本の扉頁と第百二十回末葉とに見える刊記の「萃文書屋」を乾隆末年に琉璃廠で營業していた書肆名といささか强引に結びつけた事實[106]を批判したことばである。)從って、程氏が『紅樓夢』〔の原稿〕を收集・整理・排印した行爲は、「出版商的生意眼」、出版屋がこれで當ててやろうともくろむたぐいのけちな動機に發するものではさらさらないし、彼は刊行後これでしこたま儲けたわけでもない、とされる。(「版元の山氣」の語もさきの趙岡教授の所説に見える)。嘉慶初年、彼は盛京將軍の「蓮幕」に入るべく、山海關を出て瀋陽(奉天)に赴き「西賓」つまり幕友となったが、相變らず詩酒放誕の文人的生涯を送った。程偉元はその一生を通じて、高級官僚となったわけでもなく、富豪となったわけでもなく、「冷士」一介の清貧の士で通したのである。——以上が文雷氏による程偉元の生涯のいわば總括に當る。

次は程氏の生卒。新史料によって知られた交遊關係に基づき、乾隆十年(一七四二)前後に生まれ(高鶚より七歳ほど若いことになる)、嘉慶二十三年(一八一八)またはその翌年に沒したろうとされる。享年七十六、七。

生年の推定に當っては、『且住草堂詩稿』の李棪《ボク》(後述)序に「程君小泉、予之同學友」と見えるところから、李氏は進士に及第した乾隆三十七年壬辰の歳には三十歳前後だったと假定し、程氏はこれとほぼ同年齡、もしくは若干年下であったろうと見て割り出されたのが前記の結論である。

また沒年に就いては、程偉元の門生であった金朝覲《キン》の「題程小泉先生畫册(程小泉先生の畫册に題す)」という詩題の五言六韻の試帖詩(圖版五として影印されている)に附せられた、次のような雙行細字の序が引かれている(節錄)。「……先生の世を下《さ》りたまひし後に曁《およ》び、その遺紙を求めしが、片鱗隻爪の如きも多く得べからず。景堂二兄舊紙を以て題せんことを囑せられたれば、余 先生の手澤を見るを得しを喜び、因りて數言を巓《はし》に志《しる》す。時に嘉慶庚辰清和月之八日。」金氏はあたかも高鶚に於ける增齡兄弟の如き存在である。文雷氏は右の序に見える「先生下世」の句及び序の內容、また詩の內容から推して、程氏の逝後さして遠からぬ時期、恐らくは「三年の喪」に服していた期間內に作られたものと見當をつけ、序の紀年嘉慶二十五年四月から一、二年遡った年ということで前記のように假に定めている。このうち没年は今後もさほど動くまいが、生年の方は筆者自身認めているように大雑把な推定の域を出ぬので、目安とした李氏の登第時の年齢、また李・程の年齢差ともに動く可能性がかなりある。

次は籍貫。蘇州の人であろうとする。李棨が江蘇長州（蘇州府治）の人であり、これと同學であったところから推定したもの。周汝昌氏は前引『新證』中で周紹良氏の杭州説を引いているが、これは浙江杭州の人孫錫の贈詩（後述）が發見されたため孫氏の同鄕と推したものか。周汝昌氏が追記に於て「江・浙」の人かとしているのは、現状ではまず穩當な扱いと言えようが、可能性としては蘇州説の方が大であろう。

その家世。これに就いてはなお文獻の徵すべきものがないようであるが、程偉元が「封建統治階級の出身で、彼自身〈士大夫〉のはしくれであった」ことは間違いなかろうとされる。晉昌（後述）の詩の一首に「義路循循到禮門、先生德業最稱尊。箕裘不墮前人志、自有詩書裕子孫」と見えるのに據って、程家は「禮義」卽ち儒家の「禮」の教えを尙び、「詩書」卽ち『毛詩』『尙書』で代表される儒家の經典に親しむ底の舊家であったろうとされるのは、そのとおりであろう。尤も、こういう家柄の出の子弟は、當然科擧に應じて「蟾宮に桂《もくせい》を手折り」、家門の譽れとなることを期待され要請されるのが常であるのに、偉元はついにそのことを果さなかったようである。

第二節は「程偉元の遼東に於ける社交活動」。新史料の示すところに據ると、程偉元は嘉慶初年、遼東に赴いたのち、東北在勤の士大夫連中と交わりを結び、以後晚年までそれらの人々と交際を續けたとされる。うち六名ほどが取り上げられてその閲歷及び彼らと程氏との關係が跡づけられているので、以下それらの人物に就いて順次簡介を試みるとしよう。

㈠　晉昌、字は戩《セン》齋、紅梨主人と號した。清の宗室であり、正藍旗に屬した。晉昌は嘉慶五年以降、三たび盛京將軍の任に就き東北の鎭守に當っている。伊犁將軍にも任ぜられ、部院大臣に陞ったので、それらの功を以て鎭國公に封ぜられた。晉昌が初めて遼東の任地に赴いたとき、その幕府にあってこれを補佐した主たる幕僚の一人は葉畊畬《コウヨ》、いま一人が程偉元であった。程氏は將軍衙門の奏牘をほとんど一手に引き受けたが、彼は文雷氏によれば「盛京將軍を輔ける幕僚であっただけでなく、紅梨主人晉昌の詩友でもあった」のである。

ここに特筆すべきは、程偉元が晉昌の折に觸れての詠草を竊かに書き留めておいた事實であろう。やがてそれが百篇を超えるに及んで彼は代って一部の詩集を編んだ。晉昌の『且住草堂詩稿』は實にこのようにして成ったものである。（いま傳わるものは、これと別の詩集『西域蟲鳴草』とを合編して上下二巻に分かったもので、總名を『戎旃《セン》遺興草』と言う。）これには程氏の跋文（嘉慶七年壬戌の紀年がある。文雷氏の論文にはその全文の書影が掲げられている）が附せられ、書の成った緣起を記す。集中の程氏との唱和の詩は九題四十首に上り、閒接に關わるもの一題十二首を加えると、全書の詩篇のおよそ三分の一を占める。編者が程氏であってみれば當然のこととも言えようが、晉昌の詩句に「忘形莫辨誰賓主」とあるように、主と賓、延いては主と從の仲をも忘じ果て詩酒に遊ぶ兩者の交遊が偲ばれる。ただ殘念ながら程氏自身の應酬の作は彼が詩集を遺していないため見るを得ない。

程氏のこの編纂の事業はもとより晉昌の意を受けてのことではない。跋文には「主人瞥見し、幾《ほと》んど攫《つか》みてこれを焚かんと欲す」と、詠み棄てたつもりのものが輯められているのを垣閒見て、さすがに狼狽した主《あるじ》の狀を形容する。主の言い草はこうである。「我は詩を能くする者に非ざるなり。亦その詩を祕せんとする者にも非ざるなり。鳴らさんとするとき聲に發し、落花流水に隨附《まか》すのみ。若し簡編を留めなば、乃ち譏りを大雅に遺すことなからんや（毋乃遺譏於大雅!?）」。詠み棄てた腰折れを本にするなど、詩の解る人々の笑い草になるのが落ちではあるまいか。こう言われた偉元は、穩かに自己の詩歌觀を述べてこれをなだめる。「詩は以て性情を道《い》ふ。性情眞を得れば、章句は自在なり。苟も獨りその詞に取るに何ぞ妨げんや。他稿の毛を伐《き》り髓を洗ふがごときは、その眞を失ふに任《まか》せん。余の留めんと欲するは詩句の妙のためならずして、性情の宜しきがためなり。留めて閒窓の翻閲に備へ、以て師乙の論ぜしところ、その歌詩の宜しきに於てせるを證せん。何如ぞや」。孔子が魯の國に見切りをつけて宰相を罷め、これを去らんとするに當り、師乙と問答して歌った故事は『孔子家語』（巻十九）に見える。

この行爲を目して主に對し勵んだ從の忠勤の一つとするはたやすい。巧みな接近策だとも評するを得よう。しかし程偉元はもともとそうした性向の人であったのではなかろうか。自らの作を遺すよりは他人のそれを遺す。こつこつと手閒暇かけて丹念に積み累ねてゆく作業は、そのまま曹霑の遺業『紅樓夢』を補刊した大事業につながるとも言えるからである。

文雷氏の文章には示されていないが、晉昌の初次の在任は三年後の七年壬戌の冬に終わったようであり、このとき程偉元は送別の詩を贈っている。これに酬いかつこの閒の明け暮れを詠じたのであろう。晉昌の次韻の詩が「壬戌冬、余還都。小泉以上下平韻作詩贈行。因次之」と題する七絶三十首の連作である。（前四首がこれも『文物』誌に圖版として影印されている。）程偉元の幕友として仕えた生活もこれで終ったとおぼしい。さきに觸れた周汝昌氏所藏の畫扇は嘉慶六年の作とされる。とすれば、この遼東時代の筆のすさびであったことになろう。

㈡　劉大觀　字は松嵐、山東丘縣の人。乾隆閒の拔貢生である。詩に巧みで一家を成し、翁方綱、楊芳燦などから賞贊された。著に『玉磬山房詩集』二集がある。乾隆五十九年、東北に赴任して奉天開元縣の知縣となり、嘉慶元年から同八年まで寧遠州知州の任に在った。程偉元が同五年に遼東に赴いてのち、兩者は詩友として交際頗る密なるものがあったという。

『紅樓夢』との縁で言えば、この劉氏はまず乾隆五十九年夏、曹霑の晚年の友人敦誠の『四松堂集』稿本——當時未刊で友人閒で廻覽されていた——に跋文を記している。また同じ年の十月、かの張問陶を訪ねて詩を談じ、兩者は意氣投合したと見え、以後嘉慶十五年に至るまで、詩の應酬が續いた。『船山詩草』の劉氏に關係のある詩題はすべて十二首に上る。さらにまた石韞玉の『紅樓夢傳奇』に序を與えた呉雲とも昵懇の仲であったという。

㈢　善怡庵　この人物のことはすでに前章で（二八八頁）で述べた。即ち增齡・華齡らの父覺羅善廉その人である。ここでは程偉元とのつながりについて觸れることとしよう。嘉慶十年、善廉は寧遠州知州に補せられるが、その前任者がさきの劉大觀である。この時期に程偉元は彼と一緒に暮らし、比較的密接な關係に在ったらしい。（晉昌の歸京を送ったのち、程氏はなおも東北に留まり、清客の如き地位に在ったものか。）　程偉元は善怡庵のために柳の木蔭に釣絲を垂れるその小像を描いて「柳陰垂釣圖」を成しているが、この頃の作であろうとされる。のち嘉慶十八年に至り、前記のごとく善廉は荊南道となって湖北に赴く。彼はこれよりさき上書抗論したかどで免職となり、當時懷州（河南省）に在った舊知の劉大觀を新任地に招待した。翌年約に赴いた劉氏が酒筵の席上善廉から示されたのが「垂釣圖」であった。圖はいま傳わらないが、このとき劉大觀の題した古風一首は彼の詩集（巻九）に收められている。うちに曰く、

此圖出自小泉手、　我與小泉亦吟友。
當時盛京大將軍、　視泉與松意獨厚。
將軍持節萬里遙、　小泉今亦路迢迢。
聚散昇沈足感慨、　白首何堪還一搔。

「當時《そのかみ》盛京大將軍、泉（小泉）と松（松嵐）とを視たまふこと意獨り厚し」。共に晉昌の知遇を蒙ったことを回顧して言う。「將軍　節を持して萬里遙かに、小泉も今また路迢迢たり」。晉昌はこのとき伊犂將軍の任に在り、小泉もまた遙か遠國に在る。なお存命中であったのである。劉氏はかくて己れの白髪頭を顧みて、人事の聚散浮沈に感慨なき

を得ない。（全詩は圖版三として掲げられている。）

㈣　孫錫　字は備袁、雪帷と號した。浙江杭州人、乾隆五十八年癸丑科の進士である。嘉慶七年に開元縣知縣（劉大觀もかつて在任した）となり、同二十二年劉大觀・善廉の後を承けて寧遠州の知州に昇任したが、五年後の道光二年壬午の春、事に坐して罷免され原籍送還の身となった。孫錫は遼東在勤の折に程偉元と相識り、交情を深めた。「贈程小泉偉元」と題する七律詩の作が『國朝杭郡詩續輯』（巻二十八）に見える。（圖版四として掲げられている。周汝昌氏の『新證』增訂版巻末に言及されたのはこの詩のことである。程偉元と孫錫とが相識るに至ったのは前記のとおりで、孫氏の原籍を程氏の上にまで及ぼすのは根據が乏しかろう。）

頸聯の「紅豆香多入瘦吟」の句下に「展紅梨主人『秋風紅豆圖』」と雙行の自註が施されているところを見ると、晉昌の筆になる紅豆の圖を展べて詩を詠じ合ったものであろう。文雷氏によれば、寧遠州知州の時の作であろうとされる。だとすれば程偉元の晩年に近く、この時期にも程氏は引き續き東北に在ったことになる。孫氏が瀋陽に赴任した嘉慶七年にはなお年末まで晉昌は盛京將軍の任に在った。これがその年の初秋のことで、眼を病む孫氏のもとへ病氣見舞かたがた程氏が使者として晉昌の畫をもたらしたものだと解すれば、その成った時期は引き上げられずばなるまい。（頸聯の上句「綠酯瑳淺憐輕病」の句下にさきと同様自註が施され、「時余病目、節飲」と見える。眼病のため酒を飲むのを控えたというのである。）

この孫錫は詩餘に優れ、『韻竹詞』四巻があり、別にまた『韻竹山房集』四巻もあったと言うが、いま傳わらぬ。あるいは集中に程偉元に關わる史料が見出されるやも知れぬとして、文雷氏はその發見に期待をかけているが。

㈤　李棨　字は滄雲、江蘇長洲の人。乾隆三十七年壬辰科の進士であること、程偉元とは幼少時の同窓同學であること、すでに上に述べた。著に『惜分陰齋詩鈔』十六巻がある。嘉慶五年二月、奉天府丞を授けられている。（進士登第の年次から見て、府の輔佐官というのは出世が遅れていることになろう。）同年三月、晉昌が盛京將軍に任ぜられ、程偉元を幕友として招いたので、二人の舊友は再會するを得た。以後唱和の詩は少なくなかったろうと思われるが、程氏の詩集が傳っていない上に、李氏の『詩鈔』も嘉慶三年までの作しか収めていないため、後期の詩集が出現しない限り、その交游の實情は知るを得ない。

㈥　金朝覲　字は午亭、錦州を本貫とする漢軍の旗人で鑲黃旗に屬した。嘉慶十六年辛未の歳に進士となり、官は四川崇慶直隷州の知州に至った。金氏は嘉慶四年に瀋陽に出て童子試に應じ、その後瀋陽書院で勉强を續けた。さきに引いた「題程小泉先生畫册」詩の序には、辛酉・壬戌の二年間、この書院で程偉元から業を受けたことを記している。程氏は盛京將軍の幕友であると同時に、兼ねて瀋陽書院にも出講していたものと見える。

以上の六名のほか、文雷氏に據れば、程偉元の遼東に於ける交遊圈内にはなお十數名の人々があり、晉昌の子の瑞林・祥林、晉昌のいま一人の有力な幕僚であった葉畊畬、晉昌の家庭教師であった林鳳岡、また金朝覲の詩序中に「二兄」として見える景堂、さらにまた裕瑞、明義、煥明などが擧げられている。『紅樓夢』との關係で言えば、『棗窗閒筆』の著者である覺羅裕瑞や『綠烟瑣窗集』中に「題『紅樓夢』」詩七絕二十首を遺した富察明義とも交際があったというのは正に奇緣と稱すべきであろう。

殊に裕瑞の場合、その『閒筆』には次のような文字が見える。

此書由來非世閒完物也。而偉元臆見、謂世閒當必有全本者在、無處不留心搜求、遂有聞故生心思謀利者、僞續四十回、同原八十回抄成一部、用以紿人。偉元遂獲贋鼎於鼓擔、竟是百二十回全裝者、不能鑒別燕石之假、謬稱連城之珍、高鶚又從而刻之、致令『紅樓夢』如『莊子』內外篇、眞僞永難辨矣。不然卽是明明僞續本、程・高彙而刻之、作序聲明原委、故意捏造以欺人者。斯二端無處可考、但細審後四十回、斷非與前一色筆墨者、其爲補著無疑。(107)

右で裕瑞は所謂「後四十回」の成立とその刊行に關し、二つの可能性を考えている。一つは程偉元を當て込んで作られた僞作を程氏が屑屋を通じて摑ませられ、高鶚がまたそれに乘せられて刊行したといういわば善意に屬する場合である。いま一つは、僞作と百も承知の上で程・高兩人が八十回と併せて刊行し、もっともらしい序文によって世人を欺いたといういわば惡意に發する場合である。裕瑞はそのいずれとも極め手がないとするが、後四十回は前八十回と文體がまるで違うから「補著」たること疑いを容れぬ、と斷ずる。

續作説の問題はさて措き、右の文中では裕瑞は「小泉」とも「蘭墅」とも呼ばず、その口吻は程偉元と相識った仲のようにも見えぬ。『閒筆』は一粟氏によれば嘉慶十九年より同二十五年に至る閒に成ったとされるが（文中に言及された『紅樓圓夢』は嘉慶十九年に紅薔閣から刊行された）、高鶚は十九年前後に沒し、程偉元はなお二十三、四年までは存命であったと考えられる。果して裕瑞は程氏とどのような交遊があったのであろうか。惜しいかな文雷氏の一文にはそれ以上の詳しい言及が見られぬ。

なおこれ以外にも文雷氏は、彈詞『再生緣』の作者陳端生の夫范菼《たん》（字は秋塘）が、嘉慶七年舊知の晉昌をその盛京將軍の衙門に訪ねて歡待を受けたこと、及び程偉元もまた當然その閒にあって周旋につとめたであろうとの推定を附記している。

第三節は「程偉元的思想和才藝」。これまで程偉元の閲歴を辿るなかで、なお疑問のまま殘されたことの一つに彼の科擧受驗歴がある。程偉元が進士に及第していないことは確かであるとしても、それでは科擧の階梯のどのあたりで彼は降りてしまったのか。

幼少年期のことであろう、李棨と共に學んだというのは、無論擧業であったに違いない。李氏の方はまずは順調に階梯を登りつめ、江蘇省から擧人として北京へ公車で送られたのち、首尾よく會試に及第している。では程偉元が北京へ出たのはなんのためであったろうか。これに就いて文雷氏は、晋昌が嘉慶七年程氏に贈った三十首の和詩の第十二首に「况君本是詩書客、雲外應聞桂子芬」とあるを引き、これは「桂子飄香」の典故を用いたもので「蟾宮折桂」と同様に科擧及第に喩えた「吉利話」つまりめでたい文句であるとする。また連作の最後に當る第三十首では前半二句の「脱却東山隱士衫、泥金他日定開緘」を引き、これは單に程偉元に向かって山村を棄てて廊廟に投ずることをそそのかしているだけでなく、貴公なら必ず進士に及第するとして太鼓版を押しているのだと説く。（唐代では、新進士は及第すると泥金の書帖を郷里宛ての手紙のなかに附し、それで登科の喜びを報じたとされる[108]。）このように晋昌がその前途を祝しているのだとすれば、程偉元は多分擧人であったろうし、乾隆末年に彼が京師に寓居したのは、恐らく高鶚と同様、會試に備えてのことであったろう。その後失敗こそしたものの、諦めずに機會を狙っていた。さもなければ、晋昌は「牛に對ひて琴を彈じ」たことになるではないか――これが文雷氏の見方である[109]。

氏はさらに程偉元がかつて晋昌の囑に應え、官邸の主要な廳堂の一つであった安素堂の額に「蘭桂清芳」四文字を題した事實を擧げ、これは『紅樓夢』（第百二十回）に見える「蘭桂齊芳」の句とつながるもので、後四十回の續書中に「家道復初」「蘭桂齊芳」などと大書したのはこれまで高鶚の手になると思われていたが、實は程偉元の思想・志向とも相當に符合するものである、としてさきの見解を補强しようとしている。

私の考えでは、程偉元が都へ出たのは、張問陶のように順天の郷試に應ずるためであったという可能性もあり得ようかと思う。またその科場で少しく年上の高鶚と識り合う機會にも惠まれたかと思う。しかし、科試はなんといっても當時の若い讀書人――知識人にとって行手に立ちはだかる大きな難關であった。それを、麟慶のように十九歳の若さでいとも易々と通過した者もいれば、高鶚のように（彼と限らぬが）彈かれても彈かれてもこれに取りつき、華髪の身で辛くも志を遂げた者もいる。程偉元はと言えば、高鶚と異なって南士らしく、挑みこそすれ、わが身のその方の適性に見切りをつけるのも早かったのではなかろうか。或いは『紅樓夢』の刊行に携わった時期にはすでにその心境に達していたかとも思われる。

まして嘉慶七年の末には、彼は乾隆七年出生説に従えばすでに六十路に入っているわけで、いくらなんでもこれから應試というのはあまりに遲過ぎよう。では、晉昌の詩句はどう解するか。「桂子」は程氏の子を指し、「雲外に應に桂子の芬《かお》るを聞くべし」とは、詩書の家にお生まれの令息の登第は期して待つべし、こう挨拶したと取るべきだと思う。もともと「桂子蘭孫」は御令息御令孫の意に用いる套語である。從って「蘭桂齊芳」延いては「蘭桂清芳」も書香の家の子孫が清福を受け繁榮せんことを預祝した「吉利話」として解し得る。科擧にのみ結びつけるのはいかがなものであろう。「泥金　他日　定めし緘を開かん」。從って家書に附せられた泥金の書帖の緘を開いて子の捷報に接するのは、親である程偉元その人でなくてはなるまい。では、これに先立つ句「東山隱士の衫を脱却しなば」はどう解するか。次の句との關わり方がむつかしい。全詩が示されていないのでなおさらである。「東山隱士」は晉の謝安が一時東山に隱棲し、召されても出なかった故事を踏まえる（『晉書』謝安傳）。ここは都へ還る晉昌が事情あって東北の地に居殘る程氏に向かい、はやく都へ出てきなさい、都へ出てこられれば令息の應擧にもなにかと便宜があろう、こう勸めていると取りたい。いかがであろうか。

ところでこの節では程偉元の思想――尊孔崇儒の思想傾向が有るとされる――が取り上げられ、程氏は科擧に執着する點では高鶚とさして變らぬと見られている。しかも一方は登第を果し、一方はついに「冷士」で終わった。それは高鶚が八股文や試帖詩の專門家であったからで、その點にかけては程氏も甘んじて高氏の下風を拜したであろうが、文學的、藝術的な素養という點でなら程氏は高進士を凌ぐものを持っていた、とこのように文雷氏は評價し、作品自體はほとんど傳わらないけれども、友人たちの評語から推せば、程偉元は「文章の妙手」であり、その詩歌は造語が自然で、表現に物の裏づけがあり、清潤新鮮であったろう、とする。

また程氏の書の技倆に就いて文雷氏は、「書法應知做二王」という晉昌の評語を引き、二王（王羲之とその子獻之）の風があるとするのは過褒の嫌いがあるものの、程氏のその方面の技倆を反映していると見る。安素堂の額の題字と言い、周汝昌氏所藏の畫扇の贊と言い、これらは程氏が擘窠の大書と蠅頭の小字の兩方をこなす手腕の持主であったことを裏づける。いま傳わるのは右の畫扇一面に過ぎず、それもさほど出色だとは言えないにしても、高鶚の筆跡に較べれば「館閣」の氣、當時の宦界に流行の館閣體の臭氣がよほど少ない。——これが文雷氏の見方であるが、程本の巻首に寫刻で掲げられた程・高二序に就いて比較してみた場合、どのような感想が洩らされることであろうか。

最後に程偉元の畫技に就いて。さきに引いた「柳蔭垂釣圖」は人物畫であるが、このほか友人・門生らの詩題などから程氏は山水・仙佛畫などをも能くしたとされる。

以上不充分かつ不手際ながら文雷文紹介の筆を進めてきた。およそこれらの敍述を踏まえて氏は次のように結論する。

> 總之、程偉元是一個地道的封建士大夫、他前半生的經歷和思想很像高鶚、而其文學藝術方面的才能則勝過高鶚。程偉元在乾隆末年發起・主持并參與校印『紅樓夢』、從思想意識到文藝才能、完全具有可能。將他當作琉璃廠的普通書商、而把一切歸之於高鶚的想法和做法、是不符合歴史實際的、應當糾正過來。[110]

程偉元が正眞正銘の士大夫の一人であったとされること、また程偉元の前半生に於ける經歷思想が高鶚と似通っていたとされることに異論はない。ただ程氏の文學藝術方面の才能は高鶚よりも優れていたと言い切るには、氏らの精力的な調査があるとは言え、兩者殊に程氏に關する史料がなおあまりに少な過ぎるのではなかろうか。詩文に於てしかり、實物に乏しい書畫に於て一層しかりである。また『紅樓夢』との關係で言えば、程偉元を琉璃廠あたりの尋常《なみ》の書店主くらいに見立て、程本刊行の功をすべて高鶚に歸したかつての發想がいまや史料の重みで轉換を迫られていることも確かであろう。事實認識の誤りを訂すと共に、程偉元という「冷士」の存在に就いてこの際とくと考えてみなければなるまい。

文雷氏はさらにこの論文の第四節に當る「程高本『紅樓夢』的再認識」と題した部分に於て、注目すべき提言を行っている。程偉元の事跡發掘の成果を踏まえ、これまで程偉元が不當に輕視されてきた傾向の是正と併せて「程高本」『紅樓夢』を再認識しよう――これが氏の提唱の眼目である。文雷氏は程甲本に附せられた程序・高序及び程乙本の程・高連名の「引言」の内容を大筋に於て信頼できると見、その線に副ってまず兩者の果した役割に就き次のように規定を試みる。

……可見程偉元是校印『紅樓夢』的發起人和主持者、也是主編、高鶚是他的伙伴和助手。(111)

つまり程偉元は『紅樓夢』校訂刊行事業の企畫者・主宰者、また編集責任者でもあったのに對し、高鶚は程氏と組んだその仲間、また助手であったというのである。但し、文雷氏は、兩者が序や「引言」中に於て、自分たちが校印の過程で行った纂改修補の中味及びその動機に就いて、粉飾し辯解している事實をも指摘している。そしてそれは封建主義的な政治統治・思想統治を擁護することを目的としたものであり、具體的には程氏が入手した原八十回（ある程度別人の手の加わった寫本）及び後四十回（別人の續作）に手を加えて、一段と「名教」に合致し、より一層「名公巨卿」の「賞鑒」を博し得る作品に仕上げることを企圖したものであったと見る。

こうした見方で思い合わされるのは、文雷氏に先立ち、周汝昌氏が增訂本『紅樓夢新證』に於て提起した見解である。周氏は「程・高以僞續和偸改的手法來歪曲原著、是一場嚴重的思想鬪爭和政治鬪爭(112)」とする見方を同書の各處(113)で述べている。『新證』と相前後して發表された溫陵氏の「高鶚纂改『紅樓夢』與封建末世兩種思想的鬪爭(114)」と題する文章も、程偉元を全く視野から外した議論ではあるが、程乙本前八十回と脂評本とを比較検討した結果、高鶚が曹霑の原作に大幅に手を入れ思想内容を改めていることが知られたとして、「曹雪芹與高鶚的不同觀點、正反映了封建地主階級内部批孔反儒與尊孔崇儒兩種思想的鬪爭[115]」、また「高鶚對『紅樓夢』的纂改、涉及方面很多、從根本上說、它嚴重削弱了曹雪芹原著反封建・批孔反儒的戰鬪的思想性[116]」と述べる。從って程乙本を底本とした普及本が流布している現状にもまた問題があるとし、雪芹原著の本來の面目に近い新しい校訂本の提供が望まれるとしている。(周氏や溫氏に共通するこうした見方は、當時の批林批孔運動に觸發されて出てきたものでもあろうが。)

ところで周氏は程・高の役割に就いては、「我覺他(程を指す)當是僞續『紅樓夢』的『執筆』人、而高鶚是合作兼加工修訂的定稿者[117]」と規定している。殊に注意を惹く見解は、程本刊行に當って程・高の背後に黒幕が控えていたのではないかと疑っている點であり、その主たる根據とされるのは、當時程・高ともに貧しく(上にその資料は引いた)、到底あれだけ大部のものを刊行する費用を捻出できようはずがないというに在る。また程・高が序文に本名を署して憚らなかった點も、彼らが「名公巨卿」の庇護のもとにこの事業を行ったことを暗默のうちに物語ると見る。いずれももっともなふしがある。

そこでまず程偉元續作説に就いて見よう。高鶚の序に據ると、程氏は自らの購った後四十回を「此れ僕が數年銖積寸累の苦心」の賜物であると述べたとされ、程序には同じ四十回を指して「數年以來、僅かに積みて廿餘卷あり。一日、偶々鼓擔上に十餘卷を得たり云々」と言っている。こういう入手の仕方を胡適は不自然だと見て僞作説の根據の一つとしたのに對し、容庚[118]・林語堂[119]・潘重規[120]の諸家はそれぞれこの世には「奇巧」なこともあり得るとして例を擧げて反對し、水掛論に終わった恰好であった。近年は後者の立場をさらに發展させ、廿數卷をば『紅樓夢稿』後四十回中、本文に塗改の多い回の本文に充て、十數卷を塗改の少ない回の本文に充てる考えも提示されている[121]。

それにしても私には程序のこのくだりは少々話が出來過ぎているように思われる。強いてそこに折合いをつけるとすれば、廿餘巻というのが程氏以前の別人の補作、殘りが程氏の補作という可能性も考えられようか。つまり「廿餘巻」というのは實は二十巻、卽ち原八十回に繼ぎ足す分として作られた二十回（所謂「後三十回」ではなく、曹霑當初の全書百回の構想に合わせた）で、それに程氏がさらに二十回分をその途中の隨所に補入したと見るわけである。いずれにせよ程序のこの記述には詐術の臭いがする。さきに引いたようにかつて裕瑞がこの點に關し、程偉元を當て込んで作られた贋作を彼程氏が摑まされた可能性もあるとしたのは、一つにはそのあまりに「奇巧」なる來歷談に却って不審を抱かされたためではなかろうか。今日のように僅かではあっても程氏の經歷が知られてみると、程氏がまんまとそんな罠にひっかかるほど見識がなかったとも思えぬ。もしも程氏が後四十回の粗稿またはその一部を作った可能性が考えられるとすれば、このあたりの程氏が出した襤褸《ぼろ》——私に言わせれば程氏は嘘をつくことが下手であったことになる——に一つの理由が求められようか。

理由はなお他にも擧げられる。『紅樓夢稿』後四十回の塗改前の本文に江南人の言語的特徴が指摘されていることもその一つに算えられよう。[122] 程氏の出身地が蘇・江の閒と推定され、程氏が南人であると推されることは右の特徴と結びつくからである。しかし、現狀では程偉元が百二十回の鈔本を一括入手した、或いは轉鈔させてもらった可能性もにわかに消去してしまうわけにゆかぬこと、勿論である。

次に周汝昌氏の提出した黑幕存在說、一種の文化的な謀略と見る說に就いて考えてみよう。乾隆末年の、まかり閒違えば文字獄渦中の人となりかねなかったその當時、『紅樓夢』のような色々な意味で問題を孕んだ小說を出版するにはよほどの度胸と覺悟とが要ったはずである。程氏はともかく、擧人の高鶚がこの書に堂々と署名し「臣鶚」の印を押していることの不審さに就いてこれまで議論の乏しかった事實は、これが一つの盲點であったことを意味する。

その意味では黒幕の存在も考えられなかったのが不思議な位である。尤も、程偉元らもむざむざ筆禍を惹くほど無分別ではなかったろう。假に周説のように程氏が後四十回の執筆者であったとしたならば、その成立は乾隆五十四年己酉の秋以前（さきに引いた周春の記事から推して）に遡り、その上限は乾隆四十六年あたりに求められようか。（第百十九回の塗改前の本文中に「五營各衙門」の名が見えるが、趙岡教授の指摘するごとく、舊來の三營が五營に增加されたのがこの年である。[123] もしこの箇所が粗稿の舊を存しているとすれば、その執筆時期を推す手がかりとなろう。）程氏は乾隆五十年代の前半の時期にその試作に係る後四十回を原作と併せて世上祕かに流通させ、その反應を見定めた上で、しかも時宜を得た潮時に出版に踏み切ったとも考えられる。當時、福建鄉試の監臨には總督が任命されるのが通例であったから、[124] 件の雁隅なる人物はその職に在ったのであろうし、その人（伍拉納か）が百二十回の『紅樓夢』の愛讀者であってその逸事が佳話として傳えられたとなれば、まず立派な反響の一つとして算えられよう。ただ刊行資金の出所に關しては、必ずしも官界に黒幕の大官を求める必要はあるまい。琉璃廠あたりの書賈に出資を仰ぐことも可能であったのではなかろうか。出版したとたん發禁になったのでは元も子もないが、まず大丈夫というその邊の見通しがつき、しかも百二十回の全書が備わったとくれば、現にその八十回までの未完の鈔本でさえ數十金の高値を呼んで鬻《ひさ》がれているのであるから、出版の話に乗る者は當然あり得たろうと思われる。

　このように程偉元が續作をした可能性すら考えられるようになってきた反面、高鶚續作説は一段とその根據を薄くしたと言ってよい。すでに周汝昌氏や文雷氏――後者は程氏續作のことまでは考えていないが――の見解が示される以前、『紅樓夢稿』の出現とこれが檢討の進むにつれて、大方の諸家の見解は高鶚續作説の否定もしくは否定の側に傾いてきていた。かつて胡適の續作説を支えた兪平伯氏も、助手の王佩璋女士による程甲・乙兩本の比較研究の結果[125]が出たのち、特に自ら『紅樓夢稿』に仔細に檢討を加えたのちは、[126] 遂に舊説を修正した。卽ちこれまで程序に信を措かず、張問陶の詩に據って後四十回の「著作權」を高鶚に押しつける一方、程偉元のことを打ち棄てて顧みなかったとして反省の意を洩らし、程・高兩人をば整理加工に携わった者として位置づけ直している。[127]

またさきに觸れたように周春の記事の出現の結果、高鶚續作説に立つ論者のなかにも王利器氏のように續作の時期を中擧以前に引き上げて矛盾の解決を圖る修正説が見られるようになったが、ほぼ同じ立場に立つ論者の一人である呉世昌氏は、『紅樓夢稿』の檢討を行ったのちも、[128]その説を堅持している。時期に就いては王氏に同調して中擧以前に引き上げているものの、問題の「補」字の字義に關する限り續作としか考えられないと説き、「我們既沒有理由證明張問陶是撒謊、就也不必忙於剝奪高鶚的後四十回『紅樓夢』的著作權[129]」と、「著作權」の剝奪を急ぐことはないとして讓らない。殊に呉説の一特徵を成すのは、かねがね甲辰本の序の筆者夢覺主人を高鶚その人の假名であろうと推している點である[130](この序には乾隆四十九年甲辰の紀年がある)。しかしながらこの序の末尾は次のように結ばれている。「夫木槿大局、轉瞬興亡、警世醒而益醒、太虛演曲、預定榮枯、乃是夢中説夢。説夢者誰?或言彼、或云此。既云夢者、宜乎虛無縹緲中出是書也、書之傳述未終、餘帙杳不可得、既云夢者、宜乎留其有餘不盡、猶人之夢方覺、兀坐追思、置懷抱於永永也」。「既に夢と云ふ、宜《むべ》なるかなその餘りあるに留めて盡くさざりしは」。未完に終わっているのが夢の夢たる所以だと、この筆者は言っているのであろう。だとすれば、これだけ判ったお人がその上なにとて敢えて蛇足を附すことをしようか。私には少々無理な立説のように思われる。

それはさて措き、さきに高鶚の自作詩題に見える「重訂」の語意に就いて檢討すると共に、張問陶や薛玉堂の「證言」をも檢討したが、張・薛兩者ともに後四十回を高鶚の續作と受け取っていたと思われるふしがある。多分それには高鶚自身の言動に責任の一半があろうけれども、高鶚にしてみればそう振舞うだけの裏づけになる事實もあったのではなかろうか。程偉元もしくは別人の手になる後四十回の粗稿は恐らく『紅樓夢稿』の塗改前の本文に見られるようなかなり粗い出來のものであったろう。それに對しても高鶚の分擔した後四十回の加工の性質は、趙岡教授の言うように、ほぼ二大別することができよう。(「第一類是美化原來的文句及情節、原來正文文句是簡單的、平鋪直敍的、描寫不細膩的、則將之複雜化、美化、加以深刻細膩的描寫。因此有時原來正文只有兩三句話、但却被擴充成幾百字以上。……第二類是屬於一兩個字的更改。或者是把文言文的用字改成口語用字、或是將非北京話改成道地京腔[131]」。)

その第一類に屬する補筆は時に相當大幅となり、現在の各回の分量は粗稿に比し五分の一～二程度水增しがなされていると推察される。これは敍述や描寫を詳細にすることによって原作から後四十回に讀み進んだ際讀者が感ずるであろう違和感を減殺させることが目的であるが、殊に丁數の激減が歷然としていては不都合であるから、刊行に當ってどうしても前八十回の平均的丁數(十三丁)に近づけることが要請されたものと想像される。また文體の模倣までは無理だとしても、南人によって書かれた粗稿の言語的特徵を消すことも必要とされ、その點で旗籍にあるという條件を備えた高鶚――「俠氣」の人である――が程氏の交遊圈から起用されたのであろう。橋川時雄教授が「『紅樓夢』の校訂者としてその人を旗籍にもとめたことは彼の見識としてみとめねばならぬことであろう[132]」として程偉元の人選を當を得たものとされたのには同感である。かくてその任に當った高鶚の補筆補訂の實質が前記のように大幅なある意味では恣なものであったとすれば、高鶚が後年老人の回顧癖からそれをめぐり補作と受け取られかねぬ自慢話をしたとしても赦されてしかるべきであろう。しかしそうであったとしても、高鶚は『紅樓夢』後四十回を自己の撰著のうちに數えぬというけじめだけは自分でつけていたのではなかろうか。その一端がさきに述べたように玉堂の詩句に表われているように解せられるのである。

高鶚にはどうも子供染みたところがある。我が國には役者子供という言葉があるが、高鶚の場合、これに類する氣味がなくはない。家族を養う上では相應の苦勞はしたであろうが、あまりにも長く科擧にしがみつき過ぎ、磨いたのは制藝をこしらえる手腕ばかりという結果となった。禪に心を寄せていたようでもあるが、野狐禪ということになろうか、悟ったふうにも見えぬ。やっと陽の當る場所に出ながら、結局大して榮達も遂げず、「冷官」として生涯を終わった。內閣侍讀が正六品官、勤め上げた最後の刑科給事中は正五品官である。

こうした高鶚に較べると、經歴に一層判らないところはあるものの、程偉元というのはなかなか隅に置けない男だ。それで居てその一生は裏方に徹した趣きがある。好んでそうしたわけではないにしても、あるところまで來て擧業を放棄したとき、彼は眼の上の鱗が落ちる思いを味わったに違いない。それからのいわば「冷士」としての生涯では、方便として『四書』を扱い擧子の相手を勤めたとしても、それを崇め奉る氣にはなれなかったであろう。彼は一時期後四十回と原作とを併せた百二十回の『紅樓夢』の刊行に熱意を燃やした。その行爲は當然彼の價値觀に發し、これと深く關わっている。そういう行爲に意味を見出すようになっていたのであり、それを果すことで彼は曹雪の遺志をある程度活かし、この小説の鈔本時代に終止符を打ったのである。謀略の片棒を擔いだというよりは、むしろ未完の小説の持つ問題點を生き殘れる限度にまでできるだけ調整した上で世に送った、こう見たい。

かつて雪の生前には、賈家抄沒等憚りのある末尾をことさらに删った七十回本の『紅樓夢』が脂硯齋らによって考えられ、その定本化が試みられたのではないか、このように私はかねて想定している。(133) 但し彼らの構想――『石頭記』を後世に遺さんがための苦肉の策――はどうやら作者の意志でのちに取り止めとなったとおぼしく、雪の晩年には完稿をめざして改稿作業が續けられていたが、作者らの相次ぐ死でそれもまた杜絶した。今度は逆に遺稿を承け、これを引き伸ばす形で、程・高の協力による『紅樓夢』百二十回は刊行されたのである。第一次の程甲本では前八十回は程氏、後四十回が高氏、校訂のおおよその分擔はこうだったのではないか。第二次の程乙本に至って、前八十回に就いてもその本文の一層の北京語化、平易化を推し進めることとしたため、この作業を高鶚が擔當するようになった。

その際原作者の原意を損うような改訂の手が多く加えられ、その加筆に高鶚の信奉する思想が自ずと濃厚に反映するに至ったとすれば、當然の仕儀である。或いは高鶚はお得意の辯才を活用してそのことの必要性を、正當性を説いたかも知れない。程氏にとって不本意であったろうが、大の蟲を活かすためには小の蟲を殺すも止むなし、そうした判斷が働いて「批孔」の精神に關わる箇所は删改されたものかも知れない。ともあれ、程本、とりわけ程甲本から程乙本への改訂の痕を見ると、霑の原作がそのままの形では生き殘るに難かった事情の一面が理解できるように思われる。またそれだけ『紅樓夢』にはさまざまな「毒」、優れた作品の當然含有する「毒」が多かった、ということでもあるが。

むすび

上の二章に於て、筆者は管見に入った限りでの高鶚竝びに程偉元に關する資料に基づき、先學の研究にいささかの私見を交えつつ兩者の閲歴事跡を略敍し、かつこれに解説を加えた。それは拙文「小考」「補説」を承け、説きて足らざるところを補うためであったが、敍述は繁簡宜しきを得ず、枝葉の問題に亙ることも再三に及んだ。資料の絶對的不足という壁はいかんともしがたいものの、今ひとまずそれらを纏める意味で、程・高兩人の生涯を人名事典風に素描して小文を結ぶこととしたい。

高鶚　姓は高、名は鶚、字を蘭墅と言い、晩年に紅樓外史と號した。清朝の官僚、また文人でもあった。その先祖は清の入關以前に滿州族の旗下に加った漢人であり、包衣《ボイ》（滿州語で奴僕の意）と呼ばれ內務府の統轄を受ける滿州八旗中の鑲黄旗に屬する旗人であった。本籍は東北の鐵嶺（遼寧）、乾隆十年（一七四五）前後に恐らく北京で生まれたと推定される。同四十六年父を失い、續いて妻に先立たれた。同五十年、張問陶の妹筠を後妻として迎えたが、これまた五十二年に沒した。秀才の資格を得たのは何年のことか判らないが、幕友・塾師などを經驗して同五十三年秋、初めて順天府（北京）の鄕試に合格、擧人となった。ところが翌春の會試に落第、翌五十五年庚戌の恩科の會試もまた不首尾に終わり、失意の身をかこっていた。たまたま五十六年春、友人程偉元の慫慂に從って『紅樓夢』の刊行に參畫、旗人としての知識・經驗・言語能力（北京語のそれ）を生かして本文の校訂、刪潤に協力し、同年末から翌春にかけての二次に亙る刊印事業に重要な役割を果した。さらに初めて刊行されたこの小說のために序を與えている。（それにちなんで自ら「紅樓外史」と稱し、ためにかつて後四十回の續作者に擬せられたこともある。）しかし、翌五十七年の會試にも落第したらしく、同六十年乙卯の恩科の會試にようやく進士に及第するを得た。同年內閣中書に補せられ、官僚として一步を踏み出した。嘉慶六年（一八〇一）、張問陶と共に順天鄕試の同考官に任ぜられ、同年以後內閣侍讀に進み、同十四年、江南道御史に選ばれ、同十八年には刑科給事中に昇任したが、いずれも閑職であって官僚としてはそれほど榮達したとは言えぬ。嘉慶二十年前後に卒し、享年七十六かと推される。子女多數を遺した。著に『三合吏治輯要』があるほか、自作の八股文を輯めた『蘭墅文存』『蘭墅十藝』二種、詩文を收めた『高蘭墅集』（不傳）、『蘭墅詩鈔』（不傳）、詩餘の集である『蘭墅硯香詞』、また沒後門人の手で編刊された詩集『月小山房遺稿』がある。手鈔した『唐陸魯望詩稿選鈔』も傳わっている。

程偉元　姓は程、名は偉元、字を小泉と言う。傳記資料に乏しいが、原籍は江蘇省の蘇州であろうと推定される。乾隆七年（一七四二）前後にその地の舊家に生まれ、幼少期には擧業（科擧の受驗勉强）に從っていた。しかし、適性にも缺けたせいか、榮達に至る捷路《ちかみち》には緣が薄かった。（擧人の資格までは取得したかとも見られるが。）結局官僚とはなり得ず、これを佐ける幕友（私設顧問）として、また書院等の教師としてその生涯を終えたと推される。乾隆末年、京師北京に出た。たまたま『紅樓夢』の百二十回の寫本を入手、いまだ流布するに至らぬこの小説の校訂出版を志した。この地で相識るを得た旗人の高鶚の援助を乞い、乾隆五十六年春以後その補訂に當った。同年末または翌春初めに木活字による排印本を世に送り、ついでその改訂版を刊行した。それらに附された彼の序等により僅かにその名は後世に傳えられたといってよい。嘉慶五年（一八〇〇）、盛京將軍に任ぜられた宗室の晉昌の招きに應じて遼東のその幕府に參じ、有力な幕僚としてこれを輔けた。當時、晉昌に代って『且住草堂詩稿』を編み、これに跋文を與えている。三年後、晉昌が歸還したのちも永く東北の地に留ったとおぼしい。嘉慶二十三、四年頃沒したろうとされる。詩を能くし清新と評されながら、その詩集はもとより詩篇も傳わらぬ。書畫にも優れたようであるが、いま傳わるものは稀である。

言うまでもなく、我々が高鶚竝びに程偉元に關心を抱くのは、偏にこの兩者が所謂程本の刊行に與り、『紅樓夢』と關わりを持ったが故である。從ってそれぞれ異なった道を歩んだ兩者の人生に於ける接點ともいうべき一時期の詳しい考察、またこの大事業に兩者がそれぞれ果した役割に對する立ち入った考察――『紅樓夢稿』と後四十回の問題及び高鶚續作説の再検討を含む――へとさらに筆を進めるべきであるが、これらは今後の課題として稿を改めて說くべく、このたびは本文及び註に於いて若干觸れたほか、さきの略傳に於て素描を試みるに止どまった。

註

（1）卽ち陳康祺の『燕下鄕脞錄』（『郎潛紀聞』二筆の別名）巻一に見える記事である。

（2）趙肖甫輯『考證紅樓三家書簡』（『學術界』第一巻第一期　一九四三年八月　上海學術界社　所收）三「答査得關於高鶚及曹寅的材料書」に於て顧頡剛は「高鶚的名字、在國子監見到了。他是鑲黄旗漢軍人、乾隆六十年乙卯科進士、殿試第三甲第一名。這與先生所設『他中進士在乾隆庚戌與嘉慶辛酉之閒』的假定相合云々」と報じている。

（3）蘇芳阿編『國朝御史題名』のことであろうか。いま一粟編『紅樓夢巻』（一九六三年十二月　中華書局）一二頁に同治八年刊本に據るとして収める。

（4）胡適「紅樓夢考證」（亞東本巻首所載）六一頁。

（5）註2參照。この『學術界』の連載は第二巻第六期までその呼び物として續いた。第一巻は胡適・顧頡剛、第二巻は兪平伯・顧頡剛兩者の往復書簡である。

（6）兪平伯『紅樓夢辨』（民國十二年四月　亞東圖書館）。巻頭に顧頡剛の序を掲げる。所收の論考にはさきに『小説月報』『學林』等に掲載されたものも少なくない。

（7）奉寛「『蘭墅文存』與『石頭記』」（『北大學生』第一巻第四期　北京大學北大學生月刊委員會編　民國二十年三月　所收）八五頁。論文末尾に『蘭墅文存』に與えた薛玉堂の題詠が影印附載されている。いま『紅樓夢巻』二六頁にその注十一のみ節録されている。なお注七には奉寛の撰になる『漢嚴卯齋書録』から『文存』『十藝』の合册を提要したものが引かれ、奉寛がこの稿本を民國十二年癸亥冬十一月書賈の楊泉山から購めた經緯なども記されている。

（8）兪平伯『紅樓夢研究』（一九五二年九月　棠棣出版社）。

（9）周汝昌『紅樓夢新證』（一九五三年九月　棠棣出版社、同年十二月增補三版）。

（10）周汝昌「眞本石頭記之脂硯齋評」（『燕京學報』第三十七期　一九四九年十二月）一三三頁。

（11）周汝昌『紅樓夢新證』（一九七六年四月　人民文學出版社）。書名は同一ながら、奥附には書名の下に「增訂本」と記す。

（12）高鶚『高蘭墅集』（一九五五年十二月　文學古籍刊行社）。

（13）王利器「關於高鶚的一些材料」（『文學研究』創刊號　一九五七年三月）。「資料」欄に掲載されている。

（14）この呉藏鈔本に就いては、翌年刊行された一粟編『紅樓夢書錄』（一九五八年四月　古典文學出版社）中の「乾隆己酉抄本石頭記」の條（同書九頁以下）に提要が施され、舒序の前文も引かれている。

(15) この書は、翌年、上海圖書館所藏の拜經樓鈔本に據る影印本が刊行された。卽ち周春『閱紅樓夢隨筆』（一九五八年十月中華書局）がそれである。王氏の引く記事はその冒頭に見える。周春は乾隆朝の進士。

(16) 註14前出。

(17) 註7の奉寛文の注七に『蘭墅文存』に評を加えた者の一人としてその名が見え「蘭墅同榜或同官」かと推測している。但し『清史稿』（列傳一六二）に傳が見えるが、嘉慶十年の進士である。

(18) 一粟編『紅樓夢卷』（一九六三年十二月　中華書局）卷一、高鶚の條の「德者本也財者末也」の編者按語に詳しい。

(19) 「高鶚手定『紅樓夢稿本』的發現」（『光明日報』一九五八年六月二十一日　「文學遺產」第二六六期）、無署名。

(20) 范寧「談『高鶚手定《紅樓夢》稿本』」（『新觀察』一九五九年第十四期所載）。書影二葉を掲げている。

(21) 『乾隆抄本百廿回紅樓夢稿』全十二冊（一九六三年一月　中華書局）。中國科學院文學研究所藏本である。

(22) この四文字がもし高鶚の手筆であるとすれば（制藝文や程本高序の筆蹟と較べて似ているとも言われるが）、高鶚はかつてこの鈔本に眼を通したことになる。假にその時期が改訂版を出すための作業中であったとすれば、「引言」に言うように本文校訂の參考に供した可能性が大きい。しかし、そうとばかり思われないふしがある。それはこの回の「芙蓉女兒誄」の「歌辭」末尾の「搴」字を朱筆で「褰」と訂している點である（先の四文字と恰度見開きになる右の葉の最終行に見える。なおこの他に同じ回の「且聽下回分解」の套句の最後にも朱筆で句點とおぼしいのが打たれている。）それにも拘らず、この文字は誤りが踏襲されて程乙本でも訂されていないのが不審と言えば不審である。

　實は同樣に朱筆で記された文字は、他にも二つの回に見える。一つは第三十七回の回首卽ちその首葉に「此處舊有一紙附粘、今逸去。又雲記」と一行に記してあるのがそれである。又雲とはこの『紅樓夢稿』の舊藏者の一人であった楊繼振の字であり、もとこの箇所には本文に關する貼り紙があったのが失せたと註記した内容である。同時に、同じ葉の探春が兄寶玉に宛てた詩會の招待狀中の一字「到」に作る箇所を朱筆で立刀を攴に改めて「致」と訂してある。いま一つは後四十回の部分に見られ、第百三回の第二葉最終行の「兒子頭裡走、他就跟了」とあるべきところを、わざわざ朱筆の記事で「兒子頭裡就走、他跟了」と語序を變えるよう入れ換えを指示している。これは程甲本の語序であるから、程乙本により謄清されているこの回のこの箇所を逆行させて甲本の舊に返そうとしたことになる。（校者はこの他さらに御丁寧にも朱筆で「後」字を

「跟」字の前に補入しているが。）こうした例は、野口宗親氏が指摘された第百十六回以後に著しい同様の事實を想起させる（同氏「『紅樓夢稿』後四十回について」『集刊東洋學』第二十八號、一九七二年十月　六二頁）。『紅樓夢稿』の塗改刪補に當った者は程乙本を所持していたはずであるが、その最後の一冊五回分には程甲本が混入していたものであろう。この種の改訂は塗改增刪者が甲・乙兩本混合本のある事實に無知であったことを示すものに他ならないから、自然その者は高鶚ではあり得ず、後人ということになる。

そこで「蘭墅閲過」に話を戻そう。これがもし高鶚の手筆であることを全く否定し去るわけにはいかないとすれば、その場合は、紅樓外史と稱していた高鶚が程本刊行後のある時期にある人からこの鈔本を示され、眼福を得た記しとして、かつて誄の本文校訂で苦勞したこの回の末にこの四文字を書きつけた、と見たい（吳世昌「『紅樓夢稿』的成分及其年代」―『圖書館季刊』一九六三年第四期、同年十二月、北京圖書館　五〇頁參照）。いま一つの可能性としては、他の二回に朱筆で書き込んだ人物（第百五回の方は署名がないが）楊繼振が同じようにこの回に書き込んだとも考えられる。『紅樓夢稿』の扉頁の次葉には「蘭墅太史手定紅樓夢稾百廿卷、內闕四十一至五十十卷、據擺字本抄足□記」と墨筆で記したあと「又雲」の朱印が押してある。この文字のうちよく見ると「蘭」の筆意がやや似通うほか「闕」字と「閲」字の門構えの筆法や「足」字の之繞法にも似通うものが感じられる。もしかすると、問題の四文字は高鶚「手定」の稿本と信じ込んだ楊氏が箔づけの目的で程本高序の署名などを參考にして書き加えたものかも知れない。さきの註記では第四十一回から第五十回までの十回分は活字本で補鈔したと斷っているが、この分は實は程甲本に據っている。第百十六回以後の改訂までは楊氏の仕業でないとしても、第百五回の朱筆による改文は楊氏のそれと見てまず閒違いないであろう。

なお註記の「抄足」の次の空格にした難讀字は、潘重規教授の判讀によって「繼振」二字の合書であることが知られる（同人「續談『乾隆抄本百廿回紅樓夢稿』中的楊又雲題字」『紅樓夢新辨』一九七四年　文史哲出版社　四九頁）。

（23）註18にすでに引いた。參看。

（24）小禾「關於高鶚的『月小山房遺稿』」（『光明日報』一九六五年五月二日「文學遺產」第五〇七期）。香港版『文滙報』五月三十日附にも轉載された。

（25）「重訂」の語意を考える前に七絶詩の詩意に就いてまず考えてみよう。この詩は一見作者が『紅樓夢』を「重訂」した事跡と内容的にあまり關わらないようにも見え、事實そのような見方も述べられている。（潘重規「高鶚補作紅樓夢後四十回的商榷」――註22前引同人『紅樓夢新辨』所收――五七頁。）しかし、もしもこの詩が『花閒集』の歐陽烱の序に「家家之香徑春風、寧尋越豔、處處之紅樓夜月、自鎖嫦娥」と見えるのを踏まえているとすれば、強ち無關係とも言えまいと思う。一時期詩餘の形式を愛して『硯香詩』まで自編した高鶚がこのジャンルの古典である『花閒集』に眼を通していないはずはないからである。さらに内容的に見るならば、「老い去りて風情は昔年より減ず」の句は、白居易の「題峽中石上」七絶詩を念頭に置いているのではなかろうか。「巫女廟花紅似粉　昭君邨柳翠於眉、誠知老去風情少、見此爭無一句詩」（『白香山詩集』巻十七。なお「念老去、風流未減」の句が宋の張元幹の「八聲甘州」詞にも見える。）この詩は白氏が忠州の刺史となったとき、巫山に遊んでの作である。年を取ると風流を樂しむ心が、感受性が鈍くなるけれども、巫女廟の花、昭君村の柳を前にしては「此を見て爭《いか》でか一句の詩なからめや」と詠ったのである。巫山の神女は夢を暗示し（巫山夢）、警幻仙姑とも『紅樓夢』ともつながる。一方「萬花叢裡」「嫦娥の月」は、『花閒』序と關わると同時に、高鶚がなお果していない進士登第の夢ともつながる。仲秋に實施される鄕試に及第するを俗に嫦娥の棲むという月宮に桂花を手折るに喩えるが、高鶚の詞のうち三闋まで中擧の首尾に觸れてこの「嫦娥」を引き合いに出していること、すでに吳世昌氏の指摘するとおりである（次註26に引く同氏「從高鶚生平論其作品思想」一三九頁）。そこで詩意はおおむね次のようなことになろうか――年は取りたくないものよ、近頃風流に遊ぶ心がとみに衰え、萬花叢裡にあるとも比えられる『紅樓夢』「重訂」の仕事に從いながら、さしてその心をかきたてられることもなく、月の光を浴びながら却って凡惱を滅却した自在な心境に達し得た。おかげで仕事は捗ってついに「重訂」の功を竣《お》えるに至ったが、夜更しのせいで思わずも朝寢をした、と。（同じ白居易の「春眠」詩には「況因夜深坐、遂成日高眠」の句もある。『詩集』巻十一。）「光明自在の禪を悟り得たり」の結句、或いは科擧に執着する己れの性をも見得たということを意味するものか。この詩、もしかすると、寺廟の作業場に於て詠まれたものかも知れぬ。

ところで「重訂」の語意に就いて、吳世昌氏は小禾氏のように「整理」の意に取ることを誤りだとする（前引吳文「附記」）。そして壬子花朝、卽ち程乙本の「引言」の記された時期に成った詩であると見るが、しかも吳氏は王利器氏と同樣に高鶚續作説に立って、この詩から次の三點が知られるとする。㈠高鶚は「風情の未だ減ぜざる」前の「昔年」に後四十回を續作した。㈡「昔年」というからにはそれは一、二年前のことではなく、遠く中擧以前のことであろう。㈢續作が、一、二年前に成ったのでない以上、程偉元序に「鼓擔」から收購して高鶚に修輯を援助してもらったと記すのは信用できぬ。（右の「昔年」の語は、漠然と往年を指すと取ってもよいし、また高序に「向曾從友人借觀」と『紅樓夢』を以前友人から借覧したと記すのを踏まえたと見てもよいように思うが、いかがであろうか。）かくて吳氏によれば、この「重訂」は「將先作之稿再次改訂之意」飽くまでも高鶚が中擧以前に成した後四十回の續作を壬子の歳の春に重ねて校訂した意であるとされる（吳文一四二頁）。

いったいこの「重訂」の語は明の馮夢龍の傳奇を近年集成した『墨憨齋定本傳奇』（一九五九年　戲劇出版社）にも見えるが、これに收められたもので見ると、馮氏には自ら改編した傳奇が十二種あることが知られる。うち「重訂」の語を戲曲名に冠せたもの八種、「重定」もほぼ同意と見なせば都合九種にこの語が使用されている。そのなかの『雙雄記傳奇』は馮氏自身の舊作にさらに手を入れて「定本」としたものである。自己の舊作であっても、作者から獨り立ちしたと考えれば、他人の作と同列に竝ぶこととなろう。（馮氏にはいま一種「萬事足傳奇」の作があるが、これには「訂定」の二字を用いる。）高鶚がこうした先例を知っていたかどうかは判らないが（彼は話本小說に親しんでいたとする推定は吳文一三二頁にも見えるが）、これで見る限り「重訂」の語は、自作に年經てのち手を入れ「定本」化することを言うと共に、他人の作に手を入れて「定本」化する作業をもまた指して用いられることが知られる。從ってその意味では、吳說が成り立つと共に、高鶚が程偉元の勸めに應えて曹霑の原作及び別人の後四十回の續作に手を入れたとする小禾氏の所謂「整理」の意でも充分通ずる。私自身は後四十回を以て純然たる高鶚の續作とする說を疑う者であるから、ここの「重訂」は「整理」を意味すると考え、より具體的には同じ改訂でも「引言」に言う「改訂無訛」、卽ち程甲本を校訂して程乙本なる重訂本を作り上げたことを指すと考える。小禾氏が程序の紀年のときと考えたのに對して言えば、用語の共通からただちに執筆時が同一であるとは言えぬし、詩中の「萬花叢裡」の語は花朝と結びつくと見るのが自然であろうから、やはりそれは程乙本竣工時のことでなければなるまいと考える。

いま假に百步讓って高鶚が續作したのだとしても、少なくも高鶚はさきの詩題を記すに當っては、程序・高序に記されている校訂協力者の立場を取っていたと見るべきではなかろうか。とすれば、この七絕は確かに當事者の一人である高鶚が『紅樓夢』刊行時に極めて近い時期に詠んだ詩として重視される價値はあるにせよ、もっぱら「重訂」の語意をのみ論っても極め手とならず、肝腎の具體的事實に到ることはこの道によるかぎり至難の業という他あるまい。
(26) 吳世昌「從高鶚生平論其作品思想」(『文史』第四輯　一九六五年六月　中華書局　所收)。
(27) 吳世昌『羅音室詩詞存稿』(一九六三年一月　香港商務印書館)。
(28) 註26所引吳文一三〇頁。
(29) 同前一三三頁。
(30) 村松暎「『紅樓夢』後四十回の評價」(『慶應義塾創立百年記念論文集』一九五八年十一月)五二頁。
(31) 松枝茂夫編印『私鈔紅樓夢』(刊年未詳)解說一三一頁。なお「小考」註14參照。
(32) 松枝茂夫譯『紅樓夢』第一册(一九七二年五月　岩波書店)解說三四六頁。
(33) 註25中にその所說のあらましを述べた。
(34) 張愛玲「紅樓夢插曲之一――高鶚・襲人與畹君」『皇冠雜誌』第卅一卷第一期(一九六九年三月　臺北皇冠雜誌社)二九～三五頁。
(35) 張愛玲「紅樓夢未完」『皇冠雜誌』第卅卷第四期(一九六八年十二月)八六～一一五頁。なお註34の文章と共にこれらは張著『紅樓夢魘』(一九七七年八月　皇冠雜誌社)に收められた。
(36) 註7所引文註十一。
(37) 「張永海『曹雪芹在香山的傳說』」(『北京日報』一九六三年四月十八日「北京春秋」欄)。
(38) 吳恩裕「記關於曹雪芹的傳說」(同人著『有關曹雪芹十種』一九六三年十月　中華書局　九)。
(39) 同前吳文一一一頁。
(40) 趙岡・陳鍾毅『紅樓夢研究新編』(一九七五年十二月　臺北聯經出版事業公司)二四〇頁。
(41) 趙岡・陳鍾毅『紅樓夢新探』(一九七〇年七月　香港文藝書屋　『文星叢刊』二八〇～二八一)下卷二六三～二七一頁。
(42) 註40にすでに引いた。二三七～二四四頁。
(43) 註18に引いた。その二一頁。
(44) 註13に引いた。その一六七頁。

（45）註18に引いた。その二一一頁。

（46）註9前引『紅樓夢新證』第三章第二節「遼陽俘虜」で周汝昌氏は曹家の旗籍を滿洲正白旗とした。一九五三年に刊行された作家出版社版『紅樓夢』の「關於本書的作者」がこれに從ったので、王佩璋女士がこの新版を批評した際、この箇所を取上げて旗籍を誤っていると指摘した（同氏「新版紅樓夢校評」『光明日報』一九五四年三月十五日「文學遺產」第三期）。周氏はこのことに關して「曹雪芹家世叢話」二「滿洲正白旗」の條で詳しく補足している（『光明日報』一九五五年二月十五日）。

（47）註40所引『紅樓夢研究新編』二三九～二四〇頁。

（48）趙岡「清朝的包衣與漢軍」（同人著『紅樓夢論集』―一九七五年八月、臺北志文出版社。『新潮叢書』二十三所收）四、漢軍與包衣混淆的過程、『論集』一一七～一二〇頁。

（49）前引『紅樓夢研究新編』二四二～二四三頁。

（50）胡適「紅樓夢考證」（亞東新版『紅樓夢』卷首所收）六三頁。

（51）前引吳氏「從高鶚生平論其作品思想」一二八～一三〇頁。

（52）趙岡「懋齋詩鈔的流傳」（註48前引『紅樓夢論集』所收）五～六頁。明言はされていないが、本人でないとすれば他の試驗官から付印以前の『紅樓夢』百廿回鈔本を闈中で借閱した可能性を考えているもののごとくである。

（53）商衍鎏『清代科擧考試述錄』（一九五八年五月　生活・讀書・新知三聯書店）七四頁。

（54）庚戌秋以前の鄕試でこれからさして遠からぬと言えば、四十八年癸卯科、五十一年丙午科、五十三年戌申科及び翌五十四年己酉恩科あたりか。それぞれの仲秋時に閩浙總督に在任したのは、富勒渾、常靑（兼署）、李侍堯及び伍拉納であることが『清史稿』「總督年表」によって知られるものの、そのいずれが雁隅の字號を有したかは確認に至らない。なお次註參照。

（55）覺羅伍拉納、字は季敷、宗室の出で正黃旗に屬する旗人である。『清史稿』に傳が見える（列傳一一六）。累遷して乾隆五十四年正月、閩浙總督を授けられた。同五十六年に戚蓼生が按察使として來任、彼は翌年伍拉納を佐けて泉州の亂を平げたが、その冬勞悴のため官に卒した。六十年五月、伍拉納は貪汚のかどを以て極刑に處せられたが、伊犁に謫せられた子らは、嘉慶四年赦されて還った。長子徐坤は舒四爺と呼ばれ、『批本隨園詩話』を著わした人物で『紅樓夢』とも淺からぬ緣がある（周汝昌『新證』「戚蓼生考」、及び吳恩裕『有關曹雪芹十種』「考稗小記」第四一則參照。一粟『紅樓夢卷』では次子の徐敦を舒四爺に充てる。同書三五六頁等）。戚氏の序を附した所謂戚本八十回は、もしも伍拉納が八十回・百二十回の二種の鈔本を愛藏していたその人だとすれば、五十六年來任後に戚氏が前者を借りて鈔成したものかも知れない。

(56) 註53所引商氏『述錄』四九頁。

(57) 蘇轍の「三國論」に「項關固已憊矣」と實力を發揮できずにへこたれた項羽を形容している（『唐宋八家文讀本』）。

(58) 註26前引吳文一三一頁。

(59) 吉川幸次郎『人間詞話』その六十九〜七十三（筑摩書房版『吉川幸次郎全集』第一巻所收）。なお續く第七十四則の冒頭には「『船山詩草』についてなお書くとするならば、小説『紅樓夢』後半の作者である高鶚は、船山の姻戚であるらしく、それに贈った詩があるが、それは『紅樓夢』の專門家にゆずり、船山張問陶についての話は、これで終るとして云々」と見える。

(60) 前引吳世昌「從高鶚生平論其作品思想」四、高鶚的家庭狀況（一三五頁以下）。

(61) 註12所引『高蘭墅集』「硯香詞校記」。

(62) 前引王利器文一六七頁。

(63) 前引吳文一三七頁。また周汝昌『新證』增訂本七七八頁。

(64) 惲珠の編んだ『國朝閨秀正始集』巻二十に高儀鳳は取り上げられている。また楊鍾羲『雪橋詩話』三集巻五にも右に基づいて儀鳳は「工吟咏」と見える。尤も、高鶚は惲珠の詩集に序を與えているから、その關係もあってのことかも知れないが。

(65) この「補」字に就いてかつて容庚は「所謂補、原有補作或補刊兩種意思」とし、後者の意味にとって他の論據をも擧げて胡適の續作説に反對論を唱えた（同人「紅樓夢本子問題質胡適之兪平伯先生」——『北京大學研究所國學門週刊』第一巻第五期、一九二五年十月十四日）。これは、程氏が合壁によって後四十回を得たとするのを「奇巧」なことと見るか否かという見解の分岐と共に以後の續作論爭に於て反對論者によって繰り返し蒸し返された論點の一つとなった。これに對し近年では「補作」の立場に立つ吳世昌氏はその意味で用いられた用例をいくつか擧げてこれを批判した（同人前引文一四三頁）。唐人小說の「補江總白猿傳」、明の董說の『西遊補』、さらに歸鋤子の『紅樓夢補』がそれであり、ともに問陶と同時またはそれ以前の用例と言える。さらにまた吳氏は別文で郷嬛山樵の『補紅樓夢』の例や『平妖傳』の張無咎の序に「多出來的二十回、乃龍子猶所補」と見える事實をも擧げている。（前引吳氏「『紅樓夢』稿的成分及其年代」五一頁。後者の例は龍子猶、卽ち馮夢龍が在來の二十回本を增補した『墨憨齋批點北宋三遂平妖傳』の張序に見える句であって、同じく四十回本ながら天許齋批點本に附せられた張序には見えない。詳しくは太田辰夫譯『平妖傳』平凡社版「中國古典文學大系」第三十六卷—解説に引くのを參照されたい。）

ただし吳氏の擧げた最後の例に就いては若干問題がある。なぜかと言えば、これは未完部分の續作ではなく、二十回の既存作——羅貫中原作と傳える——を回數でなら倍に當る全四十回の作品に引き伸ばしたことを指しているからだ。いま改めて張序のくだんの箇所を引くならば、「余昔見武林舊刻本、止二十回、……茲刻回數倍前。蓋吾友龍子猶所補也」とするのがそれである。狀況は似通っている。馮夢龍の友人の張氏が馮氏の『平妖傳』に就いていわば證言しているわけで、「所補」という表現まで問陶のそれと重なり合う。とすれば、「補」字を補作と解するとして、純然たる補作以外に、馮氏の例のような補作の場合をも含み得るということになろう。翻って張氏はどのような意味を籠めてこの語を用いたかという點に絞るならば、私自身は、實態は別として、張氏は純然たる補作として後四十回を見ていたのではないかと考える。（高鶚の側にもそう受け取らせかねぬ言動が多少はあったかも知れない。）少なくも高鶚に對する挨拶としてはそうあるべきであったろう。

(66) 前引吳文一三三頁。
(67) 周汝昌氏から近頃贈られた『紅樓夢新證勘誤』（一九七七年七月、著者自家油印）の「八二八頁九行以次」の項に、『紅樓夢』三字の來歷を討議して、李化吉氏からこれではないかと擧げられたのが蔡京の「詠子規」であったと記されている。ちなみに張問陶の問題の詩に「紫塞」「紅樓」が對に置かれていることにも言及されている。
(68) 趙景深「納蘭的邊塞詞」（『文學講話』民國二十五年　中國文化服務社　所收）參照。
(69) 註34所引張文三〇頁に「……北征當是跟着丈夫到塞上、結婚應當在八月前」と見える。
(70) 前引吳文一三七頁。
(71) 趙岡氏らの前引『紅樓夢研究新編』二四二頁には「有人認爲是被高鶚虐待而卒」としたあとに續けて「有人覺得羅刹可能是指高鶚之母而言、前後兩個兒媳婦都是被婆婆作踐死的」と記している。後の「人」とは張愛玲女士を指すか。註34所引張文三二頁以下にその說が見えるが、畹君の存在も鈣にとって響いたとされる。あり得ることである。
(72) 前引吳文一三四頁。

(73) 前引周汝昌『新證』舊版五〇一頁にその指摘が見える。

(74) 麟慶の『鴻雪因緣圖記』は始め一・二集の記のみが道光十八年戊戌冬、雪蔭堂（麟慶の堂號）から刊行され（東京大學東洋文化研究所の倉石文庫に藏本あり）、道光二十七年丁未秋から二十九年己酉秋にかけて圖・記を併せた三集六册が揚州の柏筠齋から上梓された。（慶應義塾大學の奥野文庫に一部が藏せられている。）清末に至って光緒五年、六年、十二年、二十二年に上海の點石齋から四分の一に縮めて石印された。また別に光緒十二年、上海の同文書局からも石印され、世に迎えられた。

(75) 傅惜華編「中國版畫研究重要書目」では「汪英福繪」とし、第一集の「見亭夫子三十九歳小像」の筆者を充てるが、橋川時雄『滿州文學興廢考』（一九三三年著者自印）第三十葉以下の麟慶の條には「この書の圖畫は半ば陳鑒の畫くところ、鑒字は朗齋、江蘇人」と見える。第三集下册末に附せられた崇實らの跋文に「稿畫半出其手」とあるに據ったか。

(76) 佐藤春夫「鴻雪因緣圖記といふ本」（『思想』《特輯支那號》第八十六號―一九三〇年七月、岩波書店―所收）が比較的早い專文であろう。同じ雜誌には青木正兒「支那の繪本」が載っており、これにも言及が見られる。また奥野信太郎「隨園の女詩人たち」（『文學界』一九五〇年三月號、のち同人著『藝文おりおり草』一九五八年五月、春秋社 に補訂再錄）にも言及があり、『おりおり草』には「隨園訪勝」の原刊本による畫影を插入している。

(77) 前引周汝昌『新證』增訂本九六五～九七〇頁、「青士椿餘考」參照。

(78) 註64所引『滿洲文學興廢考』第三十八葉後半葉。

(79) 前引吳文一三二頁。

(80) 註25ですでに述べた。

(81) 前引吳文一四〇頁註②に引く『無錫金匱縣志』卷二十二の記事に據る。

(82) 前引王利器文一七〇頁。

(83) 裕瑞『棗窗閒筆』（一九五八年七月、文學古籍刊行社影印）第十五葉。

(84) 敦敏「芹圃曹君霑別來已一載餘矣。偶過明君琳養石軒、隔院聞高談聲、疑是曹君、急就相訪、驚喜意外、因呼酒話舊事、感成長句」詩（『懋齋詩鈔』鈔本。一粟『紅樓夢卷』六頁參照）。

(85) 敦誠「寄懷曹雪芹霑」詩の句（『四松堂集』鈔本に見える。一粟『紅樓夢卷』一頁參照）。

(86) 前引王利器文一六九頁。

(87) 前引呉文一四〇頁。

(88) 文雷「程偉元與『紅樓夢』」(『文物』一九七六年第十期)六〇頁。

(89) 同前六〇~六一頁。

(90) 胡適「跋乾隆甲戌脂硯齋重評『石頭記』影印本」肆(一九六一年五月、臺灣藝文印書館影印本巻末に見える)。

(91) 橋川時雄「『紅樓夢』研究のはいりかた二篇(續)」(『東山論叢』2—一九五〇年七月、京都女子大學)二七頁。

(92) 橋川時雄『紅樓夢研究(假題)』五~六頁。「小考」註26に記したようにこれは著者自家油印の書であるが、正確な書名・刊年に就いては不詳。

(93) 前引趙氏ら『紅樓夢新探』二七三頁。

(94) 同前二六三~二六四頁。

(95) 周汝昌「『紅樓夢』及曹雪芹有關文物敍錄一束」(『文物』一九七三年第二期)二九~三〇頁。扇面の圖版は三二頁に見える。『曹雪芹與《紅樓夢》』(一九七七年十二月、香港中華書局)にこの論文は再録され、扇面の圖版も附載されている。

(96) 前註所引周文二九頁。

(97) 註91所引文二七頁。

(98) 註92所引文三頁。

(99) 拙文「小考」本書一九四頁。

(100) 前引周汝昌『紅樓夢新證』增訂本八〇九頁。

(101) 同前七七九頁。

(102) 同前一一三七頁註(一)。

(103) 前引王利器文一七〇頁。

(104) 周氏『新證』增訂本一一八一頁。

(105) 註88にすでに引いた。

(106) 趙氏等『新探』下卷二八四頁。
(107) 前引『閒筆』第三葉。
(108) 唐の王仁裕『開元天寶遺事』に見える。
(109) 前引文雷文六四頁
(110) 同前六四～六六頁。
(111) 同前六五頁。
(112) 前引周氏『新證』增訂本一一八一頁。
(113) 同前七七八・九二四・一一五九頁等に見える。
(114) 『北京師範大學學報』(社會科學版)第一五期(一九七六年第三期、同年五月刊)所收。この論文は京都大學の小野和子教授所藏のものを見せて頂いた。同氏竝びに斡旋の勞を執られた竹内實教授の御厚意に對して感謝する次第である。
(115) 前註所引溫文八一頁。
(116) 同前同頁。
(117) 周氏『新證』增訂本一一八一頁。
(118) 註65所引容庚文。容庚氏自身が『紅樓夢』の版本を入手した經驗を例として擧げている。
(119) 林語堂「平心論高鶚」(『歷史語言研究所集刊』第二十九本下册　一九五八年十一月　所收)三四三～三四五頁。胡適自身が『四松堂集』鈔本及び甲戌本を入手し得た偶然を例に引いている。
(120) 潘重規『紅樓夢新解』(一九五九年三月、新加坡青年書局)第三節。莫友芝の『郘亭知見傳本書目』卷三に見える。『資治通鑑』版本をめぐる合壁の書林掌故を引く。
(121) 前引趙氏ら『紅樓夢研究新編』二五七頁。
(122) 兪平伯「談新刊『乾隆抄本百廿回紅樓夢稿』」(『中華文史論叢』第五輯　一九六四年六月　中華書局)四四四頁以下(註一五)。また塚本照和「抄本『紅樓夢稿』の語彙と抄寫時期」(『中國語學』第一四八號　一九六五年三月　中國語學研究會―所收)、註22所引野口文など參照。

(123) 註40所引文三一〇頁。順治十七年に中南北の三營を設けて京師を守備させたが、乾隆四十六年に至り初めて左右の二營を増して五營としたとされる(『淸史』卷一三二兵志一)。
(124) 註54ですでに述べた。
(125) 王佩璋「『紅樓夢』後四十回的作者問題」(『光明日報』一九五七年二月三日「文學遺産」第一四二期)。
(126) 註122に引いた兪文はその檢討の成果である。但し『紅樓夢稿』の後四十回を正面から取り上げてはいないが。
(127) 同前四三七〜四三八頁。
(128) 吳世昌「『紅樓夢稿』的成分及其年代」(『圖書館季刊』一九六三年第四期)。
(129) 同前五一頁。
(130) 吳世昌『紅樓夢探源』英文本(*"On the Red Chamber Dream"*)一九六一年、牛津大學出版部 三五六〜三五七頁。
(131) 趙氏ら『新編』二七九〜二八〇頁。
(132) 註92所引橋川文四頁。
(133) この考えに就いては、一九七五年十月秋田大學に於て開催された日本中國學會大會に於いて「七十回本『紅樓夢』の問題」と題して概略を發表した。
(補註一) 高鶚は淸初の文人尤侗が科擧の不正を風刺批判した『鈞天樂傳奇』を念頭においていたかと推測される。

(追記)

一 東觀閣及びその刊本に就いて

(一) 二つの東觀閣のこと

拙文「補說」を御覽くださった愛知縣立大學の佐野公治助教授(當時)が東觀閣の所在及び營業時代に關して御專門の立場から次のような疑問を寄せられた。

「內閣文庫藏『三刻刪補四書微言』の版心各丁に「東觀閣」とあります(序跋缺、本文初丁「華亭赤城唐汝諤士雅父輯、新都何所執吾御父校」)。これは『刪補微言』の改編本ですが、蓬左文庫藏『刪補四書微言』は萬曆刊本と思われ、例言に「余輯四書微言、始自萬曆甲辰（三十二年）、行之海内已經九稔」とあります。本文各丁版心「鼎隆秀山原版」。上梓の場所は未詳ですが、尊經閣本『增補四書微言』は「金陵書院晏氏少溪 朱子桃溪」刊本であり、また唐氏の本貫が華亭であることから、蓬左文庫本『微言』も南方の版であり、『三刻微言』もまた南方の版かと考えておりました。なお『三刻微言』も晩明版と考えます」。

以上のような前提に立つならば、「補說」に言う東觀閣と『三刻微言』を刊行した東觀閣とは別の書肆と考えるべきか、あるいは同一書肆であり、從って『三刻微言』は北京で上梓されたと考えるべきか——およそこのような疑問である。

そこで早速内閣文庫に赴いて該書を拜見したところ、なるほど版心に「東觀閣」とあり、刊行期も書品から見て晩明であろうと思われた。あいにく刊記が缺けていて、刊年はもとより刊行地を知る手がかりが得られないので、同文庫に藏せられる東觀閣本『紅樓夢』（昇平坂學問所舊藏）をも借り出し、二本を竝べて見てみたものの、所見は版の精粗の差異が著しいところから同名異店に傾いたに止まる。いったい東觀は漢代に宮中の南宮にあった天子の藏書處であり、ここで儒臣が校書の業に從ったとされるから（『後漢書』孝安帝紀）、これにちなんだ屋號の書肆が時代を異にして南北に二店あったとしても格別不思議はない。ただ乾隆中期には蘇州の五柳居のように北京に支店を構えた例も知られているが（「小考」註32參照）、今の場合、二店にそのような關係を擬し得るかどうか。もし明末から南方（江南）に店が續き、乾隆末年に北京に支店を出したとすれば、その閒にざっと百五十年の開きがあるわけで、その閒を塡める他の東觀閣刊本がありそうなものである。それが知られていない現在では、お堅い本を出した明代の東觀閣と俗書を出した清代の東觀閣とは同名異店と見ておいて大過ないのではなかろうか。——こう考えて、佐野助教授にも右のような趣旨のお返事を差上げたことであった。日頃經學關係の書籍から遠ざかっているため『三刻微言』の存在にまったく氣づかなかったので、同氏の御教示に感謝すると共に、ここに書き留めておく次第である。なお『三刻微言』に就いては、同氏の「晩明四書解における四書評の位置」（『日本中國學會報』第二十九集所收）註2に言及がある。

(二) 東觀閣本『紅樓夢』初刻時期の推定のための一資料

「補說」（本書二二三頁）に於て東觀閣本の刊行時期を乾隆壬子の冬以前と推定したが、仲振奎の『紅樓夢傳奇』自序（嘉慶三年）には「壬子秋末、臥疾都門、得『紅樓夢』、於枕上讀之」と見える。鈔本とも排印本、刻本とも斷ってないが、都門卽ち北京にあって幕友暮らしをしていた仲氏が入手し得たのは、當時二、三十金はしたという程本ではなく、普及版たる東觀閣の新刻本であろう。とすれば、この記事はその刊行時期が壬子秋またはそれ以前に在ることを裏づける資料と見ることができ、周春の『閱紅樓夢隨筆』に「壬子冬、知吳門坊間已雕矣」とされる南方版より北京版は少しく先んじたか。

(三) 東觀閣重刊本『紅樓夢』の初刻時期の訂正

「補說」(二三八頁二行目)「嘉慶二十三年に至り」重鐫されたと記したが、これは引き上げて「嘉慶十六年」とすべきである。註30に引いた『紅樓夢書錄』著錄本は「嘉慶戊寅(二十三年)重鐫」であるのに對し、同じ註に擧げておいた大英博物館藏本は「嘉慶辛未(十六年)重鐫」(柳存仁教授の提要に據る)であるから、後者が七年早い。恐らくこれが『新增批評繡像紅樓夢』の初版であろう。他に前者の四年後に出た道光二年刊本もあり、刊記に據る限り少なくとも三回は版を重ねたことになる。なお柳存仁「讀紅樓夢研究專刊第一至第八輯」(『紅樓夢研究專刊』第十輯所收)一五～一六頁にも大英博物館本に關して重ねての言及がある。

二 倉石本のその後と倉石本『繡像紅樓夢全傳』の出現

さきに「小考」のなかで提要した「倉石本」卽ち故倉石武四郎教授所藏の程偉元本は、先年同教授が逝去されたのち、その御遺志により他の多數の手澤本と共に東京大學東洋文化研究所の藏に歸した。先般私は整理中のそれら舊藏書中に含まれる『紅樓夢』關係の文獻を拜見する機會に惠まれ、故人のこの小說に寄せられた關心の深さを改めて知った。ところで夥しい蒐書のなかになんと一部の『繡像紅樓夢全傳』を發見したのである(「小考」及び「補說」參照)。早速架藏本と對較してみるに、正しく同版であり、刷りは早印だと見受けた。惜しむらくは古城文庫本と同樣首冊を缺き(倉石教授の御生前、昭和三十五年頃作製されたという藏書カードにもすでに缺と註記がある)、ために刊記等の確認ができない。

實は最初、假目錄を閱するうち「繡像紅樓夢全傳」の七字の書名が眼を射たのであるが、秦子忱の『續紅樓夢』と併せて記帳されているばかりか、なんと嘉慶四年刊と記されているではないか。早速現物に就いてみるに、四帙(二十四本)のそれぞれに「繡像紅樓夢全傳」と活字で刷った題簽紙が貼られており、書名はこれによったことがまず知られた。また續の二帙とは版の寸法からして異なり、これらを併せて各冊の小口にそれぞれの書名を活字で標印したのが書賈の仕業であることもすぐ察せられた。さらに續書の扉頁に「嘉慶己未（四年）新刊、續紅樓夢、抱甕軒」と見えるところから、さきの刊年はこれに基づくものであると知られた。『全傳』の刊年自體はもっと早いはずであり、私は「補說」に記したように、乾隆五十七年壬子の冬以前に吳門卽ち蘇州に於て開板されたのがこれであろうと推定する。この『全傳』本がもしも倉石教授が唐土から購致されたものでなく（そのこと今となっては確かめるすべもないが）、また『續紅樓夢』と併せたのが明治以後の本邦の書賈の手によるものだとしたならば、あるいは寛政五年以降舶載されたもののうちの一部であるかも知れない。（なお倉石教授の舊藏書中には別に同版の『續紅樓夢』一部が入っている。）

ところで、この倉石本『全傳』はたまたま各帙の題簽紙にフル・タイトルが刷りこまれていたことから、首册が缺けていて封面を確認し得なくとも、カード延いては假目錄作製時にこれを書名として採るようになり、そのお蔭を蒙って私も容易にその存在に氣づき得たような次第である。しかしもしもそのことがなければ、本文各回首行・版心とも「紅樓夢」とのみ作っているところから、この版本は單に「紅樓夢」として著錄されたことであろう。翻って思うに、寛政五年に舶載された版本は『村上差出帳』には『紅樓夢』とのみ記錄されているものの、やはりこの『全傳』本だったのではなかろうか。殊にこの『差出帳』は公儀の舶載書目とは異なり村上氏なる一貿易商の私文書であり、「繡像」「全傳」が省かれてなんら不思議はなく、事實、列擧された六十七種の書籍名には角書に類する文字は見られない。のみならず、『灤陽消夏錄』は上二字を略し、『小倉山房文集』（または『詩集』）は『小倉山房』としか記されていないことも、右の推定を裏づけるように思われるが如何であろうか。

（補記）この『繡像紅樓夢全傳』は、一粟編『紅樓夢書錄』に著錄せられていないところから、中國には傳本がないかと思われたが、北京師範大學校注本『紅樓夢』の「校注說明」中に使用した底本として擧げられているものが程甲本の翻刻本とされていることから、『全傳』本ではないかと疑われ、近年同大學に出張中の北海學園大學（在札幌）大谷通順教授に資料を送附して調査を依賴した結果、同大學圖書館藏の該本は『全傳』本であることが判明した。民國時代に購入されたものだという。

三　新刊『紅樓夢叢書』所收の程本の素姓について

「補說」が活字になる前後に臺灣の廣文書局から影印による『紅樓夢叢書』が刊行されるとの消息に接し、やがてその內容見本をも見るを得た。驚いたことにこれによると、程本に就いては趙岡教授の三印説を凌ぐ四印説の立場を取っているではないか。卽ち程本は前後四次に亙って刊行されたとし、それらを順次程甲・乙・丙・丁本と名づけているのであった。その後『叢書』は發刊を見、私も一組を入手するを得たので、早速實物に就いてそれこそ胸躍らせて檢討を加えてみた。いまその結果に就いて以下に略記しておくこととする。

まず「程甲本」は原本が臺灣にないとて収められていない。また「程丁本」の原本は大陸に遺留されたと言い、代りに胡適舊藏本に據って校訂の上排印した所謂亞東新本をそのまま影印している。この亞東新本が必ずしも原本としたはずの程乙本に忠實な校訂本でないことは、かつて王佩璋女士が指摘したとおりである（註46所引王文）。「程丙本」はと言えば、程・高兩序の補筆・補鈔の特徵や元春圖像の書き入れから見ても、また第一回首葉の藏印「胡天獵隱書」から見ても、胡天獵影印本を重印したものに過ぎぬことが知られる。（首回の藏印は恐らく消し忘れたものであろう。第百四回のそれは刪られ、第六十一回及び以後の五回目ごとの回首に鈐された別人の藏印「擘卷樓」も消し去られている。また刷りの淡い文字には時に加筆がなされている。いづれにせよ底本に關する斷り書きはなにも見られない。）

となれば、新資料は「程乙本」のみに限られる。つまり趙岡教授の三印説の上に立ってこの版を第二次印本として位置づけ、これまで趙教授によって程乙本・程丙本と呼ばれたものがさらに順次繰り下げられて「程丙本」「程丁本」とされたのである。また内容見本の説明によれば「二版」（「程乙本」を指す）の改訂は「回目を除いて大半は六十一回から九十回までに集中している」とされる。これに對し「程丙本」の改訂は主として一回から三十回までに集中しているとされる。

ここで筆者の「程乙本」に關する所見を記そう。結論から先に言えば、これまた程甲・程乙の混合本に過ぎないものであった。卽ち筆者の調査によれば、程・高兩序補鈔、「引言」缺、目錄及び第一回首～十葉のみ乙本、同回の第十一～十三葉及び以後第三十回まで甲本。第三十一～九十回は乙本。第九十一～百二十回は甲本（うち第百十六回及び百十七回首葉のみ乙本混入）、ということになる。（但し若干の缺葉、補鈔部分があるが、省略に從う。）

もしもこの「程乙本」が第二次印本だとすれば、第六十一～九十回の部分の乙本であることが不審である。なぜかと言えば、第三次印本とされる「程丙本」（實は胡天獵影印本に同じ）のこの部分は、「補説」に記したように甲本だからである。（しかも第七十一～七十五回の五回分は乙本である。）　甲から乙、乙からまた甲に戻って「程丁本」で乙になるという奇妙な現象は混合の事實を考えることなしには説明できまい（左の圖表參照）。三印說また今回の四印說が程甲・程乙の間に過渡的版本を一、二版置こうとするのは無理というほかないように思われるが如何であろうか。尤も、『叢書』の見本中の豫告によれば、この「程乙本」を發見した宜興の徐氏兄弟によって四印說についての研究書が刊行されると言う。どのような見解が示されるか、それを俟ってまた再考することとしたい。

『紅楼夢叢書』所収程本に見られる甲・乙混合概況一覧表

印次＼回数	第一～三〇回	第三一～六〇回	第六一～九〇回	第九一～一二〇回
（「程甲」本）	（甲）	（甲）	（甲）	（甲）
「程乙」本	—甲＊	＝乙	→乙	＝甲＊＊
「程丙」本	乙←	乙＝	甲—＊＊＊	甲＝
（「程丁」本）	（乙）	（乙）	（乙）	（乙）

（備考）＊目錄、第一回一～一〇葉……乙　＊＊第一一六回（第九葉を脫す）及び第一一七回第一葉……乙　＊＊＊第七一～七五回……乙

ところでさきの胡天獵藏本の影印についでこのたびこの「程乙本」が影印された結果、海外の研究者が甲本・乙本を手輕に對照研究できるようになったことは誠に喜ばしい。乙本はなおかつ第九十一～百二十回の部分がこの兩本に含まれていないけれども、我が國に限って申せば、倉石本によれば第百一～百五回の五回分を除いて乙本を見ることができる。その倉石本が近年東京大學東洋文化研究所の藏に歸したことは、すでに上に記したとおりである。

（附記）

「小考」「補説」についで「餘説」と、くだくだしい札記を書き繼ぐばかりで一向に定論を成し得ないこと、慚じ入る他ない。それにつけても、『鴻雪因縁圖記』の稀覯の原刊本から取った圖版により小論を飾らせて頂くことのできたのを喜ぶ。これは今は亡き奥野信太郎教授遺愛の書であり、現在は所縁の慶應義塾大學中國文學研究室に「奥野文庫」の一として藏せられている。思えば、『圖記』の存在を私に教えられたのは凱南先生その人であった。『圖記』自體に就いて書くのは他日を期するとして、ひとまずこの拙文を先生の靈に手向けたいと思う。またこのたび掲載を許された同研究室竝びに御斡旋賜った藤田祐賢教授に對して厚くお禮申し上げる。

なおごく最近になって、東京大學東洋文化研究所の田仲一成助教授（當時）から、當研究所にも東方文化學院舊藏の『圖記』があると教えられた。燈臺下暗しとはこのこと早速拜見に及んだところ、正しく奥野本と同本にて圖記雙全の道光丁未重刻本であった。さきに倉石文庫中に道光戊戌初刻本のあることを教示されたのも、同じ田仲氏である（註74參照）。鳴謝して併せ記して置く次第である。

次に近着の『文物』誌一九七八年第二期に北京歴史博物館の史樹青氏の『跋程偉元羅漢冊及其也』と題する一文が掲載されている。これは新發見の程偉元指畫羅漢冊（邱大皐氏藏）の寫眞圖版入り紹介である。（他にも『紅樓夢』に縁の深い裕瑞・得硯亭の書畫を取り上げているが。）この畫冊は屏幅を仕立て直したもので、羅漢を描いた十二幅の指頭畫（清初の高其佩が創めたと言われ、指の爪や腹を使って描く）から成る。程偉元が佛畫を能くしたことは、すでに文雷氏の研究の教えるところであったが、かくて實物の出現で裏づけられた。特に注目されるのは第十二幅の落款に「古呉程偉元」と見える事實であり、これまで有力とされた程氏の籍貫を蘇州と推す説は明白な根據を得たことになる。以上、校後に餘白を借りて取り敢えず概略を紹介して置く。

（東京大學東洋文化研究所『東洋文化』第五八號　一九七八年二月）

「程偉元刊『新鐫全部繡像紅樓夢』小考」餘說・補記

このほど入手した高陽氏の『紅樓一家言』（台北・聯經出版事業公司、一九七八年八月）には、その「附錄」として四篇の關連論文を載せている（原載誌名不記）。

第一篇は趙岡教授の「中國文學史上一大公案――關於乾隆手鈔本一百二十回紅樓夢稿」と題する論文である。このなかで筆者は、周春の『閲紅樓夢隨筆』中に登場する揚畹耕をば徐嗣曾に擬している。徐氏は『清史稿』（列傳一百十九）に傳が見え、「徐嗣曾、字宛東。實楊氏。出爲徐氏後。浙江海寧人。云々」とある。乾隆五十年に福建巡撫に擢んでられ、同五十五年任に卒した。周春とは同郷でかつ前後して登第している。本姓が楊で、進士に及第してのち徐姓に改めた。畹耕は早期の字もしくは號であろう、とする。

この新説に對し高陽氏は、本文の「我看『中國文學史上一大公案』談乾隆手鈔本百廿回紅樓夢稿的收藏者――」中で言及し、揚徐同一人說の當否はともかくとして、『隨筆』に見える揚畹耕と雁隅とは別人であるのに趙岡教授は誤ってこれを同一人物視しているとてその粗忽の事實を指摘したあと、問題の乾隆五十三年一月より同八月まで、徐氏は台灣に居たことを跡づけ入闈のことはありえないとして趙說の不備を衝き、よって「徐嗣曾並未收藏過這兩部鈔本（八十回及び百二十回鈔本を指す―伊藤）」と結論する。さらに「有正本的祖本收藏者戚蓼生、在乾隆五十七年是福建按察使、他的八十回鈔本、名爲『石頭記』、莫非與「雁隅」所得的八十回鈔本是同一來源?」とも述べている。

拙文「餘說」に於て指摘したように、閩浙總督が福建鄉試の監臨を勤めたとすれば、巡撫たる徐氏にそのことのなかったのも道理であるが、實は問題の年は乾隆五十三年よりは翌五十四年の可能性が大きく、もしそうだとすれば伍拉納が雁隅その人ということになる。伍拉納と戚蓼生との關係及び有正本との關係についての推定は「餘說」注55に於て略述したとおりである。ただ徐氏が楊氏の出であること「宛東」と「畹耕」とが音の近いことなどから、これを『隨筆』に見える楊畹耕に擬定する趙岡教授の新說自體は檢討に價すると思われる。殊に徐氏と周春とは同鄉であるし、巡撫と總督とは役目柄密接な連絡があったであろうから（假にそれが乏しく、單に任地に喧傳された話柄として傳聞を語ったということでもよいが）、周春に「佳話」を傳えたのが徐氏である可能性はあろう。徐氏の事跡の詳しい調査が俟たれる。

さて、第二篇もまた同じ趙教授の「再談程排本紅樓夢的發行經過」と題する論文である。これは拙文「小考」を評介した文字が大部分を占めるが、その批判の論點に對しては拙文「補說」が結果的に答えた恰好であるから、いま再說を省くとする。

第三篇は張壽平氏の「程偉元的畫——有關紅樓夢的新發見」、第四篇は潘重規教授の「紅學史上一公案——程偉元僞書牟利的檢討——」である。後者は拙文「餘說」に於て評介した文雷氏の「程偉元與紅樓夢」を要約して紹介し、副題の示すように程偉元が射利のために僞書を刊行したとされる濡衣を晴らすべきだと說く。

注意を惹くのは前者張文であって程偉元筆の繪の發見を報じている。左圖はその畫影及び落款部分を展大したものである。松と栢とが絡み合って「壽」字を成す趣向（所謂「松栢不老」の畫題）から、張氏はさる夫妻の雙壽を祝して描かれたものと推定し、もと當然上款があった筈であるが、舊藏者の手を離れるとき裁たれたかとする。下款に「古吳程偉元繪祝」と見えるのは、史樹青氏の紹介された「羅漢册」の一幅とも共通して程偉元の本貫を示すものである。右下には「小泉書畫」の印が鈐されている。また左下に「嫩江意弃氏藏書畫印」の收藏印が鈐されているのは、程偉元が「關外に游幕したせいであろう（潘文）」。嫩江は東北黒龍江省に在る。（ちなみにこの幅の寸法は縦百二十九センチ横六十一センチであるという。）

以上拙文に關係のある點に絞って四論文を紹介した。詳しくはそれぞれに就いて御覽頂くとして取り敢えずここに補記しておく次第である。

——一九七八年八月末記す——

程偉元繪松栢不老圖

（一九七八年八月著者自印）

第三部　版本論文叢

『紅樓夢八十回校本』について

兪平伯氏が北京大學文學研究所開設以來、同所にあって王佩璋女士を協力者とし脂硯齋諸鈔本による『紅樓夢』原八十回の彙校本作成の業に従っておられたことは、その副産物ともいうべき『脂硯齋紅樓夢輯評』が一九五四年暮にいちはやく刊行された際、その「引言」を通じて知りえたところであるが、やがて『新建設』誌（一九五六年五月號）に「紅樓夢八十回校本序言」と題する日附けのない文章が『校本』公刊に先立って發表されるに及んで、その仕事の完成を見たこと、さらにはその周到な整理校改の方法・經過等の詳細を知るを得、その公刊の日が一層待ち望まれたことであった。ただ『輯評』が例の「紅樓夢論爭」の餘波をうけて陽の目を見ざること年餘に及んだ例もあり、彼の地の出版事情に暗い私なぞ、氣をもむことしきりであったが、その『校本』がついにこの二月、人民文學出版社から出版されたのである。これに優先して昨秋同じ社から刊行された程乙本による『紅樓夢』（「大安」四—三月號〈一九五八年〉に太田辰夫氏の評介がある。以下『人民本』と略稱）と竝んで、それぞれ八十回、百二十回の定本ともいうべきテキストが備ったことをまずもって喜びたい。

さて、その『校本』だが、すべて四册から成り、第一・二册は八十回本文のそれぞれ一半を収める。（第一册巻頭に置かれた附註を含め三一頁に及ぶ「序言」は、王佩璋女士の名が王惜時と改められている點、竝びに末尾に近く、朱南銑・周紹良兩氏が程甲殘本を貸與されたのに對する謝意の表明の一節が插入されている點を除けば、さきに『新建設』に發表されたものとほぼ同文であって、これに續く「校改紅樓夢凡例」、及び「紅樓夢校勘記所用本子《テキスト》及其他簡稱的說明」とともに、この新『校本』の校訂作業を支える方法を詳細に語っている。また第二册卷末には「音釋簡表」を附し、土語等字典で檢出困難な文字に音釋を施しているが、わずか六十五條に過ぎず、この點では『人民本』の註釋の豐富さに遠く及ばない。）　第三册は本文に對する「校字記」であり、續く第四册は後四十回の續作を收めた「附錄」である。

まず「序言」によれば、この『校本』の狙いは次のごとく、(1)できるだけ曹雪芹原作の本來の面目に近づける。(2)文字や表現内容をあたう限り整ったリーダブルなものとする、との二點にしぼられるが、兪氏の手許に集められた舊鈔本がいずれも過錄傳鈔のテキストであり、さらに原本そのものが未定稿の趣きを多分に存する未完の作品であったことから、二つの狙いはしばしば統一に困難を感じさせたようである。またこの狙いは『校本』の二つの用途にもつながるものだが、往々にして一方で研究者のための校勘の仕事をしながら、一方で廣い讀者層のためのテキストを心がけねばならぬというジレンマに校訂者を追い込み、その兼ね合いの難しさにまたまた惱まされたと氏は告白している。

ところで底本に擇ばれたのは晩出なだけに整っている『戚本』であり、『庚辰本』（『己卯本』も非常に近い）をば主たる校本に、その他の『甲辰本』始め舊鈔本をも參校するが、『程甲本』等の排印本は必要に應じ參校している。これらの諸本に對しては、その原本成立の年代に八十回本としての完全度・信賴性を加味した次の如き順位が作られている。(1)庚辰　(2)己卯　(3)甲戌　(4)甲辰　(5)鄭（振鐸）藏殘本　(6)程甲本その他。また異文處理の標準として次の三つが擧げられている。

(1)底本の本文が明瞭な閒違いとまではいえない場合でも、他のテキストが良ければそれを採る。（擇善）

(2)底本に問題がなくとも主要校本及びその他の校本が同じ場合には、後者に從う。（從同）

(3)原稿の面目をできるだけ留める。(存眞)

このうち(1)を主とし、(2)(3)を從としてこの原則の運用によって校改されたのが『校本』本文というわけである。(ついでながら『校本』は所謂正字に依り、また字體の異寫は改字をしないのが當初の方針だったのを、のち協力者の手で字體を統一することに折合っている。それにしても『人民本』が簡體字・橫組みを採用しているのに對しては「存眞」の努力見るべしである。)

かくてこの『校本』に於いては「校字記」が相當の比重を持つ。兪氏自ら謙遜していう「主觀的な偏見」による校改の字句――「失われた珠玉」も、これによって取り戻すことの可能性が保證されているからだ。ただこれは校改した字句のみについてその根據を摘錄したものに過ぎず、一百何萬字かに上る全體の「校勘記」の方は、發表を後日に讓っている。(『甲辰本』との異同が特に詳記されたという。これが公刊の曉には、『程甲本』の祖本と目される『甲辰本』の全貌を窺うことができよう。)

以下校改の實際について少しく觸れる。

回目が各本とも異なる場合(第七回のごとき)、必ずしも『甲戌本』の古きに依らず、底本のそれにも從わず、『己卯』・『庚辰』兩本のそれを採ったのは「擇善」に狙いのある例。また底本第十八回の回目は後人の撰になるものとして採らず、第十七・八回は例外的に未分回のまま一回として扱ったのは「存眞」を志した一例。あるいはまた各回首の題詩竝びに回末の韻語を活かしているのも、部分的でやや不體裁の嫌いはあるが、各回を詩で始め詩で結ぶはずだったと推察される原書の體例を尊重した、これまた「存眞」に重點を置いた例であろう。これに絡めていえば、第一回冒頭の「浮生云々」の七律題詩に至る評の文を一字格下げて殘しながら、第二回冒頭の詩に至る同樣部分を『程甲本』に從って省いたのは(「校字記」には全文を揭げる)片手落ちではあるまいか。それならむしろ第一回の評の文を

「校字記」に移してしかるべきだ。(『東京支那學報』第四號拙論、本書「紅樓夢首回、冒頭部分の筆者に就いての疑問—覺書」七～一七頁參照。) 少なくとも第二回の題詩は活かすべきであったと思う。また第一回題詩の前の「詩曰」の二字を殘してほしかったし、『甲戌本』の石頭記緣起の終わりの一句「至吳玉峯題曰紅樓夢」を錄入していないが、「至脂硯齋甲戌抄閲云々」の方はともかく、これが「雪芹……增删五次」に應じたものかも知れぬとすれば採ってほしかった。

さらに細部に眼をやると、方弧を以て示される意を以て字を改めた箇所は、全書でわずか二十條ほど。うち增字(例えば第十回の王興〔家的〕の如き) は五・六條に止どまり、あとは別字に改めているが(「序言」に例示した「應福僧」を「應〔赴〕僧」と正す類。ちなみにこの語は『通俗編』にも見え、石山福治氏の『大辭典』にも「とき坊主」の訓で收める) これ以外の改字は、見やすいために省かれたものを除き、すべてさきに示した順序を踏んでいずれのテキストに根據があるか「校字記」に示されている。特に底本に比し校改の痕の著しいのは淫褻な箇所がほとんど『己卯』『庚辰』兩本の舊に復している點で、これは「從同」の原則に依っているとともに、この作品の初稿が『風月寶鑑』的な性格を多分に持っていたとの推定に基づく「存眞」の處置でもあろう。校改の「原則」に忠實なことは以上の一瞥にも窺われるが、例えば第二回に登場する姣杏を『庚辰本』に依って嬌杏に訂しているのは(校記なし)、脂批の指摘する如く僥倖と音を通わせたものとすれば、底本とおりでよかったかも知れず、この種の例、しばしば登場する執事の來昇、來旺らも賴姓の家生子兒かと思われるふしがあり、第六十八回・第七十回の王信は第十回の王興と同一人物かとも思われるが(脂批では余信が愚性を寓したと指摘する例あり)、この類の問題の箇所には校改統一の手を伸ばすのは差控えられている。これは「序言」で說かれているように、原稿の矛盾は強いて統一をはからないとの愼重な態度につながるものであろう。それにしても第十七・八合回に唐の錢翊とあるは、底本はじめ諸本に從ったものだが、錢珝と訂すべきではあるまいか。

最後に附錄の後四十回に觸れておこう。『紅樓夢辨』以來一貫して後四十回を手きびしく斥けてきた兪氏にとっては『校本』にこれを附することは本意ではなかったやも知れぬ。そのせいでもあるまいが、「校記」はおろか據った底本その他何一つ言及した記述も見えない。最初の數回を『人民本』と對校してみたところでは、『程乙本』でないことはまず確かだが、殘る『程甲本』の系統だとして、果して原本に據ったかは問題だ。ところが『程甲本』は完全な覆印をみておらず、無論原本に當たるすべもない。ただ『人民本』の「校記」（これはその「出版説明」の斷わるごとく、異文のごく一部分に過ぎず、しかも『程甲本』は校訂者の一人周紹良氏藏の殘本しか參校されていないようだ。いずれ完全な百二十回本の校勘記の作られることが、程甲乙兩本の關係、配本の有無の問題等の究明とともに望ましい）から『程甲本』關係のものを拾いだして當たってみたところでは、十六條ほど散見するうち、第百一回の一條「也不」が『程甲本』、いま一條「祝國裕民」が『程乙本』という奇妙な結果をみたのと、第百二十回回末の偈語の「更轉一竿云」の異文が問題なのを除いて『壬辰本』（王雪香本）に最も近いように見受けられる。

いったい兪氏のごとく『程甲本』の後四十回を高鶚以前の何者かの手になるものと見（「序言」）、王氏のごとくこの見地に立ち『甲本』を『乙本』より優れたりとして胡適氏以來の評價を覆えそうとする立場（『光明日報』一九五七年二月三日「文學遺產」第一四二期、王氏論文）からすれば、『程乙本』に依らなかったであろうこともうなずけるし、また『校本』には傅惜華氏藏の『程甲本』（或いは故馬廉氏舊藏本か）とほかに周・朱兩氏藏の殘本二種を參校している點、また第六十七回本文のごときは『有正本』を捨て全文『程甲本』に依って校記も省いている點などからすると、『程甲本』をそのまま覆印したのかも知れぬし、またそうすべきだったとも思うが、『壬辰本』に近いようなのはどういうわけか。尤も、『程乙本』に依る『作家出版社本』・『人民本』等百二十回本の「存在理由」の一つとされる「長期に亙って廣く讀まれてきた」との點を固執すれば、實は『程甲本』系統の『壬辰本』あたりが一番その條件にかなうこととなるわけだが、それは別としても、『校本』が『程甲本』系統の四十回を附載したことは、甲・乙兩本の再檢討・再評價の問題を附帶的に提出しているやに思われる。

ここで原八十回に話を戻せば、百數十年前、高鶚らが「各原本を聚集」した上で手を入れた『程乙本』のそれも、近くは『壬辰本』を『戚本』で校訂した亞東舊版のそれも、一種の校本ではあった。ただその「善を擇び」「眞を存する」の成績に於て、ついにこのたびの『校本』に及ぶまいと思う。（『甲戌本』の參照が、胡適氏藏原本の不在のため、陶心如氏の『己卯本』に過錄されたものに據っていてやや完全を缺く點も、さきの『輯評』の場合といい、殘念ではあるが、望蜀の感というものであろう。）ここに、周到な用意のもと、老碩學の久しきに亙る『紅樓夢』研究の成果に裏づけられて成った新『校本』の公刊を喜び、三四十年來の『夙願』を遂げられた兪氏と、『輯評』以來の協力者王氏を始め、協力された諸氏の御苦勞に改めて拍手を送りたい。そしてこの上は、「校勘記」の全貌に接する日の近からんことを切望する次第である。

（大安書店『大安』第四卷第七號　一九五八年七月）

『紅樓夢書錄』瞥見

さきごろ刊行を見た『紅樓夢書錄』（一九五八年四月・古典文學出版社）、編者に「一粟」の名を署する。（蘇東坡「赤壁賦」の「渺タル滄海ノ一粟」の句に據るものか。）いったいこの一粟とは、なにびとの別號であろう？　阿英（銭杏邨）著『晩清戲曲小說目』（一九五四年・上海文藝聯合出版社）の「敍記」には、氏がかつて同名の『書錄』を編寫したことを記すし、また『紅樓夢版畫集』（一九五五年・上海出版公司）の編者たる氏に、この著のあるは不思議でないからして、銭氏の數多い別號の一つかとも推測されるが、なにぶんさきの「敍記」には「原稿スデニ佚ス」とあるので、或いは別人のそれかも知れぬ。その詮議だては姑く措き、以下『書錄』（と略稱）の一瞥を試みてみたいと思う。

さて、この書目は、『紅樓夢』の名を冠する如く、この小說に關わりのある書物等のうち、一九五四年十月（卽ち所謂「紅樓夢論爭」の口火の切られる時期）以前に成ったものに限って、およそ九百種近くを採錄したものである。《版本》ほか七部に分類して收めているので、便宜上これに從って見てゆく。

まず《版本》。この部に著錄されたもの、すべて一〇八種（第九三・九四本目に當る二種は一項に併記されている）。『甲戌本』始め八十回本系統の古鈔本五種・竝びに『戚本』大字・小字本兩種を加えた都合七種を首におき、さらに『程甲』『程乙』兩本に始まって『作家出版社本』（一九五三年）に至るまでの百二十回本を、鈔本・刊本・完本・殘本取りまぜ、また諸書に引かれた編者未見・佚存不明のものまで網羅し、これらがほぼ成書の年代順に排列される。

（無論刊行年の不明のものもあり、『作家本』の如く、前の方に混入した例もあるが。）

このうち末尾に近く置かれた『羣學社本』は許嘯天氏の刪改した百回本であり、『潔本紅樓夢』は沈雁冰（茅盾）氏による亞東版『程乙本』の刪略本であり、また『紅樓夢精華』（一九二五年・文明書局）は書名の示す如く一種の拔萃本であって、殊にこれなどは、嚴密にはこの部の附錄とすべきであろう。逆に後の《評論》の部に收める『紅樓夢索隱』などは、百二十回本原文に王・沈二家の索隱を附したもの、《版本》の部に入れられてもよい性質のものである。

從來この種の書目としては、孫楷第著『中國通俗小說書目』の新版（一九五七年・作家出版社刊、以下『書目』と略記）の關係の項が、舊版に比し增補するところも多く、最も精しかったが、例えば『脂硯齋本』のうち、『甲辰本』『己酉本』等は未收であり、收錄した刊本の數からだけいっても、後出の專著たる『書錄』には遠く及ばぬのも當然だといえよう。

この《版本》の部を通覽してまず氣づくことは、上に擧げた數種の刪本と『脂硯齋本』系統の幾本とを除けば、百種近くが百二十回本なる點であるが、なかでも例の『王雪香評本』の盛行ぶりには驚かされる。道光十二年（一八三二年）この王希廉（雪香）の評本が現われて以來、これを重刻したものか（四種を數える）、またはこれに別人の評を加えた刊本が盛んに行われるに至った。（王評だけの單行本もある、『石頭記評贊』。）別に少しく遲れて道光の末年？張新之（妙復軒）の評本が現われたが（二種あり）、降って光緒年間、『王本』に姚燮（梅伯）の評を加えたもの（光緒十二年—一八八六年の記年のあるものが早いが、これ以前から行われたとおぼしい。八種存す）、これと前後して刊行された王・姚の評に張氏の評を併せたもの（光緒十年のものが早く、七種錄す）などがあり、他に『王本』に蝶薌仙史の評を添えたもの（光緒三十二年の刊本を始め二種）も加わるという盛況を呈した。そうしてこの『王本』は、『程甲本』の系統であるからして、その意味で、高鶚らがせっかく手を入れた苦心の『程乙本』も、影響力からいって、とうてい『程甲本』に及ばなかったということが、改めて確認されよう。

《版本》の部に附して《譯本》の項があり、各國語譯一三種（うち未刊一種）を掲げる。我が國のものとして『國譯漢文大成本』『岩波文庫本』『新譯紅樓夢』の三種を錄するが、『新譯』の譯者を岩春風樓に作るは岸姓の誤記である。（なおこの譯書は大正五年文教社より刊行、上編には第三十九回までの抄譯を收めるが、中・下編が刊行されたかどうかは未詳。）

版本についでは《續書》の部が設けられ、收めるものすべて三十種、孫氏の『書目』では十四種に止どまる。（うち『勸戒四錄』等に引かれる『紅樓重夢』のみは、『書錄』では『紅樓再夢』の條にその文を引きながら、目として立てていない。）夥しい量の續作である。そうしてこれらは、『書目』にも掲げた所謂『舊時眞本紅樓夢』と今次の『書錄』にあって增加した『新續紅樓夢』とが第八十回に接するを除いて、すべて百二十回本に據ったものたることは重ねて注意を惹く。續書に附し、この作品の影響下に成ったと考えられる『鏡花錄』以下二十一種も《仿作》として掲げられている。

次には《評論》として、近く古典文學出版社から影印公刊される筈の周春著『閲紅樓夢筆記』を始め近年の周汝昌著『紅樓夢新證』に至るまで八十五種が載せられ、さらに《報刊》として新聞雜誌に掲載された論文類が附されており、曼殊らの『小說叢話』（一九〇三年）から呉恩裕『永忠弔曹雪芹的三首詩』（一九五四年九月）に及ぶ戰中のものも含めて一九〇篇が著錄されている。（胡適の諸論文の如く、雜誌に載り、のち『文存』その他單行本に收められたものは、雙方に採ってある。）

このうち論文についていえば、昨年刊行された『中國史學論文索引』（科學出版社）の關係分では、上卷の「曹霑」

の項が五、下巻の「紅樓夢」の項が六十二、併せて六十七篇に止どまり、その發表時期も一九二二年から三七年の閒に限られているに對し、『書錄』のそれは、時期的にも長期に互るのみでなく、篇數にあっても一百二十八篇增加している。(尤も、五篇を漏らしているようだが。)

一覽して、人名書名索引(孫氏の『書目』のごとくに)が附されてあったらと欲を出しかけたが、版本だけに限っても、これほど同名のものが頻出するのでは、書名の方は無理な注文かも知れぬ。なおまた「紅樓夢論爭」以後、殊に大量に新しい視點に立った論文著作等が現われていることであるから、「例言」にも述べる如き補編の刊行が望まれる。差し當っては『中國文學報』(京都大學中國語學文學研究室)第二册村上哲見編『紅樓夢研究批判』に附載された「關係資料一覽」と以後の同誌の「文獻目錄」關係箇所に就いて見るのが便利であろう。

實に丹念に集めたものである。『改七薌紅樓夢圖』(一九一五年・神州國光社、コロタイプ精印十二圖を收める。增田涉先生の藏本によった)などのごとく、改琦の眞蹟か否かは別としても、《圖譜》の部に洩れたものもあるが、いずれにせよ異邦の一學徒には、とうていその遺を拾えたものでない。上來無闇と數字を擧げた嫌いがあるが、これを數えあげさせずにはおかぬ異常なまでの量の堆積のさせた仕業、ともかく數字だけでも、たかだか二百年ほどの閒にこの一つの小說に注ぎこまれた莫大なエネルギー(原作者を含め無數の讀者の)を幾分なりと實感させるよすがにはなろう。そうしてさらに、この『書錄』を繰ってゆくならば、その書誌學的な記述のはしばしからさえも、この作品をめぐってのさまざまな人閒の歷史——この作品がどういう風にして成立し流傳し、どのような仕方でどのようなものが汲み取られ受け取られてきたか——を夢想する手がかりが與えられようというものであるし、そのことは改めて、それほどまでに人びとを引きつけてきたこの小說の「魅力」自體の分析へと、考えを誘うに違いない。

（追記）　近着の阿英著『小説二談』（古典文學出版社）中の「紅樓夢書話」の補記（一九五七年八月日附）に一九四一年に著者の編んだ『紅樓夢書錄』六巻の舊稿が發見され、補訂の上印行の豫定とある。一粟氏とはほぼ阿英氏の別名と見て間違いなかろう。

（補記）『書錄』の編者一粟氏とは、阿英氏ではなく、實は朱南銑・周紹良兩氏の共編者名であった。このことその後判明したので、ここに補正して置く（二〇〇四年三月）。

（極東書店『書報』第一巻第九號　一九五八年十二月）

近年發見の『紅樓夢』研究新資料
——南京靖氏所藏舊鈔本その他について——

ここ數年のあいだに、『紅樓夢』研究の資料は、さらにまた數點の重要なものを加えた。「解放」後、これまで個人の祕藏品であった文物の世に出る機運が作られたが、『紅樓夢』の場合、原作者曹雪芹の逝世二〇〇周年を迎えたことが、この傾向に一段の拍車をかけたといえようか。それだけに、新出現のもののなかには、資料的價値に疑問を抱かせるものもなくはない。しかし勿論、從來の定說を覆し、論爭の焦點に新たな角度から光を投ずるに足るものもまた少なからず見受ける。ここでは、それらのうちからめぼしいもの若干を取り上げて紹介することとしたい。

(1) 版本の新資料

版本の面では、一九五九年春、楊繼振舊藏の『紅樓夢稿』と題する舊鈔本が北京で發見され、高鶚の手稿本ではないかとの論議を呼んで多くの論文が書かれたこと、のち六三年に至って影印刊行されたことは、ともに記憶に新しいところである。これとは別に六一年には乾隆時の舊鈔本（三十～四十年頃とされる）一部が北京に出現、北京圖書館に收藏された。これに關しては次の紹介の一文がある。

〇玉言（周汝昌）「簡介一部紅樓夢新鈔本」（『文匯報』一九六一年六月十七日）

この論文には、この鈔本の傳來についてなにも記されていないけれども、周汝昌『曹雪芹』（作家出版社、一九六四年二月）中に「蒙古王府本」としてしばしば引かれているのとは、どうやら同一のものらしい。もしこの推測が當っているとすれば、王府に傳わった鈔本ということになる。

ついで一九六二年春、ソ連科學アカデミー・アジア諸民族研究所レニングラード支所圖書館の藏書中から、L・B・リフチン氏によって、『石頭記』鈔本（七十八回の殘本。P・クルリャンツェフが嘉慶年間に、ロシヤに持ち歸ったものらしい）が發見され、その後、メンシコフ、リフチン兩氏による以下のような詳しい報告論文が發表された。

○Л. Н. МЕНЬШИКОВ・Б Л. РИФТИН: НЕИЗВЕСТНЫЙ СПИСОК РОМАНА《СОН В КРАСНОМ ТЕРЕМЕ》, НАРОДЫ АЗИИ И АФРИКИ, 1964. 9.（Hо. 5）

その概要はすでに「大安」一九六五年六月號で小川環樹教授が紹介されたが、同教授の御斡旋によって、小野理子氏の全譯文を新刊の『明清文學言語研究會會報』第七號（一九六六年二月）に掲載することができた。關心を持たれる向きは就いて御覽いただきたい。

ところで一九六五年、またまた注目すべき舊鈔本が南京で發見された。これには周汝昌氏による紹介の文章がある。

○周汝昌「紅樓夢版本的新發見」（香港版『大公報』一九六五年七月二十五日）

この鈔本は南京の毛國瑤氏がその友人靖應鵾氏宅で發見したもので、毛氏の報告を基に上記周氏の紹介はなされている。以下これにより、幾分私見を混えながら、紹介の筆を進めるとしよう。

まず傳來については、靖氏の家は旗人の家柄で、のち事情あって北京から揚州（江蘇省）に移り住んだが、この鈔本はその先祖から傳わったものだという。

現存するのは、八十回のうち、第二十八・二十九兩回竝びに第三十回の數葉を除く全部である。もと十九の小册を合裝して十厚册とした。行款字數等の鈔式は不明。殘存七十八回中、三十五回はまったく批語を缺くけれども、その他の回には朱墨兩様の眉批・行間批・回前回後批及び雙行夾批（割註）を多數存する。それらのなかには、すでに知られている脂硯齋本の脂批と共通のものがある一方、靖本（と以下略稱する）獨特のものも見られる。また共通のもののなかにも、研究資料としての價値の極めて高い異文もみとめられる。ただし他本の脂批の場合と同様、轉鈔を經ているため、判讀に苦しむものも少なくないようである。いまは周氏の例示したもののなかから、特に注目されるもの二、三を紹介しよう。

例えば、第二十二回の二條の眉批

鳳姐點戲、脂硯執筆事、今知者聊聊（寥寥）矣！〔寧〕不怨（悲）夫！（朱筆）

前批知者聊聊（寥寥）。不數年、芹溪・脂硯・杏齋諸子、皆相繼別去。今丁亥夏、只剩朽物一枚、寧不痛殺！（前條より稍後、墨筆）

これらは「庚辰」本にも見えるが、後批の旁點を施した部分を缺く。この一節の記述によって、諸脂硯齋本の批語に見える評者の署名のうち、これまで多くの研究者（實は筆者もその一人であった）によって同一人物だと目されてきた脂硯齋と畸笏とが、實は別人なることがほぼ確實となった。卽ち、丁亥（乾隆三十二年―一七六七年）の記年のある批語は他の多くの例から推してすべて畸笏の一手に出づると考えられ、上に引いた二條もともに畸笏のものであろうが、特に後批によれば、丁亥の夏以前に、芹溪（曹雪芹の別號）・脂硯・杏齋（忝齋―松齋の誤記か）の諸人が、恐らくはこの順序に次々と世を去り、『紅樓夢』の成立に深い關係を持った者のなかで畸笏ひとりが取り殘されたわけである。（雪芹は乾隆壬午二十七年―一七六三年、一説によれば翌癸未の除夕に沒していて、丁亥の夏以前にこの世を去ったことは確かであり、他の二人についても「別去」の二字が別離でなく永別、死亡を意味していることは「寧不痛殺！」の悲痛な調子からしても疑いを容れまい。）

従來知られていた諸脂本の批語に關する限り、畸笏の號は壬午の年に始めて現われた。そこでこれは脂硯齋がなんらかの事情、もしくは動機によってこの年に改號したものであろうと考えられ、兩者の同一人説の一根據ともされてきたのである。ところが靖本第四十一回には

尙記丁巳春日、謝園送茶乎? 展眼二十年矣! 丁丑仲春、畸笏。

の眉批が見られる。この點からも、『脂硯齋重評石頭記』の成立過程において果した畸笏の役割、また關係について再檢討が要求されよう。(丁巳は乾隆二年、丁丑は同二十年に當る。)

靖本の出現によって、再考を迫られている問題はこれのみに止まらない。例えば、この鈔本には一枚の殘葉があって、上に脂批一條を錄する。「夕葵書屋石頭記卷一」と題したあと

此是第一首標題詩。能解者方有辛酸之涙哭成此書。壬午除夕、書未成、芹爲涙盡而逝。余常哭芹、涙亦待盡。每意覓靑埂峯再問石兄、奈不遇獺(癩)頭和尙何? 悵々! 今而後、願造化主再出一脂一芹、是書何本(得十全?)余二人亦大快遂心於九原矣。甲申八月涙筆。

と記す。夕葵書屋とは全椒(安徽省)の呉鼐《ごし》の室名。彼は嘉慶の進士で、官は侍講學士に至ったが、致仕して晩年は揚州書院の主講となった。同じく揚州に遷った靖氏の先祖が、呉氏と交渉があり、呉氏の藏した『石頭記』から、この一葉の批語を寫しとったものであろう。

批語の冒頭の「此是第一首標題詩」の句は「甲戌」本・甲辰本にも見え、第一回「楔子」の末の「滿紙荒唐言」五絕の、それぞれ行閒批・句下雙行夾批としてある。また「能解者」以下の全文は「甲戌」本にのみ朱筆眉批として見えるが、二、三の異同のうち注目されるのは、「甲戌」本が「甲午八日」に作るところを、靖本が「甲申八月」に作っている點であろう。

いったいこの批語は、「余二人」の句が上文の「一脂一芹」を承けていると見れば、雪芹に先立たれた脂硯の筆になるものということになる。しかるにその脂硯は、前述のように丁亥の夏以前に世を去ったと考えられるから、當然「甲午（乾隆三十九年に當る）」ではありえず、「甲申（乾隆二十九年）」であるべきはず。とすれば、從來論爭が行われながら結着を見ていない雪芹の沒年に關する二説のうち、癸未除夕説に據りさきの批の「壬午除夕云々」の記述をば十三年後の記憶違いによる干支の誤記なりとして壬午説を斥ける論者の根據の一つは說得力を失おう。この朱批がおよそ一年半後に書かれたとすれば、干支の誤記はまず起こりえぬと考えられるからである。

尤も、畸笏と脂硯が別人であるとすれば、この朱批を前者のものと見ることも可能であろう。そして「余二人」とは畸笏自らといま一人のすでに故人となった人物――例えば雪芹の弟棠村、ないしは松齋を指すものとも考えられる。また靖本が「甲申」に作るのは誤寫であり、「甲午」が正しいと考えることもなお許されよう。この、壬午から十三年目、十二支が一廻りした甲午の年の感慨を盛った批語であると見る見方については、かつて筆者は他の場所で述べたのでいま繰り返さないが（「脂硯齋と脂硯齋評本に關する覺書㈣」本書九八頁）、問題の批語を除くと、他本では「丁亥（乾隆三十二年）夏」が最も晩い批語の記年であるのに對し、靖本には最も晩いそれとして「辛卯（乾隆三十六年）冬日」の記年のある眉批を第四十二回に存することも、上述の見方を助ける。

この問題は厄介であるからこれ以上深入りを避けるとして、靖本の批語のなかには、原作の未完に終った部分の内容を考えるに足る手がかりもなお何條か見られるようであり、脂硯齋諸本成立の過程を窺うに足る材料もまた色々と保存されていそうである。それにもまして、この鈔本の本文内容は研究者の關心を惹かずにはおかない。ところが殘念千萬なことに、毛氏が、本文の異文検討に取りかからないうちに、原本が迷失してしまったという。その閒の事情は明らかでないが、雪芹の創作過程、稿本の成立過程を考える上での貴重な材料を與えてくれるに違いないこの鈔本

陸厚信繪「雪芹先生像」

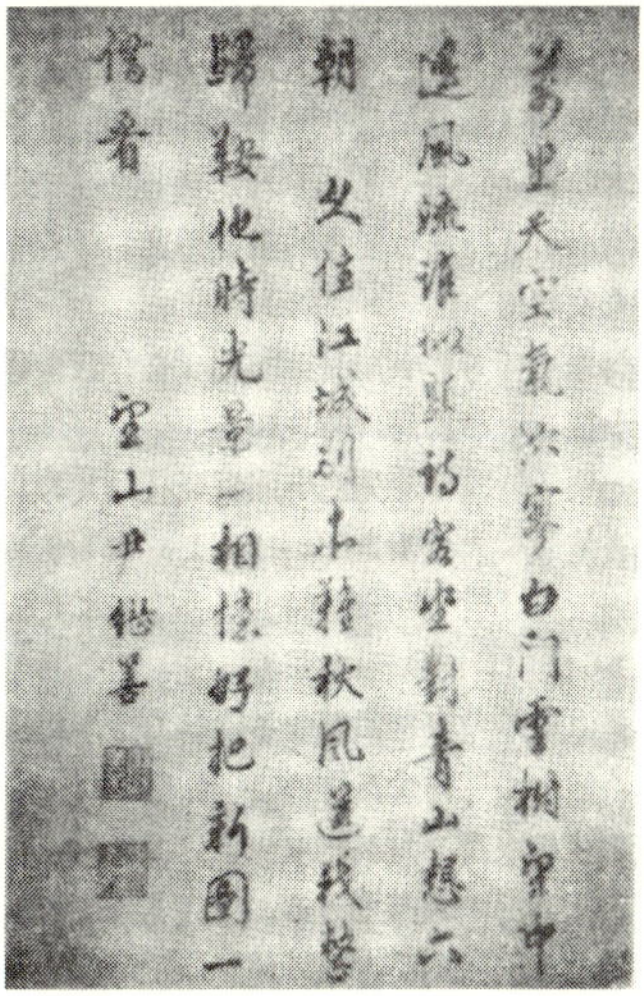

尹繼善自作二首

が、一日も早くふたたび出現してくれるよう祈らずにはいられない。さらにいえば、上に引いた夕葵書屋の主たる呉氏の舊藏本『石頭記』も天壤間のいずこかになお潛んでいるのではなかろうか。周汝昌氏のみならず、筆者もまたもしやの思いに驅られざるをえないのである。

(2) 曹霑に關する新資料

曹霑に關する直接の資料の乏しいなかで、その肖像畫だと稱せられているものが二幅ある。一幅は乾隆朝の畫人王岡（江蘇の人、號は南石）の描いた「行樂圖」形式のもので、戰前『美術週刊』誌で紹介されたといい、戰後は「庚辰」本が影印刊行された際（文學古籍刊行社、一九五五年九月）、その口繪寫眞として載ったのを始め、諸書に見えてすでに人々の眼に親しい作である。「壬午春三月」の記年を存するから、これが眞物だとすれば（疑う人がまったくないわけではないが）、乾隆壬午（または翌癸未）の年の除夕に沒したとされる雪芹の最晩年の風貌を寫したものだということになる。（なお舊作ながら拙文「曹霑の肖像畫」―『中國古典文學全集月報』第十號　一九五八年十二月　平凡社、本著作集「紅樓夢編」下册所收參照。）

いま一幅は、六三年五月、上海市文化局の方行氏が、鄭州に立寄ったとき、河南省博物館で發見したもので、雲閒（江蘇省）の陸艮生（號は厚信。經歴不明）の署名のある作である（圖版參照）。これを王岡の繪と竝べてみると、兩人物の手姿はなにやら似通ったものを感じさせる。ただし、王岡のそれは鼻下にひげを蓄えていて、やや老けて見える點が異なる。居奥如氏はこの點を説明して、昔の習慣によると、蓄鬚の年齢は四十一、二歳、もしくは四十六、七歳であったから、雪芹の場合も、陸繪はその四十歳以前の像、王繪は四十一歳以後の像であろうと説く。

さて、この繪は書畫册中の一幅で、左方上傍には陸氏自身の次の畫贊がある。

雪芹先生、洪才河瀉、逸藻雲翔。尹公望山、時督兩江、以通家之誼、羅致幕府。案牘之暇、詩酒賡和、鏗鏘雋永。余私忱欽慕、奚作小照、繪其風流儒雅之致、以誌雪鴻之跡云爾。雲閒艮生陸厚信併識。

この「雪芹先生小照」が果して曹雪芹その人の肖像であるかどうかについては、疑問視する研究者もある。その最大の理由の一つは、この繪と見開きになった次葉に、陸氏の贊中にいう「尹公望山」卽ち尹繼善（望山はその號）が自作の七絶二首を揮毫している點に在る（圖版參照）。それというのも、この二首は尹氏の『尹文端公詩集』（巻九）に、第二首の「江城」を「金陵」、「憶」を「意」に改め作って收められながら、「題俞楚江小照」と題されているからである。

俞楚江、名は翰、楚江はその字。紹興（浙江省）の人で、一時尹氏の幕客であったことがある。（尹氏と親しい袁枚とも識るところがあったようで、『隨園詩話』等にその名を散見する。）しかし、彼と尹氏とのあいだに「通家の誼み」があったかどうかは疑わしく、また彼に「雪芹」の別號があったことも知られていない。同時代人でこれらの條件をよく滿たしうる者は雪芹を措いて他にない。

この點から出發して陸繪を曹霑の肖像であろうとする研究者のなかに周汝昌氏がいる。同氏はかつて「曹雪芹和江蘇」と題する一文を『雨花』月刊（江蘇人民出版社、一九六二年第八期）に寄せ、雪芹は乾隆二十三〜二十四年に江南に赴き、同二十五年に北京に歸ったのではないかとの推論を發表したことがある。陸繪がまさしく霑のそれだとすれば、さきの南行説は一つの裏づけを得たことになろう。

張永海氏の傳える「曹雪芹傳說」（後述）によると、乾隆二十年頃までに雪芹は前妻を失ったという。假りに雪芹が二十三年頃南下したとすれば、彼は前妻の忘れ形見である幼い一人息子を人に託して出立したのであろうか。あるいはすでに後妻を娶っていたのでもあろうか。いずれにせよ、生計の資を得んがため、二つには幼時を送った故鄉の土を踏まんがため、當時兩江總督であった尹繼善の「通家の誼み」による招きに應じて一旦はその幕下に赴任したとしても、「食客の鋏を彈ずる」暮らしが彼の性に合おうはずがない。それに愛兒のことも氣にかかる。かくて久しく留まることなく北歸したものであろう。雪芹晚年の友人敦敏の乾隆二十五年秋の詩の詞書に、一年有餘にして雪芹と再會した喜びを記すのは、このときのことであろうか。

こうした想像を許す有力な材料として陸厚信の「雪芹先生像」は出現した。若干の點で——例えば反對論を唱える一粟氏の推定では尹氏のさきの二絕は、乾隆三十年、彼が入閣のため任地南京を離れ上京する寸前の九月始めに詠まれたものだとされる。これはすでに雪芹の沒後に當る——まだ問題は殘るにせよ、雪芹の肖像である可能性は相當に大きいと見てよかろう。以下には、この繪に關する專論の管見に入ったものを揭げて參考に供する。

○居奧如「陸厚信繪曹雪芹像」（香港版『大公報』一九六三年九月一日）

○周汝昌「關於曹雪芹的重要發見」（香港版『文匯報』一九六三年九月二十六日）

○呉恩裕「考稗小記」第九八則（『有關曹雪芹十種』中華書局、一九六三年十月）
○一粟「陸繪雪芹先生小照質疑(1)(2)」（香港版『大公報』一九六三年十二月一日、十二月八日）
○周汝昌「雪芹小像辨」（香港版『大公報』一九六四年四月五日）

次に雪芹の家世に關する資料では、一九六三年春、鈔本『五慶堂重修曹氏宗譜』（一名『遼東曹氏宗譜』）が北京で發見され、いま北京市文物局の藏品である。（先般の日本『紅樓夢』展に出品され、筆者は主催者の好意によって短時間ながら調査を試みることができた。）順治十八年春、十一世の子孫曹士琦の撰した序を附するが、十二世曹寅以下の三代についても記してある。この部分は清末に至って增補したものらしく、人物は從來知られていた『八旗滿州氏族通譜』中に見えるものと、出入がない。しかも曹顒の沒したあと康熙帝の恩命により曹寅未亡人の養子となって織造職を繼いだ曹頫を、顒とともに寅の生んだ子（實は甥）だとするような誤りが見られる。またこの『宗譜』序によれば、曹家は明の開國の元勳曹良臣を鼻祖とし、その三男曹俊の代に、遼東に定住したもののようであるが、俊の四男曹智（雪芹の家は、これから岐れた「遼東四房」である）以後九世曹錫遠（「世選」にも作る）に至る四世分は、『宗譜』では空白である。これらの點から、『宗譜』の記述は全面的には信を措きがたいとする研究者もいる。十四世に一人だけ掲げられた曹天佑が顒の子だとされている點も、そのまま信じてよいかどうか、檢討の餘地があろう。この『宗譜』については、まだ詳しい報告は發表されていないようである。

最後は晩年の曹雪芹に關する張永海氏所傳の傳說。——雪芹が晩年のかなり長い期間、北京の西郊西山に住みその地で生涯を終えた事實は、友人たちの詩その他の資料から知られていたが、その正確な場所までは確認されていなかった。一九六一年秋から、北京市文化局は、雪芹故居とその埋葬地について、調査を始めた。（周維羣「曹雪芹的故居和墳地在哪里?」『北京晚報』一九六二年四月十八日～二十一日。香港版『文匯報』一九六二年五月九日～十日轉載。）その後、同地香山に雪芹傳說を傳える張永海という蒙古旗人の子孫（張はその漢名、蒙古名は不詳）のいることが知られ、六三年三月始めに黃波拉氏が張老人を訪ね、さらに同月中旬には吳恩裕氏ら『紅樓夢』研究家數氏もこれを訪問、それぞれ聞書を取った。黃氏の訪問記は、廣州の『羊城晚報』（一九六三年四月二十七日～五月一日）に載ったというが、未見。『散論紅樓夢』（香港建文書局、一九六三年十月）所收の「波風」を署する文章がそれであろうか。同書には雪芹傳說に關する吳恩裕氏の一文をも收めるが、その原載紙も未詳である。

　これらに先立ち、別に當の張氏の息である張嘉鼎氏も、父君の談話を整理して父の名儀で發表した。張永海「曹雪芹在香山的傳說」（『北京日報』一九六三年四月十八日）が、それである。その內容をなすものは、おおむね永海氏の父君の收集に係るが、信憑性となると眞僞相半ばすといったところであろう。吳恩裕氏のその後の論文「記關於曹雪芹的傳說」（前記『有關曹雪芹十種』所收）の結論に當る(4)「我的一些看法」、また周汝昌『曹雪芹』一九三頁註②には、「去僞存眞」の批判的な受け取り方がそれぞれ示されていて參考になる。

(3)　高鶚に關する新資料

　高鶚が『紅樓夢』後四十回の純然たる續作者であったか、それとも別人の手になる續作の單なる纂修者であったかという問題については、研究者のあいだでも意見が岐れていてまだ結論の一致を見ていない。その高氏に關する直接資料は、雪芹の場合と同樣に乏しく、生卒年ですらこれまで推定の確たる手がかりが得られなかった。

　戰後刊行された『高蘭墅集』（文學古籍刊行社、一九五五年十二月）には、高鶚の八股文の自選稿本『蘭墅文存』『蘭墅十藝』全二七篇中から三篇が選ばれて影印され、さらに同じく自選稿本『蘭墅硯香詩』（巢章甫氏藏。詞四十四闋——乾隆甲午二十九年から同戊申五十三年に至る十五年閒の作——を収める）が全部影印收録されたので、高鶚の詞藻を探る一應の材料を與えられた。うち『文存』は戰前奉寛によって紹介されたことがあるが、『硯香詞』はこれによって存在を廣く世に知られるに至ったのである。ところが近年（一九六三年?）に及び、今度は、高氏の詩集『月小山房遺稿』が發見された。（「月小山房」とは「月小山高」の「高」字を隱した高鶚の齋名で、蘇軾の「後赤壁賦」の句にちなむ。）このことはすでに二、三の論文中で言及されていたが、昨年相繼いで次の二論文が發表され、やや詳しくその内容がわかるようになった。

○小禾「關于高鶚的『月小山房遺稿』」（『光明日報』一九六五年五月二日、「文學遺產」第五〇七期、香港版『文匯報』一九六五年五月三十日に轉載）

○吳世昌「從高鶚生平論其作品思想」（『文史』第四輯、一九六五年六月、中華書局）

特に後者は『遺稿』だけでなく『硯香詞』や『文存』『十藝』等をも資料とし、高鶚の生卒年、その閱歷、爲人、家庭狀況から續作問題にまで亙り論じていて精しい。

さて、『遺稿』は高氏の沒後、門人の覺羅華齡が編集したもので、詩體によって分類排列し、五律四十五題五十一首（小禾氏の報告では三十四題四十首とある）、七律十七題二十一首、七截（絕）四十題五十首、試帖十九題十九首——以上、都合百二十一題百四十一首（小禾氏の報告では百十題百三十首）の詩を收める。首に、華齡の兄の增齡の序を置き、これには「嘉慶丙子（一八一六）春二月」の紀年がある。生前の高鶚が忘年の友麟慶の母に當る惲珠の『紅香館詩草』に序を與えたのが「嘉慶甲戌（一八一四）之秋八月既望」のことであるから、從って高氏の沒年までのこの閒、おそらくは嘉慶乙亥二十年である可能性が強いと、小禾氏・吳氏ともに推論している。

いま一つ注目されるのは、この『遺稿』中に「重訂『紅樓夢』小說既竣題」と題した次のような七絕が收められていることである。

老去風情減昔年、　萬花叢裡日高眠。
昨宵偶抱嫦娥月、　悟得光明自在禪。

標題中に見える「既竣」の文字と、程偉元本（辛亥本）に寄せた、高鶚の「紅樓夢序」（「乾隆辛亥（一七九一）冬至後五日」の紀年あり）に見える「工既竣」の句から、小禾氏はこの詩を序と同じ時期に詠まれたものであろうと推す。一方、吳氏は『遺稿』中の前後の詩の紀年からして、この詩は壬子（一七九二）程乙本の刪改作業を終えた後の作であろうと說く。「重訂」の二字の解釋に至っては、小禾氏が「整理」の意であろうとするのに對し、續作說に立脚する吳氏はこの解を誤りだとして排し、「將先作之稿再次改訂之意」卽ち舊作を手入れしたのだと主張、高氏の續書の作は、「風情未減之昔年」に成ったものだとする。兩說の當否については、いま、姑く他のいくつかの問題と同樣、疑案として殘しておくほかはあるまいが、それにつけても、この問題を考える材料の一つとして『遺稿』の覆刊が期待される。

（附記）　この小文は、昨秋、編集部の需めに應じて草したものであるが、意に滿たない點の多いままに、篋底に藏して半年を經た。ここに若干手を加えて發表することとしたのは、陸厚信繪「雪芹先生像」の寫眞燒附その他貴重な資料をはるばる惠投された周汝昌氏の御厚意に應えんがためである。同氏以外にも、小池洋一氏を始め多くの方々から資料につき御配慮に預っている。併せ記して感謝の意を表したい。

（一九六六年三月二十日）

（大安書店『大安』第一二巻第五號　一九六六年五月）

レニングラード本『石頭記』の影印本を手にして

二十年來待望のレニングラード本『石頭記』が中華書局から影印出版された。

およそ百五十年の昔、露都ペテルブルグ——十月革命後、レーニンにちなんでレニングラードと改稱された——より清都北京に派遣されたロシヤ宣教團の一員がはるばる持ち歸ったというその寫本は、二十年前にあるきっかけにより發見紹介された。以來この小說『紅樓夢』の版本問題に關心を抱くほどの人でその影印公開を切望しない者は一人としてなかったであろう。それというのも、この寫本が所謂「脂硯齋本」と呼ばれる系統に屬する珍書であるからである。

いったい『紅樓夢』には、通行の百二十回刊本のほかに、これとは別の『石頭記』と題する八十回、またはそれに滿たない回數の古寫本群が傳存している。原作者曹雪芹の生前、近親の一人と推定される脂硯齋と號した一人物——その素姓についてはなお定說がない——が原稿本に據って「定本」を作り、飽かず批語（書き入れ）を加えているところから、「脂硯齋本」なる名稱が生まれた。作品として未完とは言え、本文が通行本に較べて原作により近いと思われる點、また成立の事情を窺わせるに足る批語が多數見られる點は、脂本（と以下簡稱）の價値を高からしめるものである。

この脂本にも實はヴァリアント、異本が少なくない。尤も、戰前には僅か二、三種しか存在が知られていなかった。今は亡き胡適舊藏の所謂「甲戌本」（乾隆年間の轉寫本。當初はこの干支に當る乾隆十九年に成立した寫本そのものと考えられていた）、燕京大學藏（「解放」後合併により北京大學に歸した）の「庚辰本」（乾隆年間の轉寫本。原底本の少なくも一部分は乾隆二十五年に成立したものと考えられる）の二種がまず擧げられる。そのほかに清末・民初に石印された有正書局本（大字本・小字本の二種あり。近年上石の際用いられた原寫本が前半四十回だけ發見された）も脂本の系統に屬する。『國譯漢文大成』に收められた邦譯は、譯者平岡龍城の見識によりこの八十回の有正本が底本に採られた。魯迅が名著『中國小說史略』に引いた例文もこの有正本に據っている。しかし戰前は、校訂本としては、胡適の推奬した所謂「亞東本」——程偉元が乾隆末年に萃文書屋から刊行した百二十回木活字本の改訂版に據ったもの——が廣く行なわれた。それらについての詳しい記述は、一粟編『紅樓夢書錄』（古典文學出版社、一九五八年。增訂本、上海古籍出版社、一九八一年）や胡文彬編『紅樓夢敍錄』（吉林人民出版社、一九八〇年）に讓るが、簡にして要を得た紹介文としては蔡義江氏が文雷氏（胡文彬・周雷二氏）の協力を得て執筆したという「《紅樓夢》版本簡介」（同氏著『紅樓夢詩詞曲賦評註』——北京出版社、一九七九年——卷末附錄）が擧げられ、レニングラード本は「脂亞本」の略稱で提要が掲げられている。ちなみにこの「簡介」では、十二種もの脂本を擧げている。

　ところで戰後になって脂本が續々と發見された。このような趨勢は、程偉元本に據る校訂本も依然として行われる一方、脂本に據る校訂本を產み出さずにはおかなかった。俞平伯氏は戰前から有正本、つまり脂本の價値を重んじた人であるが、「解放」後まもなく氏が手がけた『紅樓夢八十回校本』（人民文學出版社、一九五八年初版、六三年二版）は有正本を底本とし、當時知られた他の五種の脂本を參照して校訂作業がなされている。そのなかには前記「甲戌本」、「庚辰本」のほかに庚辰の前年に鈔成された「己卯本」なども含まれていた。

　「十年浩劫」を經たのち、文化部藝術研究院に屬する紅樓夢研究所の共同研究によって新たに完成を見た校註本『紅樓夢』（人民文學出版社、一九八二年）は、庚辰本を底本とし、他のその後出現した脂本をも加えてすべて九種を參照している。また臺灣で出版された潘重規主編『校定本紅樓夢』（中國文化大學中國文學研究所、一九八三年）は『紅樓夢稿』と呼ばれる一百二十回の寫本の影印本（後述）を底本とするが、その前八十回の塗改前の本文は脂本の原姿をなおよく留めている。これら三種の校訂本には、決定した本文に對する主要な異文を收錄した別册または本文各回に附載する形で校勘記が作られている。それに對して獨立した「異文表」的なものとしては、周祜昌氏（周汝昌氏の令兄）が「解放」後いち早く着手した全脂本の對照校字記（未刊）や、近年紅樓夢研究所が「校註本」の公刊に續いて作製中の同種のものもあるが、完成すれば厖大な分量となり、おいそれとは出版の運びに至るまい。

一方、「解放」後は研究者の需要と要望に應えて、脂本の主要なものは逐次影印されてきた。いま刊行順に列擧する。

㈠ 庚辰本（『脂硯齋重評石頭記』） 文學古籍刊行社、一九五五年。人民文學出版社修訂版、一九七四年。中華書局版、一九七八年。中華書局香港分局より前年の七七年に發賣。臺灣・香港にも覆印本あり。

㈡ 紅樓夢稿（『乾隆鈔本百二十回紅樓夢稿』） 中華書局、一九六三年。縮印版、上海古籍出版社、一九八四年。臺灣に覆印本あり。

㈢ 甲戌本（『乾隆甲戌脂硯齋重評石頭記』） 臺北・臺灣商務印書館、一九六一年。再版、六二年。中華書局覆印本、一九六二年。同上再版、七九年。上海古籍出版社覆印普及本、一九八五年。

㈣ 己卯本（『脂硯齋重評石頭記』） 上海古籍出版社、一九八〇年。增補版、八一年。

右のうち㈠は原本に缺けた第六十四・六十七兩回を、初版は己卯本のそれで補ない、再版は蒙古王府本のそれで補なっている。㈡は發見當初、かつて胡適によって後四十回の續作者と擬定された高鶚の手稿本だと誤認されたことも手傳ってか、いち早く影印されたようだ。㈢は五十年代中頃の「胡適批判」の一環として、稀覯の資料を獨占していると非難されたこともあった胡適が、曹雪芹の逝世二百周年を記念して影印に踏み切ったもの。㈣は北京圖書館藏本（四十回）の離れ（數回分）が歴史博物館で發見され、これがきっかけで併せて影印されるに至った。このほかにも己酉本（殘存四十回）、甲辰本（全八十回）、蒙古王府本（全八十回）南京圖書館藏本（全八十回）などがあるが、目下のところ文學研究所の呉曉鈴氏藏己酉本が影印を準備中と聞く。これより一足さきに海外のレニングラード本が今回出版されたというわけである。

さて、このレニングラード本は、これまでのところ海外で發見された唯一の脂本である。發見は一九六四年で、時期的に見て、たまたまその前年に曹雪芹の逝世二百周年記念行事が北京等で行なわれたのに觸發されてのことと思われる。

この發見はやがて大陸にも傳わるが、それには邦人が一役果した。一九六四年八月、發見後まもなくの頃に訪ソされた京都大學の小川環樹教授（當時）である。教授はモスクワでその消息を得て、勇躍レニングラードに赴かれた。ところがこれを藏するソ連科學院アジア諸民族研究所レニングラード分所を訪ねられたところ、あいにく現物は寫眞撮影のため所外に出ていて見るに及ばなかった。

しかし歸國後、L・N・メンシコフ（Menshkov 漢名「孟列夫」。敦煌學の専門家。V・A・パナーシュク Panaswk 氏の露語による全譯『紅樓夢』の註解作成にも協力している）竝びにB・L・リフチン（Riftin 漢名「李福清〔李福親とも〕」。中國の通俗文學、民間文學の専門家）兩氏の共同執筆によるこの寫本に關する論文を贈られたので、小野理子氏（京都大學中國文學科出身。モスクワへ留學、ロシヤ語の専門家になられた。本稿執筆時神戸大學教授）に翻譯を依頼され、その大要に解説を附したものを當時㈱大安から出ていたPR誌『大安』一九六五年六月號に小野氏と連名で發表された。「レニングラードで發見された紅樓夢の寫本」と題したものがそれである。

これを拝見した筆者は大いに興味をそそられた。幸い當時の勤務先大阪市立大學の經濟學研究所にこの雜誌『アジア・アフリカ諸民族』第五號（一九六四年）が入っていたので、原文コピーを入手することができた。さらに小川教授に連絡を取り小野氏の譯稿を見せて頂いた。一讀したあと、同學のために、筆者もメンバーであった明清文學言語研究會の會報に載せてはどうかと思い立ち、小川・小野兩氏の同意を得て實現の運びとなった（同會『會報』第七號、一九六五年二月）。譯文は原文の表現・發想が尊重されていて讀み取りづらいところがあり、編者として駄目押しをしたり、方弧による註記補足をさせて頂いたりした關係もあって、末尾に「編集贅語」を附し、これにこの寫本及び原論文の記述についての二、三の意見を書き添えておいた。前記の蔡義江氏の「簡介」脂亞本の項は、メンシコフ氏らの論文に對して「識見甚だ淺く、誤謬少なからず」と二、三例を擧げて頗る手嚴しい批評をしている。

ついでに記しておけば、メンシコフ氏らの論文の記述によると、この寫本は乾隆帝の『御製詩』全六集（帝の生前から崩御後嘉慶帝の時代にかけて刊行された）の第四・五兩集をほどき、襯紙《しんし》（補强のため插入するいわゆる「入れ紙」）に本文を書き、逆に『御製詩』は裏返しに折って襯紙として使ったとされる（「寫本の記述」）。しかしその後の調査では、前半の襯紙に本文を書いたという事實はなく、『御製詩』を襯紙に使ったのも後に改裝したときのこととされる。それにしても皇帝の漢詩集を襯紙に轉用するなど不敬罪ものの大膽な所業といえよう。

ところでこの『御製詩』の料紙について、内府刊を思わせるが、内府刊本は通常桑皮を原料とした柔かい白紙に印刷されるのに、これは黄味をおびた竹紙を用い、襯紙も同樣であるとして、「この版は誰かが自家用に印刷したものであろうか」と疑問を發している。清廷の掌故に精しかった故杉村勇造氏は、乾隆三十九年以降武英殿で印刷された木活字版（雅名「聚珍版」）の用紙について、「内府本の上等のものには康熙いらい開花紙（純白で軟かく光澤がある）や次等の太史連紙を用いていたが、この書には連四紙と一般用に竹紙を用いた三百部を通行用として印刷した。」と述べておられる（同氏『乾隆皇帝』）。高宗の『御製詩』も後には右と同様に一般用のものが竹紙により若干部刷られていたものであろう。

さて、『會報』に載せたメンシコフ氏らの論文の邦譯は、日本の學界の動向に注意を拂っておられた柳存仁教授（オーストラリヤ國立大學教授、當時）の眼に留り、氏は『會報』の譯文に言及すると共に、自身で改めて露國人の協力を得て原文から概略を作り直し、「讀紅樓夢研究專刊第一至第八輯」なる書評のなかで紹介された（『紅樓夢研究專刊』第十輯、一九七三年七月）。

その夏、『專刊』の主宰者潘重規教授（香港中文大學。本稿執筆時臺北中國文化大學）はパリの第二十九回國際東洋學者會議參加の後、レニングラードに赴かれた。同地の例の分所は敦煌文書の寶庫でもある。敦煌學・紅學雙方の專家たる潘教授を同地へ驅り立てたのは、やはり柳文に含まれた新情報だったのではなかろうか。十日間と滞在期間が短い上に、手違いから實際にはこの寫本については正味三、四日調査し得たに過ぎぬというが（このときの旅行記は『列寧格勒十日記』臺北・學海出版社、一九七四年　として刊行されている）、『石頭記』に關する所見は、歸港後、該地の『明報月刊』に何回か發表された。短期間の調査にも拘らず、さすがに專家としてよくこの寫本の特徵を把握し得ていると言えよう。

やがて一九八〇年五月、米國のマジソンで第一回の「國際紅樓夢研討會」が開催された。主催校ウィスコンシン大學の周策縱教授の當初の計畫では、脂硯齋本を始め主要な版本を網羅して展觀に供する豫定であった。（かくいう筆者も要請に應えて家藏の程甲本及び『繡像紅樓夢全傳』（乾隆五十七年蘇州刊本と推定される）とを携え參加した。）しかし肝腎の大陸からは結局所管の文化部の持出し許可が下りず、各種脂本のゼロックスコピー及び複製本による出品展示に終わった。なかでは北京からの三人の參加者の一人馮其庸教授（人民大學。紅樓夢研究所所長）の序文を附した、出版されたばかりの己卯本の影印本がそれらの〝眼玉〟であった。脂本中での唯一の例外は甲戌本で、胡適氏の遺族が保存のためという名目でコーネル大學（青年時の故人が留學した先）に奇託していたので、これがマジソンまで大切に運ばれて展示され、來會者に眼福を與えたのであった。

このとき、香港・臺灣から唯一人參加された潘重規教授は、さきのレニングラードでの調査結果を總合的に「列寧格勒藏鈔本《紅樓夢》考索」と題した論文に纏めて宣讀され、版本問題のセクションでのハイライトとなった。（のちこの論文は、周策縱編『首屆國際紅樓夢研討會論文集』香港中文大學出版社、一九八三年 に收録された。）

その後、この寫本を取り上げて研究した人は數えるほどしかいない。陳慶浩氏（パリ第七大學及び高等研究院）は潘教授の中文大學における愛弟子で、潘氏から資料の提供を受けて先に編刊した『新編紅樓夢脂硯齋評語輯校』（巴黎第七大學東亞教研處出版中心他、一九七二年）を改訂し、『新編石頭記脂硯齋評語輯校』（臺北・聯經出版事業公司、一九七九年）として出版、さらに批語の考察を軸として「列藏本《石頭記》初探」を發表された。またレニングラード大學の龐英副教授は、地の利を得て十年來この寫本の校勘作業に從事し、ソ連及び中國の學術誌に着々成果を發表、この寫本の批語と他の諸本のそれとの比較を通じて寫本の成立時期の推定にも及んでいる。

小文で言及した諸家の文章のうち、柳存仁・陳慶浩兩氏のものは胡文彬・周雷編『海外紅學論集』（上海古籍出版社、一九八二年）に、またメンシコフ・リフチン論文及び潘重規・龐英兩氏のものは同じ編者の『紅學世界』（北京出版社、一九八四年）にそれぞれ再録されていることを附記しておきたい。

以上に述べたように、レニングラード本については、本國人をも含めてこれまでその原本に接し得た人は極めて限られ、その報告や乏しい資料を通じて、いわば「管窺」を餘儀なくされてきたのが實情であった。これをかこつ研究者たちの待望の聲に應え、中ソ合作による影印出版の議が起こった。兩國關係が改善に向うという國際情勢の變化もこれに幸いしたかも知れない。

一九八四年十二月、紅樓夢研究所から所長馮其庸教授及び顧問周汝昌氏、それに出版社側から中華書局副總編輯李侃氏が加わった一行が訪ソし、レニングラードに赴いた。滯在は三日の短期間で調査の時間には乏しかったものの、三者の初歩的所見は研究所名で今回の影印本の「序」の中に盛られている。

またリフチン（當時ソ連アカデミー・ゴリキー世界文學研究所高級研究員）、メンシコフ（當時ソ連アカデミー東方學研究所レニングラード分所高級研究員）兩氏は、その後の研鑽の成果を織り込み、「列寧格勒藏鈔本《石頭記》的發現及其意義」と題した連名の新論文を執筆し、松厓譯の譯文が影印本の卷頭を飾っている。

このなかでまず寫本が帝政ロシヤに傳わった經緯について宣教團關係の調査結果に基づいて顚末を詳しく記している。ただし寫本を持ち歸ったパーヴェル・クルリャンツェフ（P. Kurliangtzef）についてはなお知るところは僅かだとし、彼は當時ペテルブルグ大學で近東の言語を學ぶ優秀な學生で、一八三〇年（清の道光十年）、第十一次派遣宣教團の募集に應じて隨行、北京へ赴いたが、團長と合わなかったらしく、二年とたたぬに病氣と稱して歸國した、と記すに止どまる。

ついでロシヤ及びソ連の支那學者が『紅樓夢』に抱いた興味と試みた研究とについて述べる。（ソ連の各圖書館の『紅樓夢』所藏狀況について記した箇所で、「十部の萃文書屋刊の稀覯本が含まれ、うち一部は『紅樓夢書錄』の提要と完全には一致しない」とするのは注意を惹く。程偉元本が十部もあるとはにわかに信じがたい程の數字であるが。）

さらに寫本『石頭記』についてさきの第一次論文に比し面目を一新した精密詳細な記述がなされ、最後にその發見及び研究の歷史について略敍して論文を結ぶ。その末尾には、發見以來二十年に及ぶ紅學界の研究を踏まえ、三つの結論を記している。當否はなお今後の檢證に俟つとして、いま以下に大略を紹介する。

一、列藏本『石頭記』はこの小説の初期の、刊行前に校閲の施された最も完備した寫本である。

二、列藏本は、その本文から見ると、曹雪芹の生前に筆寫された一七五九年（己卯本）及び一七六〇年（庚辰本）のそれに接近した、初期の重要な脂評本である。しかし、この寫本の本文中にはまた多くの特色があるから、さらにこれを單獨の一系統に分類することもできよう。この一系統に屬する他の寫本は目下なおはっきりしないけれども。

三、寫本の批語と多數の回に見られる符號及び改訂の特徴は、この寫本に據って附印が準備されていたと認めるに足る根據を與える。またこの寫本はある人が寫しを取る底本として使用した可能性がある。

＊

一九八六年六月、六年振りに第二回の「國際紅樓夢研討會」が哈爾濱師範大學とウィスコンシン大學の共催で哈爾濱で開かれた。このときの呼び物の一つに「紅樓夢博覽會」が同市博物館で催され、新文化部長王蒙氏がテープカットをした。文化部の後援で全國各地から貴重な文物が出陳されたが、版本室には脂硯齋本のほとんどすべてが陳列されていた。筆者が六、七年がかりで所藏機關を歷訪してほぼ一わたり見得た稀罕の寫本が一堂に集められたのであり、さすが本國での催しだと感嘆した。そのとき〝不參〟であったのは在米の「甲戌本」とこのレニングラード本位か。しかも實はこのときすでに後者の影印本は、第一回の己卯本のようには閒に合わなかったけれども、完成寸前であったのである。

（東方書店『東方』第七二號　一九八七年三月）

附録

曹霑と高鶚に關する試論

「物ヲ相《み》テ以テオニ配ス、苟モ其ノ人ニ非ズンバ、
悪《な》ンゾ乃チ其ノ位ニ濫竽センヤ(補註一)」

——「芙蓉女兒誄」(『紅樓夢』第七十八回)節錄——

序 曹霑の執心

曹霑《ソウテン》は『紅樓夢』ただの一篇を、しかも未完の形でこの世に遺すべく、産まれでたように思われる。彼の傳記の細部が二世紀の歳月に洗われて白描に殆《ちか》い姿しか留めぬ今日、ひとしおその生涯を貫く一筋のものはわたくしの胸を撲って止まぬ。

恐らく曹霑は、劇作家として、詩人として、あるいはまた畫家としてでも世に立ち得たかと思われる。だが、それらのいずれでもなく、選ばれた道は當時卑しめられていたはずの「小説家」としてのそれだった。

これが彼の生涯を決定的にした。

彼はむしろその唯一の作品を百齣の大ドラマとして仕立て上げるべきであったかも知れぬ。が、それにしては人間

心理の分析に興味を持ち過ぎた。彼の裡に認められる演劇に對する趣味・關心は『錄鬼簿』を刻して世に贈り、自らも傳奇數曲をものした祖父寅（楝亭）ゆずりのものであろうが(1)、にも拘らず、ついに李漁の徒とはなり得なかったのである。

我々はまた晩年の霑が、自作の畫を鬻いでこれをば酒代に充てたこと(2)、竝びに叔祖宣（筠石）、堂伯頎等と竝んで『八旗畫錄』にその名を留めたこと(3)（曹家は周汝昌氏の研究に依れば(4)滿洲正白旗に屬する旗人の家柄である）を知っている。その繪心、素人ばなれのした畫才をば、彼は麟慶の『鴻雪因緣圖記』のごとき形ででも活かそうとしなかったし、無論、彼の沒後、彼の產んだ作中人物を可視的《ヴィジブル》な形で讀者に親しませた「圖詠」の類にも彩管を揮うことがなかった。

詩の領域に於ても、彼の詩句の今日に傳わるものは『紅樓夢』中に現われるそれを除いて、纔かに兩句に過ぎぬ。友人敦誠の戲曲『琵琶行傳奇』に與えた挨拶の句(5)がそれだが、彼は他に一部の詞華集をも遺さなかったと思われるし、當代の旗人（清朝のいわば旗本である）の詩をすぐった『八旗人詩鈔（又『熙朝雅頌集』とも）』にも採錄されて居らぬ。敦誠によって「昌谷（李賀）ヲ追ヒテ籬樊ヲ披ク」と評された詩囊(6)をも、彼はその唯一の作品中に傾け盡して（脂硯齋の批語を借りれば「余謂ヘラク、雪芹此ノ書ヲ撰スル、中ニ亦傳詩ノ意アリ(7)」）ついに袁枚・張問陶の輩とは詩名を競わなかったのである。

同時代の誰とも似るまい、つまり單なる傳統的な意味での「文人」に止どまるまいとして（彼に文人臭が皆無だと言うのではない。が、少なくも彼のゆきついたところはそこであった）彼の志した「小說家」たるの道は、彼にとってどのようなものであったか。

敦誠の傳えるところに據れば(8)、晩年の霑は北京西郊の廢館頹樓に貧窮の日々を送る世渡り拙き處士であったが、家を擧げて粥を啜り纔かに飢えを凌ぐ底の窮迫の裡にありながら、なおかつ『紅樓夢』述作への集中は撓むところがなかったようである。（彼とても、時に筆を折って富家の門を叩き、食客の鋏を彈ぜんと思わぬではなかった。このこと、同じく敦誠の記述に窺われるところである。[9]）無論、小說を售《う》って米鹽の資に換え得るあてがあるわけはなかったし（假に金になったとしても、繪を鬻ぐとこと變り、この心血濺いだ作品にその事あるを潔しとしたかどうか疑問だが）あるいはまたこの一作に依ってただちに文人としての盛名を縱《ほしいまま》にするといった事も彼の期待するところでなかったろう。當時の小說が占めていた社會的地位とても、それらの事を許しはしなかったはずである。

とすれば、妻子を飢えに泣かせてまでこの作品を書き續ぐことが、いったい霑に何を報いたというのであろうか。

この時期の彼の生活に於ては、もはや筆執ることを措いて、他のなにものにも失意の後半生を超えうる生甲斐は見出しえなかったのだ。（唯一の例外として酒を擧げねばなるまい。その彼の酷だ愛した酒、これがまた常に賒《かけがい》であったと敦誠の筆は傳えるのであるが、[同4]天の美祿たることに變りはない、その酒といえども、彼の情熱をかきたたせてふたたび仕事に立ち戻らせる、謂わば潤滑油の役目を果すものに過ぎなかった。裕瑞の『棗窗閒筆』に雪芹の語として傳える「若シ人有リテ快《スミヤ》カニ我ガ書ヲ覩《ミ》ムト欲セバ難カラズ、惟《タダ》日ニ南酒燒鴨ヲ以テ我ニ享ケシムルナラバ、我ハ卽チ之ガ爲ニ書ヲ作《ナ》サム」[10]は文字通り「戲語」として受け取らねばなるまい。）彼は凡そ二十年に亙る前半生、若年の砌の己れの姿を、怡紅院主人賈寶玉に假り、その「情」の自覺過程として（二參看）定着しようと試みていたわけだが、その後半生を賭けた長年月の異常な努力そのものの裡に纔かに救いを見ていた、のである。書くこと自體で報いられていた、そう考える他、彼に憑いたこの一種の狂氣を說明するに足るものはあるまい。

ともかく彼がここまで辿りつくまでには、さまざまの事があったに違いない。（殘念なことに、彼の傳記のこの部分はほとんど空白のまま殘されているのであるが。）彼とて人並みに榮達の道を夢みたかも知れぬし、靑年らしい野望に驅られた事もあったであろう。だが徒らに狷介の癖のみ強いこの沒落貴族の裔には、そうした道は閉されてあったのである。彼も一度は内務府の堂主事になったと傳えられる[11]。これよりさき、雍正六年、彼の家は雍正奪嫡事件の巻添えを食って抄沒され、江南の地より北京へ移った。乾隆帝卽位に及び、彼の父も内務府員外郎と爲ったが、小康を得た家運も乾隆十年前後巨變に遭い、頓に衰えた。賴るべき親戚もほぼ同時に同樣の目に遭ったとおぼしい[12]。

彼がどう消しようもない閒暇をもて餘してのあまり、こうした作品に手を染めたとて不思議はなかろう。たわむれに執った筆の重みが、この早熟兒の血に流れる文學趣味を喚び覺した。あるいは己れを虐《さいな》む爲の一つの手段に過ぎなかったかも知れぬその出來事が、彼の生涯を一つ方向に運命づけたのである。

彼は書き留めんとする、己れの閲《けみ》した「よき時代」を、かつて己れの周圍にありし「優れた女性たち」のおもかげを、さらにはそれらすべての崩壞のさまを[13]。崩れ去って還らぬものこそ美しい。（とはいえ、それが切實の感となるには當時の霑は少しく若きに過ぎた。彼にも未だそこばくの希望は殘されていたはずであるから。）　彼は青春の見果てぬ夢を、せめても己れを主人公とする虚構の世界の裡に取り戻そうとするのである。もはや現實の生の苦しさも彼を壓し潰すことはない。その味氣なさは却って彼の夢想をとめどなく擴がらせ、一層の絢爛さを加える働きをなすに過ぎぬ。

かくその動機に於いて自己告白の欲求に根ざす初次の稿が作者の自傳的性格を濃厚に帯ぶるのはけだし當然であった。だが、注目すべきは著筆時にすでにこの作品が『石頭記（石物語の意、初稿はかく題された）』なる題名の示すごとくに石の語り出づる下界見聞錄の體裁をとったいわば戲作であり、同時に「還淚姻緣譚」（二參看）のごとき在來の小說に比しては目新しい著想を含んでいたと思われる點である。卽ち、彼は生のままの「自述（自傳）」、あるいは單なる回想記の形によることを避けた。己れを主人公とし、己れの嘗めた經驗を素材としつつも、今一度、それらを虚構という形式で濾過しようとしたのである。

自傳の形で自己を語ることができぬではない。が、せいぜいそれは、例えば前代明末の徐渭や張岱が生前自ら爲った墓碑銘[14]の程度を出ることはできなかったに違いない。儒教的社會に生きる者としてのさまざまの制約がそれを妨げるのである。（西歐基督教社會に於ける近代小説發生時の狀況と合せ考えるべきであろう。）

もしまた彼がその家の崩壞の過程を直敍しようとするならば、自然その原因となった惡しき面にも觸れざるを得ぬ。そうしたモデル問題から家の歴史を傷つけ、累を周圍に及ぼすことは彼の當然顧慮しなければならぬことであった。しかもなお、彼には根強い自己告白の欲求がある。禮教の假面を被ったありきたりの自傳、乃至回想錄の形はその欲求に應えうるものではなかった。虛構の形を取り得て始めて彼はそれらに縛られることなしに（とはいえ、なおかつ、霑は「秦可卿淫喪天香樓」の一節を刪らねばならなかった程だが。次章一參看）語り得たのである。

單にモデル問題に對する顧慮のみに發するならば、彼は「託傳」という古來の形式によってもよかったはずである。あるいはまた文言による小説の形でも差支えなかった筈である。彼はこれらの使い古された形式、古き皮囊をも棄てて顧みなかった。卽ち、彼が白話（俗語）による小説の形を採ったのは、彼の提出しようとした賈寶玉、作者の分身であり、若き日の彼の投影である少年の肖像畫が、當時卑俗なジャンルと目された白話小説の形で僅かに存在を許される底のものだったのであり、（とはいえ、依然、風教に害あるものとして、作者の意圖とは凡そ見當外れの淫書、あるいは政治むきの批判の書として禁書の措置をとられる危險に絕えず曝されていたわけだが、）さらに彼の語ろうとする內容そのものが、それに最もよく應え得るものとしてこの充分には開拓されていない形式を不可缺のものとしたのである。

「高談雄辯」天性「語る」ことを愛した霑にとっても、[15]こうした選擇の效果はほとんど計算のうちに入っていなかったかも知れぬ。賈寶玉がやがて作者を離れて獨り立ちしてゆこうなどという事は、恐らく當時の彼には豫覺としてしか感ぜられなかったことであろう。そこで、『紅樓夢』に先行する『水滸傳』という作品の存在が大きな意味を持ってくる。

この百八人の好漢の織り成す『水滸』の世界は彼に大きな影響を與えただけでなく、この作品こそ自作と對置さるべきもの、或いはむしろ彼に依って凌駕さるべき道標として、絶えず彼の念頭に在ったに相違ない。『水滸』の畫く「俠」の世界（さらにこれから派生し、その一部を擴大して別に「淫」の世界を描いた『金瓶梅』は『紅樓夢』への架橋といえよう）に對するに、霑は「情」の世界を以てする。(16) 前者は男の世界であり、後者は女のそれである。我を措きてその人なし、霑の語らねばならぬ世界こそ正しくこれであった。かくてこの霑の自己告白の欲求に根ざす作品は、『水滸』を凌がんとする彼の野心（これが現世的な意味では何ら報いられるあてのないものであることは上に述べた）に支えられ、『石頭記』の形で出發するのである。

だが、彼の裡に未だ戯作者的な精神が影を留める限りは、拂うに異常な努力を以てしてもなおかつそれだけのものに過ぎぬ。

彼にとっては一つの轉機が必要だった。卽ち、彼の世俗的な野心がその道をすべて絶たれ、二度と浮び上れぬと觀念する一時期を通過せねばならなかったのである。彼はもはや『紅樓夢』述作のみを己れに許された畢生の事業と觀じ、これに生涯を賭けるほかない。（よしや傍眼には自慰と映ろうとも。）かくて彼の仕事は徐々に變質を遂げずには措かぬ。若き隱者曹霑はこの作品を練り上げることの裡に生活すると同量の重みを感得し始めるのである。これこそ彼がまさしく「作家」となったということだ。つまり、世の常の生活人としての能力を喪いつくしたともいうべき彼が、「書く」ことを通して、卽ち賈寶玉という人物を「創り」、その生きた時代を再建することを通してのみ生に與《あずか》り得る作家へと變貌し、逆にそのことにより甦《よみがえ》ったのだ。

近代作家の多くが、數々の作品を踏み臺としてその生長を遂げていったのに對し、霑はその唯一の作品を練り上げる過程のなかで、ほぼ同様の事を經驗した筈である。ここに至って、もはやこの作品が如何に彼の自傳的事實に基づくこと多かろうとも、そうした詮索はさして意味を持たぬ。むしろその價値はより多く彼の想像力に負う部分、彼の創りだした部分に見出されねばならぬのである。彼は出發點に於て謬《あやま》たなかった。『石頭記』の體裁こそ、作者を離れて獨り立ちせずにはおかぬ賈寶玉にとって最もふさわしい形式だったからである。

ともかく、彼は己れの道を獨りで歩みだした。

さるにても、何と根氣よくこの長篇の頁は塡められていったことか。作家としての眼をかつての己れに向けうるまでには、忍耐と（これは小品的・卽興的なものを上乘とする文人精神とは裏はらのものだが）何にも況して時日を要したであろうこと、申すまでもない。

曹霑二十歳をいくばくも過ぎぬ頃、すでに著手されたと思われるこの作品がほぼ今日見られる如き形に整えられるまでには、假すに十年の歳月を以てし、五次の刪潤を經ねばならなかったのである。[17]（彼は充分報いられていたはずだ、書き續ぐこと自體が彼にとっては生きることを意味し、この裡にのみ救いを見出し得たとするならば。）

だが、一度彼を執え去った情念は彼に休むことを許さなかった。十年の尋常ならざる辛苦[18]を經て『紅樓夢』が一應の完成をみた後、彼が自らに課した仕事は、後世に傳えるべきこれが定本を作成することであった。異常な執心である。彼は未來に生きる決心をしたのだ。決心を新たにしたといってもよい。賈寶玉は後の世の人々の胸裡にこそ活きなければならぬ。この確信は作者である霑が彼の分身を通じて未來に生きることに他ならなかった。彼はさらに餘生をこの仕事に賭けようとする。（敦敏・敦誠兩兄弟の傳える霑のおもかげは主としてこの時期に屬する。）

しかしながら、この霑の定本作成の業もついに第八十回を以て杜絶の止むなきに至った。彼の死という不幸な事情がこの作品を未完の形で永久に中斷させたからである。結局のところ、生前ほとんど知己を己れの裡にしか見出す他なかった彼にとって、これはまた何という報いられ方であろうか。

確かに曹霑は後世に於て恃むところがあったはずだ。それにしても、この未完の作品の死後の運命を、彼はどの程度に豫見しえたであろうか。あまたの狂氣染みた「紅迷（この小説の毒にあてられた『紅樓夢』ファンをかく言う）」を持ち[19]、はては「紅學[20]」なる奇態な擬似考證學をまで成立させずにはおかなかったこの作品とても、高鶚《ガク》という男が現われなかったならば、かほどの成功は收めえなかったに相違ない。高蘭墅鶚こそ、霑の執念を活かしてやった蔭の人である。彼は『紅樓夢』の未完で終った部分四十回を擬作した。しかも霑の殘稿（實は鶚の手には傳わらなかった）の忠實なる纂修者としての位置に退き（彼は自ら「紅樓外史」と號した）、この作品がともかくも首尾整った形で盛行しうる基を開いてやったのである。

その高鶚が手のこんだ仕方で擬作の事實を韜晦したのと、曹霑がその作品中に「曹雪芹」の三字を署名しておいた事實とは、興味を惹かないであろうか。（中國に於ては、これまでせいぜい文人消閑の餘技に過ぎぬ俗なジャンルと目されていたこの種の小說本に、正面切って署名なぞした者はなかったのである。）

人々は永い閒、高鶚に就いては無論のこと、原作者曹霑に就いても知ろうとしなかった。この作品が「作者」の名前を要求していることに對してははなはだ冷淡だった譯である。（讀者は作品に醉っていれば足りたに違いない。）しかしながら、霑がこの一作に賭けた執心のほどを見てくれば、彼が自作に署名せずにはおられなかった事實も無理からぬことと頷《うなづ》けよう。署名とは言い條、霑とても韜晦した形ではある。作品の首回、『石頭記』の緣起を述べるくだりにこれまた一增删者として「曹雪芹」の三字を嵌めこんだのであるが、かかる子供瞞しにも似た惡戲が彼の韜晦の仕業なること、すこしく意を用いて冒頭から讀み下って來た者には見易い道理であろう。「脂硯齋甲戌本石頭記

（後述）」のこの條の上欄に附された朱筆の批語の指摘を俟つまでもあるまい。

「若シ雪芹披閲增删セリト云フナラバ、然ラバ則チ、開卷ヨリ此レニ至ル這《こ》ノ一篇ノ楔子ハ又誰ガ撰ニ係ル？見ルニ足ラム、作者ノ筆、狡猾ノ甚シキヲ。後文、此クノ如キ處、少ナカラズ。這《こ》レゾ正シク是レ、作者、畫家ノ煙雲模糊（ノ法）ヲ用ヰシ處、觀者、萬《ユメ》作者ニ瞞蔽《あざむか》ル可カラズ、方《はじ》メテ是レ巨眼（ト謂ヒツベシ）。(21)」

朱批にいう鉅眼を具せるの士は、胡適等が曹雪芹なる人物の傳記闡明に力を注ぐ以前にもいたのである。(22) それに引き較べ、高鶚の場合は決して見易くない。その證據に看露わされるまでにはいささか時日を要した。

註

（1）『錄鬼簿』は「楝亭十二種」の一として刊行された。曹寅の傳奇には『北紅拂記』『虎口餘生（表忠記）』『續琵琶』等がある（周汝昌『紅樓夢新證』二七一頁參看）。

（2）「賣畫錢來付酒家」（敦敏「贈曹雪芹」詩に見ゆる句。胡適『紅樓夢考證』三一一頁所引）。

（3）雲在山房叢書『八旗畫錄』葉三十三に記事あり（注1周氏四四六頁所引）。

（4）周汝昌『紅樓夢新證』一二二頁參看。

（5）「白傅詩靈應喜甚、定教蠻素鬼排場」（敦誠『鷦鷯庵雜誌』葉十一、楊鍾羲『雪橋詩話』續集卷六にも引く）。また、趙峨雙「憶園聽濤錄」中に「鍾情貴到癡」の句を引くとの事であるが、周汝昌氏は霑の作たるを疑っておられる（同氏『紅樓夢新證』五〇八頁參照）。

（6）「愛君詩筆有奇氣、直追昌谷披籬樊」（敦誠「寄懷曹雪芹」詩に見ゆ。『考證』三三一頁所引。周汝昌『紅樓夢新證』四二八頁には「披」を「破」に作る。）

（7）甲戌脂硯齋本第一回、賈雨村の吟詩の批語（周汝昌『紅樓夢新證』五六九頁所引）。

（8）敦誠「贈曹芹圃」詩參看（註2胡氏『考證』跋所引）。

（9）註6に同じ。
（10）周汝昌『紅樓夢新證』四五二頁所引。
（11）右書四〇頁參看。
（12）右書、史料編年の章參照。
（13）「脂甲本」第一回開首總評、竝びに「凡例」參照（胡適「考證紅樓夢的新材料」に所引）。
（14）徐渭「自爲墓碑銘」（『靑藤書屋文集』巻二十七）、張岱「自爲墓碑銘」（『瑯環文集』巻五）。
（15）彼の高談雄辯ぶりは、敦敏が「院ヲ隔テテ高談ノ聲ヲ聞ク」と傳えて居り（『懋齋詩鈔』中の一詩の詞書に見える）。裕瑞も「善ク談吐ス」とか「其ノ奇談ヲ聞クニ娓娓然トシテ人ヲシテ終日倦マザラシム云々」と『棗窗閒筆』中に聞書を誌している。以上周氏の『新證』史料編年中に引く。
（16）『紅樓夢』中にも色どりとして「俠」の世界を描く事は「前回倪二・紫英・湘蓮・玉菡四様俠文、皆各得傳眞寫照之筆云々」と「脂甲本」「脂庚本」第二十六回總評に指摘するごとくである（兪平伯「後三十回的紅樓夢」改定稿所引）。
（17）「……曹雲芹於悼紅軒中、披閲十載、增删五次……」（「紅樓夢」第一回）。
（18）「十年辛苦不尋常」。「脂甲本」第一回の開首總評に見える詩の一句（胡適「考證紅樓夢的新材料」四所引）。
（19）蔣瑞藻編『小説考證』七の「紅樓夢」の部にはこの實例を諸書から蒐めている。
（20）胡適『紅樓夢考證』一に紅學家を三派に大別、概說する。參看。
（21）原文、胡適「跋乾隆庚辰本脂硯齋重評石頭記鈔本」所引（『國學季刊』第三巻第四期、七二六頁）。
（22）胡適『紅樓夢考證』參照。

一　蔭の人、高鶚

今日通行の『紅樓夢』一百二十回、うち第八十回迄が曹霑の原作に係るもので、續く四十回は實は高鶚が補った、この事實が論據を以て主張されるに至ったのは近年のことに屬する。

高鶚は相應の用意を以て續作の事實を韜晦し去った。程偉元の序を附した乾隆壬子（一七九一年）の初次の合璧百二十回本（以下「程甲本」と簡稱す）にはその名すら見せておらぬ。纔《わず》かに刊行者程氏の序中に、纂修の事に與った「一友人」として見えるのみである。（「程序」に依れば、程氏の苦心捜蒐に係る雪の斷稿を補修したのが後四十回であり、うち十餘卷は鼓擔《くずや》から買い取ったとする。史上埋れた資料が發見されるに當ってこの種の偶然の働いた例は多いにしても、にわかに信を措きがたい話である。）

翌年の第二次修正本（以下「程乙本」と簡稱）梓行に及び、初めて高鶚は姿を現わすのだが、「程序」の後に新たに附された高鶚の序中から彼の擬作の事實を讀み取った人は多くはあるまい。依然彼は韜晦の姿勢を保ち續けているのだ。

何故高鶚は纂修者の位置に身を退くのであるか、さまざまの推測が可能であろう。畢竟するに戲作の業、大丈夫の姓氏を顯わすに足らずとしたのであるか。（彼が遠慮がちな口吻で「程乙本」に與えた序中「予、是ノ書ハ稗官野史ノ流ナレドモ、然モ尚、名教ニ謬《あやま》タザルヲ以テ云々」と辯護しなければならなかった事は注意に値しよう。）それともまた同様な外的事情として、合璧本の意外な成功に氣をよくはしたものの、にわかに假面を脱いで「程氏序」に述ぶるもっともらしい緣起に背き我こそ續作者なりと名乘り出る譯にゆかぬ。こうした事情もあっての事か。中國に於ては纂修者とて相應の名譽を與えられはするのだから、そのあたりで滿足したとも考えられよう。

理由は種々擧げられるにしても、こうした事は大したことでない。それよりも肝腎なのは、古來中國にその例の多い僞經・擬作趣味の存在を高鶚の裡にも推定してみる事、いや趣味などという生易しいものではない、未完のまま遺された一作品を前にして續作に手を著けずには居られなかった高鶚という男を想像してみることだ。（程氏の慫慂といった當然考えうる外因は別として。）誰しも、いささかなりと文學的資質を持ち合せたとしたら、そうした誘惑には弱いものだ。

事實、高鶚の後四十回で完結をみたはずの『紅樓夢』には、これはまたおびただしい續作氾濫の現象がある。これら續作は一度曹霑に依って性格を賦與された作中人物を己れの手で操ってみたいという讀者の欲望が、『紅樓夢』盛行に便乗せんとする書賈の要求と相俟って、次々と產み出したものである。彼等はそれぞれ續作のうちで、すでに悲劇的な死を遂げた筈の人物を平然と甦らしめる。こうした續作の簇生ぶりは中國に於ける小說讀者の心理竝びに小說受容のあり方を考える上には、例の「紅學」の發生發達史と共に興味ある問題だが、これ以上觸れまい。ただ、高鶚の四十回とても續作の一種たること同じだが、彼は飽くまで未完の作品の後を承けてこれに完結を與えたのであり、その點で他の續作者群とは區別されねばならぬ。（ついでながら、これら續作のいずれもが高鶚の韜晦ぶりにまんまとひっかかり、所謂「舊時眞本」[1]を除いては、すべて百二十回の後に續けようとしたことも注意しておく要があろう。）

さて、この高鶚續作の事實に氣づいていた人も居なかったわけではない。例えば乾隆から嘉慶にかけての高名の詩人・船山張問陶がそれである。彼は四妹を高鶚に嫁がせていたし、鄉試同年の閒柄でもあったから、自然樂屋裏の事情にも通じていたわけだが（のみならず、彼は『紅樓夢圖詠』に三つの題詠をよせている）、その張問陶が高鶚に與えた一首中[2]に「艷情人自說紅樓」の句があり、題下に註して「傳奇紅樓夢八十回以後、俱蘭墅所補」とある。「俱《トモ》ニ蘭墅ガ補ヒシトコロ」としたのは、八十回以後は高鶚が原作者の意圖を尊重して缺けたるを補い發展完結させたもので單なる續作と異なる。これは高鶚の手柄だ、かく問陶は挨拶しているのであろう。それだけに、ことさらこうした證言に及ぶ必要を感ぜしめた程、この續作成立の事情は知られざる內幕だったと思われる。（曲園兪樾はその著『小浮梅閒話』中に右の事實を指摘し、依って「此ノ書、一手ニ出ヅルニ非ズ」と斷じた。後四十回が高氏の續作である

ことを說くもの、他に嘉慶道光閒の裕瑞『棗窗閒筆』、さきに引いた『八旗畫錄』等がある。(3)

こうした隱れた事情が幾分とも判然するようになったのは、なんといっても民國に入ってからであり、胡適、俞平伯(彼がさきの俞樾の曾孫に當るのも一つの因緣を感ぜさせる)等の考證に依るところが大きいが、胡適が高鶚續作說の主要な論據として擧げたさきの問陶の詩註も、「所補」の字義を高鶚が曹霑の斷稿を補綴したの意に取るならば見解は自ずと岐れる。他の證據が必要となろう。

曹霑・高鶚兩者の文體《スチル》の面から、この問題に切り込むこともできる。

北京話の操り方の正確度とか上手下手に關しては、胡適・俞平伯等が多くの實例を擧げて、高鶚が原本八十回の純粹な北京話を如何に改惡したかを說いている。(4)

それはさて措き、まず確かだろう事は、高鶚が意識的にとはいえないまでも、曹霑の文體を模していることだ。が實のところ、高鶚の模しえたのは霑の文體というよりも、文字に移された講釋師の口調だといった方が適切かも知れぬ。曹霑とて「話本」の流れを汲む「章回小說」の形式を踏襲して物語っているからだ。しかしながら霑の制作態度の上には「語る」という意識から「書く」という意識への移行、卽ち文體確立への努力が認められる。(頑石の口を通じて語らせるという物語の成り立ちからしても、ことに初次の稿では「語る」という意識に支配されがちであったと思われ、その痕跡も認められる。三參照。) 曹霑は「白話」という實用語、「文言」に比しては歷史の淺い文學語、彼に先んずる金聖嘆等に依って文學語としての機能をひとまず確立されたとはいうものの、(5)分析敍述の用には充分耐え得ぬこの言語を、殊に心理分析に適させる爲、彼流に鍛鍊し直そうとしたのである。「他想道（彼は內心考えた）」の類のかなり長い內的獨白を隨處に使用して登場人物の心理表現に役立たせているのはその著しい特徵である。會話の扱い方に拂われたことさらの苦心も見逃してはならぬ點であろう。人閒心理の屈折を（いささかマリヴォダージュの氣味合いさえある）微妙なことばの遺り取りに托したのはそれだ。

これらは内的風景を文字に移す際の彼の苦心の一端を取り上げたのであるが、すべて描寫に於て、霑は自身の眼に頼り表現の語を索めようと努める。しかも脂硯齋の批語に言う「墨ヲ惜ムコト金ノ如キ(6)」態度で對象を把えるのである。高鶚はこの點、あり來りの形容語で間に合せようとしているようだ。「説書」（講釋）の際用いられた常套句は高鶚に於て用いられることが多い。人物・風物いずれの描寫に就いても同樣なことが言えよう。こうしたことは霑が實在の人物・實在の風物を想い起しながら、これに若干の文學的變形を施しつつ筆執ったと推されるのに對し、高鶚はもっぱら彼の想像力に頼る他なかったという事情にもよろうが、結局は兩者の才能の問題に歸着しようか。

兎も角、表現の上での曹霑の苦心は重々察せられはするものの、彼も獨自の文體を確立するところまで行けなかったと見るのが至當であろうし、一方高鶚も原作者の表現上の苦心を繼承した形でその影響をうけはしたものの、文體の模倣にまで細心の注意を拂うほどには行き届かなかったと見なければなるまい。とすれば、高鶚纂修説を固執する説者に對しては、單に文體論《スチリスチイク》の援けを借りるのみでは、後四十回が高氏の手になることを立證してみせることは困難であろうし、逆に立場を變えて假に高氏が纂修したとしても、その後四十回の本文中、いずれの部分が霑の斷稿に相當し、それからしていずれの部分が高鶚の補筆に係るかを辨別指摘してみせることも事實上至難の業に屬しよう。目下のところ、「文體論」はそれほど鞏固な説得力を持ち合せまいと思われる。（霑の八十回そのものも實は未完成のままで遺された部分がある。これらの箇所は流布本に於ては後人の手で捕われ通行しているが、それらの祖本「程本」と「脂硯齋鈔本」との本文對校の結果は缺けた部分を補ったのみならず、高鶚が手を入れたとおぼしき異文が八十回中にもかなり見出される。原來、彼は「程乙本」の「例言」のなかで、「其ノ原文（直接には後四十回を指す）ニ至リテハ未ダ敢ヘテ臆改セズ」と大見得を切っているのであるが、「程乙本」と「程甲本」を校合してみればその加筆訂正の痕は歴然であるし、それのみでなく、逆に後四十回と辻つまを合せる爲、上述の如く霑の八十回原文にまで手を入れているのである。如何に考證學隆盛を極めた清朝に生きていたとはいえ、テキスト・クリティクの手がこの種の小説本にまで及ぼうとは高鶚の思い設けなかったところであろう。高鶚はそのお蔭で尻尾を出したといわれる所以である。)

さてこうした兩者の文體の差異に著目して攻めるのとは別に、原作者の意圖と續作に於けるその發展のさせ方との喰い違いを取り上げる事も一法であろう。兪平伯はかつてこの方法を試みた。(7) かなりの成功は收めたものの、こうした大長篇ともなれば、曹霑の靈腕に假すに歳月を以てしたところで多少の矛盾破綻は避けられぬこと當然である。従ってそれだけで押すことはできぬ。そこへ、おそらくは極め手として、この問題に照明を與えるべく登場したのが「脂硯齋鈔本」である。(實はこのテキストの出現がさきの兪氏の論證を別な角度から裏づけした。當時の兪氏の仕事は「脂本」の出現以前ではあり、資料として「戚蓼生本(以下「戚本」と簡稱。「脂本」の系統を引く八十回本である)」の本文竝びにそれに附された評註(「脂本」のそれとほぼ共通するが、ただ「脂本」に存する朱筆の批語を缺く)に賴る他なかった。隨って後述の「脂本」の朱批を見ておらず、爲に氏は「戚本」の評註にも散見する「後三十回」を高鶚とは別な作者の手になる續作の一つと考えるようなことにもなった。(8) これが實は霑の殘稿だったわけであるが。

曩《さき》に(一九二〇年)狄楚靑に依り石印刊行された「戚本」と新たに(一九二八年、一九三三年)胡適に依って世に紹介された兩種の脂硯齋鈔本「甲戌本」「庚辰本」の評註類を併せ檢討することにより、我々は曹霑及び『紅樓夢』に關して從來知られなかった多くの事實を教えられた。

霑の制作の過程、『紅樓夢』成立の歴史もこの兩本評註の諸記事によってかなり明らかになった節が多いし、また『紅樓夢』が作者の自傳的な作品であり、素材となったものの多くは霑の前半生の經驗に基づくという胡適の假説

(『紅樓夢考證』)も「脂本」のこの種の評註によって裏づけされた。例えば第十三回秦可卿横死のことを記すは何やらボカされた祕密の伏在を感じさせるのであるが、果せるかな、「脂甲本」同回々末に朱筆で次のごとくこの謎を釋き明している。

「『秦可卿淫喪天香樓』ハ作者史筆ヲ用ヰシトコロナリ。……其ノ事未ダ漏レズト雖モ、其ノ言其ノ意ハ則チ人ヲシテ悲切感服セシム。姑《しばら》クコレヲ赦シ、因リテ芹溪ニ命ジ删《けづ》リ去ラシム。(9)」

「脂庚本」ではこの評を缺く代り、同じく回末に朱筆總評あり「通回可卿ノ如何ニシテ死セルヤヲ故ラ隱シ去ル。是レ大イニ慈悲心ヲ發セシトコロナリ。嘆々。壬午春(10)」と記す。これらに依ってみれば、秦可卿の自ら天香樓に縊るのことは霑(ここでは芹溪の別號で呼ばれている)の身近にモデルがあったのであり、この二つの朱批の筆者、「老朽」を以て自ら任ずる畸笏老人(後述)が憚りありとして作者に删らせたものであろう。

その部分が淫女秦可卿が舅の賈珍と密通の場を女中に見咎められ恥じて縊死したくだりであろうことは想像に難くない。この女中が可卿に殉死した瑞珠ででもあろうか。なお同回の回目ももと「秦可卿淫喪天香樓」であったのを、删った際、內容とそぐわなくなった爲、現行の「秦可卿死封龍禁尉」と改めたのであろうし、初稿に比して分量を減じたことは、同回の眉評に「此ノ回ハ只十頁。天香樓ノ一節ヲ删却セルニ因リ、少却セルコト四五頁ナリ」とあるに依って知られる。(11)

「脂本」出現に依り知られた事實はこれらのみに止どまらぬ。第八十一回以後、霑の原作がどのように構想せられ、どのような形をとっていたかを考える上にこの「脂本」の果す役割は大きい。卽ち、八十回後の霑の殘稿の內容に觸れた文字が「脂本」の評註、殊に朱筆批語の各處に散見するからである。「脂本」の出現が高鶚の續作說を證する極め手となったというのはこのことだ。この朱批の記述と高鶚の後四十回を比較してみれば、高鶚が果してその言うがごとくに霑の斷稿を纂修したものなるや否やは明白となるわけだが、これに就いては章を改め説くとして、ここで少しく「脂本」評註の性質竝びにその筆者等に關し考えておかねばなるまい。

曹霑が五次の增刪を經て一應『紅樓夢』（恐らくこの稿は『金陵十二釵』と題されていたと思われる）の稿を成したのは、すでに乾隆甲戌（一七五四年）の年を遡ること數年であったと考えられる。脂硯齋（後述）なる人物がこの稿本に評を施した。甲戌の年に至って、脂硯はこれを鈔し重ねて評の筆を執った。かつこの書の故名『石頭記』をも復活させた。現存最古の鈔本『脂硯齋甲戌再評石頭記』(12)（以下「脂甲本」と簡稱）がそれである。この時期までに全書の讀法ともいうべき「凡例」（『紅樓夢旨義』）、各回回首に本文と緊接して置かれた當回の讀法である「總評」、竝びに本文中に雙行夾評の形で記された評註（これらのうち若干の註に類するものはあるいは原作者霑の手になるかと思われる）の大部分が施された。これらの評はその様式を『水滸』に施された金聖嘆のそれに假りたものであり、作者が『水滸』に自作を對置して稿を進めたのと併せ考えると興味がある。但し、この時期には恐らく四十回（それも未完成の部分が若干含まれる）までしか稿本が淨書されていなかったと思われる。

己卯（一七五九年）の冬、脂硯は朱筆を以て三度眉評を加えた。翌庚辰（一七六〇年）の秋、「甲戌本」を底本として再鈔された第四十回迄と甲戌以後淨書の進んでいた八十回まで（丙子（一七五六年）の年には第七十五回が淨書された證跡がある）とが併されて現存の『脂硯齋（庚辰秋定本）重評石頭記』(13)鈔本八十回が成立した。この際從來未完成の部分が補われ、あるいは刪られ、同時に夾評の類も若干增えたとおぼしい。ただし、定本とはいうもののなお未成の部分が殘った（第十七・八回未分回、第六十四・六十七回缺、第十九・八十回回目未成）。

さて、以上で脂硯齋は都合四度この作品に眼を通し評したわけである。さらに壬午（一七六二年）の春に至り、畸笏と稱する人物が「甲戌本」に朱筆を以て批を加えた。（翌年の大晦日に曹霑は没している。）乙酉（一七六五年）の年、丁亥（一七六七年）の年の春から夏へかけて、甲午（一七七四年）の夏とこの人物は四次に亙り評を施したのである。（尤も、「甲午」の紀年あるものは一條だけで、あるいは「甲申」の誤寫かも知れぬ。とすれば一七六四年、乙酉の前年である。）現存「脂庚本」第二・三册には「甲戌本」の脂硯・畸笏の手になる朱評を轉鈔している。「戚本」は恐らくこの「脂庚本」を底本としたものであるが、朱批の多くを删り去っている。「脂本」評註成立の跡をその紀年あるものの年次を追って辿ってみると、おおよそ以上のごとくである。（この他、「松齋」「梅溪」を署する朱批が各一條兩「脂本」には見える。胡適の説くごとく、(14)梅溪は霑の弟棠村であろうか。松齋もその説に從えば脂硯の表字であろうとする。尤も「戚本」第四十一回末の一詩に「立松軒」と署する人物や、或いは「松堂」と號し「四松堂集」を遺した霑晩年の友人敦誠との關係は明らかでない。後考に俟ちたい。）

さて、この脂硯齋竝びに畸笏と稱する兩人物は如何なる人であろうか。胡適は脂硯こそ評者に假托した作者曹霑その人であると說き、(10)兪平伯は未だ信ずべからずと反論する。(16)脂硯を霑と同一人物とみるならば、その沒後も加批を怠らなかった畸笏は當然別人としなければならぬが、脂硯非曹霑説をとる兪平伯はさらにこの兩者の同一人なりや否やも速斷しがたいとする。

確かに脂硯を霑の假托の姿とみる説は或る種の魅力を具えていよう。私もかつてこの滿更あり得ぬこともない説に惹かれた。今日では脂硯は霑でないのみか、むしろ脂硯と畸笏を同一人とみるべきだとさえ思われる。（この考え方を周汝昌氏も「脂硯齋」(17)なる論攷で提示され、さらに脂硯を作中人物の史湘雲に當る實在の女性に比定しておられる。後説には若干疑問の點がないでもないが、最も有力な假説には違いない。）

いずれにせよ確かな事は「脂本」に存する朱批竝びに評註の類が作者もしくはその近親で作品の素材となった世界に深い係り合いを持ち、かつ八十回以後の殘稿にも眼を通して（「失われた殘稿」の章で再說）いた人々の手になったということだ。それらの記述のうち、作者の手になると考えられる若干のものを除いて、作品の解釋に屬する部分、あるいは近親という事から發生し易いモデル問題の善意の歪曲といった面で、作者の意圖とは若干のズレが存するやも知れぬ。だがその人が親しく目睹した殘稿についての記述は、ほぼ信を措くに足ると考えねばなるまい。その「脂本」評註、就中、朱批の隨處に觸れている殘稿の內容と高鶚の後四十回の補本のそれとが、肝腎なところで數々喰い違いを見せて居るのだ。高鶚は「脂本」出現のお蔭で尻尾を出したと言う所以である。彼はかつてその續作に纂修者を「僭稱する」に足る出來榮えを認めたに違いない。今やその「名譽」を剝奪されたのである。これは高鶚にとって誤算と言うべきか、本望と言うべきか。

註

（1）兪平伯「所謂舊時眞本紅樓夢」（『紅樓夢研究』所收）參看。
（2）張問陶「贈高蘭墅鶚同年」詩（『船山詩草』卷十六所收）。
（3）周汝昌『紅樓夢新證』四三七頁、四五七頁所引。
（4）胡適「考證紅樓夢的新材料」六、竝びに兪平伯「高本戚本大體的比較」（『紅樓夢研究』所收）兩論文參看。
（5）小川環樹「儒林外史の形式と內容」（『支那學』第七卷第一號）參看。
（6）周汝昌『紅樓夢新證』八頁所引。
（7）兪平伯『紅樓夢辨』上卷所收五論文參照。
（8）兪平伯「後三十回的紅樓夢」初稿（『紅樓夢辨』上卷所收）。
（9）胡適「考證紅樓夢的新材料」三所引。なお、周汝昌氏の『新證』（四〇頁）に依れば、「芹溪」の「溪」は「悉」の誤寫であろうとされる。とすれば別號ではないことになるが。
（10）胡適「跋乾隆庚辰本脂硯齋重評石頭記鈔本」（『國學季刊』第三卷第四期、七二八頁）所引。

(11)胡適「考證紅樓夢的新材料」三所引。
(12)右論文はその紹介である。
(13)胡適「跋乾隆庚辰本脂硯齋重評石頭記鈔本」はその紹介。
(14)胡適「考證紅樓夢的新材料」二參看。
(15)胡適「跋乾隆庚辰本脂硯齋重評石頭記鈔本」(『國學季刊』第三卷第四期、七二六頁)。
(16)兪平伯「後三十回的紅樓夢」改定稿(『紅樓夢研究』二〇五頁)。
(17)「脂硯齋」その一部は『燕京學報』第三十七期に發表され、近著『紅樓夢新證』に改訂收錄さる。

二 曹霑の試み

高鶚と曹霑とは交渉がなかった。

年齢に於いても一世代は優にずれていたはずだし(高鶚の略年譜は胡適の『考證』中に見えるが、[1] その生卒の年月は明らかでない)、一人の處士として埋れた霑とついに相識ることのなかったのも怪しむに足りぬ。(尤も、高鶚はその續作の末回に古書の裡に埋れる史家として曹雪芹なる人物を再登場させ、しめくくりに一役ふっていはするが、これは第一回作者の縁起から借用したに過ぎぬ。今日知られている晩年の霑の身體的特徴、禿げ上って眉の少しく垂れた「秋月」の如き圓顔に、小鬚を蓄えた肥大漢、そうしたことに記述の相渉っておらぬのも當然である。)[2] 從って『紅樓夢』が霑の自傳的な作品であろうとなかろうと、高鶚の關知するところでなかった。彼はもっぱら遺された作品のみを讀んだのであり、その未完の作品そのものが、彼を驅って續作の筆を執らしめたのである。

もし高鶚が後四十回を補うに當り、脂硯齋の評本、殊にその朱批を眼にする機會を得ていたとしたら、その「續作」

の仕事もさらに手際よくやってのけていたことであろう。「脂本」出現のことあろうとも、あるいは續作の事實を隱しおおせたかも知れぬ。無論、高鶚の據った八十回の原文も、「脂本」の系統を引く鈔本、おそらく「脂庚本」から傳鈔されたそれであったろうが、この作品を解く上の一關鍵をなす朱批の類は勿論、「脂庚本」（竝びに「戚本」）に存する第四十回までの夾評も大部分删り去られていたに違いない。（但し高鶚の據った底本も部分的には夾評が混入傳鈔されていたと思われるふしがある。例えば俞平伯が指摘したごとく、[3]「程本」第三十七回、賈芸が寶玉に宛てた書信の末尾に「男芸跪書一笑」とある「一笑」は、「戚本」では細字雙行で本文と書き分けている。文義からいっても明らかに賈芸の狂態を嗤う夾評が本文に混入したものであるが、その夾評混入の程度もおそらくこの程度に止っていたろうかと推察される。）

しかく「脂本」の朱批・評註類を見ていないとすれば、高鶚は何の據るところあって續作の筆を運んだのであるか。言うまでもなく、その依據は霑が遺した八十回そのものの裡に在る。原來、これら評註は作者乃至は脂硯・畸笏の徒にとってこそ、最も意味があったのだ。作者を離れて獨り立ちしたはずの作品に、これらの自解自註に類するものは贅物ですらある。高鶚はそれらの厄介にならず、あくまでも未完の『紅樓夢』の後を續けむとした。卽ち、八十回を丹念に讀んでその限りでの原作者の構想・意圖を摑《つか》み出し、それを彼の四十回中で發展完結せしめたのである。彼が霑と交渉を持ちうる場所は、この作品の裡に於いてしか許されなかったのだ。

由來、未完の作品の缺けたる部分を、遺された作品のみに就いて推定するは容易な業でない。（作者の「覺書」の類を眼にしうる狀態の下でならまだしもだが。）高鶚の場合、彼が八十回に續けむとした際に、比較的容易に仕事を進め得たであろうと思われるのは、以下に述ぶるこの作品の特殊な性格に負うところが大きいであろう。

まず言わなければならぬのは、全書の構成である。頑石が已れの上に刻みおいた人間《ジンカン》見聞錄を人あって語り傳えるという物語の體裁をとり、林黛玉還涙離魂の事を眼目とする賈寶玉の「情」の自覺過程をば、賈府の大家族社會の裡で發展小説風に捉え描かんとするこの作品の緊密な構成である。伏線を隨處に置き、照應の手法を驅使した霑の八十回は、まさに部分が全體に奉仕するところの古典的美學により構成される。この讀み返しに耐える作品の性格、練りに練った趣き、これこそが同時に高鶚をして續作の筆を執らせずにはおかなかったこの未完の作品の魅力の源泉でもあったに違いない。

そこで、恐らく高鶚もその分析から出發し、それに賴って仕事を進めたはずの原作者霑の構想、竝びにそれを作品の裡に實現したところの手法に就いて少しく考えておきたい。

初めこの物語が産まれた時『石頭記』と名づけられたことは既述のとおりだが、それは頑石の人閒見聞錄《うきよ》という奇拔な著想が作者の構想を支配する大きな要素であったからに他ならぬ。いわば頑石に象徴された補天の才なき霑の浪漫の世界への飛翔であった。（こうした幻怪な世界は唐の李賀が好んで詩材として採り上げたところであるが、その影響を受けたというよりも、むしろ霑には性來そういう世界に對する憧れがあったと考えるべきであろう。また、宋代以來文人の怪石を愛玩する風が起ったが、彼もまたその一人であったと言えようか。畫を善くした彼が、殊に喜んで石を畫いたらしいことは敦敏の「芹圃ノ石ヲ畫ケルニ題ス」の詩にも窺われる。(4)）

さて、彼は女媧傳説にまず假りる。

その昔、女媧氏が五色の石を煉って天の缺けたるを補いし際、獨りその選に漏れ、大荒山は靑埂峯下に雨ざらしの憂き目に遭うていた頑石が、ふとした機緣で通力自在な跛道士と癩頭《かさかき》和尙の斡旋に與り人閒世界に降るを得た。……刧盡きて後、靑埂峯下の故處に還った頑石は、それまでの見聞を巨細漏らさず己が上に刻して置いたが、後にこの『石頭記』は空空道人の眼に觸れるところとなって後世に語り傳えられ（雪芹の删修を經て）この物語とはなった。

物語の體裁はこうである。つまり、一人稱で書き留められた頑石の見聞錄に或る人が手を加え、三人稱の物語に仕立てあげたという寸法だ。無論、靈性すでに通じていたとはいえ、頑石はどこへでも入りこめたわけではない。だが主人公賈寶玉の守護本尊「通靈玉」として人閒に降った頑石は、寶玉の在るところ常に隨う。起るべき一聯の事件の立會人としての役割を作者に依って振られた頑石は、觀察に最も便なる位置を占めていた。（もしも霑がこの頑石の見聞錄なる體裁で全篇を貫いていたとしたら、この作品も今少し變った味のものになっていたことであろう。初稿當時、おそらくこの形を試みていたのではないかと思われる痕跡が「戚本」第十八回の元妃省親の盛事に對する頑石の述懷を初めとして數箇所見出される。）その見聞錄を基に「説書（講釋）」の形で、神の眼を持った小説家卽ち曹雪芹が物語るのである。

いずれの御時にや、上天は太虚幻境と申す處にて、神瑛侍者なる神人が凡心を熾されて人閒《ジンカン》に降ってみたいと望まれた事があった。たまたま侍者が甘露を灌がれたお蔭を蒙り、草木の胎を脱して女體に變ずることを得た絳珠草が、侍者と共に下界に降り、一生の閒、ある限りの涙を還《かえ》し以て灌水の大恩に報い、かつは心の鬱結を解きたいと願っていたので、幻境の主宰者警幻仙姑の計いを得、共々人閒に投胎する事とはなった。この機に乘ぜんとする他の數奇者連中までが兩人と共々降らむ事を願い出で、頑石もまた同勢に差加えられ降ることを聴《ゆる》される……

これが「還涙」と名づけられた物語の骨子をなすものの發端のあらましである。ここに見える人閒投胎のことはさほど目新しいものではないが（ここでも霑の發想の原型《アルケチイプ》は、直接には『水滸』が天罡星・地煞星併せて百八宿を人閒に投胎活躍せしめたのに在ろう）、「還涙」の姻緣譚をそれに絡ませたのは、霑が「從來、還涙ノ說アルヲ聞カズ」（第一回）と自負するごとく、斬新な趣向であった。

ここで注意すべきは「戚本」に於ては上天なる神瑛侍者が主人公賈寶玉として投胎し、頑石はその通靈玉として寶玉が生を享けるの時、口中に啣えられて人閒に降るとするに對し、高鶚の「程本」では、靈性すでに通じて自在を獲た頑石が上天を放浪の途次、足を留めた太虛幻境にての呼稱を神瑛侍者とする點である。「脂本」のこの部分がどのようであるかは、就いて參閲することが叶わぬが、「脂甲本」のみに存し他の諸本のいずれもが省いている一節、四百餘字の記述[5]に據れば、「靑埂峯下を通りがかった例の僧道兩人が浮世の榮華富貴の狀を語り合うを耳にして、頑石にわかに凡心を熾し、是非に浮世へ連れ行けとせがむ。問答よろしくあって、刧盡くるの日、從前通りの石相に還す事を條件として契約成り、頑石の切なる希いは聽き屆けられ、扇の根付け程の大きさ（卽ち通靈玉の大きさである）に縮めて貰う」くだりがある。「脂庚本」「戚本」共にこの一節を删って筋を通りがたくしているが[6]、その「脂庚本」の曖昧な敍述に引かれたものか、「程本」に至っては石が自力で大小自在に變ずるとまで本文を改めている。さきに述べたごとく、頑石に事件の立會人としての役割を霑が振っておいたとすれば、頑石と侍者とは一應區別されねばなるまい。高鶚は恐らく、「石胎に生じた孫大聖（悟空）が刧を歷て通力を獲、やがて玄奘の西天取經行に參じて佛果を得る」という例の石猿物語に倣って、「一箇の石が媧皇鍛錬の功德を享け、自在に天界を往來、自ら大小何れとも變じうる靈力を授かる。その幻境に在って現じた相が神瑛侍者である」という風に物語りを組換えたものであろうが、それでは霑の原意から外れることになろう。

さて、定められた運命を荷って下界へと投胎した數奇者どもは、次々に長安なる[7]賈府の本舞臺に集い來る。賈府に生れついた者は神瑛侍者の幻身たる賈寶玉であり、元春・迎春・探春・惜春（四春）の四女性である。遠縁に當る史湘雲もまた幼時より出入りしている。まず寶玉の母王夫人の內姪に當る王熙鳳（鳳姐）が賈璉に嫁ぎ來り、賈蓉と結ばれし秦可卿、賈珠の婦となりし李紈が到る。續いて絳珠草の幻身林黛玉が母の死をきっかけに母の實家賈府へと身を託する。さらに薛寶釵がその母と共に來り寓し、尼姑妙玉が殿りを承って來り投ずる。（巧姐はさらに後れて鳳姐の娘として生を享ける。）これで賈府の閨閤を彩るいずれ劣らぬ十二人の女性が出揃ったことになるが、いずれも金陵（南京の故名）の地になんらかの縁を有つところから、警幻天の簿册中には「金陵十二釵」として列せられるのである。

作者が舞臺として選んだのは東西それぞれ榮・寧兩國府から成る賈府であり、この賈府の典型的な大家族制度下に生きる群像を把えるべく彼は大掛りな實驗を試みるわけだが、その焦點は賈府の閨閤に斂《おさ》まる。梁山泊に落草した三十六人（百八人）の好漢、男の中の男を描かんとした『水滸傳』に對し、賈府三十六人（六十人）の群艷を活寫せんとするこの作品が、『水滸』を念頭に置いた野心作であること、明らかであろう。

物語は絳珠草の幻身たる黛玉の賈府への登場から本筋に入るのだが、それに先立ち、作者はまず第一回では頑石に物語の成った由來を語らせ、同時に跛道士と癩頭和尚に交わさせた對話により「還涙」の姻縁を點出する。さらに第二回、賈雨村と冷子興との對話を通じて、寶玉出生の事情を始め「賈府の人々」に就いての豫備知識を讀者に與えるのである。その用意は周到なりと言うべきであろう。

環境の設定、登場人物の布置をほぼ終えて、物語は本筋、卽ち賈寶玉なる紈袴の子弟の「情」の自覺過程を辿り始める。

貴公子賈寶玉、彼はこの世に生れ落ちたその時からすでに「淫人」としての異常な傾向を示した。彼の初の誕辰に父の賈政は將來の志向を試みむとして「試兒」(8)の事を執り行う。數ある品々の他の物には目もくれず、寶玉は胭脂・簪といった女の持物にばかり手を出すのである。七つ八つに成長した頃には、「女の子は身體が水でできているが、男は泥だ」とか「女の子をみると氣がせいせいするのに、男ときてはみるだけで胸糞が悪くなる（第二回）」など、かの有名な臺詞を吐いたりする。

十一歳の春、寶玉は甥賈蓉の妻である秦可卿の寢室で少憩するうち、夢中大虛幻境へ遊ぶ。ここで警幻仙姑に遇うことを得た彼は、將來天下古今を通じて第一の「淫人」たるべき己れの運命を預言され、「情」の世界を開顯される。兼ねて「意淫」（プラトニック・ラヴに相當しようか）の啓示に預ったのもこの折だ。寶玉は仙姑の媒《なかだち》でこれまた天下第一の「淫女」秦可卿に引き合わされ、夢中これと契り仙姑から授かった雲雨の事を試みる。夢覺めて自室に引き取った後、寶玉は侍女襲人と重ねて雲雨の情を娯しむ。

作者は襲人との事を寶玉の「初試」であると第五回の回目に題しているが、護花主人を始めすでに多くの評者の指摘したごとく、秦可卿と契ったのが實は「初試」であり、憚って夢中のこととしてボカシたのであろう。いったいこの前後の可卿に關する記述に憚るところあって删った部分のあることは、さきに引いた畸笏評でも明らかである。「戚本」寶玉初試のくだりの夾評にも、この前後の描寫は作者の眞意酌み取りがたいと記す。恐らく作者が女體を知り初め色道を開眼されたのも、この秦氏のモデルとされた年上の女人に依って、しかも多分挑まれてであったろう。旁々これを記念する爲に、このような夢とも現ともつかぬボカシ方で美化し、青春の祕密の一齣を書き留めたと思われる。後文で、「淫女」可卿天香樓に縊死すの報せをうけた寶玉の一方ならぬ痛惜のさまはその祕密に由來するのではなかろうか。

ともかく「淫人」としての寶玉を育てる環境としては至れり盡くせりというべきであった。祖母史太君（賈母）の鍾愛を一身に享けた彼は、男の身を以て閨閣出入自在という、禮教嚴しきこの社會に於ては異例の特權を許されていたからである。林黛玉・薛寶釵を始めとして「正金陵十二釵」以下世にも優れた女性群の裡に在って、彼生得の氣質ともいうべき女性崇拝の念はいやが上にも培われ昂められて行った。彼は單なるフェミニストであったのではない。汚れなき少女に對しては限りない讃仰の念を有つと同時に、ひとしく女子とはいいながらこれと對蹠的な、泥でできた男というものが駄目にしてしまったところの「女の大人」殊に老婆に對しては、激しい厭惡反撥の念を懷いたのである。無論、彼とて男であった。襲人との交媾の事實をみても判るとおり、不能者でも半陰陽でもなかった。(だったら今一倍面白かったろうが。)肉に對する欲望が皆無であったわけでもない。從って、襲人等傍づきの侍女を、從來身分の觀念を以て遇した事もなく、尊敬する事に於いて正十二釵と變らず、ゆくゆくは奴隷に等しい地位から解放してやりたいと考えていたくらいだが、それにしても、これらの女性との交渉には若干肉の匂いが感ぜられなくもない。(作者はここでもまたボカシているが。)彼の精神的對象、卽ち仙姑說くところの「意淫」の對象とは、もっぱら絳珠草の幻身である黛玉の上に在ったのだ。

十五歲に及ぶ比《ころ》、寶玉は圖らずも垣間見た賈薔と齡官との情事から、あるいはまた潘又安と司棋との結びつきから、男女の間には或る斷ちがたい前生からの姻緣の存することを覺らされる。才子佳人の綺麗事はいわずもがな、蠢婦に才郞が配せられ、俏女の村夫を慕う宿緣をも見なければならぬのである。

いかにも子供染みた考えで彼女等と馴れ親しんだ寶玉も、次第に男女の性的な差別の意識を喚び醒されずにはおかぬ。まさにこの身とても男に他ならず、醜惡なる濁物だとは自覺しつつも、彼が信じ深めて行ったのは「木石緣」への信仰である。人は「金玉緣」の事のみ言う。通靈玉を有つ寶玉と金釵を有つ薛寶釵とを結びつけようとするのだ。彼は運命への反逆の決意を固めねばならぬ。しかもなお朝夕顏を合わせ、ざれ言を交し合う黛玉に、面と對っては思いのたけを打ちあけるだけの勇氣を揮い得ぬ。女の身の黛玉にとってはなおさらのことである。この相思の男女の微妙な心理の起伏を曹霑は見事に描いた(9)。原來、絳珠草の幻身たる黛玉の上には、彼女自身與り知らぬ二つの相反する宿命の力が働く。一つは神瑛侍者の幻身寶玉に對する止みがたい思慕の情を賦《あた》えた宿縁の力であり、今一つはこの情を斷たねば還涙の事を完うし灌水の恩に報いるを得ぬという、これまた宿縁の力である。涙の總量、卽ち灌水の總量は自ずから限られ、涙の減じゆくにつれて思慕の情はいやまさる。黛玉が寶玉と初めて相見《まみ》えたその瞬閒から、この二つの力は緊張して働き合い物語を支えてゆくのである。

寶玉の報いられざる愛情は無意識の裡に他の對象へと吐け口を求める。己れの一時の悪戯に端を發し、羞じて井戸へ投じた金釧兒を悼んで、その命日に紙錢を燒いて冥福を祈ったかと思えば、その舌の根も乾かぬうちに、金釧兒の妹玉釧兒に思いをそそられる寶玉である。卽ち、多情淫心は未だ寶玉の裡に巣くうのだ。淫心を昇華して「意淫」の純粋にまで昂めなければ、仙姑預言するところの天下第一等の「淫人」たり得ぬのである。

さて、すでにして、秦可卿をさきがけとして諸芳離散の萠しは現われつつあった。今やまた晴雯・芳官等も母王夫人の指金で寶玉の怡紅院を逐われる。やがて寶玉は晴雯が胸の病重ってはかなくなりし事を知らされねばならぬ。哀傷の意を罩《こ》めて彼は「芙蓉女兒誄」を爲《つく》るのである。……

寶玉のかかる女性群に圍まれての明け暮れの裡に、黛玉「還涙」の姻縁も熟しゆく。卽ち、寶玉はついにその精神的對象たる黛玉とは結ばれ得ず、黛玉は涙を還し了って夭折し「永遠の女性」の列に入る。寶玉これを機縁に悟情得道するはずであったが、霑の筆はそこまで及ばなかった。龍を畫いて點睛を缺き、第八十回を以て遂に未完のまま停ったのだ。

このように賈寶玉の半生を追求する作者の筆の跡を辿るならば、讀者は一人の異常兒のなかに〝人間〟を見屆けようとする作者の意外なまでにリアルな筆致に驚かされるであろうが、この緊張を和らげるために、かつは物語としての皮を被せるためにも、作者は傳奇的《ロマネスク》な性格をこの作品に賦與することを忘れなかった。「石物語」といい、「還涙姻緣譚」という、いずれもその主要なものの一つだが、さらに「夢」の問題がある。

莊周以來の中國に於ける夢物語の系譜を辿るまでもなく、『紅樓夢』という作品自體、その題名の示すごとくに「曹霑の夢」であった。（强いて類似を求めるならば「巫山の夢」が擧げられよう。）のみならず、物語そのものも作中人物の見る様々の夢を契機として展開される。その夢のほとんどが何らかの形で警幻天と關係を持つのである。この仙境の主宰者たる警幻仙姑はまさに「夢の園」の女王とも謂わるべき女性であり、この國に住人たるを許されるはすべて女人に限られる。男性にあっては選ばれた「情」の人のみが、あるいは寶玉のごとく參觀を聽《ゆる》され、あるいはまた第一回甄士隱（晩年の霑の姿というべきか）のごとく瞥見を許されるに過ぎぬ。卽ち「情」に與る事を得る女性のみが、各々その才貌に應じてあるは女神となり、あるは侍女として仙境に生き長らえ、濁物たる男性の側に「永遠の女性」の不滅のイメージを「夢」を通じて不斷に提供するのである。

さて、こうした「夢」を人閒世界に送り屆ける傳達者は、かの頑石の願いをかなえ浮世に降すことに一肌脫いだ跛道士（渺渺眞人）、癩頭和尚（茫茫大士）の兩名である。彼等はそれぞれ儒教的世界に對する道教・釋教の呪術的世界の象徵であり、作中人物のみる夢の中に、あるいはこれと前後して下界に姿を現じ、その未來を預言し、夢占を與え、かつまた種々その通力を示す。（注意すべきは、この兩人の打連れて現われるのが、夢中乃至は白晝現われるとしてもこれを認めた者のみの幻覺としてに限られる點である。その意味で、作者は夢と現實との交錯のさせ方に一工夫凝らしているし、「夢」という手法の使用には節度が認められるのである。）

これらを總じて言うならば、「情」に關する夢は警幻仙姑の掌るところであり、これを人閒に仲介し、旁々繪解きの役を受けもつのが「情」についてのすべてを明らめ悟道に達した僧道兩名である。さしずめ仙姑は夢幻劇『紅樓夢』

の狂言作者格であり、僧道兩人は演出、あるいは狂言廻しを買って出た恰好というところであろうか。上に見たごとく、頑石が觀客・立會人としての役をふられていたのと考え合わせるならば、この作品の眞の作者たる曹霑の用意の程が窺われよう。

曹霑の試みに就いていうべき事はなお多い。それにしても先を急がねばならぬ私は餘計の筆をこれに割き過ぎたかも知れぬ。だが、高鶚とても恐らくこうした作品の分析から出發したに違いないのだ。八十回に續けむとする限り、霑の試みを追體驗してみることが必要だからである。ただ、これに依って推定し得る未完で遺された部分の内容は極めて漠としたものに留まる。

下界に降った數奇者どもは、銘々因縁に順って與えられた役割を演じ了り、逐次舞臺を退く。黛玉また涙を盡して警幻天に還り、寶玉は得道して仙界に入る。劫盡くるの日、通靈玉は當初の契約に従って再び大荒山は青埂峯下の石相に還り、この一篇の故事を傳えるべき空空道人の到來を待つ。

實は高鶚の手がかりとなったのはこれだけでない。首回に見える「好了歌」なる奇妙な詩と甄士隱が試みたその註解に依っても、この物語の大綱正義を徴することが可能であるし、さらに霑は寶玉を始め描かんとする閨閣の女性のそれぞれに就いて、性格は無論のこと、その辿るべき運命を各處で暗示する。夢中警幻天に遊んだ寶玉が竊み見る「金陵十二釵」の「正」「副」「又副」三種の簿册中に詩語を以て暗示象徴したのもそれであるし、別に「紅樓夢曲」の「引子」でまず以てこの悲劇の主題を大きく打出し、續く十二の「支曲」に依って重ねて正十二釵の事を敍し「終曲（飛鳥各投林）」に於いてこれを括っているのもその例である（以上第五回）。又、第二十二回に見ゆる燈謎の讖語に依って彼女等の辿るべき生涯が示されるのもそれである。（但し、これは四春竝びに寶釵で止り、以下未完成のままで稿本は終った。）八十回中に置かれた伏線の類に至っては、一々擧げるの煩に堪えぬ。（「戚本」四十回までの評註はこれらを一々指摘する。兪平伯はまたこれに基づいて整理を行った。[10] 就いて見られたい。）かくて讀者はその發端に於いて物語の輪廓を朧げに感得し、やがてその展開につれ、互いに照應し合う運命悲劇の一齣一齣が實現しゆくを眼のあたりに見る。はりめぐらされた因果の絲の存在にはたと思い當らされるのである。

高鶚がこうした原作者の用意からどれだけを酌み取ったかは、彼の四十回を見れば解ることだ（次章三參看）。ともかく高鶚は『紅樓夢』の筋を讀み取った。だが、小說の筋を知ったとて大して意味のないことだ。高鶚はさらにその讀み取った未完の部分を作品として實現した。肉を附け、表現を與えたのである。高鶚とてもとより凡手でない。霑に見られるごとき強い動機が彼にも存したならば（これは兩者を區別する決定的な點だが）、小說作者としては霑に及ばぬまでも、一應の作品を殘し得たかも知れぬ。しかしながら、高鶚の努めねばならぬ事は、己れを壓し殺してでも原作の精神を活かそうとするに在った。その成績は別として、この高鶚の態度は賞讚に値しよう。（それにつけても霑の八十回の構成の確かさを思わずには居られぬが。）しかもなお、高鶚の手がかりとして遺されたそれらも所詮暗示にしか過ぎず、ために彼は何箇所かで躓き、意味の取り違えをやらかさずにはおられなかった。高鶚のみを咎めるのは酷である。實のところ「脂本」の出現がなかったならば、我々とても霑の象徵の眞意を探ることはおそらく不可能だったからだ。

註

（1）胡適『紅樓夢考證』六一頁。

（2）周汝昌『紅樓夢新證』四三二頁に曹霑自筆の小照を睹たと稱する陶心如の言を引く。詳しくは同書參看。

(3) 兪平伯「高本戚本大體的比較」(『紅樓夢研究』八一頁)。
(4) 敦敏「題芹圃畫石」(『懋齋詩鈔』所收)、(周汝昌『紅樓夢新證』四三〇頁所引)。
(5) 胡適「考證紅樓夢的新材料」五所引。
(6) 兪平伯「紅樓夢第一回校勘的一些材料」(『紅樓夢研究』二五六頁)參看。
(7) 小說家の常套手法で長安とするが(「脂甲本」の「凡例」參照)作中には華北・江南各地の風俗が現われる。詳しくは兪平伯「紅樓夢地點問題底商討」(『紅樓夢研究』一二九頁)、周汝昌「地點問題」(『紅樓夢新證』一三三頁)參看。
(8) 顏之推『顏氏家訓』卷二風操中に「試兒」の事が見え、江南にこの風、古くより存せしことが知らる。
(9) 『紅樓夢』第二十九回にはこの微妙な兩人の關係に對する作者の診斷分析がある。參看。
(10) 兪平伯「高鶚續作底依據」(『紅樓夢研究』一六頁)參看。

三　高鶚の擬作

曹霑の試みを繼承して續作の腹案を練った後の高鶚は、どのようにしてこれが作品化を圖ったであろうか。

まず出て來た問題は、後の部分の回數竝びに回目をどう處理するかということであったに違いない。「程序」に見える「原本目錄一百二十卷ナルニ、今藏スルトコロハ祇《ただ》八十卷……」が事實に基づく記事であったとすれば事は簡單であるが、「脂本」系統の諸本卷首に載せる目錄はいずれも八十回を以て以後を缺く。(さきの「程序」の記事はこの點で語るに落ちたものであろう。)しかも「庚辰秋定本」と謳う「脂庚本」に於いてすら、第十八・十九兩回、竝びに第八十回は回目未成であり、「戚本」に至ってようやく八十の全回に亙る回目が附されたが、これらは作者の沒後、なんびとかの手で補われた公算が強い。のみならず「脂本」の朱批中には「薛寶釵借詞含諷諫、王熙鳳知命強英雄」

（「脂庚本」第二十一回總評に見ゆ）を始めとして、八十回以後の回目とおぼしきものが數條見出されるが、[1] これらは「程本」の後四十回の回目には影だに留めぬ。これに依って見るに、四十回なる回數を設定し、これが回目を爲ったのは高鶚の判斷に由るとしなければなるまい。

しからば原作者の霑はどのように回數を豫定していたか。おそらく全書百回がその當初の豫定回數であったと思われる。「百回ノ大文ヲ以テスルニ、先ヅ此ノ回以《も》テ兩大筆ヲ作《な》シ以テ之ヲ冒ス。誠ニ是レ大觀」（「戚本」第二回開首總評）とあるはその一證左であろう。霑が四大奇書殊に『水滸』、『金瓶梅』の影響を受けながらも、別に新生面を拓き得たとの自負を持っていたことを思えば、それと竝び立つべきこの作の回數の設定に當っても當然愼重であったはずだ、百回はこの種の小説の回數としては、その均整さに於いて最も安定度が高かろう。（『西遊記』、『金瓶梅』はこの回數をとる。）

しかしながら、「脂庚本」、「戚本」第二十一回開首總評に「按ズルニ此ノ回ノ文固ヨリ妙ナリ。然レドモ未ダ後三十回（「戚本」「後之三十回」ニ作ル）ヲ見ザレバ、猶此ノ妙ヲ見ザラム」とあり、又「脂庚本」第四十二回開首總評に「……今書三十八回ニ至ルノ時、已ニ三分ノ一ヲ過ギテ餘リアリ。故ニ是ノ回ヲ寫《シル》シ云々」とあるのは、如何解すべきであろうか。

兪平伯は右二つの記述をとって次のごとく推論する。[2] 初稿（脂硯齋初評の寫本）に於ける第三十八回が「庚辰秋定本」に於ては第四十二回に相當するならば、（「脂庚本」第十七・八回は未分回、又第十九回は回目未成であった故、この都合三回を一回と見做しても、一回分の差はあるが、）これを比例に依って推すと、八十回が初稿の約七十三回、三十回が初稿の約二十七回に相當することとなり、從って「脂庚本」に於ては初稿の百回が百十回にふくれ上った。卽ち「庚辰秋定本」八十回に續く部分は三十回（「後三十回」）を以て完結するはずであった、かく兪氏は説くのである。

高鶚はその判斷に從い、ともかく百二十回を回數として選んだ。彼はここで欲を出したといえようか。上に引いた「脂本」の總評類を恐らく彼は見ていまいが、見ていたとしても、二十回乃至三十回に留めることは續作者としての彼の欲が許さなかったに違いない。たとえ明らさまに自分の名前を出せぬという事情はあっても、その力量を揮うには確かにこの程度では短かきに過ぎ、滿足できなかったと思われる。從って、彼の欲が全體の分量を百回程度に留めることを許さなかったとしたならば、假に彼が百十回を一應考慮に入れたとしても、このいささか安定を缺く回數よりも、いっそ『三國志演義』『水滸傳』に例のある百二十回（尤も、『水滸』にはこのほか七十一回の金聖嘆批改本を初め、百回、百十五回等の異本がある）を採ろうとしたということは當然考え得る。のみならず、百二十は十二の倍數であり、『金陵十二釵』を書名の一つとするこの作品にとっては、滿更緣のないことでもなかった。

しかしながら、本來腹案が回數を要求すべきであった。そこで次に述べるごとく高鶚は少しく判斷を誤ったことになる。もともと彼の續作の性質は、これを樂曲に喩えるならば、霑に依って導入され展開をほぼ終ったこの未完のソナタの再現部、竝びに終結部に當るものを補うことに在る。こうした仕事の性質は八十回を通讀した者には誰しもおよその察しがつくのであるが、高鶚とて謬《あや》またぬ。彼は所與の「紅樓夢曲」の主題「木石緣」を副主題「金玉緣」と絡ませて再現し、『金玉緣』（第九十六回）の成就と時を同じくする黛玉離魂（第九十七回）に依って高鳴らす。以後のおよそ二十回は寶玉の情を明らめ仙緣を覺するに至る過程を描く終結部である。この終結部が長すぎた。寶玉の悟情得道への道行がモタつきすぎるのである。のみならず、この終結部には賈府の沒落崩壞が含まれるのであるが、沒落は速かなるを佳とする。その意味でもモタつくのである。

霑の八十回に於いては、寶玉十一歲前後に筆を起し、一年の推移を描くに費されし回數凡そ十回、寶玉十五歲の冬で停った（周汝昌「雪芹生卒與紅樓夢年表」（『紅樓夢新證』一六七頁）參照）。高鶚が寶玉を出奔得道させたのはその十八歳の秋であり、彼の四十回中に於ては、八十回に接續するその後の二年半（寶玉十八歳の冬に至る）を描いて物語を閉じるのである。これは寶玉のみを取り上げたのであるが、霑の仕事は寶玉は無論のこと、登場人物のすべてに亙って、豫め作製された年表に基づいて筆を進めたのではないかと思われる程、その年齢の照應には細心の注意が拂われている。從って、人物の年齢を記す箇所、事件に紀年のあるもの、あるいは四季の推移を示す折々の景物行事の描寫等を拾い上げ、回を逐って對照年表を作れば、ほとんどその閒に齟齬を見ぬ。しかるに高鶚はこの點、粗漏の誹《そし》りを免れぬ。例えば史太君は霑の第七十一回に於て、仲秋八月三日に八旬を祝ったのであるが、高鶚は翌々年に回九（八十一）を祝わせており、一年の誤差が生じた。のみならず、その四十回中に於いては巧姐のごとく超人的生長ぶりをみせる失態まで演じている。曹霑とて元妃の年齢等、極めて少數の矛盾を犯していないではないが、高鶚に在ってはそれがはなはだしいのである。尤も、霑が前後制作に要した年數の恐らく十分の一も高鶚は費していまいから、そこまで手が廻りかねたのも無理からぬことではあろう。從って基準の取り様によって浮動が激しく霑の場合ほどには正確さを持たないのであるが、大雜把なところで、二年半の出來事を四十回中に盛り込んだわけである。しかも寶玉には科試登第の道草を食わせ、賈政による賈府の再興といういずれも原作者の意圖にはないと思われる歪みを持ち來たした（こうさせる相應の理由が高鶚にはあった。次章四參照）。物語の方向をこういう風に持って行く爲には、それだけの伏線も必要であり、從って回數も余計に必要とされようというものである。そこで私は言い足さずばなるまい、四十回なる回數は高鶚の續作者としての欲が選ばしめたものであると同時に、逆に續作者としての腹案がこれだけの回數を要求したものだと。

さて、高鶚はその設定した四十回、およそ二年半の時の流れのなかに、さらに物語の方向（賈府の沒落、十二釵の流離）に副った小さな起伏を要所に布置する。その回目を列擧すれば卽ち次のごときものとなろう。「薛文起復惹放流刑（薛文起復《ま》タモ放流ノ刑ヲ惹《まね》ク）」（第八十五回）、「因訛成實元妃薨逝（訛ニ因レルガ實ト成リ元妃薨逝ス）」（第九十五回、この伏線として第八十六回周妃薨逝の事がある）、「錦衣軍査抄寧國府（錦衣軍寧國府ヲ査抄ス）」（第百五回、これが伏線として第九十二回に甄家抄沒の事がある）、「史太君壽終歸地府（史太君壽終《つ》キ地府《あのよ》ニ歸ル）」（第百十回）、大詰は「中鄉魁寶玉卻塵緣、沐皇恩賈家延世澤（鄉魁ニ中《あた》ルモ寶玉塵緣ヲ卻《しりぞ》ケ、皇恩ニ沐シテ賈家世澤ヲ延ブ）」（第百十九回）の寶玉登仙、賈府再興でめでたしめでたし、末回では賈雨村・甄士隱兩者の再登場で、遙かに首回と應ぜさせて結ぶのである。

　だがこれだけでは實のところ點を置いたに過ぎぬ。これを起伏たらしめるには、これらの點の間隙を埋める作業を必要とする。しかもその內容としては、霑の八十回中に未だ結着をみぬ各事件にそれぞれ照應する結着を與えねばならぬ。かくして案出された（大部分は霑に依って遺された示唆に基づくものであるが）概ね二つずつの插話《エピソディック》的な事件が繫ぎ合わされて、各回が構成される。同時にこの四十回の彩りに織り込まるべき內容として、高鶚の考慮しなければならぬ事は、ありとある失われた歡樂をその作品中に盛らんとした原作者霑に於いても、ついに描き盡されることを得なかった賈府の四時の文雅な遊びのとりどりを採り入れることであった。もとより敍事は重複を厭わねばならぬ。從って高鶚はその未だ出つくさぬ部分、卽ち霑のさして得手としなかった管弦の遊びに主として遺を拾う。黛玉に琴を彈ぜしむるはその一例である（第八十六・七回）。さらに各回二つずつの事件の內容に適う八字の對句を以て、それぞれ回目が作成される。これに從って筆を著け肉附が進められ、高鶚の四十回は一應の完成をみたものであろう。（高鶚の仕事は續作という制限こそあっても創作に等しい。從って實際の仕事はもっと複雜な形をとったことであろうし、これほど圖式的な進行をしたとは考えられぬが。）

　かかる續作制作の過程を窺いうる資料を高鶚が殘すはずは無論ないし、程偉元が僅かに「程甲本」の序に於いて、鼓擔や故書の堆りから霑の殘稿を獲て補修したなどともっともらしいことを記しているに過ぎぬ。さて高鶚は己れの戲作に係る未定稿を程氏に示す。程氏にこれが完成を慫慂されてやがて四十回の擬作成り、霑の八十回と併せて上梓の運びとなる。（あるいは程氏が若干の示唆を與え、文才ある當時貧書生の高鶚に執筆させたということも考え得るが。） この合璧本（程甲本）の評判の良いのに氣をよくした高鶚は、名前を出したいのは山々だが、今さら假面を脱いで手前の作でございとも公表しかねる。そこで、多少の含みを持たせた自序を附し、翌年第二次排印本（程乙本）を世に贈る。眞相はおそらくこうだったに違いない。

高鶚は何故に僅かに一年にも足らぬ間隔を置いたのみで、第二次の訂正本を出さねばならなかったのであろうか。一つには點睛を得た合璧本に對する世の需要がこれを促したには違いないが、それなれば單なる再印で事足りたはずだ。「程序」に依ってすでに公表された後四十回は殘稿を纂修したとの事實を貫く爲には、怱々の裡に功を急いだ「程甲本」中の誤りを訂しておく必要を、高鶚自身が痛感したからに他なるまい。因って彼は「程乙本」の「引言」中に次のごとく辯解するのである。

……急ギコレヲ同好ニ公ニセント欲セルニ因ルガ故ニ、初印ノ時ハ細校ニ及バズ、間紕繆《まま》アリ。今復タ各原本ヲ聚集シ、詳カニ校閲ヲ加へ、改訂シテ訛リ無カラシム。……惟《ねがは》クハ閲者コレヲ諒トセラレヨカシ。

さて、彼の訂正の筆は次のごとき諸點に加えられる。まず回目とその內容とが副ぐわぬ箇所である。彼が回目を一わたり作成した後執筆した爲に、かかる事態が生じたものであろう。しかも、回目の變更は「原本目錄百二十卷」なることを宣言した以上不可能であるから、內容を回目に副って訂す他ない。その一例として「評女傳巧姐慕賢良、玩母珠賈政參聚散（女傳ヲ評シテ巧姐賢良ヲ慕ヒ、母珠ヲ玩《もてあそ》ビテ賈政聚散ニ參ズ）」（第九十二回）の「程甲」「程乙」兩本本文を對比してみれば、その「程乙本」に於ける刪改の痕は著しい。[3] また仕上げの際の手拔かりを修正しなければならぬ。例えば「程甲本」第九十三回の末尾から次回冒頭にかけては、文意脈落を缺くこと一見して明らかであり、「程乙本」では修正を施し、筋を通している。これらは自身の四十回に對して行った訂正であるが、雪の八十回原文にも高鶚の手は及ぶ。例えば第二回の元春誕生を記す條の本文を訂したごとくである。[4] 尤も、「程甲本」に於いてすでに、これと合璧した八十回中の雪が未完成で遺した部分がやはり高鶚の手でかなり訂正補筆されていたとおぼしく、「戚本」と「程甲本」の右の部分を對比すると、大量の異文が見出される。缺けた部分を補ったのみならず、いささか恣意に出づると思われる訂正の例も見出される。「脂庚本」第六十八回、鳳姐が初めて夫賈璉の圍い者尤二姐に對面した際の文語がかった氣どった話しぶりを、高鶚は無學な鳳姐に似つかわしからぬとしてくだけた口語體に改めている。この箇所は、この異文を指摘した胡適の評するごとく、[5]「脂庚本」の本文の方がいかにも聞きかじりの文言を混えて精一杯の示威を行う鳳姐と、その場の雰圍氣とに適わしかろうと思われる。高鶚の訂正は理に落ちたのである。（尤も、富江壽雄氏に依れば、[6] 概して曹雪の會話は固く、高鶚のそれはだれる傾向があるとされるのであるが、この例もそういう兩者の傾向の現われであるとも言えようか。）

ともかくこうした手數をかけて完成したこの四十回の「定本」の出來榮えは、高鶚にとってほぼ滿足すべきものであったろう。しかるにこの後各地で板に起され世上に流布したところの刻本は、いずれも初印の「程甲本」を祖とするものばかりであった。どうしてこんなことになったものか。「程乙本」が刊行部數少なく、ほとんど私家版の形に留まったのによるのであろうか。いずれにしても、高鶚にとっては定本であったはずの「程乙本」が流傳希な狀態となり、もっぱら「程甲本」が行われたという事態は、まことに皮肉な結果であったと言わねばなるまい。これまた、高鶚の誤算の一つであったわけだ。

註

(1) 兪平伯「後三十回的紅樓夢」(『紅樓夢研究』二〇八頁)。
(2) 同右論文(『紅樓夢研究』二〇七頁)。
(3) 胡適「重印乾隆壬子本紅樓夢序」(『胡適文存』三集五卷、五五八頁)參看。
(4) 兪平伯「紅樓夢脂本戚本程本文字上的一點比較」(『紅樓夢研究』二六一頁)參看。
(5) 胡適「跋乾隆庚辰本脂硯齋重評石頭記」(『國學季刊』第三卷第四期、七三〇頁)。
(6) 富江壽雄「『石頭記』という作品」(『中國語學』第二十四號に紹介せられた概要に據る)。

四　失われた殘稿

曹霑がついに定本作成の業を成就することなく身まかった事は、「脂甲本」第一回の眉評に見える「壬午除夕、書未ダ成ラザルニ、芹涙盡キタルガ爲ニ逝ケリ」[1]竝びに「脂庚本」第二十二回朱評「此ノ回未ダ成ラズシテ芹逝ケリ。嘆々。丁亥夏畸笏叟」[2]の記述に明らかだが、その未完の部分はどのような内容を持ち、高鶚の苦心になる四十回の續作とはどのように異なっていたか。この問題の檢討に入る前に、霑の、殘稿の状態を考えておく必要があろう。

これに觸れた「脂本」系統諸本に見える評註を拾い上げてみると、次のようなものがある。「……余只一次謄清ノ時ニ『獄神廟ニ寶玉ヲ慰サム』等ノ五六稿ト與《とも》ニ見タルモ、閲者ニ迷失セラル。嘆々。丁亥夏畸笏叟」[3](「脂庚本」第二十回眉評)、同様のものとして「……獄神廟紅玉茜雪一大回ノ文字、惜シムラクハ迷失シテ稿無シ」(「脂甲本」第二十六回朱批)[4]、又「惜シムラクハ若蘭射圃ノ文字、迷失シテ稿無シ、嘆々」[5](「脂甲本」第二十六回總評)「杜絶ノ後文……」(「戚本」第二十回夾評)。これらに依って見るに、八十回までの定本をほぼ完成した霑は、庚辰秋以後それに續く定本作成に取り掛ったが（全書の草稿は、舊稿の形ででも存したかと思われる）、淨書されたのはうち五六稿に過ぎず、しかもそれが心なき借閲者の手にかかって迷失の憂き目に遭ったというのである。これら「脂本」の評註で觸れる後の部分は、單に第八十一回より起算して五六回の程度に留まらず、末回「警幻情榜」（後述）にまで及んで居り、原稿も必ずしも回を逐って淨書されたものではなさそうである。從ってさきの脂評にいう「五六稿」の意も、未完の部分の斷章を指すのであろう。この斷稿が高鶚の手に傳わったとすれば面白いのだが、事實はそうでないこと、以下に述べる「失われた殘稿」の内容と「程本」とを對照しみれば、さらに明らかとなろう。

さて、さきに「曹霑の試み」の章で見たごとく、『紅樓夢』八十回の本文のみを手がかりにしても、以後の霑の草稿の内容、卽ち、賈府の沒落、寶玉の出家得道、竝びに金陵十二釵の流離昇天の大概を推測することができるのであるが、「脂本」系統諸本に存する朱批評註の類によって、さらに精しくその裏づけをなすことができる。この評註類は胡適・兪平伯等に依ってほぼ分類整理され、(6) 別にその遺を拾った周汝昌の論攷もあるが、(7) ここではこれらの研究を參考とし、私見により假に前後排列してそのあらすじを辿《たど》ろう。

まず元妃が薨逝する。續いて探春が遠方に嫁し、迎春また孫氏に嫁す。さらに史太君が世を去る。かくて賈府には「お家騷動」が卷き起るのである。寶玉・鳳姐にかねて私憤を懷く趙姨娘が自ら腹をいためた賈環（寶玉の異母弟）の爲に謀り、しかも同じく趙氏の腹を借りながら、聰明の譽たかく止め役となるべき探春は今や賈府に在らず、寶玉も通靈玉を竊まれ、一時黛玉は寶玉と結ばれるかに見えるが、某日甄寶玉が（寶玉の夢枕に立ち）通靈玉を本來の所有者たる彼に還す。(8) かくて木石緣あらず、薄倖の少女黛玉は胸の病重り涙を盡して世を早める。（そのいまわの際の遺囑を受け）心ならずも寶玉は寶釵と「金玉緣」に結ばれる。黛玉をして還涙のことをなさしめるに一役買った史湘雲も、公子衛若蘭(9)と金麒麟の縁で結ばれ、賈府と往來する事も稀となる。一方、元妃の薨逝後、宮廷に於ける勢威を失した賈府は、賈赦・賈雨村等の貪官汚吏の所業を始め、鳳姐以下族人の思い上った舊惡の數々が明るみに出て、家産を官に沒收される。のみならず、寶玉まで巻添えを喰って獄に繋がれるに至るのである。氣丈な寶釵も今や夫の上を思い、涙の明け暮れのうちにその還りを待つ(10)。この獄中にある寶玉・鳳姐等を慰め舊主の爲に力を盡したのが、かつて寶玉の怡紅院を逐われた茜雪であり、また怡紅院から鳳姐づきに轉じた小紅であった。やがて（北靜王等の盡力もあって）寶玉等は赦免されはするが、以後、賈府は沒落の一途を辿るばかり。惜春はまた剃髪して尼となり、一族離散してかつて秦可卿が鳳姐の夢枕に立ち預言した「樹倒レテ猢猻《ましら》散ズ」がはしなくも實現する。史太君という庇護者を失った鳳姐は夫賈璉と争い、姑邢夫人とも合わずして出されて哭く哭く金陵に返り、鳳姐なきあと、娘巧姐は配偶を失して、やがて姦舅邢氏等の爲に煙花の巷に身を沈める。寶玉はかねての素志に従い(11)、襲人を始め召使一同を解放してやり、今は僅かに寶釵と麝月に侍《かしづ》かれて、日々舊を懐い、往事を談ずる事のみ多い。彼等の窮迫した生計むきの面倒を見るめぐり合せになったのが茜香羅を縁として結ばれた倡優蔣玉菡と襲人の夫妻であろう。やがて諸縁を覺し了った寶玉は寶釵等を蔣夫妻に托し、かの僧道兩名に導かれて懸崖に手を撤《はな》す(12)底の勇猛心を奮い「棄恩入無爲」の道を歩まねばならぬ。寶釵にとり「生別の苦」はまた格別のものであったに相違ない。

さて、結末が問題である。

寶玉は出家の後も、ただちに警幻天に還ることを許されぬ。彼は長らえて、巧姐が劉老老に救い出される事、孤高と評された妙玉尼が身を泥土に委ねるごとき悲惨な境界に墮つる事、さらに「蘭桂齊芳」卽ち賈蘭と賈某（寶玉が一子を儲けたとし、これが名を賈桂とするは如何であろうか。「艸字輩」たるべきである、むしろ蘭の子と考えるべきか）の立身の事、しかも蘭の母李紈が充分その福報を享くることなく沒せし事、又よろしき公子と結ばれた筈の湘雲が夫に先立たれ、孀居ののち湘江の水涸れるがごとく儚《はかな》くなりし事等、金陵十二釵の現世に於ける終始を見屆け、寶釵と共々に例の僧道兩人を先導として警幻天に還る。仙姑の案内で彼は幻境の裡を歷程するが、「薄命司」に至るや、寶釵が黛玉と一體になるを見る。さらに「警幻情榜」（胡適の指摘するごとく(13)『水滸』（第七十一回）の石碣、『儒林外史』（第五十六回）の幽榜、實は吳敬梓の詩句を後人が綴り合せたといわれる、それらの趣向によったことを思わせる）を見るに及んで、驚くべし、その第一名に「諸艷之冠」たる己れの名を發見するのである。そこには「寶玉情不情（情ニシテ情ナラズ）(補註一)」の評語が附されてある。

男性の身でありながら、群芳の首におかれたことは、一見不可解の感を與えようが、彼の日頃の異常な少女崇拜主義といい、「大方あの子（寶玉）は本當は女の子だったのが、まちがって男に生まれついたのではないだろうかね」（第七十八回）なる史太君のことばといい、この末回の「情榜」に至って、總べての祕密を啓いてみせるのである。寶玉がかつて夢中警幻天に遊び、『金陵十二釵』の正册を竊み見て、今や十二人目のところを披こうとした時、警幻仙姑はこれをさえぎり停むる。「寶玉なほも看んとせし時、かの仙姑、かれが天分の高くして性情のすぐれしを知りたれば、おそらくは天機を漏らさんものと便ち卷册を掩いぬ云々」（第四回）卽ち、十二人目に寶玉の分があったのである。彼は原來その首頁におかれるべきであるから苦しいが、この事實は末回まで伏せておかねばならぬ必要上、こうした書き方をしたものであろうか。

續く諸艷は誰々であるか。惟うに第二名に黛玉・寶釵が合配されていた。黛玉の評語は「情ニシテ情(補註二)」であり、寶釵は「情（中）情(14)」で黛玉と同じ、あるいは強いて附すならば「不情情」卽ち「情ナラズシテ情」ということになろう。以下元春・探春・湘雲・妙玉・迎春・惜春・鳳姐・巧姐・李紈の順、殿りを承るは秦可卿である。

（彼女の「情榜」の評はさきの例から察するに「情可情（情情トスベシ）」であろうか。）

副十二釵以下の姓氏に就いては悉くを知り得ぬ。「副十二釵」の冠たるはおそらく薛寶琴であり、邢岫煙・李紋・李綺等が含まれる。「又副十二釵」の冠たるは襲人であり、晴雯・香菱・金釧兒・玉釧兒・鴛鴦・茜雪・平兒等がこれに次ぐ。その餘の各房の侍女が「三副」に、また芳官を始めとする少女役者十二人が「四副」にそれぞれ配當せられ、凡そ六十名の金陵に籍貫を有つ女子の名が「情榜」には記されてある。

原來、「脂庚本」「戚本」第十八回、妙玉始めて登場の條に雙行の夾評あり、黛玉以下「正十二釵」・「副十二釵」四名・「又副十二釵」八名（右に引く）の名を擧げる。しかるに「脂庚本」のこの條上欄には朱筆眉評を存し、「樹（榭?）處十二釵ヲ引クハ、總ベテ未ダ的確ナラズ。皆漫擬ニ係ル。末回ノ警幻情榜ニ至リテ方《はじ》メテ「正」「副」「再副」及ビ「三」「四副」ノ芳諱ヲ知ラム。壬午季春・畸笏[15]」と記す。壬午季春といえば霑は未だ存命中であり、八十回以後の定本作成に従っていたはず、畸笏はその未定稿を眼にするを得て、この眉評を附け加えたものであろう。

また「脂甲本」の「凡例」中には

然ルニ、此ノ書又名ヅケテ金陵十二釵ト曰フ。其ノ名ヲ審《つまびら》カニセバ、則チ必ズ金陵十二ノ女子ニ係ル。然レドモ通部細搜檢シ去ルモ、上中下ノ女子豈十二人ニ止ラムヤ。若シ其ノ中自ラ十二個《ニン》有リト云フモ、則チ未ダ嘗テ明白ニ某々ニ係ルト指《さししめ》サズ。紅樓夢一回中ニ至リ亦曾テ金陵十二釵ノ簿籍ヲ翻出シ、又十二支曲ノ考フベキ有リ[16]。

とある。思うに霑自身も當初『水滸』の天罡星三十六人に擬えて上中下三十六人の十二釵を構想し、畸笏もその意を承けてさきの夾評中に漫擬を試みたものであろうが、この作品の内容が整理されてくると、正・副・又副のみならず三・四副を追加して六十人に増えたものに違いない。「凡例」に従って「紅樓夢十二支曲」をそれぞれ十二釵に配當すれば、第一曲「終身誤」は寶玉、第二曲「枉凝眉」は閬苑の仙葩、卽ち絳珠草の幻身たる黛玉と無瑕の美玉である寶釵の兩名を詠み込んだもの、以下「恨無常」元春、「分骨肉」探春、「樂中悲」湘雲、「世難容」妙玉、「喜冤家」迎春、「虚花悟」惜春、「聰明累」鳳姐、「留餘慶」巧姐、「晩韶華」李紈、殿りは「好事終」秦可卿である。これをさらに簿册に就いて見れば、正册の首頁にある詩句「嘆ズベシ機《はた》ヲ停ムルノ德、誰カ憐レムモノゾ詠絮ノ才。玉帶ハ林中ニ掛リ、金釵ハ雪裡ニ埋モル」は黛・釵兩名を併せ詠じたもの、以下支曲の序に順って元春より可卿に至る十一名が排列され、その十二人目に實は首頁にあるべき寶玉が置かれていることはすでに上に述べたごとくである。

さて、「警幻情榜」を以て諸緣悉く畢り、仙姑の侍者神瑛に還った寶玉と別れを告げた通靈玉は僧道兩名に携えられ、大荒山は青埂峯下に戻る。今やもとの頑石の相に復し、見聞するところの故事《ストーリイ》をその石上に刻んで空空道人の到來を待つのである。

曹霑の結束のさせ方は大凡以上のごとくであったと考えられるが、對照の便宜上、ここで高鶚の團圓のさせ方を取り上げてみよう。

高鶚が末回に及んで再び甄士隱と賈雨村を登場させ、遙かに首回と照應させたのはまずもってよい。

京兆府尹に陞った雨村が一日都を出でて知機縣を過《よ》ぎり、急流津覺迷渡にて舊恩ある士隱に出遇うが、士隱は遂に名乘らずして姿を消す（第一百三回）。後、罪を獲た雨村は纔《ようや》く大赦に遇って平民に降され、故郷へ向う途次、再度急流津に於いて士隱に見える。ここに至って士隱は初めて名乘り、一別以來の身上話を述べ、かつは寶玉の下落《ゆくえ》、賈府の將來（「蘭桂齊芳」のこと）を物語る。

合點のゆかぬのは次の箇所である。

とある日、空空道人が再度青埂峯下を過ぎり、頑石の依然として故處に在るを見る。「後の偈文」の後にはさらにこの物語の多くの結束が記してあるので、道人はこれを鈔し、急流津に至って遇うた士隱に示す。士隱は某年某月某日、悼紅軒に曹雪芹なる人を訪ね、托して傳せしめよと指示したあと、ふたたび睡りこける。幾世劫かの後、道人は悼紅軒に雪芹を訪ね、この『石頭記』を托する。

というのであるが、圏點を附した箇所は如何であろうか。「後の偈文」と言うは「無材可去補蒼天云々」の偈に對して「滿紙荒唐言云々」の詩を指すものに違いないが（いずれも第一回に見ゆ）奇妙なことである。物語の緣起は首回のそれだけで充分なはずであり、空空道人が「再度」青埂峯を過ぎる事も要らぬし、況んや「後の偈文」（實は作者自らの感懷を詠み込んだ五絶）の後にいかなる結束が記されてあったというのであろうか。蛇足と言わんよりは、高鶚の首回に對する讀み取り方の足りなさを露呈した事實であろう。第二章に述べた神瑛侍者を頑石の幻相とする「程本」の扱いといい、畸笏老人をして在らしめたならば「鉅眼」を有たざりし續作者高鶚を何と評したことであろうか。

高鶚續作の成績に就いては、すでに少しくこれに觸れたわけであるが、彼にとっての定本である「程乙本」四十回と、霑の八十回竝びに斷稿に窺われるその未完の部分の腹案とを對比すれば、文學上の成功や否やは別としても、自ずと明らかになろう。物語の大綱、卽ち黛玉夭折、賈府沒落、寶玉出家の諸點に於て、原意と違わぬとはいえ、黛玉が息を引き取るのと、寶玉・寶釵が結ばれるのとを同日の同一時刻としたり（のみならず、黛玉は寶玉のつれなきを恨みつつ逝いたとし、寶玉また通靈玉を失した癡呆狀態の裡に鳳姐等の謀事に乘るという苦しい手段を用いている）、あるいは寶玉を賈蘭と共に鄕試に應ぜしめその歸途、約束された富貴を棄てて出家させる方法をとったのも、高鶚の好みであろう。霑にあっては、そうした世閒的な榮達は眼中にない。寶釵を妻とし、麝月を婢としながらも、しかもこれを棄つることにこそ、寶玉と現世とを繫ぐ斷ちがたい絆が置かれた。高鶚は彼流の價値判斷で、その重點を移行させたのである。今一つ、賈府の再興に就いても、霑は寶玉の次の世代、卽ち賈蘭等をしてこれに與らせ、ここに僅かにこの作品の現世に於ける救いを置いたと思われるに反し、高鶚は寶玉・賈蘭の登第に續いて賈府は世職に復され、抄沒に遭った家產の大部分を還されるとする（賈政天恩に沐する）。おそらく高鶚は世の團圓思想に引きずられたのであろう。兪平伯は高鶚が中國の文學に例の少ない悲劇性（黛玉夭折・寶玉出世等を指す）をその續作に於いて保存した功績を認めねばならぬと説くのであるが[17]、少なくも高鶚が原作者の意圖を繼ごうとする限り、霑に依って賦與されたその悲劇性なるものは動かし得ぬものであり、彼はその枠の中で仕事をしなければならなかった。しかもなお、彼の好みが無意識の裡にこうした歪みを續作に將來したと見るべきであろう。

その意味では、細部に於て、霑の原意と考えられるものと高鶚の實現した續作との閒に、かなりの齟齬の生ずるのも當然であった。人物の扱い方に就いても若干の不滿がある。他の人物はともかく、正十二釵に列せられる巧姐（八十回中では充分描かれて居らぬ）、史湘雲の扱いが不手際で働きのない人物になっているし、また鳳姐・襲人をいささか悪役《ワル》のごとく描き過ぎた嫌いがある。（霑の考え方からすれば、汚れなき少女を駄目にしてしまうのは、すべて男性の側に責が在るのであり、この兩人を貶める意思などは毛頭なかったはずである。）あるいはまた、すでに夢中に於いて劇中劇の趣向で對面させた賈・甄兩寶玉を現實に顏つき合わさせたのはまずくはなかろうか。おそらく甄寶玉は夢を通じてしか登場しないはずだったと思われる。

また、原作の讀み取り方の足りなさに由來する〝誤差〟も認められる。例えば又副十二釵の一人、香菱は薛家に一子を遺し、產難の爲に沒する（第百二十回）と高鶚はするのであるが、實は彼女は（尤二姐が鳳姐に受けたあしらい同樣に）正妻夏金桂によっていびり殺されるはずであった。高鶚は又副十二釵簿冊の詞の意を取り違えたのである。八十回中に於いてすでに死亡した柳五兒（第七十七回王夫人のことばによって知らる）が生き返って再登場（第八十七回）したりする類の失敗は一々擧げるまでもなかろう。

確かにこうした大小取り混ぜての〝誤差〟を取り上げることは、續作者たることを韜晦せんとした高鶚の一面を見ようとする場合には興味を惹かぬでもない。だが、肝腎のことは、これらの〝誤差〟を通じて、二人の作者の肌合い、文學上の趣味、もっといえば人閒そのものを探り取ることに在るのではなかろうか。そこで、〝人閒〟が問題となる。

註

（1）胡適「考證紅樓夢的新材料」二所引。
（2）胡適「跋乾隆庚辰本脂硯齋重評石頭記鈔本」（『國學季刊』第三卷第四期、七二二頁）所引。
（3）同右論文（七二九頁）所引。
（4）胡適「考證紅樓夢的新材料」六所引。
（5）同右論文六所引。
（6）胡適「從脂本裏推論曹雪芹未完之書」（「考證紅樓夢的新材料」所收）。兪平伯「後三十回的紅樓夢」（『紅樓夢研究』所收）。
（7）周汝昌『紅樓夢新證』五八七頁。
（8）兪平伯は紛失した通靈玉が寶玉の手に戻る過程に二通りの可能性を考えている（「後三十回的紅樓夢」）。その一つの根據として擧げる「脂庚本」「戚本」第二十三回「剛至穿堂門前」の句下の評「這便是鳳姐掃雪拾玉之處」の方は實は第三十回前後に良兒が誤って玉を竊む文があり、それに照應するものであろう。（「脂庚本」では删られたとおぼしい。）第五十二回には「あれから二年も經つのに……」と良兒偸玉の事を平兒が麝月にむかって述懷するくだりがある。
（9）『紅樓夢』第十八回秦可卿の葬儀に列席した諸王孫公子に竝んでこの名が見える。
（10）「脂庚本」「戚本」第二十二回の寶釵の燈謎「朝罷誰攜兩袖烟……」（「程本」では黛玉の作とする）はこの時期の寶釵の狀を詠んだものと思われる。（原文は胡適「跋乾隆庚辰本脂硯齋重評石頭記鈔本」中に引く。）
（11）『紅樓夢』第六十回、柳五兒と母親との對話にこの事見ゆ。參看。
（12）「無門關」（外道問佛）に見ゆる禪家の語。

(13) 胡適「跋乾隆庚辰本脂硯齋重評石頭記鈔本」(『國學季刊』第三卷第四期、七二九頁)。
(14) 『紅樓夢』第三十三回回目「情中情因情感妹々」の「情中情」は寶釵を、妹々は黛玉を指す。
(15) 胡適「脂庚本跋」(『國學季刊』第三卷第四期、七二九頁)。
(16) 胡適「考證紅樓夢的新材料」四所引。
(17) 兪平伯「後四十回的批評」(『紅樓夢研究』七五頁)。
(補註二) (補註二) 賈寶玉の評語「情不情」、林黛玉の評語「情情」を當初は夫々「情ニシテ情ナラズ」「情ニシテ情」と解していた。現在は「情ナラザルヲ情トス」「情ナルヲ情トス」と讀ませる蔡義江氏らの說に從いたい。「不情」とは「有情」に對する「無情」「非情」を言い、人類と區別して異類――草木石塊などを指す。その「不情」を情あるものへと變化感化させるほどの情の持主、情の權化たる賈寶玉を評したもの、卽ち絳珠草を有情たらしめたことを踏まえている。これに對し、「情情」は情の持主をいやが上にも情あらしめるの意であろう。また薛寶釵・秦可卿についての評語までは「情榜」では考慮されていなかったとおぼしい。

結章　曹霑昇天

己れの作品に對する異常なまでの執心、このかつて曹霑を驅りたてて止まなかった情念をば、高鶚がいささかも理解しなかったとは言うまい。だが、結局高鶚としては、遺された作品そのものに就いて、それに完結を與える他なく、またそれで十分だった。彼にとっては、霑がこの一作に籠めた執心を感じ取る必要はさしてなかったし、原作者に對して何ら憚る必要はなかったのである。ただ作品に對して憚らねばならなかった。(作者にとってこれ程の名譽がまたとあろうか。) そこには高鶚という人閒が顏を出す餘地はほとんどなかったからである。それを一番身に沁みて感じたのが他ならぬ高鶚自身であったろう。卽ち、一纂修者としての假面を被らねばならなかった所以である。

とは言え、その出來榮えのほどは別としても、高鶚とて所詮未完の作品の魔力に牽かれた續作者群の一人たるを出なかった。この事實は、逆説染みるを厭わねば、後の四十回こそ紛れもない、高鶚のものだということだ。韜晦を志しつつも果《おお》せなかった、つまり曹霑とは異なった形で結局署名せずにはおられなかった高鶚という人閒がそこには覗いている。高鶚は彼なりに受け取り、作品としての均整さを失せぬ範圍内で、彼なりの美學に賴って完結させれば足りたのだとも言えよう。

かかる表裏をなす事實の裡に「續作」というものの一つの宿命がある。

高鶚がその續作を成したのは、彼が順天府の鄕試に中《あた》った（乾隆五十三年）後、進士登第（同六十年）に先立つ一時期と推定される。そうした環境にあった彼が作中人物の賈寶玉にも己れと同樣の道を步ませ（これが原作者の意圖に反するものであることはすでに見た）、鄕試に應じた寶玉が鄕魁（鄕試七番）に中っているのは興味を惹く。續作執筆期の高鶚は、おそらく當時の彼の不遇な境遇も手傳って、賈寶玉的心情に共感するところが多かったであろうし、霑とその「夢ヲ同ジクスル」(1)の感懷も有ったことは想像に難くない。しかも彼はこの一風變った反俗的精神の持主寶玉を擧人にさせることで、むしろ己れに近づけた。しかしながら、その後の高鶚の步んだ道は、寶玉のごとき出世閒のそれでもなく、またこの人物の產みの親たる一處士として終わった曹霑のそれでもなかった。運命が彼に幸したということもあるかも知れぬ。それにしても高鶚は所詮「艷情小說」の補作者、ひとりの譯識《わけし》りたるに留まり、溺れることなき人、遊びと實人生とを區別して生き得る幸福な（あるいは不幸な）種族の一人に過ぎなかったのだ。

高鶚は乾隆六十年進士に中ってより、內閣侍讀を經て江南道御史に選ばれ、次第に〝偉く〟なっていった。榮達の道が彼を待っていたのである。

ここで上來その暴を累ね來った私の文學的想像を今一度逞しくすることを許して戴くならば、曹霑はことさらに八十回以後の部分を破棄し、傳える意志を喪ったとも考えられる。（かつて聖嘆が『水滸』の第七十一回以後を删ったごとくにである。）作品としての完成度を昂め、この作品に完璧性を賦與するをあれほど希って來たはずの霑に、こうしたことあるを臆測するのは矛盾かも知れぬ。だが、ありし日の人々の「魂ヲ攝シ魄ヲ追フ」作業は、追憶の樂しみを與えると同時に悲しみをも喚び醒さずにはおかぬ。卽ち彼は「良き時代」の後には、當然伴う悲しき物語の數々を記さねばならぬのである。人の世の悲歡離合はさだめとはいいながら、諸芳の流離の狀を記す筆は重くかつ澁ったに違いない。別して次のごとき事情もある。虛構の世界と現實とは別物だと觀念すれば兎も角、彼が己れの分身である寶玉に出家得道させ、さてついにその事の叶わぬ己れの現實と引き較べた時、何を感じなければならなかったか。いや、これとても大したことではない。寶玉出家の趣向などは『金瓶梅』巻末の孝哥出家の意匠を借りただけかも知れぬからである。

霑の前にはもっと嚴しい現實が在ったはずだ。四十づらさげて「警幻情榜」などいうたわいのない結末まで持ってゆく爲に二十年を賭けて來た阿呆がいるのだ。破棄とまではゆかずとも、この「永久の未定稿」を前にして、あるいは執筆から遠ざかり、あるいは筆を著け惱む彼の姿が見えぬであろうか。

上來私は、霑の作品に寄せた執心を說くに急なあまり、この面に充分說き及ばなかったようである。もとよりこの作品を書き續ぐことが、彼の過去を記念せんとするの情に發し、彼にとって「生きる」ことを意味したのは確かであろうが、彼とて生身の人間であった。二十年に及ぶ執筆生活のなかで、人一倍多感な彼が、現實生活の樣々な出來事に傷つけられなかったとは考えられぬ。逃避であろうと何であろうと構うことはない。述作に集中し得る狂氣に憑かれた狀態は、むしろ彼にとっては至福の瞬間であった。それだけに狂氣の去った狀態に於ける霑の心象風景は、思えば寒々としたものであったろう。佯狂して燕京の裡を放浪する彼の姿を想像するは傷ましい。

いずれにせよ、そうした時期に、不幸な事態が曹霑の仕事への集中を永久に斷たせた。未完の作品の結末どころではない、彼自身の肉體の終焉が近づいていたのだ。彼は癸未の秋、幼兒を先立たせた。(2) 貧窮の裡で看護《みとり》の事も意に任せなかったのであろうか。この人の親は定めし己れの不甲斐なさに心中齒がみしたに相違ない。彼は感傷のあまり、疾を獲た。

これまで彼はともかく這い上り這い上りして生きて來た。が、この度はこのことがなかった。作中人物黛玉の終焉を別な形で身を以て演じねばならぬ奇しき廻り合せを彼に見る。卽ち、病むこと數月、涙を盡して乾隆癸未の歳（一七六四年）の除夕、この四十路の坂にかかった働きざかりは吾兒の後を追ったのである。彼はかつて寶玉の口を假りてこういわせた。

もしひょんな事で僕がくたばりでもしたら、あの女《ひと》たちはまあ、どんなにか嘆き悲しんでくれることかなあ、してみれば、僕なんぞよしや死んでしまったとて、あの女たちさえそうあってくれるなら、一生の事業が水の泡になろうとも、惜しむに足らぬ」（第三十四回、寶玉獨白）。

曹霑の沒後には一人の寡婦が取り殘されたのであるが、この霑の爲に哭すべく選ばれたおそらくは唯一の女性が、寶釵のモデルになった女性であったか、あるいは史湘雲、麝月のそれであったか、はたまた『紅樓夢』の世界とは無緣の女人であったか、今となっては知るよしもない。それにしても、吾子といい、作品といい、ひとしく霑の創りしもの、しかも半生を賭けた表現という仕事も、吾子の早逝を前にしては、ついにこの多感な魂を人の世につなぎとめるに足りなかったのであろうか。感慨なきを得ぬ。

晩年の友人敦誠は霑を弔う輓詩(3)に於いて、いみじくも彼をかの夭折の鬼才李賀に擬した。人は想い起こさぬであろうか、赤蚪に駕して天降った緋衣の人をば白日の幻覺に見て卒したとする李賀にまつわるかの傳說(4)を。

李賀は白玉樓に至りて記を作るべしとて上帝に召された。往相と還相とこそ異なれ、思えば曹霑は一篇の『紅樓夢』を、しかも未完の形で遺すべく人閒に投胎したかの太虚幻境よりの遣わし人、まれ人であったのだ。高鶚が果してそのことを霑と等しくしたか、どうか。

註

（1）「由來同一夢、休笑世人癡」（『紅樓夢』第百二十回末、高鶚が後人に假托しての感懷五絕の句）。
（2）敦誠「輓曹雪芹」詩（胡適「跋紅樓夢考證」所引）參照。
（3）同右詩に「牛鬼遺文悲李賀」の句あり。牛鬼の遺文は未完の『紅樓夢』を指すものであろう。
（4）李商隱「長吉小傳」（『全唐文』巻七百八十）にこの事見ゆ。

關係論文竝びに參考書目

胡適『紅樓夢考證』初稿一九二一年三月二七日、改定稿一九二一年一一月一二日、跋一九二二年五月三日（亞東圖書館排印「程甲本」巻首掲載後『胡適文存』第三集所收）
「重印乾隆壬子本紅樓夢序」一九二七年（亞東圖書館排印「程乙本」巻首掲載後『胡適文存』第三集所收）
「考證紅樓夢的新材料」一九二八年十二月十六日（『新月月刊』第一期掲載後『胡適文存』第三集所收）
「跋乾隆庚辰本脂硯齋重評石頭記鈔本」（『國學季刊』第三巻第四期　一九三三年一月二二日　所載）
兪平伯『紅樓夢辨』一九二三年、亞東圖書館刊
「修正『紅樓夢辨』的一楔子」（『語絲』第十一期掲載後「雜拌兒」所收）
「『紅樓夢辨』的修正」（『現代評論』第九期所載）
「後三十回的紅樓夢」一九五一年（『人民文學』第四巻二期所載、後『紅樓夢研究』所收）

『紅樓夢研究』一九五二年、棠棣出版社刊
周汝昌『紅樓夢新證』一九五三年、棠棣出版社刊
（補註一） 庚辰本原文「苟非其人、惡乃濫于其位」初案では「苟《マコト》ニ其人ニ非ザレバ、惡《ナ》ンゾ乃チ其ノ位ニ濫リニセラレンヤ」と讀み下したが、吉川幸次郎教授から不安を覺えるとの指摘あり、再考の結果、「濫竽」の誤鈔と見て「苟《イヤシ》クモ其ノ人ニ非ズンバ、惡ンゾ乃チ其ノ位ニ濫竽センヤ」と改めた。「濫竽」は齊の南郭先生「濫竽充數」の故事（『韓非子』内儲説）を踏まえたもの。

あとがき

この小論に於いては『紅樓夢』の作者曹霑を續作者高鶚と對置してみることにより、光をあてようと試みた。『紅樓夢』という作品を論ずることは様々な角度から可能であろうが、その作者を取り上げて曹霑論をなす事は不可能に近い。中國に於ける舊小説の地位の低さから作者に關する資料が乏しく、その作者を取り上げる場合にこれは絶えず隨いて廻る困難である。筆者はかつて幾度か「曹霑論」を試みんとした。だが、目下のところ（のみならず、將來もそうであるかも知れぬが）彼に關する資料の乏しさを以てしては、獨立した作家論は成し難いことをその都度覺らされる他なかった。その結果がこの試みという譯である。それにつけても先學殊に兪平伯先生の御仕事に負うところはなはだ多く、それ以外のところは筆者の獨斷ばかりという御覽のとおりの内容の貧しさ、汗顔の至りである。唯、筆者としては、「脂本」評註の信憑性を説く爲には、今少しく脂硯齋の問題に就いて觸れねばならぬところと感じたのではあるが、紙幅の都合上删る他なかったし、なおまた、「失われた殘稿」の章も、實は註なりと詳しくしたい所存だったが、うち重要なもの若干に止どめざるを得なかった。記して以て遁辭とする。

（一九五四・二・一〇）

印刷に廻るまで時間があって、周汝昌氏の近著『紅樓夢新證』を見ることを得た。これに紹介された若干の新しい資料に依って、霑の沒年を訂正した他、小論中修正あるいは增補した部分が少なくない。殊に同書の脂硯齋に關する章は、たまたま引き續き「脂硯齋覺書」なる小論を草しつつあった筆者にとってははなはだ有益に感ぜられた。脂硯齋評本の原本を眼にすることのできぬ筆者としては、一種の羨望をすら感ぜさせられた事を告白せずにはおられぬ。曹霑の家世傳記に關しても同書から教わるところが多かった。附記して謝意を表する。

（四・一五）

（『北海道大學外國語外國文學研究』第二輯　一九五四年十月）

解説・解題

解　説

一　『紅樓夢』の版本《テキスト》及び書名《タイトル》

小説『紅樓夢《こうろうむ》』は、十八世紀も末に近い清《しん》の高宗（在位一七三六年―九五年）の乾隆《けんりゅう》五十六年（一七九一年）、辛亥《しんがい》の年の冬に初めて刊行された。「新鐫《せん》全部繡像紅樓夢」と題し、程偉元《ていいげん》によって北京の萃《すい》文書屋から發賣された木活字印刷によるものがそれである。三十年以上にわたって寫本で行われた時期をも通算すれば、作者の手を離れてからおよそ二百數十年の歲月を讀者とともに閱《けみ》したことになる。

程偉元は翌春以後二度まで改訂版を出したが、それと前後して、初版を底本とした整版（版木）印刷によるものが、北方では北京、南方では蘇州で發刊され、翻刻が相繼いだ。

この小說は、よくこの國の人々の嗜好に投じたと見え、かくてこれまで獲得した讀者人口は厖大《ぼうだい》なものであったと推定されるのに、愛讀された割りにはその作者に對する讀者の關心は薄かった。おおかたの讀者は作品に醉うだけで事足りたらしい。

今日その作者に擬せられている曹霑《てん》、號は雪芹《せっきん》は、自作の第一回緣起《えんぎ》――作品成立の經緯を述べたくだりの末尾に、『石頭記《せきとうき》』の纂《さん》修者としての韜晦《とうかい》した形ながら、「曹雪芹」の三字を署名しておいた。にも拘らず、後世の讀者はごく少數の例外を除けば、曹雪芹の實在人物たることすら知る人はまれで、ましてやその傳記について關心を寄せる人は少なかった。當時としては、こうした小説本に本名を署することの方が例外であったから、無理からぬふしもある。

さて、この小説は『紅樓夢』の書名でもっとも喧傳されてきたが、ほかにも『石頭記』『情僧錄』『風月寶鑑《ふうげつほうかん》』『金《きん》陵《りょう》十二釵《さ》』の四つの異名を持つ。それぞれの由來については、これまた第一回の緣起の説くところである。（清末に至り、清朝の文化政策によりこの小説が發禁處分にされたとき、書店がその網の目を逃れるために、『金玉緣』という別名で賣り出したことがある。）

まず『紅樓夢』という書名の三字は、作中の第五回にも「紅樓夢曲」が見えるように、朱塗りの高樓で結ぶ夢を意味し、晩唐の詩人蔡《さい》京の七律「詠子規（子規《ほととぎす》を詠ず）」詩の第六句「驚破紅樓夢裡心（驚破す紅樓夢裡の心）」に見えるのが早い例であるとされる。また同時代の李商隱の七律「春雨」詩の第三句「紅樓隔雨相望冷（紅樓雨を隔てて相望むこと冷やかに）」および第六句「殘宵猶得夢依稀（殘宵猶お得たり夢の依稀たるを）」に呼應して用いられた例も指摘されている。降《くだ》って清初の納蘭成德《ならんせいとく》の詩餘「別意」「於中好」「減字木蘭花」の三首にも「紅樓」「夢」が併せ詠みこまれている。

もとの名『石頭記』というのは、水の滸《ほとり》の梁山泊《りょうざんぱく》に集《つど》うた好漢《ますらお》どもの物語が『水滸傳《すいこでん》』と名づけられたのに對し、石の頭に生起した（十二釵たちの）物語、また石の上に記された（彼女らの）物語の意味であろう。（さらに俗語では石のことを「石頭」と稱する。また作品の世界とはゆかりの深い金陵《きんりょう》、いまの南京《なんきん》を「石頭城」と稱したのにも利《き》かせてあるが。）

ところで敢えてみずからを頑石《がんせき》に比《たぐ》えた曹雪芹の原稿本は傳わらず、それからの直接の寫本も傳わらない。現存のテキストはすべていわゆる「脂硯齋《しけんさい》本」——乾隆初年に脂硯齋なる人物が定本化しかつその評が施された評本『石頭記』、ないしはこれに原本を仰いだものに限られる。しかもこれらの本文は八十回またはそれに滿たない回數の、作品としては未完のものばかりであって、雪芹の原作に係る部分はこれまでしか傳わらなかった。

冒頭で觸れたこの小説の初めての刊本というのも、「全部」首尾の整った完本を謳い文句としているものの、實は後人——高鶚《がく》、字《あざな》は蘭墅《しょ》がこれに擬せられている——の補作に成った後四十回を加えて百二十回としたテキストに據るものなのである。

雪芹の原稿本のおもかげを比較的忠實に傳えたと推される脂硯齋本に屬する古寫本のうち、雪芹の生前または沒後まもなく原本が成立した「脂硯齋評本」のヴァリアントとして三種の轉寫本が現存する。從來その原本成立の時と考えられてきた乾隆十九年（一七五四年）、同二十四年、同二十五年の干支にちなみ、「甲戌《こうじゅつ》本」（十六回殘存——胡適舊藏）、「己卯《きぼう》本」（四十回殘存——北京圖書館・現中國國家圖書館藏、缺失部分の一部たる第五十六～五十八回の三回およびこれに接する前後兩回の約半分は北京の歴史博物館藏）、「庚辰《こうしん》本」（七十八回殘存——北京大學圖書館藏）と呼ばれるのがそれである。

これらに次ぎ、乾隆四十九年、五十四年にそれぞれ抄成されたものとして「甲辰《こうしん》本」（八十回存す——北京圖書館・現中國國家圖書館藏）、「己酉《きゆう》本」（四十回殘存——吳曉鈴舊藏）があり、さらに近年發見された科學院文學研究所本（百二十回存す）、蒙古王府本（同前、北京圖書館・現中國國家圖書館藏）、アジア諸民族研究所ペテルブルグ支部本（七十八回存す）、靖應鵾《せいおうこん》藏本（七十八回存す。但し目下所在不明）、鄭振鐸舊藏殘本（第二十三・二十四兩回のみ。北京圖書館・現中國國家圖書館藏）、近年發見の南京圖書館藏戚蓼生序本（八十回存す）も乾隆後期の寫本だとされ、その前八十回は脂本の系統に屬する。以上の古寫本は、戰後から近年にかけて相繼いで影印本が刊行された。（南京圖書館本も近く影印の豫定である。）同系統に屬する寫本に據った刊本として、民國初年、上海有正書局から石印刊行された戚蓼生序『原本紅樓夢』（略稱「戚本」）と題する、大字本・小字本の二種もある。底本とされたのは甲辰本以前の寫本かと推され、前四十回は上海書店に藏せられると聞く。

これらの諸本は、ほぼ共通の特徴として『脂硯齋重評石頭記』と題され（甲辰本以後の晩出の數本はすでに改題して『紅樓夢』の名を冠している）、脂硯齋の批評「脂批」を施されている。（甲辰本・蒙古王府本は大幅に、己酉本・文學研究所本はことごとく削られているが。）テキストの分類上、百二十回の刊本系統のものを「百二十回本」と呼ぶのに對して「八十回本」の名稱が便宜的に用いられもするが、實際は百二十回本の前八十回自體、脂本の一種たるを出ないのである。

二　『紅樓夢』の原作者

『紅樓夢』の作者については、異説がないわけではなく、その〝著作權〟問題は時に蒸し返されているものの、今日では曹雪芹を原作者とする見方が定論に近いと言えよう。その雪芹の生涯に關する傳記的事實が幾分とも知られるに至ったのは民國以後のことに屬する。以下、戰前の胡適《こてき》の「紅樓夢考證」（一九二一年）に始まり近年に至る諸家の調査研究によって明らかにされた諸事實のあらましを記すこととしよう。

彼は姓を曹《そう》、名を霑《てん》、字を芹圃《きんぽ》といい、芹溪《きんけい》居士、また夢阮《むげん》（晉《しん》の阮籍《げんせき》に因《ちな》む。一説に字とする）とも號した。もっとも著名な雪芹も別號の一つである。「雪芹」の來源としては、宋の蘇轍《そてつ》の「同外孫文九新春」五絶句ノ一の第二句「園父初挑雪底芹（園父初めて挑《かか》ぐ雪底の芹）」、同じく宋の范《はん》成大の「晩春田園雜興」十二絶句ノ一の第二句「玉雪芹芽拔薤長（玉雪の芹芽　薤《にら》より拔きんでて長し）」が指摘されている。「雪芹」は字だともされるが、いずれにせよ、夢阮は別として、すべて「芹」字を共有しているのは、泮宮（古代の學校）に生える芹にちなんで科擧の試驗に及第することを期待しての命名であろうという。

その姓の示すように漢人であり、曹家は宋開國の大將軍曹彬《ひん》（武惠王）に遡り、降って明《みん》開國の元勲曹良臣の後裔《こうえい》で遼東《りょうとう》に定住した三男俊《しゅん》の四子の子孫に當たるといい（一説に河北省豊潤《ほうじゅん》縣に定住した二男儀《ぎ》の後裔だともいうが）、明末まで明朝の軍官であったが、清（後金）との合戰に敗れ、滿州族に投降して捕虜となり、東北（滿州）の瀋陽《しんよう》（奉天）に移り住んだ。清の八旗《はっき》（譜代の旗本。滿・漢・蒙古の三軍で編成されていた）の一、内務府の管轄下に在る滿軍正白旗（黄白紅藍四色の軍旗の色別による編成區分、白一色の旗色）に屬するいわゆる旗人《きじん》の家柄ながら、身分としては「包衣《ボイ》」——滿州語の奴隸の意——である。

やがて滿州族が入關して清帝國を建てるにおよび、霑の高祖に當たる曹振彦《しんげん》は山西平陽府吉州の知州（長官）に、のち兩浙《りょうせつ》都《と》轉運使《てんうんし》司《し》鹽《え》法道《ほうどう》にも任ぜられた。さらに康熙《こうき》二年（一六六三年）、江寧織造《こうねいしょくぞう》の職が設けられると、曾祖父璽《じ》がこれに任ぜられ、江寧すなわち南京の織造署に在って宮廷に納める織物類の紡織製造を管理するとともに、皇帝の耳目となって江南の官民ににらみを利かせ、文化政策を擔當した。以後六十年の久しきにわたって、璽、その子の寅《いん》、孫の顒《ぎょう》・頫《ふ》の三代四人がその職を繼いだ。

霑は康熙五十四年（一七一五年）に早逝した顒の遺腹の子であるとも、また頫の子であるともいわれる。頫は實は寅の弟の宣《せん》（荃）の子であって、顒の沒後、寅の血筋の絶えることを憐んだ康熙帝の特旨によって養子に入り、同年に織造職を襲ったのであるが、かたじけなき天恩に霑《うるお》うの意に取り、その年または翌年に生まれた子に霑と命名したと後説は說く。同治年間に編まれた『五慶堂重修遼東曹氏宗譜』には霑の名は見えず、顒の子として天佑のみが記されている。霑とは兄弟（從兄弟）で、例えば霈《はい》を諱《いみな》とし、天恩に浴した意にちなんで天佑と字したということも考えられる。いずれを採るにせよ、その生誕は康熙五十四年またはその翌年頃となる（一説に雍正《ようせい》二年——一七二四年——出生したともいうが）。

曹家はいわゆる「書香《しょこう》」の家であって、特に楝亭《れんてい》の號で知られた寅は詩文の才に長け能筆の譽れが高かった。戲曲數種の作もあり、江南演劇界の有力な保護者《パトロン》でもあった。藏書家としても著名で、『錄鬼簿』（元代の雜劇作者たちの人名簿）をはじめ稀覯《きこう》の書物を覆刻した。敕命により『全唐詩』の刊刻を宰領したのも寅である。弟の宣は筠石《いん》と號して畫技に秀で、その第四子の頫はまた詩作に優れていたという。後年の霑を育んだ精神的風土はおよそこのようなものであった。

ところで、曹家は代々要職に在って康熙帝の信用も厚く（璽の妻孫《そん》氏はかつて皇太子時代の帝の保母を務め、寅も召されて御前侍衞となり、左右に侍った）、その江南巡行の際には寅は四度聖駕を織造署に迎えたほどであったが、帝の崩御を承けて雍正帝が立つにおよび、同元年（一七二三年）寅の妻の兄李煦《く》が罪に問われて蘇州織造を解任され、のち東北（滿州）へ流されて配所で沒した。皇子たちの帝位繼承爭いに絡んで新帝からうとまれたと見え、同五年末、こんどは若年の頫は上京の途次、おそらく嵌められたのであろう。驛站《たん》を騷がせたかどで北京に護送され、入獄ののち公金費消の罪で免職され、翌春抄沒——家產沒收の憂目に遭うに至った。この年、またはこれから遠からぬ時期に、一家とともに霑も北京に移ったらしく、以後はおおむね北方のこの地で過ごしたものとおぼしい。十年後の乾隆帝の卽位によって、曹家は小康を得たともいわれるが、傳記の空白時代は二十年以上に及ぶ。

乾隆二十年（一七五五年）乙亥《いつがい》以前、霑は愛新覺羅《アイシンギヨロ》敦敏・敦誠兄弟と相識り、その交際は沒年まで續いた。この兄弟は二十年の宗學（宗室——皇室の血を引く子弟のために設けられた官學）の歲試にともに優等の成績で及第したが、その前後の時期に霑は右翼宗學に關係していたらしく、それも下級職員か助教としてであったろうという。（一說に、霑もこの三年ごとの歳試に應じ、受驗生の集合宿泊所で兄弟を識るに至ったというが、確かでない。）彼はまた貢生《こうせい》（生員——府・州・縣學の學生の身分から特別任用せられるコースに入った者）であったとも、擧人《きょじん》（省試——生員を集めて各省ごとに行う高級官僚登用試驗の合格者）であったとも傳えるが、眞僞のほどはわからず、別にまた内務府の堂主事を務めたともいうが、これもさだかでない。いずれにしても官途に志を得ずして終わったらしい。

二十二年丁丑《ていちゅう》の年、敦誠は喜峯口《きほうこう》から北京なる霑のもとに詩を寄せたが、この頃すでに霑は北京の市内を出て、西郊の西山に遷っている。寓居は健鋭營（正白旗の駐屯地）附近だったという。（近年、その一畫に「舊居」が發見され、その後曹雪芹紀念館として保存されているが、確たる根據に乏しいようだ。）すでに陋屋《ろうおく》に貧窮の日々を送る晩年が始まっていた。時に他家の食客となろうと考えたこともあったほど生活は窮迫し、餘技の繪を賣って米鹽の資に充て、好物の酒代をも捻出した。敦誠の二十六年の詩は、家中粥をすすって飢えを凌ぎ（唐の顏眞卿《がんしんけい》の「食粥帖」の典故によったとすれば詩的誇張も混っていようが）、酒は掛け買いであったと傳える。

二十七年壬午《じんご》の年、敦誠は白居易《はくきょい》の「琵琶行《びわこう》」に材を取って戲曲を書いた。兄の敦敏はこの年の夏頃、これに題詩を與えている。霑の題詩もこれと前後して成ったらしく、その斷句を敦誠は書き留めている。「白傅詩靈應喜甚、定教蠻素鬼排場」がそれである。（白傅《ふ》——太子少傅を務めた唐の白居易の詩靈も、貴公のこの作を得てさぞかし喜び、定めて生前の愛妾たりし舞いの上手小蠻、歌の名手樊素《はんそ》の幽鬼にこの劇を演じさせようとすることであろうよと挨拶したもの。）秋の末、敦誠は兄の別墅の槐園で霑と會い、佩刀を入質して酒をあがない、ともに飲みかつ長歌の應酬をしたが、霑の作は傳わらない。この直後のことであろう、霑は一人息子を病氣で失う。貧のため看護も思うにまかせなかったものか。愛兒の夭逝を痛み、彼も病を得、幾月ならずして、その年の大晦日《おおみそか》（西暦に直せば一七六三年二月十二日）、吾子のあとを追った。甲戌本第一回の無署名の批語には、「壬午除夕《じょせき》、書いまだ成らざるに、芹　淚盡きたるがために逝《ゆ》けり」とそのことを傳える。敦誠の挽詩には「四十年華、杳冥《ようめい》に付す」（初稿では「四十蕭然《しょうぜん》はなはだ痩せたり（太痩生）」に作り、李白の作という「戯れに杜甫に贈る」詩を踏まえて、創作に骨身を削った霑を杜甫に比する）、他の友人張宜泉《ぎせん》の悼詩の詞書には「年未《いま》だ五旬ならずして卒《しゅっ》す」と記すが、いずれにせよ四十路《よそじ》の坂でみまかった。いま康熙五十四年出生説に従えば、四十七歳を一期《ご》としたことになる。子孫も絶え、身後には「新婦」がひとり残された。夭折《ようせつ》した子供の母親であったか、續弦の新妻であったか、知るべくもない。

越えて癸未《きび》の年の二月末に、敦敏は霑の死を知らずして一詩を賦し、これを招待状に代えて三十歳の整壽の誕生日の賀宴に霑を招いている。除夕の死は人の忌むところ、よるべを失った新婦はなすところを知らず、死觸れも怠ったままであったか。おそらくこの後にはじめて友人たちもその死を知ったものであろう。さらに翌年、すなわち甲申の早春、沒後一年を經て霑のなきがらは北京西郊の舊居に近い場所に葬られた。敦誠の七律の挽詩二首はこの直後の作、おなじ年の冬、兄敦敏も霑の死を弔う詩を作った。張宜泉にも前後してその作がある。

實は霑の沒年については、別に癸未の除夕（西暦では一七六四年二月一日）とする周汝昌らの説があり、壬午は干支の誤記と説く。さらにさきの「壬午除夕」の四字はこれに先立つ批語の紀年《デイト》であるとして甲申の早春沒したとする梅節の説——胡適が「考證」で最初に下した推定はこれであった——と三説あり、定論を見ない。

ところが「文化大革命」の時期のこと、北京から程遠からぬ河北省の通縣の農村張家灣で土地整理の進行中に「曹公諱霑墓」の五文字を刻んだ墓石が發掘され、いったん埋め戻されたが近年再發掘、紹介されるに至った。石には「壬午」の二字も左端に刻まれており、眞物であれば壬午除夕死亡説を補強する根據ともなる。その眞贋をめぐって激しい論爭が交わされたが、決着を見たとはまだ言えない。

以上は、今日知られている曹霑の生涯の輪郭であるが、遺憾ながら多くの部分が疑問ないしは空白のままに残されている。近時「曹學」なる新語が造られたのも、霑自體についての一次資料が極めて乏しく、彼の家世をめぐる研究のみ盛んという皮肉な状況を揶揄したものに他ならぬ。

彼の人となりについては、前記の晩年の友人たちの詩文に見える斷片的な記述から推すほかない。その性放達にして酒を愛したところから、友人たちは竹林の七賢の阮籍・劉伶《りゅうれい》になぞらえている。（反面、細やかな神經の持ち主であったろうことも想像にかたくないが。）

その風采については、嘉慶・道光間の人裕瑞《ゆうずい》が『棗窓閒筆《そうそうかんぴつ》』中にその前輩姻戚《いんせき》で雪芹と交際のあった者から聞いたとして書き留めているところによると、霑は「肥り肉《じし》で額は廣く色黑であった」という。裕瑞の記述は信頼できぬとし、上に擧げた敦誠の挽詩の「太瘦生」の句から逆に瘦せぎすであったとする說もある。霑の肖像畫とされてきたものに二幅あり、その一つは戰後はやくその存在が廣く知られるに至った乾隆の畫人王岡《こう》筆「幽篁《こう》圖」である。これはその後の學者の研究によって霑ではなく別人の「行樂圖」であると考えられるに至った。いま一幅は、近年鄭州の河南省博物館に收藏された陸厚信筆「雪芹先生小照」である。この繪の場合も眞贋をめぐって論議が交わされてきたが、文物鑑定の專門家によって原物の精査がなされた結果、「新紅學」が興って以後の贋作であろうとされたばかりか、鄭州の骨董商が贋作作りを自白して幕が下りた。

その音聲口跡について敦敏の詩に「院《にわ》を隔てて高談の聲を聞く」と記し、敦誠の詩に「高談雄辯　虱《しらみ》を手にて捫《ひね》る」と記すのは、『閒筆』にまた、その人は「善く談吐し、風雅游戲、境に觸れて春を生ぜしむるのおもむきがあり、その奇談を聞くに、娓娓《びび》然として聽者を終日倦《う》ましめることがなかった」と傳えているのとともに、小說家としての霑の資質を考えるうえで興味深い材料だと言えよう。

彼の本領が小説家たるに在ったことはいうまでもないとして、他の面にかけても多才の人というに恥じない。『紅樓夢』中の詩歌はもとより作中人物になり代ってそれらしく作った特殊なものと見るべきであろう。が、詩人としての霑は新奇幻怪の風を好み、その詩風は唐の鬼才李賀《りが》（長吉）を髣髴《ほうふつ》とさせるものがあったらしい。ただ惜しいことに彼の詩の傳わるものは、さきに引いた敦誠に贈った題詩の兩句に過ぎず、一書に「鍾情貴到癡」（情を鍾《あつ》むるは癡に到れるを貴ぶ）の斷句をもその作だとして傳えるが、確かでない。また「愛此一拳石（この一拳石を愛《め》づ）」に始まる五律一首が彼の佚詩として披露されたこともあったが、のちに後世の倣作であることが判明した。

彼はまた繪心の持ち主で、山水ことに怪石（珍しい形状の石）を好んで描いた。（石を愛づる文人の癖というだけでなく、霑の場合は特に『石頭記』との關連においても考えられるべきであろう。）その素人離れのした畫才を買われて宮廷の畫院に入る道が開けかかったこともあったのに、實現しなかったのは、皇帝の御用畫家になるのをいさぎよしとしなかったからだともいう。晩年、その繪をひさいで生計の資に充てたことのあったのは、すでに記したとおり。また阮籍に似て琴のたしなみもあったらしく、張宜泉の弔詩は、霑の沒後の狀を敍して、「琴は壞囊《かいのう》に裹《つつ》まれて聲漠漠《ばくばく》、劍は破匣《はこう》に横たわりて影鋩鋩《ぼうぼう》」と記す。あるいは後の句は、騎射をも善くし文武に優れた祖父曹楝亭ゆずりの、武人としての霑のおもかげを傳えたものかもしれない。

最後に一つ插話を付け加えて置けば、霑の佚稿として一九七三年に『廢藝齋集稿』なるものが紹介された。これは「廢藝（廢《すた》れかかった技藝）」に關する八種の稿本を集成したものの總稱であるが、うち繪凧の製作法を詳述した『南鷂《よう》北鳶《えん》考工志』は、章草という古い書體で書かれた霑の自筆の自序（乾隆二十二年の紀年あり）および當時の名士董邦達の序なるものを巻首に置き、敦敏の撰に係るという「瓶湖懋《ぼう》齋記盛」を附載し、凧造りの祕訣を歌にしたものと繪凧の圖案が本文を成す。この『集稿』には實は日本人が二人まで絡んでいる。前大戰末期、北京（北平）在住の金田某が『集稿』をさる清朝の皇族から譲り受けて祕藏していたところ、高見嘉十（當時、北平藝術專科學校教授）がそのうちの『考工志』を借りて寫しを取った。のちに右の原本は、敗戰直前に金田氏が日本に持ち渡ったともいうが、當人は行方が知れず、またその後高見氏の所在は知られたものの、すでに老耄のため記憶が薄れ、往時の委細を確認することなく、昭和四十九年（一九七四年）に富山縣の郷里で物故した。

發見當時から『考工志』をめぐって眞僞兩説があったようであるが、七八年に至って實證的な否定説が公表された。斷定はなお憚るが、歌訣や圖案こそ北京の凧造りを傳えたものであっても、曹・董兩序および「記盛」は後世の好事家による擬作——清末以後、おそらくは「新紅學」が興って以後まもなくの時期の——たる可能性が大きいように思われる。國民的文豪としての評價が定着しているだけに、曹雪芹ゆかりの文物というのは、ことほどさように眞僞の問題がついて廻るのである。

三　『紅樓夢』の成立

ここで今日までのいわゆる「紅學」の成果、諸家の研究を參考にし私見を交えながら、霑の述作の經過に觸れ、『紅樓夢』成立のあとをたどってみよう。

甲戌本第一回の緣起によれば、『石頭記』なる原名が空空道人改め情僧の手で『情僧錄』と改題され、吳玉峯の手で『紅樓夢』、さらに東魯の人孔梅溪《こうばいけい》の手で『風月寶鑑』と改められ、のちに曹雪芹が悼紅軒において十年の功を積み五度稿を改めたのち『金陵十二釵』の名を命じたという。實際は『石頭記』稿から『十二釵』稿までにかけられたのが約十年、五つの異名も五度改稿というのに照應させたものであろう。第一回の脂評によれば、霑には『風月寶鑑』

なる舊稿があり、弟の棠村《とうそん》が「序した」（序文の序でなく、順序をつける、整理を手傳ったの意か）というが、傳わらない。これによれば、『十二釵』稿以前に、まずある程度の完成度を持った『風月寶鑑』稿が存在したことは確かであり、題名の示すように『金瓶梅』的な傾向のいちじるしいものだったと想像され、王熙鳳《おうきほう》（と夫の賈璉《かれん》）・秦可《しんか》卿《けい》（と夫の賈蓉、舅の賈珍）、薛蟠《せつばん》（と甄英蓮）らが現本以上の役柄を演じたものと考えられる。

乾隆十九年（一七五四年）甲戌の年、脂硯齋はこの作品を手鈔して二度目の評を施しているから、さらに逆算すること十年、およそ乾隆九年前後に霑は述作に着手したという勘定になり、康熙五十四年生誕説を採れば、時に三十歳前後であったと推定される。

初稿『風月寶鑑』について、脂評その他から察するに「石頭記」と題した全書百回の作品が一應完成を見たらしい。（四大奇書にも例の見られるように、これは長編の章回數としては整った納まりのよいそれである。）「金陵十二釵」上中下三十六人の構想（これは『水滸傳』の天罡《てんこう》星三十六人に當たるものであるが、『十二釵』については、朱彝尊《しゅいそん》の『靜志居《せいしきょ》詩話』に見える十二人の名妓を十二釵と併稱した話に影響されたともいう）、またこれに列せらるべき閨《けい》秀《しゅう》たちについても腹案が熟しかけ、副十二釵に入るべき人物として薛寶琴《せつほうきん》らがこの時期に加わる。賈璉の弟の賈琮《そう》や薛蝌《か》も新人物であろう。また『風月寶鑑』稿では、王熙鳳の娘は二人あったのが、この稿では正十二釵の巧姐一人に改められたとおぼしい。

脂硯齋は甲戌の年、批評を付した「定本」作成に着手しているが、その折、題名を『水滸傳』と對になる『石頭記』の原名に復した。（ちなみにこの年三月、『水滸』には重ねて禁書令が出ている。）作者と評者との共同作業は丙子の夏頃まで續き、竝行して三度目の評が加えられた。

實はこれよりさき、『石頭記』百回本（？）の末尾を削り、金聖嘆批改の『貫華堂古本水滸傳』七十回本に倣った七十回〝定本〟が作成されつつあったというのが久しく温めてきた私の假説なのである。現存の八十回原作部分は、甄《しん》家の家産没收と園内檢《あらた》め（第七十四回）により賈家の前途を暗示するだけで終わっているが、以後の部分が傳わらないのは「文字獄」――筆禍事件を惧れる作者の周圍の者の手でことさらに破棄されたからだともいう。もしも脂硯齋がこの小説の出現が世間の注意を惹き一部で喧傳されはじめた時期に、七十回本の作成を主張したとすれば、聖嘆と張り合おうという評家としての功名心と共に、それへの配慮が働いていたであろう。七十回本を見れば、結末部分の憚りある部分が削られたということも讀み巧者の讀者には傳わるはずであり、この作品を後世に遺すためには止むを得ぬ仕儀だというのが脂硯の説いた大義名分であったろう。この改訂本はおそらく現本の第七十六回あたり、黛玉の夢で結ばれ、彼女はその夢で「警幻情榜《ぼう》」を眼にしたのではなかったか。（聖嘆本『水滸』の盧《ろ》俊義の惡夢、『西廂《せいそう》記《き》』の張珙《きょう》驚夢による結末と同趣向である。）この「情榜」も『水滸』の石碣《せきけつ》に倣い、警幻天に還った十二釵らを情の高下に應じて品第し、榜《ふだ》に書き出したものであろう。この七十回本は加上挿入された第五回を踏まえてことさらに「紅樓夢」と命名されたと考えられる。「金陵十二釵」なる題名はいわば影子《ダミー》に等しいと見るべきだろう。

ところでいまひとり畸笏《きこつ》と號する老人がこの小説を閲過し、批語を加えた。彼の老いの一徹から主張する意見によって、もちろん作者の本意にもかなったであろうが、いったん作られかけた七十回本は、もとどおりの悲劇的結末を持った作品を目ざして再發足したとおぼしい。これこそが甲戌の年に「石頭記」の舊名に復した背景であろう。丙子の夏から二年おいた己卯の冬に至り、脂硯は四度目の批筆をとって翌庚辰の秋に及んだが、この期間に順次作られた定本が己卯本（第四十回まで）、庚辰本（第八十回まで）の各原本であろう。（現存のこれらからの轉鈔本には成立時期を異にするものが補配されているが。）おなじ頃、霑は一年ほど北京を留守にして曹寅以來の誼みのある總督尹繼善《いんけいぜん》の幕下に招かれて思い出多き江南に赴いたのだともいう。しかるに彼の歸京後まもなく、脂硯は他界したらしい。協力者の死去とその衝撃のために、再開された作業は頓挫の止むなきに至った。

壬午の春（または前年冬）霑はあらたな意氣込みに燃え、ふたたび定本作成にとりかかった。脂硯に代ってこれを援けたのは畸笏老人である。彼は「己卯本」原本に己卯の冬、朱筆で批評を施したものを底本に用い、春の閒に第十九回まで評閲した。夏から秋も重陽（舊暦九月九日）の頃までにかけ、第二十八回までに再度批語を加えている。第十九回までの稿は一括して霑の手もとにゆき、第二十回以後の分は重陽過ぎに霑からの急な催促で手渡された。だが、多分この直後のことであろう、霑は子供に先立たれた。それに續く彼の急死。かくて定稿作成の業は永久に杜絶せざるをえなかった。

霑の葬られた甲申の年からさらに一年後、乙酉の冬に畸笏はまたも批を加えた。一年置いた丁亥の春から夏にかけて第二十八回までは評閲した。この年の秋から甲午の秋までの閒に、彼は置き土産に（おそらくは第二十八回までの）『脂硯齋重評石頭記』定本作成を志した。雪芹・脂硯の供養のためである。長年の批語を淘汰し書き改めて鈔成されたのが、未完成の部分を殘した現存のいわゆる「甲戌本」の原本であろう。自分の役目も濟んだ。餘命いくばくもない老殘の身は、「造物主」天がふたたび「一芹一脂」雪芹、脂硯の再來を降して、この未完に終わった作品に有終の美あらしめ給わんことを願うのみである……。

ところで、脂硯齋とはいかなる人物か。その素姓は謎に包まれ、定論がない。批語の内容・口吻から推して、曹家の一員、または姻戚であろうことはまず動かせまいが、そのさきは諸説の岐れるところである。霑の同輩にその人を求める説では、霑を頫の子だとして、脂硯は顒《ぎょう》の遺腹の子であろうとする。『五慶堂重修遼東曹氏宗譜』に顒の一子として天佑が見えることは上に觸れたとおりである。長輩にその人を求める説はおおむね叔父であろうと推し、霑を顒の遺腹子とする前提に立って脂硯を頫その人なりとする説などがある。顒の遺腹子説が當たれるに近いか。さらにいえば、棠村というのがこれではあるまいか。『紅樓夢』中の瓜二つの人物として設定された甄寶玉・賈寶玉はこの兄弟を投影したものとも見られよう。一方また畸笏は頫の別號であったとみる説が有力である。この別號は「畸」と「笏」によってかつて官に在った曹家の一員、生き殘りを意味させたものか。

さて、この小説はほぼ上述のごとき經過をたどり、曹霑と脂硯齋ら、作者と評者らとのいわば共同作業によってほぼ現存八十回本の原形をとるに至ったと推定されるのであるが、これを作者の側についていえば、二十年にもおよぶ長年月の閒に、たびたびその手で改稿され異稿を生みながら、最終的な定稿化の段階で作者の急逝により未完のまま第八十回をもって杜絶した。この段階では、評者の手もとにあったいくつかの時期の異稿群が八十數回繼ぎ合わされて作者の審訂を待っていたが、そのごく一部分が定稿化されたに止どまり、未完成の部分が隨所に殘った。書き繼がれた八十回以後の殘稿若干ものちまた佚《いっ》した。

評者の側についていえば、この作品は脂硯によって手鈔され、その評を付した脂硯齋評本の形で世に傳わった。ただし、脂硯によるほしいままな本文加筆はなされることなく、彼は金聖嘆ばりの評を施すことで滿足し、評者としての分際をかなり忠實に守ったであろうと想像される。(尤もその評も、個人的感傷に溺れた嫌いがあり、批評としては成功しなかったが。)しかも、彼もまたこの作品が新しい腹案に基づいて完成するのを見るに至らなかったのであった。これらの事情はこの作品を論ずる場合、充分考慮されずばなるまい。

四 『紅樓夢』の世界

曹霑は前代までの小說家たちの成就し得たものの上に立って、それらに見られない、少なくも乏しくはあるものを

『紅樓夢』のうちに結晶させて示した。『三國演義』の「武」、『水滸傳』の「俠」、『西遊記』の「幻」、『金瓶梅』の「淫」、『儒林外史』の「儒」――これらの先行する諸作品の世界をそれぞれ假に一字で悉《つく》そうとするならば、『紅樓夢』の世界の中核をなすものは、「情」のそれであったといってよい。

彼がそれらの〝文學遺産〟から多くを學んでいる事實、特に『水滸傳』『金瓶梅』からの影響の顯著な事實は、脂硯以來多くの評家の指摘するところであり、兩書を一讀した人々のひとしく肯《うべな》うところであろう。彼が、第一回の岩と空空道人との問答を通じ、また第五十四回では後室の口を假りて、明末清初に簇生した、在來の才子佳人を主人公とした小說の淺薄さを難じながら(これは彼の小說觀をうかがうに足るもので、そのまま舊小說批判となり得ているが)、優れた小說群の存在に言及を避けているのは、それらの多くが當代の禁書であったことにもよるが、自作の成書年代を晦《くら》まさんがための用意でもあった。

さてそれでは彼の提出した「情」の世界とはどのような性質のものであったか。作者はまず女が男の玩弄物でしかない「淫」の世界が現實にあることを直視する。色好みの男と、殘念ながらそれに似合った女たちの存在することをも憚らず承認する。しかもそれとは別に、作者にとって崇拜に價する女性群の存在することを、また彼女らあってこそはじめて造られうる「情」の世界の存在することを、しかも彼女らは優れた女性であればあるだけ、かえってしばしば薄倖の生涯をたどるべく運命づけられていることを讀者に告げずにはいられない。淫女秦可卿とても、實は男性の支配する封建社會の犧牲者なのである。

作者は賈寶玉の口を假りて、その特異な女性觀を表明した。寶玉をして言わしむれば、男は「濁物」――泥でできた哀れむべく嗤うべき醜惡な存在でしかない。これに反し、女は水でできたもの、讚仰すべき清淨そのものの存在である(第二回)。ただその「女」とはもっぱら少女たちを指す。女は成人するにつれて、男たちに汚され、駄目にされてしまう。女の大人、ことに老婆はしばしば「女」の性を離れた（あるいは男性化した）厭悪すべき對象としか寶玉の眼には映らぬ。これは單なるフェミニズムではなく、一種の處女崇拜主義とでもいうべきもの、滅びやすき清淨な美へのあこがれの表われであろう。自分はなにかのことでよしや命を落とそうとも、あの少女たちに嘆き惜しんでもらえさえしたら本望だ――寶玉は躊躇なくこう言わずにはおられぬ。

だが、その寶玉自身「濁物」たることを免れ得ていない。いまいましいことに「男」として生まれついているのである。彼は警幻仙姑によって肉欲の「淫」以外に「意淫」の「淫」のありうることを啓示された（第五回）。もとより男女の關わり合いはプラトニックな綺麗事に終始すべくもないけれども、それは靈肉一致の結びつきを理想とするものでなくてはならぬと仙姑は戒める。彼は襲人によって女體を開顯され（實際は秦可卿によってであるらしいが）、その後いくたりかの女ともちぎる。ときに史湘雲にも心惹かれ、薛寶釵にも心迷わす。しかもその愛の對象は終始林黛玉であった。彼女は寶玉にとって、肉欲の對象として見ることを許さぬ絶對の存在、「靈」なる女そのものであるのに、その黛玉と現世にあってついに結ばれるを許されないとは……。黛玉は病魔にむしばまれて清淨無垢の少女のまま世を去り、彼は寶釵と肉の絆によって結ばれる。（晴雯・襲人との關係はその投影である。七十回本の『紅樓夢』が作られたがために、この影子《ダミー》としての性格がいっそう強調されたろうと思われる。）その方向に彼を押し流すものとして彼をとりまく社會や家はあり、彼はその激流に逆らって黛玉との愛を成就するだけの能力を與えられておらぬ。彼に許されることは、流れのなかでもがくことであり、せめても黛玉との誓いを全うするために、嬌妻薛寶釵を置いて出家することでしかないのである。おそらく作者の描こうとしたのは、このような「意淫の人」――情の權化としては選ばれた人でありながら所詮「濁物」たるを免れぬ寶玉が、十二釵らと閨閣に在って過ごす幾春秋のうちに、「情緣」を自覺してゆくその歷史であり、作者は男女を結びつける人の世の姻緣の不思議さ、蠢婦《しゅんぷ》に才郎が配せられ俏女の村夫を慕う宿縁のあわれさを、「情」の世界として形象化し定着しようと志していたのではなかろうか。さらに言えば、「還涙姻縁譚」に象徴される彼の戀愛體驗——黛玉がそのモデルとおぼしき女性とのおそらくは悲戀に終わったであろうその體驗が、彼を創作へと驅り立てる強い動機として働いていたろうと思われるのである。

ここで作者と作品との關係に觸れなければならぬ。霑の前半生が傳記の空白時代であるにも拘らず、『紅樓夢』という作品は、ことに胡適の提倡を得て以來、作者の自傳、少なくとも自傳的な作品と目されてきた。それどころか、作品そのものをほとんど事實によったもの、賈寶玉に託した作者の「自傳」であると見て、作者の傳記の空白部分を作品から逆推しようとする説まで現われた。もとよりそこに「事實」を讀み取ろうとするのは行き過ぎであろう。それにしてもこの作品には、單に作者の半生の體驗が織りこまれているというだけでなく、寶玉に託した作者の自己告白が讀みとられはしないか。

情の人たる一事を除けば、人の世にあっては落伍者となるほかなさそうな無能無才の少年として現われる寶玉は、一見突き放された描かれかたをしているけれども、自虐的な筆致を裏打ちするものは實は作者の愛情と自信とであり、才子佳人小説に登場する俗物「才子」とは異質の人間像として讀者の前に提出されている。おそらくは志を得ぬままに、半ばたわむれにこの述作に從っていた霑も、やがておのれに與えられた小説家としての天性をよび覺まされ、自己の分身である賈寶玉という少年を作品のなかで造型しなおす作業を通じて、次第にその自覺を深め、むしろそのなかに生き甲斐を感じるに至った。これこそが霑の後半生を支えたものであったのではなかろうか。

自傳的な性格を裏づける資料の一つとして晩年の友人たちの證言があり、敦誠らの詩句のいくつかはそのことを仄《ほの》めかすもののごとくである。いま一つは脂硯齋の證言であって、彼がその批語のなかで、作者が半生の閒に親しく見聞したことを素材としたものだとしばしば述べているのは、作者の身近に在る者がとにかくわが身に引きつけて發言しがちな點を割り引きしてかかったとしても、證言としての價値はあろう。特に第一回の回首に置かれた總評――甲戌本を除く他の脂硯齋本、程偉元本は本文として扱っているが――は、作者になり代ってその著作の動機・態度を述べたものとして注目に價する。いま甲戌本によってその個所を引く。

……作者みずから言わく、「この身はいま浮世に碌々《ろくろく》として日を送り、これといって成しとげたこともない。それにつけても偲ばれるのは、過ぎにし日の女人たちのこと、一人一人仔細に檢討してみるに、その行狀見識のほどはいずれも自分などより數等立ち優っているやに思われる。なんたることか、一人前の男子の身でありながら、かの女人たちに遠く及ばぬとは。愧ずかしいというもおろか、悔ゆるともせんなきことにて、取り返しがつかぬ。今さらながら自分は發心した、これまでかたじけなくも上は天恩、下は祖德のおかげを蒙り、公達めかして美々しく着飾り、口奢らせて美食にも飽く日々を送っていた時分、せっかくの父母訓育の御恩に背き、師友訓戒の御好意にも負いて、あげくに今日のこのていたらく、なんら爲すことなく半生を棒に振ってしまったこの身の罪を一篇の記錄に編んで、あまねく世の人々に告白しようと。もとより自分の罪はそうしたからといって免るるべくもなけれど、閨閣のうちにもひとかどの人物がそろっていたにも拘らず、自分の不肖のため、おのれの至らなさを暴露せんことを惧れる餘り、それらの人々まで卷き添えにして傳を失するようなことは絕對にあってはならぬと思うのである……。

脂硯の證言に俟つまでもなく、第一回の二つの回目自體が、作品と素材との關係を語っている。すなわち「賈雨村」「甄士隱」のそれぞれには「假語《かご》存す」――フィクションの體裁こそとってはいるが、實は「眞事《しんじ》隱る」――眞實がうちに祕められているとの意が寓されているからである。その眞實とは、霑の個人的體驗を含めた曹家の家の歴史をひろく指すものであろう。ただその取り入れ方は、すべてが曹家にまつわる眞事實をそのまま描いたものと解されないように韜晦の配慮がなされている。例えば、賈珍と秦可卿との醜關係は、なんと姻戚の李煦《く》とその子鼎の嫁とのそれを換骨奪胎したものだと言われている。人物だけでなく、朝代はいずれの時代のことともわからぬようぼかされており、官職名などもいくつかの時代のものが組み合わされているうえに、舞臺となった場所も、小説家の常套で中京《みやこ》の長安に託してあるが、實際は南京時代・北京時代の作者の經驗が縒《よ》り合わされていよう。南京説では、大觀園のモデルは康熙帝の行宮《あんぐう》とされた南京の織造署だとも、また曹家の別莊で抄沒の結果後任者の隋赫徳《スイホト》の有に歸し、のちさらに袁枚の隨園となったそれだともいう。北京説では、醇王府または恭王府の前身がそれであったろうとする。

霑はフィクションの形をとることにより、禮教社會の重壓のなかで、辛くも自己の前半生の「眞實」を語ることができた。のみならず家の歴史をもその崩壞の過程として把えることができたのである。幾重もの韜晦のヴェールをはぎ取れば、作品の世界はまぎれもなく十八世紀前半のそれであり、當代の上流社會の一縮圖であった。「情」の世界をくり展げることを主眼としそれを謳いながらも、隱れた意圖として、曹家の盛衰の歴史とこれを破滅に追いやった當代の歴史の一こま――その「眞實」を書こうとしていたことが察せられる。

いったい賈家の四艷、すなわち元・迎・探・惜の四春が同音の「原應嘆息」(もとまさに嘆ずべし)の意を寓して命名されていることは脂硯齋の批語(第二回)の指摘するところであるが、護官符(第四回)に見える賈・史・薛・王の四豪族の命名もまた「假史雪枉」――稗《はい》史の形を假りて冤枉《えんおう》を雪《そそ》ぐの意を籠めてなされたものに違いない。上に述べたように李煦は、康熙六十一年壬寅の十一月に康熙帝が崩じ、胤《いん》禛が帝位を襲ったその年末、公金費消のかどで蘇州織造の任を逐われる。年が改まれば雍正元年癸卯の年である。(第五回、賈元春の簿冊の詞句「虎兎相逢大夢歸」

はこの事實を伏せ、省親は實は康熙帝の巡幸を影射したものらしい。）五年後李氏は黒龍江へ流され（二年後配所に沒す）、曹家は抄沒される。四たび康熙帝の巡狩をともに迎えたその都度の莫大な出費が公金費消に走らせた主因であったのに……。霑は彼に終生ついて廻った罪人の子孫との汚名に對し、尋常の罪人ではないゆえんを、元春の里歸りを假りて描き、ひそかに抗議する意圖もあったのであろう。

こうした作品の世界と作者との深い關わり合いは、在來の小說、例えば粉本としての陳壽の『三國志』や三國志讀みの講釋の歷史を持つ『三國志演義』の場合や、また『大宋宣和遺事』をはじめ演劇・講釋など諸藝能に亙る梁山泊傳說の堆積を持つ『水滸傳』の場合には見られない點であり、さらにそうした條件が寫實の作品として成功を收めるのに有效に働いている點こそは、この作品を近代小說に至る架橋として中國の近世小說史の上に位置づける主要な特質を成すものだといえよう。

それにしてもこの小說を書き繼ぐことが晚年の霑の生にとってどのような意味を持ちえたであろうか。當時の士大夫の一部には「逃禪」、禪に逃避する傾向もみられたというが、佛說の「色卽是空」の四字も戀を得られずに終わった若年の彼がみずからに信じこませようと努めた觀念であったろう。その意味では、この悲劇的な作品にも實は當初から救いが設定されていたと言わずばなるまい。想像される結末――『濁物』たりし寶玉が幻境に還ってのち、黛玉・寶釵の雙美を兼ねた女性と結ばれる結末がそれである。作品の構成はそのことあるを要求したであろうし、彼が作品としての完成度を求めれば、そこにゆきつくのは當然であった。だが、無慈悲な二十年の歲月の移ろいは、かつて彼の魂を引き裂いた悲しい記憶をも薄らがせずにはおかぬ。若き日のおのれの構築した世界に安住できなくなった霑、そのなかに時に苦い悔恨を覺える晚年の霑を想像するのは思い過ごしであろうか。

詩人はその死期を豫覺していたとおぼしい。ともかくも彼は、壬午《じんご》の春頃には改稿の業に從っていた。この作品のなかにせめても良き時代の夢を追わんとする畸笏——霑よりは一世代上の老人の異常な執念に牽かれてのことであったやも知れぬ。それから遠からぬ時期に、小説家としての業盡き涙を涸らした霑は未完の作品と新妻と畸笏とを置いて世を去った。愛兒の死という事實を前にしては、創作という不可思議な營爲——かつては彼の生き甲斐であったはずのそれも、彼を人の世につなぎとめるに足りなかったと見える。太虚幻境に召されて還ったのか、はたまた靑埂峯下の荒岩に還ったのか、もとより知るよしもない。

かくて不運にも未完に終ったこの長編を、しかし、天は見棄てはしなかった。「一芹一脂」ならぬ奇特な使者を降して有終の美を成さしめ給うたのである。小泉程偉元と蘭墅高鶚こそがこれであり、兩名は後四十回の補作刊行のことにあずかった。補作と刊本の出現はまた當時の讀者のだれしもが渴望するところであったろう。これら『石頭記』の顚末始終については、筆を洗って改めて述べることとしたい。

五　『紅樓夢』の構成

『紅樓夢』の世界は、長年月に亙る改稿という成立の事情に由來する若干の破綻を除くならば、極めて堅固に構築されているといってよい。その骨組みに當たるものとして、つぎのような幻怪な設定がなされている。

まず警幻天なる太虚幻境。これは警幻仙姑《せんこ》の主宰する夢幻の國であり、女人をもって住人とする邦である。仙姑に仕える神瑛《しんえい》侍者なる神人——崑崙《こんろん》山傳説の西王母に仕える侍童の金童に當たろう——がふとしたことから煩悩のとりことなり、浮世に降ってみたいと願うようになった。かつて侍者手ずから甘露をそそいだおかげをこうむり非情の草木の胎《たい》を脱して女體を現ずるを得た絳珠草《こうじゅそう》も、涙をもって侍者灌水《かんすい》の大恩に報いたいと望んだ。兩名に浮世で幻の緣を閲させ、凡心を釋かせるに如くはない――こういう仙姑の粋な計らいで、二人は他の好き者たちとともどもに前後して人間界に投胎する。これをしばらく「還涙姻縁譚」と名づけよう。一種の「降凡譚」の趣向ではあるが、罪を犯して下界に流謫《るたく》され、やがて刑期満ち罪を贖って天上に返る「貴種流離譚」のオーソドックスな形式を襲わず、侍者の煩惱に發した志願の形をとらせる點に一工夫のあとが認められる。

（この姻縁譚はまた、賈元春が康煕帝を影射したとも考えられることから推せば、康煕帝と曹寅亡きあとの曹家との關係を、さりげなく神瑛侍者と絳珠草との關係に託したのではないか、とも考えられよう。卽ち、「霑（うるおす）」の命名にも示されている帝の恩情が結局は曹家にとって仇となり、曹寅存命時からの「債（借り）」を先帝崩御後は一家を擧げ血涙を以て還さねばならなくなった深刻なる事態、それを象徴的に示した寓話である。）

これらに一枚加わったのがかの女媧補天《じょかほてん》の際に使い殘された荒岩であり、これまた非情の物ながら煩惱斷ちがたく、癩頭僧《かさはげ》の法力の助けを得て寶石の幻相をとり人間界に降ることとなる。かくて神瑛侍者は賈寶玉として、岩は通靈玉として寶玉の口中にふくまれて轉生する。また絳珠草は林黛玉として、他の薄命司《はくめいし》に屬する者たちも十二釵のそれぞれとして、金陵またはこれを本籍地に持つ家庭に生まれ落ち、いわゆる「投胎」を果たすのである。

下界で演ぜられる『紅樓夢』夢幻劇の主舞臺としては、都長安の大貴族賈家が設定され、さらに十二釵の住み處《か》にふさわしい贅を極めた大觀園――地上の太虛幻境――が十二釵の一人元春貴妃の省親《せいしん》に事寄せて造營される仕組みである。してその狂言作者兼演出家は仙姑であり、僧と道士は狂言廻し格である。（道士は男子の濟度を、僧は寶玉を例外として含む女子の濟度を分掌する。）寶玉は主役の一人であるとともに、一面狂言廻し的な役割をも振られている。（祖母賈の後室の寵愛を一身に受けた寶玉が男子の身ながら閨閣に自由に出入りできるという特異な設定の狙いはそこにあろう。）また寶玉の首に佩《さ》げられた通靈玉は寶玉の周圍にくり展げられるドラマの觀客――觀察者としてもっとも便利な位置を與えられている。劫つきて岩の昔に還ったのちには記錄者としての役割が待っているからである。（仙姑や僧・道士の登場は多く作中人物の夢・幻覺を利用してなされ、讀者の現實感をいちじるしく殺《そ》ぐことのないよう周到な配慮がなされている。）

このような設定のうえに立つ『金陵十二釵』稿は、全百回をほぼ二十回・三十回・三十回・二十回に配分した四部の構成をとっていたと考えられる。これを現存の新『石頭記』稿についていえば、次頁のような見當になろうか（年表――若干の矛盾は捨象して作成した――參照）。

第一部――第二十二回まで。讀者はまず第一回において登場人物の素姓について知らされ、起こるべき事件の悲劇的性格について暗示を與えられる。第二回では賈雨村と冷子興との對話を通じて、上天より人間界へ降った人々の現在の姿を知らされる。第四回までに林黛玉と薛寶釵の二人が賈家に身を寄せるまでの經緯が語られる。ついで第五回では、寶玉が夢中に太虛幻境に遊んで見聞しえた「紅樓夢曲」ならびに「金陵十二釵簿册」によって、十二釵らのたどるべき運命があらかじめ開示される。

（姚燮《ようしょう》によれば、登場人物男子二百八十二人、女子二百三十七人を數えるというこの大長編の展開に先立ち、作者により置かれた布石は以上のごとくであるが、以後引き續き讀者は、充分の計算のもとになされた人物の出し入れの鮮かさ、巧みに伏線を設けた照應の妙にしばしば驚かされるであろう。成立の事情に由來する「怪我の功名」に類する例もなくはないが。）

第六回の劉婆さんが賈邸を訪れるくだりは舊『風月寶鑑』稿の導入部に當たるかとも思われ、しばらくはこの舊稿に屬するとおぼしい插話群が續く。秦可卿の盛大な葬儀と豪勢な大觀園の造營とは賈家に經濟的破綻をもたらす伏線として張られた。大觀園の落成するに及び、十二釵らにふさわしい本舞臺が備わったことになる。第十七・十八回に

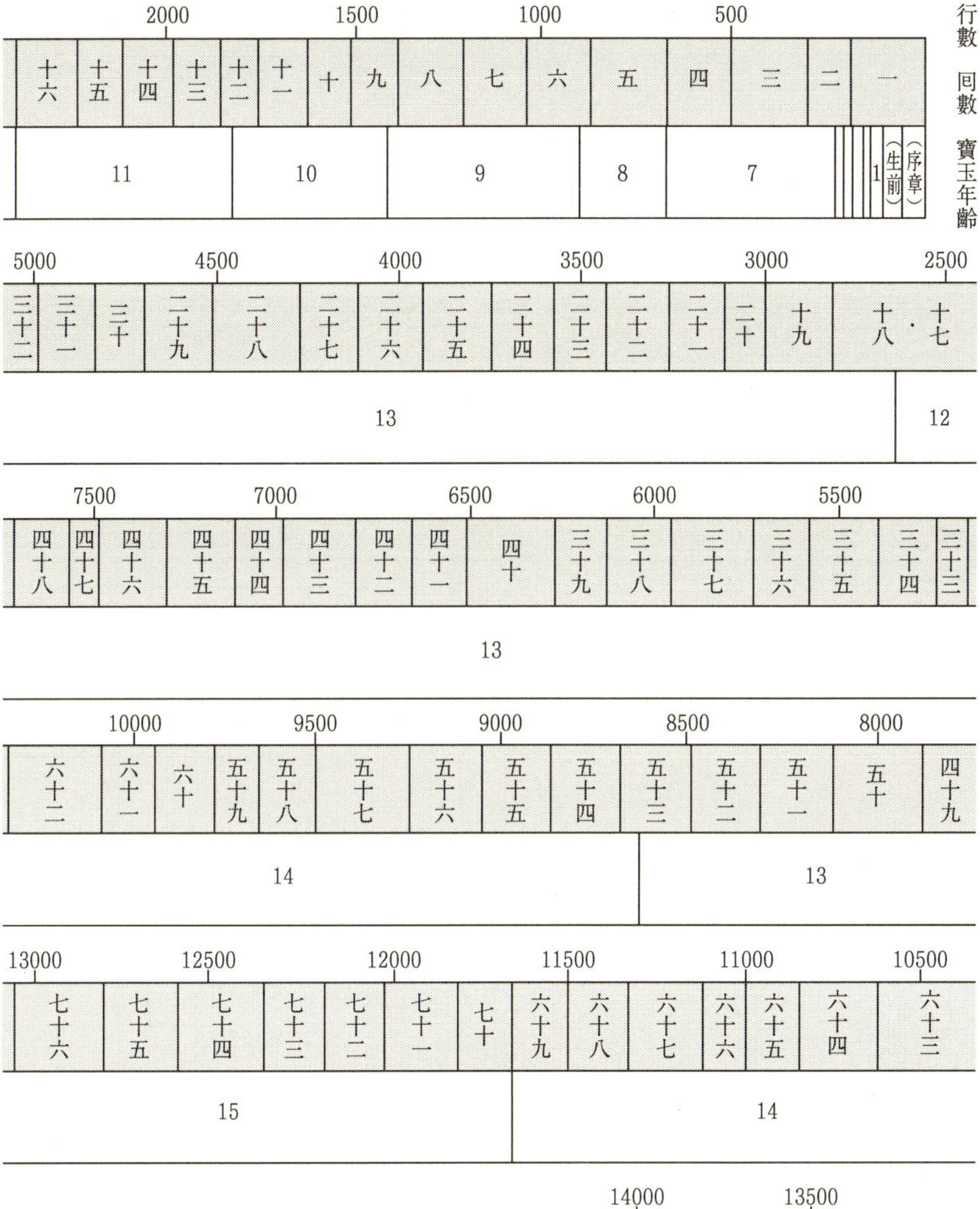

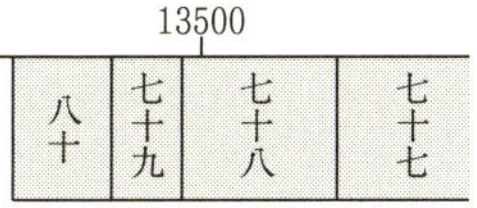

注①行數は「八十回校本」による。
（第八回、寶玉・金錠の圖の21行分を含まず）
②１歳より７歳までの間、２歳分は原本記述を缺く。
③寶玉年齡は周汝昌「紅樓夢年表」による。

は賈家の榮華の絶頂を示す元春省親、お里歸りのことが置かれ、さらに第二十回以後で史湘雲という重要な役者を一枚加えておくことも作者は忘れていない。

第二部——第五十二回まで。元春の特旨により、寶玉はもとより十二釵の大部分が大觀園内に住まうこととなる。この部は主として寶玉をめぐる十二釵らの園での歡樂の明け暮れを描く。第四十八回からは、薛寶琴らをそのメンバーに加わらせ、第三部にわたって新しい氣分を盛り立てるための用意が見られる。一年を描くに約三十回もの篇幅を割いた。

（詩文の應酬をはじめとして風流な遊びに色どられた園での四季は、『風月寶鑑』稿の「淫」の世界を脱却して「雅俗共賞」もろびと擧って娯しめる文雅な雰圍氣を釀成したが、それだけに波瀾萬丈の事件の起伏には乏しく、血湧き肉躍るアクションの羅列も見られない。人間を家常茶飯事のうちに見屆けようとする作者の筆は、人間心理の葛藤のドラマへと向けられ、寶玉と黛玉との微妙な戀愛感情の推移の描寫が委曲をつくしているばかりか、ライバル的な立場にある薛寶釵をはじめ若い少女たちとの感情生活が見事にとらえられている。さらにその筆は各登場人物の心理のひだに及び、女人たちの愛情・嫉妬の情念までが鮮かに浮き彫りにされる。内的獨自の手法は隨處に用いられ、會話の嚙み合わせの妙はこれを助けて、從來の小説に乏しかった作中人物の心理の追求が行なわれているのは、王煕鳳を一例とする出色の性格描寫とともにこの小説の特色をなすものであろう。）

第三部——第五十三回、賈家の除夕《じょせき》と元宵《げんしょう》の行事を描くくだりに始まる。寶琴の目で觀察させているのは、第三回にて黛玉の目を通じ第六回にて劉婆さんの目を借りたのと同じ手法である。既にして秦可卿をさきがけとする諸芳離散のきざしは現われつつあったが、甄家の家產沒收の凶報と前後して園内檢めの事があり、晴雯・芳官らが寶玉の怡紅院を逐われる。入畫・司棋も園を追われた。やがて胸の病を重らせてはかなくなった晴雯のために、寶玉はせめても心遣り「芙蓉女兒の誄《るい》」を作って手向ける。迎春も人非人の孫紹祖に嫁ぎ去った……。

現存八十回は、ほぼこうした悲劇到來の跫音《あしおと》を聞くあたり、悲凉の氣の園内に立ちそめるくだりで止まった。この第三部としては第八十五、六回までの約三十回が充てられ、薛寶琴の結婚、史湘雲の結婚、黛玉の病死、寶玉・寶釵の結婚が含まれていたか。大觀園からの諸芳離散は相次ぐ。

第四部——末回に至るこの部分には、賈家の盛運の象徴たる元春の薨逝《こうせい》、大觀園生活に終止符を打つ賈家抄沒、後室の逝去、熙鳳・寶玉らの入牢、寶玉出家のことが含まれていたと考えられる。全書一百回の總枠がはずれ、百十回ほどにふくれ上がるはずだったともいうが、百回で足りたかも知れぬ。カタストロフ、破局への傾斜は急であったろうから。

六　原本『紅樓夢』未完部分の推定

ここで試みに、前八十回中に見える種々の暗示・伏線とおぼしきものと脂硯齋の批語の言及しているものとを手掛かりとし、兪平伯《ゆへいはく》・周汝昌《じょしょう》・吳世昌・蔡義江ら諸家の研究を參考にしながら、その後の部分のあらすじを再構成してみるとしよう。（情節に前後の定めがたいものもあり、死兒の齡を數える愚を犯すのそしりを免れまいが。）

まず寶玉の金麒麟が矢場で公子衞若蘭（第十四回に名のみ見える）の手に渡り、これが緣となって史湘雲と若蘭とが結婚する。また、薛寶琴は婚約中の梅翰林の子息と結婚する。探春が侍書を伴って遠方に嫁ぐ。かくて賈家にはお家騷動が起こらずにはおかぬ。寶玉・熙鳳にかねて私怨を懷く側室の趙氏がおのが腹を痛めた賈環のために謀る。同じく趙氏の腹を借りながらも聰明の譽れ高く止め役となるべき探春はいまや屋敷に在らず、寶玉は通靈玉を竊まれる。

ために黛玉は一時寶玉と結ばれるやに見えたが、ある日〔甄寶玉が夢枕に立ち〕玉が本來の所有者に還ったため、木石に縁なく、薄倖の少女黛玉は胸の病が重り持てる限りの涙を流し盡くして世を早める。〔いまわの際の遺囑に従い〕心ならずも寶玉は寶釵と金玉の縁に結ばれる。

ついに元春が薨逝し、宮廷での勢威を失した賈家は、賈赦・賈雨村らの貪官《たんかん》汚吏の所業をはじめ、熙鳳ら族人の舊悪の數々が〔もと葫蘆廟の沙彌のつけた口火から〕明るみに出て、賈珍・賈赦は世職を剝奪されて投獄され家產も官庫に沒收された。後室は重なる衝撃に逝去する。そればかりか寶玉まで巻き添えになって獄に繫がれる。氣丈な寶釵もいまや夫の身を案じ、涙の明け暮れのうちにその歸りを待つ。獄神廟〔監獄の前にあり、囚人を護る神皐《こう》陶を祀った廟〕において獄中の寶玉・熙鳳ら舊主のために力を盡くしたのは、かって怡紅院を逐われた茜雪《せんせつ》であり、熙鳳づきに轉じた紅玉、これと結ばれた賈藝《うん》〔やまた醉金剛〕であった。〔北靜王の盡力もあり〕寶玉らは赦免されるが、賈家は沒落の一途をたどるばかりである。

惜春は剃髪して尼となり、後室という後楯を失った熙鳳は夫賈璉と争い、姑邢《けい》氏とも合わず、離縁されて哭く哭く金陵に歸って病死する。熙鳳なきあと、娘巧姐は配偶を失し、従祖父邢《けい》德全らに計られて苦界に身を沈める。いまや一族離散し果て、かつて秦可卿が熙鳳の夢枕に立って豫言した「樹倒レテ猢猻《ましら》散ズ」がはしなくも現實となる。素志に従い襲人をはじめ召使一同を解放してやった寶玉は僅かに寶釵と麝月《じゃげつ》とにかしずかれ、日々舊情を懷い往事を談ずることのみ多い。窮迫した彼らの面倒を見るめぐり合わせになったのが、茜香羅の縁で結ばれた俳優蔣玉菡《しょうぎょくかん》・花襲人夫妻である。

やがて情縁を覺し了った寶玉は、寶釵らを蔣夫妻に託し、かの僧と道士とに導かれて懸崖に手を撒《はな》す底の勇猛心を奪い立たせ「棄恩入無爲」の道を歩まねばならぬ。殘された寶釵にとって生別の苦には格別のものがあったに相違ない。尤も、寶玉は出家の後も、直ちに警幻天に還ることを許されぬ。巧姐が劉婆さんに救出されること、孤高の人妙玉尼が白玉の身を泥土に委ねるがごとき生涯を閉じること、賈蘭〔寶玉遺腹の子〕らの立身のこと、しかも李紈が充分福報を享くることなく身まかること、また湘雲が夫に先立たれ、寡婦暮らしののち湘江の水涸るがごとくはかなくなること等々、十二釵の終始を見屆けねばならず、その上で甄寶玉に送られ寶釵と相携え例の僧道兩名を先導として幻境に返るのである。

仙姑の案內で薄命司に至るや、寶釵は迎えでた黛玉と〔彼は甄寶玉と〕合體して一人となる、さらに正・副・又副すべて三十六人の名を列ねた「警幻情榜」を見るに、その第一名に諸艷の冠たるおのれの名を發見する。その評語には「情不情（情ならざるを情とす）」とあり、非情の木石をも感化して有情たらしめる情の權化として表彰される。第二名の黛玉には「情情（情を情とす）」の評語が付されてある……。

かくて寶玉は警幻天の神瑛侍者の舊に復する。通靈玉は僧道兩人に携えられて靑埂峯下の故處に返り、荒岩の相に還るが、これにはなお記錄者としての仕事が殘されている……。

以上は錯綜して繼起する大小の事件を假に排列してみたまでである。方弧を以て括ったのはこうもあろうかという筆者の推測である。大筋としては、悲劇がクライマックスへと進行を速め、賈家が崩壞に至るというのがその骨子となることはいうまでもない。

それらの事件のなかでは、賈家の盛衰の象徵的存在たる元春貴妃――康熙帝を影射しているとすれば曹家の絕大なる庇護者であった――の薨逝のもたらした衝擊が大きい。强運を持った元春の生誕が「大年初一」元旦であったのに對し、その薨逝は除夕、年の終りであったとして整合を圖る說がある。康熙帝の崩御が十一月十日のことで、翌月には第四皇子胤禛が他の數ある皇子を蹴落し卽位して雍正帝となる、宋代以來のいわゆる「虎兔相逢」の傳承を踏まえてそのような設定とされた可能性は確かにあろう。

これに次ぐものとして脂批の中にも言及された賈家の「抄沒」、家產を沒收され取り潰しになる大事件が控えている。その前驅をなすのは南京の甄家の抄沒であるが、そのモデルとされたのは李家の抄沒であり、當主の蘇州織造李煦は罪に問われて東北へ流謫され、その地で沒する。その際の家族や族人の扱いの詳細は不明であるが、女人は資產の一部と見なされて競賣にかけられ、奴才（奴隸）の境遇となり、妓女に身を落とされるのが通例であった。續く曹家、作中の賈家の場合はどうであったか、當主の江寧織造曹頫は驛站を騷がせた罪で北京へ護送されて入牢、判決後は僻地への流刑に處せられたと思われ、乾隆帝の時代になって赦免されたものであろう。ただし、賈の後室のモデルに當たる曹寅未亡人李氏（李煦の堂妹）は家族と共に北京へ身柄を移され、曹家の家作に住まうことを許されるという寬大な處置が取られたらしい。少年の雪芹もそのなかに含まれて北上したものであろう。程偉元らの補った後四十回中では、賈元春の薨逝後に抄沒されるものの、のちに世職や家產の一部を返還されて小康を得る設定となっている。これらの敍述は原作者の構想を改變しながら加えられた解釋に基づくものである。讀者は第八十回までを閉じるに當たって、おのがじし第八十一回以後の『紅樓夢』について、想いを廻らされるのも一興であろう。

また寶玉が黛玉の遺囑を容れて寶釵を娶るという設定を推定したについては、女人の性《さが》として有り得るかという疑念を抱かれる向きもあろう。現に程偉元らの後四十回では、癡呆狀態に陷った寶玉がだまされて寶釵と結婚の式を擧げるその同時刻に、衝擊を受けた黛玉が恨みを呑んで息を引き取るという劇的な設定になっている。しかも寶釵は惡役じみた變形を加えられ、損な役割を振られてしまう。確かに當初この上ないライバルとして出會った二人で、一面また寶釵は黛玉に淚を流させずにおかぬ巨きな存在でもあったのであるが、黛玉は次第に寶釵に對して心を開いてゆき、實の姉に對するような親しい間柄となる。このような作者の物語の運び方からすれば、遺囑による結婚は絕對にあり得ぬことでもあるまい。やがて警幻天に歸った寶釵が迎え出た黛玉と合體する「釵黛合一」の趣向へとさほど不自然でなくつながってゆくからである。

さきに、作者曹雪芹の悲戀體驗を想定したが、その對象たる黛玉のモデルとなった少女と對照的に造形されたのが作中の寶釵であろう。第四回の「護官符」の四大姓のうち「薛」姓は「雪」と同音であって直接該當する實在のモデルはないと思われる。これについて松枝茂夫教授は、寶釵の方にこそモデルがあり、その對極に林黛玉という個性が創られたとする興味深い穿った見解を遺された。いずれにもせよ、最終的に合體を果たすことによって、かつて舊社會で中國人の一部に理想的な婚姻の形態として「雙美兼收」兩手に花ということが希求されたその男性本位の獨善性が否定されるはずであったと思われるのである。

荒唐に始まり、無稽に終る。首尾相呼應して、幻怪の趣向もまた極まれりというべきか。にも拘らず、首回の緣起に見える曹雪芹の五言絶句の題詩にはこのように嗟嘆する——

満紙荒唐言　　満紙荒唐ノ言。
一把辛酸涙　　一把辛酸ノ涙。
都云作者癡　　都《みな》云ウ作者ハ癡ナリト。
誰解其中味　　誰カ其ノ中ノ味イヲ解サン。

七　八十回の『石頭記』から百二十回の『紅樓夢』へ

曹霑の手を離れ、脂硯齋の手をも離れたこの小説は、『脂硯齋重評石頭記』と題して世上で傳鈔され始めた。脂硯によって「忠實に」傳えられたとおぼしい原書の不備な點は、その閒、後人の手で次第に整えられていったが、同時に轉鈔の際に付き物の誤寫・誤脫、はては筆耕生の勞を惜しむがための故意の脫文も隨處に加わったことであろう。脂硯の苦心になる評文も煩冗に過ぎるとして多くを删り去り、もしくはことごとくを删り去った寫本も見られるに至る。しかし、作品そのものは、大いに江湖の歡迎するところとなり、好事家が寫本一部を緣日の市の露店に置くと、銀目で數十兩の高値で捌《は》けたという。（一、二兩も出せば米が一石《こく》買えた時代の話である。）乾隆四十九年（一七八四年）甲辰の秋九月の寫本甲辰本は『紅樓夢』の題名によっており、當時すでにこの題名で喧傳されかかっていたとおぼしい。

曹霑自身ほとんど完成を放棄したかに見えるこの作品は、未完成のゆえに續書の出現を招かずにはいなかった。周春の『閱紅樓夢隨筆』の記事に徵すれば、遲くも乾隆五十三年秋の鄕試實施以前に、何人かの筆になる後四十回の續作を併せた百二十回の『紅樓夢』寫本が成立、遠く南の果ての廣東にまで傳わっていたようであり、同五十四年夏六月の舒元煒の己酉本序の記事もまたそれを裏書きする。

八　百二十回本の刊行と刊行者

かくて首尾の整うことを得たこの作品は、さらに刊本の出現を呼ぶ。乾隆五十六年（一七九一年）辛亥の冬以後、萃文書屋から木活字印刷で刊行された『新鐫全部繡像紅樓夢』が今日見得る最初のもの、これは「繡像」——繪入本であり、巻頭に口繪二十四圖を付載する。翌五十七年壬子の春以後、追いかけるようにしておなじ版式で同名の改訂版が刊行された。刊行地は北京、刊行者は程偉元なる人物である。いま一人、刊行の事に關與したのが、後に述べるように續作者に擬せられている高顎である。兩者は共に本書に序文を與えている。これらの二本は、刊行者たる程氏の名に取って「程偉元本」と併稱し、さらに前者を「程甲本」、後者を「程乙本」、また刊行年にちなんでそれぞれ「辛亥本」「壬子本」とも呼ぶ。近年さらに刊行年は壬子の夏以後と推察される「程丙本」と呼ばれるに至った第三版が發見された（上海圖書館所藏）。

八十回までの脂硯齋本はようやく影をひそめ、一百二十回の完本『紅樓夢』は今日までの二百數十年閒におびただしい版本を生んだ。

程甲本刊行後まもなく、北京琉璃廠の書肆東觀閣および蘇州の某書坊が競って整版による小型の袖珍本出版を計畫し、前者は遲くも乾隆五十七年の秋までに、後者は同年の冬には刊行に漕ぎつけた。北は程本同様に『新鐫全部繡像紅樓夢』と題し、南は『繡像紅樓夢全傳』と題したこれら兩本が、以後の南北における翻刻の祖本となったと見られる。程甲本が世人に迎えられていちはやく流布したためであろう、以後の坊閒の刻本はすべてこれを原本または祖本と仰ぐものであって、訂正版であるはずの程乙本および程丙本は久しく流傳まれな狀態に置かれた。民國に入って胡適が程乙本の存在を知り、上海亞東圖書館よりこれに據る翻印本を刊行させてから（一九二七年）、殊にいわゆる「解放」後の一時期はかえってこれを底本に採ったもの（作家出版社本、人民文學出版社本等）の刊行を多く見るに至った。

(一) 程偉元　その閱歷等は久しく不詳で、書店の主人位に見られていたが、近年少しく判ってきた。程氏は字を小泉といい、原籍は江蘇省の呉縣（蘇州）。乾隆七年（一七四二年）前後に該地の讀書人の家庭に生まれたが、科擧のコースでは中途で挫折し（秀才もしくは擧人の資格までは取得したかとも見られるが）、結局官僚とはなりえず、幕友として、また書院等の教師としてその生涯を終えたと推測される。乾隆末年に都北京に出、たまたま『紅樓夢』の百二十回の寫本を入手、高鶚の援助を受けて、いまだ流布するに至らぬこの名作の校訂出版の事に當たった。嘉慶五年（一八〇〇年）、盛京將軍に任ぜられた宗室の晉昌の招聘に應じて遼東瀋陽の幕府に參じ、幕僚として主を輔けた。當時、晉昌に代わって『且住《しょじゅう》草堂詩稿』を編み、跋文を贈っている。晉昌の歸還後も永く東北の地に留ったとおぼしく、嘉慶二十三、四年頃沒したろうとされる。詩を善くして清新と評されながら、詩集はもとより一首の詩すら傳わらぬ。書畫にも優れ、特に清の高其佩の得意とした指頭畫（指の爪やはらを使って描く）に巧みであったという。近年畫扇が紹介されて以來、何點かその作品が發掘された。

ところで一介の布衣たる程偉元が筆禍事件を惹《まね》きかねぬ『紅樓夢』を敢えて刊行したについて、彼には中央政界の大官の黑幕が控えていたか、と見る說もある。（刊行費の問題だけであれば、北京の書店主あたりに出資を仰いだことも考えられるが。）尤も、程乙本では八十回の原作部分に見られた儒教批判的な箇所が骨抜きにされているから、僅かの期間を置いただけで改訂版を出した目的の一つは、申し開きの立つ用意を整えるに在ったかも知れぬ。その立場は高鶚によって主張され、程氏はこれに同調して、『紅樓夢』の孕む問題點をこの小說が生き殘れる限度にまで調整した上で、世に送ったようにも思われる。

また程偉元と『紅樓夢』後四十回の成立との關わりについては、後述の『紅樓夢稿』に對する諸家の研究が進み、同寫本の塗改前の本文の狀況から推して、後四十回の基礎を成した「簡本」――簡略なテキストの存在も想定されるに至った。簡本の筆者は言語的特徵から南方（江南）人と考えられ、程氏も有資格者の一人に算えられる。この簡本に北方（北京）人たる旗人の高鶚の筆がかなり加えられて現行の「繁本」後四十回となった、こうも見うる。つまり、明末清初に江南の蘇州・南京で盛んに出版された、下江官話（南京官話）を基本とする長短の白話（口語）小説のあの文體で試作された簡本が讀者に與えるであろう異和感を減殺するため、前八十回の一回の分量との均衡を取る目的もあって隨處に會話を插入してふくらませると共に、これに北京語的な味つけを施したというわけである。例えば、北京語特有の表現とされる一人稱の包括形（inclusive）「咱們」や禁止の否定副詞「別」などが後四十回に入りこんだのもこの際であろう。これら諸點の究明はなお今後の課題である。

(二) 高鶚　後四十回の續作者に擬せられている高鶚についても傳記資料に乏しいが、以下、主として胡適をはじめとする諸家の調査およびこれを裏づける近年發見された官歴の檔案史料（公文書）に頼りながら、そのあらましを書き留めることとする。

高鶚は字を蘭墅（また蘭史、雲士）といい、紅樓外史と號した。鐵嶺《てつれい》（遼寧省）を本籍とし、漢軍鑲黄旗《じょうこうき》に屬する旗人である。生年不詳。乾隆四十六年（一七八一年）の五月、彼は父を失い、ついで八月に妻を失っている。この頃四十代にはなっていたらしい。五十年、張筠《いん》を後添いとして迎えた。詩人張問陶《もんとう》（號は船山）の四番目の妹に當たる。五十二年にははやこの張氏と北京で死別した。年齢差がある上に姑との仲がしっくりいってなかったため、筠は抑鬱――ノイローゼが昂じて世を早めたという。翌五十三年、奇しくも問陶と同年に北京で順天府の鄉試に及第、擧人の資格を得た。さらに六十年の殿試に應じ第三甲第一名の成績をもって登第、進士となり、官僚としてのコースを歩み始める。嘉慶六年（一八〇一年）、順天鄉試の同考官（副試驗官）を命ぜられた。張問陶も同考官であった。同十四年には內閣侍讀から江南道御史に選ばれ、十八年に刑科給事中に昇っている。十九年秋には、內閣中書省でのかつての同僚完顏麟慶《かんがんりんけい》（滿州旗人、『鴻雪因緣圖記《こうせついんねんずき》』の著者）のために、その母惲珠《うんじゅ》の詩集『紅香館詩草』の序を作っており、翌年頃、七十代で沒したと推定されている。前妻との間にできた娘に儀鳳があり、詩を能くしたという。

彼の撰述になるものとしては、『吏治輯要』のほか、沒後に門人華齡の編んだ『月小山房遺稿』が刊行されており、詩餘の集『蘭墅硯香《らんしょけんこう》詞』制藝すなわち八股文を集めた『蘭墅文存』『蘭墅十藝』の二輯、以上三本が稿本のまま傳わっている。またみずから唐の陸龜蒙《りくきもう》の詩を選鈔した手錄本『唐陸魯望詩稿選鈔』二巻も現存する。別に詩の集もあったというが、いま佚した。『八旗文經』等にその文の收められたものが散見する。詩文の才はさして拔群とは認めがたい。

九　後四十回の筆者をめぐる問題

さて、後四十回の續作者を高鶚に擬する說は、早く清末の大儒兪樾《ゆえつ》（號は曲園）の『小浮梅閒話』に見え（近年世に出た裕瑞の『棗窓閒筆』稿本にも見えるが）、民國に入り、胡適の提倡を得てこれに從う者が多くなった。

その主たる根據とされたものに三つある。第一、高鶚が紅樓外史と號していたこと。第二、張問陶の七律「高蘭墅鶚同年に贈る」詩中に「俠氣は君よく紫塞を空しくし、艷情は人おのずから『紅樓』を說く」の頷聯があり、句下に「傳奇『紅樓夢』八十回以後は倶に蘭墅の補いしところなり」と自注していること。詩は嘉慶六年、問陶が順天鄉試の同考官として、十三年ぶりにかつての妹婿、同考官高鶚に再會したとき贈ったものである。（紫塞云々の句は、鶚がかつて幕友として邊疆の地に在ったことを指すらしい。）第三、薛玉堂が鶚の『蘭墅十藝』に與えた題詩五律二首の頸聯に、「『石頭記』を數えず、よく焦尾琴《しょうびきん》を收む」とあること。鶚の制藝の手腕を賞めるのに漢の蔡邕《さいよう》の焦尾琴の故事を引き、順天鄉試同考官高鶚が、惜しくも落第、次回に見事及第した汪全德を房師として一旦は拾い上げた事實に喩え、未完の『石頭記』補成の事實と對にしたもの。右の題詞中には、「蘭墅の傳はこれに在らず、しかもこれまた以て傳うるに足る」と記している。「これ」とは制藝を指すが、この句は暗に鶚の本領の『石頭記』に在ることを裏側から言おうとしたものであろう。詩には嘉慶十二年の紀年がある。

問題は第二の根據に在り、問陶のいう「補いしところ」の「補」の字を「補續」「增補」の意にとるか、「修補」「補訂」の意に解するかによって、高鶚を續作者と見るか、それとも單なる纂修者（程氏の協力者としての）と見るかが岐れる。

ここで、刊行の事に與った二人の人物の言に聽こう。まず程序は、數年來心がけて蒐集した八十回以後の斷稿二十餘巻に鼓擔——豆太鼓を叩いて歩く屑屋から買い取った十數巻を併せ、友人とともに手を入れて合刻する運びとなったむねその緣起を記す。さらにこれを踏まえた高鶚の序にも、今年乾隆五十六年の春、程氏からその苦心捜集に係る全書を示されて協力を求められた。たまたま自分は閒暇をもてあましていたので、欣然承諾して補訂の作業に從ったと述べている。（近年發見された高鶚の七絕の詩題——詞書《ことばがき》でも「重び『紅樓夢』小說を訂《ただ》し既に竣《おわ》りて題す」と「訂」字を用いている。乙本の改訂を終えたあとの作であろうが。）

しかるに、遲くも乾隆五十三年秋以前にすでに百二十回の寫本が成立していたのであるから、高鶚續作者說をとれば、程・高二氏の序は額面通り受け取れぬことになり、高鶚は五十三年に擧人に及第する以前、この續書をともかくも書き上げていたことになる。この說に據る學者は、後四十回で寶玉を擧人に及第させているのも、當時受驗勉强中であった鶚の心境を反映させたものだと說く。

一方、別の學者は「程偉元本」二種を比較して、乙本は後出の改訂版であるはずなのに、甲本に比し改惡の個所が多いばかりか、後四十回の部分にもその事實が見られる點を衝き、續作說を考えられぬとして否定する。

いま一つの手がかりとして、「解放」後發見された「高鶚手定」と稱する『紅樓夢稿』百二十回、上にも觸れた社會科學院文學研究所藏本がある。同書第七十八回末には朱筆で本文の一字を訂し、餘白に「蘭墅閱過」と記す。（異文の多い「芙蓉女兒誄《るい》」の本文對校の目的で彼はこの回を閱過したものか。）さらに庚辰本に近い前八十回本文には高鶚の筆蹟に似た墨筆でしばしば修改が施され、これは程乙本にほぼ一致する。後四十回も刊本とは大異があり、これに加えられた同じ筆蹟の修改の文字もまた乙本に近いとされる。

斷定は憚るものの、後四十回はどうやら高鶚の純然たる「續作」ではなさそうである。程・高兩氏の記す緣起の言にしてももったいをつけたもの、なにぶんにも寫本のことではあり、高鶚の手許にあった後四十回の作業用底本がかなり亂れたものであったということは考えられる。高序に言う五十六年春から秋にかけての半年掛かりの加筆がどの程度のものであったかも量りがたいが、高鶚の好みにまかせた、ほとんど彼の「續作」と稱しても差支えないほどの大幅な改稿であったか。（問陶もそのように受け取ってさきの詩で挨拶したものかも知れぬが。）

補修説をとる學者のなかには、脂硯齋を後四十回の作者に擬し、彼は霑の腹案とはことさらに別の立場からこれを執筆したのであろうとして、のちに鶚の底本に用いられたのもこれではないかと推す者もあるが、その動機にうなずきがたいものがある。別にまた前記『紅樓夢稿』を曹霑の手訂本だと見て、高鶚はこれを補修の材料に用いたと説く者もあるが、手訂本説は疑わしく、霑の殘稿は佚して傳わらなかったというのが眞相であろう。

さて、高鶚がその作業に當たって參照した前八十回の部分は、脂批をかなり刪られた、少なくとも八十回以後の個々の情節に言及した脂批は刪り去られた『石頭記』——甲辰本に近い性質のテキストであったろうと考えられる。高序にはかつて八十回鈔本を一讀したことがあるむね記すが、それもまたこの種の晩出の脂硯齋本——例えば『紅樓夢稿』のごとき——であったろう。このことが程本後四十回の成績をおのずと規定したはずである。

總じていえば、前八十回原作の悲劇的性格をおおむね保存した手柄は大きく、その功の一半は高鶚に歸せらるべきか。また後四十回を弛《たる》ませずにカタストロフィー——悲劇的結末にまで持ってゆくために、黛玉の憤死、寶玉・寶釵の成婚、寶玉の遁世を基軸とする多くの見せ場、ヤマ場を設定し、百二十回の『紅樓夢』として讀者に提供したについては、簡本を起草した無名氏、これを仕上げたと目される高鶚らの果たした役割は十二分に評價されてよかろう。もっとも、前八十回自體そのことを要求したには違いない。

その細部に至っては、死亡した柳五兒を生き返らせたり（第八十七回）、離縁されるはずの王熙鳳にそのことがなかったり、雪の腹案、また殘稿の內容とはかなり異なったものになっていることも確かである。寶玉が擧人に及第してから出家する趣向も、鶚の據った底本にそのような情節が含まれていなかったとしたら、あるいは當時すでに擧人になっていた彼の心境を、上に引いた說とは逆の意味で反映させたものか。僅かの開隔を置いただけで、程偉元らは訂正版を出さざるをえなかったわけであるが、前八十回に照應させて後四十回を改稿する作業とともに、それと反對の辻褄合わせをもやってのけた。原作に對する讀みの深淺のほどもさることながら、原作そのものの特殊な成立の事情を考え合わせるならば、恕せらるべき點がないでもない。

いずれにしても、百二十回本が同一人の作であるかどうかを疑う者はまれであった。清末民國初年の不世出の國學者王國維《おうこくい》（字は靜安）ですら例外でなく、若年時に執筆した「紅樓夢評論」（一九〇四年）では、この問題に想到することなく、結末での主人公の出家をよしとして、徹頭徹尾の悲劇論を展開しているほどである。王氏の據ったのは程甲本の翻刻百二十回本であったろうが、前記のような原本成立の事情を考え合わせれば無理からぬふしがある。

果たしてその後、この小說には、前代の長編小說に見られる例にもまして多くの「續書」が作られたが、歸鋤子《きじょし》の

『紅樓夢補』等一、二の例外を除けば、みな百二十回に續けた後日譚である。これは「補作」の事に與った高鶚にとって、名譽だとしなければなるまい。

續作の續作として知られているものは、稿本のままのをも含め三十種に近く、その最も古いものは乾隆末・嘉慶《かけい》初年に出た逍遙子《しょうようし》の『後紅樓夢』三十巻であり、以後嘉慶から民國にかけて現われたもの、『續紅樓夢』『綺樓重夢』『紅樓復夢』『紅樓圓夢』等枚擧に暇がない。

十　中國における『紅樓夢』の流行、その影響と受容の問題

この小説は、清代にあっては、「誨淫《かいいん》の書」の汚名を着せられ、あるいはまた滿族による漢族の支配を否定しようとする「諷刺の書」と目され、しばしば禁書のリストに載せられて彈壓を被った。にも拘らず、文字を解する限り、上は皇帝・皇后から高級官僚、下は市井の商人の娘に至るまで、男女の別なく、祕かにまた半ば公然とこれを愛讀する者の數は絶えなかった。

男子には好むところに従い、黛玉びいき、寶釵びいき、ないしはまた湘雲びいきをもって任ずる者が見られ、女子のなかにはみずからを黛玉になぞらえ、胸を病んで死ぬことを本望とする者まで現われた。ほぼ同時代の、ゲーテの『若きヴェルターの惱み』がピストル自殺模倣者を出したのと軌を一にする。清代の隨筆類は、しばしば「紅迷《こうめい》」(『紅樓夢』狂い)と呼ばれるこの小説の毒にあてられたファナチックな讀者の實例を傳えている。

利を見るにさとい出版業者の方でも、禁令の網の目を潛っては各地でつぎつぎと新しい版本を供給した。この書を一名『金玉緣《きんぎょくえん》』とも稱するのは、清末の光緒《こうしょ》年間に發禁處分を免れんがため書店の考えだした苦肉の策であったら

しい。一粟《いちぞく》編『紅樓夢書錄』（一九五八年）は、知られえた版本として、寫本をも含め百八種を擧げているが、著錄洩れを加えれば實數はさらに增加しよう。この小說の盛行を裏書するに足る。

さきに觸れた「續書」の簇生も、一つには原作の悲劇に終わったことを惜しみ、熟知の作中人物を蘇生させて別の舞臺で活躍させてみたいとの讀者の素朴な願望に應える意味を持っていたといってよい。戲曲化も盛んに行なわれ、嘉慶間の仲辰奎《ちゅうしんけい》の『紅樓夢傳奇』をはじめ、呉鎬《ごこう》の『紅樓夢散套』、石韞玉《せきうんぎょく》の『紅樓夢傳奇』等があり、京劇・地方劇、さらに近時の新劇・映畫に至るまで、これに材を仰いだものはおびただしい。文字を識らぬ民衆も芝居や講釋等の藝能を通じてこれに接しえたのである。

視覺に訴える『紅樓夢』趣味の鼓吹も廣く行なわれたようであり、この小說に取材した繪畫はもとより、印譜・酒籌（酒令に用いるかずとり）・骨牌譜・雙六等にまで及んでいる。

寫本時代以來、一部の讀者の關心はこの小說のモデル問題に集まり、熱心な詮索が續けられた。それは當代の學風を眞似た擬似考證學の形をとったところから「經學（儒教の經典を攻究する學問）」に比し「一畫三曲を缺く」「紅學」などと揶揄されながら、さまざまな牽強附會の說を生んだ。例えば、この小說は清の世祖順治帝と董鄂《とうがく》妃との情事を述べたものだとか、康熙朝の宰相明珠《みんじゅ》の長子納蘭成德の短い一生を描いたものだとか、おなじく康熙朝の著名な政治家や文人たちをことさらに女性化して描いたものだとかいうのがそれである。昔から見られる稗史小說のなかにも歷史を讀みとろうとするに急なあまりの偏向ではあるが、一面作者が家の歷史を假託しようとしたこの小說の寫實性がそうさせたのだとも言えよう。

これとは別に、この作品に批點論評を加える讀者も現われるべくして現われた。この小說に文學を見ようとする試みである。作者の周圍に在った脂硯齋――金聖嘆の『水滸』評の向うを張ろうとした――らを別とすれば、周春の

『閲紅樓夢隨筆』（乾隆五十九年）が最も早く、嘉慶年閒には無名氏の評を付した刻本も現われたが、道光十二年（一八三二年）には王希廉《おうきれん》（雪香、護花主人）の評本が刊行されて廣く世に行なわれた。遅れて道光の末年、張新之（太平閒人）の評本が現われ、さらに光緒年閒には「王本」に姚燮《ようしょう》（梅伯、大某山人）の評を併せたもの、また王・姚の評に張評を併せたものなど、評本が盛んに行なわれた。これらのうち、王希廉の評には少しく採るべき點もあるが、後出の評家のそれは多く趣味的な詮索に墮し、批評としての價値はさほど認めがたい。

一方清末には、異國の「小説」なるものに接した人々の眼でこの小説に新しい評價が與えられるようになった。梁《りょう》啓超《けいちょう》の主宰する雜誌『新小説』やその他の雜誌にはこれに論及した文章が多く見られ、この小説を當時相次いで紹介された西洋の小説に比しても劣らぬ作だと高く評價したばかりか、一種の「社會小説」として見ようとする見解もすでに現われている。

なかでも出色なのは光緒三十年（一九〇四年）、『教育世界』に連載された王國維の「紅樓夢評論」で、當時、ショーペンハウアーから深く影響されていた若年時の王氏が、この小説をいわばだしにして自己の美學・倫理學を展開した底の少作《わかがき》ではあるが、多く樂天的な中國人の國民性にかんがみ、この作品が徹頭徹尾「悲劇」——實はいささか不徹底だが——であることは高く評價されるべきだと説き、この偉大な「解脱の書」の作者の傳記が全く不明なことを深く遺憾として、作者に對する關心を喚起しようとした。

民國初年には別に蔡元培《さいげんばい》——後年北京大學校長となった——に『石頭記索隱《さくいん》』の著があり、初め雜誌『小説月報』に連載された。作中人物を康熙朝の實在人物に比定し、〝滅滿興漢〟を狙いとした政治小説と見る主張は當時の政情を斟酌してもなおかつ牽強の嫌いがある。

民國十年（一九二一年）に至り、胡適の「紅樓夢考證」が現われ、王氏の「評論」——發表當時顧られることが少なかった――について一つのエポックを畫した。胡氏は以後の一連の研究により曹霑の傳記的事實を次々と發掘し、この小說は作者の自敍傳で後四十回は高鶚の續作であると斷じた。胡氏の「考證」の成果は北京大學での教え子たる兪平伯・顧頡剛《こけつごう》の助勢によるところが大きいが、これを承けて文學研究の面で深めたのは兪平伯であり、民國十二年に公刊された『紅樓夢辨』では、殊に曹霑と高鶚との對比を通じ續貂狗尾（木に竹を繼ぐ喩え）として前者の偉大さを彰わし、作品の世界そのものに深く入ろうと試みた。

やがて中華人民共和國成立（一九四九年）後の五四年秋に及び、はからずもこの小說をめぐり大規模な論議がなされることとなった。李希凡《りきはん》・藍翎《らんれい》という當時無名の二學徒が、兪平伯の『紅樓夢研究』（一九五二年刊。『紅樓夢辨』の改訂增補版）に見られる「プチブル的」「觀念的」文學研究の方法に疑問を抱くとして、『紅樓夢』は成書當時の崩壞しつつあった官僚地主階級の一典型を形象化した作と見るべきだとの見解を連名論文の形で山東大學の『文史哲月刊』九月號に發表したのがそのきっかけを作った。これが同年九月三十日付の『文藝報』第十八期に轉載されて注目を惹き、以後翌年の上半期にかけ、文化界を總動員しての批判運動に發展した。十月には、この作品の大衆性、國民性に着目した毛澤東主席は黨中央の同志に宛てた書簡で鬪爭の展開とキャンペーンの發動を指示している。批判は兪氏の著作を對象としただけでなく、これを通じてソビェートの先例に學ぶ古典文學遺產の再評價とそれからの攝取のモデル・ケースとして古典研究における觀點の檢討が提倡され、さらに兪氏にも深く影響したとされる師胡適の學術思想批判へと發展した。この討論を通じ、この作品に作者の佛教的な「色空」の觀念を讀みとる兪氏の觀方が批判され、封建社會に對する反抗の聲を揚げた憤りの書と見る觀點が一般に是認された。兪氏の作家中心の觀點も過度だとして批判され、作品自體（後四十回を含めた）、殊にその讀者に對する影響の面が重視されるに至った。またこの小說を當代を活寫した古典的レアリズムの文學として、その社會的背景との關連においてとらえようとする方法・觀點が强調された。通俗社會學的な研究も少なからず生まれたものの、結果的には、古典研究の分野での水準の高い評論・研究を産む機運が作られたのは一收穫といえよう。

一九六三年八月には故宮《こきゅう》文華殿を會場に曹雪芹逝世二百周年を記念する展覧會が開催された。翌冬以後日本各地でも展觀されたが、中國大陸はまもなく大動亂に突入した。

六〇年代後半に始まる「十年の浩劫（大災禍）」とされたいわゆる「文化大革命」中にも、この長編の愛讀者であった毛澤東主席が、これを「歷史政治小説」として讀め、讀み解く鍵は第四回の「護官符」に在ると説いたので、嚴しい文化統制のさなかでも小説は版を重ね、そうした讀み方が强調されつつ廣く讀み繼がれた。研究の分野では「批林批孔」の林彪《りんぴょう》批判キャンペーンに合わせてこの小説の古寫本に見られる「孔子批判」的側面が擴大して論ぜられた一時期もあった。毛主席の死去に伴う「大革命」の終熄、「四人組」追放後は、着實な實證的研究をさきがけとして、多彩な研究が現われつつある。

ようやく政情の鎭靜を見た一九八〇年春、文化部（文化廳に當たる）直屬の中國藝術研究院に紅樓夢研究所が增設され、専門の研究機關として各種の活動を續けている。七九年八月創刊の季刊『紅樓夢學刊』の編集部もここに置かれ、既に七十輯を越えた。前後して同年五月、國務院直屬の社會科學院文學研究所の協贊で『紅樓夢研究集刊』が創刊され、第十四輯で停刊した。これらにさきがけて香港では、中文大學新亞書院中文系から『紅樓夢研究專刊』が刊行され、十三輯で終刊に至った。

『紅樓夢』およびその作者曹雪芹を研究する全國規模の學會としては中國紅樓夢學會があり、ゲーテ協會・シェークスピア學會に相似た役割を果たしている。一九八〇年七月に發足し、年次大會が開催されており、省單位の學會もある。また國際的な性格の研討會（workshop）が一九八〇年六月、米國のマジソンで開催されて以來、九七年八月北京で開催されるまで斷續的に四回開かれてきた。

また曹雪芹記念館が八四年四月、雪芹が晩年を送った北京西郊の香山の麓の正白旗村に設立された。雪芹の舊居という觸れ込みに問題があったせいか、九六年七月に至り、同じ一帶の植物園内に地を卜して三棟の新しい記念館が開館した。各國語の譯本を含め關係の文物史料が多數展示されており、入口には雪芹の銅像が据えられている。銅像といえば雪芹が生い育った南京にも、國際紅樓夢研討會が揚州で開催された九二年十月、烏龍潭公園内に一基建てられて人々に親しまれている。九六年には北京郊外の大興縣に雪芹の塑像を祀る曹雪芹祠が建てられた。

さらにまた、近年は南北に大觀園が復元された。八五年四月、北京市西南の護域河畔に、八八年十月には上海市西南郊外の水鄕淀山湖のほとりに造營されたのがそれである。廣大な敷地に建つ美々しい建造物の群れは、ディズニーランドにも似て遊覽客を集めている。北京の大觀園は、元來はテレビの大河ドラマ撮影のセット用に建設されたもので、放映後の今日も新しい觀光名所として老若男女が訪れる。

かつて民國時代に行われた讀書調査に據ると、中學生の頃に『紅樓夢』の〝洗禮〟を受けた者が多いという傾向が報告されていた。大戰後の大陸では、初等教育の普及が目ざましく、就學率も高いという。文字の讀める層が飛躍的に擴大されたのである。從って、テレビで『紅樓夢』を觀、大觀園に足を運ぶ若者たちのなかには原作に接した者も數多いことであろう。わが國の若者が九百年前の『源氏物語』を讀破する困難に比べれば、二百年前の『紅樓夢』の場合、俗語で書かれていることも手傳って言語面での障害がさほどでない。尤も、描かれた世界に異和感を感ずるかどうかの問題は話が別であるが……。

最後にこの小說が後代の小說家たちに與えた影響の面にも簡單に觸れておく。續作については再說は避けるとして、清末までに出た小說の大部分には多かれ少なかれこの小說の影響が見られ「仿作（模倣作）」として扱われるが、なかでも『紅樓夢』の悲劇的性格を裏返して見せた文康《ぶんこう》の『兒女英雄傳《じじょえいゆうでん》』、別に一種の女人王國を描きだした李汝珍《りじょちん》の『鏡花緣《きょうかえん》』、上海の妓女の世界に移し換えた韓邦慶《かんほうけい》の『海上花列傳《かいじょうかれつでん》』などは、それぞれの開いた生面によって評價されてよい。

民國以後の作家に就いて言えば、崩壊しゆく大家族社會を脫出すべき對象として把えた巴金《はきん》の長編『家』(一九三三年)はまさしくその影響下にあるといえよう。茅盾《ぼうじゅん》も初期の評論活動以來、時にこの小說に論及し、また『潔本紅樓夢』(一九三五年)なる節略本を出しているが、ことに長編『霜葉は二月の花の紅きに似て』(一九四三年)は手法的にもかなり影響を受けている。英文で發表された林語堂の『北京好日』(Moment In Peking, 1939)は、當時の國際情勢に迫られ當初『紅樓夢』翻譯を思い立ったのを、現代の世界(といっても義和團事變後の四十年間)に置き換えての作品である。その他近時の歐陽山《おうようさん》の廣東コミューンを扱った『三家巷《さんかこう》』(『一代風流』の第一部、一九五九年)等に至るまで、多くの作家がさまざまな形で影響されている。大戰後の上海で作家として出發しながら後に米國へ移住して近年他界した女流の張愛玲は專著『紅樓夢魘《えん》』(一九五五年)を著してその紅迷振りを示したが、さらに晩年には『海上花列傳』の國語(標準語)譯を世に送った。

十一　海外における『紅樓夢』の流行の概況

それでは『紅樓夢』は、海外の諸國にあってどのように紹介され、翻譯されて讀まれてきたであろうか。

(一)　日本における概況

鎖國政策を採っていた島國のわが國へ『紅樓夢』がいつ渡來したか。文獻に徴すれば意外に早く、寛政五年（一七九三年）の十二月、即ち乾隆五十八年に當たる年末、程偉元本の刊行約二年後にいわゆる南京船によって長崎へ船載されている。天草出身の貿易商村上氏の私文書「差出帳」に書き留められた、寅二番船のもたらした書籍目錄のなかに「紅樓夢九部」の記載が見える。（この南京船の起帆地乍浦《さほ》、寧波に近い今の平湖市の海岸にはこのことを記念する「紅樓別浦」の石碑と海紅亭が近年建てられた。）書名に角書《つのがき》こそないものの、版本はおそらく上に述べた蘇州刊行の『繡像紅樓夢全傳』であろう。（後年王希廉本が同じ土地で刊行された際の底本は、「新評」の二字を冠してはいてもこれかと思われる。）

その後、一種の公文書である舶載書目中にこの書名は時々見え、續書も同様である。また長崎の唐通事――多くは明末清初にこの地へ亡命して難を避けた華中華南の漢人の子孫――たちが唐話（清語、當時の中國語）、特に北京語を學ぶ格好の教材として使用していたものの、長崎に遊學した畫人の田能村竹田《たのむらちくでん》の隨筆『屠赤瑣瑣錄《とせきささろく》』（文政十二年、一八二九年）中に書名を引いて言及している程度であり、幕末までは讀者の反響を探るに足る資料は乏しい。

そうしたなかで、曲亭馬琴《きょくていばきん》（瀧澤解《とくる》）のみは、唐土の稗史小説に精しい讀本《よみほん》作者の代表格であるだけに、さすがに『紅樓夢』を閲過して滋養としていた。代表作『南總里見八犬傳』は『水滸傳』だけでなく、八犬士の所持する靈玉を始め、趣向に影響を受けたふしがある。馬琴は壯年期にこの長編を架藏しており、事情あって手離したが、當時の舊藏書目錄が東洋文庫にいまも傳存してこれを證している。晩年には新構想の材料を獲んがため、伊勢松阪の藏書家小津桂窓からこれを借用した事實も書簡によって裏附けられる。

特に戲作者としての戲號「曲亭馬琴」については、「くるわてまこと（廓で誠）」に因んだとの説があり、それかあらぬか、松阪の殿村篠齋が『八犬傳』等の讀者たちの評判を集めた『犬夷評判記』の巻首の口繪に自ら筆を執って、曹雪芹の『滿紙荒唐言』云々の五言絶句を書き留めているのは、小説家雪芹の虚實の主張に同感するところがあったからであろう。まさか雪芹が自家の體驗を書き綴ったとは思いも及ばなかったに違いないが……。

明治ともなると、新政府は鎖國を解き、明治六年清國政府との間に修好通商條約を結んだので、『紅樓夢』は官立の東京外國語學校での清《しん》語の教材に使われるようになった。一方また明治十年に東京に清國公使館が開設されたのに伴い、館員と交流を圖る者が少なくなかった。「支那趣味」を解する文人のなかにも、舊高崎藩主大河内輝聲《てるな》のごとく館員の教えを受けてこの長編を嗜讀するあまり、邦譯を志す「紅迷」まで現われる。漢詩人森槐南《かいなん》もまたその一人で、二十五年には第一回縁起の抄譯を『城南評論』二號に載せ、別に「紅樓夢論評」の一文を『早稲田文學』二七號に寄稿している。同年、島崎藤村は田邊蓮舟の教えを受けて第十二回風月寶鑑の一節を抄譯し『女學雜誌』三二一號に發表した。（北村透谷の「宿魂鏡」はその影響下に成った。）三十六年には漢學者長井金風が第四十五回の一部の抄譯を『漢文速成』に載せ、翌年には宮崎來城が第六回の大部分の譯註を『支那戲曲小説文鈔釋』に載せた。二十年代から四十年代にかけ、來城をも含め、笹川臨風・依田學海・奥村梅皐《ばいこう》・狩《か》野君山らが評論文を發表した。また槐南・學海をはじめ宮崎晴瀾・永井甃石らにこれを詠じた漢詩の作がある。なお尾崎紅葉・山田美妙・二葉亭四迷・森鷗外ら當時の代表的な小説家・文人の藏書中にも『紅樓夢』のあったことが知られている。

大正に入り、五年には岸春風樓による抄譯が文教社から上卷（第三十九回まで）のみ刊行された。九年から十一年にかけ、幸田露伴・平岡龍城共譯の戚本による八十回譯が後四十回の梗概を付し叢書「國譯漢文大成」の一種として三分册で刊行を見た。本邦では最初の全譯である。十三年には太宰衛門のその抄譯『新譯紅樓夢』二分册が三星社から出た。その後紙型が賣却されたものであろう、昭和三年に日の丸出版社から一册本として出ている。

昭和に及び、まず七年から十年にかけて野崎駿平による譯註が第五回まで『華語月刊』に連載された。十五年からは松枝茂夫による百二十回全譯が岩波文庫の一種として逐次公刊され、前後十年餘を費やして戦後の二十六年全十四冊の完成を見た。前八十回は戚本、後四十回は（亞東版）程乙本に據ったもの。本邦初の百二十回完譯である。また永井荷風はかつて小説『濹東綺譚』（十二年）中に『秋窗風雨夕』詩（第四十五回）の冒頭數句を引いたが、十五年末に成ったその譯詩は戰後『偏奇館吟草』（二十一年、筑摩書房刊『來訪者』所收、のち二十三年單刊）中に收められた。二十三年八月から十二月にかけ、飯塚朗《あきら》による抄譯が大阪『國際新聞』に百十三回にわたり連載された。（その後、これは單行本になる過程で出版社が解散したため未刊のままだったが、昭和五十七に至り、『私版・紅樓夢』と題し沖積舍より刊行された。）二十八年から二十九年にかけ、滞日中の陳德勝による日本語抄譯『新說紅樓夢』が中華文化研究所から油印刊行されたが、第八分冊（第百二十章、原作の第六十回）までで杜絕した。三十三年には石原巖徹による抄譯『新編紅樓夢』が春陽堂から刊行された。また同年から三十五年にかけては、伊藤漱平による全譯が平凡社から「中國古典文學全集」の一種として三分冊で刊行された。（のち三十八年、改訂普及版が同社から「中國古典奇書シリーズ」の一種として刊行された。）前八十回は兪平伯校訂『八十回校本』を、後四十回は『校本』附載の程甲本による本文を底本としたものである。さらに四十三年より四十五年にかけて改譯が同社の「中國古典文學大系」中に收められた。三十六年には松枝茂夫による抄譯が平凡社から「世界名作全集」の一種として刊行された。（駒田信二抄譯『水滸傳』と合册）。四十年には、富士正晴・武部利男の前八十回抄譯が河出書房から「世界文學全集」の一種として刊行された。四十二年に至り、君島久子による少年向きの抄譯が盛光社から「中國文學名作全集」の一種として刊行された。同年さらに松枝氏による改訂抄譯が講談社の「世界文學全集」の一種に收められ、翌年同社から上下二分册の單行本として刊行を見、五十一年には新版「世界文學全集」の一種として重刊された。別に四十七年より刊行され始めた、同氏の岩波文庫の改譯新版全十二册が足かけ十四年を費して昭和六十年に完結した。また四十六年には立閒《たつま》祥介による抄譯が集英社の「世界文學全集」中に收められ、同社の新版「世界文學全集」では、飯塚朗による上中下三分册の全譯が昭和五十五年に刊行された。程乙本に據る人民文學出版社本を底本とする。昭和五十八年には林語堂が『北京好日』を發表したのち公刊した同じく英文による抄譯の邦譯全四册が佐藤亮一によって公刊された。これらのうち精粗さまざまな抄譯は、この大長編へのいわば女坂の役割を果たしてきた。

以上は翻譯を中心にしたわが國における『紅樓夢』書誌の素描である。大正以後、ことに昭和に入ってからは評論研究の發表されたものも少なくないが、伊藤整「紅樓夢など」(『思想問題研究』二十一年八月、のち『わが文學生活1』――講談社、二十九年――所收)、武田泰淳「賈寶玉とピエール」(『リアル』三號、のち『人間・文學・歴史』――厚文社、二十九年――所收)および『中國の八大小說』(平凡社、四十年)中に松枝茂夫他四名による分擔執筆の論文のあることを併せ記し、餘は割愛に從うこととしたい。また日本における『紅樓夢』に就いては、別に拙文「日本における『紅樓夢』の流行――幕末から現代までの書誌的素描――」、古田敬一編『中國文學の比較文學的研究』(汲古書院、昭和五十八年)所收――があるので、詳しくはこれに就いて御覽頂きたい。

(二) 朝鮮その他東洋諸國の概況

いわゆる「漢字文化圈」のうち、日本を除く他の諸國は、淸國とは陸續きで接しているため『紅樓夢』の流傳の實情は把握しにくい面がある。なかで朝鮮の場合は近年硏究者の努力によって明らかにされつつあるといえよう。

それに據ると一八八四年から一九九七年までに、寫本・刊本・全譯・抄譯(改譯分を含めて)すべて二十一種に上るとされ、うち四點を除くと、大戰後のそれも八十年から最近にかけて集中している。北京外文出版社譯本を加えるならば全譯が十種になんなんとしていることも、『紅樓夢』の讀者が增加しつつあること、その需要に應ずる爲の點數の增大であろうと推察される。（崔溶澈編「韓國語〈紅樓夢〉翻譯本一覽表」に據る。）

特に李朝の王都京城（今のソウル）の宮廷後宮の樂善齋文庫中に女官たちの讀書用に、譯官李鍾泰たちによって『紅樓夢』が原文と對譯の形で分擔全譯され、百二十回の鈔本の大部分が傳存していること、それらは「續紅樓夢」等續書五種をも含んでいることには驚かされる。その鈔寫の時期は高宗二十一年（一八八四年）前後と推定されているから、これが中っているとすれば、寫本でこそあれ海外における最初の全譯ということになる。

ヴェトナム語による譯本には、武培煌等の全譯本があり、滿州語・蒙古語・タイ語・ビルマ語による譯本もあるという。（一粟編『紅樓夢書錄』胡文彬編『紅樓夢敍錄』等に據る。）

(三) 歐米その他の諸國の概況

この作品に關する歐文での最初の言及は、一八三〇年（道光十年）、デーヴィス（J.F.Davis 後年の香港總督）が中國の詩歌を論じた‘On the Poetry of the Chinese’のなかで、詞の一例として第三回から「西江月」調による二首を漢英對譯で引用したのが多分それであろう（“Transactions of the Royal Asiatic Society of Great Britain and Ireland” 1830, Vol.II）。やや詳しい紹介は、四二年に獨人宣教師ギュツラフ（K.F.A. Gutzlaff『ヨハネ傳』等の日譯者でもある）が廣州刊行の雜誌“Chinese Repository（支那叢報）”に發表した英文のそれをもって嚆矢とするらしい。本文の外國語譯としては、四六年、寧波《ニンポ》で刊行されたトム（R.Thom）の編纂になる外國人のための華語教科書“The Chinese Speaker”に第六回の英文抄譯を收めたのがその初めてのものだとされる。

以下單行されたもののみを擧げれば、ジョリー（H.B. Joly 澳門《マカオ》の英國副領事を務めた）による英文抄譯が九二年から翌年にかけ二分冊（香港・澳門）まで出ながら、第五十六回で杜絕した。二十世紀に入って、一九二九年、王際眞による三十九章に壓縮した英文抄譯がロンドンで出版された。（のち五八年には、新たに六十章に壓縮し直した改訂版がニューヨークで發刊されている。）三二年には獨人クーン（F. Kuhn）による五十章の獨文抄譯がライプチヒで刊行を見た。（その後五七年、マックヒュー姉妹（F. and I. McHugh）による英文重譯がニューヨークで、同年と六四年にゲルヌ（A. Guerne）による佛文重譯二分册がパリで、さらに五八年に至りボヴェロ（C.P. Bovero）とリッチオ（C.Riccio）兩名による伊文重譯が相次いで公刊されている。）

一九五八年に及び、パナーシュク（V.A. Panaswk）の程乙本による百二十回露文全譯（"COH B KPACHOM TEЯEME"）二分册がモスクワで出版された。韓國・日本以外の外國では初めての完譯である。一九七三年にホークス（D. Hawkes）による英文全譯（"The Story of the Stone"）全五巻の第一巻と第三巻までが七七年から八〇年にかけて、次いでミンフォード（J. Minford）による第四巻から第五巻が、八二年から翌年にかけてペンギン・クラシックスの一種としてロンドンで刊行された。（後の二巻が續作部分である。）また七八年から八〇年にかけ楊憲益夫妻の英文全譯（"A Dream of Red Mansions"）全三巻が北京で刊行された。（一部はさきに外文出版社刊の"Chinese Literature" に分載された。）また佛譯も、李治華夫妻譯、ドルモン（A. d'Hormon）審訂の全譯（"Le Rêve dans le Pavillon rouge"）二分册が、八〇年から八一年にかけユネスコの援助のもとにパリで刊行された。パナーシュクの露文譯に次ぐこれら二種の英文全譯、および一種の佛文全譯によって『紅樓夢』の全貌が歐米に紹介され多くの讀者を得るに至った。

紹介の時期、抄譯の時期（主としてクーン獨譯とそれからの重譯）を經過して全譯書が各國に現われる時期を迎えたと言えようが、そのことによってこの大河小説が今後どのように再評價再發見されるかに就いては、なおしばらく時を貸さねばなるまい。

以上、本國および海外における『紅樓夢』の二百年以上にわたる流行、また受容の歴史を概觀した。これだけによって見ても、母國にあっては國民文學の代表作として、諸外國にあっては世界文學のうちに確かな位置を占めつつある作品として、その影響の廣くかつ深いばかりでなく、今日に活きる古典たるの地位を渝《かわ》らず占め續けていることが知られようか。

附　記

この「『紅樓夢』序説」と題した文章は、原來は平凡社ライブラリー版の拙譯『紅樓夢』全十二巻（一九九六年九月～翌九七年十一月）の解説として書き下したものである。もとより專門家のためではなく、『紅樓夢』に初心の讀者を念頭に置いて起草されている。これをここに轉載したのは、「紅樓夢編」全三巻にもそのような讀者がありはせぬかと慮り、これを讀まれる上での門徑、ガイドとなればと考えての措置である。

この文章の第一章より第四章までは、譯書第一册（九六年九月）巻末に「解説」としてまず收めた。第五章・第六章は第八册（九七年四月）に「小解説㈠」として、第七章・第八章・第九章は第九册（九七年七月）に「小解説㈡」として、第十章・第十一章は第十二册（九七年十一月）に「小解説㈢」として、それぞれの巻末に分載した。

書き下したとは言い條、その基礎ベースとなったものがないではない。中國古典文學全集（一九五八～六一年）の初譯以來、中國古典文學大系（六八～七〇年）・中國奇書シリーズ（七三年）と改版・改訂のその都度、巻末の解説をも書き改めてきた。從ってこのライブラリー版の解説は、ざっと四十年閒に亙る譯業の中での總仕上げに當たるものと稱してよかろう。

今回の轉載に當たっては、分載の際の章立てを改めて通し番號で統一したが、それを除いて、本文は原則として初出のままである。その結果、十年近く經つ閒に現在の著者の見解と齟齬を來たした點も若干あり、また幸運なる偶然セレンディピティに助けられて發明發見し得たこともいくつかある。これらに就いては、各巻頁數の均衡上次巻に讓り、「『紅樓夢』序説補記」と題し纏めて補正を圖ることとしたい。終りに轉載を許可せられた平凡社に對し深く謝意を表する。

自撰解題

はしがき

この卷に收めた文章は、すべてその篇末に、また連作の場合は最終篇末に、夫々の初出のデータを附記しておいた。凡例に記したように敢えて初出のまま附印したのであるから、著者の見解がその後變化を來たしたときは、本來それに對應させて逐一記述すべきであろう。しかし、それでは餘りに煩瑣に過ぎる。よってそのうちの主要なものを整理類別し、章ごとに小見出しを附し目次を設けることで代えることとした。

もとより見解の變化は、進步進化を意味せず、また保證もせぬ。とは言え、今度與えられた機會に自身の軌跡を辿り直してみたところ、概ね螺旋形を描きながら進んでいるようだ。それが進步發展なのか否かは、當然のことながら、飽くまでも大方の審判に俟つ。

目　次

一、二度の論爭（上）――吳世昌氏との場合
二、二度の論爭（下）――趙岡教授との場合
三、潘重規教授と程偉元本

四、王三慶教授の程本論
五、徐氏兄弟と程本四印説
六、上海圖書館の程丙本と百二十回鈔本
七、歐陽健教授の程前脂後説
八、程甲本に據る校本三種
九、北京師範大學本「繡像紅樓夢全傳」
一〇、兪平伯老の横顔

一、二度の論爭（上）——吳世昌氏との場合

これまで私は中國の學者と何度か論爭をしたことがある。そのなかで『紅樓夢』を巡っては二回を數える。いまその顚末を二回に分けて書く。

第一回目は、一九六二年のこと、社會科學院の文學研究所研究員（教授相當）吳世昌氏が相手であった。こちらから仕掛けた恰好で、吳氏の新著『紅樓夢探源』英文版（オクスフォード大學出版部）一巨册を讀んで、「棠村序」というのを發掘したとする新説に苟同できず、北京大學の王熙仲教授が小論文で批判的意見を述べられたのを寓目した程度でまともに取り上げた文章が管見に入らなかったところから、「東京支那學報」八に寄せた論文の中で、事の序に言及批判した。思うに、原文が英文であること、また吳氏が學界の一權威であることから、敬遠されたのではなかった

か。たまたま拙論掲載の雑誌が吳氏の眼に留まり、日本の地方都市の市立大學の一助教授風情が小癪なと、いたく興奮されたらしく、早速中文でしたためた反論を「學報」編集委員會宛てに郵寄された。委員會では善後措置を檢討し、非會員の吳氏にも特別寄稿を認めることとし、私の再反論と併載するとした。吳氏の反論は著作權の關係上この著作集に轉載することができぬため、讀者が原載誌「東京支那學報」十に就いてこれを檢討されんことを望みたい。

吳氏は、私の行論の不備だけでなく、引用の不適切な點を衝いてそれを故意に出でたものと嚴しく論難された。私が當惑したことは言うまでもない。當方の再反論では、私の粗忽に原因のある不適切な引用については、詫びるべきは詫び、當たらざる非難は當たらずとして、逐一釋明反論したつもりである。

「學報」編集委員會は、反論・再反論を併載したあとは、この論爭のためには一切紙面を提供しないとの方針を決めていたので、その後は應酬の機會が與えられなかった。

辱知の周汝昌教授は、私を庇って取りなそうとされ、某所で吳氏と會われた際、居中調停を試みられたらしいが、甲斐がなかったと書いてよこされた。

當事者の一方として、後味のよくない思いでいたところ、その後吳氏當人と對面する機會ができた。一九八三年、四年に一度の第三十一回國際アジア北アフリカ人文科學會議が東京及び京都で開かれる運びとなり、私は池田重・清水茂兩氏と共に、日本・中國部門のコーディネイターを勤めることとなった。たまたま吳氏が中國代表として來日されたので、そのレセプションの立食の宴會の席上で吳氏をつかまえ、その浙江訛りの強いことばに辟易しながら、懸命にその頑なな心情を釋こうと努めた。しかし、心にまとった鎧を脫がせるには至らなかった。會期が終り、京都へ移動される吳氏を東京驛まで見送り、その行李の搬送の手傳いまで買って出たのであるが、依然その態度は素っ氣なくよそよそしいままであった。

という次第で、呉氏との論争は、その後發展もせず、感情的なしこりが殘っていたことを殘念に思っていた。ところで私自身の「棠村序」の問題に對する考えは近年大きく變った。それはどんなことかというと、從來諸說紛紛、その素姓について定論のなかったかの脂硯齋とは、實は棠村の齋號であると考えるに至ったのである。これは幾何學の補助線を引いたに等しく、そう考えることによって新しい視界が開けてくる效果が生ずる。

これまで、呉氏をも含めて棠村は早くに歿したと見る人が多かった。このことは論證を要するが、第二巻の解說に讓ることとし、いま結論のみを示せば、棠村は乾隆庚辰二十五年秋のすこしあとに病歿したのであって、早逝說には左袒できぬ。雪芹の弟棠村（この兄弟は一卵性雙生兒で曹顒の遺腹子として康熙五十四年五月頃生まれたと考えられる）は、遲くとも乾隆十年前後から雪芹の『石頭記』撰述のことに參畫し、その初稿『風月寶鑑』の原稿の審訂整序に力を貸した。さらに乾隆甲戌十九年以前、脂硯齋と號して百回本末尾を「腰斬」し『紅樓夢』と題する七十回本を作成して金聖嘆ばりの批評を加えた。十九年に至って、その前年の乾隆帝の上諭を重視して『石頭記』の舊名に復してさらに批評を加えた。その後さらに、乾隆己卯二十四年冬には、四十回までの『石頭記』定本を作成、翌庚辰秋には八十回まで加評した。その後定本化の作業は續いていたが、種々の問題があって難航を極めた。脂硯齋は庚辰の翌年、辛已の春あたりに病歿したと思われる。脂硯齋卽棠村と考えるならば、呉氏の說くように脂硯齋本に棠村の序――呉氏のいわゆる「大序・小序」が保存されていて何の不思議もない、「脂批」の主要部分を占めるのは棠村の筆に成るものと考えれば。

このような考えが私のうちに熟してきたのは近年のことに屬する。「棠村序」が正にこうした背景のもとに脂硯齋本のなかに「保存」されていたと見る私の新しい見解については、いまや他界されて年久しい泉下の呉氏に告げるよしもないが、これを聞いて呉氏が何と仰せられるか、聞けるものなら聞いてみたいところである。

なお、雪芹兄弟の出自の問題や、『石頭記』撰述を巡る協力關係の問題等については、改めて第二巻解説で詳論再説するつもりでいるので、これ以上立入らぬこととする。

二、二度の論爭（下）――趙岡教授との場合

二度目に當たる趙岡教授との論爭は、一九八〇年以前に遡る。

この趙岡教授というのは、米國のウィスコンシン大學で中國經濟學の講座を持つエコノミストで、紅學は實は業餘の研究であるが、夫人の陳鍾毅女士と共著の『紅樓夢新探』を始めとして、多くの著書論文を發表しておられる紅學家である。

趙岡教授との論爭のきっかけは、同氏が程偉元本巻首の插圖（口繪）廿四圖の一部に異なるものが認められ二版が存在するとの推論をされたのを、架藏の程甲本を檢してみて異版とされる部分は墨筆による加筆の結果であると批判したところから論爭になった。

たまたま一九八〇年六月、ウィスコンシン大學で周策縱教授の主宰される第一回の國際紅樓夢研討會というワークショップが開催されることとなった。その春、私は右目の網膜剝離のため入院手術を受ける身となり、五月始めに退院したばかりであったが、そこに同教授から是非研討會に參加して欲しいという招聘狀が舞いこんだ。一旦は辭退したところ、電報によって翻意を促されたので、主治醫に相談してみると、渡米してもよかろうという返事であった。そこで病み上がりで心許なかったが出席することとした。

同教授からは、版本の研究會を開くから程甲本を携行して欲しいという要請があった。（同僚の趙岡教授からの希

望も參酌してのことであったろう。）そこで行李の中に程甲本四帙、「繡像紅樓夢全傳」四帙を入れて携えていった。五日間の會期の三日目の夜、主だった紅學專家十名餘りが招集されて周教授の私邸に參集した。

趙岡教授は、私の持參した程甲本の插圖の問題の部分を熱心に資料と對照點檢された揚句に、墨筆による加筆があることを確認、遂にシャッポを脱ぎ、軍配は私に上がった。あっ氣ない論爭の幕切れであった。水掛論に陷ったり、とかくすっきりした決着がつきにくいのが論爭の常であるが、「實事求是」を地で行った結果で後味はよかった。

その夜の版本研究會の壓卷は、當時胡適の遺族から胡氏の母校たるコーネル大學に寄託されていた遺愛の甲戌本原本が空路運ばれてきていたことで、參會者はこれを手に取って仔細に披閲する眼福を得た。乾隆末年の過錄轉鈔と思われる原本を眼にして、それまで胡適が曹雪芹逝世二百周年を紀念して臺北商務印書館から刊行した影印本（前後二版あり）を架藏して一應のことは承知していたが、版本學の上では影印本と原鈔本との問題を切實に感じさせられる得がたい體驗をした。

この甲戌本はその後もコーネル大學に寄託されたままなのか、一説によると遺族によってドイツへ預け直されたともいうが、定かでない。

三、潘重規教授と程偉元本

『紅樓夢』の版本、とりわけ程偉元本について語るには、潘重規（字《あざな》は石禪）教授を拔きにしてはできぬ。潘教授は、今は亡き南京大學の國學大師黄侃教授の女婿というだけあって國學掌故に造詣が深いこと言うまでもなく、敦煌學や紅學にも一家言を有しておられた。後者については、『紅樓夢新辨』――兪平伯氏の『紅樓夢辨』を念頭に置いたか――の著書があり、定論に近い曹雪芹の著作權を否定して、この長篇は朱明に心を寄せる明末の志士の撰述に係るとの獨特な持論を提起しておられる。また『紅樓夢稿』を主底本にした校本も公刊された。香港の中文大學新亞書院の中文系を久しく主宰され、その閒に後年脂批研究によって學位を取得、パリで活躍される陳慶浩教授のごとき高弟を育成しただけでなく、「紅樓夢專刊」を十三輯續刊された。のち臺灣に轉じ、臺北陽明山の中國文化大學中文系の主任として、王三慶教授など俊秀を育成された。

あれは一九六八年のことであったか、潘教授は京都大學留學中の教え子孫某君を東道役として當時堺に寓居していた私を訪ねてこられた。架藏の程甲本の他に、倉石武四郎教授から恩借中の程乙本も座右に在ったので、潘教授は私の說明に耳を傾けながら程本の多くに見られる混合本の現象を實地に檢證された。いったいこの〝混合〟は、當初印刷製本の過程で行われたものと、後世流傳の閒に書賈が複數の殘本を併配して生じたものとが考えられる。木活字印刷で版面の起訖の文字が每葉殆んど同じという程本に特有の現象なのである。

潘教授は私の提唱した混合本發生の理論を、甲乙兩本の實際に就いて熱心に論證された結果是認された。

一九八〇年六月のウィスコンシンでの學會には、「聯合報」の高陽（許晏駢）氏が社用で不參加であったので、潘教授が臺灣の代表格で出席され、例の版本研究會にも顏を見せて、趙岡教授と程本を巡って議論をしておられた。

その後一九九〇年代に私が教育部の招聘で臺北を訪問した際、陽明山の中國文化大學に赴いて講演をした。そのとき潘教授との再會の希望を出しておいたが、病氣療養中ということで面會は叶わなかった。大木康教授（東京大學）の御教示に據れば、二〇〇三年四月二十四日、九十七歲で逝去されたとのことである。合掌。

四、王三慶教授の程本論

王三慶教授は、前記のごとく潘重規教授の高足である。日本漢文學に及ぶ幅廣い分野で活躍しておられるが、その主著は『紅樓夢版本研究』一巨册である。これは潘教授の指導の下に作成された學位論文であり、廣く『紅樓夢』の版本問題を蔽った勞作である。

甲戌本や程本などを實地に檢分された博覽の潘教授の行届いた指導によって必要な文獻が網羅的に參照されており、程本についても、實物は眼にしなくとも、混合本説に立脚した私の論文が隨所に適切に引用されていて、殆んど閒然するところがない。

一九九〇年代の初め、所用で西下した折に、館藏の宋本の特別展示を拜觀するため、天理圖書館に立ち寄ったことがある。圖書館への階段の途中で、偶然王三慶教授にお會いした。臺灣の勤務先と天理大學との交換教授として來日しておられたもので、舊知の圖書館員に紹介されて一面の識を得た。潘教授を通じて贈られた『紅樓夢版本研究』の水準を讚えると莞爾とされたことを覺えている。

五、徐氏兄弟と程本四印説

程偉元本を巡っては、宜興出身の徐氏兄弟――徐有爲・徐仁存兩氏による程本四印説があるので、ここで觸れておく。

この新説については共著の「『紅樓夢』版本的新發見――第四種程刻本――」と題する論文がある（「中外文學」第八巻第十二期、民國六十九年五月、以後三期に分載）。この公刊に先立って、この版本は「紅樓夢叢書」の一種として臺北廣文書局からその目玉として影印された（民國六十六年）。この「叢書」は全八種から成り、細目は次の通りである。

庚辰鈔本石頭記
戚蓼生序鈔本石頭記
程乙本新鐫全部繡像紅樓夢
程丙本新鐫全部繡像紅樓夢
程丁本新鐫全部繡像紅樓夢
乾隆鈔本百二十回紅樓夢稿
東觀閣本新鐫全部繡像紅樓夢
王希廉評本新鐫全部繡像紅樓夢

ここに通常の略稱と異なる程乙本というのが後述の烏石山房本であり、程丙本は胡天獵氏が先年影印した靑石山莊本の覆印、程丁本は原本が大陸（北京?）に在るため、胡適藏のいわゆる程乙本の亞東圖書館重印の活字本に據ったもの、程甲本も馬幼漁舊藏本が大陸（北京?）に在って利用できぬとして闕けたままである。なお王希廉本の書名には「全傳」の二字が封面には附せられている。

徐兄弟の論文には、この新發見の程本について來歷を詳しく述べているので、次にその大要を引いておきたい。

この版本は臺灣大學文學院聯合圖書室に藏されており、臺大が設立されたとき、臺北帝國大學文政學部の藏書を接收したものである。帝大は民國十七年三月設立されたが、十八年に當時の神田喜一郎教授の肝煎りで、福建福州から烏石山房の藏書計三四八〇三册を搜購したもので、『紅樓夢』はその中に含まれていた。烏石山房とはもと龔易圖の藏書で「烏石山房藏書目」が編まれている。龔家は淸代では地方の書香世第である。易圖の高曾祖父景瀚は乾隆の進士で蘭州知府を歴任し、曾祖父式穀は安徽壽州知府を、祖父福康は湖南靖州知府に任ぜられ、易圖本人は咸豐九年の進士で縣令から濟南知府・湖南布政使に任ぜられている。龔氏の藏書は累世の蓄積であるが、彼自身もまた海寧の陳氏の藏書三千餘種を購入しており、そのためかなり觀るべきものがある。この萃文書屋出版の『紅樓夢』が易圖本人が入手したものか、それともその高曾祖父景瀚がそのかみ北京で買ったものかは、全て追跡困難である云々。

ただし、この文章には原本は臺灣大學の圖書室に在ると書かれているのに、現在所在不明である。一九九〇年代の初めに、私が教育部の招聘で臺灣を訪問し、臺大でも講演を行った際この原本を見たいという希望を預め出しておいたのであるが、調査中との返事しか得られなかった。廣文書局で影印した際、借り出されてそのまま返却されていないのかも知れぬ。

ところで徐氏兄弟の說くように程本は四回も印刷されたのか。その答えは本卷の本文及び注で觸れたように否であり、混合本を誤認した結果である。混合本という現象の來因としては上述のように二種のケースが考えられるが、徐氏兄弟は一見異版と見える異文來源の考察に混合本という見方を退けたため、議論が空轉し見當違いの結論が導かれた。「混合本」という考え方を排して「化合本」という無理な考え方で辻褄を合わせようとしたためである。

それにしても程本の一種が偶然發見され、「紅樓夢叢書」の一種として影印されたことは、程本研究のための一礎石を置いたものとして、さきの靑石山莊本の影印と共に慶賀すべきことである。因みに胡天獵氏のこの程本は、近年米國のイェール大學圖書館に賣却され、そこで現物を見たということを大木康教授から伺ったので、臺灣にはすでにない。いまは烏石山房本が再發見されることを期待したい。

六、上海圖書館の程丙本と百二十回鈔本

藏書の富贍を以て知られる上海圖書館には程丙本が傳存すると聞いて、章培恆教授（復旦大學）の東道で訪書行に赴いた。そのことは、一九八〇年代の初めに華東師範大學の顧鳴塘助教（當時）がニュースとして傳えられたものであるが、私はそのとき對照に資すべき資料を持ち合わせなかったので、十分な確認は果たしておらぬ。ただ首尾備った紛れもない程偉元本であり、異文の狀況の如何はいずれ發見者から詳細なレポートがなされよう。

かつて文雷氏が「論程丙本」と題する論文を公表して別にその端緒を示されたことがあったが、それを承けるものとしてこのことを書き留めておく次第である。

上海圖書館では、昨年（二〇〇四年）七月、喬福錦氏によって百二十回の『紅樓夢』鈔本が發見され、昨年十月揚州で開催された國際紅樓夢學術研討會の席上、同氏による論文「上海圖書館藏百廿回『紅樓夢』舊鈔本考逑」が宣讀された。私はそれを拜聽することは叶わなかったが、出席された船越達志助教授（名古屋外國語大學）から論文のコピーを惠與されたので、その概要を知るを得た。筆者はこの鈔本の鈔成時期を程高兩序は既に備わっているけれども、本文自體は壬子本刊行以前、舒元煒本等傳存する諸本と前後して鈔成されたものであろうと推定しておられる。これが當たっているとすれば、程本刊行以前の狀況を知る重要な資料として重視されるべきものであろう。後考に俟つ。

七、歐陽健教授の程前脂後説

脂硯齋本を巡る諸説のなかで、これほど突飛奇想天外な説はなかろう。

歐陽健教授が程偉元本の刊行二百年を紀念して唱えられたこの新説は、この程本を以て脂硯齋諸鈔本に先んずる最も據るべきテキストだとするもので、若しこれが眞實であれば、版本論の世界にいわばコペルニクス的轉回をもたらす、前人未發の卓論ということになろう。

それではこの歐陽説は是か非か、これに端的に答えを出すとすれば、非といわざるを得ぬ。

歐陽教授に據れば、甲戌本を始めとして十數種に上る脂硯齋鈔本は、いずれも清末民初の謂わば僞書であり、その序に乾隆辛亥五十六年から壬子五十七年にかけての明らかな刊記を持つ程本こそが素姓の確かな刊本だというのである。人がこれを程前脂後説と要約したことはよくその本質を衝いている。

このような通説を逆轉した程前脂後説がいつ歐陽教授の腦裏に宿ったか。

私の知るところでは、一九九六年に大連で古典小説——明清小説を巡るシンポジウムが開かれることとなり、瀋陽の春風文藝出版社の總編輯林辰氏がそのお膳立てをした。開催に當たり、預め參加者の原稿が徵收されて印刷されることとなった。いわゆるプロシーディングであり、都合で不參の心算であった私のもとにもその『稗海新航』が送られてきた。そのなかに歐陽教授はこの程前脂後説の骨骼を示すQ&A形式の廿五問を作成し、割當ての紙幅の關係上その過半の十五問を選んでこれに掲載した。紅學家の常識に對する挑戰、果たし状である。シンポジウムではこうして預告された新説を巡り、討論が行われたと思しい。同調者もあり、その後數名の人々が歐陽説の盛り上げに參加した。さらに割愛されたものをも含めた廿五問の全貌は、歐陽教授の新著『紅學辨僞論』に收められて公刊された。

私はそれを一讀して、このような說の横行を座視できぬと思い、醉狂にも逐一反論を加えた素稿を作った。進行中の著作集第一卷の附錄として收錄する心算であった。ところが刊行が遲延しているうちに、馮其庸・蔡義江教授ら多くの諸家の反對歐陽說の文章が『紅樓夢學刊』等の雜誌に活潑に掲載され始めた。そうこうするうちに、私の反論は十日の菊となり、出る幕がなくなってお藏入りとなってしまった。

ところで歐陽說の最大の難點は、初め寫本（原稿）で行われたものが刊本となるという通常の段階（ステージ）を故らに無視、同日の論はできぬ筈なのに強いて前後を顚倒して立論するという無理を犯した點に在ろう。その同じ土俵で議論をすること自體殆んど無意味である。

私の理解に閒違いがなければ、かつて外山滋比古教授がその古典論において、寫本として行われていた作品が刊本となる時期を經て古典となるという趣旨の議論をされていたことも參考となろう。その傳で行けば、鈔本『石頭記』は、『紅樓夢』という書名の時期をも經過して、程偉元によって刊行されることによって古典となったのである。決してその逆ではない。

さらにいえば、歐陽說が十數種に上る脂硯齋本を十把一からげにして同日の論を成していることも強引である。これらのうちの祖本から子本・孫本に至る系統に脈絡を與えることは、紅學の中での重要な課題で、その試みも旣に何通りかあるが、歐陽說がそれらを淸末民初の僞書だと斷ずるならば、いつどのようにしてそれらが成立したかを、さらに踏みこんで系統づけ論證する責任が生ずる。それが缺除しているのである。

立說上の弱點は、甲戌本を云々していながらその原本を見ずして、臺北の影印本の大陸での覆影印本に據っていることも擧げられる。甲戌本鈔成の時期を論ずる以上、原本に接することが版本學・書誌學上の大前提となるのにその条件が満たされていない安易さは論外である。

私自身の乏しい經驗でも、できるだけ原本を見る機會を作ってきた。南京圖書館の戚蓼生序本のごときは、紅樓夢研究所の招待で南京を訪問した際、訪書行をする豫定であったが、交通事情の關係上日程が急遽變更されて見られなくなった。ハルピンでの第二回國際紅樓夢研討會開催に合わせて企畫された諸本の展示のなかに博物館のショーウィンドウ越しにこれを瞥見するに止どまった。緣の厚薄と偶然によってこのように左右されるのである。原本主義を貫くのは至難の業であり、謙虚にそのイロハを遵守しようと努める他ない。

私は前記のように、たまたま甲戌本を手に取って見る機會に惠まれ、その紙質を判定して乾隆末頃の轉鈔過錄と判斷したが、それは永い閒の經驗の總和による一應の結論ではあっても、斷定することはもとよりできぬ。しかし、鈔本の鈔成時期の判定は、原本を見るという手續き拔きでは始まらぬ。從って私としては、そのときの原本の感觸からこれを淸末の僞書と見る說には、どうしても與する氣になれぬのである。

さて、最後に一つだけ指摘しておこう。歐陽說の最大の弱點は『紅樓夢』成書論・成立史への關心が薄いことに在ろう。（曹霑ならぬ同名異人の曹雪芹を作者として想定している程だから當然かも知れぬが。）例えば、甲戌本に特有の脂批「脂硯齋甲戌抄閱仍用石頭記」という一則の「甲戌」の指すところを取り上げてみよう。私見に據れば、これは紛れもなく乾隆十九年を指す。歷史的背景をいえば、その前年に高宗、乾隆帝の上諭があり、金聖嘆による『水滸』『西廂記』の滿洲語譯を禁ずることとされた。これに伴なって各省等の禁燬の網がはりめぐらされる。このような狀勢の下に、七十回本『紅樓夢』から百回本『石頭記』へと、大幅な方針變更が行われたことを考慮しなければ、この批語の眞意が把握しがたい。恐らく畸笏叟（曹頫の筆名だと考えられる）が晚年の甲戌本に基づく定本作成の折に、このような祕事を示す一文を書き留めたものであろう。甲戌は飽くまでも乾隆十九年と解することで深い意味を帶びた年柄となるのである。従ってこの事實を度外視した議論は空疎なものとならざるを得ぬ、と私は思う。

歐陽教授及びその同調者は、その後程前脂後説を巡って長期閒に亙り論戰應酬を繰返し、そのうちの批判文のなかには、脂本に出現する「足的」——かつて太田辰夫教授が取り上げられたことがある——ということばを主題にした論文のように興味深い着實なものもあるが、論爭の經緯は省く。

歐陽教授はさらに近年「廿世紀紅學最大公案的全面清點」と銘打ち『還原脂硯齋』と題した巨著を出版されたが、脂硯齋の素顔を探求しようと試みて見當を誤った、見かけ倒しの虛假威しとしか私には映らぬ。

これを要するに、歐陽教授の「程前脂後説」は、「標新立異」の説ではあっても、人をして「拍案驚奇」せしむる底の內實を缺くと斷ぜざるを得ぬのである。

八、程甲本に據る校本三種

歐陽健教授と關わりのある校本について、追加して書く。

それは程甲本を底本とした百二十回の校本のことである。これまでの校本は、程本を底本としたものはみな程乙本に據っていた。それでなければ、各種の脂硯齋本を參照しながら校訂されたものであった。兪平伯・馮其庸・蔡義江等多くの先學の試みがある。その場合に程甲本は脂本の一種として參照されていた。しかし、程甲本を底本に取ったものは作られることがなかった。歐陽健教授が程前脂後説を主張する以上、校本を作るとすれば、程甲本に據ったものを作ることは當然の歸結だったといってよい。

その校本は程前脂後説を巡る論戰と前後して、廣州の百花出版社から刊行された。

いったい程甲・程乙兩本の版本としての優劣は、兪平伯氏の『八十回校本』校訂の際にその助手を勤めた王佩璋女士によって、乙本は意外なことに「後出轉精」とはゆかず改悪の箇所が目立つと批評された。そのせいでもあろう、『八十回校本』の第四册として附載された後四十回——恐らく出版社の意向で附錄とされたものであろう——は明らかに從來と異なり、程甲本に據っている。程甲本の校本はこれに始まるが、上記のように後四十回の續作部分のみに止どまった。

というわけで、歐陽教授がその序文中に自讃しておられるように、程甲本に據る校本はこれを以て嚆矢とすると言えそうである。（所藏機關の明示はないが、書目文獻出版社版影印本に據ったか。）しかし、實際はこれよりさきに出版された北京師範大學の校訂チーム——最近亡くなられた啓功教授をリーダーとし、張俊教授らによって校訂注釋された——による校注本が程甲本に據っているので、話がややこしくなる。

少しく説明を加えよう。北京師範大學の校注本の凡例に據ると、程甲本の翻刻本を底本とし、社會科學院文學研究所藏の程甲本によって校勘したとされる。この翻刻本とは、明示されていないけれども、蘇州版の「繡像紅樓夢全傳」のことである。この版本は、行款版式は程甲本と全く同じで、大運河を通じて蘇州に將來された程甲本をいちはやく袖珍本として整版したものであるから、少數の誤刻を除いて殆んど程甲本と變るところがない。勿論混合本のないことも特色の一つである。これを底本として程甲本によって校勘するという方針は、假に文學研究所本に混合が認められるとしたら（その可能性はある）、なおさら賢明な選擇ということになる。とすれば歐陽教授が翻刻本と片附けておられるのは輕率に過ぎよう。

先陣爭いはともかく、いずれにせよ、王佩璋女士の説かれた程乙本に改悪の多いという指摘に耳を傾けるとすれば、程甲本に據る校本の出現は當然のことであり、むしろ遲きに過ぎたと言える。

九、北京師範大學本『繡像紅樓夢全傳』

北京師範大學圖書館で珍本が見つかった。

一粟編『紅樓夢書錄』にも未著錄——つまり該書編目の際には、中國には存在せぬと思われていた版本——であり、胡文彬編『紅樓夢敍錄』に至って私の記述に據って著錄された版本の存在することが確認されるようになったきっかけはといえば、前述のように程甲本に據る校本の底本問題に端を發した。この版本は、天草の村上氏の村上文書に據れば、寛政六年（一七九四年）に九部舶載されており、東京大學倉石文庫及び慶應義塾大學斯道文庫に各一本傳存するが、共に第一册が缺けており、架藏の一本のみが第一册の「繡像紅樓夢全傳」という封面を存している。

私は前述のように、ウィスコンシンの研討會に程甲本と併せて携行したのであるが、あまり重視されなかった。ところが北京師範大學の校訂チームによって前記の程甲本に據る校本の底本に採用されたことで、程甲本の翻刻本であるという點が私にはピンときた、もしや「全傳」本ではないかと。

そこで三年前の春、當時北京師範大學に研修のため出張中の北海學園大學の大谷通順教授にお願いして調査していただくこととした。大谷氏の調査の結果、第一册に「繡像紅樓夢全傳」の刊記封面を存する全四帙が完好な狀態で同大學圖書館に傳存していることが判明した。大谷氏はさらに張俊教授に會って、校訂の際に使用された底本がこれであることも確認して下さった。さらに全傳本が民國時代に南方から所藏者によって北京に運ばれ、北京師範大學の前身に讓渡されたことも明らかとなった。かくて全傳本は中國には存在せず、本邦の三部のみというのが私の思い込みであったことも判った。一粟氏による丹念綿密な書誌的調査の手も北京師範大學には及ばなかったということか。

因みに同圖書館では數年前庚辰本を底本にした脂硯齋本の覆製本『石頭記』が發見され、新聞ダネになった。資料的價値はさほどでないとされるけれども、それこそ民國時代の〝僞書〟と言って言えぬこともなかろう。

十、兪平伯老の横顔

殿軍として紅學家切っての重鎭、今は亡き兪平伯老に登場願って締めくくりとしたい。

兪氏との御縁は半世紀前の一九五七年に始まる。私はそれ以前から戰前の『紅樓夢辨』（一九二三年）を始め、大戰後まもなくのその改訂版『紅樓夢研究』（一九五三年）など、氏の著書論文から量り知れぬ學恩と啓發を蒙ってきたが、この年に兪氏の永年の夢、『紅樓夢辨』中にもその願いが記されていた『紅樓夢』の校本が遂に完成出版された。影印本出版以前のこととて、甲戌本が部分的にしか參照されていないことなど、遺憾な條件がありはしても、原本により近く、同時にリーダブルでもあるという、兩立しがたい目標をよく調和實現させた、理想的な『紅樓夢八十回校本』の誕生であった。

私は當時平凡社からの依頼で、「中國古典文學全集」中の『紅樓夢』の翻譯を手がけていた。有正書局本を底本とし、庚辰本の影印本を主要な校訂本とし、自家用の定本を作りながら譯業を進めつつあったが、難航して進行は捗々しくなかった。そこへこの『八十回校本』一セット全四册が先師松枝茂夫先生から速達便で送られてきた。「北京の周作人先生からこの校本が送られてきて、他人より早く入手したから」という有難いメッセージが添えられていた。兪平伯氏は周作人教授の北京大學時代の愛弟子に當たり、出版と同時に一セット寄贈されたのを、松枝先生に轉贈され、それをまた松枝先生から譯業に難澁している私にその一助ともなればと轉贈して下さったというわけであった。

私に取っては百萬の援軍を得たような思いで、恩師の高配に感謝した。譯業が捗ったこと言うまでもない。やがて全三卷の譯書が出來上がるその都度、私は『八十回校本』を底本にした旨の謝辭と共にこれを兪氏に送り續けた。その度に兪氏から禮狀が屆き、さらに手造りの帙に納められ自ら題簽を記された亡妻を偲ぶ詩集『遙夜閨思引』も送られてきて文通が續いた。『中國語と中國文化』に「兪平伯」という小論文を書いたこともある。

一九八一年四月のこと、中國藝術研究院（文化部直屬）紅樓夢研究所の招きに應じ、松枝茂夫先生に陪して中國を訪問した。およそ三週間に亙り、各地の『紅樓夢』ゆかりの文學遺跡を訪れ、文物を參觀し、紅學家と交流を重ねた。北海の宮廷料理專門の有名店仿膳で私たちのために歡迎會が開かれた。その當時兪氏は足の不自由のため滅多に外出されぬと聞いていたが、私たち二人と會うために特に出席され、對面することができた。往年詩の共和國を提唱して詩壇に旋風を起した老詩人は、容貌魁偉と評された短軀を人民服に身を包んで姿を見せられた。その風貌に接して私は深く感動した。

あれは一九八〇年代の末のことであったか。ある日、兪氏から來簡があり、發見されたばかりの、揚州の靖應鵾氏珍藏の夕葵書屋本『石頭記』校本に挾みこまれた紙片の燒增寫眞一葉が封入されてあった。それには、甲戌本にもほぼ同文の見える批語「壬午除夕、芹淚盡而逝矣云々」がしたためられていた。雪芹の歿年を壬午と主張される兪氏は、これを裏づける新しい證左の發見と考えて、この燒附け寫眞を送って下さったものであろう。同封された手簡には、單に新資料を送るとのみ記されていた。この「壬午除夕」は歿した年月を記したものでなく、先行する批語の日附（デート）を記したものと見る說もその後梅節・徐恭時兩氏によって唱えられた。私もその說を支持する者であるが、それはともかくとして、新資料をいちはやく異邦の後學にも屆けてやろうという兪氏の思し召しを私はかたじけなく思って、受け取りの禮狀をしたためた。この往來が兪平伯老との最後の交流となり、いまや兪氏が九十歲で逝かれてから十五年にもなる。北海での宴の一夜のことを思い起こし、改めて哀惜の念に勝えぬ次第である。

（了）

自　跋――處女論文から著作集まで――

作家、美術家、音樂家など、およそ藝術の道に携わる人々の處女作には、その天賦の資質のみならず、將來の可能性が祕められている――このような指摘の眞實は、機會あるごとに繰返し強調されるところである。學者學究に就いても同様なことが言えよう。

このたび著作集の刊行によって圖らずも俎上に横たわる身となったが、その第一巻の附錄として敢えてわが處女論文に當たる作物を掲載することとしたのは、若書き通有の未熟生硬な内容にも拘わらず、その後の私の研究の道程を考える上での一助ともなればとの意圖より出たものである。この自跋というのもまた、該論文に加えた自撰解題に他ならぬ。

一、卒業論文の制作

實はこの初めて活字化公刊された論文に先立って、二本の未刊の論文がある。話の順序としてその二作から、つまり前史から回顧の筆を起こすこととしたい。

そもそもの處女論文は大學の卒業論文である。

私は大戰末期から戰後にかけての數年間を文學部の學窓で送った。昭和二十年三月、舊制の第一高等學校文科を卒業し、四月一日にこれも舊制の東京帝國大學文學部支那哲文學科（二十三年に分離して中國文學科と改稱）に入學、五日後に休學して兵役に服した。敗戰に伴なって九月に復員歸鄉、翌年四月復學して學園に戻った。

卒業論文は文學部卒業のための謂わば總仕上げに當たる重みのある必修科目であり、毎年十二月二十五日午後四時が提出期限として嚴格に守られていた。

私は二十二年秋頃から、この卒業論文のテーマについて思い惱んでいた。絞られた選擇肢として、魯迅にするか、それとも『紅樓夢』の作者曹霑論にするか、いずれにせよ、作家志望であった當時の私は作家論を試みようとしていたのである。

その頃戰中に出た竹内好『魯迅』（日本評論社）からも强い感銘を受けたし、この年度は增田涉講師の「現代中國文學」と題する講義があって、上海で半年間魯迅に親炙した先生から色々と話を伺うことが出來たので、このテーマも手がけてみたい意欲をそそられた。一方では、「紅學專家」として倉石武四郎教授、松枝茂夫助教授が揃っておられることも、十分に魅力的であった。

ただ文獻資料という點からいうと、魯迅に關しては私は『魯迅自選集』（天馬書店）を所持するのみで、二十卷の全集も持たず、「三十年集」をバラで架藏する程度の貧弱さであった。

戰中の出征中、竹内好氏の藏書が研究室に寄託されて大揃いの全集もそのなかに在ったが、氏の復員後引き上げられてしまった。全集と言えば、中央圖書館に一組架藏されるだけで、それも調べてもらったところ、仁井田陞教授が全卷借り出しておられた。萬事休すである。いきおい魯迅という選擇は無理だとなった。

そこで『紅樓夢』に絞ることとした。古書で入手した亞東圖書館の新訂標點本六册（初版）をテキストに國譯漢文大成三册の國譯譯注を參考にしながら、さらに四册まで來ていた岩波文庫の松枝譯も參考にしながら、第一回から本文を讀み進むこととした。

二十二年度の演習には、倉石教授が『儒林外史』を取り上げられたし、同じ年度の魚返善雄講師の「支那語上級」では『兒女英雄傳』を講讀されたので、ほぼ同時代の白話小説を讀む上では大いに參考になった。石山福治・井上翠兩氏の「支那語大辭典」など、工具書は少なかったが、字引引き引き第一回から讀み始め、次第に馴れて半年がかりで二十三年の春休みには百二十回を讀み上げた。

本文はなんとか讀み上げたものの、いざ論文を書くとなると、執筆の姿勢、スタンスが問題である。ましてや作家論ともなれば、胡適「紅樓夢考證」など、漁ってみても參考文獻は極めて限られる。蔡元培『石頭記索隱』兪平伯『紅樓夢辨』などは倉石教授から、王國維の「紅樓夢評論」を收めた『靜庵文集』は内田道夫講師から夫々借閲した。

論文題目屆を提出する屆出締切の五月末が近づくと、材料が乏し過ぎて作家論は無理と覺って、「『紅樓夢』覺書」という題目にすることとし、主任の倉石教授に屆用紙をお見せすると、「いいでしょう」と仰言って判子を捺いて下さった。その頃から腹稿を練り始め、覺書をノートに取り始めた。

この段階で、私はやはりスタンスの問題に考え惱み、ふと武田泰淳氏を訪問して助言を得ようと思い立った。出不精の私は結局決行しなかったけれども、同じ頃に同樣に武田氏を訪ねて卒論について助言を得た人が同期の學生の中にいたことが最近判った。東洋史學專攻の小倉芳彦氏（のちの學習院院長）である。氏とは魚返講師の「支那語」で二年間「同班同學」同級生であったから、白皙の美青年の氏とは面識はあった。ただ昵懇でないので、そのような事實があったとはついぞ知らずに過ぎた。小倉氏は「或る日の泰淳さん」と題した一文（『泡沫集』11所收）を草せられ、二十三年四月二十四日朝、目黑の武田氏の寺、長泉院を訪ねて書齋に招じ入れられ、卒論を巡って對話をした顚末を當日の日記から轉載しておられる。

當時、北海道大學法文學部助教授であった武田氏は、六月には辭表を出して歸京し、本格的な作家活動を始めるその直前のことである。（因みに辭表の受理發令は十二月になってからであった。）創作ノート風な記述からは、武田氏の風貌口吻が躍如として浮かび上る。貴重な記録である。

私は目黑行を決行しなかったが、七月の末に「近代文學」同人による連續文學講座が東大キャンパス法文經n番教室で開催され、その初日が武田氏の擔當で、私はまのあたりにこの新進作家の講義に接することが出來た。武田氏は前髪を垂らしうつむき加減でボソボソとした口調ながら『默示錄』などを引き滅亡というテーマに就いて熱っぽく語り、その語り口には人を引きつけるものがあった。私は長泉院行こそ斷念したけれども、卒論のことは自分で打開の道を考えるとして、この講話を聞いて滿足した。

八月初めに三河の鄕里へ歸省し、そちらでノートを基に論文の執筆に着手した。九月初めの夏休み明けには、五十枚ほどの初稿が出來上った。しかし、新學期が始まると忙しくなり、論文に割く時間は減少した。暇を偸んでは手を入れ推敲を加えた。

看る看る師走に入り、提出日が近づいた。淨書にかかったが、覺書とは言い條、定稿を作る作業は大變で難澁した。二十五日當日は、前日から淸書にかかりきりで、午後二時頃にやっとペンを擱き、當時の高圓寺の下宿を出發、中央線でお茶の水驛まで行き、そこからタクシーを奢って東大正門前まで乘りつけ、四時の定刻すこし前に提出受理され、ほっとした次第である。

さて、私の卒業論文「『紅樓夢』覺書」は、それまで「紅學大師」と仰がれて一大權威であった胡適の「紅樓夢考證」（一九二一年）に對する批判の上に成立したと言える。畫期的とされた胡適の「考證」は、「著者author」と「版本editions」とを二大テーマとして、主人公の賈寶玉を作者曹霑の自傳的形象と主張するものであった。確かにその作品と作者の傳記的事實との閒にはそういう「大膽な假説」を考えさせるような要素がないではない。明末清初までの章囘小説や白話短篇小説の傳統とは異なる作品と作者との緊密な關係の存在も認められる。恐らく胡適は、歐米の近代の自傳文學からヒントを得て自傳説に想到したものであろうが、虛構を卽自傳と見做すことには、飛躍と無理がある。私はこの自傳説に慊らず、その呪縛から自由になりたいと思って、賈寶玉は作者の「分身」であると言い直してみた。かのG・フローベールが『ボヴァリー夫人』の女主人公を指して「あれは私だ」と語ったという逸話は有名であるが、これに倣って作家と作中人物との關係を把え直すことに論文の一つの眼目を置いてみた。

また賈寶玉が情緣を次第に自覺して出家するに至る情の自覺過程として把えようとしたことは、舊制高校のドイツ語の授業で、竹山道雄教授からH・ヘッセの『ペーター・カーメンツィント』（譯書名は『靑春彷徨』）の講讀を授かったことが契機を成し、このドイツ十九世紀の「教養小説 Bildungsroman」の系譜に氣づかされ、これに示唆を得て、賈寶玉靑年の精神史という一つの視點を導入するに至ったのである。

ところで卒業論文につきものの口述試驗が二十四年二月末に行われた。審査は主査の倉石武四郎教授お一人であった。松枝茂夫助教授は、前年六月を以て辭任して郷里の佐賀へ歸られ、『紅樓夢』の翻譯に專念されることとなった。爲に私は先生の御指導を受ける得がたい機會を逸したわけである。

倉石教授は、論文の內容に就いてはなんの質問もされなかった。「氣の附いたことは鉛筆で書き入れて置きました」と仰せられたのであとで返して頂いて點檢してみると、淨書の功を急いだ際の誤字脫字の粗忽が訂されていた。ただ一つだけ「ご卒業後は如何なさいます」との御下問があった。「出來れば大學院に進みたいと存じます」と答えると、「結構でございます」とわが意を得たりといった表情でうなづかれた。（先生は學生に對しても「ございます」の丁寧な口調で話されるのが常であった。）

　このやりとりで入學試驗といっては特に行われぬ舊制大學院への入學が内定し、また論文も晴れて卒業論文となったのである。

　しかしながら、この論文に對する倉石主査の評價の程は、この試問を通じては窺い知ることが出來なかった。ところが後日、偶然のきっかけでその手がかりがつかめた。（そのことはのちに述べる。）

二、助手論文と札幌赴任

　さて、この卒業論文に續いて私は所謂「助手論文」を書く仕儀となった。

　三月中旬のある日、私に運命の大轉換期が訪れたのである。研究室に顔を出したところ、四月から武田泰淳氏の後任として北海道大學法文學部へ赴任豫定の猪俣庄八氏（當時中央大學教授）が挨拶に來ておられ、助手のY氏の紹介で雑談をした。『紅樓夢』を卒業論文に書いた話などをしたと思う。どこをどう見込まれたのかそれが縁となり、後日Y氏を介して、北大では助手を採用するが來ないかというお誘いがあった。青田刈りである。當座大學院に籍は置くとしてそのさきの見通しはなかったから、この突然の就職口は魅力的であった。私はその後改めて雑司ヶ谷の同教授宅を訪れて、懇談の末にお受けする旨返事した。（本來なら保留して主任の倉石教授に相談すべきところであったが、そこまで氣が廻らなかった。）

　受諾した結果、採用人事を教授會に掛けるための助手論文を卒業論文とは別に一本、五月末までに纏めるようにという指示を受けた。

卒論をもとにふくらませ、今度は「曹霑覺書」と題した作家論仕立てにしたものを百枚餘り、二ヶ月餘りの閒に急ぎ脫稿して郵送した。

他にも主任教授の學部長宛ての推薦狀を貰って下さいという注文が出された。倉石教授はそれまで京都大學が本務で東京大學と併任、所謂かけもちという身分であられたが、四月から東大專任になられたのでつかまえ易かった。一寸きまりが惡かったが、委細を打ち明けると、「それはようございました」と快く推薦狀を書いて下さった。元東大の同僚、伊藤吉之助氏が法文學部長であられたから、推薦狀の效き目はあらたかの筈であった。

察するところ倉石教授は私の處遇について一つの腹案を持っておられるようであった。その三月末を以て戰時中に作られた大學院の特別研究生という制度が敗戰に伴なって廢止され、半歳の空白を置いて十月から再發足新採用する豫定らしかった。その候補者の一人に私を擬しておられたようだ。他にもその三月に中國音韻學を專攻して京都大學を卒業し、先生をたよって東大の大學院に移ってきた竹内實氏（のちの京都大學人文科學硏究所教授）もまた思うにその候補者の一人であったか。倉石教授は四月になってから、ある日竹内氏と私とを伴なって、麻布狸穴の國民政府大使館に赴かれ、館員に日本語を教えるアルバイトの口を紹介して下さったが、秋までのつなぎの爲事という意味があったようだ。だとすると、先生拔きで私に北大の就職話が決まったのは、先生に取って多少とも心外なことであったやも知れぬ。

この助手論文「曹霑覺書」では、「曹霑は『紅樓夢』ただの一篇を遺すためにこの世に生まれ出たように思われる」という書き出しの一句を案出した。武田氏の『司馬遷』の冒頭「司馬遷は生き恥をさらした男である」から啓示を受けたものであることは言うまでもない。またフローベール流の賈寶玉分身說も十分に展開した。六月にこの論文は助手論文として教授會にかけられ、人事は無事通過した。序ながら、そのとき猪俣主任の隣席に座を占めていた國文學科の杉浦正一郎助教授（俳諧專門）が私の論文をパラパラと披閲して「この人は美文家ですな」と語られた由を、後日猪俣氏から直接伺ったことが思い起こされる。聞けば杉浦氏は、學生時代川端康成の門に出入りして作家志望だった由、文體にはうるさいお人だったと見える。

八月二十三日附で文部教官助手に採用という辭令が文部大臣名で出され、九月初めに私は札幌へ意氣揚々と赴任した。するとまもなく、私より半年遲れて九月に繰上げ卒業された中山時子氏（のちのお茶の水女子大學教授）がひょっこり私を訪ねてこられた。用向きは、「倉石先生から伺いましたが、近頃論文らしい論文を讀んだとあなたの卒業論文を激賞しておられました。後學のためにその卒論をお見せ頂けませんか」というお申し出であった。

これには吃驚した。「實はその卒業論文のあとには續けて助手論文も必要あって書き上げましたが、いずれも未刊でして、人樣にお見せ出來るような出來ではありません」と言って、鄭重にそのお申し出は謝絶した。このことによってはしなくも倉石教授の拙論文に對する評價の一端が判明し、かなりそれは高いものであった。最近確認のため中山氏に電話を入れたところ、その通りだと往事の談話を再現され、お詫びだといってそのとき札幌一番のラーメン屋で御馳走になったということも附け加えられた。

尤も、私の知る限りでも、私の前年に卒業された同年同庚の今村與志雄氏の卒論「唐代の鷹狩について」、この『酉陽雜俎』に取材した卓拔なる論文は、のちに公刊されて讀むことが出來るようになったが、これは倉石主査・松枝副査で審査され、仄聞するところでは卒論としては最高點に當たる九十點の評價が與えられたという。從ってこの史學畑の論文は拔きでという限定つきでさきの中山氏の傳えられた評價は受け取るのが妥當かも知れぬ。

ともあれ、このような次第で、私の最も若書きに屬する二篇の論文は、夫々の役目を果したあとは、門外不出、深く筐底に藏したままである。これらはその後北大教養部紀要に載せた處女論文に吸收繼承されているので、その内容など今さらという感がないでもないが、回顧したその機會に紹介に及んだ次第である。

三、紀要論文の制作とその反響

さて、いよいよ三度目の〝處女論文〟である。これを書くきっかけを作って下さったのは、今は亡き飯塚朗《あきら》助教授（當時）である。

昭和二十七年の晩秋、ある問題に端を發して、主任の猪俣助教授との人間關係に龜裂が生じてしまった。北大へ招んでもらった恩人とである。萬事に不器用な私の身から出た錆である。しかし、當時は深刻に惱み、腐っていたのであった。もう北大にはこのまま奉職したくない、別の新天地に轉出したいとまで思い詰めるに至った。

飯塚助教授は舊制の一高から東大の支那哲文學科まで大先輩に當たり、私の最も信頼を措いていた方であったが、私の無殘な窮狀を知って救助に乘り出された。氣分轉換に論文を一本書いてみては如何か、どこか他へ轉出を考えるとすれば、所謂業績も必要になろうし、と親身の適切な助言を與えられた。「出來上ったら、教養部の紀要『外國語外國文學研究』に載せましょう」とも勸めて下さった。先生は文學部所屬の教養部專任という身分で、紀要の編集にも關係しておられたのである。

私は乘り氣になって論文の公刊を目指すことにした。當面の目標が出來て立直りのきっかけが摑めそうであった。二十七年十月には飯塚助教授に媒酌をして頂いて現在の妻ナミ子と結婚していたから藁をも摑む思いであった。ベースになる論文は二本すでに座右に在る。これを如何書き直そうかと精一杯思案した。文體にも凝った。その時分はたまたま森鷗外の『澁江抽齋』を始めとする「史傳物」に心酔していたので、これをお手本にしようと心に決めた。尤も、たやすく眞似の出來る文體ではないが……。戰中戰後の學生時代には、小林秀雄氏の著作からも强烈な刺戟を受けて、その影響もまだ殘っていたかも知れぬ。

爲事は長びいて手間取り、一年近くかかってようやく四章仕立ての構成で百數十枚を超える初稿が出來上った。二十八年の暮であったか。これを飯塚助教授に示して意見を聞いた。一讀されて「いいでしょう」と言って返して下さったので、意を强くして改稿に取りかかった。それから二三ヶ月手許で推敲したあと、同助教授にお渡ししてあとはお任せした。

その頃、「解放」後の上海では棠棣出版社より兪平伯『紅樓夢辨』の改訂新版『紅樓夢研究』が出版され、ついで周汝昌『紅樓夢新證』が出版された。周氏は胡適の弟子筋で師の「考證」を繼承して「自傳說」に據っていたが、この新著の新史料は有用で、曹霑論を書き直そうという私に取っては大層參考になって有難かった。

紀要委員會の議を經て、原稿は印刷所に入った。それからが大變であった。校正刷の初校が出てくると、大量の赤を入れた。文豪のO・バルザックがそうだったと聞いたことがあるが、あまり自慢の種にはならぬ。文選工泣かせになってしまった。ゲラを見ると直したくなり、それも何度も繰返すのだからタチが惡い。印刷所から苦情がいっていたろうが、飯塚助教授はなんとも仰しゃらぬ。それを良いことに責任校了になるまで半年近くかかった。

二十九年十一月になって紀要がようやく刷り上がり、拔き刷りといってはなくて、雜誌が十部屆いた。鄕里の家君に一部送り、自家用に一部を取り除けたあと、學緣のある先生方に逐次お送りすることとした。先ず倉石武四郎・增田涉・松枝茂夫・奥野信太郎の諸先生である。

奥野信太郎教授は、昭和二十五年秋、集中講義のため來學され、折口信夫張りの「中國藝能史」を講ぜられたところから聴講させて頂いた。助手としてお世話申上げたので、以來誘掖を受け昵懇にして頂いていたのである。

先生方には個別に手紙を書き、そこは婉曲に新天地に職を得たいという再就職依頼をした。法文學部では、助手には任期はあっても更新出來、業績や教歴さえ整えば、そのまま上に昇任できるという東大法學部流の人事が基本とされていたし、そのまま居座ることだって出來たが、早く轉出したいという欲求は強くなるばかりであった。四先生からは禮狀はこなかった。そのうち返事があろうよと氣永に待つこととした。

紀要が刷上ってまもなく、飯塚助教授は新しい紀要を抱えて私の助手室へ顔を見せられ、「活字になって一段と良くなったね」と褒めて下さった。校正の直しの顚末は逐一ご明察だったのである。「お蔭さまで」と私は嬉しさで一杯でただ深く頭を下げるばかりであった。

紀要が學部の關係者に配られた翌日のこと、舊豫科の古ぼけた建物を轉用した法文學部の渡り廊下で、國文學科の主任風巻景次郎教授とすれ違った。教授は二三歩行き過ぎたあと引返してこられ、「あれ、讀みましたよ、良かった!」と仰しゃって莞爾とされ、また向うへスタスタと立ち去られた。先生の住んでおられた外人講師宿舍には、戰中の北京で輔仁大學の同僚であられた縁で奥野信太郎教授が招かれたとき、私も陪席して款談の輪に加わったことがあったりした。文學的センスに富み讀み巧者の風巻教授に讀後感を一言でも頂けたことは、たとえ社交辭令だとしても大層勵みになって殊の他嬉しかった。

同室の相棒で中國哲學科助手の上野日出刀氏（のちの長崎活水女子大學教授）は、京都大學中文科の出身であり、早速身を入れて讀んでくれ、「ほとほと感服しました」と過分の贊辭を呈せられた。眞顔で「是非京都の三先生にも送るべきだ。送りなさいよ」と勸める。御三家とは吉川幸次郎・小川環樹・入矢義高の三教授のことである。前の二家とは私は何の面識もなかったが、入矢教授は昭和二十七年秋、集中講義には應じられぬ吉川先生の名代格で來學され、助手としてお世話した。繁華街の薄野へ一緒に繰り出した仲である。折角の友の勸め、「某々先生指正」と書いた栞を紀要に封入してこの三先生にも寄贈することとした。

四、吉川幸次郎・小川環樹兩教授の批評

ほどなく吉川教授からはハガキの禮狀が届いた。ついで小川教授からも封書の禮狀が届いた。入矢教授だけは梨のつぶて、結局なんの返事もこなかった。後日判ったことは、入矢教授はアンチ『紅樓夢』派の最たる方で大の『紅樓夢』嫌い、『紅樓夢』好きで鳴った小川教授とは對照的なのであった。一讀もされずに無視されたのであろうか。知らぬ仲ではないのにと思ったが……。

吉川教授のは官製ハガキで、裏面には研究室で創刊されたばかりの「中國文學報」の廣告が一面にガリ版で刷り込んであった。表面の下半分を仕切った毛筆細字の文面は、「尊作掲載の雜誌今日接到、早速拜讀しました」で始まる。先生の讀書は集中して猛烈なスピードでなされたようで、外交辭令でなく本當に讀了されたのであろう。「これほどzachlich《（ママ）》でしかも香氣ある論文は近ごろ讀んだことがありません。欽佩の儀に存じます」。簡ながら要を得た評語は、後進を誘掖しようとするその熱意で私を撲った。Sach 卽物に執し文體に拘わった私の論文は、考證學の要諦「實事求是」の精神に幾分は叶っていたのであろうか。續いて先生の所謂「一得の愚」が二則記されてあった。「124頁葉德輝『雪橋詩話』とあるは楊鍾羲の誤ではありませんか。また冒頭の芙蓉女兒誄の訓讀はやや不安を感じますが如何」。共に適切な指摘で、葉氏と取り違えた楊氏は先生が少壯時その雪橋講舍で學ばれただけにすぐその粗忽を氣づかれたものであろう。後段の訓讀はその通りで「苟《まこと》に」と讀んだ「苟」字は再考して「苟《いやしく》も」と訓み直し、さらにそこから

「濫竽」と校訂して讀み換えを行なう貴重な示唆を得た。最後は「小生此頃は表記の雜誌の經營に大童、お禮も廣告の裏に書くのをお許し下さい　十二月二十日」と結ばれている。購讀者になって欲しいという謎をかけられたわけだからと、私はこの雜誌の名譽ある創刊號からの讀者となった。

ところで、この雜誌のことについて、女流作家の安西愛子氏が吉川教授が長逝されたあと、『新潮』六月號に「吉川幸次郎先生の記憶」と題する追悼文を載せられた。そのなかで教授とある機會に立ち話をしたとき、「こんど雜誌『中國文學報』を出すことになったので、定期購讀してくれないか、とおっしゃった。云い終られたとたんに、先生の白皙のお顔に、ぱっと血が昇って、うす赤く染まった。學者であられる先生には、雜誌を賣りこむというような行爲を恥じるお氣持ちがあったのだろうか。（中略）少年のように頬を染められた先生は、なんとも云えず初々しく好ましかった。あのときの先生が「私の吉川幸次郎」である」と結ばれているのが印象に殘っている。

小川教授から届いた禮狀は、十二行罫の書簡箋四枚に毛筆細字でぎっしり讀後感が書き込まれていた。少年時から『紅樓夢』に親しまれたという教授はこの小說に對し一家言を持っておられた。私が八十回以後の情節に就いてあれこれ推測を廻したのに對しては、度が過ぎると思われたのか死兒の齡を算えるようなものだと暗に戒められた。一方、曹寶玉を作者の「分身」と見る說に對しては、『西遊記』の例を引いて同感の意を示された。

簡と繁の對照的な兩教授からの來簡に接した私が感激し、夫々から勵ましを受けたこと言うまでもない。

五、松江轉任と駒田信二氏のメッセージ

例の四先生からはなかなか禮狀がこなかった。讀んだ上で禮狀をということもあり得る故、そのうち返事があろう

と呑氣に待っていた。

　すると十二月の下旬になって、增田涉教授から返書が届いた。冒頭に「大論拜受、御研鑽の程感佩の至り」と一行謝辭が述べられてあった。ところがそのあとに耳よりな内容が記されてあり、島根大學法文學部では駒田信二教授が作家として獨立するため三月末で辭任する。就いてはその氣があれば後任として推薦するが貴意如何、というようなかたじけない思し召しが記されてあった。先生は薄々私と猪俣主任との確執について察しておられる風で、私を憐んで救助の手をさし伸べられたのであった。松江は隨分遠い邊鄙なところというような印象しかなかったが、有難くお受けすることとした。業績としては紀要一本という貧弱なものしかなかったから、振出しは法文學部講師ということで人事が始まり、トントン拍子に事は運んで二月には内定した。〝脱出〟の切望が圖らずもこうして叶えられることとなった。

　私は四月初めに五年半に及んだ助手生活に終止符を打ち、妻と前年七月に誕生したばかりの長女を伴なって初めて踏む新任地の松江に向かって勇躍赴任した。

　恰度五月の末に東大中哲文の同窓會的學會東京支那學會の大會が開催される豫定であったので、旅費を貰って遠路出席することとした。その上京の機會に、前任者駒田信二氏のところへ挨拶に顔を出すことを思い立ち、國立の中央線の線路脇のお宅（その後市内で轉居された）へ伺った。預め最後に一冊だけ殘った紀要を駒田氏にも送附しておいた。「伊藤さんは美文家だなあ」。駒田氏は初對面の私に向かって開口一番そう仰せられ、私は度肝を抜かれ返すことばに窮した。杉浦正一郎氏の評語のことは前に書いたが、面と向かってそう言われたのは始めてであった。表現は異なるが、あるとき中哲科の佐藤一郎助教授（當時）から「きみはスタイリストだね」と言われたこともあった。これは生活の美學、ライフスタイルに關わる所見だったと思うが、「美文家」と一脈相通ずるところがある一插話として書き留めておく。

駒田氏からは以來四十年餘りに亙って色々とお世話になった。例の「中國古典文學全集」の第一回配本となった『今古奇觀』の翻譯を十名で分擔したとき、翻譯の見本を提出したところ、幹事役として懇切な批評が返ってきた。同じ全集の『紅樓夢』の新譯に挑むこととなったときも、編集參與として先輩らしい細かな配慮に預かった。

その駒田氏から最後の手紙を頂戴したのは、八十歳で突然他界された一月程前のことであった。

私の古稀記念の文集『兒戲生涯——一讀書人の七十年——』が上梓され、一本を獻呈したその禮狀のハガキに、私の文體についての二度目の發言がさりげなく記されてあった。そのメッセージは「懇切な文體」という極めてあった。ハガキには「新著拜受、昨夜十時頃からいつものように机に向かって、懇切な文體に引かれて今朝十時頃までかかって讀み終わりました」云々と認めてあった。夜型の生活習慣を堅持しておられたのである。『文學界』の同人雜誌評を交替で長く續け、新人發掘の「拾い屋」などと文壇では言われていた位、マメで勤勉な讀書家であった。

「懇切な文體」とあるのに、その意味するところは判然とはしなかったものの、私は注目せずにはいられなかった。文集自體はおよそ三十年閒に諸方に書き散らした雜文を集成したもので、そこに一貫する文體というものがあるのか、それもよく判らなかった。七千枚の『紅樓夢』を「ますです調」の説話體で譯出したり、様々な執筆經驗を積んで、「美文家」か「懇切な文體」の持主に變身したということであろうか。ともあれ駒田氏がその最晩年にこうした批評のメッセージを遺された事實は、私に取って極めて重い意味深いことであったと言わなければならぬ。

回顧の筆は止どまるところを知らず縷々延々と調子に乘ってつい書かでものことまで包まずに長廣舌を弄する結果

となった。卒業論文、助手論文、紀要論文と三篇の文章を書き繼ぐうち、一つの種子を育みながら一鉢にまで育て上げた鹽梅であった。當初の作家志望・劇作家志望は一旦は影を潛め、一學究として生きてゆく道が自ずと開け固まりつつあった。その意味で處女論文としての紀要論文は私に取って一里塚的作物となった。敢えて附錄とした所以である。これから著作集結集への道程は遙けくも遠く五十年の長きに及んだが……。

（了）

追い書き

十年がかりの大爲事《しごと》となったわが著作集第一巻が陽の目を見ようとしている。最後に殘った自撰解題を書き上げて肩の荷を下した。感無量である。それにしても、企畫以來ここまで漕ぎつけるのになんと異常に長い時間を費したものよと思い返される。その閒、體調不良に起因するとは言うものの、私の我儘勝手に辛抱強く附きあって下さった關係者各位には散々に迷惑をおかけした。先ずもってお詫びしなければならぬ。それと併せて、編集委員代表の丸尾常喜教授を始めとして、この巻の編集校字を擔當された大木康・小山澄夫兩教授および丸山浩明助教授に對して衷心より鳴謝の意を表する。また版元汲古書院の坂本健彦・石坂叡志の舊新社長や編集部の小林詔子氏にはかたじけなく御禮のことばもないほどである。

この上は、第二巻以後も、全巻順調に刊行できるようにと祈って、この追い書きの筆を擱く次第である。

平成乙酉十七年秋

武南兩紅軒南窓下に識す

半壽老人　伊藤漱平

文云

伊漱平印

二代中村蘭台刻

伊藤漱平著作集　第一巻

紅樓夢編（上）

平成十七年十月二十日　發行

著者　伊藤漱平

發行者　石坂叡志

整版印刷　富士リプロ

發行所　汲古書院

〒102-0072 東京都千代田區飯田橋二-五-四

電話　〇三（三二六五）九七六四

FAX　〇三（三二二二）一八四五

ISBN4-7629-2751-1　C3097

『伊藤漱平著作集』 全五巻 內容目次

伊藤漱平著作集 第一期 紅樓夢編 全三巻

第一巻 紅樓夢編（上）

「紅樓夢」版本論（書誌學・文獻學）的研究

第一部 寫本研究―脂硯齋・畸笏叟と脂硯齋本「石頭記」と―

紅樓夢首回、冒頭部分の筆者についての疑問／續／續補訂

脂硯齋と脂硯齋評本に關する覺書

第二部 刊本研究―程偉元・高鶚と程偉元本「紅樓夢」と―

程偉元刊『新鐫全部繡像紅樓夢』小考／補說／餘說／餘說補記

第三部 版本論文叢

『紅樓夢八十回校本』について

『紅樓夢書錄』瞥見

近年發見の『紅樓夢』研究新資料―揚州靖氏藏舊鈔本その他について―

レニングラード本『石頭記』の影印本を手にして

附錄 曹霑と高鶚に關する試論

解說・解題

第二巻 紅樓夢編（中）

「紅樓夢」作家論・作品論的研究

第四部 作家論

概說（ガイド） 曹雪芹

曹霑の肖像畫

曹霑の畫技について

曹雪芹肖像畫の眞贋－いわゆる王岡筆小像のこと－
「夢で逢いましょう」という啓示－いまだ相見えざる『紅樓夢』原作者よりのメッセージ－
曹雪芹の沒年論争と句讀（上）（下）
晩年の曹霑の「佚著」について－『廢藝齋集稿』等の眞贋をめぐる覺書－

第五部　作　品　論

概說（ガイド）『紅樓夢』
作品論甲－成立論－
『紅樓夢』成立史臆說－七十回稿本存在の可能性をめぐって－
作品論乙－登場人物論－
概說（ガイド）ある「列女傳」
關鍵としての賈元春の「元」字
金陵十二釵と『紅樓夢』十二支曲（覺書）
『紅樓夢』の脇役たち－王熙鳳の娘およびその他の諸人物に就いての覺書－
『紅樓夢』に於ける甄（眞）・賈（假）の問題－二人寶玉の設定を中心として－
『紅樓夢』に於ける甄（眞）・賈（假）の問題（續）－林黛玉と薛寶釵の設定を中心として－
『紅樓夢』に見る女人像および女人觀（序說）－金陵十二釵を中心として－
『紅樓夢』に於ける象徵としての芙蓉と蓮と－林黛玉、晴雯竝びに香菱の場合－
作品論丙　作品の種々相
概說（ガイド）『紅樓夢』
歌物語としての『紅樓夢』
『紅樓夢』の「鬪草」の遊び／（補）
合山究教授の『紅樓夢新論』に寄せて
船越達志博士の『「紅樓夢」成立の研究』を讀みて
『紅樓夢』を讀むための七つ道具
附錄　概說（ガイド）李漁
李漁と曹霑　その作品に表れたる一面（上）（下）
解說補記・解題

第三巻　紅樓夢編（下）

「紅樓夢」讀者論、比較文化・比較文學的研究

第六部　讀 者 論

紅樓夢圖畫－改琦『紅樓夢圖詠』を中心に－

『紅樓夢評論』解題

王國維の『紅樓夢評論』と雜誌『教育世界』について（上）（中）（下）

胡適と古典－舊小說、特に『紅樓夢』の場合を中心とした覺書－（上）（中）（下）（補）

概說（ガイド）　世界文學における紅樓夢

日本における『紅樓夢』の流行－幕末から現代までの書誌的素描－

丸山浩明著『明清章回小說研究』書後
－『紅樓夢』を線索として－

第七部　比較文化・比較文學論

近世食文化管見
－『金瓶梅』『紅樓夢』を材料として－

『儒林外史』と『紅樓夢』

曲亭馬琴と曹雪芹
－和漢の二大小說家を對比して論ず－

附錄　Formation of the Chiao-hung chi: Its Change and Dissemination　（英文）

一九九七年北京國際紅樓夢學術研討會開幕式上的致詞　（中國文）

二十一世紀紅學展望　以松枝茂夫譯曁霍克思譯爲中心論翻譯問題（同前研討會上的報告）（中國文）

解題

伊藤漱平著作集　第二期　全二巻

第四巻　中國近世文學編

近世文學研究

嬌紅記研究

概説（ガイド）　嬌紅記―申純・王嬌娘の悲戀説話、

その宋元より清代に至る系譜―

『嬌紅記』解説

『嬌紅記』の成立とその演變及び流傳

附錄　謝璧霞譯の中國語譯文

『嬌紅記』解題

明末清初研究

概説（ガイド）　墨緣―明末清初の文人たち―

董其昌・陳繼儒と李漁

『水滸傳』『金瓶梅』に見える「谷樹皮」のこと

日光慈眼堂本『拍案驚奇』

王漁洋と山左詩人

―丁野鶴及び丘海石を中心として―

呉敬梓父子の『儒林外史』成立に果たした役割

李漁研究

概説（ガイド）　李漁

李漁の小説『無聲戲』の版本について

―足本『連城璧』と四巻本『無聲戲』を中心に―

李漁の小説の版本とその流傳

―『無聲戲』を中心として―

李漁の戲曲小説の成立とその刊刻

―杭州時代における張縉彥・杜濬・丁耀亢らとの

交遊を軸として見た―

李漁の戲曲小説の成立とその刊刻―南京轉居前後を

中心として―／補正／補（二）

無聲戲から連城璧へ

―李漁研究の現況紹介をまくらとして―

『連城璧』解説

『無聲戲』の演變をめぐって

李笠翁の肖像畫（上）（下）
附録　大連圖書館藏「大谷本」の來歴およびその現状
解題

第五巻　中國近現代文學・日本文學編

中國近・現代文學研究
概説（ガイド）　王國維　兪平伯
王國維と兪平伯の一面（覺書）
概説（ガイド）　魯迅の筆名關道清
魯迅と增田涉―『中國小説史略』をめぐって―
鹽谷溫博士の書き入れ本『中國小説史略』邦譯史話
斷章
『世界文庫』覺書―鄭振鐸と魯迅―
沈從文の一面
徐懷中「われら愛情の種をまく」解説
日本文學研究
概説（ガイド）　漢詩人の長崎詣で
黄遵憲と三島毅―『日本雜事詩』自書二絶扁額をめぐって―／（續）
三島中洲論序説―漱石・槐南及び大正天皇の漢詩―
異邦人の漱石論
―楊壁慈著『わたくしの漱石先生』書後―
附録　芙　蓉　考
―『楚辭』から『紅樓夢』『芙蓉鎭』まで―
自定年譜・著譯論文目録
解題

（平成十七年十月現在の豫定）